WISE SAYING

프리드리히 니체

# (2) 삶·죽음

## Life & Death

김동구 엮음

圖書出版 明文堂

머리말—세상 살아가는 지혜

『명언(名言)』(Wise Saying)은 오랜 세월을 두고 음미할 가치가 있는 말, 우리의 삶에 있어서 빛이나 등대의 역할을 해주는 말이다. 이 책은 각 항목마다 동서양을 망라한 학자·정치가·작가·기업가·성직자·시인……들의 주옥같은 말들을 예시하고 있다.

이러한 말과 글, 시와 문장들이 우리의 삶에 용기와 지침이 됨과 아울러 한 걸음 나아가 다양한 지적 활동, 이를테면 에세이, 칼럼, 논문 등 글을 쓴다든지, 일상적 대화나, 대중연설, 설교, 강연 등에서 자유로이 적절하게 인용할 수 있는 여건을 충족시켜 줄 것이다.

독자들은 동서양의 수많은 석학들 그리고 그들의 주옥같은 명언과 가르침, 사상과 철학을 접할 수 있는 좋은 기회를 얻음으로써 한층 다양하고 품격 높은 삶을 영위할 수 있을 것이다.

이 책은 각 항목 별로 다음과 같이 구성되어 있다.

【어록】

어록이라 하면 위인들이 한 말을 간추려 모은 기록이다. 또한 유학자가 설명한 유교 경서나 스님이 설명한 불교 교리를 뒤에 제자들이 기록한 책을 어록이라고 한다. 각 항목마다 촌철살인의 명언, 명구들을 예시하고 있다.

【속담·격언】

오랜 세월에 걸쳐서, 민족과 지역의 수많은 사람들의 생생한 경험을 통해서 여과된 삶의 지혜를 가장 극명하게 표현하는 것이기 때문에 문자 그대로 명언 가운데서도 바로 가슴에 와 닿는 일자천금(一字千金)의 주옥같은 말이라고 할 수 있다.

**【시 · 문장】**

항목을 그리는 가장 감동 감화적인 표현이라고 할 수 있다. 가장 마음속에 와 닿는 시와 문장을 최대한 발췌해 수록했다.

**【중국의 고사】**

동양의 석학 제자백가, 사서오경(四書五經)을 비롯한 《노자》《장자》《한비자》《사기》……등의 고사를 바탕으로 한 현장감 있는 명언명구를 인용함으로써 이해도를 한층 높여준다.

**【에피소드】**

서양의 석학, 사상가, 철학자들의 삶과 사건 등의 고사를 통한 에피소드를 접함으로써 품위 있고 흥미로운 대화를 영위할 수 있는 소양을 갖추는 계기가 된다. 그 밖에도 **【우리나라 고사】【신화】【명연설】【명작】【전설】【成句】** …… 등이 독자들로 하여금 박학한 지식을 쌓는 데 한층 기여해줄 것이다.

많은 서적들을 참고하여 가능한 한 최근의 명사들의 명언까지도 광범위하게 발췌해 수록했다. 그러나 너무도 많은 자료들을 수집하다 보니 미비한 점도 있을 것으로, 독자 여러분의 너그러운 이해를 바란다.

— 雲溪 金東求

4

# 차 례

# 삶 life 生
## (인생)

**【어록】**

■ 시작이 있으면 끝이 있고, 삶이 있으면 죽음이 있다(有始者必有
  卒 有存者必有亡).　　　　　　　　　　　—《예기》

■ 죽고 사는 것은 천명(天命)에 있고, 부귀(富貴)는 하늘에 달려
  있다(死生有命 富貴在天).　　　　　　　　—《논어》안연

■ 나는 15세가 되어서 학문에 뜻을 두었고, 30세가 되어서 학문
  의 기초를 확립했고, 40세가 되어서는 판단에 혼란을 일으키지
  않았고, 50세가 되어서는 천명(天命)을 알았고, 60세가 되어서
  귀로 들으면 그 뜻을 알았고, 70세가 되어서는 마음이 하고자
  하는 대로 따라 하여도 법도에서 벗어나지 않았다(吾十有五而
  志於學 三十而立 四十而不惑 五十而知天命 六十而耳順 七十而
  從心所欲 不踰矩).　　　　　　　　　　　　—《논어》위정

■ 사람이 하늘과 땅 사이에 사는 것은 마치 흰 말이 달려가는 것
  을 문틈으로 보는 것처럼 순식간이다. 모든 사물은 물이 솟아
  나듯 문득 생겼다가 물이 흐르듯 사라져 가는 것이다. 즉 사물

은 모두 자연의 변화에 따라 생겨나서 다시 변화에 따라 죽는 것이다(人生天地間 若白駒之過隙 忽然而已 注然勃然 莫不出焉 油然流然 莫不入焉 已化而生 又化而死).　　　　　　　—《장자》

■ 아침 버섯은 한 달을 알지 못하고, 쓰르라미는 봄 가을을 알지 못한다. 이것이 짧은 삶이다(朝菌不知晦朔 蟪蛄不知春秋 此小年也 : 삶의 경륜이 중요함을 이르는 말).　　　　—《장자》

■ 근본으로 볼 때, 삶이란 기운이 모여서 이루어진 것이다. 오래 삶과 일찍 죽음이 그 사이 얼마나 되랴. 결국은 잠깐 동안 사는 데 지나지 않는다.　　　　　　　　　　　　　—《장자》

■ 삶이란 근심 속에 존재하는 것이며, 죽음이란 편하고 즐거운 가운데 있는 것이다(生於憂患 死於安樂 : 근심이 있다는 것은 살아 움직이는 것이고, 편한 날이 계속된다면 서서히 죽어가고 있는 것이다).　　　　　　　　　　　　—《맹자》

■ 삶은 내가 바라는 바이고, 의도 내가 바라는 바이다. 양자를 겸해서 얻지 못할 때는 삶을 버리고 의를 취할 것이다(生亦我所欲也 義亦我所欲也 二者不可得兼 舍生而取義也).　—《맹자》

■ 새옹이 잃어버린 말, 그 화복은 알 수 없다(人間萬事 塞翁之馬 : 삶의 길·흉·화·복은 예측할 수 없다).　　　　—《회남자》

■ 학은 천년을 살면서도 한없이 노닌다(학은 천년을 살면서도 언제나 한가하게 노닐며 편안하게 산다. 그런가 하면 하루살이는 아침에 태어나서 저녁에 죽으면서도 그 즐거움을 다한다. 즉 삶이란 길든 짧든 다 즐겁게 살아야 한다는 말).—《회남자》

■ 삶을 중히 여기지 말라. 삶을 중히 여기면 곧 이를 가벼이 여긴다.　　　　　　　　　　　　　　—《여씨춘추》

8

- 화가 바뀌어 복이 되고, 실패한 것이 오히려 공이 된다(轉禍爲福 因敗爲功).　　　　　　　　　　　― 《사기》 소진열전

- 난 모르겠소, 푸른 하늘이 얼마나 높으며, 누런 땅이 얼마나 두터운지. 애오라지 차가운 달빛과 뜨거운 햇볕이 인간의 목숨을 볶아대는구나(吾不識靑天高 黃地厚 唯見月寒日暖 來煎人壽).　　　　　　　　　　　　　　　　　　　　　― 이하(李賀)

- 살아서는 곧 요순(堯舜)이 되어도 죽으면 곧 뼈가 썩고, 살아서는 걸주(桀紂)가 되어도 죽으면 곧 뼈가 썩는 것은 한가지다.　　　　　　　　　　　　　　　　　　　　　　　― 양주(楊朱)

- 백 살까지 살면 아주 장수를 누렸다고 할 수 있다. 그러나 백 살까지 사는 사람이 천(千)에 한 사람이라도 있을까? 그럼 개개인이 모두 백 살까지 살 수 있다고 하자! 이 백 년 중에서 유년과 노년이 절반을 차지하고, 그 절반 속에서 밤잠과 낮잠이 다시 절반을 차지하고, 거기에다가 또 질병과 우환이 그것의 절반을 감소시킨다. 그러고 나서 계산을 하여 보면 10여 년밖에 남지 않는다. 여기에서 소요자재하며 아무 걱정 없이 지내는 시간이 실상 얼마나 되겠는가?　　　　　　　　　　― 양주(楊朱)

- 사람이 먹을 가는 것이 아니라, 먹이 사람을 간다(非人磨墨 墨磨人).　　　　　　　　　　　　　　　　　　　― 소식(蘇軾)

- 태어나 한 세상 살다가 떠나감이 아침이슬 사라지듯 하누나(人生處一世 去若朝露晞).　　　　　　　　　　― 조식(曹植)

- 대개 세상이란 만물이 와서 묵어가는 여관과 같은 것이고, 세월이란 끝없이 뒤를 이어 지나가는 나그네와 같다(夫天地者 萬物之逆旅 光陰者 百代之過客).　　　　　　　― 이백(李白)

▣ 천 년 된 소나무도 마침내는 시들고, 무궁화는 하루에 스스로 영화를 다한다. — 백거이(白居易)

▣ 천추만세에 명성 날리련만 생전 인생은 적막하였네(千秋萬世 名 寂寞身後事). — 두보(杜甫)

▣ 인생의 부귀에 어찌 끝이 있으랴? 남아는 나라 위해 죽을 수 있어야 하리(人生富貴豈有極 男兒要在能死國). — 이몽양(李夢陽)

▣ 배우가 분 바르고 연지 찍어 곱고 미운 것을 붓끝으로 흉내 낼지라도, 문득 노래가 다하고 막이 내리면 곱고 미운 것이 어디 갔는가? 바둑 두는 사람은 앞을 다투고 뒤를 겨루어 세고 약한 것을 바둑으로 겨루지만, 일단 대국이 끝나서 바둑돌을 쓸어 넣으면 그 승부는 어디 있는가? — 《채근담》

▣ 인간은 나뭇잎처럼 대지의 은혜인 과일을 먹고 반짝반짝 아름답게 번성할 때도 있고, 때로는 변하여 갑자기 생명은 덧없이 사멸해 버린다. — 호메로스

▣ 우리 속에 존재하는 모든 것은 동일하다. 삶과 죽음, 깨어 있음과 잠, 젊음과 늙음. — 헤라클레이토스

▣ 비참하게 태어나는 것보다 태어나지 않는 것이 낫다. — 아이스킬로스

▣ 생각해 보면, 우리들 모두 생명에 한정이 있는 자는 환상이든가, 공허한 그림자에 지나지 않는다. — 소포클레스

▣ 사는 것이 중요한 것이 아니고, 올바로 사는 것이 중요한 문제다. — 소크라테스

▣ 음미되지 않은 인생은 살 보람이 없다. — 소크라테스

■ 이 인생극장에 있어서, 관객이어야 할 신(神)과 천사를 위해서 만이 정력을 저축해 둘 일이다.     — 피타고라스

■ 우리들의 현재의 삶은 죽음이며, 육체는 우리들에게 있어 무덤이다.     — 플라톤

■ 인생이란 짧은 기간의 망명이다.     — 플라톤

■ 우리들의 삶은 우리들이 삶의 문제를 이해하기 시작한 순간 닫혀버린다.     — 테오프라스토스

■ 연회(宴會)에서와 마찬가지로, 인생에서도 과음하지 말고 목마르지 않은 동안에 사라지는 것이 가장 좋다.— 아리스토텔레스

■ 인생은 말판놀이와 같은 것으로서, 기대하던 말이 안 나오더라도 우연히 나온 말을 기술로써 수정해 나가는 것이 좋다.     — 디오게네스

■ 인생의 아침에는 일을 하고, 낮에는 충고하며, 저녁에는 기도한다.     — 헤시오도스

■ 남의 눈에 띄지 않게 산 자가 훌륭히 살아온 자다.     — 오비디우스

■ 우리가 자연으로부터 받은 수명은 비록 짧지만, 잘 소비된 삶의 기억은 영원하다.     — M. T. 키케로

■ 가난 속의 살림을 꾸릴 줄 모르는 자는 노예를 면치 못하리라.     — 호라티우스

■ 장수(長壽)에 마음 쓰는 자는 평화로운 삶을 누릴 수 없다.     — L. A. 세네카

■ 인간의 삶은 죽음으로 가는 나그넷길에 지나지 않는다.     — L. A. 세네카

- 우리는 오래 살기 위해서가 아니라, 옳게 살기 위해 노력해야 한다. — L. A. 세네카
- 삶을 배우려면 일생이 걸린다. — L. A. 세네카
- 매일의 생을 한결같이 살자. — L. A. 세네카
- 인생보다 어려운 예술은 없다. 다른 예술이나 학문에는 도처에 스승이 있다. — L. A. 세네카
- 어떻게 사는가를 배우는 데는 전 생애를 요한다.

  — L. A. 세네카

- 인생은 짧은 이야기와 같다. 중요한 것은 그 길이가 아니라 값어치다. — L. A. 세네카
- 사는 것은 생각하는 것이다. — 키케로
- 우리가 자연으로부터 받은 수명은 비로 짧은 것이지만, 잘 소비된 인생의 기억은 영원하다. — 키케로
- 그저 존재하는 것이 아니라 삶을 살아야 한다.

  — 플루타르코스

- 정당한 삶을 사는 자에게는 어느 곳이든 안전하다.

  — 에픽테토스

- 삶을 위해서 삶의 목적을 포기한다. — 유베날리스
- 명예로운 죽음은 불명예스러운 삶보다 낫다. — 타키투스
- 인생은 짧다. 그러나 불행이 인생을 길게 한다.

  — 푸블릴리우스 시루스

- 인생은 낯선 땅에서의 권투이다. 그리고 뒤따르는 명성은 망각되기 쉬운 것이다. — 마르쿠스 아우렐리우스
- 인생은 순간이며, 모든 것이 순식간에 주검으로 굳어진다는 것

을 깨달아야 한다.　　　　　　　― 마르쿠스 아우렐리우스
- 인생은 꿈이다.　　　　　　　　　　　― 히에로니무스
- 생명을 사랑하지 말라. 그리고 미워하지 말라. 사는 데까지 잘 살아라. 그 길고 짧음은 하늘에 맡겨라.　　　　　　― 존 밀턴
- 예루살렘에 갔다 온 것이 장한 일이 아니라 훌륭히 살았다는 것이 장한 일이다.　　　　　　　　　　　― 에라스무스
- 인생에 집착할 이유가 없으면 없을수록 인생에 눌어붙는다.
　　　　　　　　　　　　　　　　　　― 에라스무스
- 삶의 기쁨은 크지만, 자각 있는 삶의 기쁨은 더욱 크다.
　　　　　　　　　　　　　　　　　　　　　― 괴테
- 우리들의 삶은 삶의 한복판에 있으며, 죽음에 둘러싸여 있다.
　　　　　　　　　　　　　　　　　　― 마르틴 루터
- 사는 것이 내 일이요, 내 기술이다.　　　　　　― 몽테뉴
- 우리들은 죽음의 걱정으로 말미암아 삶을 어지럽히고 삶의 걱정으로 말미암아 죽음을 어지럽히고 있다.　　　― 몽테뉴
- 만일 내가 나의 인생을 또다시 살아야 한다면 나는 내가 지내온 생활을 또다시 지내고 싶다. 과거를 후회하지도 않고 미래를 겁내지도 않을 테니까.　　　　　　　　　― 몽테뉴
- 인생은 본시 선도 악도 아니다. 어떻게 사느냐에 따라서 선의 무대가 되기도 하고 악의 무대가 되기도 한다.　　― 몽테뉴
- 인생의 효용은 그 길이에 있는 것이 아니라 그것을 사용하기에 달린 것이다. 짧게 살고도 오래 산 자가 있다.　　― 몽테뉴
- 너그럽고 상냥한 태도, 사랑을 지닌 마음, 사람의 외모를 아름답게 하는 이 힘은 말할 수 없이 크다.　　　　　― 파스칼

- 삶의 가장 큰 불행은 인간이면서 인간을 모르는 것이다.
  — 파스칼

- 삶은 우주의 영광이요, 또한 우주의 모욕이다.　　　— 파스칼

- 『철학자같이 살고, 크리스천처럼 죽는다.』라고 말한 자도 있
  으나, 리느 공(公)은 삶을 연애에 비기고 있었다. 『삶이란 사람
  들이 고루 사랑하는 한 깔끔한 정부(情婦)요, 그녀가 우리를 떠
  나가지 않는 한, 이 세상 모든 것을 바치고 싶은 그런 정부다.』
  — 조반니 카사노바

- 꺼져라, 꺼져라 초토막이여! 인생은 걸어 다니는 그림자에 불과
  하다.　　　　　　　　　　　　　　　　　　— 셰익스피어

- 우리의 생명은 꿈과 동일한 물질로 되어 있고, 우리의 작은 인
  생은 밤으로 둘러싸여 있다.　　　　　　　　— 셰익스피어

- 인생은 불안정한 항해다.　　　　　　　　　　— 셰익스피어

- 인생은 짧다. 그 짧은 인생도 천하게 보내기 위해서는 너무 길
  다.　　　　　　　　　　　　　　　　　　　— 셰익스피어

- 친구여, 모든 이론은 회색이지만, 실제 인생의 황금나무는 언제
  나 푸르다.　　　　　　　　　　　　　　　　　— 괴테

- 눈물 젖은 빵을 먹어보지 않은 사람은 인생의 참다운 맛을 알
  지 못한다.　　　　　　　　　　　　　　　　　— 괴테

- 인생은 우리의 불사불멸의 유년기이다.　　　　　— 괴테

- 무익한 인생은 미리 찾아가는 죽음과 다를 바 없다.　— 괴테

- 나는 아무래도 이 세상에 있어서 한 사람의 여행하는 사람, 한
  개의 편도(片道)에 지나지 않는 것 같다! 그대들인들 그 이상이
  겠는가?　　　　　　　　　　　　　　　　　　　— 괴테

■ 아무리 구름 속을 보아도 거기에는 인생이 없다. 똑바로 서서 자기 주위를 보라! 자기가 인정한 것을 우리는 붙들 수가 있다. 나의 길을 가는 데에 인생이 있다. 그렇게 앞으로 나아가는 동안에는 고통도 있으리라! 행복도 있으리라! 어떠한 경우에도 인생에 있어 완전한 만족이란 없다. 자기가 인정한 것을 힘차게 찾아 헤매는 하루하루가 인생인 것이다. — 괴테

■ 최후의 순간에 이르기까지 우리는 우리 자신을 상대로 희극을 연출하고 있다. — 하인리히 하이네

■ 남의 삶과 비교하지 말고 네 자신의 삶을 즐겨라. — 콩도르세

■ 인생은 선을 실행하기 위하여 만들어졌다. — 칸트

■ 산다는 것은 호흡하는 것이 아니다. 행동하는 것이다.
— 장 자크 루소

■ 인생이란 정신의 생식작용이다. — 포이에르바하

■ 사람은 누구나 태어났을 때는 솔직하지만, 죽을 때는 거짓말쟁이가 되어 있다. — 보브나르그

■ 살았다, 썼다, 사랑했다. — 스탕달

■ 인생은 한 걸음 한 걸음 죽음으로 나아가고 있다.
— 피에르 코르네유

■ 나는 존재한다. 그러나 나는 존재 이유를 발견하고 싶다. 왜 내가 살고 있는지를 알고 싶다. — 앙드레 지드

■ 죽기가 두려워서 살지도 못하는 사람들이 많다.
— 헨리 반다이크

■ 인생이란 단지 기쁨도 아니고 슬픔도 아니며, 그 두 가지를 지양하고 종합해 나아가는 과정에서 파악되어야 할 것이다. 커다

란 기쁨 또한 커다란 슬픔을 불러올 것이며, 깊은 슬픔 역시 깊은 기쁨으로 통한다. 자기 할 일을 발견하고 자기가 하는 일에 신념을 가진 자는 행복하다. 사람의 가치는 물론 진리를 척도로 하지만, 그러나 그가 가지고 있는 진리보다도 그 진리를 찾기 위해서 맛본 고난에 의하여 개량되어야 한다. — 토머스 칼라일

■ 인생의 문제를 해결하는 데는 먼저 반짇고리부터 정돈하라.
　　　　　　　　　　　　　　　　　　　　　— 토머스 칼라일

■ 벌거숭이로 나는 이 세상에 왔다. 벌거숭이로 나는 이 세상에서 떠나야 한다.　　　　　　　　　　　　— 세르반테스

■ 나에게 말하지 마라, 서글픈 가락으로, 『삶은 한낱 허무한 꿈!』이라고.　　　　　　　　　　　　　— 헨리 롱펠로

■ 산다는 것은 외로운 것이다.　　　　　　— G. 하우프트만

■ 죽음의 모험은 삶 속에 있으며, 그것이 없으면 삶은 삶이 되지 않는다.　　　　　　　　　　　　　　— 토마스 만

■ 삶의 이상은 오직 미적인 것이다. 우리의 상상과 이해를 가능하게 해주는 능력, 그것은 다만 미적 직관뿐이다.
　　　　　　　　　　　　　　　　　　　　　— 존 M. 머리

■ 삶은 하나의 실험이다. 실험이 많아질수록 당신은 더 좋은 삶을 살 수가 있다.　　　　　　　　　— 랠프 에머슨

■ 우리는 항상 살려는 채비를 한다. 그러면서도 정말로 사는 일은 없다.　　　　　　　　　　　— 랠프 에머슨

■ 내가 아직 살아있는 동안에는 나로 하여금 헛되이 살지 않게 하라.　　　　　　　　　　　　— 랠프 에머슨

■ 인생은 황홀한 기쁨이다.　　　　　　— 랠프 에머슨

■ 인생은 참다운 낭만이라 하겠다. 용감하게 그 낭만을 살 때 그것은 어느 소설보다도 더한 즐거움을 창출한다.
— 랠프 에머슨

■ 삶은 죽음의 출발이다. 삶은 죽음을 위해서 있다. 죽음은 종말이자, 출발이며, 분리인 동시에 한층 밀접한 자기 결합이다. 죽음에 의해서 환원은 완성된다. — 노발리스

■ 진실 없는 삶이란 있을 수 없다. 진실이란 삶 그 자체인 것이다.
— 프란츠 카프카

■ 이 세상은 한 권의 아름다운 책이다. 그러나 그것을 읽을 수 없는 인간에게는 아무런 도움이 되지 않는다. — 카를로 골도니

■ 머지않아 당신들로부터 떠나갈 것이다. 어디로 갈는지는 말하지 않겠다. 온 곳이 아무데도 없듯이 갈 곳 또한 정처가 없다. 삶이란 불속으로 뛰어드는 한 마리 불나비와 같은 것이다. 그것은 겨울날 들소가 내뿜는 콧숨에 지나지 않는다. 그것은 풀밭을 지나가는 조그마한 그늘처럼 해가 지면 따라서 사라지는 하찮은 것이다. (아메리카 인디언 추장 사포 묵시카가 신부에게 한 말) — 크로풋

■ 부자로 죽느니보다 가난하게 사는 것이 낫다. — 새뮤얼 존슨

■ 삶의 위대한 목표는 지식이 아니라 행동이다.
— 올더스 헉슬리

■ 깨어 있는 것이 살아 있는 것이다. — 헨리 소로

■ 우리의 인생은 우리가 노력한 만큼 가치가 있다.
— 프랑수아 모리아크

■ 삶은 한 권의 책과 같다. 어리석은 이는 그것을 마구 넘겨 버리

지만, 현명한 인간은 열심히 읽는다. 단 한 번밖에 삶을 읽지 못한다는 것을 알고 있기 때문이다.     — 장 파울

- 대문자만으로 인쇄된 책은 읽기 어렵다. 일요일만의 인생도 그와 마찬가지다.     — 장 파울

- 살고 싶다고 생각하지 않으면 안 된다. 그리고 죽을 것을 생각하지 않으면 안 된다.     — 나폴레옹 1세

- 충고는 눈(雪)과 같이 조용히 내릴수록 마음에 오래 남고 깊어진다.     — 카를 힐티

- 삶에 관해서 생각하는 것을 제외하면 삶에는 아무것도 있지 않다.     — 윌리스 스티븐스

- 죽으려 하기보다는 살려고 하는 편이 대개는 훨씬 용기를 필요로 하는 시험이다.     — 비토리오 알피에리

- 철학이 그의 회색을 회색으로 그릴 때, 인생의 모습은 이미 늙어버리고 만다. 그리고 회색을 회색으로 그린다 해도, 생명의 모습은 젊어지지 않고 다만 인식될 뿐이다. 미네르바의 부엉이는 저녁놀이 질 무렵 비로소 날아간다.     — 게오르크 헤겔

- 인생은 한 순간에 지나지 않는다. 그야말로 아주 일순(一瞬)인 것이다.     — 프리드리히 실러

- 인생은 석재(石材)다. 여기에다 신의 형상을 새기든 악마의 형상을 새기든 그것은 각자의 자유다.     — 에드먼드 스펜서

- 출생이나 죽음을 모면할 수는 없다. 인간은 그 중간의 삶을 즐길 수밖에 없다.     — 조지 산타야나

- 인생은 구경거리나 향연이 아니다. 인생은 역경이다.
    — 조지 산타야나

■ 인생에 있어서 때로는 난파선으로밖에 생각되지 않을 그 파편이 우정이나 영광이나 연애다. 우리의 생존 중에 흐르는 시간이라는 기슭은 이런 유기물로 가득하다.　　— 제르멘 드 스탈
■ 인생은, 자기와 자연과의 조절이다.　　　　— 루돌프 오이켄
■ 감추는 것 없이 사는 것 하나로 살아가라. — 오귀스트 콩트
■ 인생길에는 결코 장미꽃만 뿌려져 있지는 않습니다.

　　　　　　　　　　　　　　　　　　　— 로맹 롤랑

■ 인생은 교향악이다. 인생의 각 순간이 합창을 하고 있다.

　　　　　　　　　　　　　　　　　　　— 로맹 롤랑

■ 인생은 왕복차표를 발행하지 않습니다. 한 번 떠나면 두 번 다시 돌아올 수가 없습니다.　　　　　　　— 로맹 롤랑
■ 인생은 몇 번의 죽음과 몇 번의 부활의 연속이다.

　　　　　　　　　　　　　　　　　　　— 로맹 롤랑

■ 인생이란 결국 매일같이 돈을 치르는 것이겠죠. — 로맹 롤랑
■ 인생이란 존재해서는 안 되는 것이다. 즉 그것은 악이다. 따라서 현실로부터 무(無)에로의 전환이 인생의 유일한 선(善)인 것이다.　　　　　　　　　　　　　— 쇼펜하우어
■ 어디에서 왔는가가 문제가 아니다. 어째서 왔으며, 어디로 가는가가 핵심적인 문제이다.　　　　　— 아돌푸스 그릴리
■ 인생이란 미래를 위한 준비라고 할 수 있다. 미래를 위한 가장 훌륭한 준비는 마치 미래란 없는 것처럼 사는 것이다.

　　　　　　　　　　　　　　　　　　　— E. 하버드

■ 인생은 환상을 짜는 베틀이다.　　　　　— D. 린드세이
■ 자연 안에서의 죽음은 모두 탄생이며, 죽는 일에서 마침내 삶

의 고귀함이 명백하게 나타난다. 자연에는 죽음에 이르게 하는 원리는 존재하지 않는다. 자연은 완전한 삶이기 때문이다.

— J. G. 피히테

▪ 나의 죽음이 자연에 유래되어 있지 않는 것과 같은 삶을 자연이 파괴한다는 것은 도저히 생각할 수 없다. 자연 때문에 내가 있는 것이 아니라, 나 때문에 자연이 존재하는 것이기 때문이다.

— J. G. 피히테

▪ 삶을 사랑하면서도 삶과 심각한 관계를 맺지 않으려는 것은 죄일는지도 모른다.

— 에리히 케스트너

▪ 삶의 의문에 대한 나의 탐구는 깊은 숲속에서 길을 잃은 사람이 경험한 것과 똑같은 경험이다.

— 레프 톨스토이

▪ 인생은 유희가 아니다. 그러므로 우리에게는 자기만의 의사로 이것을 포기할 권리는 없다.

— 레프 톨스토이

▪ 살려고 하는 의지의 가장 완전한 현상은 인간의 유기체(有機體)라는 실로 신비하리만큼 정교하고 복잡한 장치 속에 나타나 있지만, 이것 역시 티끌이 되어 사라지고 만다는 것, 따라서 또 이 현상의 전존재(全存在)와 모든 노력은 결국 무(無)로 돌아가 버리고 만다는 것, 요컨대 살려는 이 의지의 모든 노력은 본질적으로 허무라는 것, 이것이 시간을 초월해서 진실하고 솔직한 대자연의 소박한 고백이다.

— 쇼펜하우어

▪ 사람은 누구나 자기 한 사람의 생애를 홀로 살며, 자기 한 사람의 죽음을 홀로 죽는다.

— J. P. 야콥센

▪ 이 세상에 나왔다는 것, 그 자체가 분명 우리에게는 하나의 결말이다. 죽음은 문제 삼을 필요조차 없다. 오로지 산다는 것이

기쁨이요 법칙인 것이다.  ― 윌리엄 사로얀

■ 삶을 가져다주는 죽음만큼 놀라운 것은 없고, 죽음으로부터 나온 삶만큼 고귀한 것은 없다.  ― 앙겔루스 질레쥬스

■ 인생은 개인으로서나 인류 전체로서나 매우 견디기 어려운 것이다.  ― 지그문트 프로이트

■ 남을 위해서 사는 인생만이 값진 인생이다.

― 알베르트 아인슈타인

■ 삶이란 너무 시시하고, 너무 너그럽지 않나요? 마지막으로 남은 하나의 아름답고 자비로운 모험은 죽음인 것 같아요.

― D. H. 로렌스

■ 삶의 마음은 선의를 베풀 때도 냉혹하다. 삶은 동정심에 빠지는 일이 없다. 그것은 고민과 욕망의 소리 따위는 들은 체도 않고 다만 제 갈 길을 헤쳐나갈 따름이다.  ― D. H. 로렌스

■ 삶을 진실하게 살려고 원하는 자는 오래 살도록 행동할 것이며, 동시에 언제든 죽을 각오를 지니고 살아야 한다.

― 에밀 리트레

■ 삶은 이 세상의 모든 개념 중에서 가장 깊이 박혀 있는 뿌리다.

― 빌헬름 딜타이

■ 사람은 단지 빵으로 사는 것이 아니다. 사람은 여러 가지 충격이 필요하다.  ― 장 프레보

■ 나의 지친 마음이여, 산다는 것은 얼마나 어려운 일인가.

― 헨리 F. 아미엘

■ 산다는 것은 날마다 쾌유하고 새로워지는 것인 동시에 다시 한 번 자신을 발견하고 되찾는 일이다.  ― 헨리 F. 아미엘

■ 사람은 인생의 각 시기에 들어가면서 언제나 초심자로 되돌아
간다. — S. 샹포르

■ 우리들 인생이란 커다란 연극의 부지런한 공연자다.
— 한스 카로사

■ 인생은 짧다. 그러므로 우리들은 애태우고 또 착각에 빠진다.
우리들은 이 세상에 사는 짧은 세월 사이에 삶의 열매를 따려
고 하지만 사실은 그 열매가 익는 데는 수천 년이 필요하다.
— 한스 카로사

■ 인생이란 만나는 것이며, 그 초대는 두 번 다시 되풀이되지 않
는다. — 한스 카로사

■ 모든 사람의 일생은 신의 손으로 쓰인 동화다. — 안데르센

■ 모든 사람들이 말한다, 『죽기도 쉽지 않다』고.—인생을 살아
야만 했던 사람들치고는 참 이상한 말이다. 살아 있는 사람은
불쌍하고, 죽은 사람이 부럽다. — 마크 트웨인

■ 우리들이 죽지 않는 몸이라고 하면 천천히 한가한 틈을 기다렸
다가 서로 복수할 수도 있을 것이다. 그러나 인생은 짧다. 우리
는 좀 더 의의 있는 일을 도모해야 한다. — 몽테를랑

■ 대문자만으로 인쇄된 책은 읽기 어렵다. 일요일만의 인생도 그
와 마찬가지다. — 장 파울

■ 인생은 한 권의 책과 같다. 어리석은 이는 그것을 마구 넘겨 버
리지만, 현명한 인간은 열심히 읽는다. 단 한 번밖에 인생을 읽
지 못한다는 것을 알고 있기 때문이다. — 장 파울

■ 인생은 짧고 근심스럽다. 그것은 철두철미 욕망 속에서 지낸다.
— 라브뤼예르

▪ 사람은 15세 때에 많은 여러 가지 것을 생각한다. 그리고 인생 문제를 거의 남김없이 발견한다. 그 후에는 그것에 익어 점점 그것을 잊어 간다.　　　　　　　　　— 자크 샤르돈느

▪ 매일, 매주, 매 계절, 매년 다른 점은 하나도 없다. 같은 시간에 출근하고, 같은 시간에 점심을 들고, 같은 시간에 퇴근한다. 그 것이 20세에서 60세까지 계속된다. 그동안 대서특필한 사건은 네 가지 밖에 없다. 결혼, 최초의 자식의 출산, 어버이의 죽음, 그 밖에는 아무것도 없다. 실례했습니다. 승진이었군요.

　　　　　　　　　　　　　　　　　— 모파상

▪ 인생이란 불충분한 전제에서 충분한 결론을 이끌어내는 기술이다.　　　　　　　　　　— 새뮤얼 버틀러

▪ 우리의 삶은 이성의 그림자조차도 싫어하는 신묘한 것이다. 생은 신비로운 것에 이끌려 이성을 멀리하고, 외면적 법칙의 명령에 거역함으로써 더욱 무르익어 간다.

　　　　　　　　　　　— 가브리엘레 단눈치오

▪ 삶은 고통이다. 삶은 공포이다. 그래서 사람은 불쾌해지는 것이다. 현재의 모든 것은 고통이며 공포이다. 사람은 지금 고통과 공포를 좋아하기 때문에 삶을 사랑하고 있는 것이다.

　　　　　　　　　　　— 도스토예프스키

▪ 산다는 것은 뭐라 해도 인생의 최고 목표이다.

　　　　　　　　　　　— 프란츠 그릴파르처

▪ 하느님은 누구에게도 삶을 받겠는가고 묻지 않는다. 그것은 선택이 허락되지 않기 때문이다. 살아갈 수밖에 없는 것이다. 선택이 가능한 것은 오로지 그 삶을 우리가 어떻게 사느냐 하는

것뿐이다.                                    — 헨리 비처

▥ 인간을 삶으로부터 유리(遊離)시키는 자들은 모두 나의 개인적
   인 적이다.                              — 앙드레 지드

▥ 나는 죽음의 수면 이외의 휴식을 바라지 않는다. 내가 만족시
   키지 못한 모든 욕망, 모든 정력이 사후에까지 남아 나를 괴롭
   히지 않을까 두렵다. 나의 심중에 대기하고 있던 모든 것을 이
   땅 위에서 나서 표출하고, 완전한 절망 가운데 죽기를 나는 희
   망한다.                                 — 앙드레 지드

▥ 삶의 가장 짧은 순간이라 할지라도 죽음보다 강하며, 죽음은
   모든 것이 끊임없이 새로워지도록 하기 위한 다른 삶의 허용에
   지나지 않는다.                           — 앙드레 지드

▥ 삶의 무거운 짐에서 우리를 해방시키는 것은 몽상의 여러 기능
   가운데 하나다.                           — 가스통 바슐라르

▥ 인생의 기술, 시인의 삶의 기술은 무언가를 하게 되는 것이 아
   니라 무엇인가를 스스로 하는 것이다.        — 헨리 소로

▥ 인생은 까딱 잘못한 기우(奇遇)이다.         — 토머스 하디

▥ 인생은 대리석과 진흙으로 이루어져 있다.  — 너대니얼 호손

▥ 인생의 샘(泉)은 영원을 향한 끊임없는 갈망이며, 신을 향한 동
   경이다. 따라서 우리들의 천성이 갖는 가장 고귀한 것이다.
                                          — A. 슐레겔

▥ 말을 타고 갈 수도 있고, 차를 타고 갈 수도 있고, 세 사람이
   갈 수도 있다. 그러나 최후의 제일보는 자기 혼자서 걸어야 한
   다.                                    — 헤르만 헤세

▥ 영혼은 늙어서 태어나 젊게 성장한다. 그것이 인생의 희극이다.

그리고 육체는 젊어서 태어나 늙어서 성장한다. 그것이 인생의 비극이다.　　　　　　　　　　　　　　— 오스카 와일드

■ 세상에는 평판에 오르기보다 못한 일이란 하나뿐인데, 그것은 평판에 오르지 않는다는 일이다.　　　　　— 오스카 와일드

■ 역설(逆說)이 될는지 모르지만—또한 역설은 늘 위험한 것이지만—예술이 인생을 모방하는 게 아니라, 인생이야말로 예술을 모방한다고 하는 것은 역시 진실이다.　　　— 오스카 와일드

■ 논리의 체계는 존재할 수 있다. 그러나 인생의 체계는 존재하지 않는다.　　　　　　　　　　　　　　— 키르케고르

■ 인생은 표를 사서 궤도 위를 달리는 차에 탄 사람은 알 수 없는 것이다.　　　　　　　　　　　　　　　— 서머셋 몸

■ 인생은 미래에 의해서 만들어진다. 마치 육체가 공허에서 만들어지는 것처럼.　　　　　　　　　— 장 폴 사르트르

■ 인생은 건축해야 할 대상이 아니라 불태워야 할 대상이다.
　　　　　　　　　　　　　　　　　— 알베르 카뮈

■ 인생은 낙원이에요. 우린 모두 낙원에서 살고 있는 거예요. 다만 우리가 그걸 알려고 하지 않을 뿐이죠. 만약에 우리가 그걸 알려고만 한다면 이 지상에는 내일이라도 낙원이 이루어질 거예요.　　　　　　　　　　　　　— 도스토예프스키

■ 인생은 고통이며 공포다. 고로 인간은 불행하다. 그러나 인간은 인생을 사랑하고 있다. 그것은 고통과 공포를 사랑하기 때문이다.　　　　　　　　　　　　　　— 도스토예프스키

■ 삶이란, 끊임없이 둘로 분열되려는 현상과, 한편으로는 끊임없이 하나로 합쳐지려는 현상 사이에서 끊임없이 타협해 나가며

동시에 끊임없이 투쟁해 나가는 과정 이외에 아무것도 아니다.
　　　　　　　　　　　　　　　　　　— 이반 투르게네프

■ 우리는 우리의 생활과 노력에 있어서 한 부분은 감정을 위해서, 또 한 부분은 실천을 위해서 따로 떼어 놓는 버릇을 가지고 있다.　　　　　　　　　　　　　　　　— R. 타고르

■ 인생을 대하는 가장 졸렬한 태도는 인생을 우습게 여기는 것이다.　　　　　　　　　　　　　　　　— T. 루스벨트

■ 그리하여 삶이라 불리는 열병은 정복되고 말았다.
　　　　　　　　　　　　　　　　　　— 에드거 앨런 포

■ 산다는 것은 정신이라는 이상한 방에 들어가는 것이다.
　　　　　　　　　　　　　　　　　　— 마르틴 부버

■ 네 운명을 사랑하라(Amor Fait.).　　— 프리드리히 니체

■ 삶은 길섶마다 행운을 숨겨두었다.　　— 프리드리히 니체

■ 참된 삶에 발을 들여놓는다는 것은—보편적 인생에 살면서 스스로의 개인적인 삶을 죽음으로부터 건져낸다는 것이다.
　　　　　　　　　　　　　　　　　　— 프리드리히 니체

■ 인생에 있어서 모든 고난이 자취를 감추었을 때를 생각해 보라! 참으로 을씨년스럽기 짝이 없지 않은가.
　　　　　　　　　　　　　　　　　　— 프리드리히 니체

■ 인생의 목적은 끊임없는 전진이다. 평탄한 길만이 있는 것은 아니다. 항해하는 배가 풍파를 만나지 않고 조용히만 갈 수는 없다. 풍파는 언제나 전진하는 자의 벗이다. 고난 속에 인생의 기쁨이 있는 것이다. 풍파 없는 항해, 얼마나 단조로운가! 고난이 심할수록 내 가슴은 뛴다.　　— 프리드리히 니체

■ 인생은 높이가 필요하다. 높이가 필요하기 때문에 계단이 필요하며, 계단과 그것을 올라가는 사람들의 상극(相剋)이 필요하다! 인생은 올라가려고 한다. 올라가면서 자기를 극복하려고 하는 것이다.  — 프리드리히 니체

■ 삶에 대한 절망 없이 삶에 대한 사랑은 있을 수 없다.
  — 알베르 카뮈

■ 삶을 고양시키는 것이라면 무엇이나 동시에 삶의 부조리 또한 증대시키기 마련이다.  — 알베르 카뮈

■ 산다는 것은 호흡이 아니라 행동이다.  — 장 자크 루소

■ 삶은 피어오르고 꺼지는 불꽃, 때로는 깜빡이고 때로는 타오르며, 그것을 꺼지지 않게 하는 기름의 원천은 보이지 않는다. 그러나 그 원천은 항상 상상력과 연관되어 있고, 그리고 상상력의 삶을 끊임없이 거부하는 문명은 야만 속으로 점점 더 깊이 침몰해 갈 수밖에 없을 것이다.  — 허버트 리드

■ 나는 톨스토이의 생애보다 더 큰 감동을 주는 예를 알지 못한다. 열흘 전부터 나를 그토록 거기에 집착하도록 강요한 것은 무엇일까? 그것은 최후의 순간까지 계속된 하나의 완벽한 삶이다. 거기에는 하나의 삶에 속하는 것이 죽는 순간까지 모두 존재하고 있다. 거기에는 생략되거나 속이거나 날조된 것이 하나도 없다. 한 인간이 가질 수 있는 모든 모순이 그의 삶 속에 들어 있다. 거기에는 어린 시절로부터 최후의 순간에 이르기까지의 모든 것의 세부적인 일들이 하나도 빠짐없이 어떤 형식으로든 간에 기록되어 있다.  — 엘리아스 카네티

■ 삶은 항상 현금이나 마찬가지로, 그대에게 약속을 하는 어음이

아니다. 삶이란 여기서 지금 당장 쓰는 현금이고, 액면 그대로의 가치를 그대에게 제공한다. — 오쇼 라즈니쉬

- 삶이란 역사보다 옛날이야기에 훨씬 더 가깝다. — 오쇼 라즈니쉬
- 딸기가 딸기 맛을 지니고 있듯이, 삶은 행복이란 맛을 지니고 있다. — 알랭
- 이미 살아온 하나의 인생은 초벌이고, 다른 하나가 청서(淸書)라면 얼마나 좋겠는가. — 안톤 체호프
- 인생은 돌이킬 수 없는 실수의 희극이다. — 알베르토 모라비아
- 우리는 감탄과 희망과 사랑으로 산다. — 조지 버나드 쇼
- 죽음을 두려워하는 사람을 나는 이해할 수가 없다. 삶이란 어지럽고 이간(離間)하는 것으로, 죽음보다 더 잔인한 것이다. 반면에 죽음은 어지러웠던 것이 모이고 타협하는 영원한 하나의 삶인 것이다. — 헬렌 켈러
- 내 인생의 모든 순간이 행복했다. — 헬렌 켈러
- 삶의 문제는 표면에서는 해결되지 않는다. 그것은 깊은 곳에서가 아니면 해결할 수가 없다. — 비트겐슈타인
- 말을 잘 못 타는 기사(騎士)가 말을 타고 있는 것처럼 나는 인생 위에 걸터앉아 있다. 지금 이 순간에도 내가 떨어지지 않고 있는 것은 오로지 말의 친절 때문이다. — 비트겐슈타인
- 인생이란 산마루를 넘는 길과 같다. 좌우 어느 쪽에도 미끄러운 비탈이 있기 때문이다. 어느 방향을 택해도 미끄러져 떨어진다. 나는 사람들이 그렇게 해서 떨어지는 것을 몇 번씩이나 목

격했고, 『이런 데에선 도저히 살아날 수가 없다.』고 말하는
것을 보았다.　　　　　　　　　　　　　— 비트겐슈타인

■ 삶이란 멀리서 보면 희극인데 가까이서 보면 비극이다.
　　　　　　　　　　　　　　　　　　— 찰리 채플린

■ 나는 인생에서 어떤 엄숙한 제재(題材)를 빼내어, 그것에서 내
가 찾을 수 있는 모든 희극적 효과를 끌어낸다.
　　　　　　　　　　　　　　　　　　— 찰리 채플린

■ 유년시절을 갖는다는 것은 하나의 삶을 살기 전에 무수한 삶을
산다는 것을 말한다.　　　　　　　— 라이너 마리아 릴케

■ 우리의 삶이 밝을 때도 어두울 때도, 나는 결코 인생을 욕하지
않겠다.　　　　　　　　　　　　　　— 헤르만 헤세

■ 삶은 구조적인 성장이고, 그 본성으로 보아 엄격한 통제나 예
측이 불가능한 것이다.　　　　　　　— 에리히 프롬

■ 올바른 삶은 이제 윤리적·종교적 욕구의 충족만이 아니다. 역
사상 최초로 인류의 육체적 생존이 인간심성(人間心性)의 극단
적 변화에 의존하게 되었다.　　　　　— 에리히 프롬

■ 사람의 한 평생은 그 어느 것과도 바꿀 수 없는 선물이며 뜻있
는 도전이다. 따라서 그것은 다른 어떤 무엇으로도 측정될 수
없는 고유한 것이다. 인생이란 『살 만한 가치가 있는 것인
가?』라는 식의 질문은 무의미하다. 아마 손익계산서를 가지고
인생을 셈하다 보면 인생이란 결국 살 만한 가치가 없게 될 것
이다.　　　　　　　　　　　　　　　— 에리히 프롬

■ 사람은 결코 죽음을 생각해서는 안 된다. 오직 삶을 사고하라.
이것이 진정한 신앙이다.　　　　　　— 벤저민 디즈레일리

■ 산다는 것은 서서히 태어나는 것이다.     — 생텍쥐페리

■ 인생 또한 이렇다. 우선 우리는 재화(財貨)를 모으고, 몇 해를 두고 나무를 심었다. 그러나 시간이 이 사업을 해체해 버리고 나무를 없애 버리는 그런 해가 오는 것이다. 동료들은 하나 둘 그늘을 우리에게서 빼앗아 간다. 그리고 우리들의 슬픔에는 늙어간다는 은근한 회한(悔恨)이 섞이는 것이다.  — 생텍쥐페리

■ 생명 있는 모든 것에 봉사함으로써 나는 세계에 대하여 뜻있고 목적 있는 행동을 다한다.     — 알베르트 슈바이처

■ 나의 삶에는 두 가지 체험이 그늘을 드리우고 있었다. 하나는 이 세상에는 헤아릴 수 없는 신비와 고뇌가 넘쳐흐르고 있다는 생각과, 다른 하나는 인류의 정신적 퇴폐기에 내가 살게 되었다는 사실에 자리하고 있다.     — 알베르트 슈바이처

■ 고통이 없는 사랑에는 삶이 없다.     — 토마스 아 켐피스

■ 목숨을 버릴 각오가 되어있지 않는 한 그것이 삶의 목표라는 어떤 확신도 가질 수 없다.     — 체 게바라

■ 인생은 모험, 두 번 다시 할 수 없는 내기이며, 그것은 축복을 받는 것인지, 저주를 받는 것인지의 어느 한쪽이다.

    — 요한 바오로 2세

■ 우리의 인생은 우리가 들인 노력만큼의 가치가 있다.

    — 프랑수아 모리아크

■ 인생이란 즐거운 일만 계속되는 피크닉의 드라이브 같은 것은 아니다. 빛과 그늘과 산과 골짜기와 명암이 엇갈리는 변화에 넘친 도정(道程)인 것이다. 불행이나 괴로움은 그것과 직접 얼굴을 맞대기가 싫다고 눈을 가리면 언젠가는 없어져 버리는 유령

같은 것은 아니다. 불행도 괴로움도 그것대로 없앨 수 없는 인생의 한 부분이므로 우리의 성장과 성숙은 그것들에 대한 우리의 태도와 밀접하게 맺어져 있는 것이다. — 앤드류 카네기

■ 인생 목표를 확립하고 행동하라. — 스티븐 코비

■ 인생에는 세 가지 변하지 않는 것이 있다. 변화, 선택, 그리고 원칙이다. — 스티븐 코비

■ 가장 큰 위험은 위험 없는 삶이다. — 스티븐 코비

■ 삶이 만든 최고의 발명품은 죽음이다. — 스티브 잡스

■ 인생은 한 편의 시(詩)다. 생물학적 입장에서 볼 때 유년시대, 성년시대, 노년시대의 삼자를 갖추고 있는 이 인생이 아름다운 배치가 아니라고 그 누가 단언할 수 있단 말인가. 하루에 아침, 낮, 일몰이 있고, 일 년에 4계절이 있는 그대로의 모습이야말로 얼마나 좋은 것인가. — 임어당

■ 인생의 황금시대는 늙어 가는 장래에 있는 것이지, 지나간 젊은 때의 무지에 있지 않다. — 임어당

■ 인생, 누가 능히 불사장생(不死長生)하랴. 불쌍타, 뜬 목숨이 호흡(呼吸)에 달렸거늘! — 보우(普雨)

■ 생명은 무엇이며 죽음은 무엇이뇨. 생명과 죽음은 한데 매어 놓은 빛 다른 노끈과 같으니, 붉은 노끈과 검은 노끈은 원래 다른 것이 아니라 같은 노끈의 한 끝을 붉게 들이고 한 끝을 검게 들였을 뿐이니, 이 빛과 저 빛의 거리는 영(零)이로소이다. 우리는 광대 모양으로 두 팔을 벌리고 붉은 끝에서 시작하여 시시각각으로 검은 끝을 향하여 가되 어디까지가 붉은 끝이며 어디서부터 검은 끝인지를 알지 못하나니, 다만 가고 가는 동안에

언제 온지 모르게 검은 끝에 발을 들여놓은 것이로소이다.

— 이광수

■ 난다고 기쁠 것은 무언가. 죽는다고 슬픈 것은 무언가. 내 몸과 마음을 잃었던 것은 흩어진대야 이 우주 안 대해에서 한 종지 물을 떴다가 엎질렀기로 아까울 것 있을까. 하물며 생사라는 묘리로 인하여 우주가 늘 새롭거든. 만일 생사가 없다면 진력이 안 날 것인가? 끝없는 새 경치를 보면 아는 길과 같이 우리 생명은 시시각각으로 새 인생 새 우주를 창조하며 영원의 길을 걸어가는 것일세. 여기 비로소 영생이 있지 아니한가.

— 이광수

■ 어디에선가 일도(一刀)로 5인을 참살한 사건이 났다. 즉사만 했다면 그들은 행복되리로다. 일순간에 인생의 모든 고뇌를 잊을 것을, 왜 사나? 무엇하러? 그렇지만 사는 재미도 없지는 않다. 이것저것 보기도 하고 듣기도 하고 말하기도 하니 재미가 아니라 하랴.

— 이광수

■ 산다는 말은 막연히 사는 사람의 생을 의미하고, 생활한다는 말은 그저 막연히 살아 있는 사람이 아니라 그 어떤 난관이라도 돌파하면서까지 살려고 노력하는 사람의 생을 의미한다.

— 이무영

■ 인생이란 삼자(三者)로 구조되었나니, 왈 유형(有形)한 것과 왈 무형한 것과 왈 유형 무형 간에 있는 것이 이것이라. 이 삼자의 하나라도 결하면 완전한 인생이 되지 못할지로다. — 이상재

■ 산다는 것은 내게만은 필요 이상의 야유에 지나지 않는다.

— 이상

■ 인생은 인생이라는 그만 이유로 이미 판토폰 3그램의 정맥주사
를 처방받아 있는 것이다.　　　　　　　　　　　— 이상

■ 복을 아끼고, 날마다 새로운 삶을 마련하도록 힘써라.

　　　　　　　　　　　　　　　　　　　　　— 이병도

■ 나 자신의 삶이 바르지 않은지를 항상 반성하라.　— 김선경

■ 생활하는 가운데서 사색하며 생의 신비를 더듬어 가는 일은 비
단 철학자들에게만 맡겨진 일이 아니다. 그것은 착잡한 현사회
로부터의 도피를 뜻하는 것이 아니다. 그것은 마음의 도전이다.
꿈은 회의나 허무의 수풀을 헤치고 나온 사람만이 투명하게 생
을 정시할 수가 있고, 생의 새로운 국면을 타개해 나갈 수 있는
것이다.　　　　　　　　　　　　　　　　　　　— 김태길

■ 사람이 세상에 태어나서 보람 있는 일을 하려면 어느 정도의
수(壽)가 필요함은 말할 것도 없다. 인생칠십고래희(人生七十古
來稀)라는 말도 있지만, 인간은 적어도 70세까지 살지 않고선
자아(自我)를 충분히 발휘할 수 없을 것 같다. 30세까지는 자라
며 배운다 치면 나머지 40년쯤은 일다운 일을 할 수 있을 것이
다.　　　　　　　　　　　　　　　　　　　　　— 조병옥

■ 삶도 시와 같다. 왜 사느냐? 즐겁기 때문이다. 그것 외에 삶의
본질을 설명한다면 그것은 삶의 속성을 어느 일면에서 풀이한
것이다.　　　　　　　　　　　　　　　　　　　— 박목월

■ 삶은 결코 미래에도 과거에도 존재하는 것이 아니라, 바로 지
금에 있는 것이다. 우리가 산다는 것보다 더 큰 인간에의 크나
큰 의의도 축복도, 심지어 보장도 없을 것이다. 인간에게는 산
다는 것이 전부이며, 그것을 어떤 목적에 예속시키게 되면 이

참되게 빛나고 싱싱하고 신선하고 약동하는 삶의 의의는 그 목
적으로 말미암아 일면화(一面化)되고 굳어 버리는 것이다.

— 박목월

■ 인생은 걸어가는 것이지, 나는 것도 아니고 굴러가는 것도 아
니다.                      — 김성식(金成植)

■ 살다가 산다는 힘에 부치면 수포(水泡)처럼 사라지겠지요. 인생
은 누구나 다 결국은 한 개 사라지는 수포니까요.

— 김말봉(金末峰)

■ 인생은 암실이다.                      — 모윤숙

■ 인생이란 본래부터 구질구질하게 마련된 것이 아닌가 하오. 그
래서 슬픔이 있구 아픔이 있구 한 거 아니겠소. 그 슬픔과 아픔
속에서 그 슬픔과 아픔에 패하지 않는 자만이 삶의 의의, 삶의
가치, 삶의 보람을 찾아내는 생의 승리자가 아닐까요.

— 최정희(崔貞熙)

■ 삶은 한갓된 인식이 아니요, 보다 근원적인 행위인 것이다.

— 박종홍

■ 우리가 산다는 것은 죽는다는 것과 별 차이가 없다. 왜냐하면
우리는 죽음과 삶의 갈림길에서 살고 있기 때문이다.

— 김성식

■ 삶이란 만남과 헤어짐의 연속 드라마다. 이 드라마 속에 삶의
진실이 있는 듯하다.           — 양명문(楊明文)

■ 산다는 노력은 절망보다 어렵다. 마음과 기백이 젊어 있다는
것은 쉽사리 늙었다고 주저앉는 것보다 훨씬 어려운 작업이다.

— 모윤숙

■ 인생은 아무리 부정해 보아도 하나의 나그네임에 틀림이 없다.
— 유달영(柳達永)

■ 삶은 짐이다. 충실한 삶은 그만큼 더 무거운 짐임을 말한다.
— 이주홍

■ 역사상 훌륭한 사람들이 인생을, 혹은 세월을 단편적으로 한 측면을 말해 보기는 많이 했어도 그 전체를 밝혀 놓은 예는 없다. 더러 각자가 실험적인 시도는 해 보고 간 사람이 있어도 누구도 속 시원히 보편타당한 근원적인 해결의 곳으로 인도해준 사람은 없다.
— 이주홍

■ 인생이란 생활과 체험이지, 결코 가벼운 추상(抽象)이나 기대에서 오는 것이 아니다.
— 김형석(金亨錫)

■ 사실 사람의 삶이란 긴 안목에서 보면 역사의 한 점이요 순간일 따름이다.
— 안병무

■ 결혼은 작은 이야기들이 계속되는 긴긴 이야기다. — 피천득

■ 손톱만한 냉이꽃이 함박꽃이 크다고 하여 기죽어 피지 않는 일이 있는가. 사람이 각기 품성대로 능력을 키우며 사는 것, 이것도 한 송이의 꽃이라고 나는 생각한다.
— 정채봉

■ 열기 있게 생활하고, 많이 사랑하고, 아무튼 뜨겁게 사는 것, 그 외에는 방법이 없다. 산다는 일은 그렇게도 끔찍한 일, 어려운 일이다. 그러나 그만큼 더 나는 생을 사랑한다. 집착한다.
— 전혜린

■ 삶이란 변화를 의미하는 것이다. — 신지식

■ 인생은 예술 이상의 예술이다. 우리는 저마다 자기의 인생을 조각하는 생의 예술가다. 우리 앞에는 생의 대리석이 놓여 있

다. 그것은 하나의 풍성한 가능성의 세계다. 이 가능성은 성실한 빛의 생애로 아로새겨질 수도 있고, 치욕의 어두운 생애로 형성되는 수도 있다. 이 가능성에다가 어떠한 내용의 현실성을 부여하느냐, 그것은 각자가 스스로 결정할 문제다. 우리는 저마다 자기 인생의 주인이다. ― 안병욱

▪ 산다는 건 어딘가를 가는 일, 느린 목선(木船)을 타고 시간의 물이랑을 시간 동안만 흐르는 일이다. 영원을 향해 가고 있듯이 더 멀리 더 오랫동안 흐르고 싶어 한다. ― 김남조

▪ 당신이 태어났을 땐 당신만이 울었고, 당신 주위 모든 사람들은 미소를 지었습니다. 당신이 이 세상을 떠났을 땐 당신 혼자 미소 짓고 당신 주위 모든 사람들이 울도록 그런 인생을 사십시오. ― 김수환

▪ 잠잠하던 숲에서 새들이 맑은 목청으로 노래하는 것은 우리들 삶에 물기를 보태주는 가락이다. ― 법정

▪ 산다는 것은 곧 소모한다는 것이며 더럽혀져 간다는 것입니다. ― 이어령

▪ 나는 의사였다가 기업가로, 다시 교수로 직업을 바꿨다. 그 전에 한 일은 쓸모가 없는 전혀 관련이 없는 분야로 넘어왔다. 효율성 측면에서 보면 나는 가장 비효율적인 사람이고, 나의 삶은 『실패한 인생』이라고 봐야 한다. 하지만 그렇지 않다. 그래서 인생은 효율성이 다가 아닌 것이다. ― 안철수

▪ 인생에 너무 늦었거나, 혹은 너무 이른 나이는 없다. ― 김난도

36

【속담 · 격언】

■ 거꾸로 매달아도 사는 세상이 낫다. (아무리 고생스럽더라도 죽는 것보다는 사는 편이 낫다)　　　　　　　　　　— 한국

■ 개똥밭에 굴러도 이승이 좋다. (아무리 많은 고생이 따를지라도 죽는 것보다는 살아 있는 것이 더 낫다)　　　　　　— 한국

■ 산 개가 죽은 정승보다 낫다. (보잘것없는 천한 신분으로 지내더라도 살아 있는 것이 죽은 것보다 낫다)　　　　— 한국

■ 맹감을 따 먹어도 이승이 좋다. (먹을 것이 없고 아무리 못살더라도 죽는 것보다는 사는 것이 낫다)　　　　　— 한국

■ 인생 겨우 오십 년. (사람의 한 평생은 극히 짧다)　— 한국

■ 인생은 뿌리 없는 평초(萍草). (사람이 살아간다는 것은 마치 물 위에 떠도는 부평초와 같이 허무하고 믿을 수 없는 것이다)
　　　　　　　　　　　　　　　　　　　— 한국

■ 삶에서 아내가 없다면 바퀴 없는 수레와 같다.　　— 중국

■ 인생에 자식이 없다면 모든 게 넉넉하지만, 뒤를 이을 자식이 없다면 모든 것이 허무하다.　　　　　　　　— 중국

■ 인생살이에 가장 힘든 것은 살아 헤어지기와 죽어 떠나보내기다.　　　　　　　　　　　　　　　　　— 중국

■ 젊은 부부는 쥐들이 꼬리를 물 듯 같이 다니고, 중년의 부부는 사랑과 인생의 도리를 이야기한다.　　　　　— 중국

■ 인생의 두 가지 보물—두 손과 머리.　　　　　— 중국

■ 인생에서의 세 가지 보물, 좋은 벗 · 어진 아내 · 해진 솜두루마기.　　　　　　　　　　　　　　　　— 중국

■ 인생의 3대 불행은 어려서 부모 잃고, 중년에 아내를 잃고, 노년에 자식 잃는 것.     — 중국

■ 인생에서 고귀하지 않은 세 가지—방귀뀌기 · 이 갈기 · 코 골기.     — 중국

■ 부평초 하나가 바다에 떠돌 듯, 인생살이 어디서든 다시 만나지 않겠는가?     — 중국

■ 깊은 곳에도 한 발, 낮은 곳에도 한 발. (울퉁불퉁한 인생역정)     — 중국

■ 꽃이 피니 비바람이 많듯, 인생에는 쓰디쓴 이별이 있다.     — 중국

■ 아직 나이 적다고 말하지 말라. 인생은 쉽게 늙는다. — 중국

■ 인생 마흔다섯이면 마치 산에서 내려온 호랑이 같다. (아직 기력은 건장하고 일할 만하다.)     — 중국

■ 인생 서른다섯이면 절반은 땅에 묻힌 셈이다. (인생의 절반은 지나갔다.)     — 중국

■ 나이 63세, 잉어가 여울물을 뛰어 올라가다. (63세는 인생의 새로운 전기가 될 수 있다)     — 중국

■ 인생 65세는 산림을 개척하는 도끼. 75세는 하산한 호랑이다. (6, 70대 노인일지라도 경시할 수 없다)     — 중국

■ 빈손으로 왔다가 빈손으로 가는 인생, 만금의 재산이 있어도 갖고 갈 수 없다네. (空手來空手去 萬貫家財拿不去)   — 중국

■ 인생이란 한판 바둑과 같다. (정해진 승패는 없다)   — 중국

■ 인생 백 년이 지나가는 나그네와 같다.     — 중국

■ 인생에는 세 번쯤 바보 같을 수 있다. (어리석은 결정을 내릴

38

때가 있다)　　　　　　　　　　　　　　　　　— 중국
- 인생 한 평생이 연극 아닌 것이 없다.　　　　　— 중국
- 무대는 하나의 작은 세상, 세상은 하나의 큰 무대.　— 중국
- 인생은 꿈과 같고, 꿈은 인생과 같다.　　　　　— 중국
- 인생에 먼 앞날을 내다본 계획이 없다면, 늙었을 때 모든 것이 공허하다.　　　　　　　　　　　　　　　　— 중국
- 젊은 부부는 쥐들이 꼬리를 물 듯 같이 다니고, 중년의 부부는 사랑과 인생의 도리를 이야기한다.　　　　　— 중국
- 아직 나이 적다고 말하지 말라. 인생은 쉽게 늙는다. — 중국
- 인생의 두 가지 보물—두 손과 머리.　　　　　— 중국
- 인생에서의 세 가지 보물—좋은 벗, 어진 아내, 해진 솜두루마기.　　　　　　　　　　　　　　　　　　— 중국
- 인생의 3대 불행은 어려서 부모 잃고, 중년에 아내를 잃고, 노년에 자식 잃는 것.　　　　　　　　　　　　— 중국
- 깊은 곳에도 한 발, 낮은 곳에도 한 발. (굴곡이 심한한 인생역정)　　　　　　　　　　　　　　　　　　　— 중국
- 인생에 있어서는 재판에 조심하고, 죽음에 있어서는 지옥을 생각하라.　　　　　　　　　　　　　　　　　— 중국
- 어떤 세대가 도로를 만들고, 다음 세대가 그 위를 지나간다.　　　　　　　　　　　　　　　　　　　　　— 중국
- 일 년의 희망은 봄이 정하고, 하루의 희망은 새벽이, 가족의 희망은 화합이, 인생의 희망은 근면이 정한다.　— 중국
- 삶이란 바람 속의 등불이다.　　　　　　　　　— 일본
- 어디서 사나 일생이다.　　　　　　　　　　　— 일본

- 더럽게 벌고 깨끗하게 살라. — 일본
- 백 년 이상 사는 사람은 없다. 그러나 하룻저녁에 천 년의 나이를 먹은 말은 있다. — 몽고
- 예술은 길고 인생은 짧다. (Art is long, life is short. : Ars longa, vita brevis.) — 라틴격언
- 우선 살고, 그리고 깊이 사색하라. — 중세 라틴
- 인생이 무엇인가를 옳게 알기 전에 인생은 벌써 반이 지나고 있다. — 영국
- 인생은 행복한 자에게는 너무나 짧고, 불행한 자에게는 너무나 길다. — 영국
- 우리는 울며 태어나서, 불평하며 살다가, 실망하여 죽는다. — 영국
- 마시고 부르자, 한 치 앞이 어둠이다. — 영국
- 오늘의 홍안, 내일의 백골. — 영국
- 나는 세상에 태어날 때 울었지만, 지금 매일 그 까닭을 내 눈으로 보고 있다. — 스페인
- 사람은 주사위와 같은 것이다. 그것은 인생에 던져지니까. — 프랑스
- 사랑이 없는 청춘, 지혜가 없는 노년—이 모두가 실패의 일생이다. — 스웨덴
- 청년은 무리를 이루고, 성년은 남녀의 짝을 짓고, 노년은 고독이다. — 스웨덴
- 인생은 어두운 밤과 같은 것이다. — 유태인
- 인생은 현인(賢人)에게 있어서는 꿈이며, 어리석은 자에게 있어

서는 게임이다. 부자에게 있어서는 희극이고, 가난한 자에게 있
어서는 비극이다.          — 유태인
- 인생은 천국에 들어가기 위한 검역기간이다.     — 아라비아
- 삶의 전반은 후반을 희구하는 데 쓰이고, 그 후반은 전반을 후
회하는 데 보내진다.          — 아라비아
- 사람은 여행한다. 여행을 한 다음에는 집으로 돌아온다. 사람은
산다. 살고 난 다음에는 대지로 돌아온다.     — 에티오피아
- 이 세상은 감옥이다. 우리는 모두 같은 문으로 들어가지만 각
각 다른 방에서 생활한다.          — 반츠족

## 【시 · 문장】

산(山)은 옛 산이로되 물은 옛 물이 아니로다
주야(晝夜)에 흐르거든 옛 물이 있을소냐
인걸(人傑)도 물과 같도다 가고 아니 오노매라.

         — 황진이(黃眞伊)


갈 제는 청산(靑山)이러니 올 제 보니 황산이로다.
산천도 변하거든 낸들 아니 늙을소냐.
두어라 저리 될 인생(人生)이니 아니 놀고 어이리.

         — 무명씨


근심에 가득 차, 가던 길 멈춰 서서
잠시 주위를 바라볼 틈도 없다면 얼마나 슬픈 인생일까?
나무 아래 서 있는 양이나 젖소처럼

한가로이 오랫동안 바라볼 틈도 없다면
숲을 지날 때 다람쥐가 풀숲에
개암 감추는 것을 바라볼 틈도 없다면
햇빛 눈부신 한낮, 밤하늘처럼
별들 반짝이는 강물을 바라볼 틈도 없다면
아름다운 여인의 눈길과 발
또 그 발이 춤추는 맵시 바라볼 틈도 없다면
눈가에서 시작한 그녀의 미소가
입술로 번지는 것을 기다릴 틈도 없다면,
그런 인생은 불쌍한 인생, 근심으로 가득 차
가던 길 멈춰 서서 잠시 주위를 바라볼 틈도 없다면,
　　　　　　　— 헨리 데이비스 / 가던 길 멈춰 서서


난 한 모금의 삶을 들이켰다
내가 치른 것을 말할게
정확히 말해 하나의 존재
시장가격(市場價格)이라고 그들은 말했다.
　　　　　　　— 에밀리 디킨슨 / 삶의 시


나에게 슬픈 곡조로 삶은 한낱 공허한
꿈이라고 말하지 말라!
잠자는 영혼은 죽은 영혼,
만물은 겉보기와는 다른 것.
삶은 진지한 것! 삶은 엄숙한 것!

결코 무덤이 그의 목표는 아닌 것.
본시 흙으로 된 존재이니,
그대는 다시 흙으로 돌아가야만 된다는 그 말은
우리의 영혼을 두고 한 말은 아니다.
예술은 길다지만 세월은 덧없이 흐르는 것
오늘 우리의 가슴은 튼튼하고 용감하지만,
우리가 지금 이 순간도 죽음을 향하여,
소리없이 행진을 하고 있다는 사실만은 아무도 부인하지 못하리.
인생의 광대한 싸움터에서,
인생의 야영장(野營場)에서,
말없이 쫓기는 가축의 무리는 되지 말자!
이 투쟁에 앞장서는 영웅이 되자!
미래는 믿지 말자, 그것이 제아무리 달콤하다 하더라도!
지나간 일은 지나간 일로 돌리자!
활동하자, 살아 있는 이 현재를 위하여 활동하자!
가슴 속엔 용기를 품고,
하늘 위엔 하나님이 계시다는 신념을 가지고!
위대한 우리의 선조들은 우리도 노력하면
우리의 삶이 거룩한 것이 될 수 있다는 모범을 남겨 주었다.
또, 이 삶을 뒤에 두고 떠나면서
인생의 모래밭 위에 발자국을 남겨 주었다.
수많은 우리의 형제들이
이 험난한 인생의 항로를 달리다가,
풍랑을 만나 구조는 끊어지고 절망 속에 허덕일 때,

이들이 남긴 발자국은 절망에서 우리를 구해 주는 등불이 되리!
자, 우리 모두 일어나 활동하자,
우리 앞에 어떤 운명이 우리를 기다리고 있다 하더라도.
이루고 또 추구하면서,
일하는 것을 배우고 기다리는 것도 배우자.
— 헨리 롱펠로 / 삶의 찬가

여러 사물 위에 펼쳐진,
성장하는 수레바퀴 속에서 나는 나의 삶을 살고 있다.
아마도 나는 최후의 수레바퀴를 완성하지는 않으리라.
그러나 나는 그것을 시험해 보고 싶다고 생각한다.
— 라이너 마리아 릴케 / 승원생활(僧院生活)

삶이 그대를 속일지라도
슬퍼하거나 노여워하지 말라
슬픈 날을 참고 견디면
기쁜 날이 오고야 말리니
마음은 미래에 살고
현재는 늘 우울한 것
모든 것은 순간에 지나가 버리고
지나가버린 것은 그리움 되리니
삶이 그대를 속일지라도
노여워하거나 서러워하지 말라
절망의 나날 참고 견디면

기쁨의 날 반드시 찾아오리라
마음은 미래에 살고
현재는 언제나 슬픈 법
모든 것은 한순간 사라지지만
가버린 것은 마음에 소중하리라
삶이 그대를 속일지라도
슬퍼하거나 노여워하지 말라
우울한 날들을 견디며 믿으라
기쁨의 날이 오리니
마음은 미래에 사는 것
현재는 슬픈 것
모든 것은 순간적인 것, 지나가는 것이니
그리고 지나가는 것은 훗날 소중하게 되리니
삶이 그대를 속일지라도
슬퍼하거나 노여워하지 말라
설움의 날을 참고 견디면
기쁨의 날이 오고야 말리니
　　　　　　— 알렉산드르 푸슈킨 / 삶이 그대를 속일지라도


나는 바란다. 운명이 이끄는 쪽으로,
마음 조용히 곧바로 인생행로를 가고 싶다고
투쟁도 뉘우침도 부러움도 없이.
　　　　　　　　　　— 폴 베를렌 / 상냥한 노래

인생은 한 권의 책과 같다.
어리석은 이는 그것을 마구 넘겨버리지만
현명한 이는 열심히 읽는다
인생은 단 한 번만 읽을 수 있다는 것을
알기 때문이다
　　　　　　　　　— 장 파울 / 인생은 한 권의 책과 같다


나는 가시나무가 없는 길을 찾지 않는다
슬픔이 사라지라고 요구하지 않는다
해가 비치는 날만 찾지도 않는다
여름 바다에 가기를 원하지도 않는다
햇빛 비치는 영원한 낮만으로는
대지의 초록은 시들고 만다
눈물이 없으면 세월 속에
마음은 희망의 봉우리를 닫는다
인생의 어떤 곳이라도
정신을 차려 갈고 일군다면
풍요한 수확을 가져다 주는 것이
손이 미치는 곳에 많이 있다
　　　　　　　　　— 사무엘 울만 / 인생의 선물


언제나 인생은 평화와 행복으로만
살아갈 수는 없다.
괴로움이 필요하다.

그리고 노력이 필요하고,
투쟁이 필요하다.
괴로움을 두려워하지 말고
슬퍼하지도 말라.
참고 견디어 나가는 것이 인생이다.
인생의 희망은 늘 괴로운 언덕길
너머에 기다리고 있다.

— 폴 베를렌 / 인생의 희망은


사랑이 햇빛이면
미움은 그늘이다
인생은 햇빛과 그늘로 짜여진
바둑판무늬이다

— 헨리 롱펠로 / 인생은 바둑판 무늬


아름다운 옷보다는
웃는 얼굴이 훨씬 인상적이다.
기분 나쁜 일이 있더라도
웃음으로 넘겨라.
찡그린 얼굴을
펴기만 하는 것으로도
마음도 따라서 펴지는 법이다.
웃음은 가장 좋은 화장이고
건강법이다.

웃음은 인생의 약이다.

　　　　　　　　　　　― 알랭 / 웃음은 인생의 약이다

인생은, 정말 현자들 말처럼
어두운 꿈은 아니랍니다
때로 아침에 조금 내린 비가
화창한 날을 예고하거든요
어떤 때는 어두운 구름이 끼지만
다 금방 지나간답니다
소나기가 와서 장미가 핀다면
소나기 내리는 걸 왜 슬퍼하죠?
재빠르게, 그리고 즐겁게
인생의 밝은 시간은 가버리죠
고마운 맘으로 명랑하게
달아나는 그 시간을 즐기세요
가끔 죽음이 끼어들어
제일 좋은 이를 데려간다 한들 어때요?
슬픔이 승리하여
희망을 짓누르는 것 같으면 또 어때요?
그래도 희망은 쓰러져도 꺾이지 않고
다시 탄력 있게 일어서거든요
그 금빛 날개는 여전히 활기차
힘 있게 우리를 잘 버텨주죠
씩씩하게, 그리고 두려움 없이

시련의 날을 견뎌내 줘요
영광스럽게, 그리고 늠름하게
용기는 절망을 이겨낼 수 있을 거예요.

— 샬럿 브론테 / 인생


어린애는 젖니를 기르다
7살이 되면 모든 치아를 가네.
14살이 되면 신은 성장의 표시를
그의 몸에 드러내게 하네.
세 번째 7년 동안은 팔다리가 굵어지고 턱수염이 나고
피부에선 성년의 티가 나네.
네 번째 7년 동안 사람은 힘이 절정에 달하고
자신의 탁월성을 한껏 드러낼 일을 찾네.
시간이 지나 다섯째 7년이 되면
사람은 결혼과 장차 대를 이을 자식을 생각하네.
여섯째가 되면 사람의 정신은 충분히 원숙하여
불가능한 일을 시도하지 않네.
일곱째 여덟 째 14년 동안 사람은
지혜와 말솜씨가 절정에 이르네.
아홉째 동안도 아직 많은 일을 할 수 있지만
말과 생각은 훨씬 무디어지네.
죽음이 올 때 지나간 70년을 모두 헤아려보면
죽음은 그리 빨리 오는 것은 아니네.

— 솔론 / 7년 단위로 본 인생

남으로 창(窓)을 내겠소
밭이 한참갈이
괭이로 파고
호미론 풀을 매지요.
구름이 꼬인다 갈 리 있소
새 노래는 공으로 들으랴오
강냉이가 익걸랑
함께 와 자셔도 좋소
왜 사냐건
웃지요.

— 김상용 / 남으로 창을 내겠소


내 인생에 가을이 오면
나는 나에게
물어볼 이야기들이 있습니다
내 인생에 가을이 오면
나는 나에게
사람들을 사랑했느냐고 물을 것입니다
그때 가벼운 마음으로 말할 수 있도록
나는 지금 많은 사람들을 사랑하겠습니다
내 인생에 가을이 오면
나는 나에게
열심히 살았느냐고 물을 것입니다
그때 자신 있게 말할 수 있도록

나는 지금 맞이하고 있는 하루하루를
최선을 다하며 살겠습니다
내 인생에 가을이 오면
나는 나에게
사람들에게 상처를 준 일이
없었냐고 물을 것입니다
그 때 자신 있게 말할 수 있도록
사람들을 상처 주는 말과
행동을 하지 말아야 하겠습니다
내 인생에 가을이 오면
나는 나에게
삶이 아름다웠느냐고 물을 것입니다
그때 기쁘게 대답할 수 있도록
내 삶의 날들을 기쁨으로 아름답게
가꾸어 가야겠습니다
내 인생에 가을이 오면
나는 나에게
어떤 열매를 얼마만큼 맺었느냐고
물을 것입니다
그때 자랑스럽게 말할 수 있도록
내 마음 밭에 좋은 생각의 씨를 뿌려 놓아
좋은 말과 좋은 행동의 열매를
부지런히 키워야 하겠습니다.

— 윤동주 / 내 인생에 가을이 오면

인생을 무엇에 비기리
산오름에 비기리라
오르면 새 경개요
넘으면 새 경개라
험한 턱 추어오르면 더욱 큰 경개로다
마루턱 다 올라설 때
오른 고생 혜오랴.

　　　　　　　　　　　　　— 이광수 / 人生의 기쁨


현실－꿈＝동물,
현실＋꿈＝심통(心痛＝이상주의라는 것),
현실＋유머＝현실주의(보수주의라고도 한다),
꿈＋유머＝환상(幻想),
꿈－유머＝광신(狂信),
현실＋꿈＋유머＝지혜.

　　　　　　　　　　　　　— 임어당 / 생활의 발견


### 【중국의 고사】

■ **호접몽(胡蝶夢)** : 나비의 꿈이 『호접몽』이다. 인생의 덧없음
을 비유해서 흔히 쓰고 있지만, 본래의 뜻은 보다 철학적인 의
미를 지니고 있다. 인생관과 우주관을 동시에 말해 주는 말이
다. 《장자》 제물론(祭物論)에서 장자는 말하고 있다.
　『언젠가 내가 꿈에 나비가 되었다. 훨훨 나는 나비였다. 내
스스로 아주 기분이 좋아 내가 사람이었다는 것을 모르고 있었

다. 이윽고 잠을 깨니 틀림없는 인간 나였다. 도대체 인간인 내가 꿈에 나비가 된 것일까, 아니면 나비가 꿈에 인간 나로 변해 있는 것일까? 인간 장주(莊周)와 나비와는 분명히 구별이 있다. 이것이 이른바 만물의 변화인 물화(物化)라는 것이다.』

장자는 또, 『하늘과 땅은 나와 같이 생기고, 만물은 나와 함께 하나가 되어 있다.』고 말했다. 그러한 만물이 하나로 된 절대의 경지에 서 있게 되면, 인간인 장주가 곧 나비일 수 있고, 나비가 곧 장주일 수도 있다. 꿈도 현실도 죽음도 삶도 구별이 없다. 우리가 눈으로 보고 생각으로 느끼고 하는 것은 한낱 만물의 변화에 불과한 것이다. 이러한 경지에 들어가면 참다운 우주의 신비, 실존의 진리, 참된 도를 터득할 수 있다는 뜻이다.

『제물(齊物)』이란 모든 사물을 한결같은 것으로 본다는 뜻으로, 일반적인 세상의 가치관을 초월하여 높은 경지에서 볼 때 모든 사물은 한결같은 것이다. 이러한 주장을 나타내고 있는 이야기의 하나가 이 『호접몽』이다. 문학과 예술 면에 널리 애용되고 있는 말이다.　　　　　　　　—《장자》 제물론편

■ **인생감의기(人生感意氣)** : 사람의 생은 의지와 용기에 감동한다는 말이다. 『계포에 두 번 승낙이 없고 / 후영은 일언을 중히 여긴다. / 인생을 살면서 의기에 감동하니(人生感意氣) / 공명을 누가 또 논하랴.』《당시선》의 권두를 장식하는 위징(魏徵)의 『술회』라는 이 시는 이때의 심정을 노래한 것이다. 자신을 인정해 준 고조(高祖)에 대한 보답으로 쓴 시다.

당나라 고조 때의 일이다. 등용된 지 얼마 되지 않은 위징이

황제에게 나아가 산동(山東)의 적 서세적(徐世勣 : 훗날의 이적)을 설득시키겠다고 하였다. 황제는 그가 원하는 대로 하라고 하였다. 용기를 얻은 위징은 길을 떠났다. 시는 이때의 위징 자신의 심정을 노래한 것이다. 자기의 능력을 알아준 황제의 은혜에 보답하고, 옛날의 절의 있는 어른들과 같은 위업을 세우겠다는 열정으로 가득 차 있다.

초(楚)나라 사람으로 한(漢)나라의 장군이었던 체면과 신의의 인물 계포와 전국시대 말 신릉군(信陵君)이 조(趙)나라를 도우려 할 때, 나이가 많아 종군할 수 없게 되자 『혼백이라도 따르겠다.』고 신릉군과 약속한 그 한 마디를 지키기 위해 스스로 목숨을 끊은 절의의 인물인 후영과 같은 이들을 본받겠다는 뜻이다. 무릇 인간은 마음이 통하기를 바라는 것인데, 자기도 황제의 알아주심에 감격하였으니 이제 공명 따위는 논할 바가 아니라는 뜻이다. 흔히 회자되는, 『나를 알아주는 사람이 있으면 그를 위해 목숨을 바쳐도 좋다.』와 같은 말이다.

이런 그가 54세로 죽었을 때, 태종(太宗)은, 『사람을 거울로 삼으면 자기의 행실이 옳은가 그른가를 알 수 있는데, 나는 거울로 삼을 사람을 잃었도다.』하고 탄식하였다고 한다.

— 《당시선(唐詩選)》

■ **근화일조몽(槿花─朝夢)** : 하루아침만의 영화, 인간의 덧없는 영화의 비유. 근화(槿花)는 무궁화를 말한다. 우리나라 국화인 무궁화(無窮花)란 이름은 꽃이 한번 피기 시작하면 초여름에서 늦가을까지 계속 끊임없이 핀다 해서 생겨난 이름이다. 그러나

나무 전체를 놓고 바라보면 그 꽃이 무궁으로 계속되고 있지만, 실상 그 꽃 하나를 놓고 보면, 꽃은 아침에 일찍 피었다가 저녁이면 그만 시들고 만다.

『근화일조몽』이란 말은 곧 이 무궁화의 겨우 하루아침만의 영화를, 덧없는 인간의 영화에 비유해서 쓰는 말이다. 『인생이 아침 이슬과 같다(人生朝露).』고 한 말은 이능(李陵)이 소무(蘇武)를 두고 한 말인데, 이와 같은 뜻으로 쓰이고 있다. 이 말은 백낙천의 칠언율시 『방언(放言)』이란 제목의 다섯 수 중 한 수에 있는 말로 하루아침 꿈이 아닌 하루의 영화로 되어 있다.

『태산은 털끝만큼도 업신여기기를 필요로 않고 / 안자는 노팽을 부러워하는 마음이 없다. / 소나무는 천 년이라도 끝내는 썩고말고. / 무궁화는 하루라도 스스로 영화로 삼는다(槿花一日自爲榮). / 어찌 모름지기 세상을 그리워하며, 항상 죽음을 근심하리오. / 또한 몸을 싫어하고 함부로 삶을 싫어하지 말라. / 삶이 가고 죽음이 오는 것이 다 이것이 헛것이다. / 헛된 사람의 슬퍼하고 즐거워하는 것에 무슨 정을 매리요.』

글 뜻을 풀어 보면 『태산이 아무리 크지만, 털끝같이 작은 것이라 해서 업신여길 까닭은 없다. 공자의 제자 안자는 겨우 서른두 살로 요절했지만, 그는 8백 년을 살았다는 팽조(彭祖)를 부러워하지 않았다. 소나무가 천 년을 산다 해도 결국에 가서는 썩고말고. 무궁화는 하루밖에 피어 있지 못하지만, 오히려 스스로 영화로 알고 있다. 그런데 굳이 세상일에 애착을 버리지 못하여 늘 죽음을 걱정할 필요가 무엇이겠는가. 그리고 또 육신을 미워하며 삶을 싫어할 이유도 없다. 태어나 사는 거나 다시 죽음이 오는 거나 모두가 헛것에 불과하다. 삶이란 바로 헛것이다. 그 헛된 삶의 슬픔이니 즐거움이니 하는 것에 무슨 애착을 가지려 한단 말인가.』

　백낙천이 여기서 말한 무궁화의 하루 영화란, 영화의 덧없는 것을 한탄한 것이 아니고, 하루의 영화로 만족해하라는 뜻이다. 우리가 현재 쓰고 있는 하루아침 꿈이란 뜻과는 상당한 거리가 있는 말이다.　　　　　　　　　　— 백낙천 / 방언(放言)

■ **새옹지마(塞翁之馬)** : 인생의 길·흉·화·복이란 항시 바뀌어 예측할 수 없는 것. 어느 것이 참다운 복이 되고 화가 되는지 알 수 없는 세상일을 가리켜 『새옹지마』라고 말한다. 새옹은 북쪽 변방에 사는 늙은이란 뜻이다. 《회남자》의 인간훈(人間訓)에 나오는 이 유명한 이야기의 대략의 줄거리를 여기 인용해 보자.

　북방 국경 가까이에 점을 잘 치는 사람이 살고 있었다. 하루는 말이 아무 까닭도 없이 도망쳐 오랑캐들이 사는 국경 너머로 들어가 버렸다. 마을 사람들이 찾아와 동정을 하며 위로를 하자, 이 집 주인 늙은이는, 『이것이 어찌 복이 될 줄 알겠소』하고 조금도 걱정하는 기색이 없었다.

　그럭저럭 몇 달이 지났는데, 하루는 뜻밖에 도망했던 말이 오랑캐의 좋은 말을 한 필 끌고 돌아왔다. 마을 사람들은 모두 몰려와서 횡재를 했다면서 축하를 했다. 그러자 그 영감은 또, 『그게 화가 될지 누가 알겠소.』하고 조금도 기뻐하는 기색을 보이지 않았다. 그런데 집에 좋은 말이 하나 더 생기자, 전부터 말 타기를 좋아하던 주인의 아들이 데리고 온 호마를 타고 들 판으로 마구 돌아다니다 그만 말에서 떨어져 넓적다리를 다치고 말았다. 사람들은 또 몰려와서 아들이 병신이 된 데 대해 안타까워하는 인사를 했다. 그러자 영감은, 『그것이 복이 될지 누가 알겠소.』하고 담담한 표정이었다.

그럭저럭 1년이 되자, 오랑캐들이 국경을 넘어 대규모로 침략해 들어왔다. 장정들은 일제히 활을 들고 나가 적과 싸웠다. 그리하여 국경 근처의 사람들이 열에 아홉은 전쟁에 나가 모두 죽었는데, 유독 이 영감의 아들만은 다리병신이라서 부자가 함께 무사할 수 있었다. 그러므로 복이 화가 되고, 화가 복이 되어, 변화가 끝이 없고, 그 깊이를 헤아릴 수가 없다고 회남자는 결론을 맺고 있다.

여기에서 예측할 수 없는 길흉화복을 비유해서, 또 눈앞의 이해득실에 웃었다 울었다 할 필요가 없다는 뜻으로 『새옹지마』란 말을 쓰게 되었다. 또 이것을 가리켜 『인간만사 새옹마』라고 하는데, 이것은 원(元)나라의 중 희회기(熙晦機)의 시에, 『인간의 모든 일은 새옹의 말이다(人間萬事塞翁馬). 추침헌 가운데 빗소리를 들으며 누워 있다(推枕軒中聽雨眠)』고 한 데서 나온 말이다. ——《회남자》인간훈

■ **남가일몽**(南柯一夢) : 꿈과 같이 헛된 한때의 부귀와 영화.『남가일몽』은 남쪽으로 뻗은 나뭇가지 밑에서의 한 꿈이란 뜻이다. 사람의 덧없는 일생과 부귀 같은 것을 비유해 하는 말이다. 옛날 소설 따위를 보면 생시와 다름없는 역력한 꿈을 말할 때

이 남가일몽이란 문자를 쓰곤 했다. 생시와 다름없는 꿈이란 뜻일 것이다. 장자의 『호접몽(胡蝶夢)』 이야기처럼 사람은 과연 생시 같은 꿈을 꾸고 있는 건지, 꿈같은 삶을 살고 있는 건지 모를 일이다.

남가일몽이란 문자의 유래는 다음과 같다. 당나라 덕종(德宗) 때, 강남 양주(揚州) 땅에 순우분이란 사람이 살고 있었다. 그의 집 남쪽에는 몇 아름이나 되는 큰 괴화나무가 넓게 그늘을 드리우고 있었는데, 여름철에는 친구들과 어울려 그 괴화나무 밑에서 술을 마시며 즐기곤 했다. 하루는 밖에서 술에 취한 순우분이 친구의 부축을 받으며 집으로 업혀 들어와서는 처마 밑에서 잠시 바람도 쐴 겸 누워 있었다.

잠이 어렴풋이 들었는가 했는데, 문득 바라보니 뜰 앞에 두 관원이 넙죽 엎드려 있었다. 그들은 머리를 들고, 『괴안국(槐安國) 국왕의 어명을 받잡고 모시러 왔습니다.』 하는 것이었다. 순우분은 그들을 따라 문 밖에 대기하고 있는 네 마리 말이 끄는 마차에 올라탔다. 마차는 쏜살같이 달리더니 큰 괴화나무 뿌리 쪽에 있는 나무 굴로 들어갔다. 처음 보는 풍경 속을 수십 리를 지나 화려한 도성에 와 닿았다. 왕궁이 있는 성문에는 금으로 『대괴안국(大槐安國)』이라 씌어 있었다.

국왕을 알현하자, 국왕은 그를 부마로 맞이할 뜻을 비쳤다. 그의 부친은 일찍이 북쪽 변방의 장수로 있었는데, 그가 어릴 때 간 곳을 알 수 없게 되었다. 괴안국 왕의 이야기로는 그의 아버지와 상의가 있어 이 혼사를 결정했다는 것이었다. 부마로 궁중에서 살게 된 그에게 세 명의 시종이 따르게 되었는데, 그 중한 사람은 얼굴이 익은 전자화(田子華)란 사람이었다. 또 조회 때 신하들 속에 술친구였던 주변(周弁)을 발견하게 되었는데, 전자화의 말로는 지금은 출세를 해서 대신이 되어 있다고 했다.

이윽고 남가군(南柯郡)의 태수로 임명되어, 전자화와 주변을 보좌역으로 데리고 부임했다. 그로부터 20년 동안 두 사람의 보좌로 고을이 태평을 누리게 되고, 백성들은 그를 하늘처럼 우러러보았다. 그 사이 다섯 아들과 두 딸을 얻었는데, 아들들은 다 높은 벼슬에 오르고, 딸은 왕가에 시집을 가서, 그 위세와 영광을 덮을 가문이 없었다. 20년이 되던 해, 단라국(檀羅國) 군대가 남가군을 침략해 들어왔다. 주변이 3만의 군대를 이끌고 나가 맞아 싸웠으나 크게 패했다. 주변은 이내 등창을 앓다가 죽고, 뒤이어 순우분의 아내 역시 급병으로 세상을 떠나고 말았다.

그는 벼슬을 사임하고 서울로 돌아왔다. 그러나 그의 명성을 사모하여 찾아오는 귀족과 호걸들이 문턱이 닳도록 드나들었다. 그러자 그가 역적 음모를 꾸민다고 투서를 하는 사람이 있었다. 왕은 겁을 먹고 있던 참이라 그에게 근신을 명령했다. 그는 스스로 죄가 없는지라 심한 불행 속에 나날을 보냈다. 이것을 눈치챈 국왕 내외는 그에게, 『고향을 떠난 지 벌써 오래니, 한번 다녀오는 것이 어떻겠는가? 그동안 손자들은 내가 맡을 터이니 3년 후에 다시 만나기로 하지』 하고 권했다.

그가 놀라, 『제 집이 여긴데, 어디를 간단 말입니까?』 하고 반문하자, 『그대는 원래 속세 사람, 여기는 그대의 집이 아닐세』 하며 웃는 것이었다. 순우분은 그제야 옛날 생각이 되살아나 고향으로 돌아가기로 했다. 처음 그를 맞이하러 왔던 사람들에 의해 옛 집으로 돌아오자, 처마 밑에 자고 있는 자기 모습이 보였다. 깜짝 놀라 우뚝 서 있노라니 두 관리가 큰 소리로 그의 이름을 불렀다. 번쩍 눈을 뜨니, 밖은 그가 처음 업혀 올 때와 변한 것이 없고, 하인은 뜰을 쓸고 있고, 두 친구는 발을 씻고 있었다.

그가 친구와 함께 괴화나무 굴로 들어가 살펴보니 성 모양을 한 개미집이 있는데, 머리가 붉은 큰 개미 주위를 수십 마리의 큰 개미가 지키고 있었다. 그것이 『대괴안국』의 왕궁이었다. 다시 구멍을 더듬어 남쪽으로 뻗은 가지(南柯)를 네 길쯤 올라가자 네모진 곳이 있고 성 모양의 개미집이 있었다. 그가 있던 남가군이었다.

그는 감개가 무량해서 그 구멍들을 본래대로 고쳐 두었는데, 그날 밤 폭풍우가 지나가고 아침에 다시 보니 개미들은 흔적마저 보이지 않았다. 남가군에서 만난 사람들과는 열흘 전에 만난 일이 있었다. 하인을 시켜 알아보니 주변은 급병으로 죽고, 전자화도 병으로 누워 있었다. 그는 이 남가의 한 꿈에 인생의 허무함을 깨닫고 술과 여자를 멀리하며 도술(道術)에 전념하게 되었다. 그런 지 3년 뒤에 집에서 죽었는데, 이것이 남가국에서 약속한 기한이 되는 해였다.　　　　─《태평광기(太平廣記)》

■ **인생여조로(人生如朝露)** : 해가 뜨면 곧 말라 스러지고 마는 아침이슬과 같이 인생은 짧고 덧없다는 말이다. 『인생여초로(人生如草露 : 인생은 풀잎의 이슬과 같다)』라고도 한다. 전한 무제 때 소무라는 이가 있었다. 유명한 『안서(雁書 : 먼 곳에서

전해 온 반가운 편지)』의 바로 그 주인공이다. 그는 한나라와 흉노 간에 포로교환이 있을 때 그 사자(使者)로 흉노 땅에 들어 갔다가 억류되었던 적이 있었다. 그는 항복하라는 선우(흉노의 우두머리)의 협박에도 끝내 응하지 않다가 지금의 바이칼 호의 한 섬으로 유배되었다. 흉노는 그에게 숫양을 기르게 하면서, 『그 숫양이 새끼를 낳으면 귀국시켜 주겠다.』라고 했다. 그곳 에서 소무는 들쥐와 풀뿌리로 굶주림을 견디고, 매서운 추위와 싸우면서 귀국의 날만을 고대하였다.

그러던 어느 날, 친구였던 이능 장군이 찾아왔다. 이능 역시 흉노 군과 싸우다가 패하여 선우의 빈객으로 대접을 받고 있었 다. 이능은 항복한 장수라는 것이 부끄러워 감히 소무를 찾지 못하다가 선우의 명을 받고 찾아온 것이었다. 이능은 소무를 위 로하며 이렇게 말했다. 『선우는 내가 그대의 친구라는 것을 알 고 꼭 모셔오라며 나를 보냈다네. 이제 그만 나와 함께 선우에 게 나아가도록 하세. 『인생은 아침이슬과 같다』는 말도 있지 않은가.』

그러나 소무의 지조는 그런 말로는 꺾지 못했다. 이능은 무거 운 마음으로 혼자 돌아갈 수밖에 없었다. 끝내 절조를 꺾지 않 고 버티던 소무가 고국 땅을 밟았을 때는 집을 떠난 지 어언 19 년 만이었다.　　　　　　　　　　　　　　─《한서》소무전

■ **부귀여부운(富貴如浮雲)** : 부귀는 한갓 덧없는 인생이나 세상과 같다. 부(富)니 귀(貴)니 하는 것은 떠가는 구름이나 다를 바가 없다는 것이다. 이 말은 원래 공자가 한 말에서 비롯된다. 《논

어》술이편에 보면 이런 얘기가 나온다. 『나물밥(疏食소사) 먹고 물마시며 팔 베고 자도 즐거움이 또한 그 속에 있다. 옳지 못한 부나 귀는 내게 있어서 뜬구름과 같다.』

소사(疏食)는 거친 밥이란 뜻으로 풀이된다. 거친 밥 중에는 아마 나물에 쌀알 몇 개씩 넣은 것이 가장 거친 밥일 수 있을 것이다. 그러나 소(疏)는 채소라는 소(蔬)로도 통할 수 있다. 그래서 그런지 우리나라 노랫가락 속에도 이런 것이 있다. 『나물 먹고 물마시고 팔 베고 누웠으니, 대장부 살림살이 이만하면 족하구나.』

아무튼 진리와 학문을 즐기며 가난을 잊고 자연을 사랑하는 초연한 심정이 약간 낭만적으로 표현된 멋있는 구절이라 아니 할 수 없다. 다만 주의할 일은 불의(不義)라는 두 글자가 붙어 있는 점이다. 세상을 건지고 도를 전하려면 역시 비용이 필요하고 권세가 필요하다. 그러나 그것은 어디까지나 정당한 방법으로 얻어진 것이 아니면 안된다. 단순히 부만을 위한 부나, 귀만을 위한 귀는 올바르게 살려는 사람에게는 아무런 의미도 없다. 그야말로 떠가는 구름과 같은 것이다.

불의라는 두 글자 속에는 공자의 세상을 차마 버리지 못하는 구세(救世)의 안타까움이 깃들어 있다. 이 불의라는 두 글자마저 없다면 공자는 세상을 등지고 자연만을 찾아 외롭게 사는 도가(道家)가 되고 말았을 것이다. 사실 『부귀여부운』이란 단순한 말 가운데는 세상과는 전연 관련이 없는 은자(隱者)의 심정 같은 것이 풍기고 있다.　　　　　—《논어》술이편

■ **한단지몽**(邯鄲之夢) : 인생과 영화의 덧없음의 비유. 한단은 하북성에 있는 전국시대 조(趙)나라의 서울이었던 곳이다. 당 현종 개원(開元) 연간에 있었던 일이다. 도사인 여옹(呂翁)이 한단으로 가는 도중 주막에서 쉬고 있었다. 거기에 노생(盧生)이란 젊은이가 남루한 차림으로 검은 망아지를 타고 가다가 역시 쉬게 되었다.

젊은이는 여옹과 이야기를 주고받다가 문득 생각난 듯이, 『사나이가 세상에 태어나서 부귀를 누리지 못하고 이런 시골 구석에 처박혀 있다니…….』하고 한숨을 지었다. 『보아하니, 나이도 젊고 얼굴도 잘생긴데다가 매우 패기가 있어 보이는데, 왜 그런 실망에 찬 소리를 하는 거지?』하고 여옹이 물었다. 그러자 노생은 이렇게 대답했다. 『마지못해 살고 있을 뿐, 즐거움이란 것이 전연 없습니다.』『어떻게 살면 즐겁게 사는 건가?』하고 묻자, 노생은 출장입상(出將入相)에 부귀영화를 누리는 것이 가장 소원이라고 대답했다.

그때 노생은 갑자기 졸음이 왔다. 그때 마침 움막집 주인은 메조(黃粱)를 씻어 솥에다 밥을 짓고 있었다. 여옹이 행랑에서 베개를 꺼내 노생에게 주며 말했다. 『이걸 베고 눕지. 모든 것이 소원대로 이루어질 테니까.』청자로 된 베개였는데 양쪽에 구멍이 뚫려 있었다.

노생이 베개를 베고 눕는 순간 잠이 어슴푸레 들며 베개 구멍이 열리더니 속이 훤히 밝아왔다. 노생은 일어나 그리로 들어가 어느 부잣집에 이르렀다. 그리하여 마침내 그는 당대 제일가는 부잣집인 최씨(崔氏)집 딸과 결혼하게 된다. 노생은 날로 살림이 불어나며 다시 과거에 급제까지 하게 된다. 고을의 원이 되어 크게 업적을 올린 끝에 3년 후에는 수도 장관으로 승진되어 장안으로 부임해 오게 된다. 다시 그는 오랑캐를 무찌르기 위해 절도사(節度使)로 부임하여 큰 공을 세우고 약간의 파란이 있기는 했으나 꾸준히 승진을 거듭하여 마침내 재상에까지 오르게 된다.

한때 간신의 모함을 받아, 포리들이 집을 둘러싸고 그를 역모 혐의로 잡아가려 했다. 그는 아내를 보고, 『내가 고향에서 농사나 짓고 있었으면 배고픔과 추위를 겪지 않고 편안히 살 수 있었을 것을 무엇이 부족해서 애써 벼슬을 하려 했던가…….』하며 칼을 뽑아 들고 자살하려 했다. 그러나 아내가 말리는 바람에 미수에 그쳤는데, 다행히 사형은 면하고 멀리 남방으로 좌천이 되었다. 그러나 몇 해 후 모함을 받은 사실이 밝혀져 다시 재상으로 들어앉게 된다. 다섯 아들에 손자가 열이었고, 며느리들도 다 명문가 딸이었다. 이렇게 50년의 부귀를 누린 끝에 현직 재상의 몸으로 고요히 세상을 뜬다.

노생은 기지개를 켜며 하품을 하는 순간 잠이 깨었다. 살펴보니 주막집에 누운 그대로였고 옆에는 여옹이 앉아 있었다. 주인은 아직도 밥이 다 되지 않았는지 불을 때고 있다. 노생은 깜짝 놀라 일어나며, 『아니 꿈이었던가!』하고 소리쳤다. 그러자 여옹이 옆에서, 『이 세상이란 원래 그런 걸세』하고 웃었다. 노생은 과연 그 여옹의 말이 그렇다 싶었다.

노생은 잠시 후, 『총욕(寵辱)과 득실과 생사가 어떤 것인지를 다 알게 되었습니다. ……선생님의 가르치심은 절대로 잊지 않

겠습니다.』하고 두 번 절한 다음 떠나갔다는 것이다. 이 이야
기에서 덧없는 일생을 비유하여 『한단지몽』 혹은 『한단몽』
이라고 한다.　　　　　　　　　— 심기제 /《침중기(沈中紀)》

【명작】

■ **삶의 한가운데**(Mitte des Lebens) : 전후 독일의 가장 뛰어난 산문
작가로 평가받고 있으며 시몬 드 보봐르(Simone de Beauvoir)와
더불어 현대여성계의 양대 산맥으로 일컬어지는 독일의 여류
소설가 루이제 린저(Luise Rinser, 1911~2002)의 대표적인 장편
소설로서 1950년에 발표되었다.

　여주인공 니나 붓슈만의 삶을 통해 사랑의 본질적인 의미를
탐구한 작품으로, 니나를 사랑한 의사 슈타인의 일기체 형식의
소설이다. 제2차 세계대전 후 침체된 독일문단에 참신한 활력
을 불어넣었으며, 전쟁의 상처로 허무주의(nihilism)에 빠져 있던
유럽의 젊은이들을 열광시켜 작가적 역량을 인정받았다.

　암으로 죽음을 앞둔 대학교수이며 의사인 슈타인은 여주인공
니나 붓슈만에게 마지막 편지를 남긴다. 그는 니나를 처음 만
나면서부터 써왔던 일기장도 함께 보냄으로써, 그 속에 관찰된
니나의 변모와 자신에 대한 솔직한 고백에 자신의 생의 전부를
건다. 니나보다 20년이나 연상인 이 남자는 18년이라는 오랜
세월을 통해 한 여인의 성장과 변화를 관찰하며, 그녀의 눈짓
이나 음성 등 아주 사소한 변화에도 섬세한 감정의 변화를 겪
는다.

　슈타인은 오랫동안 항상 새로운 것을 추구하고 거칠 것 없는

젊은 여류작가 니나의 방종을 위대한 인내심으로 견뎌내야 했다. 니나와의 결혼을 진심으로 원하지만, 그녀가 자기 친구인 알렉산더의 아이를 낳는 것을 지켜보아야 했고, 자살하려는 그녀를 살려내야 했다. 또 니나가 그녀의 남편인 할의 옥중자살을 방조하는 모험을 도와주어야 했다. 니나는 아들을 낳은 후 반란 방조죄로 15년 형을 언도받고 감금된다. 그러나 자살도 생의 일부처럼 보이는 그녀에게 두려움을 줄 수 있는 것은 아무것도 없었다.

전쟁이 끝나고 니나는 석방되어 슈타인을 방문한다. 니나 붓슈만은 생의 한가운데 서서 삶을 두려움 없이 온전히 받아들이고, 그것을 의지로써 변화시키고자 하는 자기 신념 속에 살아가는 이지적인 여성이다. 반면에 나약한 지식인의 표본처럼 보이는 슈타인은 죽음 앞에서 생을 통찰하고, 그것을 받아들임으로써 구원을 얻는다.

루이제 린저의 자전적 색채가 짙은 소설로, 여주인공 니나 붓슈만은 작가의 체취를 강하게 풍긴다. 파란만장한 인생항로와 맞서는 니나 붓슈만의 삶의 자세는 작가가 추구하는 인간상이라고 할 수 있다. 니나는 작가가 생각하는 인간의 우수와 슬픔을 생 자체로 받아들여 극복하고자 했고, 그것이 인간이 원죄를 벗어나 구원을 얻는 길이라고 믿었다. 단순한 애정소설을 넘어서서 사랑, 희망, 절망, 생에 대한 강한 집념 등 인간의 보편적인 문제들을 유추해 볼 수 있는 이 작품으로 루이제 린저는 슈켈레(schickele) 문학상을 수상했다.

【成句】

■ 투생(偸生) : 삶을 훔친다는 뜻으로, 치욕을 치욕으로 여기지 않고 목숨을 부지하는 것. 하는 일 없이 그저 부질없이 살아 있는 것. 또 억지로 꾹 참고 살아가는 것, 구차하게 사는 것. 투생(媮生)이라고도 쓴다. /《초사》

■ 초간구활(草間求活) : 민간에서 삶을 구한다는 뜻으로, 욕되게 한갓 삶을 탐냄을 이르는 말. /《진서》

■ 취생몽사(醉生夢死) : 아무 뜻과 이룬 일도 없이 한평생을 흐리멍덩하게 살아감.

■ 일반생의(一般生意) : 일반 삶의 뜻.

■ 유유자적(悠悠自適) : 속세를 떠나 아무것에도 속박되지 않고 자기가 하고 싶은 대로 마음 편히 삶.

■ 일사일생(一死一生) : 죽음과 삶. 보통 순경(順境)과 역경(逆境), 행과 불행이 반복하는 데에 비유한다. /《사기》

■ 절처봉생(絶處逢生) : 궁박한 끝에는 살 길이 생김을 이름.

■ 각자도생(各自圖生) : 사람은 제각기 살아갈 방법을 모색한다는 뜻.

■ 공수래공수거(空手來空手去) : 사람이 빈손으로 태어나서 빈손으로 간다는 뜻으로, 인간이 세상에 태어났다가 결국은 허무하게 죽음을 비유함.

■ 인생여풍등(人生如風燈) : 사람의 목숨은 풍전등화(風前燈火) 같아서 내일을 기약할 수 없다는 말.

■ 악전고투(惡戰苦鬪) : 강적에 맞서는 고달픈 싸움. 곤란을 극복

하는 노력. 인생 그 자체라고도 말할 수 있다.

- 역려과객(逆旅過客) : 세상은 마치 여관과도 같고, 인생은 이 여관에서 잠시 머무는 나그네와 같다는 뜻.

- 위약조로(危若朝露) : 위태롭기가 마치 해가 뜨면 곧 말라 없어질 아침이슬과도 같음. 인생의 무상을 비유하여 이르는 말. / 《사기》

- 구극(駒隙) : 사람이 천지지간에 살아 있는 것은, 흰 망아지가 문틈으로 스쳐가는 것과 같아서 바로 눈 깜짝할 사이에 지나지 않는다. 곧 시간이나 세월의 빠름을 비유하는 말. 또 인생이 잠시라는 것을 비유하는 말로도 쓰인다. / 《장자》

- 대화유사(大化有四) : 대화(大化)는 인생에 있어 특별히 두드러진 성장의 단계, 변화의 뜻. 사람의 일생에 있어서의 변천에는 네 단계가 있다. 곧 아기의 시절, 젊고 혈기왕성한 시절, 늙은이 시절, 그리고 죽음의 시절이 그것이다. / 《열자》

- 부유지명(蜉蝣之命) : 하루살이 목숨이란 뜻으로 짧고 덧없는 인생의 비유. / 소식(蘇軾) 《전적벽부》

- 말로(末路) : 쇠(衰)해진 인생의 끝장. 비참하게 된 만년(晚年). / 《한서》

- 몽중점몽(夢中占夢) : 꿈속에서 꿈 풀이를 한다는 말로, 인생이 꿈 그 자체라고 하듯, 인생의 덧없음을 이름. / 《장자》

- 병촉야유(秉燭夜遊) : 촉(燭)은 손에 들고 다니는 등불. 병촉은 촛불을 켬. 인생의 덧없음을 알고 낮뿐만 아니라 밤까지 놀며 즐기는 것. 또는 때를 맞추어서 즐기는 것. / 《문선》

- 부생약몽(浮生若夢) : 인생은 꿈처럼 덧없는 것임을 이르는 말.

／ 이백 《춘야연종제도화원서》

■ 부운조로(浮雲朝露) : 뜬구름과 아침이슬. 곧 인생의 덧없음을
비유하는 말.

■ 삼락(三樂) : 군자의 세 가지 즐거움. 즉 첫째, 부모가 함께 살아
계시고 형제가 무사한 것. 둘째, 하늘이나 남에게 부끄러워할
일이 없는 것. 셋째, 천하의 영재(英才)를 얻어 이들을 교육하는
것. ／《맹자》진심(盡心). 또한 인생의 세 가지 즐거움을 말하기
도 한다. 사람으로 태어난 것, 남자로 태어난 것, 장수를 누리는
것을 이른다. ／《공자가어》

■ 설니홍조(雪泥鴻爪) : 눈이 녹은 진땅에 기러기가 걸어가 발자
취를 남기지만, 그것은 곧 스러지는 것과 같이 인생이 허무하고
남는 것이 없음을 이름. ／ 소식 『화자유민지회구(和子由澠池懷
舊)』

■ 제행무상(諸行無常) : 【불교】 제행(諸行)은 일체유위(一切有爲)
의 현상. 우주의 모든 만물. 우주 만물은 항상 돌고 변하여 한
모양으로 머물러 있지 아니함. 전(轉)하여 인생은 덧없고 무상
하다고 하는 것. ／《열반경》

■ 백세지후(百歲之後) : 사후(死後)를 말한다. 또 완곡하게 죽음을
기(忌)하여 하는 말. 인생 백 년을 사는 일이 드문 데서 이르는
말. ／《시경》당풍(唐風).

■ 하불병촉유(何不秉燭遊) : 『왜 등불을 켜고 밤늦도록 즐기려 하
지 않는가』 라는 뜻으로, 인생의 덧없음으로 시간이 흐르는 것
을 아쉬워하여 밤늦도록 불을 밝히고 즐기며 노는 것.

■ 해로(薤露) : 인생의 덧없음을 이르는 말. 해(薤)는 염교풀. 인생

의 덧없음을 염교 잎의 이슬에 비유한 것. 원래 작자불명의 오래된 가사(歌詞)였는데, 한(漢)나라 무제(武帝) 때 이연년(李延年)이 『해로』와 『호리(蒿里)』 두 곡으로 나누고, 『해로』를 왕후·귀족의 장례에, 『호리』를 사대부·서인(庶人)의 장례에 쓰도록 하였다고 전해진다. 상여가 나갈 때에 부르는 노래. 만가(挽歌)의 하나. / 《악부시집》

- 일희일비(一喜一悲) : 사람이 살아가는 데 즐거움과 슬픔이 번갈아 있음.
- 궁달부운(窮達浮雲) : 빈궁함과 영달함이 뜬구름 같음.
- 금인불견고시월(今人不見古時月) : 현세(現世)의 사람으로는 옛날에 비쳤던 달을 볼 수 없으니 인생의 수명은 너무도 짧다는 것을 한탄한 말. / 이백(李白) 『파주문월시(把酒問月詩)』

# 죽음 *death* 死

**【어록】**

■ 삶도 아직 모르면서 어찌 죽음을 알리오(未知生 焉知死 : 공자의 제자 계로가 귀신 섬김을 물었다. 그러자 공자가 대답했다. 『산 사람도 능히 섬기지 못하면서 어찌 귀신을 섬기리오.』 계로가 『그렇다면 죽음이란 무엇입니까?』 하고 묻자 공자가 이렇게 대답했다). ─ 공자

■ 목숨이 있는 자는 모두 괴로움을 두려워한다. 목숨이 있는 자는 모두 죽음을 두려워한다. ─ 석가모니

■ 밀알 하나가 땅에 떨어져 죽지 않으면 한 알 그대로 있고, 죽으면 많은 열매를 맺는다. 자기 목숨을 사랑하는 사람은 잃을 것이요, 이 세상에서 자기 목숨을 미워하는 사람은 영원한 생명에 이르기까지 그 목숨을 보존할 것이다. ─ 예수 그리스도

■ 너희가 어디로 도망가든, 죽음은 너희를 쫓는다. ─《코란》

■ 시작이 있으면 끝이 있고, 삶이 있으면 죽음이 있다(有始者必有卒 有存者必有亡). ─《예기》

■ 백성이 죽음을 두려워하지 않거늘, 어찌 죽음으로 그를 겁먹게

하라(民不畏死 奈何以死懼之).　　　　　　 ―《노자(老子)》

▨ 죽고 사는 것은 천명(天命)에 있고, 부귀는 하늘에 달려 있다(死
生有命 富貴在天).　　　　　　　　　　 ―《논어》 안연

▨ 새가 장차 죽으려 할 때에 그 우는 소리는 슬프고, 사람이 장차
죽으려 할 때에 그 말은 착하다(鳥之將死 其鳴也哀 人之將死
其言也善).　　　　　　　　　　　　　 ―《논어》 태백

▨ 죽음을 삶과 같이 보는 자는 열사(烈士)의 용기다. 궁(窮)에 처
해도 목숨 있음을 알고, 통하는 때가 있음을 알고, 대난(大難)에
임해도 무서워하지 않는 것은 성인의 용기다.　 ―《장자》

▨ 궤옹(潰癰)이 간담(肝膽)을 잃고, 이목(耳目)마저도 잃고 진애(塵
埃)의 밖에서 방황하다가 무위(無爲)의 세계에서 소요하는 것이
다.　　　　　　　　　　　　　　　　　　　 ―《장자》

▨ 삶이란 근심 속에 존재하는 것이며, 죽음이란 편하고 즐거운
가운데 있는 것이다(生於憂患 死於安樂 : 근심이 있다는 것은
살아 움직이는 것이고, 편한 날이 계속된다면 서서히 죽어가고
있는 것이다).　　　　　　　　　　　　　　 ―《맹자》

▨ 죽음을 가벼이 하고 날뛰는 것은 소인의 용기다. 죽음을 소중
히 여기고 의로써 마음을 늦추지 않는 것은 군자의 용기다.
　　　　　　　　　　　　　　　　　　　　　 ―《순자》

▨ 사람이 세상에 사는 것은 잠깐 머무는 것이고, 죽는 것은 원래
의 집으로 돌아가는 것이다(生奇死歸).　　 ―《회남자》

▨ 나는 하늘로부터 명을 받아 백성들을 위해 온 힘을 전부 바쳤
다. 삶은 부쳐 사는 것이며, 죽음은 돌아가는 것이라 하였으니
하늘의 뜻에 따를 것이니라(禹仰天嘆曰 吾受命於天 竭力以勞

萬民 生寄也 死歸也).　　　　　　　　— 우임금 /《십팔사략》

▪ 사람은 언제든지 한 번 죽지만, 죽음에는 태산보다 무거운 죽음도 있고 홍모보다 가벼운 죽음도 있다(人固有一死 死有重於泰山 或輕於鴻毛).　　　　　　— 사마천(司馬遷)

▪ 현자(賢者)는 진실로 죽음을 중히 여기는 것으로, 저 비첩(婢妾) 천인(賤人)이 마음에 감개하여 자살하는 것은 참된 용기가 있어서 그런 것이 아니다. 계획이 실패로 돌아가면 재기할 만한 용기가 없기 때문이다.　　　　　　　　— 사마천

▪ 남아는 죽음에 직면하여 생을 구한다(男兒當死中求生).
　　　　　　　　　　　　　　　　—《후한서(後漢書)》

▪ 화와 복은 이어져 있고, 삶과 죽음은 이웃이다(禍與福相貫 生與亡爲隣).　　　　　　　　　　　　—《전국책》

▪ 해가 서산에 가까워져 희미해지는 것처럼 숨이 곧 끊어질 듯하니, 목숨이 위태로워 아침에 저녁 일을 알 수 없다(日薄西山 氣息奄奄 人命危淺 朝不慮夕).　　　　—《진정표(陳情表)》

▪ 국난에 이 한 몸 바쳤거니, 죽음을 귀향으로 여긴다(損軀赴國難 視死忽如歸).　　　　　　　　　— 조식(曹植)

▪ 죽는 것은 어렵지 않으나, 어떻게 죽는가가 어려운 일이다(非死之難 處死之難也).　　　　　　　　—《삼국지》

▪ 사람은 죽기 마련이지만, 무뢰한들에게 해를 받고 죽는 것이 달갑지 않다(死人之所難 然恥爲狂夫所害).　　　　—《삼국지》

▪ 살아서 영광 있고 죽어서 애달프니, 몸은 비록 죽었어도 명성이 남았구나(生榮死哀 身沒名顯).　　　　— 왕발(王勃)

▪ 평생에 모든 일이 다 만족한데 흠될 것은 오직 죽음뿐이다.

— 소식

▣ 살았을 때 부귀는 풀 위의 이슬이요, 죽은 뒤 풍류는 길 위에 핀 꽃이다(生前富貴草頭露 身後風流陌上花).　　— 소식(蘇軾)

▣ 죽음은 병사들 몫이요, 공로는 장군의 차례다(死是征人死 功是將軍功).　　　　　　　　　　　—《출새곡(出塞曲)》

▣ 용맹한 장군은 죽음을 겁내 구차히 살아가지 않으며, 장한 선비는 절개를 꺾고 삶을 구하지 않는다(勇將不怯死以苟免 壯士不毁節而求生).　　　　　　　　　—《삼국연의》

▣ 알몸이어야 오고(生) 가는(死) 데 거추장스러울 것이 없다(赤條條 來去無牽掛).　　　　　　　—《홍루몽》

▣ 호랑이는 죽어서 가죽을 남기고, 사람은 죽어서 이름을 남긴다(虎死留皮 人死留名).　　　　　　— 구양수

▣ 죽음은 실(實)이고, 삶은 허(虛)이다.　　　　— 사마광

▣ 소치는 사람이 채찍으로 소를 몰아 목장으로 가는 것처럼 늙음과 죽음도 사람의 목숨을 쉼없이 몰고 간다.　—《법구경》

▣ 생명도 반드시 한 번은 죽음으로 돌아감을 안다면 생명을 유지하려고 그토록 마음을 썩이지는 않으리라.　—《채근담》

▣ 태어난 자에게 죽음은 반드시 찾아온다. 죽은 자는 반드시 다시 태어난다. 피할 길 없는 길을 탄식해서는 안 된다.　　　　　　　—《바가바드기타(Bhagavadgītā)》

▣ 무(無)로부터는 아무것도 태어나지 않는다.　— 알카이오스

▣ 영광 속에서의 죽음은 신이 내리는 선물이다.
　　　　　　　　　　　　　— 아이스킬로스

▣ 불은 흙의 죽음을 살리고, 공기는 불의 죽음을 살린다. 물은 공

기의 죽음을, 그리하여 흙은 물의 죽음을 살린다.

— 헤라클레이토스

■ 죽음은 우리들 모두가 갚아야 하는 빚이다. — 에우리피데스

■ 누가 아느냐? 이 세상의 삶은 죽음과 다름없고, 죽음이야말로 그러므로 삶이 아니겠느냐고. — 에우리피데스

■ 이별의 시간이 왔다. 우린 자기 길을 간다. 나는 죽고, 너는 산다. 어느 것이 더 좋은지는 신만이 안다. — 소크라테스

■ 명예 있는 죽음은 불명예의 삶보다 낫다. — 소크라테스

■ 가끔 죽음에 대하여 생각을 돌려보라. 그리고 오래지 않아 죽을 것이라 생각하라. 어떤 처신을 할 것인지 그대가 아무리 번민할지라도, 밤이면 죽을는지도 모르겠다는 생각을 한다면 그 번민은 곧 해결될 것이다. 그리하여 의무란 무엇인가, 인간의 소원은 어떤 것이어야 할 것인지는 곧 명백해질 것이다. 아아! 명성을 떨쳤던 사람도 죽고 나면 이렇게도 빨리 잊히는 것일까? — 소포클레스

■ 바보만이 죽음을 겁내는 나머지 나이를 먹는다.

— 데모크리토스

■ 어떤 악도 영광스럽지 못하다. 죽음은 영광스럽다. 그러므로 죽음은 악이 아니다. — 제논

■ 항상 죽을 각오를 하고 있는 사람만이 참으로 자유로운 인간이다. — 디오게네스

■ 우리는 벌거숭이로 이 세상에 왔으니 벌거숭이로 이 세상을 떠난다. — 이솝

■ 죽음은 존재하지 않는다. 왜냐하면 우리들이 존재하는 한, 죽음

의 존재는 없고, 죽음의 존재가 있을 때 우리들은 존재할 것을
그만두기 때문이다.　　　　　　　　　　　　　　— 에피쿠로스

▨ 무덤에 들어갈 때까지는 인간은 행복하다고 말할 수 없다.
　　　　　　　　　　　　　　　　　　　　　— 오비디우스

▨ 죽음은 죽음의 지체만큼 괴롭지 않다.　　　　— 오비디우스

▨ 죽음의 뱃사공은 뇌물을 받지 않는다.　　　　— 호라티우스

▨ 이 세상의 부나 권력이 끝끝내 이겨내지 못하는 한계, 그것이
죽음이다.　　　　　　　　　　　　　　　　— 호라티우스

▨ 철학자의 전 생애는 죽음의 준비다.　　　— M. T. 키케로

▨ 그것은 탄탈로스의 바윗돌처럼 항상 우리 머리 위에 매달려 있
다.　　　　　　　　　　　　　　　　　— M. T. 키케로

▨ 정신과 육체는 함께 멸망하며, 아무 감각도 남지 않는다는 것
이 사실이라면 죽는다고 해서 딱히 좋은 일도 없거니와 또한
나쁜 일도 없을 것이다.　　　　　　　　　— M. T. 키케로

▨ 죽음 자체보다도 죽음에 수반하는 것들이 인간을 두렵게 한다.
　　　　　　　　　　　　　　　　　　　— L. A. 세네카

▨ 죽음이 어떤 곳에서 너희를 기다리고 있는지는 알 수가 없다.
그렇기 때문에 어떠한 장소에서라도 죽음을 기다려라.
　　　　　　　　　　　　　　　　　　　— L. A. 세네카

▨ 인간이 품고 있는 죽음의 공포는 모두 자연에 대한 인식의 결
여에서 유래한다.　　　　　　　　　　　　— 루크레티우스

▨ 한번 죽음의 차디찬 휴식을 맛본 자는 다시는 잠을 깨지 못한
다.　　　　　　　　　　　　　　　　　　— 루크레티우스

▨ 몇 날을 더 살아 보았자 무엇 하겠는가, 결국 비참하게 잃을 것

을. 소용없이 송두리째 없어질 것을. 그대들의 바람대로 수백
년을 살아보아도 죽음이 영원하다는 것은 변함이 없다.

— 루크레티우스

▦ 당장에 죽는 것은 늘 죽는다는 걱정에 싸여 사는 것보다 낫다.

— 플루타르코스

▦ 육체보다 영혼을 고치는 편이 훨씬 필요하다. 왜냐하면 죽음은
나쁜 인생보다 좋기 때문이다. — 에픽테토스

▦ 거두어지지 않음이 보리이삭에게 있어서 저주이겠지만, 죽지
않음 역시 인간에게 있어서 저주일 것이다. — 에픽테토스

▦ 죽음은 감각의 휴식・충동의 절단・마음의 만족, 혹은 비상소
집의 중지, 육체에 대한 봉사의 해방에 지나지 않는다.

— 마르쿠스 아우렐리우스

▦ 죽음은 돌아오지 않는 파도이다. — 베르길리우스

▦ 파뉴스는 적으로부터 달아날 때 자살하였다. 죽음이 두려워 죽
음을 택하는 것 이상으로 미친 짓이 어디 있단 말인가.

— 마르쿠스 마르티알리스

▦ 우리는 죽음의 순간에 있어서는 모두 평등하다.

— 푸블릴리우스 시루스

▦ 죽음의 공포는 죽음 그 자체보다 무섭다.

— 푸블릴리우스 시루스

▦ 죽음의 구원을 빌기 전에 죽는 것은 행복하다.

— 푸블릴리우스 시루스

▦ 남의 의지에 의해서 죽는 것은 두 번 죽는 것이다.

— 푸블릴리우스 시루스

- 죽음이 악이 아닌 것은 큰 복이다.  — 푸블릴리우스 시루스
- 명예로운 죽음은 불명예스러운 삶보다 낫다.        — 타키투스
- 사람들은 언짢은 죽음을 두려워하면서도 언짢은 삶은 두려워하지 않는다.                       — 아우구스티누스
- 인류는 산 사람보다는 죽은 사람으로 이루어져 있다.
                               — 오귀스트 콩트
- 인생에 종말이 없었다면 누가 자기 운명에 절망할 것인가. 죽음은 비운을 더없이 괴로운 것으로 만든다.      — 보브나르그
- 사람이 태연하게 죽어 가느냐, 혹은 맥없이 죽어 가느냐 하는 것은 죽음의 원인이 된 병에 달려있다.      — 보브나르그
- 나는 불사(不死)를 믿고 싶다. 나는 영원히 살고 싶다.
                               — 존 키츠
- 마치 죽은 거나 다름없는 사람이 가장 죽음을 싫어한다.
                               — 라퐁텐
- 삶 이외의 재산은 없다.            — 존 러스킨
- 죽음이란, 날마다 밤이 오고 해마다 겨울이 찾아오는 것과 같이 피할 수 없는 일이다. 우리들은 밤이나 겨울에 대비해서는 아무런 준비도 하지 않는가? 죽음에 대한 준비는 단 하나밖에 없다. 훌륭한 삶을 산다는 것이다. 우리들이 훌륭한 삶을 살면 살수록 죽음은 한층 무의미한 것이 되며, 그에 대한 공포도 없어진다. 그러므로 성자에게는 죽음이란 있을 수 없다.
                               — 존 러스킨
- 죽음에 대해서는 로마의 사면도 얻을 수 없다.   — 몰리에르
- 우리는 한 번밖에 죽지 않는데, 그 기간은 왜 그다지도 긴 것인

가.       — 몰리에르

■ 공포는 언젠가는 죽음과 손잡는다.    — 랠프 에머슨

■ 우리들은 죽음의 걱정으로 말미암아 삶을 어지럽히고 삶의 걱정으로 말미암아 죽음을 어지럽히고 있다.    — 몽테뉴

■ 죽음은 곳곳에서 우리들을 기다리지 않겠는가. 죽음을 예측하는 것은 자유를 예측하는 일이다. 죽음을 배운 자는 굴종을 잊고 죽음의 깨달음은 온갖 예속과 구속에서 우리들을 해방한다.      — 몽테뉴

■ 소크라테스의 죽음은 위대하다. 죽음을 인식하고서 목숨을 끊는 일이야말로 참으로 훌륭한 죽음이다.    — 몽테뉴

■ 최상의 죽음이란 예기치 않았던 죽음이다.    — 몽테뉴

■ 죽음은 순간의 이동인만큼, 단지 생각으로밖엔 느껴지지 않는다.      — 몽테뉴

■ 우리들이 묘지를 교회 근처나 사람들이 빈번히 오가는 곳에 설치하여, 리쿠르고스가 말하듯 일반사람들이나 여자, 아이들이 죽은 사람을 보아도 두려워하지 않도록 순화(馴化)시키며, 또한 해골이나 묘지나 장렬(葬列) 따위를 늘 보임으로써 우리 인간의 조건을 깨닫게 해야 한다.    — 몽테뉴

■ 생명을 잃는 것이 불행이 아님을 잘 이해한 사람에게는 이 세상에 불행이라는 것이 없다. 사람들에게 죽는 법을 가르치는 자는 그들에게 사는 법을 가르치는 것이다.    — 몽테뉴

■ 잘 보낸 하루가 편안한 잠을 주듯이, 잘 보낸 일생은 평안한 죽음을 준다.      — 레오나르도 다빈치

■ 사느냐 죽느냐, 그것이 문제로다.    — 셰익스피어

■ 의술로 생명이 연장될 수 있을지 모르나 죽음은 의사에게도 엄
습한다.       — 셰익스피어

■ 생명을 지닌 자, 모두는 죽어야 한다. 이승을 통해서 영원의 나
라로 간다.       — 셰익스피어

■ 이 천지간에는 자네의 철학으로는 꿈도 못 꿀 많은 일이 있다
네, 호레이쇼여!       — 셰익스피어

■ 죽는 것은 잠자는 것. 잠들면 아마도 꿈을 꾸겠지. 거기에 장애
가 있다. 소란한 이 세상으로부터 도피했을 때 그 꿈속에 어떤
꿈을 볼 것인가 하는 것이 우리를 주저케 한다. 그 경계를 넘어
서 단 한 사람도 나그네로 돌아오지 않는 미발견의 나라.

      — 셰익스피어

■ 사랑에는 눈물이 있고, 행운에는 기쁨이 있고, 용맹에는 명예가
있으며, 야망에는 죽음이 있다.     — 셰익스피어

■ 겁쟁이는 죽음에 앞서 몇 번이고 죽지만 용감한 사람은 한 번
밖에 죽음을 맛보지 않는다.     — 셰익스피어

■ 죽음을 제외하고는 아무것도 우리 것이라 부를 수 없다.

      — 셰익스피어

■ 죽음은, 그 위험 없이 그것을 생각하는 것보다 그것을 생각하
지 않고 받는 편이 보다 수월하다.     — 파스칼

■ 사람은 다만 혼자서 죽을 것이다.     — 파스칼

■ 사람은 어떻게 죽느냐가 문제가 아니라 어떻게 사느냐가 문제
다.       — 새뮤얼 존슨

■ 진실한 죽음의 자태도 현자의 눈에는 공포로 여겨지지 않으며,
경건한 사람의 눈에는 종말로 비치지 않는다.    — 괴테

■ 아직 해가 지지 않았다. 일하라, 지치지 말고. 그 동안에 어느 누구에게도 일할 수 없는 죽음이 온다. ─ 괴테

■ 알몸으로 나는 이 세상에 왔다. 그러기에 알몸으로 이 세상에서 나가지 않으면 안 된다. ─ 세르반테스

■ 죄가 죽음을 가져왔다면 죄가 없어져야 죽음도 없어질 것이다. ─ M. B. 에디

■ 거미줄처럼 얽힌 온갖 체계도 『너는 죽어야 한다.』는 단 한 마디로 천 갈래 만 갈래 찢겨지고 만다. ─ 프리드리히 실러

■ 죽음이 찾아올 때 그는 나이와 업적을 참작하지 않는다. 죽음은 이 땅에서 병든 자와 건강한 사람과, 부자와 가난한 사람들을 구별 없이 쓸어간다. 그러면서 죽음에 대비해서 살아갈 것을 우리에게 가르친다. ─ 알렉산더 잭슨

■ 죽음을 피하기보다 죄를 삼가는 것이 더 낫다. ─ 토마스 아 켐피스

■ 인간의 일생에는 구두쇠라도 양보하는 순간이 있다. 그것은 유언을 쓸 때이다. ─ 모랑

■ 죽음은 미(美)의 어머니다. 그래서 오로지 그녀에게서만 우리의 꿈의 실현을 찾을 수 있다. ─ 월리스 스티븐스

■ 죽은 제왕보다는 살아 있는 거지가 더 낫다. ─ 라퐁텐

■ 사람은 결코 죽음을 생각해서는 안 된다. 오직 삶을 사고하라. 이것이 진정한 신앙이다. ─ 벤저민 디즈레일리

■ 사람은 누구나 자기 한 사람의 생애를 홀로 살며, 자기 한 사람의 죽음을 홀로 죽는다. ─ J. P. 야콥센

■ 죽음이란 이 세상을 친구가 바다를 건너가듯 가로질러 가는 것

이다. 바다 건너에선 또 다른 친구가 살고 있다. — 윌리엄 펜

■ 저승에서 사랑하는 사람들은 죽음으로써 헤어지지 않는다. 죽음은 죽었다고 해서 완전히 죽이지 못한다.　　— 윌리엄 펜

■ 우리는 죽음의 신으로부터 벗어났는지도 모른다. 그러나 이 세상에 전쟁이 있는 한 또다시 우리와 똑같은 고통을 맛보고 상처를 입으며 개들처럼 죽음을 당하는 젊은이가 나온다.
　　　　　　　　　　　　　　— 로버트 브라운

■ 둘은 모두 6피트 가량의 땅을 상속받아 마침내 땅 속에서 평등하였다.　　　　　　　　　— 존 로널드 로얼

■ 숨 쉬는 작업도 끝마치고, 이 세상 모든 일도 끝내고, 그 미친 듯했던 경주, 끝까지 달려와 보니 얻어진 영예는 한낱 구덩이로 알게 된 곳!　　　　　　— 앰브로즈 비어스

■ 모든 승리는 죽음의 패배로서 끝난다. 그것만큼은 확실하다. 그러면 패배는 죽음의 승리로 이루어지는 건가? 그 점을 나는 알고 싶다.　　　　　　　　— 유진 오닐

■ 지성은 육체와 함께 죽을 것이다. 그러나 자기의 죽음을 아는 것, 거기에 지성의 자유가 있다.　　　— 알베르 카뮈

■ 유일하고도 가능한 자유는 죽음에 대한 자유이다.
　　　　　　　　　　　　　　— 알베르 카뮈

■ 죽음 다음에는 또 다른 삶이 온다고 믿는 것이 내게는 즐겁지 않다. 내게 죽음이란 닫혀버린 문(門)과도 같은 것이다. 죽음이란 그저 내디뎌야 할 한 발짝 발걸음이 아니라 끔찍하고 추악한 모험이라고 말하고 싶다.　　　— 알베르 카뮈

■ 무덤이란 천사들의 발자국이라고 어느 누가 말하였는데, 그 말

은 참으로 옳다.           — 헨리 롱펠로

■ 젊은이도 죽을지 모른다. 그러나 늙은이는 피할 길이 없다!

            — 헨리 롱펠로

■ 우리의 심장은 강하고 용감하지만 여전히 보에 싸인 드럼처럼 무덤을 향한 장송곡을 두들기고 있다.     — 헨리 롱펠로

■ 옛 색슨 족들이 묘지를 하느님의 땅으로 부른 그 말을 나는 좋아한다. 옳은 말이다. 그 말은 그곳을 성역화 시킬 뿐만 아니라 잠든 흙까지 축복을 불어넣는다.     — 헨리 롱펠로

■ 죽음을 겁내지 않는 자에게 무엇을 겁내라는 거야!

            — 프리드리히 실러

■ 우리 앞에 서 있는 죽음이란, 교실 벽에 걸려 있는 『알렉산더 대왕의 대전투』 그림과도 같은 것이다. 문제는 이 세상에 살고 있는 동안 우리의 행위에 의해서 이 그림을 흐려지게 하거나 그렇지 않으면 지워 없애거나 한다.     — 프란츠 카프카

■ 인간은 이야기를 하는 사람이 난로에 등을 기대고 있듯이 죽음에 등을 대고 있다.     — 폴 발레리

■ 아, 웅장하며 정당하고 또한 두려움의 권위에 가득 찬 죽음이여, 너는 누구도 설복시킬 수 없었던 완고한 자를 설복시켜버린다. 누구도 손대지 못하는 어려운 일을 네 손은 쉽사리 해치워버린다. 너는 이 세상의 끝까지 힘을 미칠 수 있었던 사람의 위대성도, 인간의 온갖 자랑이며 잔혹함, 혹은 야심을 한데 끌어 모아서 『여기에 잠들다』 라는 단 한 줄의 말로 덮어버리고 만다.     — 월터 롤리

■ 전부든지 아니면 무(無).     — 키르케고르

■ 절망은 죽음에 이르는 병이다. 자기의 집인 이 병은 영원히 죽는 것이며, 죽어야 할 것이면서 죽어지지 않는 것이다. 그것은 죽음을 주는 일이다.　　　　　　　　　　　— 키르케고르

■ 죽음은 나 자신의 가능성일 뿐만 아니라, 오히려 죽음은 하나의 우연적 사실이다. ……죽음은 탄생과 동시에 하나의 단순한 사실이다. 죽음은 외부로부터 우리에게 찾아와 우리를 밖으로 변화시킨다.　　　　　　　　　　　— 장 폴 사르트르

■ 죽는다는 게 문제가 아니다. 그들은 몸만은 죽일 수 있어도 정신만은 죽일 수 없을 것이다. (가톨릭교회로부터 신교를 분리 개혁하려는 종교개혁의 이념적 선구자인 츠빙글리는 당대의 정치와 루터에게 막대한 영향을 끼쳤다. 그로 인하여 나타난 정치적 분쟁에 뛰어든 그는 카펠의 싸움에서 군목으로 종군했다가 붙잡혀 사지를 찢기는 죽음을 당했다)　　　— 츠빙글리

■ 사람들은, 아이들이 어둠 속 걷기를 두려워하듯 죽음을 두려워한다. 아이들에게 있어서의 이 자연적 두려움이 이야기에 이야기가 더해져 커져 가듯 죽음에 대한 공포도 이야기로 인해 더해 간다.　　　　　　　　　　　— 프랜시스 베이컨

■ 죽음은 두렵지는 않다. 단지 돛이 팽팽한 상태에서 침몰하고 싶을 뿐이다.　　　　　　　　　　　— 워싱턴 어빙

■ 나는 삶과 죽음에 대하여 품고 있던 사상에서 점점 멀어져 갔다. 죽음은 나에게서 그 두려움을 잃고, 죽음은 삶의 하나의 에피소드로서 필경 그칠 때가 없다는 인식에 나는 하루하루 가까워 갔다. 마침내는 나는 깊은 인내심으로, 아니 오히려 흔연히 죽음을 기다리고 죽음을 맞아들일 경지에 이르렀다. 영속(永續)

84

하는 생에 대한 확신은 굳어지고, 모든 의혹은 저절로 사라지고, 때로 갓 태어나는 아기의 기쁨에 찬 부르짖음이 나의 가슴에서 솟아날 지경이었다. 끝없는 행복감이 나의 영혼을 가득 채우고 나는 다정하게 죽음을 기다렸다.　　— 레프 톨스토이

▪ 죽음의 공포는 해결되지 않는 삶의 모순에 지나지 않는다.
　　　　　　　　　　　　　　　　　　　　　— 레프 톨스토이

▪ 죽음은 육체에 있어서 가장 큰 최후의 변화이다. ……우리들은 벌거숭이의 한갓 살덩이였다. 다음에 젖먹이 어린아이가 되었다. 그리고 머리털과 이가 나왔다. 그것이 탈락되고 다시 새로 갈려 나왔다. 그리고 이젠 백발이 되고 대머리가 된다. 그러나 이러한 변화를 우리들은 겁내지 않는다. 그런데 어째서 우리들은 이 최후의 변화인 죽음을 겁내는 것일까. — 레프 톨스토이

▪ 죽음은 우리에게 있어서—귀여운 자식에 대한 어머니와 같은 것이다.　　　　　　　　　　　　　　　　　— 막심 고리키

▪ 죽음은 최후의 잠이든가, 혹은 완전한 최후의 각성이든가 어느 하나다.　　　　　　　　　　　　　　　　　— 월터 스콧

▪ 밀을 베는 그에게서 나는 죽음의 그림자를 보았다. 그러나 이 죽음에는 어떤 어둠이나 슬픔도 없다. 황금빛 태양과 함께 밝은 빛 가운데 행해지는 것이다. ……자연이라는 위대한 책이 말하는 죽음의 이미지이지만, 내가 표현하려고 한 것은 거의 미소하고 있는 죽음이다.　　　　　　　— 빈센트 반 고흐

▪ 죽음이란 우리의 모든 비밀, 음모, 간계의 베일을 벗기는 것이다.　　　　　　　　　　　　　　　　— 도스토예프스키

▪ 옛날에는 누구든지 과일 속에 씨가 있듯이 인간은 모두 죽음이

자기의 몸뚱이 속에 깃들어 있는 것으로 알고 있었다. 『아니, 단지 재(灰)로 알고 있었는지도 모른다.』 아이에게는 작은 아이의 죽음, 어른에게는 커다란 어른의 죽음, 부인들은 뱃속에 그것을 간직하고 있었고, 사내들은 두드러진 가슴 속에 그것을 달고 있었다. 어쨌든 죽음을 모두 갖고 있었던 것이다. 그것이 그들에게 이상한 위엄과 조용한 자랑을 주고 있었던 것이다.

— 라이너 마리아 릴케

■ 평화를 가져다주지 않는 죽음은 죽음이 아니다.

— 존 드라이든

■ 죽음은 너에게 영달의 길을 막아버릴 테지만, 그 대신 너에게 영웅심과 체념과 위대한 정신의 길이 열릴 것이다.

— 헨리 F. 아미엘

■ 죽음은 생존을 억지로 고독한 것으로 만든다. 관련 맺어 줄 수 없는 죽음이라는 것을 선행적으로 양해한다면 생존은 다만 자기 혼자만의 고독이 되고 마는 것이다. — 마르틴 하이데거

■ 제로(zero)—모든 인간이 평등인 하나의 장소가 있다—죽을 때다. 그 경우, 그들은 모두 제로다. — 윌리엄 섬너

■ 수면은 죽음에서 빌린 행위이다. 수면은 생명을 유지하기 위해 죽음에서 빌리는 것이다. — 쇼펜하우어

■ 어떠한 개체도 영원히 존속할 자격은 없다. 개체는 죽음에 의하여 몰락한다. 그러나 우리들은 죽음에 의하여 무엇 하나 잃어버리지는 않는다. 왜냐하면 개체적 존재의 밑바닥에는 일종의 전혀 이질적인 존재—전자는 바로 이것의 현상이다—가 가로놓여 있기 때문이다. 이것은 어떠한 시간도 깨닫지 못하며,

따라서 존속이나 몰락도 알지 못한다.　　　　　— 쇼펜하우어

■ 절망보다 나쁘고, 죽음보다 나쁜 것이 희망이다. — 퍼시 셸리

■ 죽음은 금방 여기 있었는가 하면 벌써 저편에 가 있다. 도처를 분주하게 쏘다닌다. 모든 것의 위에, 모든 것의 내부에, 그리고 또 위 아래로 죽음은 존재한다. 그러는 동안 나도 죽어 간다.

　　　　　　　　　　　　　　　　　　— 퍼시 셸리

■ 여러분이 구하는 가장 아름다운 죽음은, 영혼과 육체의 휴식에서 생기는 육체적 생명의 평온한 중단일 것이다.— 카를 힐티

■ 죽음은 밤의 취침, 아침의 기상이라는 일상적인 과정과 별로 본질적인 차이가 없는 큰 과정이다.　　　　　— 카를 힐티

■ 죽음보다 강한 것은 이성(理性)이 아니라 사상이다.

　　　　　　　　　　　　　　　　　　— 토마스 만

■ 죽음을 종교적으로 다루는 단 하나의 방법은, 죽음을 인생의 안목이라고 생각하고, 또한 인생의 신성을 범해선 안 되는 요건으로서, 이해와 감동을 가지고 주시하는 데 있다.

　　　　　　　　　　　　　　　　　　— 토마스 만

■ 죽음에 대한 조심성이 죽음을 무서운 것으로 만들고 죽음의 접근을 촉진한다.　　　　　　　　　— 장 자크 루소

■ 사람의 죽음을 슬퍼해서는 안 된다. 탄생이야말로 슬퍼해야 할 일이다.　　　　　　　　　　— 몽테스키외

■ 죽음은 삶이라는 책에 마지막 구두점을 찍는 것이 아니다. 다만 한 페이지를 넘길 따름이다.　　　— 앙드레 프레보

■ 탄생이란 다름 아닌 죽음의 시작이다.　　— 에드워드 영

■ 세월은 흐르고, 죽음이 나를 재촉하며, 조종(弔鐘)이 나를 부르

고, 천국이 나를 초대하며, 지옥이 나를 위협한다.

— 에드워드 영

■ 죽음은 얌전하고 너울을 썼으며, 예의가 있고 수줍음이 있다. 즉 양가(良家)의 태생인 것이다. 우리는 늘 죽음과 마주치면서도 그 얼굴을 본 적은 없다. — 모파상

■ 장례식은 그 죽음과 비교될 때가 많다. — 테네시 윌리엄스

■ 죽음은 인간에게 있어서는 위대한 조정자(調停者)이다.

— 알레산드로 만초니

■ 장례식의 화려함은 살아 있는 사람의 허영을 위해서이지 죽은 사람의 명예를 위해서가 아니다. — 라로슈푸코

■ 사람이 죽음을 창조하였다. — 윌리엄 예이츠

■ 영웅은 죽음을 직시한다. 단순한 죽음의 이미지가 아니라 현실의 죽음을 직시한다. 위기에 직면하여 고귀한 행동을 취한다는 것은 말하자면 무대에서 훌륭하게 영웅을 연기한다는 것이 아니라, 오히려 죽음 그 자체를 직시할 수 있다는 것을 말한다.

— 비트겐슈타인

■ 용감한 사람은 죽음을 당할 뿐만 아니라, 또한 죽음에 대한 보다 훌륭한 기회를 갖게 된다. — 존 스타인벡

■ 한때의 전우로서 그의 죽음은 나의 가슴으로부터 무언가를 앗아가 버렸습니다. (존 F. 케네디 미국 대통령의 암살에 대한 성명) — 더글러스 맥아더

■ 사람들이 지상의 삶의 고달픔을 쉬기 위해 죽는다.

— C. V. 게오르규

■ 죽음만이 인간의 명성에 종말을 고해 주며, 그 명성이 훌륭한

지 아닌지를 결정해 준다.                    — 조지프 애디슨
- 죽음은 삶을 해방시키는 수많은 창구를 갖는다.— 존 플레처
- 죽음이란 소멸된 삶이다.                — 바츨라프 니진스키
- 무덤은 항상 운명의 비바람을 막는 가장 좋은 성벽이다.
                                        — 리히텐베르크
- 끝내는 모든 무덤 위에 잡초가 우거진다.       — J. R. 도르
- 죽음이 바꾸어 놓은 것은 다만 우리의 얼굴을 덮는 가면밖에 없다.                                    — 칼릴 지브란
- 죽음은 옷을 벗고 바람 속에 섬이요, 햇볕에 녹아듦이다.
                                        — 칼릴 지브란
- 이승은 짧다! 무덤은 기다린다. 무덤은 배고프나니.
                                        — 보들레르
- 잠은 좋은 것이다. 그러나 죽음은 한층 더 좋은 것이다. 가장 좋은 것은 아예 태어나지 않는 것이다. 죽음—그것은 길고 싸늘한 밤에 불과하다. 그리고 삶은 무더운 낮에 불과하다.
                                        — 하인리히 하이네
- 죽음이란 사실은 모든 것을 다 포함하고 있을 정도로 엄청난 것이어서 우리는 이를 유일무이한 사실이라고 부르고 싶을 정도이다. 죽은 자와의 대결은 자기 자신의 죽음과의 대결이다.
                                        — 엘리아스 카네티
- 죽음은 모든 것의 진정한 최상급입니다. 그러나 그것은 무한하지는 않은데, 왜냐하면 그것은 어떠한 길을 통해서든 도달되기 때문입니다. 죽음이 있는 한, 모든 발언은 죽음에 대항하는 발언입니다. 죽음이 있는 한 모든 불빛은 도깨비불입니다. 그 불

빛은 결국은 죽음에 이르기 때문입니다. 죽음이 있는 한 어떠한 아름다움도 아름답지 않으며, 어떠한 선(善)도 선하지 않습니다. — 엘리아스 카네티

■ 내가 죽는 방법을 생각하는 것은 죽기 위해서가 아니라 살기 위해서다. — 앙드레 말로

■ 인간은 죽어서 비로소 완전히 태어난다. — 벤저민 프랭클린

■ 그것이 설사 원수의 무덤일지라도 그 누가 자기 눈앞에 썩어 가는 가엾은 한줌의 흙, 또 자기와 다투어 왔다는 것에 아무런 회한을 느끼지 않고 내려다볼 수 있을까? — 워싱턴 어빙

■ 인간이란 무엇인가? 인간은 국가다. 한 인간은 어느 때든 한 번은 죽어야 한다. 개인의 생명 위에 국가가 있다. 그러나 의무가 우리들을 이 눈물의 골짜기 속에 붙들어 두지 않는 이상 이 하잘것없는 인생으로부터 해방시켜 주는 죽음의 순간을 어째서 사람들은 두려워하는 것일까. 아 보잘것없는 것이여.
— 아돌프 히틀러

■ 심리적, 또는 도덕적으로 사람을 구별하는 경우, 죽음을 사랑하는(necrophilous) 사람과 삶을 사랑하는 사람(biophilous)이라는 구별보다 더 근본적인 구별은 없다. — 에리히 프롬

■ 죽음은 삶에 있어서 단 하나의 확실한 것이다.
— 에리히 프롬

■ 기독교는 죽음을 실재하지 않는 것으로 보고 사후(死後)의 삶을 약속함으로써 불행한 개인을 위로해 주려고 했다. 우리가 살고 있는 현대는 단순히 죽음을 부정함으로써 삶의 근원적인 일면을 부정하고 있다. — 에리히 프롬

■ 죽음은 비록 최고의 이상을 위해 참고 견딜 수 있다 하더라도 결코 달콤한 것은 아니다. 죽음은 말할 수 없이 비참한 것이지만 그래도 역시 우리의 개성의 극단적인 긍정이 될 수도 있다.
— 에리히 프롬

■ 죽음은 어디로 가거나 항상 생(生)을 잉태하고 있다.
— 아쿠다카와 류노스케(芥川龍之介)

■ 약속한 장소로 가는 순례자와 같이, 현세는 숙박소이며, 죽음은 여행의 끝이다.
— 존 드라이든

■ 삶이 만든 최고의 발명품은 죽음이다.
— 스티브 잡스

■ 죽음은 부스럼 딱지를 없애는 것과 같고, 묶은 것을 풀어서 칼 틀에서 벗어나는 것과 같고, 새가 초롱을 나오는 것과 같고, 말이 마구간에서 나오는 것과 같아서, 마음이 탁 트여 소요(逍遙)를 스스로 즐겨서 무애(無碍)의 가고 머무름을 벗어나는 것이다.
— 기화(己和)

■ 대저 죽음이란 것은 친(親)의 끝남이요, 인도(人道)의 커다란 변화인 것이다.
— 정도전

■ 죽은 자는 산 자보다 낫고 아니 난 자는 죽은 자보다 낫다.
— 이광수

■ 중생(衆生)은 슬픈 존재다. 그 중에도 앓고 죽는 양이 차마 볼 수 없도록 슬프다. 나고 죽는 것이 모두 헛것이요, 꿈이라 하더라도 슬프기는 마찬가지다.
— 이광수

■ 죽음은 제 직분을 다한 자에게 오는 해임 사령이요, 안식의 은전(恩典)인 동시에 우주의 침체를 쇄신하는 대이동이다. 죽음이 없었던들 새 창조는 묵은 그늘에 눌려서 기를 펴지 못할 것이

다. 창조된 새 생명이 혼자서 살 만한 때에 묵은 생명이 비켜나
는 것은 인생과 우주를 항상 청신케 하는 소이(所以)이다. 죽음
은 오물의 연소다.　　　　　　　　　　　　　　　　— 이광수

■ 『죽음』 죽음이란 끝나는 것이 아니라 중지(中止)였다. 중도에
서 흐지부지 그쳐 버리는 것이었다. 중지된 채로 영원히 그러
고 있어야 하는 무료(無聊), 이것이 죽음의 자태였고 그 의미였
다. 그것은 모든 것에서 버림을 받고 있다는 체념이었다.
　　　　　　　　　　　　　　　　　　　　　　— 장용학

■ 죽으면 하잘것없는 한 줌의 흙밖에 더 되어지는 것이 없을 것
같던 적막하던 마음은 저런 꽃을 피워 내는 거름이 되는 것이
아닐까 하니, 장차 자기의 죽음도 사람의 마음속에 정서를 자
아내게 하는 그런 보람이 되는 것이라면 생각과 같은 그런 적
막한 죽음은 아닐 것 같다. 이렇게 되는 것이 죽음의 원칙일까?
원칙이라면 자기는 농사꾼이니까 아마 곡식을 키우는 거름이
될 것만 같다. 되기만 한다면 얼마나 원하고 싶은 일이랴.
　　　　　　　　　　　　　　　　　　　　　　— 계용묵

■ 생과 사는 절대의 대립이며, 일점의 공동성이나 한 모퉁이의
일치성도 없다.　　　　　　　　　　　　　　　— 김형석

■ 죽음은 식전(食前)의 담배 한 모금보다도 쉽다. 그렇건만 죽음
은 결코 그의 창호(窓戶)를 두드릴 리가 없으리라고 넘겨짚고
있는 그였다.　　　　　　　　　　　　　　　　　— 이상

■ 사람이 죽는다는 것은 무엇을 죽는다 하며, 사람이 산다는 것
은 무엇을 산다 하는가. 죽어도 죽지 아니함이 있고 살아도 살
지 아니함이 있다. 그릇 살면 죽음만 같지 못함이 있고, 잘 죽으

면 도리어 영생한다. 살고 죽는 것이 다 나에게 있나니 모름지
기 죽고 삶을 힘써 알지어다.                                — 이준

■ 보다 같은 인간을 찾으려면 공동묘지에 가 볼 일이다.

                                                        — 설의식

■ 인간의 생명이란 죽음의 준비인 것뿐이다. 그림자가 물체를 따
르는 것같이 아름다운 죽음은 반드시 아름다운 생활의 뒤를 이
어오고, 의미 있는 죽음은 반드시 의미 있는 생활의 뒤를 따르
는 것이다.                                              — 변영로

■ 죽음도 생의 한 양식! 사멸 또한 출생과 한 가지 은총이다.

                                                        — 유치환

■ 사람이 죽어서 무엇이 되며, 어디로 가나 하는 의문은 까마득
한 옛적부터 사람들의 제일 큰 관심사였던 것은 물론이다. 그
때문에 종교가 생겨났고, 많은 철학자들이 사색을 하였고, 또
많은 시인들이 시를 썼다. 만약 죽어서 다만 한줌의 흙으로 변
한다는 것이 확실하다면 인류의 생활태도가 많이 달라졌을 것
이다.                                            — 김재원(金載元)

■ 종교와 철학은 물론, 교육도 문학도 음악과 미술도, 사람으로서
가질 수 있는 모든 귀중하고 심오한 것은 죽는 인생을 발견하
고 느끼는 데서만 끌어낼 수 있을 것이다.            — 유달영

■ 죽음이란 결코 무서운 것이 아니다. 죽음처럼 우리의 생명을
정화해 주는 것은 없다.                                  — 정비석

■ 죽음은 아무 예고도 없이 홀연히 우리를 찾아온다. 그것은 피
할 수 없는 인간의 한계상황이다. 죽음이 인생의 필연의 운명
인 이상, 우리는 히로이즘의 정신을 가지고 죽음에 대해서 용

감한 각오를 갖는 도리밖에 없다.     — 안병욱

▨ 그리고 한 번은 죽는 인생이니 그 죽음을 겁내지 말고 그 살아 있는 동안에 후회 없는 죽음 길을 맞이할 수 있도록 노력해야 할 것이다.     — 이태극

▨ 죽음이 두렵지 않은 사람에게 삶의 애착이 없음을 우리는 너무나 잘 알고 있다.     — 서경보

▨ 사람은 왜 죽는가 하는 물음은, 곧 사람은 왜 사는가 하는 물음에 직결된다.     — 박두진

▨ 삶이란 한 줄기 맑은 바람이 불어오는 것이고, 죽음이란 고요한 못에 달이 가서 잠기는 것이다.     — 정완영

▨ 인간이 세상에서 접하는 원수 중에 가장 무서운 원수가 있다면 그것은 죽음일 것이다. 그 죽음을 조금도 두려움 없이 긴 마라톤을 한 선수가 최후의 테이프를 끊는 듯한 기분으로 맞이한다는 것은 『참 용기』라고 생각한다.     — 강원룡

▨ 죽음은 절대적이다. 예외가 없으며 중간도 없다. 모든 것은 무로 돌아가며, 나의 존재성이 스스로를 상실하는 절대적인 허무에의 길이다. 이보다 더 근본적이며 운명적인 문제는 없다.
    — 김형석

▨ 참말로 죽음이라는 사실은 어떤 의미에서는 삶보다도 더 확실한 사실입니다.     — 지명관

▨ 죽음은 부동(不動)이다.     — 김남조

▨ 어차피 인간의 궁극은 죽음이니, 이렇게 살든 저렇게 살든 사람은 누구나가 다 죽는다. 인간의 최후 그 경애(境涯)는 죽음이기 때문에 인생에 대한, 사회에 대한 욕망은 아무것도 아니다.

전쟁이 일어나거나 평화가 오거나 그렇다면 모두 오십보백보다. 미인도 추녀도 죽으면 모두 해골이 된다.　　　— 이어령

■ 모든 분들에게 깊이 감사드린다. 내가 금생에 저지른 허물은 생사를 넘어 참회할 것이다. 내 것이라고 하는 것이 남아있다면 모두 맑고 향기로운 사회를 구현하는 활동해 사용해 달라. 이제 시간과 공간을 버려야겠다.　　　— 법정

## 【임종의 말】

■ 크리톤, 나는 한 마리의 수탉을 아스크레피오스에서 빌렸는데, 기억해 두었다가 꼭 갚아주게.　　　— 소크라테스

■ 스스로를 등불로 삼고, 스스로를 근거로 삼아라. 진리를 근거로 삼아라. 다른 것을 근거로 삼지 말라.　　　— 석가모니

■ 엘리 엘리 라마 사박다니. (나의 하나님, 나의 하나님, 어찌하여 나를 버리시나이까)　　　— 예수 그리스도

■ 신이여, 죽음과 싸울 때는 나와 함께 있어주시기를. (그리고는) 오오, 알라 신이여! 천국의 빛나는 주민들 사이에서도 나와 함께 있어주기를!　　　— 무함마드(마호메트)

■ 내 도표(圖表)에 접근하지 마라. (로마 군사에게)

　　　— 아르키메데스

■ 브루투스, 너마저! (암살단의 테러로 쓰러졌을 때 심복 브루투스의 배신을 알고)　　　— 율리우스 카이사르

■ 얼마나 아름다운 날이냐!　　　— 알렉산드르 1세

■ 나는 간다. 그것이 옳다. 조금만 기다려라. (1492년 법황으로 추대된 알렉산더 6세가 임종 시 그의 아들에게) — 알렉산더 6세

■ 나는 노예에게 군림하는 것에 지쳐 버렸다.
— 프리드리히 대왕

■ 나는 영국의 왕으로서 죽을 것이다. 나는 한 발짝도 이 자리에서 움직이지 않을 것이다. 반역자……이 반역자! (리처드 3세는 보스워의 싸움에서 헨리 7세와 맞대결했다. 그리고서 그의 왕국과 목숨을 함께 잃었다)
— 리처드 3세

■ 사랑하는 하나님, 저는 쉬고 있습니다. 이 휴식은 멋지고 입으로 다 말할 수 없을 만큼 아름답습니다.
— 에라스무스

■ 잘됐어. 나 힘들게 죽지만, 가는 게 두렵지는 않다.
— 조지 워싱턴

■ ……이 짧은 기도의 어리석음을 용서해 달라. 바라건대, 편안한 하룻밤을 보내도록 해다오. 아멘.
— 올리버 크롬웰

■ 『나는 일생 동안 누구 하나 다치게 하지 않았다. 뿐만 아니라 나는 모든 사람들에 대한 봉사를 위하여 한평생을 바쳤다.』라는 생각만이 임종의 자리에 있는 사람에게 편안한 죽음을 가져온다.
— 마키아벨리

■ 이것이 하느님의 길이다. 내가 아닌 그의 뜻이 이루어져야지.
— 윌리엄 매킨리

■ 사람들이 어디 갔느냐고 묻거든, 최고 심판부에 소환되어 갔다고 말해다오.
— 제임스 뷰캐넌

■ 프랑스…… 군대! ……군사령관 ……조세핀! — 나폴레옹 1세

■ 오, 주여! 당신의 손에 내 영혼을 맡기나이다.
— 크리스토퍼 콜럼버스

■ 써라, 써라! 종이…… 연필! — 하인리히 하이네

- 나는 이제 그만 자고 싶다.                    — 조지 바이런
- 바라건대 신이 영원히 나를 버리지 않기를!        — 파스칼
- ……자, 문을 열어라. 빛을, 좀 더 빛을…….        — 괴테
- 내 병이 중하다는 것을 알고 있다. 그것은 네가 이곳에 왔기 때문에. (폴란드에서 누이동생이 도착했을 때)    — 헨리 롱펠로
- 주(主)여, 나를 아프도록 후려치는구려! 하지만 당신의 손으로 치기 때문에 나는 흡족하나이다.           — 장 칼뱅
- 베개를 잘 해야겠어, 또 하룻밤 지루하게 보내려면.

  — 워싱턴 어빙
- 나의 이름과 기억을 다음 세대와 외국 사람들에게 남기고 가노라. (정치가이자 과학자인 베이컨은 추위가 육류의 부패를 얼마나 막아 낼 수 있는지 하는 실험을 하기 위해 눈 속에서 병아리를 잡다가 급성폐렴에 걸려 사망했다)  — 프랜시스 베이컨
- 마지막 항해다. 가장 길고 가장 좋은 항해다.  — 토머스 울프
- 이 세상에 태어나 후회 없이 떠난다네.        — 헨리 소로
- 나는 철학자로서 살았다. 나는 한 기독교도로서 죽는다.

  — 조반니 카사노바
- 죽어 가는 사람에게는 모든 일이 수월치 않구나.

  — 벤저민 프랭클린
- 그래, 그래, 이것이 죽음이야…….        — 토머스 칼라일
- 그것으로 충분하다.              — 임마누엘 칸트
- 나는 죽음을 두려워하는 최후의 인간이 아니다. (진화론으로 이 세상을 과학의 테두리에 박아 놓은 이 자연주의자는 자기 자신도 진화의 한 조그마한 벽돌로 여기고 자연주의자답게 숨을 거

두었다)                                    ― 찰스 다윈

▥ 용기를 내요. 샬롯(동생), 용기를 내요.    ― 에밀리 브론테

▥ 죽음을 겁내는 것은 자기가 현명하지도 않은데 현명하다고 생
  각하는 것과 같다.                       ― 클라우디우스

▥ 아아, 죽음! 죽음!                       ― 조르주 상드

▥ 막을 내려라. 광대놀이는 끝났다.         ― 프랑수아 라블레

▥ 주여, 내가 당신의 백성으로 아직도 필요하다면, 내가 남아 있
  어 부지런히 일할 것을 거부하지 않습니다.

                                        ― 프랑수아 페늘롱

▥ 나에게 있어 이 죽음은 자연스러운 것이다. 마음에 걸리는 것
  이 있다면 그것은 홀로 남는 그대다. (신비주의자인 이 시인이
  임종에서 아내에게)                     ― 모리스 메테를링크

▥ 내가 하느님께 구하는 것은 내 생명을 당신 뜻대로 해달라는
  데 지나지 않는다. 그리고 만일 전장에서 죽는 특권을 얻게 된
  다면 그 때에는 나의 모든 염원은 달성되는 것이다. 때로 나는
  이 약한 육체의 구석구석이 산산이 부서지는 듯한 굉장한 행복
  의 파도가 나의 영혼에 물결쳐 오는 것을 느낀다. 내 영혼은 환
  희에 넘친다. 그리고 가슴 터지도록 노래하는 새와 같다. 그 누
  구라도 더 이상의 기쁨을 가지고 자신의 운명을 맞이하러 나간
  사람은 일찍이 없었다.                   ― 알렉상드르 뒤마

▥ 어째서 그대는 내게서 떠나는가? (시종에게) ― 에드워드 기번

▥ 오오, 친구여! 마침내 이 세상을 하직하려 한다.    ― 샹포르

▥ 여기가, 여기가 나의 종말이다!           ― 프란츠 슈베르트

▥ 이제 신비가 시작되누나.                 ― 헨리 비처

■ 현세를 살아가는데 예수 그리스도의 고통을 기억하라.

— 미켈란젤로

■ 내 일은 끝났다. — 존 스튜어트 밀

■ 걱정하지 마라. 이제 약은 필요 없어. 나는 나았다고 생각한다. (약을 가져왔을 때) — J. G. 피히테

■ 난 언제나 누워야 말이 잘 나오지. — 제임스 매디슨

■ 산다는 것이 얼마나 어려운지를 느낄 뿐이다. — 라퐁텐

■ 내 유해를 독일 쪽을 향해 선 채로 매장하라. — 클레망소

■ 싫어요, 그냥 내버려 두세요. (주사를 놓으려는 의사에게)

— 퀴리 부인

■ 커튼을 내리지 마라! 나는 기분이 좋다. 나를 맞아 줄 햇빛을 원한다. — 루돌프 발렌티노

■ 안녕 모랑, 나는 죽어간다. (늙은 하인 모랑을 손을 잡고)

— 볼테르

■ 당신보다 먼저 죽는 것은 내게는 하나의 다행스런 일이라고 생각하네. (친구와 최후 포옹을 하고) — 장 바티스트 라신

■ 미안합니다. (처형대에서 발을 밟고) — 마리 앙투아네트

■ 모차르트의 곡을 쳐 주십시오. — 프레데리크 쇼팽

■ 신의 가호가 있기를. — 새뮤얼 존슨

■ 내 머리가, 내 머리가! — 로버트 스티븐슨

■ 감격을 잊어서는 안 된다. 감격 없이는 어떠한 일도 할 수 없다. (임종의 자리에서 제자들에게) — 클로드 생시몽

■ 나는 세계 제국(帝國)에의 여로를 바꾸지 않을 것이다.

— 필립 시드니

- 친구여, 박수를! 희극은 끝났다. — 베토벤
- 뭐, 꼭 그렇다면 별수 없지. (이 음악가는 죽음에 즈음해서 다소 생명에 집착하는 듯했으나, 곧 체념하고 운명했다)
  — 에드바르 그리그
- 주여! 나의 영혼을 구해 주옵소서. — 에드거 앨런 포
- 안녕, 나의 벗이여. — 랠프 에머슨
- 나는 기꺼이 이 세상에서 기어 나오는 구멍을 찾아낼 것이다.
  — 토머스 홉스
- 뇌막염이 아닐까! — 루이사 메이 올컷
- 나는 진실을 사랑하고 있다, 몹시. — 레프 톨스토이
- 신과 조국! — 호레이쇼 넬슨
- 사랑하는 아들아, 살려다오. — 헨리 애덤스
- 불멸의 영혼이여, 만세! — 앙드레 지드
- 한 기독교도가 어떻게 편안히 죽어 가는지를 지켜보라.
  — 조지프 애디슨
- 14일이냐? — 토머스 제퍼슨
- 그곳에 가고 싶다. (파리의 포성을 들으면서) — 샤토브리앙
- 예수여! (화형대에서) — 잔 다르크
- 평화……투쟁……중화(中華)를 구하라. — 손문(孫文)
- 꽤 오랫동안 샴페인을 마시지 않았구먼. — 안톤 체홉
- 전혀 그 반대다. (병세가 좋아지고 있다는 말을 전해 듣고)
  — 헨리크 입센
- 아내와 의사를 불러다오. — 리하르트 바그너
- 내가 이 곡을 내 자신을 위해 썼다는 것을 얘기하지 않았나?

(그가 작곡한 『진혼곡』 에 관해서)            — 모차르트

■ 안녕! 잔느, 안녕! (손녀에게)            — 빅토르 위고

■ 이 회합을 다른 곳으로 옮겨야 한다.           — 애덤 스미스

■ 나는 미칠 것 같은 느낌에 사로잡혀 있습니다. 이런 두려운 시간을 더 이상 참아낼 수가 없습니다. 이상한 소리들이 들려오고, 일에 열중할 수가 없어요. 꾸준히 싸워 왔습니다만 더 이상 싸울 수가 없어요. 내가 행복했던 것은 모두 당신 덕이었으나, 이젠 그 행복을 더 이상 누리지 못하게 됐습니다. 그리고 나는 당신의 삶을 헝클어 놓았습니다. (이 여류작가는 남편에게 이런 유서를 남겨놓고 자살했다)      — 버지니아 울프

■ 나는 공(公)의 묘지에 매장되고 싶지 않다. 내가 프로이센 왕 빌헬름 대왕의 충실한 충복이었다고 묘석에 새겨 다오.

                               — 비스마르크

■ 세상은 아주 아름답다!            — 토머스 에디슨

■ 불을 켜라. 어둠 속에서 집으로 가고 싶지 않다. (1910년 당시의 『어둠 속에 집으로 가기 무섭다』 라는 노래가 유행하고 있었다)            — 오 헨리

■ 나는 마실 수 없다. (한 모금의 밀크를 주었을 때)

                               — 루이 파스퇴르

■ 에리, 가까이 오지 마. 그렇게 가까이 오지 마……. 그래, 거기에 있어 줘. (누이동생이 병에 감염되는 것을 두려워하여)

                            — 프란츠 카프카

■ 내 안경은 어디 있어?            — 토마스 만

■ 아아, 집으로 돌아가고 싶다.          — 빈센트 반 고흐

▨ 안녕! 사랑하는 사람들아, 다시 만날 수 있다면…….

— 마크 트웨인

▨ 오오, 신이여! (암살자의 총탄에 맞아 쓰러지면서)

— 마하트마 간디

▨ 그러나……그러나……대령이여. (총살을 앞두고)

— 베니토 무솔리니

▨ 전쟁주의자를 쳐부숴라. — 이오시프 스탈린

▨ 울부짖는다고 죽음이 깜작 놀라서 도망가지는 않는다.

— 만그 티무르

▨ 괴벨스여, 나와 아내의 시신이 잘 탔는지 확인을 부탁한다! (애인과 자살을 꾀하기 전 측근에게) — 아돌프 히틀러

▨ 이젠 이 골동품을 그렇게 소중히 다루지 않아도 돼.

— 조지 버나드 쇼

▨ 불을 꺼라. — T. 루스벨트

▨ 절대로 다비식 같은 것을 하지 말라. 이 몸뚱이 하나를 처리하기 위해 소중한 나무들을 베지 말라. 내가 죽으면 강원도 오두막 앞에 내가 늘 좌선하던 커다란 너럭바위가 있으니 남아 있는 땔감 가져다가 그 위에 얹어 놓고 화장해 달라. 수의는 절대 만들지 말고, 내가 입던 옷을 입혀서 태워 달라. 그리고 타고 남은 재는 봄마다 나에게 아름다운 꽃 공양을 바치던 오두막 뜰의 철쭉나무 아래 뿌려 달라. 그것이 내가 꽃에게 보답하는 길이다. 어떤 거창한 의식도 하지 말고, 세상에 떠들썩하게 알리지 말라. 그동안 풀어놓은 말빚을 다음 생으로 가져가지 않겠다. 내 이름으로 출판한 모든 출판물을 더 이상 출간하지 말

아주기를 간곡히 부탁한다. 사리도 찾지 말고, 탑도 세우지 말라.       — 법정

## 【묘비명】

■ 생애의 1/6을 소년기로, 1/12을 청년기로, 1/7을 독신으로 지냈으며, 결혼한 지 5년 뒤에 아들을 낳았고, 아들은 아버지 나이의 1/2만큼 살았다. 디오판토스는 아들이 죽은 후 4년이 지난 뒤에 죽었다. (과연, 디오판토스는 몇 살에 죽었을까? 묘비의 내용을 방정식으로 풀어보면 84세.)       — 디오판토스

■ 후세 사람들이여, 나의 휴식을 방해하지 말라(그의 무덤은 예언서를 찾으려는 사람들에 의해 무참히 파헤쳐졌다).

      — 노스트라다무스

■ 생각할수록, 날이 갈수록, 내 가슴을 놀라움과 존경심으로 가득 채우는 두 가지가 있다. 밤하늘의 반짝이는 별과 내 마음속 도덕률이다.       — 임마누엘 칸트

■ 전 재산을 모두 탕진하고 빈손으로 왔다가 빈손으로 간다.

      — 라퐁텐

■ 우물쭈물하다 내 이럴 줄 알았다. (I knew if I stayed around long enough, something like this would happen)    — 조지 버나드 쇼

■ 에이, 괜히 왔다.       — 고창률(걸레스님 중광)

■ 살고, 쓰고, 사랑했다.       — 스탕달

■ 고로 나는 여기 영원히 존재할 것이다.    — 르네 데카르트

■ 오오 장미여, 순수한 모순의 꽃.      — 라이너 마리아 릴케

■ 이 사람은 하늘로부터 번개를, 폭군으로부터는 옥띠를 빼앗았

다.                  — 벤저민 프랭클린

■ 아르헨티나 국민들이여, 나를 위해 울지 말아요. — 에바 페론

■ 돌아오라는 부름을 받았다(Called back).    — 에밀리 디킨슨

■ 비상한 세대에 비상한 인물.           — 김옥균

■ 나는 어머님 심부름으로 이 세상에 나왔다가 이제 어머님 심부름 다 마치고 어머님께 돌아왔습니다.       — 조병화

■ 여기 묻힌 유해가 도굴되지 않도록 주의 가호가 있기를.

— 셰익스피어

■ 창조주를 만날 준비가 되었지만, 그는 날 만날 준비가 되었을까?                    — 윈스턴 처칠

■ 태어나지 않았고 죽지 않았다. 다만 지구라는 행성을 다녀갔을 뿐이다.               — 오쇼 라즈니쉬

■ 국민의, 국민에 의한, 국민을 위한 정부는 영원할 것이다.

— 에이브러햄 링컨

■ 이제 나는 명령한다. 자라투스트라를 버리고 그대 자신을 발견할 것을.               — 프리드리히 니체

■ 주님은 나의 목자, 나는 아쉬울 것이 없어라(시편 23편).

— 김수환

■ MILD HEAVEN. (일본의 담배 상표 MILD SEVEN의 패러디)

— 일본의 어느 애연가

■ 나 열렬히 사랑했고, 상처 받았고, 좌절했고, 슬퍼했으나 그 모든 것을 열렬한 가슴으로 받아들였다.       — 공지영

■ 웃기고 자빠졌네.             — 김미화(개그우먼)

■ 용용 죽겠지.      — 권지용(아이돌 가수 G-Dragon)

■ 젊고 자유로워 상상력이 끝이 없을 때
나는 세상을 변화시키려는 꿈을 가졌다.
좀 더 나이가 들고 지혜를 얻었을 때
나는 세상이 변하지 않으리라는 것을 알았다.
그래서 시야를 조금 좁혀
내가 살고 있는 나라를 변화시키겠다고 결심했다.
그러나 그것 역시 불가능한 일이었다.
황혼의 나이가 되었을 때 나는 마지막으로
나와 가장 가까운 내 가족을 변화시키겠다고 마음먹었다.
그러나 누구도 달라지지 않았다.
이제 죽음을 맞이하기 위해 누운 자리에서
나는 깨닫는다.
만일 내 자신을 먼저 변화시켰더라면
그것을 보고 내 가족이 변화되었을 것을……
또한 그것에 용기를 얻어
내 나라를 더 좋게 바꿀 수 있었을 것을……
그리고 누가 아는가.
세상까지도 변했을지……

　　　　　　— 영국 웨스트민스터 대성당 지하에 있는
　　　　　　　　　어느 성공회 주교의 묘비명

**【속담 · 격언】**

■ 고기 값이나 해라. (죽을 목숨 구차하게 구걸하지 말고 제 몸뚱이의 살코기 값만큼이라도 부끄럽잖게 하라)　　　— 한국

■ 남자가 죽어도 전장에 가서 죽어라. (개죽음을 하지 마라)

— 한국

■ 핑계 없는 무덤 없다.  — 한국

■ 노인의 백발은 무덤의 꽃.  — 영국

■ 소여(小輿) 대여(大輿)에 죽어 가는 것이 헌 옷 입고 볕에 앉아 있는 것만 못하다. (죽어서 대접받는 것보다 대접 못 받아도 살아 있는 편이 낫다)  — 한국

■ 개골창을 베게 되었구나. (하도 미련하고 답답해서 죽게 되었으니 죽으라는 핀잔)  — 한국

■ 사람 안 죽은 아랫목 없다. (사람은 어디서든지 죽는다)— 한국

■ 머리 위에 무쇠두껑이 내릴 때가 멀지 않았다. (죽을 날이 멀지 않았다)  — 한국

■ 땅내가 고소하다. (오래잖아 죽어 땅에 묻히겠다)  — 한국

■ 도끼날을 달아 써도, 사람은 죽으면 그만. (물건은 고쳐 쓸 수 있어도 사람의 생명은 한번 끊어지면 다시 살릴 수 없다)

— 한국

■ 대문 밖이 저승이라. (사람은 언제 죽을지 모르니 열심히 살라. 또는 위험이 가까이 있으니 조심하라)  — 한국

■ 단불에 나비 죽듯. (힘없고 맥없이 쓰러지는 죽음. 또는 순식간에 이루어짐)  — 한국

■ 한식에 죽으나 청명에 죽으나. (한식과 청명은 하루 사이로 오늘 죽으나 내일 죽으나 같다)  — 한국

■ 황천 가는 길에 늙은이 젊은이 따로 없다. (저승길에서는 나이를 따지지 않는다)  — 중국

- 우환 속에 살 길이 있고, 안락하면 죽음에 이르게 된다. (곤경이 나 역경이 삶의 의지를 더 강하게 만든다) — 중국
- 부자의 장례식에는 부족한 것이란 아무것도 없다, 그 죽음을 애도하는 사람들을 제외하고는. — 중국
- 빈손으로 왔다가 빈손으로 가는 인생, 만금(萬金)의 재산이 있어도 갖고 갈 수 없다. — 중국
- 사람의 죽음은 등불이 꺼지는 것. (남는 것이 없다) — 중국
- 인생이 끝나면 우리는 빈손으로 간다. — 중국
- 황천 가는 길에는 묵을 주막이 없다. — 중국
- 사람에게는 삶과 죽음이 있고, 물건은 부서지고 없어진다.

  — 중국

- 누구나 죽음으로부터의 해방을 갈망하면서 생에서 해방되는 방법은 모른다. — 중국
- 천만번 쉬고 쉬어도 죽어 아주 쉬는 것만 못하다. (죽음은 가장 완전한 휴식이다) — 중국
- 죽음과 삶 두 글자는 모두 운명이고, 재앙과 복은 모두 하늘에 달렸다. — 중국
- 죽은 자는 말이 없다. (Dead men tell no tales.) — 서양속담
- 죽음은 위대한 평등주의자이다. (Death is the grand leveller.)

  — 서양격언

- 재로부터 재로, 그리고 흙으로부터 흙으로. (Ashes to ashes, and dust to dust.) — 서양격언
- 모든 인간은 죽게 마련이다. (All men are mortal.)

  — 서양속담

■ 죽어 가는 자는 진실을 말한다. (Dying men speak true.)

— 서양속담

■ 늙은이의 지팡이는 죽음의 문을 두드리는 망치다.　　— 영국

■ 죽음은 법왕이나 거지나 모두 용서하지 않는다.　　— 영국

■ 한번 태어난 자는 한 번은 죽지 않으면 안 된다.　　— 영국

■ 사람은 살아생전과 같이 죽음에 이른다. (사람은 어차피 공수래 공수거 하지만, 죽어서 이름을 남긴 사람의 죽음을 좋은 죽음 이라고 한다)　　— 영국

■ 죽음은 새끼 양도 어미 양과 같이 잡아먹는다. (늙은이나 젊은 이나 언제라도 죽음에 직면하게 된다)　　— 영국

■ 노인은 죽음을 향해 사라져 버리고, 죽음은 젊은 사람에게 찾 아온다.　　— 영국

■ 죽음은 달력을 관계치 않는다.　　— 영국

■ 영예의 길도 무덤으로 통할 따름이다. (The paths of glory lead but to the grave.)　　— 영국

■ 사람은 태어나자마자 죽음이 시작된다.　　— 독일

■ 죽기를 원하는 사람은 불쌍하지만, 죽음을 두려워 않는 사람은 더 불쌍하다.　　— 독일

■ 죽음은 모든 악을 고친다.　　— 이탈리아

■ 신도 인간이었을 때는 죽음을 두려워했다.　　— 이탈리아

■ 살아 있는 동안은 적더라도 친구가 있지만, 죽으면 한 사람도 없다.　　— 프랑스

■ 신이 죽음을 데리고 올 때, 악마는 상속인을 데리고 온다.

— 스웨덴

■ 행복한 사람은 가장 알맞은 때에 죽는다. 그가 죽지 않으면 행복이 죽는다.     — 스웨덴

■ 구질구질하게 살기보다는 깨끗이 죽는 편이 낫다. — 헝가리

■ 죽음의 신은 어느 집 문 앞이라도 무릎을 꿇는 검은 낙타이다.     — 터키

■ 아버지 왜 죽음을 두려워하십니까? 아직 죽음을 경험해 본 사람은 없지 않습니까?     — 러시아

■ 이 세상을 하직하고 있는 것은 노인들이 아니라 할 일 없는 한가한 사람이다.     — 러시아

■ 노인에게는 목전에, 젊은이에게는 배후에 죽음이 도사린다.     — 에스토니아

■ 서 있는 것보다는 앉는 것이, 앉는 것보다는 누워 있는 것이, 누워 있는 것보다는 죽는 것이 낫다.     — 아라비아

■ 죽음을 막아내는 성채는 없다.     — 아라비아

■ 이 세상에서 강보에 싸인 채 죽는 자만큼 행복한 사람은 없다.     — 집시

## 【시 · 문장】

죽음이 좋다면 왜
신(神)들은 죽지 않았을까요?
삶이 나쁘다면 왜
신들은 오래 살까요?
사랑이 무상하다면 왜
신들은 그대로 사랑을 할까요?

사랑을 모두 하면
사람들 사랑은 제쳐놓고 무엇을 하나요?

— 사포 / 神


이 세상은 무엇인가?
인간은 무엇을 하고자 하는가?
방금 사랑하던 자가 이제는 꼼짝도 못하고
홀로 차디찬 무덤 속에 있다.

— 제프리 초서


무덤 자체는
잠깐 동안의 어둠을 거쳐
빛에서 빛으로 나아가는
덮여진 다리에 불과하다.

— 헨리 롱펠로 / 성도전(聖徒傳)


죽음이 인간을 따라오고
그의 생명은 죽음으로부터 샘솟는다
인간의 죽음으로부터.

— 랜덜 재럴 / 피난민들


여기에 가장 아름다운 부인이 누워 있다.
발걸음도 마음도 가벼웠던 그녀
......

그러나 미는 사라지고 미는 지나간다.
아무리 그 미가 희귀한 것일지라도
그런데 내 흙이 될 때 누가 기억하랴
　　　　　　　　　　　　　— W. L. 에어 / 묘비명


넓고 넓은 별 총총한 하늘 아래
무덤을 파고 날 눕혀 다오.
기쁘게 나는 살았고 기쁘게 죽으니
기꺼이 이 몸 눕히리라.
　　　　　　　　　　　— 로버트 스티븐슨 / 진중가(陣中歌)


비단 옷깃 살랑거리는 소리 멎고
뜨락 너머 티끌이 바람에 날려 쌓인다.
발자국 소리 끊이고, 가랑잎을 황급히 날려
잠잠히 쌓인 무덤, 그 아래에 매달린 젖은 잎사귀 하나.
　　　　　　　　　　　　　— 에즈라 파운드 / 이별


언 땅 밑에 잠자도
그것은 전혀 다를 것이 없었지만
지금 이 여자는 시들어버린
『자기의 아기』 곁에 자고 있는 것이지
그 밖의 장소는 아니었다.
　　　　　　　　　　　　— 라게르크비스트 / 바라바

순례자는 초여름 길을 올라
이끼 낀 채 오래 잊어버린 나의 묘석을 지나간다.
소녀들은 웃어대며 벚꽃을 뿌리고
때로는 소나무 그늘에 앉아 쉬리라.
그 한 사람이 뜨거운 입술을
내 묘석에 대는 일이 있다면
땅 속 깊이 누운
내 몸은 무서움에 부들부들 떨리라
— J. 퓰리처 / 쓸쓸한 墓石


생(生)이란 한 조각구름이 일어나는 것이요,
죽음이란 한 조각구름이 사라지는 것이다.
뜬구름의 자체(自體)는 철저히 공(空)이거니
허깨비 몸의 생멸도 또한 그와 같도다.
그 가운데 하나의 신령스런 물건은
몇 겁화(劫火)를 지나면서 언제나 담연(湛然)하네.
— 기화 / 함허화상어록(涵虛和尙語錄)


한 잔 먹세그려 또 한잔 먹세그려
꽃 꺾어 놓고 무진 무진 먹세그려
이 몸 죽은 후면
지게 위에 거적 덮어 졸라매 메고 가나
오색실 화려한 휘장에 만인이 울며 가나
억새풀 속새풀, 떡갈나무, 백양 속에 가기만 하면

누런 해, 흰 달, 가는 비, 굵은 눈, 회오리바람 불 제
뉘 한 잔 먹자 할꼬
하물며 무덤 위에 잔나비 파람 불 제 뉘우친들 어찌하리

        — 정철 / 장진주사(將進酒辭)


청초(靑草) 우거진 골에 자는다 누웠는다
홍안은 어디 두고 백골만 묻혔느니
잔 잡아 권할 이 없으니 그를 슬허하노라.

           — 임제


이제 잠깐 사이에 사람들은
몇 번이고 내 줄을 끊어버리곤 하네.
이번엔 내가 준비를 잘 해두었지.
나의 오장(五臟)에는 이미
얼마간의 영혼이 깃들어 있었다.
사람들은 내게 숟가락을 내밀고 있다
생명의 숟가락을.
이제 그만, 나는 더 이상 살기를 원치 않나니
내 할 일은 내게 맡겨다오.
나는 안다, 삶이란 풍요한 것, 좋은 것임을
세계는 가득 찬 용광로임을……
하지만 내 핏속까지 스며들진 않는다.
단지 머리로 올라올 뿐
다른 이들에게는 영양이 되지만 나는 병들게 한다.

적어도 천 년쯤은 내게
새로운 휴양이 필요하리라.
　　　　　　— 라이너 마리아 릴케 / 자살자의 노래

죽음은 위대하다.
우리는 웃고 있는 그의 입이다.
우리가 생명의 한복판에 있다고 생각할 때
그것은 우리의 한복판에서
감히 울고 있다.
　　　　　　— 라이너 마리아 릴케 / 에필로그

죽느냐, 사느냐 그것이 문제로다.
어느 쪽이 더 떳떳할까.
가혹한 운명의 돌팔매와 화살을 받고도
마음으로 참을 것인가,
아니면 무기를 들고 숱한 고난과 대항하여,
싸워 없앨 것인가? 죽는 것은 잠자는 것
그뿐이지. 잠으로 마음의 고통과 육체가 상속받은
수만 가지 타고난 충격이 사라진다면, 그것이야말로
열렬히 바라마지않는 생의 극치.
죽는 것은 잠자는 것,
잠들면 아마 꿈을 꾸겠지.
아, 이게 곤란하단 말이야.
이 육체의 굴레를 벗어나 죽음이란 잠이 들었을 때

어떤 꿈을 꿀 것인가.

이것이 우리를 망설이게 한단 말이야.

그러니까 한평생 불행을 참고 사는 거지.

그렇지만 않다면 그 누가 참고 지낼 것인가.

이 세상의 채찍과 조소와 압제자의 횡포와 세도가의 멸시와

버림받은 사랑의 고통과 재판의 지연과

관리들의 오만과 유덕한 인사들이 소인배로부터 받는 모욕을,

단 한 자루의 단도면 스스로 인생을 결산할 수 있는데도?

그 누가 이 지루한 인생에 얽매여

무거운 짐을 지고 헐떡이며 땀을 흘리겠는가?

단 한 가지 죽음 뒤에 남을 무슨 두려움이 아니라면

나그네 한번 가면 돌아올 길 없는

저 미지의 나라가 결심을 망설이게 하고

알지도 못하는 저 세상으로 날아가느니보다,

차라리 우리가 현재 겪는 고난을 참고 견디게 하는 것.

그리하여 조심성은 우리를 모두 겁쟁이로 만들고,

그리하여 결의의 애초의 저 생생한 빛깔도

사색의 창백한 빛깔로 파리한 병색으로 물들고,

충전하던 중대한 의도는

이 조심성 때문에 그 길이 빗나가고,

행동의 이름을 잃고 만다.

— 셰익스피어 / 햄릿


죽음의 아픈 모습도

성자에겐 두려움이 안 되고, 신자에겐 종언(終焉)이 되지 않는다.
그것은 전자를 삶으로 되돌려 활동을 가르치고
후자에게 힘을 주어 내세의 축복에의 희망을 준다.
양자에게 있어 죽음은 삶이 된다.
— 괴테 / 헤르만과 도르테아


북소리는 목숨을 앗기 위해 재촉하는데
머리를 돌려 바라보니 해는 저무누나
황천에는 객점 하나 없다는데 오늘밤엔 뉘 집에서 머무를까.
— 성삼문


어차피 몸도 괴로워졌다
바삐 관에 못을 다져라
아모려나 한 줌 흙이 되는구나.
— 김영랑 / 한줌 혼


아이들이 노는 것을 바라보고
그 놀이를 이해하지 못하고,
그 웃음이 어색하고 바보처럼 들린다면
아, 그것은 영원히 먼 곳에 있다고 여겼던
사악한 적(敵)의 경고로
이제는 그치지 않을 것이다.
연인들을 보고도
천국에의 동경을 느끼지 않고

흐뭇하게 여기며 걸어간다면,
영원을 청춘에게 약속한
마음의 가장 깊은 시편(詩篇)을
아, 조용히 포기하는 것이다.
욕을 듣고도
지극히 분개하지 않고
못 들은 척 태연히 있다면
아, 그때는 마음속에서
조용히 아픔도 없이 경련하며
성스러운 빛이 꺼지는 것이다.

　　　　　　　　　　　　　— 헤르만 헤세 / 죽음


사람이 죽어지면 어드러로 보내는고
저승도 이승같이 님한테 보내는가
진실로 그러곳 할작시면 이제 죽어 가리라.

　　　　　　　　　　　　　　　　— 무명씨


늙거든 다 죽으며 젊으면 다 사느냐
저 건너 저 무덤이 다 늙은이 무덤이랴
아마도 초로인생(草露人生)이니 아니 놀고 어이리.

　　　　　　　　　　　　　　　　— 무명씨


낙양성(洛陽城) 십리 밖에 울퉁불퉁 저 무덤에
만고영웅(萬古英雄)이 누구누구 묻혔는고
우리도 저리 될 인생이니 그를 슬허하노라.

— 무명씨

우리는 모두 같은 종점으로 밀려간다. 모든 것은 늦거나 빠르거나 운명의 항아리 속에 뒤섞여서, 제비로 뽑혀 나와 영원한 멸망 속에 황천의 배에 실리는 것이다.　　　— 호라티우스 / 카르미나

『인간에게 있어서 가장 착하고 가장 뛰어난 것은 무엇일까?』 마신(魔神)은 입을 꾹 다물고 가만있다가 갑자기 껄껄껄 웃으면서 대답했다. 『가엾게도 눈 깜빡할 사이를 사는 그대들 변덕과 슬픔의 자손들이여, 듣지 않은 것만 못할 이야기를 나에게 말하라 하는가? 너에게 있어서 가장 선한 일, 그것은 찾아도 소용없는 일이지만, 태어나오지 않는 것, 존재하지 않는 것, 다시 말하면 무의 상태가 되는 것이지. 그러나 너에게는 둘째로 해야 할 선한 일도 있지. 빨리 죽어 버린다는 것이 그것이지.』　　— 프리드리히 니체

죽은 다음에 네가 어떻게 되든 간에—설사 무로 돌아간다 하더라도—그 때의 상태는 자연스럽고도 네게 어울리는 것이리라……. 마치 현재의 너의 개체적 유기적 존재가 그러하듯이. 그렇기 때문에 만약 무서운 일이 있다고 한다면 기껏해야 옮아가는 그 순간뿐인 것이 다. 뿐만 아니라 우리들의 현존재 따위보다는 오히려 완전한 무가 더 낫다는 것쯤은 사태를 충분히 고찰하기만 하면 반드시 깨달을 수 있는 것이기 때문에, 우리들 존재의 종말이라든지 혹은 우리들이 존재치 않을 시간 등에 관한 관념은 마치 우리들이 태어나지 않았더라면 하는 관념과 마찬가지로 이성적으로 생각하기만 한다면 하등 우리들에게 위협을 줄 만한 것이 못 된다. 도대

체가 이러한 현존재라는 것은 본질적으로 볼 때 개인적인 것이니까 그로 미루어 보더라도 그와 같은 개인생활의 종말 따위를 손실이라고 생각해서는 안 되는 것이다.　　　　　— 쇼펜하우어

젊은이의 최후가 이르렀다. 황혼의 해안—천하가 붉게 물들어 있었다. 그리고 그 반사광은 젊은이의 누워 있는 방 안까지 새빨갛게 물들여 놓았다. 해안의 물결소리, 어부들의 뱃소리, 이러한 가운데서 젊은이는 고요히 눈을 감았다. 4년 전 어떤 황혼에 본 소녀의 그 눈을 마음으로 보면서 이 젊은이는 고요히 이 세상을 떠났다.　　　　　— 김동인 / 수정 비둘기

요양소에서는 환자가 의사와 간호원에게 마음으로부터 감사하면서 앞을 다투어 죽어간다. 그리고 어떤 환자나 요양소가 규정한 방법으로 죽는다. 그것이 환영을 받기 때문이다. 그러나 자기 집에서 죽는 자는 상류사회의 장엄한 죽음을 택하는 것은 물론, 말하자면 그와 때를 같이하여 호화로운 장례식이 시작되고, 여러 가지 놀라운 관습이 뒤따른다. 그 집 문전에는 가난한 사람들이 모여서서 지칠 때까지 구경하고 있다. 가난한 사람의 죽음은 의식적(儀式的)인 것을 모두 생략한 평범한 죽음이다. 어떻게 해서든 자기 분수에 맞는 죽음을 발견하게 되면 그것으로 불평은 없다. 약간 커서 헐렁헐렁해도 지장은 없다. 그 정도는 인간 편에서 약간 더 커지기 때문이다. 그러나 너무나 옹색한 죽음으로 가슴의 단추가 채워지지 않거나 숨이 막히거나 하면 이것은 물론 좋지 않다.
　　　　　— 라이너 마리아 릴케 / 말테의 수기

성인은 화(禍)와 복(福)이 일체인 것을 알고, 달사(達士)는 죽고 삶이 한 이치인 것을 안다. 그러므로 공자가 포위를 당하여 거문고를 탔고, 증석(曾晳)이 죽은 이를 조상하면서 노래하였으니, 일찍이 죽고 삶으로써 근심과 낙을 삼지 않은 것이다. 그러므로 소인의 죽음은 사(死)라 말하고, 군자의 죽음은 종(終)이라 말한다. 자로와 굴원은 이치를 순히 하여 마쳐서 전체의 기운과 함께 화(化)한 것이다. 자로는 죽을 적에, 『군자는 비록 죽을망정 관을 벗지 않는다.』하였고, 굴원은 죽으면서 『무지개 같은 깃발의 드날림이여, 옥방울이 딸랑딸랑 울리도다. 상령(湘靈)을 시켜 비파를 뜯게 하고, 해약(海若)을 시켜 춤을 추게 하도다.』하였으니, 그 태연자약한 기상을 여기에서 볼 수 있다. 어찌 원통하고 맺힌 생각이 양소(良霄)와 같은 것이 있겠는가. 장자(莊子)가 말하기를, 『우연히 온 것은 부자(夫子)가 때에 맞춘 것이요, 우연히 간 것은 부자가 이치에 순히 한 것이다.』하였으니, 이 두 분에게 적합한 말이다.

— 남효온(南孝溫) /《추강집(秋江集)》

나는 아직 죽음을 공자만큼 진지하게 생각한 현인을 알지 못한다. 죽음에 대한 물음에 그는 대답을 거부한다. 『아직 삶도 제대로 모르는데 죽음을 어찌 알랴.』죽음에 대해 이보다 더 적절한 대답은 아직 한 번도 들어 본 적이 없다. 그는 죽음과 관련된 일체의 물음들은 죽은 뒤의 시간과 관계된다는 것을 너무나 잘 알고 있다. 죽음에 대한 일체의 대답은 단번에 죽음을 뛰어넘어버리는 결과를 초래하고, 또 이로 인해 죽음은 물론 죽음의 불가해성까지도 순식간에 사라지게 된다. 전세(前世)가 그 무엇이었던 것처럼 후세도 그 무엇이라면 죽음 그 자체는 그 무게를 상실하게 될 것이다. 공자는 모든 요술 중에서 가장 쓸모없는 이러한 요술에 개입하지 않는다. 그렇다고 그가 죽음 뒤엔 아무것도 없다고 말하고 있는 것은 아니다. 다만 그는 그것을 알 수 없을 따름인 것이다. 설령 그에게 그것을 경험하는 일이 가능하다 하더라도, 그것을 경험할 생각이 전혀 없다는 인상을 우리는 받는다. ― 엘리아스 카네티

## 【중국의 고사】

■ **개관사정(蓋棺事定)** : 『관 뚜껑을 닫고 나서야 비로소 일은 정해진다』는 말로서, 사람은 죽은 뒤에야 비로소 그 사람의 살아 있을 때의 가치를 알 수 있다. 즉 사람에 대한 평가는 모든 일이 끝나기 전에는 아무도 모른다는 말이다. 사람의 일을 두고 흔히 하는 말이다. 오늘의 충신이 내일은 역적 소리를 듣게도 되고, 어제까지 천덕꾸러기 노릇을 하며 이 집 저 집 얻어먹으며 다니던 사람이 하루아침에 벼락부자가 되고 벼락감투를 쓰게 된 예는 얼마든지 있다.

　부귀와 성쇠(盛衰) 같은 것은 원래가 그런 것이기도 하지만, 세상이 다 변해도 그 사람만은 틀림이 없다고 철석같이 믿은 사람이 시간이 흐르고 환경이 변함에 따라 전연 딴판으로 달라지는 수도 적지 않다. 하긴 관 뚜껑을 닫고 난 뒤에도, 죽은 사람이 살았을 때 저질렀던 일로 인해, 이른바 부관참시(剖棺斬屍 : 관을 깨뜨려 시체를 벰)의 추형(追刑)을 가하는 일도 때로는 있으므로 엄격한 의미에서는 『관 뚜껑을 닫은 뒤에도 알

수 없는 것이 사람의 일』이라 할 수 있다.

　그러나 그것은 역사적인 인물이나 역사적인 사건에서나 있었던 일이므로 논외로 하고, 역시 사람은 숨을 거두면 그것으로 모든 게 끝난다고 보는 것이 정당할 것이다. 여기서 두보(杜甫, 712~770)의 시 한 편을 소개해 보자.

　『그대는 보지 못했는가, 길가에 버려진 못을. / 그대는 보지 못했는가, 앞서 꺾여 넘어진 오동나무를. / 백 년 뒤, 죽은 나무가 거문고로 쓰이게 되고, / 한 섬 오랜 물은 교룡(蛟龍)을 품기도 했다. / 장부는 관을 덮어야 일이 비로소 결정된다. / 그대는 다행히 아직 늙지 않았거늘, / 어찌 원망하리요, 초췌히 산 속에 있는 것을. ……』

　이 시는 두보가 사천성 동쪽 기주(夔州)의 깊은 산골로 낙백해 들어와 가난하게 살고 있을 때, 역시 거기에 와서 살며 실의에 찬 나날을 보내고 있는 친구의 아들 소계(蘇溪)에게 편지 대신 보내준 시다. 시 제목은 『군불견(君不見)』이라 하는데, 첫머리에 이 같은 가락을 넣는 것을 악부체(樂府體)라 한다. 시의 내용은 이렇다. 길가의 오래된 못도 옛날엔 그 속에 용이 살았고, 오래 전에 썩어 넘어진 오동나무도 백 년 뒤에 그것이 값비싼 거문고 재료로 쓰이게 되듯이, 사람은 죽어 땅에 묻힌 뒤가 아니면 어떻게 될지 아무도 알 수 없다. 다행히 아직 젊지 않은가. 굳이 이런 산중에서 초라하게 살며 세상을 원망할 거야 없지 않은가. 　　　　　　　　　　　　　　　― 두보 / 군불견(君不見)

■ **고분지통**(叩盆之痛) : 동이를 두들기는 근심, 곧 아내의 죽음을

말한다. 장자의 아내가 죽자, 혜자(惠子)가 문상을 갔다. 몹시
슬퍼하고 있겠지 생각하고 한껏 슬픈 표정을 짓고 장자의 집을
방문해 보니, 장자는 동이를 두들기며 노래를 부르고 있었다
(鼓盆而歌). 혜자가 기가 막혀 놀라 물었다.

『자넨 부인과 살면서 자식도 낳고 함께 늙었지 않았는가. 아
내가 죽어 곡을 하지 않는다는 것은 그럴 수도 있는 일이겠지
만, 아니 동이를 두들기며 노래를 부르다니 좀 과한 게 아닌
가?』그러자 장자가 이렇게 말했다.

『그렇지 않네. 아내가 죽었을 때 처음에는 나도 몹시 슬펐지.
하지만 아내가 태어나기 이전을 살펴보면 원래 생명이란 건 없
었네. 생명이 없었을 뿐만 아니라 형체조차도 없었지. 형체는
고사하고 기(氣)마저도 없었네. 흐릿하고 아득한 사이에 섞여
있다가 변해서 기가 생기고, 또 기가 변해서 생명을 갖추었네.
그것이 지금 또 바뀌어 죽음으로 간 것일세. 이것은 봄·여
름·가을·겨울이 번갈아 운행하는 것과도 같다네. 아내는 지
금 천지 사이의 큰 방에서 편안히 자고 있을 걸세. 그런데 내가
큰 소리로 운다면 나 자신이 천명에 통하지 못하는 듯해서 울
음을 그쳤다네.』혜자는 이마를 탁 치고는 집으로 돌아가고 말
았다. 장자의 이와 같은 이야기에서 아내의 죽음을 『고분지
통』이라고 말한다.　　　　　　　　　　　—《장자》지락편

■ 장자(莊子)가 곧 죽게 되었을 때에 제자들은 그를 성대하게 장
사 지내려 했다. 이에 장자는 말했다. 『나는 하늘과 땅으로써
널을 삼고, 해와 달로써 한 쌍의 구슬을 삼으며, 별로써 많은

치레구슬을 삼고, 만물로써 제물을 삼는다. 나를 장사 지낼 기구가 어느 것이 모자라는가? 여기에 무엇을 더 보탤 것인가?』 제자가 대답하기를, 『저희들은 까마귀나 소리개가 선생님을 먹을까 두려워합니다.』하니 장자가 말하기를, 『땅 위에 있으면 까마귀나 소리개의 밥이 되고, 땅 밑에 있으면 땅벌레나 개미의 밥이 될 것이다. 저것에게서 빼앗아 이것에게 준다니, 어찌 그리 편벽되느냐?』하였다.　　　　　　　　　　— 《장자》

■ **만가(挽歌)** : 한(漢)나라 유방(劉邦)이 천하를 통일했을 때의 이야기다. 제(齊)나라 왕 전횡(田橫)은 한신에게 습격을 당한 분풀이로 한나라 사신 역이기를 끓는 물에 삶아 죽였으므로 유방의 추적을 피하여 5백 명의 부하와 함께 바다 멀리 섬으로 도망했다. 유방, 즉 한고조는 그 죄를 사하여 전횡을 서울로 불렀는데, 그는 낙양(洛陽) 교외까지 와서 신종(臣從)하는 것을 부끄러이 여겨 스스로 목을 찔러 죽었다. 따르던 자는 물론이고, 섬에 남아 있던 5백 명도 모두 전횡의 덕을 사모하여 순사(殉死)하였다. 그의 문인(門人)이 지은 노래에 죽은 이를 애도하는 슬픈 영구차의 노래를 사람들은 만가(挽歌)라고 부르게 되었다. 　　—
— 사마천 / 《사기》

■ **생기사귀(生寄死歸)** : 중국 하(夏)왕조의 시조인 우(禹)임금이 제후들과 함께 회식을 마치고 강을 건너려는 순간 갑자기 황룡이 배를 등에 지고 물 위에 오르니 배에 타고 있던 사람들이 모두 두려워하였다. 그러자 우임금이 하늘을 우러러 탄식하면

서, 『나는 하늘로부터 명을 받아 백성들을 위해 온 힘을 전부
바쳤다. 삶은 부쳐 사는 것이며, 죽음은 돌아가는 것이라 하였
으니 하늘의 뜻에 따를 것이니라(禹仰天嘆曰吾受命於天竭力以
勞萬民生寄也死歸也).』라고 하였다. 우임금이 자신을 두려워
하지도 않고 태연하며 흔들림이 없이 또한 위엄있게 대응하자
황룡은 기가 꺾여 고개를 숙인 채 다시 하늘로 올라가 버렸다.

『생기사귀』는 우임금이 황룡에게 한 말에서 유래하며, 인
간의 삶은 나그네처럼 죽으면 어디론가 원래의 자기 자리로 돌
아가는 것이다. 시선(詩仙) 이백도 『춘야연도리원서(春夜宴桃
李園序)』에서 『하늘과 땅이란 모든 것이 와서 묵어가는 여관
과 같은 것이고, 세월이란 끝없이 뒤를 이어 지나가는 나그네
와 같은 것이다(夫天地者 萬物之逆旅 光陰者 百代之過客).』라
고 하였다. 역(逆)은 맞이한다는 뜻이며, 하늘과 땅은 공간을 말
한다. 따라서 공간 속에서 만물이 생겼다가 사라지는 것이니,
이는 나그네가 잠깐 와서 묵어가는 것과 같다는 것이다.

— 《십팔사략(十八史略)》


■ 공자는 처음에 중도재(中都宰)가 되었다. 이때 공자는 산 사람
을 봉양하고 죽은 사람을 보내는 절차를 제정했다. 어른과 어린
이는 먹는 것을 다르게 하고, 강한 자와 약한 자의 책임을 달리
하고, 남녀가 같은 길로 다니지 못하게 하고, 길에 흘린 물건이
있어도 줍지 못하게 하며, 그릇에는 거짓된 그림을 새기지 못하
게 했다. 또 네 치 되는 관(棺)과 다섯 치 되는 곽(槨)을 만들고,
언덕에 따라 무덤을 만들되 봉분을 하지 못하게 하며, 거기에

소나무와 잣나무를 심지 못하게 했다. 이렇게 1년 동안을 행했더니 서쪽지방 제후(諸侯)들이 모두 이것을 본받았다. 이에 이듬해에는 정공(定公)이 공자로 사공(司空)을 삼았다. 그리고 다섯 가지 흙의 성분을 구별하게 하여 물건을 각각 그 토질에 맞는 대로 심어서 각기 있을 곳을 옳게 얻도록 했다. 이보다 먼저 계씨(季氏)가 소공(昭公)을 묘도(墓道) 남쪽에 장사 지냈더니, 이때에 와서 공자는 도광을 파고 모든 묘를 합쳤다. 그리고 계환자(季桓子)에게, 『임금을 깎아서 자기의 죄를 드러내는 것은 예가 아니온데 이제 묘를 합친 것은 그대의 신하 노릇 하지 않은 죄를 음폐하는 것입니다.』 하고 말했다. ― 《공자가어》

■ 조조(曹操)는 자신의 죄악을 생각하여 사후에 묻힐 무덤 72분(墳)을 만들었다. 이것을 의총(疑塚)이라고 한다. 어느 것이 조조의 진총(眞塚)인지를 모르게 하기 위하여, 악을 감추기 위해서이다. ― 오주연문장전산고(五洲衍文長箋散稿)

### 【우리나라 고사】

■ 서울 광진구에 아차산이 있다. 이 산은 조선 명종 때 붙여졌다고 전하는데, 그 유래에 대한 흥미있는 이야기가 있다. 명종 때 홍계관(洪繼寬)의 복술(卜術)이 용하다는 말이 온 나라 안에 퍼져갔다. 마침내 명종의 귀에도 그의 이름이 들려졌다. 명종은 홍계관을 궁으로 불러들였다. 나라 일에 조금이나마 도움이 될 것이라 생각했던 것이다. 홍계관은 매우 기뻐하며 왕 앞에 고개를 숙이고 섰다.

『그대가 그리 점을 잘 치는가?』『그러하옵니다.』그러자 명종은 준비한 궤짝을 보이며 말했다. 『그럼, 이 궤 안에 무엇이 들어 있는지 맞혀보아라. 맞히면 너의 소원을 들어 줄 것이고 그렇지 못하면 네 목을 자를 것이니라.』

홍계관은 말없이 궤짝을 쳐다보았다. 시간이 한참 지난 뒤 그는 입을 열었다. 『쥐가 들어 있습니다.』임금과 신하들은 놀라움을 감추지 못했다. 『과연 용하구나! 그럼 그 쥐가 몇 마리인가?』질문을 받은 홍계관은 또 궤짝을 응시했다. 『세 마리이옵니다.』『허허, 그럼 그렇지. 궤짝을 열어 보거라!』궤짝을 열자 두 마리의 쥐가 웅크리고 있었다.

『이럴 리가?』놀란 홍계관은 꼼짝없이 죽음을 당하게 된 것이다. 허나 그는 죽는다는 것은 안중에도 없었다. 자기의 점이 틀린 것에 대한 의구심으로 가득 차 있었다. 그런 그가 사형장로 끌려 갈 때였다. 명종은 가만히 있다가 외쳤다. 『아차! 여봐라, 쥐 두 마리 중 암놈의 배를 갈라 보아라.』신하들이 분부대로 배를 갈랐는데 그 안에는 새끼 쥐 한 마리가 있었다. 『이런, 죄 없는 자를 죽이려 했다니……. 여봐라, 어서 가서 사형집행을 멈추게 하고 그를 이리 데려오너라.』

같은 시간 홍계관은 죽기 직전이었다. 그는 마지막으로 점을 쳤다. 그러자 자신이 살 수 있다는 결과가 나왔다. 그는 칼을 든 집행관에게 잠시만 기다려 달라는 청을 하였다. 죽기 전의 청이라 집행관도 들어주었다. 『어명이다! 기다려라!─』말을 타고 달려오는 한 사람이 외쳤다. 그 소리는 정확하게 들리지 않아 집행관은 집행을 늦추고 있어 고함을 치는 줄로 안 나머지 그만 칼을 휘두르고 말았다. 그런 일이 있은 뒤 형 집행 장소의 위쪽 산을 아차산이라고 불렀다고 한다.

■ 최영(崔瑩)이 항상 임염(林廉)의 소행을 분하게 여겨 그의 종족(宗族)을 모두 죽였는데, 공이 형(刑)을 받으면서, 『평생 동안 나쁜 짓 한 일이 없는데, 다만 임염을 죽인 것이 지나쳤다. 내가 탐욕한 마음이 있었다면 내 무덤 위에 풀이 날 것이고, 그렇지 않았다면 풀도 나지 않을 것이다.』하였다. 그의 무덤은 고양군(高陽郡)에 있는데, 지금까지도 한 줌의 잔디도 없는 벌거벗은 무덤이라 흔히들 홍분(紅墳)이라고 한다.

— 성현 /《용재총화》

## 【에피소드】

■ 미국 작가 마크 트웨인이 어떤 마을을 방문하였을 때다. 시골 어른들이 그를 찾아와서, 묘지 주위에 울타리를 만들려는데 기부금을 달라고 요청하였다. 이에 트웨인은, 『모처럼 말씀하셨지만 1센트도 낼 수 없군요. 어째서 묘지에 울타리를 할 필요가 있을까요. 본래 그 속에 들어간 사람은 어차피 못 나옵니다. 그리고 또 그 속에 있는 사람 아니고서는 다른 사람이 그 속에 들어가고 싶어 하지도 않습니다.』

■ 명의(名醫) 보부아르가 어느 날, 한 사람의 환자에게 늘 하는 대로 왕진을 갔더니, 그 집 입구에서 문지기가 불렀다. 『선생님, 일부러 3층까지 가실 것은 없습니다.』『웬일인가……?』『병

128

자가 오늘 아침 운명하셨습니다.』『뭐, 돌아가셨어? 어떻게 죽을 만큼 힘이 남아 있었던 모양이군.』

■ 포르투갈의 위대한 시인 루이스 바스데 카모에스(1524~1580)는 불우한 속에 이 세상을 떠나 무덤의 소재지도 모르게 되었다. 그리 하여 그를 존경하는 사람들이 훗날 카모에스가 돌아다닌 곳의 먼지를 모아 훌륭한 무덤을 만들어 기념했다. 먼지 속에는 시인의 몸에서 떨어진 머리카락이나 비듬이 섞여 있으리라 해서……

【명작】

■ **죽음에 이르는 병**(Sygdommen til Døden) : 덴마크의 사상가 키르케고르(Søren Aabye Kierkegaard, 1813~1855)의 저서. 키르케고르의 아버지는 비천한 신분에서 입신한 모직물상인으로 경건한 기독교인이었고, 어머니는 그의 하녀에서 후처가 된 여인이었다. 7형제의 막내로, 태어날 때부터 허약한 체질이었으나, 비범한 정신적 재능은 특출하였으며, 이것이 특이한 교육으로 배양되어 풍부한 상상력과 날카로운 변증(辨證)의 재능이 되었다.

소년시절부터 아버지에게 기독교도의 엄한 수련을 받았고, 청년시절에는 코펜하겐 대학에서 신학과 철학을 연구하여 1841년에 논문 《이로니의 개념에 대하여》로 학위를 받았다. 그는 대중의 비자주성과 위선적 신앙을 엄하게 비판하였다. 다른 한편에서는 절망의 구렁텅이에서 단독자(單獨者)로서의 신(神)을 탐구하는 종교적 실존의 존재방식을 《죽음에 이르는 병》 등의 저작을 통해 추구하였다.

이 책은 『실존적 절망』이라는 키르케고르의 개념에 대하여 언급하고 있으며, 키르케고르는 그 개념을 죄에 대한 기독교적인 개념인 원죄와 동등하게 다루었다. 1849년 간행된 이 책의 제목은 『이 병은 죽음에 이르지 않는다』라고 하는 그리스도의 말에서 유래하며, 따라서 이 죽음은 육체적인 죽음이 아니라 그리스도교적인 영원한 생명의 상실을 의미한다. 그의 말에 의하면 죽음에 이르는 병이란 절망이며, 절망이란 자기상실이다. 또한 그것은 자기를 있게 한 신과의 관계를 상실하는 것이며, 절망은 죄에 불과하다.

사람은 진정한 그리스도인(人)이 아닌 한, 절망을 의식하고 있든, 의식하고 있지 않든, 실은 절망하고 있는 것이며, 오히려 절망의식의 심화가 참(眞) 자기에 이르는 길이다. 제1부에서는 절망, 제2부에서는 죄의 여러 형태가 의식의 정도에 따라 설명되었고, 신앙에 의해서만 이 병에서 회복할 수 있다고 주장한다.

【成句】

■ 죽음(死) : 죽을 사(歹) 변에 비수 비(匕)를 합한 글자.

■ 귀토(歸土) : 사람의 죽음을 이름. 사람은 죽으면 혼(魂)은 하늘로 올라가고 백(魄)은 흙으로 돌아간다 함. /《예기》 제의편.

■ 속광(屬纊) : 옛 중국에서 사람이 죽어 갈 무렵에 고운 솜을 코나 입에 대어 호흡의 유무(有無)를 알아보았다는 뜻으로, 임종을 이르는 말.

■ 구원(九原) : 묘지를 가리키는데, 본시는 진(晉)의 경대부(卿大

夫)의 분묘가 있는 지명(地名)이었다. 후세에는 황천(黃泉)의 뜻으로 쓰임. /《예기》

■ 기세(棄世) : 세상을 버린다는 뜻으로, 웃어른이 돌아가심을 이르는 말. 또 세상을 멀리하여 초탈함.

■ 귀천(歸天) : 사람이 죽다. 넋이 하늘로 돌아간다는 뜻에서 나온 말이다.

■ 귀천(歸泉) : 사람이 죽다. 황천(黃泉)으로 돌아간다는 뜻에서 나온 말이다.

■ 입적(入寂) : 【불교】 승려가 죽음. 비슷한 말로, 열반(涅槃)·입멸(入滅)·

■ 열반(涅槃) : 【불교】 모든 번뇌의 얽매임에서 벗어나고, 진리를 깨달아 불생불멸의 법을 체득한 경지. 불교의 궁극적인 실천 목적이다

■ 해탈(解脫) : 【불교】 번뇌의 얽매임에서 풀리고 미혹의 괴로움에서 벗어남. 본디 열반과 같이 불교의 궁극적인 실천 목적이다.

■ 소천(召天) : 【기독교】 하늘의 부름을 받았다는 뜻으로, 개신교에서 죽음을 이르는 말.

■ 단현(斷絃) : 금슬(琴瑟)의 줄이 끊어졌다는 뜻으로, 아내가 죽음을 이르는 말.

■ 천붕(天崩) : 하늘이 무너진다 해서, 아버지의 죽음이나 주군의 죽음을 이르는 말.

■ 지붕(地崩) : 땅이 꺼진다 해서 어머니의 죽음을 이르는 말.

■ 순국(殉國) : 나라를 위하여 목숨을 바침. 열사(烈士)의 죽음.

- 산화(散華) : 전장에서 목숨을 바친 군인의 죽음을 이르는 말.
- 붕어(崩御) : 임금의 죽음.
- 승하(昇遐) : 임금의 죽음.
- 상천(上僊) : 하늘에 올라가 신선(神仙)이 된다는 뜻으로, 죽음을 이름. /《장자》천지편.
- 옥쇄(玉碎) : 옥처럼 아름답게 부서진다는 뜻으로, 좋은 공명이나 충절을 위하여 생명을 버림을 이르는 말.
- 귀록(鬼錄) : 사람이 죽어 저승에 가면 명관(冥官)이 그 성명을 올린다는 장부로서, 사람의 죽음을 이름.
- 대화유사(大化有四) : 대화(大化)는 인생에 있어 특별히 두드러진 성장의 단계, 변화의 뜻. 사람의 일생에 있어서의 변천에는 네 단계가 있다. 곧 아기의 시절, 젊고 혈기왕성한 시절, 늙은 시절, 그리고 죽음의 시절이 그것이다. /《열자》천서(天瑞).
- 시사여생(視死如生) : 죽음을 삶과 같이 여긴다는 뜻으로, 죽음을 두려워하지 않음. /《장자》
- 간뇌도지(肝腦塗地) : 참살을 당해 간과 뇌가 땅바닥에 으깨어졌다는 뜻으로, 나랏일에 목숨을 돌보지 않고 힘을 다함. /《사기》유경숙손통열전.
- 사생관두(死生關頭) : 죽느냐 사느냐의 위태위태한 고비.
- 사생역대의(死生亦大矣) : 삶과 죽음이라는 것은 사람의 일신상에 있어 대사건이라는 뜻. /《장자》
- 시왕차사(十王差使) : 저승에 있는 시왕(屍王)이 죄인을 잡으려고 보내는 하인.
- 와석종신(臥席終身) : 제 명을 다하고 편안히 자리에 누워 죽음.

- 청산가매골(靑山可埋骨) : 멀리 보이는 푸른 산 어디든지 뼈를 묻을 수 있다는 뜻으로, 대장부는 반드시 고향에서 죽어야 한다고 생각해서는 안 된다는 말. / 소식

- 생자필멸(生者必滅) : 생명이 있는 것은 반드시 죽음. /《열반경》

- 잔디찰방(一察訪) : 무덤의 잔디를 지킨다는 말로, 죽어서 땅에 묻힘을 완곡하게 이르는 말.

- 부중지어(釜中之魚) : 가마솥 속의 물고기가 곧 삶겨 죽을 줄도 모르고 헤엄치고 있다는 뜻으로, 눈앞에 닥칠 위험을 이르는 말. /《자치통감》

- 인생일사도무사(人生一死都無事) : 사람은 한번 죽으면 그만이다.

- 감사(敢死) : 죽기를 두려워하지 아니함.

- 친상(親喪)·대고(大故)·정우(丁憂) : 부모상(父母喪).

- 외간(外艱) : 아버지의 상사(喪事), 또는 아버지가 안 계실 때 할아버지의 상사(喪事).

- 내간(內艱) : 모친이나 할머니의 상사.

- 도소지양(屠所之羊) : 도살장에 끌려가는 양이란 뜻으로, 죽음이 목전에 닥친 자를 비유한 말.

- 백골청태(白骨靑苔) : 흰 뼈 푸른 이끼, 무덤을 일컬음.

- 가성(佳城) : 무덤, 분묘의 견고함을 성(城)에 비유한 말. /《서경잡기》

- 경관(京觀) : 고대 중국에서, 전공을 후대까지 전하기 위하여 전장에서 얻은 적군의 사체를 쌓아 놓고 흙으로 묻은 무덤. /《左

氏傳》

- 장옥매향(葬玉埋香) : 미인을 묻은 곳.
- 당대발복(堂代發福) : 부모를 좋은 땅에 장사하여 그 아들이 곧 부귀를 누르게 됨을 이름.
- 불로불사(不老不死) : 젊음과 생명의 영속(永續)을 바라는 중국적 표현이다. 이 같은 소망은 인류의 보편적인 염원인데, 예를 들면, 영혼과 육체를 구별하여 영혼의 불멸을 주장하고 육체를 초극하려고 하는 그리스도교에 반하여, 전통적인 중국인은 이 세상에서의 생명의 영속인 문자 그대로의 불로불사를 추구하였다. 여기에서, 불로불사를 얻어 초인적인 능력을 지니고 속세를 초월하는 도교(道敎)사상인 선인(仙人)의 개념이 싹텄다. 그래서 그들은 인간도 수행(修行) 등에 의하여 이러한 선인이 될 수 있다고 여기고 확신하면서, 그를 위한 여러 가지 방법을 고안해내기 시작하였다. 즉, 신선사상 또는 신선술(神仙術 : 方術)이라는 것으로서, 이것이 문헌에 처음 나타나는 것은 BC 3세기경부터이나 도가적(道家的) 요소도 보태져 《포박자(抱朴子)》(4세기) 등에서 정리되었으며, 마침내 중국의 토착적 종교인 도교에서 중심적 위치를 차지하게 되었다. 불로불사를 얻는 방법을 개괄하면 다음 세 가지가 된다. ① 우주의 궁극적 실재이고 천지만물의 근원인 영원한 『도(道)』와 신비적으로 합일함으로써 생사의 차원을 초월하려고 하는 종교 신비주의적 명상의 방법, ② 인간의 육체를 구성하고 인간을 죽지 않으면 안 되게 하는 불순하고 조잡하고 둔중한 『기(氣)』를 순수하고 정치(精緻)하고 경묘한 『기(氣 : 원기・우주 근원의 기운)』로 바꾸어

불로불사를 얻으려고 하는 방법, 즉 벽곡(辟穀 : 곡식을 먹지 않는 것)·조식(調息 : 우주에 편재하는 원기를 들이마셔 체내에 축적하는 일종의 호흡법)·도인(導引 : 탁한 기운을 몸 밖으로 배출하고 원기를 축적하는 것) 등, ③ 인간의 신체를 불로불사하게 한다고 하는 약물류(仙藥 또는 丹藥)의 복용, 즉 약초 등 식물성의 것으로부터 광물성의 것에 이르기까지 여러 가지 약이 있으며, 그 효능도 다양하다. 그 중에서도 황금은 항상 불변의 성질이고 수은화합물은 가열 등에 의하여 쉽게 변화하는 성질을 가지고 있기 때문에, 인간의 신체를 변화시키기도 하고 항구불변의 것으로 만들기도 한다고 하여 중시되었다. 이상의 여러 가지 방법이나 사고방식은 주술적(呪術的)이라서 오히려 생명을 위험하게 하는 것도 많으나, 오랜 경험과 도태(淘汰)를 거쳐 세련되고 합리화되기도 하였다. 예컨대, 종교 신비주의적인 명상 방법은 송대(宋代) 이후 선불교(禪佛敎)나 전진교(全眞敎) 등의 신(新)도교로 계승되었고, 궁극적인 실재(道)라고 하는 사고방식은 신유교(宋學)의 형이상학으로 발전하였다. 또한 벽곡·조식·도인의 계통인 여러 방법이나 약물류는 그 목표가 불로불사에서 일상생활, 심신건강이나 질병의 치유로 옮아가 여러 가지 양생법(養生法)이나 한방(漢方) 내지 한방약으로 정착하였다. 이와 같이 불로불사가 불로장수의 개념으로 변하면서, 중국인의 내세관(來世觀)에 결정적인 영향을 준 것은 불교의 윤회(輪廻)사상이었다.

# 결혼 marriage 結婚

## 【어록】

- 결혼은 자손만대의 시작이다. —《예기》
- 혼인은 생민(生民)의 시작이요, 만복의 근원이다(夫婦 二姓之合 生民之始 萬福之原). — 자사(子思)
- 어두운 벽을 향해 고개 숙이고, 천 번 불러 한 번을 못 돌아보네. 열다섯에 얼굴을 펴게 되면서 먼지와 재 되도록 살자 했지요(低頭向暗壁 千喚不一回 十五始展眉 願同塵如灰). — 이백
- 혼인을 정할 때에는 권세 높은 가문을 탐내지 말라(婚姻勿貪勢家). —《안씨가훈》
- 혼인에 재물을 따지는 것은 오랑캐의 법도이다(婚姻論財 夷虜之道). —《문중자(文中子)》
- 대갓집 사돈을 바라지 마라, 처녀의 마음은 따로 있다(嫁女莫望高 女心願所宜). — 이익(李益)
- 혼인을 부귀(富貴)에 치중하면 장차 가정의 화근이 된다. — 사마광
- 어쨌든 결혼하라. 만일 그대가 선한 아내를 얻는다면 그대는

아주 행복할 것이며, 그대가 악한 아내를 얻는다면 그대는 철학
자가 될 것이다.      — 소크라테스

■ 결혼하는 것이 좋은지, 하지 않는 것이 좋은지, 그 어느 쪽이
되었든 후회할 것이다.      — 소크라테스

■ 결혼의 목적은 기쁨, 장례식 참석자의 목적은 침묵, 강의의 목
적은 듣기, 사람을 방문하는 목적은 빨리 도착하는 것, 가르치
는 목적은 집중, 단식의 목적은 돈으로 자선하는 것.

     — 《탈무드》

■ 인간은 성년을 지나서 결혼할 일이다. 너무 어려도, 또 너무 나
이가 들어도 결혼을 지나치게 생각하기 때문이다.

     — 제프리 초서

■ 결혼한 남자들은 슬픔과 근심 속에 산다.      — 제프리 초서

■ 남자가 여자의 일생에서 기쁨을 느끼는 날이 이틀 있다. 하루
는 그녀와 결혼하는 날이요, 또 하루는 그녀의 장례식 날이다.

     — 히포낙스

■ 결혼은 필요악이다.      — 메난드로스

■ 처녀와 결혼하면 그녀는 당신에게 해를 끼칠 것이며, 미인과
결혼하면 당신은 그녀를 간수하지 못할 것이다.      — 비온

■ 결혼하려는 것은 후회의 길로 발을 내디딘 것이다.

     — 필레몬

■ 정숙한 여자가 남편을 고를 때는 자기 눈이 아니라 이성(理性)
과 의논한다.      — 푸블릴리우스 시루스

■ 결혼 전에는 두 눈을 커다랗게 떠라. 결혼 후에는 한쪽 눈을 감
아라.      — T. 풀러

■ 결혼은 새장과 같다. 밖에 있는 새들은 굳이 그 속으로 들어가려 하고, 안에 있는 새들은 굳이 밖으로 나가려고 애쓴다.

— 몽테뉴

■ 좋은 결혼이 극히 적은 것은, 그것이 얼마나 귀중하고 위대한 것인지를 보여주는 반증이다. — 몽테뉴

■ 좋은 결혼의 시금석(試金石), 그 참된 증거는 결합이 계속되는 시간에 의한다. — 몽테뉴

■ 수녀원으로 가라. 어째서 남자를 따라가 죄 많은 인간들을 낳으려고 하는가? — 셰익스피어

■ 결혼과 교수형은 숙명에 따른다. — 셰익스피어

■ 결혼에 대해서, 만약 섹스에 대한 욕망이 외모에 의해서뿐만 아니라 아이를 낳아서 기르려고 하는 애정에 의해 유발되었다면, 그러한 경우에는 이성과 일치한 결혼이라고 할 수 있다. 또한 이런 경우에 부부의 애정이 외면뿐만 아니라 정신의 자유를 그 원인으로 하고 있었다면 더욱 좋은 일이라 하겠다.

— 스피노자

■ 결혼생활은 참다운 뜻에서 연애의 시작이다. — 괴테

■ 결혼생활은 모든 문화의 시작이며 정상(頂上)이다. 그것은 난폭한 자를 온화하게 하고, 교양이 높은 사람에게 있어서 그 온정을 증명하는 최상의 기회이다. — 괴테

■ 결혼—그것은 하나의 것을 창조하겠다는 두 사람의 의지다. 그러나 그 하나의 것은 그것을 만드는 두 개의 것보다 나은 것이다. 이러한 의지를 의지하는 자로서 서로 품는 외경의 염(念)을 나는 결혼이라고 부른다. — 프리드리히 니체

■ 연애로 맺어진 소위 연애결혼은 오류를 그 아버지로 하고, 필요(욕망)를 그 어머니로 한다.　　　　　— 프리드리히 니체

■ 눈 깜짝할 동안의 많은 우행(愚行)—그것을 여러분은 사랑이라한다. 그리고 여러분의 결혼은 결국 하나의 장기간에 걸친 우행이다.　　　　　— 프리드리히 니체

■ 결혼도 역시 일반 약속과 마찬가지로 성(性)을 달리하는 두 사람, 즉 나와 당신 사이에서만 아이를 낳자는 계약이다. 이 계약을 지키지 않는 것은 기만이며, 배신이요, 죄악이다.

　　　　　— 레프 톨스토이

■ 결혼에 대하여 긴요한 것은, 스무 번이고 백 번이고 깊이 생각해 보는 것이다. 사람은 항상 어찌할 수 없을 때 죽음에 임하듯, 다시 말하면 그렇게 할 수밖에 다른 도리가 없을 때에만 결혼할 것이다.　　　　　— 레프 톨스토이

■ 꿈속에 있는 것이 연인들이고, 꿈에서 깨어난 것이 부부다.

　　　　　— 알렉산더 포프

■ 행복한 결혼이란 약혼 때부터 죽을 때까지 결코 지루하게 여기지 않는 긴 대화와 같은 것이다.　　　　　— 앙드레 모루아

■ 우정으로부터 결혼에 이르는 최단거리는 남성의 직업에 대해여성이 관심을 나타내는가, 또 그 남성에 대하여 얼마나 아낌없이 찬사를 보내는가에 달려 있다.　　　　　— 앙드레 모루아

■ 여성이 결혼하는 데에는 만은 이유가 있다. 그러나 남성이 결혼하는 데에는 이유가 하나도 없다. 떼 지어 살고 싶은 욕망이그들을 결혼시켰을 따름이다.　　　　　— 몽테를랑

■ 불행한 결혼의 대부분은, 당사자의 한 사람이 연민의 정에서

한 결혼이다.                                    ― 몽테를랑
■ 고독이 두려우면 결혼하지 말라.              ― 안톤 체호프
■ 만약 인생을 다시 산다면 나는 결혼하지 않을 것이다.
                                              ― 안톤 체호프
■ 결혼생활―이 격렬한 바다를 헤쳐 나갈 나침반은 아직 발견되
  지 않았다                                  ― 헨리크 입센
■ 온갖 인지(人知) 중에 결혼에 관한 지식이 가장 뒤쳐져 있다.
                                              ― 발자크
■ 사랑은 욕구와 감정의 조화이며, 결혼의 행복은 부부간의 마음
  의 화합의 결과로 생기는 것이다.              ― 발자크
■ 결혼이란, 연애가 쾌락만을 목적으로 하는 데 반해서, 인생을
  자기의 대상으로 한다.                        ― 발자크
■ 4개월간의 교제가 일생을 보증할 수 있을까? ― 장 자크 루소
■ 행복한 결혼이 극히 적은 이유는, 부인네들이 그물을 짜는 데
  분주하고 새장을 만드는 데 노력하지 않기 때문이다.
                                        ― 조나단 스위프트
■ 남자는 지루함 때문에 결혼하고, 여자는 호기심에서 결혼한다.
  그리고 모두가 실망한다.                      ― 오스카 와일드
■ 여자가 재혼할 때에는 전 남편을 몹시 싫어했기 때문이다. 남
  자가 재혼할 때는 초혼의 아내를 열렬히 사랑했기 때문이다.
                                        ― 오스카 와일드
■ 결혼은 단 한 사람을 위해 나머지 사람들을 전부 단념해야 하
  는 행위다.                            ― 조지 어거스트 무어
■ 이혼은 극히 자연스러운 것이며, 대개의 집에서는 매일 밤 그

것이 부부 사이에 잠들고 있다.　　　　　　　— S. 샹포르

■ 현명한 인간이 되고자 하면 결코 결혼해서는 안 된다. 결혼은, 미꾸라지를 잡으려다가 뱀이 들어 있는 자루 속에 손을 집어넣는 짓이다. 결혼을 하느니 차라리 중풍에 걸리는 편이 낫다.
　　　　　　　　　　　　　　　　— 페레즈코프스키

■ 어느 쪽에 이혼의 책임이 있는가? 양쪽이거나 아니면 어느 쪽에도 책임이 없다.　　　　　　　　— 페레즈코프스키

■ 이혼은 진보된 문명에 있어서는 필요하다.　　— 몽테스키외

■ 남성과 여성의 결합은 아이들을 키우는 데 필요한 기간만 계속될 일이다.　　　　　　　　　　　　　　— 존 로크

■ 두 딸을 가진 미망인과 결혼하는 것은, 세 명의 도적과 결혼하는 것이다.　　　　　　　　　　　　— 제레미 벤담

■ 영혼의 해후나 순수한 공감의 순간을 공유할 수 있는 사람끼리는 결코 결혼할 수 없고, 결혼의 전제는 사랑이 아니다.
　　　　　　　　　　　　　　　　　　— 루이제 린저

■ 똑같은 영혼의 높이에 서 있는 사람들의 결혼은 실현성이 희박하며, 관념적인 여자와 관능적인 남자의 결혼은 파괴적인 결혼이고, 일방이나 쌍방의 부정과 동시에 관용으로 이어져 나가는 결혼은 가장 흔하다.　　　　　　　　— 루이제 린저

■ 결혼이란 남자의 권리를 반으로 하고 의무를 두 배로 하는 것이다.　　　　　　　　　　　　　　— 쇼펜하우어

■ 결혼이 일곱 성사(聖事)의 하나인지 일곱 대죄(大罪)의 하나인지는 아직 확실치 않다.　　　　　　　— 존 드라이든

■ 결혼은 사랑의 시를 산문으로 번역한 것이다.　— A. 부자르

■ 대개의 사람들은 서둘러 결혼하고 평생을 후회한다.

　　　　　　　　　　　　　　　　　　— 몰리에르

■ 애정은 결혼의 열매다.　　　　　　　　— 몰리에르

■ 결혼생활은 돈보다는 만족감이 우선이다.　— 몰리에르

■ 죽음으로써 모든 비극은 끝나고, 결혼으로써 모든 희극은 끝난
다.　　　　　　　　　　　　　　　　— 조지 바이런

■ 결혼은 인간의 가장 자연스러운 상태이다. 따라서 사람은 결혼
에서 진정한 행복을 찾게 된다.　　　— 벤저민 프랭클린

■ 사랑이 없는 결혼이 있으면 결혼이 없는 사랑도 있을 것이다.

　　　　　　　　　　　　　　　　　— 벤저민 프랭클린

■ 어째서 미인은 언제나 보잘것없는 남자와 결혼할까?—슬기로
운 남자는 미인과 결혼하지 않기 때문이다.　— 서머셋 몸

■ 잘된 결혼은 날개가 돋고 잘못한 결혼은 족쇄다.

　　　　　　　　　　　　　　　　　　— 헨리 비처

■ 사랑은 사람을 맹목으로 만들지만, 결혼은 시력을 되찾아 준다.

　　　　　　　　　　　　　　　　　— 리히텐베르크

■ 결혼은 열병과는 반대로 신열로 시작하여 오한으로 끝난다.

　　　　　　　　　　　　　　　　　— 리히텐베르크

■ 결혼이란 모든 일시적인 과도상태를 부단(不斷)의 의무로 하고
발작적인 사랑을 영구히 하는 증서와 같은 것이다.

　　　　　　　　　　　　　　　　　　— 존 러스킨

■ 똑똑한 여자는 때때로 어리석은 남자와 결혼한다.

　　　　　　　　　　　　　　　　　— 아나톨 프랑스

■ 온갖 진실한 일 중에서, 결혼이 제일 장난기가 많다.

— 피에르 드 보마르셰

■ 결혼은 개인을 고독으로부터 구하며, 그들에게 가정과 자식들을 주어서 공간 속에 안정시킨다. 생존의 결정적인 목적 수행이다.　　　　　　　　　　　　　　　　— 시몬 드 보봐르

■ 약혼이란 실은 젊은 아가씨의 성교육을 점진적으로 행한다는 목적을 갖고 있다. 그런데 가끔 사회의 풍습은 약혼자끼리의 지나친 정결을 강제한다.　　　　　　　　— 시몬 드 보봐르

■ 여자는 결혼함으로써 세계의 작은 일부분을 자기 영지로 분배받는다. 법률의 보장이 그녀를 남자들의 행패로부터 보장해 준다. 그러나 그 대신 그녀는 남편의 신하가 되는 것이다.

— 시몬 드 보봐르

■ 결혼이란, 사람들이 사랑에 어떤 종교적 표현을 부여하는 것, 사랑을 종교적 의무로 높이는 것 외에 또 다른 무엇을 의미하겠는가.　　　　　　　　　　　　　　— 키르케고르

■ 연애가 수반되지 않는 결혼은, 결혼이 수반되지 않는 연애보다도 부도덕하다.　　　　　　　　　　　　— 존 게이

■ 희극에서는 줄거리가 통상 결혼으로 끝나지만, 사교계에서는 사건이 결혼에서부터 비롯된다.　　　— 피에르 드 마리보

■ 동양인은 먼저 결혼하고 그리고 사랑으로 발전하는 데 비하여 서양인은 먼저 사랑에 빠지고 그리고 결혼을 한다고 동양 사람들은 지적한다. 동양인들의 일의 순서가 더 좋은 결과를 낳고 있다는 것은 많은 서양인들의 상상 이상인 것 같다.

— E. 해프만

■ 결혼의 성공은 적당한 짝을 찾는 데 있기보다는 적당한 짝이

되는 데 있다.        — 텐드우드

■ 좋은 결혼은 있지만, 즐거운 결혼은 결코 없다. — 라로슈푸코

■ 결혼이란 꾀꼬리를 죽여 가죽으로 만드는 것이다.

       — 구스타브 쿠르베

■ 단지 돈만을 위하여 결혼하는 것보다 나쁜 것이 없고, 단지 사랑만을 위하여 결혼하는 것보다 어리석은 일은 없다.

       — 벤 존슨

■ 결혼은 제비뽑기와도 같다.        — 벤 존슨

■ 결혼이란, 인간이 만든 제도 중에서 가장 방종한 것이다. 결혼이 인기가 있는 것은 이 때문이다.    — 조지 버나드 쇼

■ 가능한 한 빨리 결혼하는 것은 여자의 비즈니스, 가능한 한 늦게까지 결혼하지 않는 것은 남자의 비즈니스다.

       — 조지 버나드 쇼

■ 행복한 결혼을 했다고 의식적으로 생각하고 질문서에 회답하는 사람들의 숫자는 결혼생활이 실제로 행복한 사람의 숫자보다 항상 많이 나온다.        — 에리히 프롬

■ 결혼을 미루는 인간은, 전장(戰場)에서 도망하는 병사와 같다.

       — 로버트 스티븐슨

■ 결혼은 토론에 의해서 방해되는 긴 일련의 회화(會話)다.

       — 로버트 스티븐슨

■ 결혼과 동시에 남자는 세상이 일변한다. 이미 거기에는 아무것도 생각지 않고 서성거릴 수 있는 돌길은 없다. 길은 다만 길고 곧게, 그리고 먼지가 뽀얗고, 묘지로 통할 따름이다.

       — 로버트 스티븐슨

■ 결혼—공동생활체의 하나의 경우로서, 한 사람의 주인과 한 사람의 주부와, 두 사람의 노예로부터 이루어지고, 그리고는 전부 합쳐도 두 사람밖에 안 되는 상태 혹은 경우.

— 앰브로즈 비어스

■ 결혼은 이성에 의해서 창조된 제도이다.  — 오쇼 라즈니쉬

■ 사람들은 여러 가지 이유로 결혼을 하고, 여러 가지 결과를 낳았지만, 사랑을 위한 결혼은 불가피하게 비극을 초래한다.

— 제임스 캐벌

■ 저는 급히 결혼식을 올리고 시간이 나면 다시 하겠습니다.

— 제임스 캐벌

■ 결혼은 상반(相反)된 협력관계이다. 그러한 상황 하에서는 불가피하게 구심력과 원심력이 동시에 작용하기 마련이다. 결혼의 성공 척도는 구심력이 얼마만큼 지배적인가에 달려 있다.

— J. M. 울시

■ 결혼생활—그 험한 해원(海原)을 넘어가는 나침반은 아직 발견되어 있지 않다.         — 하인리히 하이네

■ 결혼식의 행진곡은 언제나 나에게 싸움터에 나가는 군인의 행진곡을 연상케 한다.         — 하인리히 하이네

■ 3주 동안 서로 연구하고, 3개월 동안 서로 사랑하고, 3년 동안 싸우고, 30년 동안 서로 참는다. 그리고 아이들이 같은 일을 또 시작한다.         — 히폴리트 텐

■ 이혼은 진보된 문명사회에서는 필수품이다. 그것은 그 사회에 개인의 자유와 경제안정이 되어 있다는 증거이기 때문이다.

— 몽테스키외

■ 우정은 마음의 결혼이지만 이 결혼은 이혼하는 버릇이 있다.
— 볼테르

■ 신이 짝지어 준 것은 누구도 떼어 놓을 수 없다.
— 교황 바오로 6세

■ 결혼한 여자의 정조를 한층 공고히 하는 방법은 단 하나밖에 없다. 그것은 젊은 딸들에게 자유를 주고, 결혼한 부부에게는 이혼을 허락하는 것이다. — 스탕달

■ 동서(同棲)하기 위해서 결혼하고 삼인가족(三人家族)이 되는 것을 피하기 위해서 이혼한다. — 앙드레 프레보

■ 만약 결혼식 날에 반지를 신부의 손가락에 끼우는 대신에 그 동그라미를 코에 꿰면 이혼은 없어지게 될 것이다.
— 쥘 르나르

■ 무수한 연애관계나 혼인관계가 무너진다거나 혹은 아주 심각한 환멸에 부딪치게 되는 것은 하나의 체험이 결코 그대로 되풀이 될 수 없다는 것—앞서 한 번 있었다는 사실만으로써는 이것을 반복하기에는 원래의 것이 갖고 있던 것과는 다른 심적(心的) 조건을 만들어 낸다고 하는 것—이것을 우리들이 일반적으로 잊어버리고 있기 때문이다. — G. 지멜

■ 결혼이란 상대를 이해하는 극한점이다. — 팔만대장경

■ 이상적인 결혼은 눈먼 여자와 귀머거리의 결혼이다.
— 팔만대장경

■ 결혼은 연애의 무덤이라 하나 사랑을 창조하는 첫걸음에 불과하다. — 나도향

■ 결혼이란 사람을 속박하고, 특별히 정신을 구속하며, 사람의 정

력을 허비하는 일이다.                                  — 이광수
- 연애나 결혼이나 이혼이나 간음이나 재혼이나 모두가 남녀 간의 수수께끼 같은 본능의 숨바꼭질이다.        — 정인보
- 결혼이나 회갑을 경사로서 축하하는 관습이 결국은 그 날을 위로하며 얼버무리고자 하는 동기의 산물이 아닌가 하는 별난 해석마저 고개를 들었다.                         — 김태길
- 결혼이란 상대편의 애정을 독점하면서 해로동혈(偕老同穴)을 약속하는 인생의 행사였다. 그렇건만 이제 아내가 남편의 애정을 독점할 수가 없게 된 이 순간 두 사람의 결혼은 자연발생적으로 해소가 된 셈이 되는 것이다.              — 김내성
- 결혼은 애정의 구속이 아니라 애정의 보장이고, 평범의 연속이 아니라 깊은 안정과 조화 속에서 이루어지는 무한한 변화, 청신하고 생명적인 애정의 창조 형태일 수 있다.        — 박두진
- 결혼이란 것도 결론은 인간생활에 있어서 일종의 열병 이외에 아무것도 아닐 것이다. 동방화촉의 열이 식을 때 그것은 남녀에게 있어서 한 개의 무서운 부채요, 짐이요, 괴로운 의무가 축적되는 타성으로 변해버릴 뿐이다.            — 김광주
- 결혼은 작은 이야기들이 계속되는 긴긴 대화다. 고답(高踏)할 것도 없고 심오할 것도 없는 그런 이야기들…….    — 피천득

**【속담 · 격언】**
- 시집가 석 달, 장가가 석 달 같으면 살림 못할 사람 없다. (결혼한 처음 석 달처럼 애정이 계속된다면 결혼생활은 문제없다)
                                            — 한국

- 시집가는 데 강아지 따르는 것이 제격이라. (서로 잘 어울려 격에 맞는다)  — 한국
- 남편을 잘못 만나면 당대 원수. 아내를 잘못 만나도 당대 원수. (결혼을 잘못하면 일생 동안 불행하다)  — 한국
- 닭띠와 개띠가 결혼하면 해로(偕老)하지 못한다.  — 중국
- 호랑이띠와 토끼띠가 결혼하면 둘 다 눈물을 흘린다. — 중국
- 창녀가 결혼해보았자, 굶어 죽은 개와 같다. (개과천선은 그만큼 어렵다)  — 중국
- 한 떨기 고운 꽃이 소똥 위에 꽂혔다. (예쁜 처녀가 나쁜 놈과 결혼하다)  — 중국
- 될수록 빨리 재산을 만들고 될수록 늦게 결혼을 해라. — 중국
- 결혼은 포위당한 성채와 같으며, 밖의 사람은 안으로 들어가려고 하고 안의 사람은 밖으로 나오려고 한다.  — 중국
- 늙은이가 젊은 여자와 결혼하는 것은 독과 짝을 맺는 거나 같다.  — 인도
- 젊은 남자와 젊은 여자는 천국에서, 젊은 남자와 늙은 여자는 지옥에서, 늙은 남자와 젊은 여자는 이 세상에서 결혼한다.  — 영국
- 고기는 모두 먹기 위해서 있다. 처녀는 모두 결혼하기 위해서 있다.  — 영국
- 지참금은 가시 침대.  — 영국
- 서둘러서 결혼하는 사람은 서서히 후회한다.  — 영국
- 돈 때문에 결혼할 것은 아니다. 그것보다는 더 유리하게 돈을 꿀 수가 있다.  — 스코틀랜드

- 연애 결혼하는 사람은 즐거운 밤과 유쾌하지 못한 낮을 보낸다.

  — 프랑스
- 결혼은 최고 아니면 최악 어느 한쪽이다.　　　— 프랑스
- 결혼이란 남자들은 자유를, 여자들은 행복을 잃을 각오로 하는 제비뽑기다.　　　　　　　　　　　— 프랑스
- 멀리서 조망한 결혼생활은 탑과 성(城)밖에 보이지 않는다.

  — 프랑스
- 애정 때문에 결혼하는 자는 분노 때문에 죽는다. — 이탈리아
- 결혼은 천국 같을 때도 있고 지옥 같을 때도 있다.　　— 독일
- 네가 아내와 결혼하는 날, 너는 네 자식들과도 결혼하는 것이다.　　　　　　　　　　　　　　— 아일랜드
- 바가지 긁는 소리를 듣고 싶으면 결혼하라. 칭찬을 듣고 싶으면 죽어라.　　　　　　　　　　— 아일랜드
- 불행한 결혼은 지옥에의 전도금을 받은 거나 마찬가지다.

  — 스웨덴
- 결혼한 친구는 반쪽 친구.　　　　　　— 스페인
- 결혼 전에는 공작, 약혼을 하면 사자, 결혼을 하면 당나귀.

  — 스페인
- 결혼과 수박은 어쩌다 맛있는 것이 걸릴 때가 있다. — 스페인
- 초혼은 의무, 재혼은 바보, 세 번째 결혼하는 자는 미치광이다.

  — 네덜란드
- 연애는 꽃이 한창인 정원, 결혼은 쐐기풀 돋은 밭이다.

  — 핀란드
- 여자는 결혼하기 전에, 남자는 결혼 후에 눈물을 흘린다.

— 폴란드

■ 한 가마의 빵을 잘못 구우면 일주일간, 수확이 나쁘면 일 년 동안, 불행한 결혼을 하면 일생을 망친다.　　— 에스토니아

■ 전쟁터에 가기 전에는 한 번 기도하고, 바다에 가게 되면 두 번 기도하고, 그리고 결혼생활에 들어가기 전에는 세 번 기도하라.

— 러시아

■ 서둘러 결혼할 필요는 없다. 결혼은 과일과 달라 아무리 늦어도 철을 타지 않는다.　　— 러시아

■ 아침 일찍 일어난 것을 후회하지 마라. 일찍 결혼한 것을 후회하라.　　— 러시아

■ 결혼생활이란 언제나 십자가를 앞세운 행렬이다.

— 오스트레일리아

■ 외톨이로 살기보다는 칠칠치 못한 여자하고 결혼하는 편이 낫다.　　— 수단

■ 새로운 것은 모두가 아름답다. 하지만 결혼은 그 반대다.

— 터키

■ 여자에게 있어서는 자기가 사랑하는 남자를 남편으로 삼기보다 자기를 사랑해 주는 남자와 결혼하는 편이 낫다.

— 아라비아

■ 결혼은 아흔아홉 마리의 뱀과 한 마리의 뱀장어가 들어 있는 주머니다. 그런 주머니에 스스로 손을 넣는 사람이 있을까.

— 아라비아

■ 땅을 사려거든 서둘러라, 그러나 결혼을 하려거든 시간의 여유를 가져라.　　— 이스라엘

150

■ 자식이 결혼할 때는 우선 어머니에게 이혼장을 내지 않으면 안 된다. — 유태인
■ 인생에 있어서 늦어도 상관없는 것이 두 가지가 있다. 결혼과 죽음. — 유태인
■ 어떤 신부라도 아름답게 보이며, 어떤 주검도 거룩해 보인다. 그렇다고 하여 모든 결혼이 경사롭고 모든 주검이 경건한 것은 아니다. — 유태인
■ 남자는 우선 집을 세우고 들판에 포도를 심어 포도원을 만들고 그리고는 아내를 맞이할 일이다. 이 순서를 거꾸로 해서는 안 된다. — 유태인
■ 현세(現世)와의 이혼은 내세(來世)와의 결혼이다. — 유태인
■ 결혼하는 데는 하룻밤, 생각은 일 년. — 무어인

【시】

장가를 들 때는 어찌하는가.
반드시 부모에게 여쭈어야지.
부모에게 이미 아뢴 다음 얻은 처
어찌하여 멋대로 버려두는가.
取妻如之何 必告父母　취처여지하　필고부모
旣曰告止 曷又鞠止　기왈고지　알우국지

— 《시경》

이제 두 사람은 비를 맞지 않으리라,
서로가 서로에게 지붕이 되어 줄 테니까.

이제 두 사람은 춥지 않으리라,

서로가 서로에게 따뜻함이 될 테니까.

이제 두 사람은 더 이상 외롭지 않으리라,

서로가 서로에게 동행이 될 테니까.

이제 두 사람은 두 개의 몸이지만

두 사람 앞에는 오직

하나의 인생만이 있으리라.

이제 그대들의 집으로 들어가라.

함께 있는 날들 속으로 들어가라.

이 대지 위에서 그대들은

오랫동안 행복하리라.

　　　　　　　— 아파치족 인디언들의 결혼 축시 / 두 사람

## 【중국의 고사】

■ **월하노인(月下老人)** : 달 아래 늙은이란 말이다. 그러나 이 말은 달빛을 구경하는 노인의 뜻이 아니라, 인간세계의 부부의 인연을 맺어 주는 저승(冥界)의 노인을 말한다. 그래서 중매를 서는 사람을 『월하노인』이라 부르기도 하고, 이를 약해서 『월노(月老)』라고도 한다. 이 밖에 월하노인의 전설과 『얼음 밑에 있는 사람(氷下人)』의 전설이 합쳐진 『월하빙인(月下氷人)』이란 말도 같은 뜻으로 쓰이고 있다. 『월하노인』은 《태평광기》에 수록된 정혼점(定婚店) 전설에서 나온 문자다. 『정혼점』 전설은 다음과 같다.

　장안 근처 두릉(杜陵)이란 곳에 사는 위고(韋固)가 송성(宋城)

남쪽 마을에 묵고 있을 때 일이다. 어떤 사람이 혼담을 청해 와서, 이튿날 새벽 마을 뒤쪽에 있는 용흥사(龍興寺) 문 앞에서 만나 상의하기로 했다. 일찍이 양친을 잃고 장가를 들고 싶어도 말해 주는 사람이 없어 따분했던 위고는 날이 밝기도 전에 미리 절 앞으로 나갔다. 문 앞에 이르자, 약속한 사람은 아직 와 있지 않고 웬 노인이 돌계단에서 베자루(巾囊)에 기대고 앉아 달빛을 빌어 책을 읽고 있었다.

『무슨 책입니까?』하고 묻자 노인은 웃으며,『이건 이 세상 책이 아니야.』하고 대답했다.『그럼 저 세상 책인가요?』『그렇지.』『그럼 노인께선 저세상 분이신가요? 그런데 어떻게 여길……』『저 세상에서 소임을 맡고 있는 사람은 모두 이 세상을 다스려야만 하거든. 그러려면 자연 이 세상으로 나와야 하지 않겠나. 지금 이 시각에 나다니는 사람은 거의 저 세상 사람들이지. 다만 이 세상 사람들이 알아보지 못하는 것뿐이지.』『그럼 노인께서 맡으신 일은 무엇이온지?』『나는 이 세상 사람들의 남녀 간의 인연을 맺어 주는 사람일세.』『그럼 마침 잘 됐군요. 실은 제가 이리로 나오게 된 것도 혼담 때문인데, 그 일이 잘 될는지요?』『자네 아내 될 사람은 이제 세 살이니, 아직 15년은 있어야 장가를 들 수 있어.』

『네? 그런데, 그 자루 속에 든 것은 무엇인가요?』『붉은 끈일세. 부부가 될 사람의 발을 서로 붙들어 매기 위한 거지. 사람이 태어나면 이 실로 매어 두는 걸세. 그러면 아무리 상대가 원수지간이든, 신분의 차이가 있든, 몇 천 리를 떨어져 있든 반드시 만나 살게 되는 걸세. 자네도 그 세 살 먹은 여아와 맺어져 있으므로 다른 여자와 결혼을 하려 해도 다 소용이 없는 일일세.』『그럼 그 아이는 지금 어디에?』『이 마을 북쪽에서 채소장사를 하고 있는 진(陳)이란 노파의 딸일세.』『만나 볼 수 있을까요?』『늘 시장에 안고 나와 있으니까 만나 볼 수 있지. 소원이라면 따라오게. 내가 가르쳐 줄 테니.』

  그럭저럭 날이 밝았는데, 약속한 사람은 나타나지 않았다. 노인은 자루를 메고 일어나 가려 했다. 급히 노인을 따라가 보았더니, 노인은 한쪽 눈이 먼 늙은 여자 품에 안겨 있는 계집아이를 가리키며 말했다. 『이 애가 자네 배필일세.』『저걸 언제 키워서! 차라리 죽여 없애버리리라.』위고는 무심중 말해 버렸다. 『죽이다니! 그 아이는 장차 아들 덕에 봉록까지 받게 되어 있는데.』

  노인은 이 말을 남기고는 홀연히 모습을 감추어 버리고 말았다. 『기가 차군. 누가 저런 거지 딸에게 장가를 든담.』위고는 하인에게 비수와 상금을 주고는 그 어린애를 죽이고 오라고 시켰다. 그러나 하인은 가슴을 찌른다는 것이 칼이 빗나가 두 눈썹 사이를 찌르고 말았다고 돌아와 고했다. 그로부터 14년이 지나 위고는 상주(相州)의 관리가 되었다. 영리한 그는 주장관의 신임을 얻어 그의 딸을 아내로 맞게 되었다. 그녀는 열일곱 한창 피어나는 고운 얼굴이었는데, 꽃 모양의 종이를 두 눈썹 사이에 붙이고 있었다.

  1 년이 훨씬 지난 어느 날, 위고는 문득 옛날 일이 기억에 되살아났다. 혹시나 하고 다그쳐 까닭을 물었더니, 아내는 울며 사실을 말했다. 『저는 실은 장관의 친딸이 아니고 수양딸이었

습니다. 친아버지는 송성현 원으로 있을 때 돌아가시고, 그 뒤 어머니도 오빠도 죽고 없어 진이란 노파 손에서 자랐습니다. 제 나이 세 살 때 시장에서 괴한의 칼을 맞았는데, 그때의 상처가 남아 이렇게 가리고 있는 것입니다.』『그 진 노파는 한쪽 눈이 멀지 않았던가?』『그렇습니다. 그걸 어떻게……』『그대를 찌르게 한 것은 바로 나였소.』하고 그는 지난 일을 자세히 이야기해 주었다.

그 뒤로 두 부부는 한결 정답게 살게 되었는데, 그들 사이에 태어난 아들이 뒤에 안문군(雁門郡) 태수가 되고, 어머니는 태원군태부인(太原郡太夫人)이란 작호를 받았다. 그래서 이 이야기를 들은 송성현 현령이 그 마을을 『정혼점』이라고 고쳐 부르게 했다는 것이다.            ─《태평광기(太平廣記)》

■ **파경(破鏡)** : 부부의 금슬이 좋지 않아 이별하게 되는 일을 말한다. 『파경』은 깨진 거울이란 뜻이다. 옛날에는 거울이 대개 둥글었기 때문에 달을 거울에 비유하기도 했다. 그래서 한쪽이 이지러진 달을 가리켜 파경이라고 하기도 한다. 그러나 보통은 부부가 영영 다시 합칠 수 없게 된 것을 가리켜 파경이라고 한다. 다시 말해 이혼과 같은 경우다. 이 파경이란 말은, 둥글었던 것이 깨어짐으로써 한쪽이 떨어져 없어지거나 금이 가서 다시 옛날처럼 원만한 모습과 밝은 거울의 구실을 못하게 된다는 데에서 원만하던 가정에 파탄이 생기고 금이 간 것을 깨진 거울에 비유한 것으로도 볼 수 있다. 그러나 이것은 비유가 아니라 실화에서 유래된 것이다.

남북조시대 남조(南朝)의 마지막 왕조인 진(陳)이 망하게 되었을 때, 태자사인(太子舍人 : 시종)이었던 서덕언(徐德言)은 수(隋)나라 대군이 양자강 북쪽 기슭에 도착하자 만일의 경우를 생각해서 아내를 불러 말했다.

『사태는 예측을 불허하오. 이 나라가 망하게 되면 그대는 얼굴과 재주가 남달리 뛰어나므로 반드시 적의 수중으로 넘어가 어느 귀한 집으로 들어가게 될 거요. 그렇게 되면 다시 만날 수 없겠지. 그러나 혹시 다시 만날 기회가 있을지 누가 알겠소. 그럴 경우를 위해…….』하고 그는 옆에 있던 거울을 둘로 딱 쪼개어 한쪽을 아내에게 주며 다시 이렇게 말했다. 『이것을 소중히 간직하고 계시오. 그리고 정월 보름날 시장바닥에서 살피고 계시오. 만일 살아 있게 되면 그 날은 내가 서울로 찾아갈 테니.』

두 사람은 깨진 거울 반쪽씩을 각각 품속 깊숙이 간직하고 있었다. 얼마 안 있어 수나라 대군이 강을 건너자 진나라는 곧 망하고 예상한 대로 서덕언의 아내는 적에게 붙잡혀 수나라 서울로 가게 되었다. 그녀는 진나라 마지막 황제였던 후주(後主)의 누이동생으로 낙창공주(樂昌公主)에 봉해져 있었다. 그녀는 수문제 양견(楊堅)의 오른팔로 건국 제일공신인 월국공(越國公) 양소(楊素)의 집으로 들어가게 되었다.

한편 서덕언은 난리 속에 겨우 몸만 살아남아 밥을 얻어먹으며 1년이 걸려 서울 장안으로 올라왔다. 약속한 정월 보름날 시장으로 가 보았다. 깨진 반쪽 거울을 들고 소리높이 외치는 사나이가 있었다. 『자아, 거울을 사시오. 단돈 십금(十金)이오. 누구 살 사람 없소?』 거저 주어도 싫다고 할 깨진 반쪽 거울을 10 금이나 주고 살 사람이 어디 있겠는가. 지나가는 사람들은 미친 놈이라면서 웃기만 했다.

그런데 이때, 『내가 사겠소!』 하고 나서는 사람이 있었다. 서덕언은 사나이를 자기 숙소로 데리고 가서 거울에 얽힌 사연을 죽 이야기한 끝에 품속에 간직하고 있던 다른 한쪽을 꺼내 맞붙여 보았다. 거울은 감쪽같이 하나로 둥글게 변했다. 서덕언은 다시 하나로 합쳐진 거울 뒤에 다음과 같은 시를 한 수 적었다. 『거울은 사람과 더불어 가더니 / 거울만 돌아오고 사람은 돌아오지 않누나. / 다시 항아(姮娥)의 그림자는 없이 / 헛되이 밝은 달빛만 멈추누나.』

심부름 갔던 사나이가 가지고 돌아온 거울을 본 덕언의 아내는 그 뒤로 먹지도 않고 울기만 했다. 이 사실을 알게 된 양소는 두 사람의 굳은 사랑에 감동되어, 즉시 덕언을 불러 그녀와 함께 고향으로 돌아가게 해주었다. 이 이야기에서 생이별한 부부가 다시 만나게 되는 것을 『파경중원(破鏡重圓)』이라고 부르게 되었다. 깨진 거울이 거듭 둥글게 되었다는 뜻이다.

우리나라 신라시대 때 있었던 설처녀(薛處女)와 가실(嘉實)의 이야기에도 거울에 대한 비슷한 이야기가 나온다. 이 이야기로는 파경이란 말이 생이별을 뜻하게 되는데, 지금은 이혼의 경우만을 가리켜 말하게 된다. 하긴 이혼도 생이별임에는 틀림이 없지만.

— 《태평광기》

■ **칠거지악(七去之惡)** : 아내를 내쫓을 수 있는 일곱 가지 죄악이

란 뜻이다. 『삼종지도(三從之道)』와 함께 여성들을 일방적으로 학대해 온 고대 사회의 대표적인 윤리관이다. 그 일곱 가지 죄악이란 다음과 같다.

첫째는 시부모의 말에 순종하지 않는 것이다. 즉 『불순부모거(不順父母去)』다. 거(去)는 『버린다』『보낸다』『쫓는다』하는 뜻이다. 이것은 아마 지금도 법률적으로 이혼 조건이 될 수 있을 것이다. 물론 그 정도의 차는 있지만. 다음은 『무자거(無子去)』다. 자식을 낳지 못하면 보낸다는 것이다. 불효 가운데 뒤를 이을 자식이 없는 것을 가장 큰 것으로 알던 고대 사회에서는 너무도 당연한 일이었을지 모른다. 지금도 아직 그 잔재가 남아 있어 첩을 얻는 사유가 가끔 본부인이 아들을 낳지 못하는 것이 이유가 될 때가 있다.

다음은 『음거(淫去)』다. 부정(不貞)한 행동이 있으면 보내는 것이다. 지금도 이것만은 이혼의 절대적인 조건이 되어 있으니 옛날이야 말할 것도 없는 일이다. 다만 여성에 한한 일방적이라는 것에 차이가 있을 뿐이다.

다음은 『유악질거(有惡疾去)』다. 전염될 염려가 있는 불치의 병 같은 것을 말한다. 지금도 이것만은 그대로 적용되고 있다고 볼 수 있다. 지금은 서로가 동등한 위치에서 할 수 있는 점이 다르지만.

다음은 『투거(妬去)』다. 첩 꼴을 보려고 하지 않는다든가, 공연히 남편의 하는 일에 강짜를 부리는 그런 여자는 돌려보내도 좋다는 것이다. 이것이 아마 여성들에게는 가장 가혹한 일방적인 고역이었을 것이다. 쌍벌죄가 여성들을 보호하고 있는 오늘을 사는 여성들로서는 생각만 해도 남성들의 지난날의 횡포가 치가 떨리도록 미울 것이다.

다음은 『다언거(多言去)』다. 말이 많은 여자는 보내도 좋다는 것이다. 말이 많다는 표준을 어디에 두었는지는 알 수 없지만, 아마 말을 옮기기를 좋아해서 동기·친척들을 불화하게 만드는 그런 경우를 말할 수 있을 것이다.

끝으로 『도거(盜去)』다. 손이 거친 여자는 보낸다는 것이다.

그런데 여기에도 보내지 못하는 세 가지 조건이 있다. 이른바 삼불거(三不去)라는 것이다. 부모들이 그 며느리를 사랑하는 경우는 보내지 않는다. 다시 말해 부모에게 효도가 극진한 아내는 보내지 않는다는 것이다. 자식을 낳지 못하는 여자들 중에 효부가 많이 있는지도 모른다. 처음 시집와서 몹시 가난하고 어렵게 살다가 뒤에 부자가 되고 지위가 높아졌을 경우는 비록 잘못이 있어도 보내서는 안된다는 것이다. 이 말은 돈이 많고 출세를 하게 되면 공연히 아내가 보기 싫어지는 폐단을 막기 위한 것일지도 모른다. 잘못은 잘못이요 공은 공이라는 생각에서 나온 것이긴 하지만. 돌아갈 곳이 없는 여자는 내보내서는 안된다고 했다. 법에도 눈물이 있다는 말과 같이 자기와 같이 살던 여자를 길거리로 내쫓을 수는 없다는 점에서일 것이다.

— 《공자가어》

**【에피소드】**

■ **밀월**(honey-moon) : 영국의 문학가 새뮤얼 존슨은 『다정하고도 희열 이외에는 아무것도 없는 신혼 초의 1개월』이라는 말을

썼다. 인생에서 장밋빛으로 빛나는 한 순간을 말한 것인데, 그에 의하면 이것이 1개월도 채 계속되지 않고, 얼마간 시간이 지나는 사이에 상호간의 각성과 오해가 오버랩 되기 시작하면, 밀월(蜜月, honey-moon)도 비로소 끝나버린다는 것이다. 밀월이라면 일반 사람들은 남녀가 처음으로 결합되어 꿀처럼 달콤하게 지내는 한 달인 것처럼 이해하고 있다.

그러나 어원적으로 고찰하면 여기에는 두 가지 설이 있다. 하나는, 스칸디나비아 반도에서 신혼 남녀가 결혼한 후 1개월 동안 벌꿀로 빚은 술을 마시는 습관에서 유래됐다는 것이다. 다른 설은 moon은 태양계의 하나인 달로서, 부부의 애정이 점차 식어져 가는 꼴을 마치 달이 작아져 가는 것에 비유한 것이라고 한다. 한편 이것은 한번 작아졌던 달이 또다시 커져서 둥글게 되듯이, 부부의 애정도 또 되살아난다는 것을 비유적으로 표현할 수 있음을 말한다.

■ **크산티페**(Xanthippe) : 소크라테스의 처 크산티페는 악처(惡妻)의 대명사로 불린다. 소크라테스의 만년의 처 크산티페는 매우 심술궂고 완고할 뿐만 아니라 화를 잘 내는 성격으로, 남편인 소크라테스에게 입에 담지 못할 욕을 하고 돌아다님으로써 위대한 철학자이며 성인인 남편을 자주 곤혹스럽게 했다. 어떤 사람이 소크라테스에게, 『어째서 이런 부인과 결혼했습니까?』하고 묻자 그는, 『승마에 능해지려는 사람은 한마(悍馬 : 사나운 말)를 골라서 타지 않소. 한마를 능숙히 제어할 수만 있다면 다른 말을 타기란 극히 쉬운 일이지요. 내가 이런 부인에게 견

녀낼 수 있다면 아마도 천하에 사귀고 또 제어하지 못할 사람
이란 없게 될 것이 아니요.』라고 대답했다고 한다.

소크라테스는 한마와 같은 크산티페에게 고통스러울 만큼 시
달림으로써 자기의 정신을 정화시키고자 그녀와 부부가 된 것
이라고 한다. 어느 땐가 크산티페가 소크라테스에게 큰 소리로
욕을 퍼부은 끝에 머리에다 찬물을 끼얹었으나, 소크라테스는
태연히 말하기를, 『우렛소리가 난 뒤끝에 큰 비가 오는 것은 당
연한 일이지.』하고 말했다고 한다.


【成句】

■ 화촉(花燭) : 아름답고 화사한 등불이라는 뜻으로, 혼인의 의식,
  축연(祝宴)을 가리킨다. 화촉(華燭)이라고도 쓴다.

■ 고양생제(枯楊生稊) : 고양(枯楊)은 말라가는 버드나무, 제(稊)는
  나무 그루터기, 전하여 노인이 젊은 아내를 맞는 것을 일컬음.
  /《역경》

■ 녹엽성음(綠葉成陰) : 푸른 잎이 무성하게 우거져 그늘이 짙게
  드리운다는 뜻으로, 혼인한 여자가 슬하에 많은 자녀를 둔 것을
  비유하는 말.

■ 동방화촉(洞房華燭) : 혼례를 치른 뒤에 신랑이 신부 방에서 자
  는 일. 동방은 안방, 부인의 방, 규방(閨房). 화려한 등불, 혼례석
  상의 등불. 결혼의 뜻. /《유신시(庚信詩)》

■ 불취동성(不取同姓) : 같은 성을 가진 이와는 서로 혼인을 하지
  않는다는 말.

■ 비구혼구(匪寇婚媾) : 도적질하려는 악의를 품고 온 사람이 아

니고 혼인하자는 호의에서 왔다는 말.

- 이성지합(二姓之合) : 다른 성을 가진 남녀의 결합. 곧 결혼을 이르는 말.
- 이성지호(二姓之好) : 시가(媤家)와 친가(親家)가 서로 화목함. 곧 사돈 간의 화목함을 이름.
- 작수성례(酌水成禮) : 물만 떠놓고 혼례를 지냄. 가난한 집의 혼례를 가리키는 말.
- 적승계족(赤繩繫足) : 붉은 끈으로 발을 묶는다는 뜻으로, 혼인이 정해짐.
- 지복지맹(指腹之盟) : 후한 광무제(光武帝)가 가복(賈復)의 아내가 임신을 했다는 말을 듣고 장차 태어날 아기와 내 자식을 혼인시키자고 하였다는 고사에서, 뱃속에 있는 태아를 두고 혼인을 약속하는 일.
- 진진지호(秦晋之好) : 진(秦)나라와 진(晋)나라의 우호관계란 뜻으로, 두 나라가 대대로 혼인을 하였으므로, 후일 사람들은 두 집안 사이의 혼인관계가 이룩되는 것을 가리켜 『진진지호』라고 하게 되었다.
- 견사지행(牽絲之幸) : 혼례 날짜를 정하는 것을 이름. / 《당서》
- 가녀수승오가(嫁女須勝吾家) : 여식을 출가시킴에는 재산 명망 등이 자기보다 월등한 집을 선택하여야만 여자는 남편 집을 존경하고 부도(婦道)를 다한다는 것을 이름.
- 홍엽지매(紅葉之媒) : 단풍잎이 혼인의 중매 구실을 하는 것. 또 남녀의 기구한 운명을 이르기도 한다. 단풍이 우우(于祐)와 궁녀 한씨(韓氏)와의 혼인을 맺게 해주었다는 고사에서 홍엽(紅

葉)을 중신아비의 뜻으로 쓴다.

- 우락불상천(雨落不上天) : 한번 내린 비는 하늘로 올라가지 못한다는 뜻으로, 한번 이혼당한 여자는 다시 돌아갈 수 없음을 비유하는 말.

- 삼불거(三不去) : 칠거(七去)의 이유가 있는 아내라도 버리지 못할 세 가지 경우, 곧 부모의 3년상을 같이 치렀거나, 장가들 때에 가난했다가 뒤에 부귀하게 되었거나, 아내가 돌아가서 의지할 곳이 없는 경우. /《대덕(戴德)》대대례(大戴禮).

- 육례(六禮) : 중국의 예법으로 조선시대에 이르러 한국에 큰 영향을 주었다. 납채(納采 : 男家에서 청혼의 예물을 보냄)·문명(問名 : 여자의 출생연월일을 물음)·납길(納吉 : 문명 후 길조를 얻으면 이것을 女家에 알림)·납폐(納幣 : 혼인을 정한 증명으로 예물을 女家에 보냄)·청기(請期 : 男家에서 결혼날짜를 정하여 女家에 지장의 유무를 물음)·친영(親迎 : 신랑이 신부 집에 가서 아내를 맞이함)의 육례를 치르면 결혼이 이루어지는 것이다. 옛날부터 육례를 갖춘다 하면 정식 결혼을 한다는 것을 뜻하였다.

- 청간(請簡) : 청혼하는 편지.

- 통혼(通婚) : 혼인함이 어떠냐고 말을 건네는 것.

- 의혼(議婚) : 혼인 말이 오가는 것.

- 퇴혼(退婚) : 파혼(破婚).

- 역혼(逆婚) : 손아래 동기가 먼저 혼인하는 것.

- 간선(諫選) : 신랑·신부 감을 선택하는 것, 또는 선을 보는 것.

- 앙혼(仰婚) : 지체 높은 집과 하는 혼인.

■ 강혼(降婚) : 앙혼(仰婚)의 반대.

■ 존안일(尊雁日) : 장가드는 날, 초례(醮禮)하는 날.

〈결혼기념일 명칭〉

■ 1주년 : 지혼식(紙婚式) / 2주년 : 고(藁)혼식 / 3주년 : 당과(糖菓)혼식 / 4주년 : 혁(革)혼식 / 5주년 : 목(木)혼식 / 7주년 : 화(花)혼식 / 10주년 : 주석(朱錫)혼식 / 12주년 : 아마(亞麻)혼식 / 15주년 : 동(銅)혼식 / 20주년 : 도기(陶器)혼식 / 25주년 : 은(銀)혼식 / 30주년 : 진주(眞珠)혼식 / 35주년 : 산호(珊瑚)혼식 / 40주년 : 녹옥(綠玉)혼식 / 45주년 : 홍옥(紅玉)혼식 / 50주년 : 금(金)혼식 / 60주년 또는 75주년 : 금강석(金剛石)혼식

# 슬픔 *sorrow* 悲
(기쁨)

**【어록】**

■ 새는 죽을 때 그 소리가 슬프고, 사람은 죽을 때 그 말이 착하다(鳥之將死 其鳴也哀 人之將死 其言也善).　　　—《논어》 태백

■ 가까이 있는 사람을 기쁘게 하면 먼 데 있는 사람도 찾아온다(近者悅 遠者來).　　　—《논어》 자로

■ 슬픔은 마음이 죽는 것보다 크지는 않고, 몸이 죽는 것은 그것에 버금간다.　　　—《장자》

■ 슬픔이란 자기부정에서 오는 표현이다.　　　—《장자》

■ 오리의 다리가 비록 짧으나 길게 하면 슬프고, 학의 다리가 비록 길지만 짧게 하면 슬프다{鳧脛雖短 續之則憂, 鶴脛雖長 斷之則悲 : 그러므로 본래 긴 성(性)을 단축할 필요가 없으며, 본래 성(性)이 짧은 것을 길게 할 필요가 없다}.　　　—《장자》

■ 쌍방이 다 기뻐하면 찬사가 오고가고, 쌍방이 다 노하면 욕설이 오고간다(兩喜必多溢美之言 兩怒必多溢惡之言).　　　—《장자》

■ 인(仁)이란 마음속으로부터 기뻐하며 사람을 사랑하는 것이다

{仁者謂其中心 欣然愛人也 : 인(仁)이란 사랑이라는 설명을 부연해서 말한 것이다}. ──《회남자》

■ 슬프다, 슬프다 하여도 생이별보다 더 슬픈 것은 없다. ── 굴원

■ 기린아, 기린아, 나는 슬프다(麟兮麟兮 我心憂 : 기린은 어진 임금이 세상에 나왔을 때 비로소 나오는 영한 짐승이다. 지금 어진 임금이 나오지도 않았는데 기린이 세상에 나왔다. 이제는 어진 임금이 세상에 나올 희망이 없어졌는가 하고 공자가 기린의 출현을 한탄한 말). ──《고시원(古詩源)》

■ 얻었다고 기뻐하고, 잃었다고 슬퍼하라(得何足喜 失何足憂). ──《삼국연의》

■ 환경 때문에 기뻐할 것도 없고, 자기 자신 때문에 슬퍼할 것도 없다{不以物喜 不以己悲 : 인자(仁者)는 부귀나 천세, 혹은 아름다운 환경에 접해도 크게 기뻐하지 않는다. 또한 어떤 역경에 처해도 슬퍼하거나 비관하지 않는다}. ──《문장궤범》

■ 인정이란 꾀꼬리 우는 소리를 들으면 기뻐하고, 개구리 우는 소리를 들으면 싫어한다{人情 聽鶯啼則喜 聞蛙鳴則厭 : 꾀꼬리가 선의로써 울고 개구리가 악의가 있어서 우는 것이 아니다. 다만 이는 형체와 기질로써 사물을 구분함인 것이다. 만약 본바탕으로써 본다면 무엇이든지 스스로 천기(天機)의 울림이 아닌 것이 없고, 저 스스로 그 삶의 뜻을 펴지 않는 것이 없다. 자기의 감정대로 세상 전반의 시비를 판단해서는 안 되는 것이다}. ──《채근담》

■ 마음의 기쁨에 들떠서 일을 가벼이 맡지 말고, 취함을 인연(因緣)하여 화를 내지 말라. 마음의 즐거움에 딸려서 일을 많이 하

지 말고, 곤(困)함을 핑계하여 끝마침을 적게 말라.
— 《채근담》

▥ 사람들은 이름 있고 지위 있음이 즐거운 줄만 알고, 이름 없고 지위 없는 즐거움이 참 즐거움인 줄은 모른다. 사람들은 주리고 추운 것이 근심인 줄만 알고, 주리지 않고 춥지 않은 근심이 더욱 심한 줄은 모른다. — 《채근담》

▥ 시인의 집에서 비탄의 흐느낌은 옳지 못하다. 그와 같은 것은 우리에게 어울리지 않는다(이 고대 그리스의 여류시인은 임종에서 슬퍼하는 가족들에게 이렇게 말했다). — 사포

▥ 참된 슬픔은 고통의 지팡이다. — 아이스킬로스

▥ 남자가 여자의 일생에서 기쁨을 느끼는 날이 이틀 있다. 하나는 그녀와 결혼하는 날이요, 또 하나는 그녀의 장례식 날이다.
— 히포낙스

▥ 사람은 모두 모방된 기쁨을 느낀다. — 아리스토텔레스

▥ 모든 인간에게 있어 공통되는 온갖 많은 화(禍) 중에 가장 큰 것은 슬픔이다. — 메난드로스

▥ 슬픈 자는 기쁜 자를 미워하고, 기쁜 자는 슬픈 자를 미워한다. 빠른 자는 느린 자를 미워하고, 게으른 자는 민첩한 사를 미워한다. — 호라티우스

▥ 우유부단에는 슬픔이 있다. — M. T. 키케로

▥ 가장 애통이 적은 자가 가장 소란스럽게 비판한다.
— 타키투스

▥ 마음이 슬픈 사람은 모든 일이 의심스럽고 애인의 애무조차도 수상하게 여겨진다. — 테오프라스토스

■ 지나간 슬픔에 새 눈물을 낭비하지 마라. ─ 에우리피데스

■ 가벼운 슬픔은 말이 많고, 큰 슬픔은 말이 없다.

　　　　　　　　　　　　　　　　　　　　 ─ L. A. 세네카

■ 어떠한 경우에도, 기쁨이 크면 클수록 그것에 앞서 괴로움도 또한 큰 것이다. ─ 아우구스티누스

■ 신이 있다면 죽는 것도 즐겁지만, 신이 없다면 살기도 슬프다.

　　　　　　　　　　　　　　　　　 ─ 마르쿠스 아우렐리우스

■ 지혜로운 아들은 아비의 기쁨이요, 어리석은 아들은 어미의 근심이다. ─ 잠언

■ 웃는 것보다는 슬퍼하는 것이 좋다. 얼굴에 시름이 서리겠지만 마음은 바로잡힌다. ─ 전도서

■ 슬픔 때문에 많은 사람이 죽었고, 슬퍼해서 이로울 것이 없다.

　　　　　　　　　　　　　　　　　　　　　 ─ 집회서

■ 마음의 기쁨은 사람에게 생기를 주고 쾌활은 그의 수명을 연장시킨다. ─ 집회서

■ 불행할 때 행복했던 과거를 회상하는 것보다 더 큰 슬픔은 없다. ─ A. 단테

■ 더 없는 슬픔은 우리를 다시 신에게 맺어 주는 것이다.

　　　　　　　　　　　　　　　　　　　　　 ─ A. 단테

■ 하늘이 고칠 수 없는 슬픔, 그런 것은 이 세상에 없다.

　　　　　　　　　　　　　　　　　　　　 ─ 토머스 모어

■ 슬픔은 나누면 반으로 줄지만, 기쁨은 나누면 배로 는다.

　　　　　　　　　　　　　　　　　　　　　 ─ 존 레이

■ 슬픔은 남에게 터놓고 이야기함으로써 완전히 가시지는 않을

망정 누그러질 수는 있다.　　　　　　— 펠리페 칼데론
- 많은 사람들은 자기의 만족을 잃게 되는 것을 아주 슬픈 일이라고 생각한다. 그러나 기쁨을 아는 동시에 그 기쁨의 이유가 없어진 때 슬퍼하지 않는 사람만이 옳은 사람이다. — 파스칼
- 슬픔은 지식이다. 많이 아는 자는 무서운 진실을 깊이 한탄하지 않을 수 없다. 지식의 나무는 생명의 나무가 아니기 때문이다.　　　　　　— 파스칼
- 많은 사람들은 자기의 만족을 잃게 되는 것을 아주 슬픈 일이라고 생각한다. 그러나 기쁨을 아는 동시에 그 기쁨의 이유가 없어진 때 슬퍼하지 않는 사람만이 옳은 사람이다. — 파스칼
- 무엇이든지 풍부하다고 반드시 좋은 것은 아니다. 더 바랄 것이 없이 풍족하다고 그만큼 기쁨이 더 큰 것은 아니다. 모자라는 듯한 여백(餘白)! 그 여백이 오히려 기쁨의 샘이다.　　　　　　— 파스칼
- 기쁨의 추억은 이미 기쁨이 아니다. 그러나 슬픔의 추억은 여전히 슬픔인 것이다.　　　　　　— 조지 바이런
- 사랑에는 눈물이 있고, 행운에는 기쁨이 있고, 용맹에는 명예가 있으며, 야망에는 죽음이 있다.　　　　　　— 셰익스피어
- 희로애락의 격렬함은 그 감정과 함께 실행력까지도 멸망케 한다. 기쁨에 빠지는 자는 슬픔에도 빠지는 것이 그 버릇, 까딱하면 슬픔이 기뻐하고, 기쁨이 슬퍼한다.　　　　　　— 셰익스피어
- 기쁨에는 괴로움이, 괴로움에는 기쁨이 없으면 안 된다.　　　　　　— 괴테
- 기쁨이 있는 곳에 사람과 사람 사이의 결합이 이루어진다. 사

람과 사람 사이의 결합이 있는 곳에 또한 기쁨이 있다.

— 괴테

▪ 노경을 그토록 슬프게 만드는 것은 즐거움이 없어지기 때문이 아니라 희망이 없어지기 때문이다.     — 장 파울

▪ 기쁨이 짧다면 슬픔도 길지는 못할 것이다.    — 보브나르그

▪ 극단적인 슬픔은 오래는 계속되지 않는다. 어떤 사람이든지 슬픔에 지고 말든가, 그것에 익숙해지든가 어느 쪽의 하나다.

— 피에트로 메타스타시오

▪ 빵만 충분하다면 어떤 슬픔도 견뎌낼 수 있다. — 세르반테스

▪ 한 번의 기쁨에 천 개의 고통이 달려 있다. — 프랑수아 비용

▪ 순수한 기쁨의 하나는 근로 뒤의 휴식이다. — 임마누엘 칸트

▪ 여자의 마음은 아무리 슬픔에 가득 차 있다 하더라도 알랑거리는 말이나 사랑을 받아들일 수 있는 한 구석이 어딘가에 남아 있다.

— 보들레르

▪ 감격의 마음을 잃어서는 안 된다. 감격의 마음이 없다면 아무 일도 할 수 없다. (임종의 자리에 제자들을 모아 놓고)

— 클로드 생시몽

▪ 슬픔은 오해된 즐거움인지도 모른다.    — 로버트 브라우닝

▪ 지나간 기쁨은 지금의 고뇌를 깊게 하고, 슬픔은 후회와 뒤엉킨다. 후회도 그리움도 다 같이 보람이 없다면 내가 바라는 것은 다만 망각뿐.     — 조지 바이런

▪ 슬픈 사람에게는 애달픈 가락이 가장 달콤한 음악이다.

— 필립 시드니

▪ 인간은 무한한 정신을 지니고 있는 유한의 존재이다. 고로 인

간은 고뇌와 기쁨을 똑같이 맛보기 마련이다. 그러나 그러한 인간 가운데 몇 사람은 고뇌를 통해서 기쁨에 이를 수 있다고 말할 것이다.          — 베토벤

■ 가장 훌륭한 사람들은 괴로움을 극복하고 기쁨을 획득한다.
         — 베토벤

■ 기쁨이든 슬픔이든 시는 항상 그 자체 속에 이상을 좇는 신과 같은 성격을 갖고 있다.          — 보들레르

■ 비장감(悲壯感)은 제삼자의 눈에 비치고, 괴로워하는 자의 마음에는 없다.          — 랠프 에머슨

■ 이 지상에서 기쁨의 술잔을 기울인 자는 저 천상에서 숙취를 맛본다.          — 하인리히 하이네

■ 마냥 슬픔에 잠긴다는 것은 위험한 짓이다. 용기를 앗아갈 뿐더러 회복하려는 의욕마저 잃게 하기 때문이다.
         — 헨리 F. 아미엘

■ 환희는 짧고 무상한 것이며, 쾌활은 정착되어 항구적이다.
         — 조나단 스위프트

■ 슬픔의 유일한 치료법은 무슨 일이든지 열심히 하는 것이다.
         — 존 루이스

■ 기쁨은 인생의 요소이며, 인생의 욕구이며, 인생의 힘이며, 인생의 가치이다. 인간은 누구나 기쁨에 대한 욕구를 갖고 기쁨을 요구할 권리를 갖고 있다.          — 요하네스 케플러

■ 슬픔에서 해방된 인생을 살고 싶으면, 바야흐로 분주한 벌은 슬퍼할 시간이 없다.          — 윌리엄 블레이크

■ 노동은 흔히 기쁨의 아버지가 된다.          — 볼테르

■ 슬픔의 길, 그러나 그 길만이 슬픔을 모르는 나라에 통하고 있다.        — 윌리엄 쿠퍼

■ 천상(天上)의 기쁨은 소박하다. 거기에는 평화가 넘치고 있기 때문이다.        — 토마스 아 켐피스

■ 만나고, 알게 되고, 사랑하고, 그리고 헤어져 버리는 것이 하고 많은 인간의 슬픈 사연이다.        — S. T. 콜리지

■ 기쁨은 자연을 움직이게 하는 강한 용수철, 기쁨이야말로 대우주(大宇宙)의 시계장치 수레바퀴를 돌릴 수 있다.

       — 프리드리히 실러

■ 인생에 있어서 가장 큰 기쁨은, 그대는 할 수 없다고 세상이 말하는 일을 해내는 것이다.        — 월터 배젓

■ 악이 우리에게 선을 깨닫게 하듯이 고통은 우리에게 기쁨을 느끼게 한다.        — B. H. 클라이스트

■ 순수하고 완전한 슬픔은 순수하고 완전한 기쁨과 마찬가지로 불가능한 것이다.        — 레프 톨스토이

■ 사람들에게 말하는 것이 적으면 적을수록 기쁨은 더 많아진다.
       — 레프 톨스토이

■ 인생이란 단지 기쁨도 아니고 슬픔도 아니며, 그 두 가지를 지양하고 종합해 나가는 과정에서 파악되어야 할 것이다. 커다란 기쁨도 커다란 슬픔을 불러올 것이며, 또 깊은 슬픔은 깊은 기쁨으로 통하고 있다. 자기의 할 일을 발견하고 자기의 하는 일에 신념을 가진 자는 행복하다.        — 토머스 칼라일

■ 슬픔은 가장 좋은 친구이며, 때로는 엉뚱한 기쁨을 준다.
       — 로맹 롤랑

■ 천 가지 기쁨도 한 가지 괴로움에 값하지 않는다.

— 미켈란젤로

■ 신부의 슬픔은 3주간이었다. 자매의 슬픔은 3년이었다. 어머니는 지쳐 무덤에 누울 때까지 계속 슬퍼했다.　　— 사미쇼

■ 커다란 기쁨은 커다란 고통과 마찬가지로 말이 없다.

— 윌리엄 새커리

■ 슬픔은 그 자체가 약이다.　　　　　　— 윌리엄 쿠퍼

■ 나는 뭔가 선을 행하려는 희망을 갖고, 거기에 기쁨을 느낄 수도 있다. 그러나 동시에 악을 행하고 싶다고 생각하고, 거기에도 기쁨을 느낄 수가 있다.　　　　— 도스토예프스키

■ 슬픔이야말로 인생과 예술, 양자 간에 있어서의 궁극적인 전형인 것이다.　　　　　　　　　— 오스카 와일드

■ 환락과 웃음의 그늘에는 거칠고 단단하고 냉혹한 기분이 숨겨져 있을지도 모른다. 그러나 슬픔 뒤에는 언제나 슬픔이 있을 뿐이다. 고통은 쾌락과는 달라서 가면은 쓰지 않는다.

— 오스카 와일드

■ 슬픔은 인간이 가질 수 있는 정서 가운데 최고의 것이고, 동시에 모든 예술의 전형이요, 시금석(試金石)임을 이제야 나는 알았다.　　　　　　　　　　— 오스카 와일드

■ 가령 부(富)를 쌓아서 영광되고 행복하더라도, 그대 자신과 같이 그것을 마음으로부터 기뻐해 주는 사람이 없다고 한다면 어떻게 그 곳에 큰 기쁨이 있겠는가. 또 역경에 처해서 싸울 때에도, 그대보다 더욱 그것을 무거운 짐으로 생각해 주는 사람이 없다면 더욱더 참고 견디기가 어려울 것이다. — 키르케고르

■ 슬플 때 또한 너희 가슴 속을 들여다보라. 그러면 알게 되리라. 너희는 너희에게 즐거움이 되었던 그것을 위해 울고 있음을.
　　　　　　　　　　　　　　　　　　　　　— 칼릴 지브란

■ 슬픔은 저절로 해결이 된다. 그러나 기쁨이 그 진가를 찾으려면 함께 나눌 사람이 있어야 한다.　　　　　— 마크 트웨인

■ 겉으로는 몰라도 유머는 슬픔에서 나오는 것이지 기쁨에서 나오는 것이 아니다.　　　　　　　　　　　— 마크 트웨인

■ 슬픈 마음이여, 침착하고 탄식을 멈추어라. 구름 뒤엔 아직도 햇살이 비치고 있다.　　　　　　　　　— 헨리 롱펠로

■ 온전한 기쁨은 명예와 함께 온다. 얻는 바 있는 하루를 보내는 사람에게 있어서는.　　　　　　　— 피에르 코르네유

■ 슬픔, 그것은 모든 것을 너무나 이상화(理想化)하고 있다.
　　　　　　　　　　　　　　　　　　　— 존 로널드 로얼

■ 기쁨이 어떻게 찾아오고, 슬픔이 어느새 사라지는지 우리는 알지를 못한다.　　　　　　　　　　— 존 로널드 로얼

■ 조그마한 죄에서 움튼, 조그마한 슬픔이 나에게 있었다.
　　　　　　　　　　　　　　　　　　　　— 에드나 밀레이

■ 여자의 자만을 만족시켜 주는 것이 남자의 지상의 기쁨인 데 반해서, 여자의 지상의 기쁨은 남자의 자만심을 상처 나게 하는 것이다.　　　　　　　　　　　— 조지 버나드 쇼

■ 인생에는 두 가지 비극이 있다. 하나는 소망(所望)을 얻지 못할 때, 다른 하나는 그 소망을 얻었을 때이다.
　　　　　　　　　　　　　　　　　　　— 조지 버나드 쇼

■ 기쁨이 없는 노동은 비천하다. 슬픔이 없는 노동도 그렇다. 노

동이 없는 슬픔은 비천하다. 노동이 없는 기쁨도 그렇다.

— 존 러스킨

■ 슬픔에는 말이 필요 없다, 기쁨처럼.　　　　— 헨리 잭슨

■ 한없는 기쁨과 슬픔이 닥친 순간에는 자기 혼자만이 연주하는
『말 없는 생각』이라는 곡(曲)이 누구에게나 있는 법이다.

— 프리드리히 뮐러

■ 완전한 존재, 완전한 의식, 완전한 환희라는 것은 정신과 육체
가 하나로 되었을 때 비로소 존재할 수 있는 것으로, 그것은
육체화한 정신이며 정신화한 육체이다. 육체가 없는 정신이
있다손 치면 그것은 유령에 지나지 않으며, 정신이 없는 육체
가 있다손 치면 그것은 시체에 지나지 않는다.

— 프리드리히 뮐러

■ 기쁨은 우리가 우리 자신이 된다는 목표에 점점 접근해 가는
과정에서 경험하는 것이다.　　　　— 에리히 프롬

■ 시들해 가는 물건도 기쁘고 따뜻하고 화사한 웃음 속에 담그면
이맛살을 찌푸리고 보았던 성싱한 것에서보다 일이 잘되어 간
다.　　　　— 너대니얼 호손

■ 슬픔이란 자기 연민의 표출입니다. 그러나 우리는 계속 싸워
나가야 합니다.　　　　— 로버트 케네디

■ 기쁨이 없는 인생은 기름 없는 등잔이다.　　— 월터 스콧

■ 여자들은 자기가 사랑을 받고 있음을 느끼면 백발이 될 때까지
도 어린애 같은 기쁨을 느끼는 법이다.　　　　— 몽테를랑

■ 슬픔은 어떤 행복도 전혀 내포하지 못하는 그런 깊이를 지닌다.
슬픔은 그 나름대로의 아름다움을, 깊고도 부드러운, 아주 부드

러운 아름다움을 지닌다. 어떤 행복도 그런 요소를 지니지 못
한다. 행복에서는 얄팍함이, 속된 양상이 드러난다. 슬픔은 어
떤 행복도 따라오지 못할 그런 깊이와 보다 위대한 충만함을
지닌다. — 오쇼 라즈니쉬

■ 고통은 짧고, 기쁨은 영원하다. — 프리드리히 실러

■ 즐거움이나 기쁨이나 정도가 있다. 정도를 넘으면 인간을 노하
게 하고, 추행이라 불리어져 제군은 복수 당하게 된다.
— 샤를 생트뵈브

■ 사람의 마음속에는 두 개의 침실이 있어 기쁨과 슬픔이 살고
있다. 한 방에서 기쁨이 깼을 땐, 다른 방에서 슬픔이 잔다. 기
쁨아! 조심하여라. 슬픔이 깨지 않도록 조용히 말하려무나.
— 존 뉴먼

■ 슬픔은 버릴 것이 아니다. 우리가 살아 있는 한, 그것은 빛나는
기쁨과 같은 정도로 강력한 생활의 일부이다. 그것이 없으면
우리들은 지극히 무훈련(無訓練)한 것이 될 것이다.
— 오귀스트 로댕

■ 기쁨을 추구해서는 안 된다. 그것은 생활만 바르고 옳으면 자
연히 생기는 것이다. 가장 단순한, 비용이 들지 않는, 필요에 의
해서 얻어지는 기쁨이 가장 좋은 기쁨이다. — 카를 힐티

■ 슬픔에는 두 가지 종류가 있다는 것을 깨달았다. 그 하나는 덜
수 있는 슬픔이고, 또 하나는 덜 수 없는 슬픔이다. — 펄 벅

■ 남자인 나는 어머니의 기쁨을 경험할 수는 없다. 그러나 모든
기쁨 중에 가장 큰 기쁨이 주는 데서, 저를 잊어버리는 데서 나
오는 줄을 믿는 나는 이 일을 가장 단적으로, 가장 계속적으로,

가장 철저하게 하는 어머니의 기쁨이야말로 인류가 맛보는 모든 기쁨 중에 가장 큰 기쁨인 것을 믿는다.　　　　　　— 이광수

▪ 중생(衆生)은 슬픈 존재다. 그 중에도 앓고 죽는 양이 차마 볼 수 없도록 슬프다. 나고 죽는 것이 모두 헛것이요, 꿈이라 하더라도 슬프기는 마찬가지다.　　　　　　　　　　— 이광수

▪ 슬픈 일 괴로운 일이 끊일 새 없이 뒤대어 오는 이 인생에서는 한 가지 슬픔이나 분함을 오래 지녀가기도 어려운 일이다. 슬픔과 분함이 들어와서는 낡은 그것들을 아주 잊어버리게 할 지경은 아니라 하더라도 기운이 약하게 만들어 버리는 것이다.
　　　　　　　　　　　　　　　　　　　— 이광수

▪ 용기 있는 그만큼밖에 기쁨은 더 오지 않는 것이다.
　　　　　　　　　　　　　　　　　　　— 방정환

▪ 기쁨이란 얻었을 때의 감정이요, 슬픔이란 잃었을 때의 감정이다.　　　　　　　　　　　　　　　　　— 윤오영

▪ 웃음은 슬픈 때를 위하여 있고, 울음은 기쁜 때를 위하여 있다. 이에 인생이 『슬프다』는 현실은 웃고 살라는 결론을 빚어낸다.　　　　　　　　　　　　　　　　　— 김태길

▪ 웃음판 끝에는 으레 허전한 순간이 오는 법이다. 더욱이 기쁨을 모르고 사는 사람들의 웃음 끝이란 가슴이 저리도록 쓸쓸해지는 것이 보통이다.　　　　　　　　　　— 이무영

▪ 사사로운 슬픔을 밖으로 내미는 것은 고상치 못한 감정일 뿐 아니라 어리석기까지도 하다. 따라서 극도의 슬픔은 밖으로 내밀려고 하여도 내밀어지지도 않는다. 깊은 물이 소리 나지 않는 것처럼.　　　　　　　　　　　— 변영로

- 벌레들도 저렇게 울고 살진대 목숨이란 본시 저렇듯 슬프다고 마련된 것이리까.      — 유치환
- 슬프다는 것은 아름답다는 것이다.      — 김광섭
- 이유 없는 슬픔이란 게 있다. 그것은 탄생 이전 먼 태초에 있었던 인간의 슬픔을 회억(回憶)하는 것이다.      — 이어령
- 생은 슬픈 것인지도 모른다. 회한(悔恨), 모든 후회는 결국 존재의 후회로 귀결한다.      — 전혜린
- 강한 이의 슬픔은 아름답다.      — 김남조

## 【속담 · 격언】

- 손톱은 슬플 때마다 돋고, 발톱은 기쁠 때마다 돋는다. (기쁨보다는 슬픔이 더 많다)      — 한국
- 밥 아니 먹어도 배부르다. (기쁜 일이 있어 마음에 흡족하다)      — 한국
- 병들어야 설움을 안다. (괴로운 일을 직접 경험하지 않고는 설움을 모른다)      — 한국
- 노처녀더러 시집가라 한다. (물어보나마나 좋아할 것을 공연히 묻는다)      — 한국
- 풍년거지 쪽박 깨뜨린 형상. (서러운 중에 다시 서러운 일이 겹쳐 낭패다)      — 한국
- 개 호랑이가 물어 간 것만큼 시원하다. (미운 개를 버리지도 못하고 애쓰던 중 호랑이가 물어가 시원하다 함이니, 마음에 꺼림칙함이 없어져 속이 가뿐하고 시원하다)      — 한국
- 한 잔 술에 눈물 난다. (작은 일이라도 자기 차례에 빠지면 섭

섭한 생각이 든다)       — 한국

■ 물 만 밥이 목이 멘다. (서럽고 답답하다)      — 한국

■ 쌍가마 속에도 설움은 있다. (사람은 누구나 저마다 걱정과 설
움이 있다)       — 한국

■ 슬픔의 새가 머리 위를 나는 것을 막지는 못하지만, 내 머리털
속에 둥지를 트는 것은 막을 수 있다.      — 중국

■ 슬픔의 아침 뒤에 즐거운 저녁이 깃든다.      — 영국

■ 슬픔을 나누면 반으로 줄고, 기쁨을 나누면 그 배가 된다.

      — 영국

■ 빚은 슬픔의 근원. (Borrowing makes sorrowing.)     — 영국

■ 즐거움과 슬픔은 오늘과 내일이다. (Joy and sorrow are today and
tomorrow.)       — 영국

■ 고뇌를 같이할 사람이 있으면 슬픔이 엷어진다.     — 영국

■ 위험 없이는 기쁨이 없다.       — 영국

■ 고대했던 부활절도 하루 만에 지나 버렸다.     — 프랑스

■ 여자는 예쁜 옷으로 치장하면 슬픔이 사라진다.     — 프랑스

■ 뜻하지 않게 얻은 기쁨은 한층 더 크다.     — 프랑스

■ 슬픔은 사랑 없이도 생겨난다. 그러나 사랑은 슬픔 없이는 생
겨날 수 없다.       — 독일

■ 기쁨에는 가족이 없지만 슬픔에는 처자가 있다. — 이탈리아

■ 기쁨도 신열과 마찬가지로 단 하루뿐의 일이다.    — 덴마크

■ 복수의 쾌감은 일시적이지만, 용서로 얻어지는 기쁨은 영원하
다.       — 스페인

■ 좀은 옷을 좀먹고 비탄은 마음을 좀먹는다.     — 러시아

- 방안에 기쁨이 있을 때 슬픔은 대문에서 기다리고 있다.

　　　　　　　　　　　　　　　　　　　　　　— 덴마크

- 어떠한 기쁨도 등에는 고통을 업고 있다. 　　— 그리스
- 꼬리 없는 개는 기쁨을 나타낼 수 없다. 　　— 알바니아
- 똑똑한 자식은 아버지를 기쁘게 하고, 어리석은 자식은 어머니를 슬프게 한다. 　　　　　　　　　　　　— 유태인

**【시 · 문장】**

갈수록 발걸음은 무거워지고
슬픔은 물결처럼 출렁거리네.
내 마음을 아시는 사람이라면
시름이 그득하다 하시겠지만
내 마음속 모르는 사람이라면
무엇 땜에 그러느냐 하시리이라.
아득하게 뻗은 푸른 하늘이시여
이는 누구의 탓이나이까?

　　　　　　　　　　　　　　　　　　　　　　— 《시경》


지난 밤 슬픈 동풍 궂은 비 설레드니
버들과 매화(梅花) 남게 봄빛이 가득코야
님 이별 애끊는 잔을 어디 들까 하노라.

　　　　　　　　　　　　　　　— 계생(桂生) / 자한(自恨)


골짜기와 산 위에 높이 떠도는

구름처럼 외로이 헤매 다니다
나는 문득 떼 지어 활짝 피어 있는
황금빛 수선화를 보았다
호숫가 줄지어 늘어선 나무 아래
미풍에 한들한들 춤을 추는 수선화
은하수에서 반짝반짝 빛나는
별처럼 총총히 연달아 늘어서서
수선화는 샛강 기슭 가장자리에
끝없이 줄지어 서 있었다
흥겨워 춤추는 꽃송이들은
천 송이 만 송이 끝이 없었다
그 옆에서 물살이 춤을 추지만
수선화보다야 나을 수 없어
이토록 즐거운 무리에 어울릴 때
시인의 유쾌함은 더해져
나는 그저 보고 또 바라볼 뿐
내가 정말 얻은 것을 알지 못했다
하염없이 있거나 시름에 잠겨
나 홀로 자리에 누워 있을 때
내 마음속에 그 모습 떠오르니,
이는 바로 고독의 축복이리라
그럴 때면 내 마음은 기쁨에 넘쳐
수선화와 더불어 춤을 춘다

— 윌리엄 워즈워스 / 수선화(The Daffodils)

이제는 겨울, 겨울에 묻어오는
어둡고 검질긴 내 슬픔이여.
　　　　　　— 프랜시스 카르코 / 아, 내 사랑하는 것아


죽어 이별은 소리조차 나오지 않고
살아 이별은 슬프기 그지없더라.
　　　　　　　　　　　　　　　　— 두보


그 모습 내 눈에 비치지 않던 그 날부터
이 가슴 죽음에 어울릴 슬픔으로
나를 괴롭혔네.
　　　　　　— 기욤 아폴리네르 / 요정 로렐라이


천하사람 꿈꿀 제 나만 일어나
하늘을 우러러 슬픈 노래 부르네.
　　　　　　　　　　— 이광수 / 무정(無情)


눈물이 천천히 볼로 흘러 떨어진다. 그녀는 그 찰나의 감정이 기쁨이었는지 슬픔이었는지 분간하지 못했다. 아니 그녀는 그것을 영원히 판단치 못할지도 모른다. 꼭 같은 두 개의 감정—기쁨과 슬픔이 무서운 기세로 한 찰나에 물맞침을 한 것이기 때문이다. 그것은 마치 터질성을 가진 두 개의 물건이 맞장구를 칠 때와도 같았고 보니 어떤 것이 세고 약했던 것인지 분간하지 못하는 것도 무리는 아니다.　　　　　　　　　　　　　— 이무영 / 三年

홍이란 한없이 곱고 한없이 사납고 철석같이 미쁘다가 바람같이 변한다. 너르자면 온 누리에 차고 잘자면 겨자알도 오히려 크다. 활달할 적엔 양양한 바다에 봄바람이 넘놀고 까다롭자면 시기하는 지어미도 물러앉을 지경이다. 그리고 온갖 조화를 다 가진 듯고대 여기 있는가 하면 까마득하게 사라지고, 분명히 손아귀에 들었거니 하다가 돌아서면 간곳을 찾을 길 없다. 어느 때는 푸드덕나는 새 나래에서 그대로 뚝 떨어져서 품속으로 기어들고, 어느때엔 발부리에 밟히는 조약돌에서도 불쑥 그 안타까운 모양을 나타낸다.                                 — 현진건 / 무영탑

## 【중국의 고사】

■ **단장(斷腸)** : 몹시 슬퍼서 창자가 끊어지는 듯함. 단장은 창자가 끊어진다는 말이다. 우리말에 애가 탄다는 말이 있다. 이 『애』는 옛말로 창자를 뜻한다. 애가 탄다는 것은 물론 탈 것 같다는 말의 과장이다. 그러나 이 창자가 끊어진다는 것이 과장이 아닌 사실의 기록으로 전하고 있다.

진(晉)나라 환온(桓溫, ?~373)이 촉(蜀)을 정벌하기 위해 여러 척의 배에 군사를 나누어 싣고 가는 도중 삼협(三峽)이라는 곳을 지나게 되었다. 이곳은 사천과 하북의 경계를 이루는 곳으로 중국에서도 험하기로 유명한 곳이다. 그 때, 부대에 있는 사람이 원숭이 새끼 한 마리를 잡았다. 그러자 어미 원숭이는 새끼를 잃고 슬피 울며 언덕을 따라 백여 리를 뒤쫓아 온 뒤에 마침내는 배 안으로 뛰어들어 그대로 숨이 끊어지고 말았다. 죽은 어미 원숭이의 배를 갈라 보았더니, 창자가 토막토막 끊

어져 있었다. 아마 슬픔의 독소로 창자가 녹아내린 것이리라. 이 이야기를 전해들은 환온은 크게 노하여 새끼를 잡은 사람을 부대에서 내쫓도록 명령했다. 모성애란 이렇게 무서운 것이다. 이 이야기를 놓고 보더라도 인간의 많은 범죄 중에서도 가장 잔인한 범행이 어린아이를 유괴하는 일일 것이다.

원문에는 『그 배 속을 가르고 보았더니 창자가 다 마디마디 끊어져 있었다(破視其腹中 腸皆寸寸斷).』라고 되어 있다. 당나라 시인 백거이(白居易)도 『장한가(長恨歌)』에서 양귀비를 그리워하는 현종(玄宗)의 심정을 이렇게 읊고 있다. 『촉의 강물 푸르르고 촉의 산도 푸른데(蜀江水碧蜀山靑), 천자는 아침저녁으로 양귀비를 그리워하니(聖主朝朝暮暮情), 행궁에서 보는 달은 마음을 아프게 하고(行宮見月傷心色), 밤비에 울리는 풍경소리는 간장을 도려내는 듯하네(夜雨聞鈴腸斷聲).』

이렇듯 단장은, 그것이 부모 자식 간이든 연인 간이든 친구 간이든 창자가 끊어질 정도로 슬픈 이별의 아픔을 나타낸다.

— 《세설신어》

■ **백아절현(伯牙絶絃)** : 자기를 알아주는 절친한 친구의 죽음. 또는 그 죽음을 슬퍼함.

춘추시대 백아(伯牙)라는 거문고의 명수가 있었다. 그런데 그에게는 그의 연주를 누구보다도 잘 이해해 주는 종자기(種子期)라는 친구가 있었다. 종자기는 백아가 연주를 하면 백아가 그리고 있는 악상을 그대로 이해해내는 친구였다. 백아가 높은 산을 주제로 연주를 하면 곁에서 귀를 기울이고 있던 종자기는 탄성을 질러 말했다.

「아, 마치 높이 치솟은 태산(泰山) 같구나!」

또 백아가 흐르는 강을 주제로 연주를 하면,

「참으로 훌륭하도다, 도도하게 흐르는 황하(黃河)와도 같구나!」

이런 식이라 백아가 마음속으로 생각하고 거문고에 의탁하는 기분을 종자기는 정확하게 들어 판단해서 틀리는 법이 없었다.

어느 때의 일이다. 두 사람은 함께 태산 깊숙이 들어간 일이 있었다. 그 도중에서 갑자기 큰 비를 만나 두 사람은 바위 밑에 은신했는데, 아무리 시간이 흘러도 비는 그치지 않고 물에 씻겨 흐르는 토사 소리는 요란했다.

겁에 질려 덜덜 떨면서도 역시 거문고의 명수인 백아는 거문고를 집어 들고 서서히 타기 시작했다. 처음에는 임우지곡(霖雨之曲), 다음에는 붕산지곡(崩山之曲), 한 곡을 끝낼 때마다 여전히 종자기는 정확하게 그 곡의 취지를 알아맞히고는 칭찬해 주었다.

그것은 언제나의 일이었으나, 그 때는 때가 때인 만큼, 백아는 울음을 터뜨릴 정도의 감격을 느끼고 느닷없이 거문고를 내려놓더니 감탄하며 말했다.

「아아, 이건 굉장하구나! 자네의 듣는 귀는 정말 굉장하군. 자네 그 마음의 깊이는 내 맘 그대로 아닌가. 자네 앞에서는 거문고 소리를 속일 수가 없네!」

그러나 그 후 얼마 지나지 않아 불행하게도 종자기는 병을 얻어 죽고 말았다.

그러자 백아는 그토록 거문고에 정혼(精魂)을 기울여 일세의 명인으로 불리어졌음에도 불구하고 그 애용하던 거문고의 줄을 끊어버리고 죽을 때까지 두 번 다시 거문고를 손에 들지 않았다. 그것은 종자기라는 얻기 어려운 친구, 다시 말해서 자기 거문고 소리를 틀림없이 들어주는 친구를 잃은 비탄에서였다고 한다.

이 이야기는 참된 예술의 정신이라고 할 만한 것을 시사해 준다. 그러나 예술의 세계만은 아니다. 어느 시대에도 또 어떤 사회에서도 내가 하는 일, 아니 그 일을 지탱해 나가고 있는 나의 기분을 남김없이 이해해 주는 참된 우인지기(友人知己)를 갖는다는 것은 무상의 행복이고, 또 그런 우인 지기를 잃는 것은 보상받을 수 없는 불행이라고 하지 않으면 안된다.

우인 지기의 죽음을 슬퍼할 때 곧잘 사람들은 이 「백아절현」을 말하며 유감의 뜻을 표명하곤 한다. 진실로 백아와 종자기 같은 교정을 맺고 있는 우인 지기는 그리 많을 수가 없다. 또 지기(知己)를 「지음(知音)」이라고 하는 것도 이 고사에서 나왔다.

― 《열자(列子)》 탕문편(湯問篇)

■ **공곡공음(空谷跫音)** : 인적이 없는 빈 골짜기에서 들리는 사람의 발자국소리라는 뜻으로, 적적할 때 사람이 찾아오는 것을 기뻐하는 마음을 나타내는 말이다. 《장자》 서무귀편에 이런 고사가 실려 있다. 즉, 은자(隱者)인 서무귀(徐無鬼)는 위(魏)나라의 중신인 여상(女商)과 이웃해서 살았다. 서무귀가 여상의 소개로 위나라 무후(武侯)를 만났다.

두 사람이 이야기꽃을 피우고 있었는데, 얼마 후 이야기가 끝날 무렵에는 무후의 기뻐하는 웃음소리가 밖에서까지 들려왔

다. 이윽고 물러나오는 서무귀에게 여상이 『나는 지금까지 무
후에게 시서예악(詩書禮樂)과 병법에 대하여 수없이 많은 말로
도움을 주었건만 이제까지 이렇게 기쁘게 웃는 모습은 보지 못
했소. 도대체 무슨 말을 했기에 저렇게 기뻐하신 겁니까?』라
고 묻자, 서무귀는 다음과 같이 대답했다.

『개나 말의 감정법에 대하여 얘기했을 뿐이지만, 인가에서
멀리 떨어진 빈 골짜기에서 저벅저벅하는 사람의 발자국 소리
를 들으면 얼마나 기쁘겠소(逃空谷者 聞人之足音跫然 而喜矣).
하물며 형제나 친척이 옆에서 말하고 웃고 하는 소리를 들으면
더욱 기쁠 것입니다. 무후께서는 진인(眞人)의 말을 오래도록
들어보지 못했기 때문에 내 이야기를 듣고 몹시 기뻐하신 겁니
다.』

여기서 『공곡공음』이 유래됐으며, 『진인』이란 『참다운
사람』이라는 뜻으로 모든 것을 자연에 맡기고 무위(無爲)를
일로 삼고, 이해득실을 벗어나서 도(道)에 통달한 사람을 말한
다. 작은 지혜를 버리고 자연과 융화하면 마음의 안정을 얻을
수 있다는 것을 설명했던 것이다. 또 쓸쓸하게 지내고 있을 때
듣는 기쁜 소식, 고독하게 지내고 있을 때 동정자를 얻은 기쁨,
매우 진기한 일, 반가운 일 등을 비유하여 쓰기도 한다.

―《장자》 서무귀편

■ **근열원래(近悅遠來)** : 가까이 있는 사람은 기쁘게 하고 멀리 있
는 사람은 오게 한다는 뜻. 가까이 있는 사람들이 혜택을 얻어
기뻐하면, 멀리 있는 사람들도 어진 정치에 대한 소문을 듣고

온다는 말로 좋은 정치의 덕이 널리 미친다는 것을 비유한 말이다. 《논어》 자로편에 나오는 말이다.

중국의 춘추시대, 공자가 위(衛)·조(曹)·송(宋)·정(鄭)·진(陣)·채(蔡) 등 여러 나라를 돌아보고 초(楚)나라의 섭읍(葉邑)에 이르렀을 때, 초나라의 대부인 섭공(葉公) 심제량(沈諸梁)이 공자에게 지방을 잘 다스리려면 정치를 어떻게 해야 하는지를 물었다. 그러자 공자는, 『가까운 곳에 있는 사람들은 기쁘게 하고 먼 곳에 있는 사람들은 찾아오게 한다(近者悅 遠者來).』라고 하였다. 백성들의 이익을 위해 정치를 잘 하면 가까운 곳의 백성들은 즐거워하고, 멀리 떨어져 있는 백성들도 정치를 잘한다는 소식을 전해 듣고 모여든다는 뜻이다. 주변 사람들이 기뻐하면 먼 나라 사람들도 소식을 듣고 온다는 것으로 나라나 지방을 잘 다스려야 한다는 말이다.　　　— 《논어》 자로편

■ **문과즉희(聞過則喜)** : 자신의 허물을 들으면 기뻐한다. 잘못을 저질렀을 때 비판을 기꺼이 받아들인다는 뜻. 맹자는 제자들과 함께 남의 비판을 달갑게 받아들이는 문제에 대해 토론하면서 세 사람, 즉 자로(子路)와 우(禹)임금, 순(舜)임금을 그 전형적인 실례로 들었다.

자로는 춘추시대 노나라 사람으로 이름은 중유(中由)다. 공자의 제자들 중에서 가장 성실하고 강직하며 실천적인 인물이고, 우임금은 하(夏)나라를 개국한 성군(聖君)으로 일찍이 홍수라는 재난을 다스렸으며, 요임금, 순임금과 함께 사람들에게 널리 칭송받는 군왕, 그리고 순임금은 대순(大舜)이라고도 불리어지는

데, 우임금은 순임금에게서 왕위를 물려받았다. 맹자는 이렇게 말했다.

『자로는 남이 자기의 결함을 지적해 주면 기뻐하고(人告之 以有過則喜), 우임금은 남이 자기에게 좋은 말로 충고해 주면 매우 감격해 하였다. 순임금은 더했는데, 그는 자신의 치적을 여러 사람들의 공로로 간주했으며, 자신의 결함은 고치고 남의 장점을 본받고자 노력하였다. 순임금은 일찍이 농사일도 하고 도자기도 굽고, 어부 노릇도 하였으며, 나중에는 임금에까지 올랐는데, 그의 장점은 어느 하나라도 남에게 배우지 않는 것이 없다. 남의 장점을 따라 배워 자기를 제고함으로써 여러 사람들에게 보다 많고 좋은 일을 하게 하는 것, 그것이 바로 남이 잘 되도록 도와주는 것이다.』　　　　　—《맹자》공손추

■ **선우후락(先憂後樂)** : 세상 근심은 남보다 먼저 걱정하고, 즐거움은 남보다 나중 기뻐함. 『선천하지우 이후천하지락(先天下 之憂 而後天下之樂)』에서 나온 말이다. 이것은 송나라 명재상 범중엄(范仲淹 : 문정공)이 한 말이다.

범중엄은 가난한 집에 태어나 재상까지 된 훌륭한 인물이었는데, 그는 이 세상에 불행한 사람을 건지는 것이 어릴 때부터의 소원이었다. 그가 어느 사당(祠堂) 앞을 지나다가, 사람들이 소원을 빌면 뜻대로 된다고 하는지라, 그는 들어가 이렇게 빌었다. 『저는 훌륭한 재상이 되기를 원하지 않고 훌륭한 의원이 되기를 원합니다.』 병든 사람을 구해 주는 것이 더욱 어렵고 훌륭하게 느껴졌던 것이다.

그가 한번은 혼자 공부를 하고 있는데, 참외장수가 참외를 한 짐 지고 장으로 팔러 가는 것이 바라다 보였다. 배도 고프고 날씨도 더운 판에 참외 하나만 먹었으면 원이 없을 것만 같았다. 사먹을 돈이 없는 그는 속으로 하나만 굴러 떨어졌으면 하고 바랐다. 귀신이 감동했는지, 참외장수가 몸을 추스르자 참외 하나가 지게에서 굴러 길 아래로 떨어졌다. 참외장수는 지게를 받쳐 놓고 참외를 가지러 내려갈까 망설이더니, 귀찮은 듯이 그대로 가버렸다. 물론 범중엄은 반갑게 주워 먹었다.

그 뒤 재상이 된 범중엄은 그때 생각을 잊을 수 없어 참외가 떨어졌던 곳에 큰 과정(瓜亭)을 짓고 많은 참외를 심어 지나가는 돈 없는 나그네에게 그냥 주게 했다 한다. 주자(朱子)가 편찬한 《명신언행록(名臣言行錄)》에는 그가 좋아하는 글귀라 해서 기록하고 있는데, 실은 그가 지은 『악양루기(岳陽樓記)』에 있는 말이다. 이 글 끝에 이렇게 말하고 있다.

『슬프다, 내가 일찍이 옛날 어진 사람의 마음을 찾아보건대, 부처와 노자(老子)가 다른 점이 무엇이겠는가. 물건으로 기뻐하지 않고 자기로써 슬퍼하지 않는다. 조정에 있어서는 백성을 걱정하고, 강호(江湖)에 있어서는 임금을 걱정한다. 이것은 나아가도 걱정이요, 물러나도 걱정이다. 그러면 어느 때에 즐거워하는가. 그것은 필시 천하의 근심을 먼저 걱정하고 천하의 낙을 뒤에 즐긴다고 말할 수 있지 않을까(其必曰先天下之憂而憂後天下之樂而樂乎). 슬프다, 이 사람이 아니면 내가 누구와 함께 할 것인가.』

이 글은 그가 부총리 격인 참지정사(參知政事)로 있던 경력(慶

曆) 6년(1046년) 9월 15일에 지은 것으로 되어 있으므로, 천하를
다스리는 유신(儒臣)으로서의 자부심이 높았을 때였다. 글의 내
용은 그의 솔직한 심정을 토로한 것이리라. 위 문장이 너무 길
어서인지 『선우후락』이란 간단한 말로 대신하기도 한다.

— 범중엄 / 《악양루기》

■ **군자이사이난열야(君子易事而難說也)** : 공자의 말이다. 『군자
는 섬기기는 쉽지만 기쁘게 하기는 어렵다(君子易事而難說也).
올바른 도가 아니면 기뻐하지 않기 때문이다. 그러나 군자가
사람을 부릴 때는 각자의 기량과 재능을 살펴 부린다. 그러나
소인인 경우에는 이와 반대다. 소인은 섬기기는 어렵지만 기쁘
게 하기는 쉽다. 그를 기쁘게 하기 위해서 비록 올바른 도가 아
닌 방법을 쓴다고 해도 마음에 흡족하면 기뻐하기 때문이다.
그러나 소인이 사람을 부릴 때는 뭐든지 자기가 원하는 대로
하기만 바랄 뿐 각자의 소질은 거들떠보지도 않는다.』

군자와 소인의 차이를 이렇게 정확하게 비교한 예는 다시 찾
을 수 없을 것이다. 비위만 맞춰 주면 뭐든지 좋다고 하는 인간
들이 이 세상에는 얼마나 많은가. 그러나 정작 그런 인간들은
조금이라도 자기 마음에 들지 않거나 불리해질 듯하면 가차 없
이 사람을 버린다. 그야말로 달면 삼키고 쓰면 버리는 인간이
이런 소인배들이다. 그러나 덕을 갖춘 군자는 마음속에 절대
불변의 원칙이 자리하고 있기 때문에 무작정 기뻐하지도 않고
노여워하지도 않는다. 때문에 원칙에 어긋나지 않으면 섬기기
에 아무런 장애도 없는 것이다.

또 그들은 사람을 부릴 때도 느닷없이 아무 일이나 마구 맡기지 않는다. 그가 할 수 있는 일을 시키고, 할 수 없는 일이라면 마땅한 사람을 찾아 시킨다. 때문에 무슨 일을 하든 힘들지 않고 즐겁기까지 하다. 겉으로는 군자연하지만 알고 보면 소인배만도 못한 인간을 우리는 하루하루 안 보고 지날 수 없는 그런 시대를 살고 있다. 참으로 역겨운 일이 아닐 수 없다.

— 《논어》 자로편

■ **호사토비**(狐死兎悲) : 『여우가 죽으니 토끼가 슬퍼한다』라는 뜻으로, 동류(同類)의 불행을 슬퍼함을 비유하는 말이다. 중국 남송시대의 양묘진(楊妙眞)의 고사(故事)에서 유래되었다.

송나라는 금(金)나라에 밀려 북쪽지방을 빼앗기고 강남의 임안(臨安)으로 도읍을 옮기니, 이를 남송(南宋)이라 한다. 금나라가 차지한 강북지역에서는 한인(漢人)들이 자위를 겸한 도적집단을 이루었고, 이들은 나중에 금나라에 빼앗긴 북송의 땅을 회복하려는 의병의 성격을 띠게 되었다. 양안아(楊安兒)도 그 가운데 한 사람이었다. 양안아가 금나라 군대와 싸우다가 죽은 뒤에 그의 여동생 양묘진이 무리를 이끌었다. 여기에 이전(李全)의 무리가 합류하였고, 이전과 양묘진은 부부가 되었다. 이전은 남송에 귀순하였는데, 남송에서는 이처럼 귀순한 봉기군을 북군(北軍)이라고 불렀다. 이전은 초주(楚州)에 진출하여 남송과 금나라와 몽골을 상대로 항복과 배신을 반복하였다.

하전은 남송 회동제치사(淮東制置使) 유탁(劉琸)의 부하로, 본래 북군 출신이었다. 하전이 군사를 이끌고 초주를 공격하려

하자, 양묘진은 사람을 보내 『여우가 죽으면 토끼가 우는 법이니, 이씨(이전을 가리킴)가 멸망하면 하씨(하전을 가리킴)라고 홀로 살아남을 수 있겠습니까? 장군께서 부디 잘 살펴 주시기를 바랍니다(狐死兎泣 李氏滅 夏氏寧獨存 願將軍垂盼).』라는 말을 전하였다. 이는 하전을 안심시켜 속이기 위한 계책이었다. 하전은 이에 넘어가 유탁을 몰아낸 뒤 성으로 돌아왔으나 양묘진은 태도가 돌변하여 그를 성 안으로 들이지 않았다. 나중에 하전은 금나라에 투항하였다.

여우와 토끼는 그 힘의 강약이 차이가 있기는 하지만 사람의 사냥감이 되기는 매한가지이다. 따라서 여우가 죽으면 그 다음 차례는 토끼일지도 모르고, 토끼가 죽으면 여우가 그 다음 차례일지도 모르는 동병상련(同病相憐)의 처지인 것이다. 여기서 유래하여 호사토비는 남의 처지를 보고 자기 신세를 헤아려 동류의 불행을 슬퍼함 비유하는 말로 사용된다.

— 《송사(宋史)》 이전전(李全傳)

■ **농장지경(弄璋之慶)** : 아들을 낳으면 손에 구슬을 쥐어주는 즐거움이라는 말로, 출산 축하인사로도 쓰인다. 《시경》 소아(小雅)의 사간(斯干)이라는 시는 새 집을 지어 화목하게 살아가는 한 대가족의 이야기를 그리고 있다.

여기에 보면 태몽에서부터 시작하여 「아들을 낳으면 침상에 누이고 알록달록한 고까옷을 입혀 손에는 구슬을 쥐어 준다[乃生男子 載寢之牀 載衣之裳 載弄之璋)」는 이야기가 나온다. 물론 입신양명(立身揚名)하기를 바라는 마음에서, 그만큼 아들을 낳으면 온 집안이 떠들썩하게 잔치를 벌였다.

그런 반면 「딸을 낳으면 맨바닥에 재우고 포대기를 두른 다음 손에 실패 장난감을 쥐어준다」고 하여 좋을 것도 나쁠 것도 없으며 평상시와 다름없이 보낸다. 그저 술이나 데우고 밥 짓기나 배우게 하여 부모 걱정이나 덜기를 바랐던 것이다. 여기서 유래하여 「농장지경」이라고 하여 축하의 말로도 쓴다.

이것이 3천 년 전부터 중국에 내려온 사회상이며 오늘날 우리나라에까지 파급되어 남아선호 사상으로 그 뿌리가 내려오고 있다.

■ **송무백열(松茂柏悅)** : 소나무가 무성하게 자라는 것을 보고 곁에 있는 잣나무가 기뻐한다는 뜻으로, 벗이 잘되는 것을 즐거워한다는 말이다. 벗이 잘되는 것을 기뻐하는 일이야말로 바람직한 인간관계의 시작이자 사람됨의 근본 도리이다.

여기서 백(柏)은 측백나무를 가리키는 말인데, 뒤에 잣나무와 혼동되면서 측백나무보다는 잣나무로 쓰는 경우가 많다. 소나무와 잣나무는 상록교목(常綠喬木)으로 겨울이 되어도 푸름을 잃지 않아 예부터 선비의 꼿꼿한 지조와 기상의 상징으로 쓰였다. 「송백지조(松柏之操)」등이 그 예다.

이렇듯 소나무와 잣나무는 항상 푸르면서도 서로 비슷하게 생겨 흔히 가까운 벗을 일컫는 용어로도 사용는데, 송무백열이 대표적인 예다.

「백아절현(伯牙絶絃)」이라는 고사가 있는데, 춘추전국시대 초(楚)나라의 백아는 자신의 거문고 소리를 알아주던 절친한 벗 종자기(種子期)가 죽자, 거문고 줄을 끊어 버리고 다시는 타지 않았다. 이 이야기는, 사람이 평생을 살아가면서 진정한 벗 한 명을 얻기가 그만큼 어렵다는 것을 뜻한다.

비슷한 뜻으로는 「혜분난비(蕙焚蘭悲)」가 있다. 혜초(蕙草)가 불에 타니 난초(蘭草)가 슬퍼한다는 뜻으로, 벗의 불행을 슬퍼함을 비유하는 말이다.    ― 《시경(詩經)》 소아(小雅)

【에피소드】

■ 페르디난트 왕이 부다 시(市) 주위에서 헝가리 왕 요한네스와 싸울 때의 일이다. 독일 장수 라이샤트는 어느 기사의 시체를 가져오는 것을 보았다. 그 기사가 전투에서 지극히 용감하게 싸우는 것을 보았기 때문에 그는 상심하여 죽음을 슬퍼하였다. 그런데 이 장군은 그가 누군지 알아보려고 그의 갑옷과 투구를 벗겨 보았더니 바로 자기 아들이었다. 모두가 이 광경에 울부짖는데도 혼자만은 소리도 눈물도 없이 서서 눈 하나 까딱 않고 아들의 주검을 응시하다가 끝내는 슬픔의 힘이 그의 정신을 굳혀서 그대로 빳빳하게 죽어 땅에 쓰러지고 말았다.

【명작】

■ 젊은 베르테르의 슬픔(Die Leiden des jungen Werthers) : 괴테(Johann Wolfgang von Goethe, 1749~1832)는 독일의 시인·극작가·정치가·과학자. 독일 고전주의의 대표자로서 세계적인 문학가이며 자연연구가이다. 바이마르 공국(公國)의 재상으로도 활약하였다. 주요 저서로는 《빌헬름 마이스터의 편력시

대》, 《파우스트》 등이 있다. 《젊은 베르테르의 슬픔》은 근대청년의 자아(Ich, ego)의 갈등에 고민하는 다감(多感)한 동요성을 표현한 명작이다. 나폴레옹(Napoleon Bonaparte)이 이 소설을 일곱 번이나 읽었고, 이집트로 원정했을 때도 이것을 휴대하고 가서 애독했다는 에피소드가 있을 정도이다.

『아아, 모든 것이 공허하군. 그러나 어제 내가 당신의 입술에서 받은 생명은 나의 마음에 스며들어 영원히 사라지지 않을 것이다. 당신은 나의 것이요. 오오, 로테여!』하는 말 한 마디를 남기고 권총 자살한 전도유망한 청년이야말로 베르테르였다. 베르테르적인 사랑은 이제 영원히 사라지고 말았다. 지금 세상에 이런 측은한 청년은 없겠지만, 당시의 독자 중에는 베르테르의 애절한 운명에 눈물지으면서, 베르테르처럼 행동하였고, 그의 옷차림을 본받으려 했는가 하면 심지어 자살까지 한 사람도 있었다고 한다.

줄거리는, 베르테르는 젊은 변호사로서 상속사건을 처리하러 어느 마을에 왔다가 로테를 알게 되고 그녀를 열렬히 사랑한다. 그러나 로테에게는 약혼자가 있다는 것을 알고 공사(公使)의 비서가 되어 먼 나라로 떠난다. 베르테르는 속무(俗務) 생활과 공사의 관료 기질 등 인습에 반항하다가 파면되고, 사교계에서도 웃음거리가 되어 다시 귀국한다. 새로운 가정을 꾸미고 있는 로테의 따뜻한 보살핌은 그의 고독감을 더욱 깊게 하여 마침내 그는 권총자살을 한다. 이 작품은 일약 괴테의 문명을 떨치게 했고, 다른 나라의 문학에 끼친 영향도 크다.

【成句】

▪ 희로애락(喜怒哀樂) : 기쁨과 노여움, 슬픔과 즐거움. 또는 사람의 마음, 표정의 다양한 변화를 말한다.

▪ 단장춘심(斷腸春心) : 슬프도록 벅찬 춘정(春情).

▪ 휴척상관(休戚相關) : 기쁨과 염려를 함께 나누다. 고락을 같이 함을 이르는 말. /《국어》

▪ 등화지희(燈火之喜) : 불을 켜 놓은 심지 끝에 불덩어리가 생기면 길조(吉兆)라 하여 기뻐하는 일.

▪ 부지수지무족지도(不知手之舞足之蹈) : 기쁨에 넘쳐 저절로 춤을 추게 됨. /《맹자》 이루상편.

▪ 혜분난비(蕙焚蘭悲) : 혜초(蕙草)가 불에 타니 난초(蘭草)가 슬퍼한다는 뜻으로, 벗의 불행을 슬퍼함을 비유하는 말.

▪ 농와지경(弄瓦之慶) : 와(瓦)는 실패. 옛날 중국에서는 딸을 낳으면 장난감으로 길쌈할 때 쓰는 실패를 주었다는 데서, 딸을 낳은 기쁨을 이름. /《시경》

▪ 농장지경(弄璋之慶) : 장(璋)은 구슬. 옛날 중국에서는 아들을 낳으면 장난감으로 구슬을 준 데서, 아들을 낳은 기쁨을 이름. /《시경》

▪ 송무백열(松茂栢悅) : 소나무가 빽빽하면 잣나무가 좋아한다는 뜻으로, 남이 잘되는 것을 기뻐함의 비유.

▪ 단장심회(斷腸心懷) : 몹시 슬픈 마음.

▪ 이열무도(耳熱舞蹈) : 기뻐 춤추고 뜀.

▪ 불승비감(不勝悲感) : 슬픔을 이기지 못함.

▪ 사무량심(四無量心) : 【불교】 무한한 자애(慈愛)인 자무량심(慈

無量心), 일체의 괴로움에서 벗어나는 비무량심(悲無量心), 만인의 기쁨을 자기의 기쁨으로 하는 희무량심(喜無量心), 모든 원한을 버리는 사무량심(捨無量心)의 총칭.

▣ 중야비가(中夜悲歌) : 한밤중에 들리는 슬픈 노래.

▣ 흔희작약(欣喜雀躍) : 참새가 깡충깡충 뛰듯이 덩실거리며 대단히 기뻐하는 것. 흔(欣)은 즐거워하다, 기뻐하다, 광희난무(狂喜亂舞)와 같은 뜻이지만, 이렇게 표현한 편이 품위가 있다.

▣ 일희일우(一喜一憂) : 사정이 조금이라도 변할 때마다 기뻐하거나 걱정하거나 하는 것. 기쁨과 근심이 번갈아 일어남.

▣ 망국우수(亡國憂愁) : 망하여 없어진 나라에 대한 수심.

▣ 함소상희(含笑相喜) : 문에 나와서 보고 또 보고 웃음을 머금고 서로 기뻐함.

▣ 고금비(鼓琴悲) : 거문고를 타면서 슬퍼한다는 말로, 지기(知己)와의 사별을 이름. /《세설신어》

▣ 춘풍만면(春風滿面) : 얼굴에 봄바람이 가득하다는 뜻으로, 얼굴에 기쁨이 가득한 모양을 나타냄. 득의만면(得意滿面), 희색만면(喜色滿面).

▣ 천붕지통(天崩之痛) : 제왕이나 아버지의 상사(喪事)를 당한 슬픔.

▣ 시재시재(時哉時哉) : 좋을 때를 만나 기뻐 감탄하는 소리.

▣ 숙수지환(菽水之歡) : 콩을 먹고 물 마시는 가난한 생활 속에서 부모에게 효도를 다하여 그 마음을 기쁘게 하는 것. /《예기》

▣ 환천희지(歡天喜地) : 대단히 기뻐하여 날뜀. /《수호전》

▣ 타향고지(他鄕故知) : 외로운 타향에서 고향 벗을 만난다는 뜻

으로, 기쁨이 아주 큼을 이르는 말.

- 여광여취(如狂如醉) : 기뻐서 미친 듯도 하고 취한 듯도 함.
- 구천지통(九天之痛) : 구천에 사무치는 슬픔.
- 생녀물비산생남물희환(生女勿悲酸生男勿喜歡) : 계집애를 낳았다고 슬퍼 말고 사내를 낳았다고 기뻐하지 말라. 지금 세상은 사내나 계집애나 잘만 나면 매한가지라는 뜻.
- 환락극애정다(歡樂極哀情多) : 기쁨과 즐거움이 극에 달하면 거꾸로 슬픈 마음이 솟구쳐 오른다는 말로, 비애(悲哀)로 얼룩진 무상감(無常感)을 이르는 말.
- 암한(暗恨) : 밑바닥을 알 수 없을 지경의 슬픔. / 백낙천 『비파행』

# 과거 *past* 過去
(현재 · 미래)

【어록】

■ 오늘 일을 잘 모르겠으면 옛일을 살펴보고, 앞일을 잘 모르겠으면 과거를 돌이켜보라. 만사(萬事)의 발생과 현상(現狀)은 그 형태나 과정에선 다르지만, 결국 그 귀결되는 점이 같음은 고금을 통해 일정불변이다(疑今者察之古 不知來者視之往 萬事之生也 異趣而同歸 古今一也).　　　　　　　　— 《관자(管子)》

■ 오늘 하지 않으면 내일에는 재물을 잃게 된다. 지나간 세월은 한 번 가면 돌아오지 않는다(今日不爲 明日亡貨 昔之日已往而不來矣).　　　　　　　　　　　　　　　　　　— 《관자》

■ 젊은 후배가 두렵다. 앞날의 그들이 어찌 오늘(의 우리)보다 못하리라고 알겠는가(後生可畏 焉知來者之不如今也).

　　　　　　　　　　　　　　　　　　— 《논어》 자한

■ 옛날의 어리석은 사람은 고지식했는데, 오늘날의 어리석은 사람은 속임수로 그러할 뿐이다(古之愚也直 今之愚也詐而己矣 : 옛날 어리석은 자는 어리석어도 그래도 정직했다. 지금의 어리석은 자는 어리석고 또 그 위에 남과 자기를 속이는 악을 지니

고 있다). ― 《논어》 양화

▪ 지나간 것은 현재를 알게 하는 길이다. ― 《논어》

▪ 천 년 앞을 내다보려면 오늘을 잘 살펴야 한다(慾觀千歲 則審今日). ― 《순자》

▪ 날마다 그 날 하루를 삼간다(日慎一日 : 그날그날에 근신하여 오늘은 어제보다, 내일은 오늘보다 근신을 거듭한다. 이것이 결국 일생을 통하여 수양이 되는 것이다). ― 《회남자》

▪ 오래 전 떠날 때는 눈이 꽃 같더니, 오늘 돌아올 때는 꽃이 눈 같구나(昔去雪如花 今來花如雪). ― 범운(範雲)

▪ 오늘 배 타고 돌아가는 길손은 훗날 청운만리에 명성 높을 사람이어라(卽今江海一歸客 他日雲宵萬里人). ― 고적(高迪)

▪ 지나간 어제 날은 쫓을 수 없고, 오늘이란 이 날도 순식간이네(昨日之日不可追 今日之日須臾期). ― 노동(盧仝)

▪ 지난날 장난삼아 후사일 말하더니, 오늘은 죄다가 눈앞 일로 되었구려(昔日戲言身後事 今朝都到眼前來). ― 원진(元稹)

▪ 오늘 아침 술 있으면 오늘 아침 취하고, 내일 아침 근심 오면 내일 아침 근심하리(今朝有酒今朝醉 明日愁來明日愁).
― 권심(權審)

▪ 글 읽어야 되는 줄을 오늘에야 알게 되니, 협객 길에 나섰던 전날을 후회하게 되겠구려(早知今日讀書是 悔作從前任俠非).
― 이기(李頎)

▪ 오늘이 어제보다 어렵다고 말한다면, 어찌 알리오, 내일이 오늘보다 나을 줄을(言今日難於前日 安知他日不難於今日乎).
― 소식(蘇軾)

- 미래를 알려거든 먼저 지나간 일을 살펴보라(欲知未來 先察已然).  —《명심보감》
- 실상 길을 잃은 지 얼마 안되니, 오늘이 옳고 어제가 글렀음을 깨닫게 되네(實迷途之未元 覺今是而昨非).  — 도연명(陶淵明)
- 지난 일은 바보도 알고 있다.  — 호메로스
- 지나가 버리는 것은 지나가 버리는 것이 되지만, 지나가 버리는 것으로서 그대로 둘 수는 없다.  — 호메로스
- 사려(思慮) 있는 사람은 과거의 일로써 현재를 판단한다.  — 소포클레스
- 과거를 취소시키는 권력, 이것만은 신(神)에게도 거부된다.  — 아리스토텔레스
- 신(神)조차도 과거를 개혁할 수는 없다.  — 아리스토텔레스
- 미래의 일은 암흑에 가려 있다.  — 테오그니스
- 과거에 일어났던 고생을 상기하는 것은 얼마나 유쾌한 일인가.  — 에우리피데스
- 현명한 신(神)은 미래의 문제들을 밤의 어둠으로 덮는다.  — 호라티우스
- 내일은 우리에게 무엇을 가져다 줄 것인지를 묻지 말라. 매일 매일 운명의 신이 주는 것을 소득으로 간주하지 말라.  — 호라티우스
- 현재를 향락하라. 내일 일은 그다지 믿을 바가 못 된다.  — 호라티우스
- 미래가 어떻게 되는가. 이것저것 살피는 것을 그만두라. 그리하여 시간이 갖다 주는 것은 무엇이든 선물로서 받으라.

                                        — 호라티우스

■ 현재는 곧 사라지고, 그것을 다시 불러들이지는 못하리라.
                                       — 루크레티우스

■ 과거와 미래는 존재하는 것이 아니고 존재했던 것이며, 현재만
이 존재한다.                                  — 크리시포스

■ 현재는 그 일부가 미래요, 다른 일부가 과거이다.
                                      — 크리시포스

■ 미래를 안다는 것은 아무 효용이 없다. 결국 그것은 소득 없이
자기를 괴롭히는 불행이다.                      — M. T. 키케로

■ 과거 외에 확실한 것은 없다.                    — M. T. 키케로

■ 미래를 눈치 채는 마음은 비참하다.               — L. A. 세네카

■ 혼자 힘으로 미래를 끌어올릴 권리를 가진 사람은 없다.
                                      — L. A. 세네카

■ 슬기로운 자는 미래를 현재인 양 대비한다.
                             — 푸블릴리우스 시루스

■ 내 마음은 잃어버린 것을 생각하며, 공상에 잠겨 온전히 과거
속에 뛰어든다.                              — 페트로니우스

■ 오늘을 준비하지 않는 자는 내일은 더욱 그러하리라.
                                      — 오비디우스

■ 그대의 오늘은 영원이다.               — 아우구스티누스

■ 미래를 생각하며 괴로워하지 말라. 필요하다면 현재의 쓸모 있
는 지성(知性)의 칼로써 충분히 미래를 향해 서라.
                         — 마르쿠스 아우렐리우스

■ 내일로 연기하지 말라, 내일에 결코 완성되지 않기 때문이다.

— 크리소스토무스

■ 내일 일어날 일을 아는 사람은 비합법적(非合法的)이다.

— 스타티우스

■ 현재 시간을 즐기고, 과거를 감사하라. 그리고 최후의 접근을
두려워도 말고 바라지도 말라.　— 마르쿠스 마르티알리스

■ 어리석은 자는 말한다. 『나는 내일에 살리라』고. 현재도 너무
늦은 것이다. 현명한 자는 과거에 산다.

— 마르쿠스 마르티알리스

■ 내일 일을 위하여 염려하지 말라. 내일 염려는 내일에 맡길 것
이요, 한 날의 괴로움은 그날 것으로 충분하다.　— 마태복음

■ 불행할 때 행복했던 과거를 회상하는 것보다 더 큰 슬픔은 없
다.　　　　　　　　　　　　　　　　　　— A. 단테

■ 미래는 결코 우리 곁에 있지 않는다. 늘 그 저편에 있다. 위구
(危懼), 욕망, 희망은 우리로 하여금 미래를 향해 달려가게 하
며, 우리에게서 현재 있는 것에 대해서 감각과 고찰을 빼앗아,
장차 있을 상황에, 아니 우리의 죽음 다음의 일까지 관여하게
한다.　　　　　　　　　　　　　　　— M. E. 몽테뉴

■ 지금의 나를 과거의 나로 독단하지 말라.　— 셰익스피어

■ 과거와 와야 할 미래는 베스트로 생각된다. 현재의 사항은 나
쁘다.　　　　　　　　　　　　　　　　— 셰익스피어

■ 미래의 가장 좋은 예언은 과거다.　　　　— 조지 바이런

■ 과거와의 역사적 연속성은 의무가 아니고, 필요성에 지나지 않
는다.　　　　　　　　　　　　　　　　— 올리버 홈스

■ 모든 어제란 날은, 바보들이 죽어서 흙이 되어가는 길을 비춘

것이다.                                          ― 나폴레옹 1세

▪ 사람의 어제는 결코 내일과 같을 수는 없다. 변하기 쉬운 것 이
  외에는 꾸준한 것은 없다.                        ― 퍼시 셸리

▪ 겨울이 오면, 봄도 멀지 않으리.                    ― 퍼시 셸리

▪ 무대 위에서는 언제나 지금이다. 등장인물은 과거와 미래 사이
  에 있는 그 면도날 위에 서 있다.                  ― 손턴 와일더

▪ 과거는 환영(幻影)으로서 자격(刺激)을 가지면서, 그 생명의 빛
  과 움직임을 되찾아 현재로 된다.                   ― 보들레르

▪ 나는 과거에 의하지 않고 장래를 판단하는 길을 모른다.

                                              ― 패트릭 헨리

▪ 현재는 자꾸 변하는 순간이며, 이미 과거는 존재하지 않고, 미
  래를 내다보는 것은 극히 어둡고 의심스럽다.

                                              ― 에드워드 기번

▪ 우리들은 아름다운 하루하루를 허송하고 불길한 어떤 날을 맞
  이하였을 때 비로소 지난날이 다시 한 번 안 돌아오나 하고 염
  원하기가 일쑤다.                                ― 쇼펜하우어

▪ 우리들은 현재에 대해서 거의 생각하지 않는다. 가끔 생각하는
  일이 있어도 그건 다만 미래를 처리하기 위해서 거기서부터 빛
  을 얻으려고 하는 데 지나지 않는다. 현재는 결코 우리들의 목
  적은 아니다. 과거와 현재는 우리들의 수단이며 미래만이 목적
  이다.                                           ― 파스칼

▪ 우리들은 언제나 현재 그 때에 있은 일이 없다. 다가오는 것이
  얼마나 기다려지는지 그 발걸음을 빠르게 하려는 것처럼 미래
  를 손꼽아 기다리든지, 그렇지 않으면 너무 재빨리 지나가 버

리므로 그 발걸음을 묶어두려는 것처럼 되풀이해서 과거를 부른다.          — 파스칼

■ 현재라는 것은 많은 경우에 우리들을 괴롭히고 있으니까 우리들이 그것을 보지 않으려고 하는 것 그것이 정말 우리들을 괴롭히는 까닭이기 때문이다. 만약에 현재가 우리들에게 있어 즐거운 것이라고 한다면 그것이 지나가는 것을 보고 우리들은 아까워할 것이다.          — 파스칼

■ 현재에서 미래가 태어난다.          — 볼테르

■ 현재는 매력 있는 여신이다.          — 괴테

■ 인간은 현재가 아주 가치 있는 것을 모른다. ……다만 무언가 미래의 보다 좋은 날을 원망하고, 쓸데없이 과거와 나란히 서서 교태를 부리고 있다.          — 괴테

■ 지성(知性)의 소리는 부드러우나 들려질 때까지는 쉬지 않는다. 끝없이 반복된 좌절(挫折) 후에 결국 그것은 완성된다. 이것이 인류의 장래를 낙관할 수 있도록 하는 몇 가지 관점 중의 하나이지만, 그 자체로서는 조금도 중요성이 없다.

         — 지그문트 프로이트

■ 상의할 때에는 과거를, 향수(享受)할 때에는 현재를, 무언가 할 때에는 그것이 무엇이든 간에 미래를 생각한다.

         — 조제프 주베르

■ 미래에 대한 무지는, 신이 정한 영역을 메우기 위한 고마운 선물인 것이다.          — 알렉산더 포프

■ 인간은 행복하지 않다. 그러나 항상 미래에 행복을 기대하는 존재다. 혼은 고향을 떠나 불안에 떨고, 미래의 생활에 생각을

달리며 쉬는 것이다.　　　　　　　　　— 알렉산더 포프

■ 현재란 과거에 살아온 모든 것의 집대성이다.

　　　　　　　　　　　　　　　　　— 토머스 칼라일

■ 인간이 어떠한 태도를 취할 것인가에 대해서, 과거의 것은 인
간에게 가르칠 힘이 없다. 이것은 인간이 스스로 회상하는 과
거의 것의 빛 속에서 눈을 떠 스스로 결단하지 않으면 안 되는
것을 의미한다.　　　　　　　　　　— 카를 야스퍼스

■ 현재는 모든 과거의 필연적인 산물이며, 모든 미래의 필연적인
원인이다.　　　　　　　　　　　　　— 잉거솔

■ 내일은 시련에 따르는 새로운 힘을 가져올 것이다.

　　　　　　　　　　　　　　　　　— 카를 힐티

■ 미래를 향해 사는 사람들은 현재를 사는 사람들에게 항상 자기
본위적(自己本位的)으로 보인다.　　　— 랠프 에머슨

■ 내일 일을 시작하기 전에 오늘 일을 말끔히 끝낸다. 오늘과 내
일과의 사이에는 벽(壁)을 둔다. 그것을 성취하는 데는 절제(節
制)하는 결심이 필요하다.　　　　　　— 랠프 에머슨

■ 내세(來世)를 소홀히 여기는 자는 현세(現世)에 죄를 짓는다.

　　　　　　　　　　　　　　　　　— 오언 영

■ 진정한 생활은 현재뿐이다. ……따라서 현재의 이 순간을 최선
으로 살려는 일에 온 정신력을 기울여 노력해야 한다.

　　　　　　　　　　　　　　　　　— 레프 톨스토이

■ 우리들이 과거에 괴로워했거나, 자기의 미래를 헛되게 하는 것
은 현재에 몰입하지 못하기 때문이다. 과거는 이미 있었던 사
실이고, 미래는 아직 있지 아니한 사실에 불과하다. 있는 것은

다만 현재의 이 순간뿐이다.      ─ 레프 톨스토이

■ 미래란 그가 무엇을 하는 사람이건 어떤 사람이건 간에, 누구에게나 1시간당 60분의 속도로 닿게 되는 어떤 것이다.

     ─ 클라이브 루이스

■ 오늘 달걀을 파는 것보다 내일의 닭을 파는 쪽이 낫다.

     ─ T. 풀러

■ 자네도 알다시피 인간이란 그 생활을 90퍼센트는 과거에, 7퍼센트는 현재에 두고 살지, 그러니까 인간이 미래를 위하여 생활하는 것은 겨우 3퍼센트만 남게 되는 거야. ─ 존 스타인벡

■ 나의 관심의 대상은 미래가 아니다. 그것은 신(神)이 우리의 판독(判讀)을 재촉하고 있는 현재의 이 시간이다. ─ P. 클로델

■ 우리들은 현재만을 참고 견디면 된다. 과거에도 미래에도 괴로워할 필요는 없다. 과거는 이미 존재하지 않으며, 미래는 아직 존재하고 있지 않기 때문이다.      ─ 알랭

■ 시간이라는 강물이 흘러가는 둑에 인간 세대의 슬픈 행렬이 천천히 무덤을 향해서 나아간다. 그러나 과거라는 고요한 고장에서는 피로한 방랑자가 휴식을 취하고 그들의 울음은 들리지 않는다.      ─ 버트런드 러셀

■ 과거는 한때 인생으로 가득 찬 넓은 텅 빈 방을 거니는 불안하게 하는 유령이나, 무섭게 빨리 지껄이는 망령이 아니고, 착한 일의 가능성을 상기시키며 빈정거림과 잔인성을 비난하는 하나의 얌전하고 위안을 주는 벗임을 알아야 한다.

     ─ 버트런드 러셀

■ 나는 미래에 대한 확신을 가지고 있다. 그래서 현재는 완성된

과거처럼 나에게 나타나는 것이다.     — 하인리히 뵐

■ 미래는 아직 정복될 국가처럼, 그리고 금괴가 매장되어 있는 미지의 땅덩어리처럼 단지 약간의 전술학을 연구한 사람이라면 누구나 파낼 수 있도록 마련되어 있었다.    — 하인리히 뵐

■ 장래에 대한 최상의 예견은 과거를 되돌아보는 데에 있다.
      — 존 셔먼

■ 과거란 소유자의 사치다. 과거를 정돈해 주기 위해서는 한 채의 집을 지닐 필요가 있다. 나는 자신의 육체밖에 갖지 못한다.
      — 장 폴 사르트르

■ 과거의 기억이 너에게 기쁨을 줄 때에만 과거에 대해서 생각하라.
      — 제인 오스틴

■ 인간이 자기의 미래에 대해서 너무 알아버리고 나면 그 사람의 일생은 항상 끝없는 기쁨과 공포가 뒤섞여 한 순간인들 평화스러운 때가 없어질 것이다.      — 너대니얼 호손

■ 미래는 누구의 것도 아니다! 미래는 오직 신의 것일 따름이다.
      — 빅토르 위고

■ 오늘에서 내일, 이렇게 사라지는 나날이란 정말 무의미하고 진정 허망한 것이 아닐까.      — 투르게네프

■ 우리의 어제와 오늘은 우리가 쌓아올린 벽돌이다.
      — 헨리 롱펠로

■ 아무리 즐거워도 미래를 믿지 말라! 죽은 과거가 그 시체를 매장케 하고 행동, 즉 살아있는 현재 안에서 행동하라. 안에는 마음이, 머리 위엔 하느님이 있으니     — 헨리 롱펠로

■ 과거를 슬프게 바라보지 말라. 그것은 다시 오지 않는다. 현재

를 슬기롭게 이용하라. 그것은 그대의 것이다. 남자다운 기상으
로, 두려워말고, 나아가 그림자 같은 미래를 맞으라.
— 헨리 롱펠로

■ 화려했던 지난날, 피투성이의 그 웃음, 그것이 나의 시간이었
다. — 엔드레 아디

■ 과거가 가진 매력은 그것이 과거라는 것이다.
— 오스카 와일드

■ 과거와 현재와 미래는 신의 눈으로 볼 때는 하나의 순간에 지
나지 않는다. — 오스카 와일드

■ 오늘의 하나는 내일의 둘보다 낫다. — 벤저민 프랭클린

■ 현재는 과거의 제자(弟子)다. — 벤저민 프랭클린

■ 미래에 대해 생각하려고 과거에 등을 돌리는 것은 헛일이다.
이와 같은 태도가 가능하다고 생각하는 것은 위험스런 착각이
며, 미래와 과거와의 대립은 어리석은 생각이다. 미래는 우리에
게 아무것도 가져다주지 않는다. 미래를 건설하고 미래에 일체
를 맡겨 생명 그 자체를 바쳐야 하는 것은 바로 우리 자신이다.
— 시몬 베유

■ 수세기 전부터 백색 인종에 속하는 인간들은 자기가 있는 곳이
든 자기가 있는 곳 이외의 곳이든, 도처에서 어리석게도 맹목
적으로 과거를 파괴해 왔다. 그럼에도 불구하고 어떤 면에 있
어서는 진보가 있었지만, 그것은 이러한 광기 때문이 아니고
광기 가운데 아직 살아 있는 과거의 그림자가 있었기 때문이다.
파괴된 과거는 이미 다시 돌아오지는 않으며 과거의 파괴는 최
대의 죄악이다. 남아 있는 약간의 과거를 보존하는 것은 중요

한 고정관념이 될 것이다.     — 시몬 베유

▪ 미래를 우리는 기다려서는 안 되며, 우리 스스로 만들어야 하는 것이다.     — 시몬 베유

▪ 미래의 불확실한 사건들로부터 오는 것을 아무것도 희망하거나 두려워하지 않는 사람이야말로 신중하다.— 아나톨 프랑스

▪ 미래는 꿈에게 가장 소중한 장소다.     — 아나톨 프랑스

▪ 과거를 환기시키려고 한 것은 무익한 노고였다. 우리들의 지성의 노력은 모두가 소용이 없다. 과거는 지상 고유의 영역 이외에 지성의 힘이 미치지 않는 곳에 우리들은 생각지도 못하는 뜻밖의 무슨 물질적 대상 가운데(이 물질적 대상이 우리들에게 주는 감각 가운데) 숨어 있다.     — 마르셀 프루스트

▪ 미래는 우리들 자신에 의해 제한된 세계이다. 그 속에서 우리는 단지 우리에게 관심이 있는 것만을, 그리고 때때로 우연히 우리가 사랑하는 사람들에게 흥미가 있는 일들만을 발견하게 된다.     — 모리스 메테를링크

▪ 현대에는 현재가 없고, 내세에는 미래가 없고, 미래에는 과거가 없다.     — 앨프레드 테니슨

▪ 현재는 과거보다 더욱, 미래는 현재보다 더욱 나의 관심을 끈다.     — 벤저민 디즈레일리

▪ 미래라는 것이 처음으로 숙명의 자리를 빼앗은 것은 그리스에서의 일이었다.     — 앙드레 말로

▪ 어떤 때이고 인간이 하지 않으면 안될 일은, 가령 세계의 종말이 명백해져도, 자기는 오늘 사과나무를 심는 일이다.     — C. V. 게오르규

▪ 먼 과거에 몰두하지 말고 가까운 현재를 파악하라.

　　　　　　　　　　　　　　　　　— 프리드리히 실러

▪ 다가올 미래는 이전의 어떤 것과도 다른 양상을 띠고 있다. 그
것은 매우 빨리 다가오고 있고 또 의도적으로 야기되고 있다.
다가올 미래의 위험들은 우리들이 해야 할 가장 본질적인 일이
다. 그러나 미래의 희망들도 역시 마찬가지다. 다가올 미래의
현실은 분열되어 있다. 한편으로는 절대적 파괴가 있고 한편으
로는 행복한 삶이 있다. 　　　　　　　　　— 엘리아스 카네티

▪ 침묵한 과거의 독단론은 폭풍과 같은 현재에 적당하지 못합니
다. 　　　　　　　　　　　　　　　　— 에이브러햄 링컨

▪ 과거는 동이에 담은 재다. 　　　　　　　— 칼 샌드버그

▪ 만일 사람들이 미래에 관심을 두지 않는다면 그들은 곧 현재를
슬퍼해야 할 것이다. 　　　　　　　　　　— 윌리엄 베넘

▪ 미래는 천국과 같다. 즉 모두가 칭송(稱頌)하지만, 아무도 당장
그곳에 가기를 바라지 않는다. 　　　　　　— 제임스 볼드윈

▪ 내일이란 이름의 여자는 입에다 핀을 물고 앉아 천천히 공을
들여 자기 원하는 모양으로 머리를 만진다. 　— 칼 샌드버그

▪ 현재는 과거밖에 담고 있지 않으며 결과에서 발견되는 것은 원
인 속에 이미 있었던 것이다. 　　　　　　— 앙리 베르그송

▪ 무한의 가능성을 잉태한 미래의 관념이, 미래 그것보다도 풍요
한 것으로서, 소유보다도 희망에, 현실보다도 꿈에 한층 더 많
은 매력이 발견되는 것은 그 까닭이다. 　　— 앙리 베르그송

▪ 너에게는 웅장하고 위대한 미래가 있다. 시간에게 맡기는 진리
의 항소(抗訴)가 있다! 　　　　　　　　　　— 존 휘티어

■ 미래의 생활이라면 모든 사람이 서로 상충(相衝)되는 막연한 개연성(蓋然性)들 사이에서 자기 힘으로 판단해야 한다.

— 찰스 다윈

■ 미래 생활은 신앙이나 가정(假定)의 문제다. 그것은 불가지(不可知)의 존재에 관한 예언적인 가정(假定)이다.

— 조지 산타야나

■ 과거를 상기(想起)할 수 없는 사람은 과거를 되풀이하도록 운명지어져 있다. — 조지 산타야나

■ 상담할 때에는 과거를, 향락할 때에는 현재를, 무엇을 할 때에는 미래를 생각하는 것이 좋다. — 조제프 주베르

■ 과거가 이미 하나의 역사(歷史)를 던지기 시작하지 않았던들 현재는 여러 가지 미래로 넘쳐 있을 것을. — 앙드레 지드

■ 나는 과거에 의지하는 것 이외에는 미래를 예측할 방법을 알지 못한다. — 패트릭 헨리

■ 과거는 장례식처럼 지나가버리고, 미래는 달갑잖은 손님처럼 온다. — 에드먼드 고스

■ 과거로써 미래를 계획할 수는 없다. — 에드먼드 버크

■ 현재 시간만이 인간의 것임을 알라. — 새뮤얼 존슨

■ 내일은 노련(老鍊)한 사기꾼이다. 그의 사기(詐欺)는 언제나 그럴싸하다. — 새뮤얼 존슨

■ 과거를 지배하는 자 미래를 지배하고, 현재를 지배하는 자 과거를 지배하리라. — 조지 오웰

■ 과거·현재·미래는 떨어져 있지 않고 연결되어 있다.

— 월터 휘트먼

■ 과거는 현재다. 그렇지 않은가? 그것은 또한 미래다. 우리는 모두 그렇게 거짓말하려고 시도(試圖)하지만, 인생이 우리에게 그렇게 하도록 하지 않는다.       — 유진 오닐

■ 수많은 사자(死者)의 그림자들은 죽음의 강물이 우리 세계에서 흘러가면 우리 바다의 짠맛을 잃지 않고 있기 때문에 그것을 떠 마시기에 정신이 없다. 그러자 강물은 이것을 싫어하여 저항하고 거꾸로 흐르기 시작한다. 그 바람에 사자(死者)들은 삶의 세계로 다시 떠내려 오게 된다. 그러나 그들은 좋아라고 감사의 노래를 부르며 노여운 강물을 쓰다듬는다.

      — 프란츠 카프카

■ 미래는 인간의 수중에 있다.       — 마리 퀴리

■ 과거가 현재보다 좋았다는 환상은 어떤 시대에도 충만 되어 있었을 것이다.       — 호러스 그릴리

■ 나는 미래에 대해서는 생각하지 않는다. 눈 깜짝할 사이에 닥쳐오기 때문이다.       — 알베르트 아인슈타인

■ 옛 사랑, 옛날에 품었던 희망, 옛적의 꿈, 오래 전의 이야기, 지난날의 이야기가 한결 더 아름답다.       — 존 로널드 로얼

■ 우리의 어제는 모두 오늘에 요약되며, 우리의 내일은 모두 우리가 모양 짓는 것이다.       — 해리 볼런드

■ 가장 모호한 시대는 오늘이다.       — 로버트 스티븐슨

■ 내가 말하는 방법을 추적하는 일이란 어렵다. 왜냐하면 새로운 말을 입으로 하고는 있지만, 낡은 과거의 껍데기를 쓰고 있기 때문이다.       — 비트겐슈타인

■ 미래를 예견하는 유일한 길은 미래를 모양 지을 힘을 갖는 일

214

이다.      — 에릭 호퍼

■ 미래란 『아마』 라고 불린다. 그것은 미래를 부를 수 있는 유일한 것이다. 그리고 중요한 일은 그것이 당신을 놀래도록 허락하지 않는 것이다.      — 테네시 윌리엄스

■ 과거에 대해서 슬퍼하고 아쉬워하는 이유 중의 하나는, 기록되지 않은 수많은 암시적인 소음이 과거에는 있었으나 아무런 흔적도 남기지 않고 사라졌다는 것을 인식하는 데서 오는 것입니다.      — 라이오넬 트릴링

■ 확실한 것은 과거에 관한 것이고, 미래에 관해서는 죽음만이 확실할 뿐이다.      — 에리히 프롬

■ 현재의 위기에 대한 인식이 보편화됐다고 가정할 때 우리의 미래는 가장 탁월한 두뇌들이 새로운 휴머니즘적 인간과학에 얼마나 동원되느냐에 달려 있다고 나는 확신한다.

     — 에리히 프롬

■ 과거는 시작에 지나지 않으며, 있는 것과 있었던 모든 것은 새벽의 여명에 지나지 않는다.      — H. G. 웰스

■ 미래에 대한 최상의 준비는, 현재를 똑똑히 노려볼 것, 해야 할 의무를 완수하는 것에 있다.      — 조지 맥도널드

■ 뒤퐁이 세계의 다른 대 화학회사들보다 훨씬 훌륭한 성적을 올릴 수 있었던 것은 뒤퐁이 어떠한 제품 내지 생산방법이 쇠퇴하기 시작하기 이전에 그것을 단념해 버린 데에 있다. 뒤퐁은 인력이나 자금과 같은 제한되어 있는 자원을 과거를 방위하는 데에 사용하지 않았던 것이다.      — 피터 드러커

■ 나는 내일을 두려워하지 않는다. 왜냐하면 나는 어제를 알았고,

오늘을 사랑하고 있기 때문이다.　　　　　— 윌리엄 화이트

- 미래에 관한 한, 그대의 과업(課業)은 예견할 수는 없지만, 그것을 수행(遂行)할 수는 있다.　　　　　— 생텍쥐페리
- 그 어느 사람에게 있어서도 과거는 역사에 맡기는 편이 훨씬 좋을 것같이 생각됩니다.　　　　　— 윈스턴 처칠
- 만약 우리가 과거와 현재 사이에서 시비(是非)를 벌이면 우리는 미래를 잃어버렸음을 알게 될 것이다.　　— 윈스턴 처칠
- 지난날 우리에게는 깜박이는 불빛이 있었으며, 오늘날 우리에게는 타오르는 불빛이 있다. 그리고 미래에는 온 땅위와 바다위를 비춰주는 불빛이 있는 것이다.　　　　— 윈스턴 처칠
- 과거의 일은 과거의 일이라고 처리해 치우면, 그것으로써 우리들은 미래도 포기해 버리는 것이 된다.　　— 윈스턴 처칠
- 내일은 내일의 새로운 태양이 뜬다. (Tomorrow is another day.)
  　　　　　— 마거릿 미첼
- 오늘날 우리들은 미래에 대해서 관심을 기울이지 않으면 안된다. 그것은 세계가 갈수록 변화하기 때문이다. 낡은 세대는 종식(終熄)을 고하고 있다. 그 낡은 방법이란 이미 통용되지 않는다.　　　　　— 존 F. 케네디
- 미래의 물결은 단 하나의 독단적 신조(信條)의 승리가 아니라, 자유국가와 자유인들의 다양한 힘에 의한 해방이 되리라는 것을 의심할 사람은 아무도 없다.　　　— 존 F. 케네디
- 어제는 돌이킬 수 없는 우리의 것이 아니지만, 내일은 이기거나 질 수 있는 우리의 것이다.　　　　— 린든 B. 존슨
- 과거를 지배하는 자가 미래를 지배하며, 현재를 지배하는 자가

과거를 지배한다.          — 조지 오웰

■ 우리는 다른 미래를 택할 수 있다. 그러나 우리는 과거를 묶어
둘 수는 없다. 현대사회는 결코 기술의 과잉으로 해서 괴로워
하지 않으며 그것이 두루 미치는 데 괴로워하고 있다.

         — 앨빈 토플러

■ 과거는 정적이 되어버린다. 그것은 역사이며, 역사의 사실은 변
할 수 없다. 사람은 과거에서 배울 수 있고, 과거를 귀중히 여길
수 있지만, 그것을 변경시킬 수는 없다.      — 펄 벅

■ 미래를 두려워하고 실패를 두려워하는 사람은 그 활동을 제한
받아 손도 발도 움직일 수 없게 된다. 실패라는 것은 별로 두려
워할 것은 아니다. 오히려 먼저보다 더 풍부한 지식으로써 다
시 일을 시작할 좋은 기회이다.      — 존 포드

■ 옛날 요(堯)와 같은 성인도 능히 미래를 예견할 수 없었기 때문
에 곤(鯀)에게 정치를 맡겼다가 실패를 하였고, 순(舜) 같은 성
인도 미래를 예견할 수 없었기 때문에 남방에 순시하러 가다가
창오산(蒼梧山)에서 죽었고, 주공(周公)도 능히 미래를 예견할
수 없었기 때문에 관숙(管叔)으로 하여금 은(殷)나라를 감시하
도록 하였고, 공자도 미래를 예견할 수 없었기 때문에 광(匡 :
지명)에서 살해를 당할 뻔하였다. 그런데 지금 사람들은 미래
를 예견하지 못하는 것을 크게 근심하고 어떻게나마 미래를 예
견한다는 사람을 만나서 같이 가려고 하니 이것이 미혹이 아니
고 무엇이겠는가.      — 정약용

■ 미래 역사는 장래의 흥망과 장래의 성쇠와 장래의 인물 우열이
역력소소(歷歷昭昭)히 우리의 장래 일들을 예선(豫先) 지도하여

실지 준비에 전심 용력케 하나니 그 효과가 어찌 과거사에 비할까.         — 이상재

▪ 우리는 과거에 사는 자(者)가 아니라 미래에 살 자이외다.

        — 안창호

▪ 현재나 과거의 파악에 있어서, 미래에 대한 태도 여하가 다시없이 중요한 몫을 하는 것임을 우리는 알아야 한다. — 박종홍

▪ 미래라는 역사적 시간은 모든 가능성을 현실화할 수 있는 시간이다.         — 조동필

▪ 지나갔다는 것은 접어두는 것이고, 온다는 것은 펴나가는 것이라고 하지만, 접고 펴는 데 있어서 서로 느끼는 것이 다르지 않을 이치가 있겠는가.         — 김정희

▪ 과거는 이미 지나가 버린 사실이며, 이미 경험한 기지(旣知)의 세계며, 그러므로 해서 하나의 종결된 세계다. 미래는 장래에 실현될 사실이며, 아직 경험하지 못한 미지의 세계이며, 그럼으로 해서 하나의 새로이 시작될 세계다.         — 조연현

▪ 대부분의 사람들은 현재라는 유령의 포로가 되어 있다. 습관에 의해서 행동하고 여론에 의해서 사고하는 생활이 그것이다.

        — 조연현

▪ 우리는 현재에 산다. 한데 누구나 다 미래를 위하여 현재를 희생하고 있다.         — 손우성

▪ 모든 과거와 장래가 이 현재에 머물고 있다면, 그러한 현재를 영원으로 끌어올릴 수 있는 일, 그것만이 참으로 생을 영구히 즐기는 것이 아닐까.         — 김형석

▪ 과거에 사로잡히는 것은 허세에 가깝고 비생산적이다.

— 오소백

■ 과거가 없이도 현재만을 생각하면 된다는 생각은 퍽 현실적이고 잽싸게 보이지만, 어쩐지 모르게 불안해지는 심정과도 통한다. — 차범석

■ 『그 때는……』이라고 말하는 사람의 얼굴에는 언제나 일말의 우수가 있다. 상실한 시간 속에서만 행복이 있었던 것처럼 생각하기 때문이다. — 이어령

■ 미래는 재미있게 놀 궁리를 하면서 시간을 보낸 젊은이들보다는 재미있게 살 궁리를 하며 시간을 보낸 젊은이들을 위한 무대이다. — 이외수

■ 미래와 현재는 늘 공존한다. 미래라는 단어에 속지 마라. 현재 노력하지 않고 미래가 있을 거라고 생각하는가? — 김태원

■ 커다란 성공을 하였든 혹은 치명적인 실패를 하였든 과거는 중요하지 않다. 선택의 순간 항상 현재를 중심을 두고 미래를 생각하는 마음가짐이 필요하다. 나 자신이 발전할 수 있는지, 재미있게 일할 수 있는지, 사회에 도움이 되는 일인지를 생각해야 한다. — 안철수

【속담 · 격언】

■ 개구리 올챙이 적 생각 못한다. (전날 미천하던 사람이 옛 일을 생각지 않고 잘난 듯 행실한다) — 한국

■ 나중 꿀 한 식기 먹기보다 당장의 엿 한 가락이 더 달다. (장래의 막연한 희망보다 작더라도 당장 눈앞의 이로움을 택하는 편이 더 낫다) — 한국

■ 나간 머슴이 일은 잘했다. (사람은 무엇이나 지나간 것을 애석
하게 여기고 현재 가지고 있는 것보다 전 것이 더 낫다고 생각
한다)　　　　　　　　　　　　　　　　　　　　　— 한국

■ 밤 자고 문안하기. (다 지난 일을 가지고 새삼스럽게 말한다)
　　　　　　　　　　　　　　　　　　　　　　　　— 한국

■ 금년(今年) 새다리가 명년(明年) 쇠다리보다 낫다. (어떻게 될지
모르는 장래의 기대보다는 비록 그만 못하더라도 당장 눈앞에
서 얻을 수 있는 것이 더 이롭다)　　　　　　　　　— 한국

■ 놓친 고기가 크게 보인다. (사람은 흔히 잃어버린 것을 애석하
게 여기고, 현재 가지고 있는 것보다 먼저 것이 더 좋았다고 여
긴다)　　　　　　　　　　　　　　　　　　　　　— 한국

■ 내일의 천자(天子)보다 오늘의 재상(宰相). (장래의 막연한 지위
보다 당장의 자리가 더 낫다)　　　　　　　　　　— 한국

■ 오늘이 내일로 바꿔지기까지는 지금이라는 시간의 고마움을
깨닫지 못한다.　　　　　　　　　　　　　　　　— 중국

■ 어제는 오늘의 옛날이고, 오늘은 내일의 옛날이다.　— 일본

■ 과거는 과거일 뿐. (Let bygones be bygones. 지나간 일에 신경 쓰
지 말라)　　　　　　　　　　　　　　　　　　　— 영국

■ 현재의 시간을 잃어버리는 것은 모든 시간을 잃어버리는 것이
다.　　　　　　　　　　　　　　　　　　　　　— 영국

■ 노인은 과거를 보고 청년은 미래를 본다.　　　　　— 영국

■ 늙은 소는 이제까지 송아지였던 때가 없는 것으로 안다. (노인
이 젊은 사람 보고 젊었을 땐 너보다 강했다고 자랑한다)
　　　　　　　　　　　　　　　　　　　　　　　— 영국

- 물방아는 흘러간 물로 방아를 찧지 않는다.　　　　　— 영국
- 미래에 대하여 품는 공포는 현재 누리고 있는 행복보다 두렵다.
　　　　　　　　　　　　　　　　　　　　　　　　— 영국
- 현대가 조상들이 살던 시대에 미치지 못한다.　　— 그리스
- 지난 일은 도망쳤고, 기다렸던 것도 지금은 없다. 그러나 현재
  는 너희들의 것이다.　　　　　　　　　— 아라비아

【시 · 문장】
백 년 뒤에는
아무도 그곳을 모른다.
그곳에 일렁이던 고뇌는
평화처럼 잠잠할 뿐
잡초가 무성히 우거지고
나그네들이 거닐다가
죽은 선조의
외로운 비문을 판독했다.
여름 들녘의 바람이
그 길을 회상한다.
본능은 추억이 흘린
열쇠를 주워 든다.

　　　　　　　　　　　　— 에밀리 디킨슨 / 백 년 뒤에는

여윈 목소리로 바람과 함께
우리는 내일을 약속하지 않는다.

승객이 사라진 열차 안에서
오 그대 미래의 창부(娼婦)여
너의 희망은 나의 오해와
감흥(感興)만이다.
전쟁이 머문 정원에
설레며 다가드는
불운한 편력의 사람들
그 속에 나의 청춘이 가고
절망이 살던
오, 그대 미래의 창부(娼婦)여
너의 욕망은
나의 질투와 발광만이다.
향기 짙은 젖가슴을
총알로 구멍내고
암흑의 지도, 고절(孤絶)된 치마 끝을
피와 눈물과
최후의 생명으로 이끌며
오, 그대 미래의 창부(娼婦)여
너의 목표는 나의 무덤인가.
너의 종말도 영원한 과거인가.

                    — 박인환 / 미래의 창부(娼婦)


이미 흘러간 물로써는 물레방아를 돌릴 수 없다. 그것을 고민한다
고 해서 흘러간 물이 다시 오지는 않는다. 슬프나 분하나 과거는

과거로 묻어 버리고 오늘로서 생활해야 한다. 과거의 한 토막으로 날이면 날마다 새 날을 더럽혀서는 안 된다. 백 사람의 임금의 권력을 모아도 지나간 과거를 다시 불러올 수는 없는 일이다. 이제 그 지나간 일로 해서 괴로워하고 슬퍼하는가!

— 벤저민 프랭클린

우리들은 서로 확인하려고 한다, 『현재』라고 하는 단 하나의 그물이 전부를 싸고 있다는 것을.

— 한스 홀투젠 / 時間과 죽음에 관한 여덟 개의 바리아숑

## 【중국의 고사】

■ **천지자만물지역려(天地者萬物之逆旅)** : 세상이란 만물이 잠시 머물렀다 가는 여관과 같다.

이태백(李太白)의 「춘야연도리원서」에 나오는 글귀다.

「대개 하늘과 땅이란 것은 모든 것이 와서 묵어가는 여관과 같은 것이고, 세월이란 것은 끝없이 뒤를 이어 지나가는 나그네와 같은 것이다(夫天地者 萬物之逆旅 光陰者 百代之過客)」

역려의 역(逆)은 맞이한다는 뜻이다. 나그네를 맞이한다는 뜻에서 손님을 재워 보내는 여관을 「역려」라고도 말한다. 하늘과 땅은 공간을 말한다. 공간 속에서 모든 것은 나타났다 사라졌다 하고 있다. 그것은 마치 나그네가 와서 묵어가고 또 와서 묵어가는 것과 마찬가지다. 빛과 그늘, 즉 광음(光陰)이란, 날이 밝았다 밤이 어두웠다 하는 시간의 연속이다. 그것은 한이 없이 되풀이된다.

백 대, 천 대, 만 대로 영원히 쉬지 않고 지나가기만 하는 나그네

처럼 다시 돌아올 줄을 모르는 것이다. 그래서 이태백은 아름다운 봄경치가 그의 시흥을 불러일으키는 대로 우주가 빌려준 문장을 마음껏 휘두르기도 하고, 꽃자리에 앉아 달빛을 바라보며 술잔을 기울인다는 것이다.

우주를 여관으로 자연과 호흡을 같이하는 이태백의 탈속된 모습을 이 글귀에서 찾아볼 수 있을 것 같다.

— 이백(李白) 『춘야연도리원서(春夜宴桃李園序)』

▨ **은감불원(殷鑑不遠)** : 은나라의 거울은 먼 데 있지 않다는 뜻으로, 남의 실패를 본보기로 삼아야 한다는 말이다. 이 말의 처음은 『망국의 선례(先例)는 바로 전대(前代)에 있다』는 뜻이었다. 《시경》 대아편에 다음과 같이 전한다.

『은나라의 거울은 먼 데 있지 않다(殷鑑不遠). 전대인 하나라에 있다(在夏后之世).』 이 노래는 중국 고대 왕조인 하(夏)의 걸왕(桀王)과 은나라 주왕(紂王)의 행위와 결부된다. 이 둘은 혁명으로 망한 왕이라는 공통점과 함께 『걸주』로 함께 불리는 폭군의 대명사다.

걸왕은 총희 말희의 환심을 사기 위한 사치와 환락으로 국정을 내팽개쳤으며, 마침내 은나라의 탕왕(湯王)에게 멸망했다. 은왕조도 600년 뒤 주왕에 이르러 하왕조와 같은 운명의 길을 걷게 된다. 주왕 역시 달기라는 여인과 함께 주지육림(酒池肉林)에서 놀았으며, 이를 간하는 신하는 포락지형에 처했다.

이 같은 폭정을 만류한 삼공 중 구후(九侯)와 악후(鄂侯)는 처형되고, 훗날 주(周)나라의 문왕이 될 서백(西伯)은 유폐되었다.

224

그때 서백이 주왕에게 간한 말이 앞에서 인용한 시이다. 즉 하나라 걸왕의 전철을 밟지 말라는 충언이었다. 따라서 이 말은 반대 의미에서 귀감이라고 할 수 있다. 현대의 정치가들도 새겨들어야 할 이야기이다. ──《시경》 대아편(大雅篇)

■ **개관사정(蓋棺事定)** : 관 뚜껑을 닫고 나서야 비로소 일은 정해진다. 즉 사람에 대한 평가는 모든 일이 끝나기 전에는 아무도 모른다는 말이다. 사람의 일을 두고 흔히 하는 말이다. 오늘의 충신이 내일은 역적 소리를 듣게도 되고, 어제까지 천덕꾸러기 노릇을 하며 이 집 저 집 비루먹던 사람이 하루아침에 벼락감투를 쓴 예는 얼마든지 있다.

부귀와 성쇠(盛衰) 같은 것은 원래가 그런 것이기도 하지만, 세상이 다 변해도 그 사람만은 틀림이 없다고 철석같이 믿은 사람이 시간이 흐르고 환경이 변함에 따라 전연 딴판으로 달라지는 수도 적지 않다. 하긴 관 뚜껑을 닫고 난 뒤에도, 죽은 사람이 살았을 때 저질렀던 일로 인해, 이른바 부관참시(剖棺斬屍 : 관을 깨뜨려 시체를 벰)의 추형(推刑)을 가하는 일도 때로는 있으므로 엄격한 의미에서는 『관 뚜껑을 닫은 뒤에도 알 수 없는 것이 사람의 일』이라 할 수 있다.

그러나 그것은 역사적인 인물이나 역사적인 사건에서나 있었던 일이므로 논외로 하고, 역시 사람은 숨을 거두면 그것으로 모든 게 끝난다고 보는 것이 정당할 것이다. 여기서 두보의 시 한 편을 소개해 보자.

『그대는 보지 못했는가, 길가에 버려진 못을. / 그대는 보지

못했는가, 앞서 꺾여 넘어진 오동나무를. / 백 년 뒤, 죽은 나무
가 거문고로 쓰이게 되고, / 한 섬 오랜 물은 교룡(蛟龍)을 품기
도 했다. / 장부는 관을 덮어야 일이 비로소 결정된다. / 그대는
다행히 아직 늙지 않았거늘, / 어찌 원망하리요, 초췌히 산 속에
있는 것을. / 심산궁곡(深山窮谷)은 살 곳이 못되는 곳. / 벼락과
도깨비와 미친바람까지 겸했구나.』

　이 시는 두보가 사천성 동쪽 기주(夔州)의 깊은 산골로 낙백
해 들어와 가난하게 살고 있을 때, 역시 거기에 와서 살며 실의
에 찬 나날을 보내고 있는 친구의 아들 소계(蘇溪)에게 편지 대
신 보내준 시다. 시 제목은 『군불견(君不見)』이라 하는데, 첫
머리에 이 같은 가락을 넣는 것을 악부체라 한다. 시의 내용은
이렇다.

　『길가의 오래된 못도 옛날엔 그 속에 용이 살았고, 오래 전
에 썩어 넘어진 오동나무도 백 년 뒤에 그것이 값비싼 거문고
재료로 쓰이게 되듯이, 사람은 죽어 땅에 묻힌 뒤가 아니면 어
떻게 될지 아무도 알 수 없다. 다행히 아직 젊지 않은가. 굳이
이런 산중에서 초라하게 살며 세상을 원망할 거야 없지 않은가.
이런 심산궁곡은 사람이 살 곳이 못된다. 언제 벼락이 떨어질
지 요귀가 나타날지 미친바람이 몰아칠지 모른다.』

　　　　　　　　　　　　　　　— 두보 / 군불견(君不見)

【명작】

■　**전쟁과 평화**(Voina i mir) : 러시아 작가 톨스토이(Lev Nikol-
　aevich Tolstoi, 1828~1910)의 최대 장편소설로 전 4편과 에필로

그로 되어 있다. 전반에는 중심인물인 귀족들의 생활과 국외에서의 전투, 후반에서는 국내에서의 전투와 『어떻게 살 것인가』 하는 사상적 문제가 다루어져 있다.

이 작품은 역사소설과 예술소설의 훌륭한 융합이다. 우선 러시아 건국 이래의 일대 역사적 사건인 1812년 전쟁을, 아우스터리츠, 볼로디노, 셴그라벤 등 각지의 주요 전투를 비롯하여 모스크바 소실(燒失), 프랑스군 퇴각에 이르기까지를 상세하고도 높은 예술성과 명확성으로써 묘사하여 단순한 역사소설로서도 러시아 문학뿐만 아니라 세계문학에서 최고의 위치를 점하고 있다.

작자는 개인의 무력(無力)을 강조하는 독자적 숙명론을 사관(史觀)의 밑바닥에 깔고 있으며, 『검의 영웅』 나폴레옹을 전면적으로 부정하고, 그와 대조시켜 플라톤 카라타예프라는 한낱 농부를 『정신적 영웅』으로서 찬양한다.

등장인물은 수백 명을 헤아리는데, 그들은 나폴레옹(惡)과 카라타예프(善)를 양극으로 하여 그 사이에 배열되어 있다고 할 수 있다. 예술소설로서 볼 때 작가는 여기에 보르콘스키와 로스토프 양가의 귀족을 중심으로 각각 작가가 사랑하는 인물들을 등장시켜 각자의 슬픔·기쁨·고민 등 많은 생활을 통하여 유례없는 가정소설적인 요소를 짜 넣음으로써 이것이 이 소설로 하여금 한낱 역사소설의 영역을 넘어서 세계 최고의 고전적 지위를 점하게 하였다.

안드레이 공작과 피에르 베즈호프와는 특히 중요한 주인공들이다. 명예욕이 강하고 현실적이어서 전형적인 귀족 인텔리겐

치아인 안드레이 공작은 아우스터리츠 전투에서 부상한 뒤로 삶의 허무감에 사로잡혀 현실생활에서 후퇴하였다가 마침내 죽는다. 소냐도 마찬가지다. 이에 대하여 피에르 베즈호프는 많은 곤란과 모색 끝에 인생의 목적은 사는 데 있다는 삶의 철학을 깨닫고, 역시 삶의 화신같이 발랄한 나타샤와 함께 새생활의 길을 떠난다. 이는 작가 톨스토이의 신혼 당시의 밝은 『옵티미즘』의 반영이다.

안드레이 공작이 작가가 제시한 『삶』이란 과제에 대해 명백하게 부정적인 해답을 내려 『마이너스』 방향으로 간 탓으로 멸망한 데 대하여, 피에르는 긍정적인 해답을 내려 『플러스』를 향한 일보를 크게 내디뎠기 때문에 행복한 새 생활을 얻을 수 있었다. 처참한 전쟁을 그려 가면서도 작품에서 의외로 밝은 청춘의 기쁨을 느낄 수 있는 것도 이러한 이유 때문이다.

톨스토이의 견해는 기독교, 유교, 불교, 그리고 루소, 쇼펜하우어 등의 영향이 있다. 그 중심 개념이 되는 것은 신앙으로, 신앙에 의해 인간이 무엇이고 그 생활의 의의가 무엇인가 알 수 있으며, 이것은 인간끼리의 사랑에 의한 협동과 신과의 결합이며 이를 달성하는 것이 『진정한』 기독교라 하였으며 이에 대한 장애물은 국가, 교회, 문명이라고 생각하고 있다. 예술에 대해서도, 인류 최고목표인 『신의 나라』를 건설한다는 이상에 걸맞은 것이 아니면 안된다고 주장하였다. 그러나 그가 높게 평가되는 것은 그의 다소 역행적이고 공상적 이상 때문이 아니라, 그가 우수한 리얼리즘 작가라는 데 있다. 톨스토이는

《전쟁과 평화》를 『과거에 관한 책』이라고 말하고 있다.

【成句】

■ 과두시사(蝌蚪時事) : 올챙이 적 일이라는 뜻으로, 발전된 현재에 비해서 시대에 매우 뒤떨어진 먼 과거의 일이라는 뜻.

■ 금시작비(今時昨非) : 오늘은 옳고 어제는 그름. 곧 과거의 잘못을 이제야 비로소 깨닫는다는 말. /《귀거래사》

■ 금석지감(今昔之感) : 금석(今昔)은 지금과 지나간 옛날. 사람의 감회로서 지금이나 예나 다를 바가 없다는 뜻. 또는 현재의 상태에서 지나간 시절이나 처지의 변화를 그리는 감개를 나타낼 때도 쓰인다.

■ 미래영겁(未來永劫) : 앞으로 닥쳐오는 영원한 세상. 영겁(永劫)은 무한히 오랜 세월. 겁(劫)은 위협하다, 위태롭게 하다의 뜻이지만, 불교에서는 지극히 오랜 시간을 말한다. 인도에서는 범천(梵天)의 하루, 인간세상의 4억 3천 2백만 년을 일겁(一劫)이라고 한다.

■ 시불재래(時不再來) : 한 번 지난 때는 다시 돌아오지 아니함.

■ 백팔번뇌(百八煩惱) : 백여덟 가지 번뇌. 인간의 과거·현재·미래에 걸친 모든 미혹한 것. 육근(六根 : 눈·귀·코·혀·몸·뜻)이 각기 호(好)·악(惡)·평(平)의 3종의 다름을 낳고, 18종의 번뇌가 되며, 거기다 정(淨)·염(染)의 2종으로 나뉘어 계 36종. 그것이 과거·미래·현재로 배치되어 합계 108종이 된다. 제야의 종은 이 미혹에서 인간을 깨우치기 위해 108회 종을 친다.

- 불출호지천하(不出戶知天下) : 성인은 집안에 들어앉아 있으면서도 세상의 움직임을 안다는 뜻으로, 지금의 세상뿐 아니라 미래도 훤히 보는 천리안. 또는 선견지명이 있는 예언자를 이르는 말.
- 왕자불가간내자유가추(往者不可諫來者猶可追) : 과거의 일은 논해 보아야 소용이 없고, 장래의 일이나 주의하여 전과(前過)를 되풀이하지 말라는 뜻. /《논어》
- 원고증금(援古證今) : 옛날의 경서(經書)를 인용하여 오늘의 사물을 밝히는 것. 전(轉)하여 현재의 사물에 대하여 과거의 일을 예로 들어서 증거로 삼는 것.
- 창왕찰래(彰往察來) : 지난 일을 명찰(明察)하여 장래의 득실(得失)을 살핌. /《역경》
- 삼계유일심(三界唯一心) : 【불교】 삼계(三界)의 삼라만상이 자기의 마음에 반영된 현상이어서 자기의 마음 이외에는 삼계가 없다는 뜻. 삼계(三界)는 ① 천계(天界)·지계(地界)·인계(人界). ② 중생이 사는 세 가지 세계, 곧 욕계(慾界)·색계(色界)·무색계(無色界). ③ 시방제불(十方諸佛)과 일체중생(一切衆生)과 자기일심(自己一心)의 세 가지. 곧 불계(佛界)·중생계(衆生界)·심계(心界). ④ 과거·현재·미래의 세 세계. /《화엄경》

# 여행 *travel* 旅行

**【어록】**

- 길을 갈 때는 나와 비슷한 사람이나 나보다 월등한 사람과 가는 것이 좋다. 어리석은 사람과 같이라면 혼자 가는 편이 훨씬 낫다.     — 석가모니

- 세 사람이 여행하면 곧 한 사람을 잃는다(세 사람이 여행하면 한 사람은 제외된 사람이 된다).     —《역경》

- 세상은 모든 것이 와서 묵어가는 여관과 같은 것이고, 세월은 끝없이 뒤를 이어 지나가는 나그네와 같은 것이다(天地者 萬物之逆旅 光陰者 百代之過客).     — 이백(李白)

- 산음의 길을 좇아 오르다 보면, 산천은 서로 비추어 반짝이는 것이 갈수록 아름다워 사람에게는 응대할 겨를을 주지 않는다. 만약 가을이나 겨울이면 더욱 마음에 품기가 어렵다(山川自相映發 使人應接不暇 若秋冬之際 尤難爲懷).     —《세설신어(世說新語)》

- 인간에게 정처 없이 떠도는 것처럼 고통스러운 것은 없다.     — 호메로스

■ 여행하는 사람들이 안내원에게 물깊이가 어느 정도 되느냐고 물으니까, 그 안내원 말하기를, 물이 대답할 거라고 했다.

— 플라톤

■ 자기 생애의 전부를 해외여행으로 보낼 때에는 많은 사람과 알게 된다 해도 친구는 없다. — L. A. 세네카

■ 바다를 건너가는 사람은 혼(魂)이 달라지는 것이 아니라 풍토가 달라진다. — 호라티우스

■ 세계는 한 권의 책이며, 여행하는 사람은 그 책의 한 페이지를 읽었을 뿐이다. — 아우구스티누스

■ 견문이 넓은 사람은 많은 것을 알고 있다. — 라퐁텐

■ 여행이 즐거우려면 돌아오게 될 훌륭한 보금자리가 있어야 한다. — F. B. 윌콕스

■ 사람이 여행을 하는 것은 도착하기 위해서가 아니고 여행하기 위해서다. — 괴테

■ 모국을 결코 떠날 수 없는 자는 편견에 차 있다.

— 카를로 골도니

■ 여행은 나에게 있어서 정신을 회생(回生)시키는 샘이다.

— 안데르센

■ 약속한 장소로 가는 순례자와 같이, 현세는 숙박소이며, 죽음은 여행의 끝이다. — 존 드라이든

■ 바보는 방황하고, 현명한 사람은 여행한다. — T. 풀러

■ 지식을 얻기 위하여 여러 나라를 그저 돌아다니는 것만으로 충분하지 않다. 여행의 방법을 생각하지 않으면 안 된다. 관찰하기 위해서 우선 준비하지 않으면 안 된다. 자기가 알고 싶은 대

상 쪽으로 시선을 두지 않으면 안 된다. 세상에서는 여행에 의하여 배우는 것이 독서에 의한 것보다 못한 사람이 많다. 그 이유는 그들이 생각하는 기술을 알지 못하기 때문이며, 독서를 할 경우에는 저자에 의하여 그 정신이 이끌림을 당하지만, 여행에 있어서는 자기 스스로 볼 힘이 없기 때문이다.

— 장 자크 루소

■ 자기와 다른 사람들을 개선하려고 나라를 떠나는 자는 철학자지만, 호기심이란 맹목적인 충동에 따라 이 나라에서 저 나라로 가는 자는 방랑자에 지나지 않는다.　　　— G. 스미스

■ 마음의 초초함을 달래려면 아름다운 경치를 보거나 산을 오르라.　　　— 랠프 에머슨

■ 여행은 관용을 가르친다.　　　— 벤저민 디즈레일리

■ 타국을 보면 볼수록 고국을 사랑하게 된다.　　　— 스탈 부인

■ 여행은 인간을 겸허하게 합니다. 세상에서 인간이 차지하고 있는 입장이 얼마나 하찮은가를 두고두고 깨닫게 하기 때문입니다.　　　— 플로베르

■ 이탈리아 사람의 말에 의하면, 여행하는 데 좋은 친구는 여로의 시간을 짧게 한다고 한다.　　　— 아이작 월턴

■ 여행이라는 말에는 아직도 어떤 뜻이 남아 있었던가? 자유, 이해를 넘어선 태도, 모험, 충실한 삶……많은 불행한 사람들이 가져 볼 수 없었던 그 모든 것들, 그리고 마치 가톨릭의 청년이 여성을 꿈에 그리듯이 오직 몽상을 통해서만 소유할 수 있었던 그 모든 것들.　　　— 폴 니장

■ 어린 시절에는 여행이 교육의 일부이며, 좀 더 나이가 들어서

는 경험의 일부이다. 자기가 가려는 나라의 말을 다소나마 알지 못하고 여행하려는 사람은 여행을 그만두고 학교로 가라.

— 프랜시스 베이컨

■ 여행하는 덕분으로 우리들은 확인할 수가 있다. 가령, 각 민족에 국경이 있다 해도 인간의 여행에는 국경이 없다.

— 앙드레 프레보

■ 가장 빨리 가는 여행자는 제 발로 걸어가는 사람이란 것을 스스로 알고 있다. — 헨리 소로

■ 혼자 여행을 떠나는 사람은 오늘이라도 출발할 수 있지만, 남과 함께 떠나는 사람은 그 사람이 준비될 때까지 기다려야 한다. — 헨리 소로

■ 여자가 인간이라고? 여자는 휴식이요, 여행이다.

— 앙드레 말로

■ 이 세상에서 가장 유쾌한 일 중의 하나가 여행하는 것이다.

— 윌리엄 해즐릿

■ 여행의 진수(眞髓)는 자유에 있다. 마음대로 생각하고, 느끼고, 행동할 수 있는 완전한 자유에 있다. 우리가 여행하는 주된 이유는 모든 장애와 불편에서 풀려나기 위해서다. 자신을 뒤에 남겨두고, 다른 사람들을 떼어 버리기 위해서이다.

— 윌리엄 해즐릿

■ 상상의 근시(近視)와 변덕을 여행처럼 잘 드러내는 것은 없으리라. 장소의 변화에 따라 우리의 생각이 바뀐다. 아니, 의견과 감정도 바뀐다. — 윌리엄 해즐릿

■ 여행의 참된 멋은 경치를 찾아서가 아니라, 즐거운 기분—아침

출발할 때의 희망과 의욕, 저녁 휴식할 때의 평화와 정신적 충만을 찾아 길을 떠나는 것이다. — 로버트 스티븐슨

▨ 희망에 차서 여행하는 것이 목적지에 도착하는 것보다도 낫다.
— 로버트 스티븐슨

▨ 늘 계속되는 여행은 하나의 목표를 가지고 있으며, 또 이 목표에 도달하거나 아니면 어떤 종국적 파국을 맞이하기 전까지는 여행은 결코 중단되는 법이 없다. — 엘리아스 카네티

▨ 여행이 아름다운 것은, 오직 돌아올 수 없는 여행으로서 다른 태양이 매일 떠오를 때뿐이다. — 자크 오디베르티

▨ 여행의 추억은 끊임없는 휴양입니다. — 버트런드 러셀

▨ 사마천(司馬遷)의 문장은 글 자체에서 얻어진 것이 아니다. 학자들이 매양 글만 가지고 문장을 구하면 종신토록 애써도 신기함을 발견하지 못하는 것이다. 사마천은 소년시절에 하루도 쉬는 일이 없이 여행을 했다. 그의 여행은 경물(景物)을 구경하는 데만 있는 것이 아니었다. 장차 천하의 대관(大觀)을 보아 얻어 자신의 기(氣)를 조장하려는 데 있었다. 회하(淮河)의 그 파도를, 만학(萬壑)의 웅심을, 모든 전지(戰地)의 회고를 바로 자기 문장으로 옮겼다. 《사기(史記)》가 그것이다. — 마자재(馬子才)

▨ 참된 여행자에게는 항상 방랑하는 즐거움, 모험심과 탐험에 대한 유혹이 있게 마련이다. 여행한다는 것은 방랑한다는 뜻이고, 방랑이 아닌 것은 여행이라고 할 수 없다고 생각한다. 여행의 본질은 의무도 없고, 일정한 시간도 없고, 소식도 전하지 않고, 호기심 많은 이웃도 없고, 환영회도 없고, 이렇다 할 목적지도 없는 나그넷길인 것이다. 좋은 나그네는 자기가 이제부터 어디

로 갈 것인지를 모르는 법이고, 나무랄 데 없이 훌륭한 여행자
는 자기가 어디서 왔는지조차도 모르는 사람이라고 할 수 있다.
그는 심지어 자기의 이름이 무엇인지도 모른다.      — 임어당

■ 세상에서 유람의 즐거움을 다하는 자는 반드시 그윽하고 깊은
산수를 찾거나, 아니면 광막한 원야를 걷는다. 그래서 정신을
피로하게 하고 근육을 수고롭게 한 뒤에야 즐거움을 얻는다.
                                              — 정도전

■ 지금 천릿길을 가는 사람이 있다면 반드시 먼저 그 길이 나 있
는 곳을 판단하여야 할 것이니, 그런 뒤에야 출발할 곳을 생각
할 수 있기 때문이다. 그 문을 나서서 가는데, 진실로 앞길이
아득히 멀어서 어떻게 갈까 하고 생각되면 반드시 길을 아는
사람에게 물어야 한다.                            — 김정희

■ 인생은 여행자요, 세사(世事)는 기로(岐路)니라. 세로(世路)는 대
로(大路)도 있고 소로(小路)도 있고, 직로(直路) · 탄도(坦道)도
있고, 방혜곡경(旁蹊曲逕)도 있으며, 양장(羊腸)의 구곡(九曲)도,
벽립(壁立)의 천인(千仞)도, 온갖 길이 다 있느니, 사람은 어느
길로든지 아니 가지는 못하리라. 세로(世路)는 개인의 사유물이
아니요, 중인(衆人)의 공로(公路)이므로, 아무라도 마음대로 갈
수가 있느니라. 사람 생긴 이후로 하도 여러 사람이 내왕하였으
므로 별로 안 가 본 길은 적으리라.                — 한용운

■ 오늘날 많은 사람들이 갖는 커다란 욕망 가운데 한 가지는 여
행을 하는 일이다. 그 가야 하는 목적지가 어디라는 것은 큰 문
제가 아니다. 그저 어디고 다니는 것만이 즐겁다는 것이다. 그
것도 할 수 있다면 점보제트기를 타고 이 너른 세계를 빨리, 보

다 더 멀리 여행하는 것이라면 더할 나위 없는 큰 자랑이 된다.

— 장이욱

■ 다시 말하면 여행이란, 이유가 필요하다면 그것은 여행이 아니고 사무(事務)인 까닭이다. 그러므로 내가 여행을 한다는 것은 여정(旅情)을 느낄 수 있으면 그만이다. — 이육사

■ 나그넷길은 역시 생각할 일, 즐거운 일들이 많은 것인가 보다.

— 이원수

■ 비 오는 저녁, 하룻밤을 자고 갈 곳이 어디 있는지도 모르는 외로움과 불안을 안고 눈에 선 산길을 걷던 일은 편하고 유쾌한 어느 여행보다도 내게 깊은 인상을 남겨 주었다. 그러나 그러한 나그네가 되는 것은 결코 좋은 일이 아니다. 불행한 일이요, 서러운 일이다. — 이원수

■ 나는 고독할 때 여행을 즐긴다. 여행을 즐긴다는 것은 여행 자체가 고독이기 때문이다. — 김성식

■ 여럿이 몰려다니는 여행에는 반드시 스케줄이라는 것이 있어서 모든 행동이 그에 구속받게 되지만, 혼자 다니는 여행에는 그런 구속이 필요치 않다. — 정비석

■ 여행량(旅行量)은 인생량(人生量)이다. — 오소백

■ 여행은 마치 기도 시간과 같은 반성의 기회를 주는 것.

— 김우종

■ 나는 여행이랄까, 방랑에서 무엇을 배웠을까. 그것도 나는 모른다. 다만 풀 길 없는 청춘의 조급증과 핏줄 안에 설레는 광증(狂症)이 가라앉은 것만은 확실했다. 또한 가슴이 무너지는 듯한 장엄한 울림, 그 파도소리와 또한 쓰러지고 일어나는 것의

너무나 엄청난 세계를 나대로 체험한 것이다.　　　— 박목월

▣ 여정(旅情)은 연정과 비슷하다. 그날그날의 생활을 인생의 사업
이라고 한다면 여행은 인생의 즐거운 예술이다. 아름다운 것이
다. 아름다운 것에 도취하는 것이요, 아름다움에 도취하여 생의
희열을 느끼는 것이다. 생활이 인생의 산문이라면 여행은 분명
히 인생의 시(詩)다. 여행의 진미는 인생의 무거운 의무에서 잠
시 해방되는 자유의 기쁨에 있다. 여행은 우선 떠나고 보아야
한다. 행운유수(行雲流水)가 곧 여행의 정신이다.　　— 안병욱

▣ 이 세상에서 가장 어렵고도 긴 여행은 머리에서 가슴으로 가는
여행입니다.　　　　　　　　　　　　　　　　　— 김수환

▣ 정신의 편력은 경험의 편력과 맞먹는다. 여행의 양(量)이 곧 인
생의 양(量)이다.　　　　　　　　　　　　　　— 이어령


## 【속담 · 격언】

▣ 나그네 세상. (세상의 무상함)　　　　　　　　　— 한국

▣ 길을 떠나려거든 눈썹도 빼놓고 가라. (여행을 나설 때는 홀가
분하게 떠나라)　　　　　　　　　　　　　　　— 한국

▣ 가장 귀여운 자식은 여행을 떠나보내라.　　　　　— 인도

▣ 노새가 여행을 떠났다고 해서 말이 되어 돌아오지는 않는다.
　　　　　　　　　　　　　　　　　　　　— 서양속담

▣ 인생은 순례(巡禮)의 여정이다. (Life is a pilgrimage.)
　　　　　　　　　　　　　　　　　　　　— 서양격언

▣ 삶의 끝에 이르는 긴 여행. (It is a great journey to life's end.)
　　　　　　　　　　　　　　　　　　　　— 서양격언

- 여행의 벗은 인생의 벗. (Companion in travel, companion in life.)

  — 영국
- 여행은 착한 사람을 더욱 착하게 하고 어리석은 사람을 더욱 어리석게 만든다.　　　　　　　　　　　　　　— 영국
- 젊었을 때 여행을 하지 않으면 늙어서 애깃거리가 없다.

  — 영국
- 쾌활한 동반자는 거리를 단축한다.　　　　　　　— 영국
- 여행할 때 아내를 동반하는 것은 마치 연회에 도시락을 지참하는 것과 같다.　　　　　　　　　　　　　　　— 영국
- 나그네에게 가장 무거운 짐은 속이 빈 지갑이다.　　— 독일
- 외국에 머무르는 것은 지혜를 늘리고 지혜의 힘을 비는 것이다.

  — 스페인
- 대 여행을 계획하는 자는 흔히 큰 거짓말을 갖고 돌아오는 법이다.　　　　　　　　　　　　　　　　— 스페인
- 사람은 여행한다. 여행을 한 다음에는 집으로 돌아온다. 사람은 산다. 살고 난 다음에는 대지로 돌아온다.　　　— 에티오피아
- 황금 구두를 신고 여행하는 자는 세계의 끝까지도 갈 수 있으리라.　　　　　　　　　　　　　　　— 에티오피아

【시·문장】

가을바람에 마음 놀란 나그네
아득히 처자를 그려 편지를 쓴다.
아무래도 못 다한 사연 있는 것만 같아
편지 전할 사람이 길을 떠나가려는데

다시 봉(封)을 뜯어 읽는다.

— 장적 / 秋思

내 아이야, 내 누나야 생각해 보렴
그 즐거움을 그 곳에 가서
함께 살며, 한가로이 사랑하며 사랑하고 죽고
너를 닮은 그 나라에서……
거기. 모든 것은 질서와 미, 오만, 정숙, 그리고 쾌락.

— 보들레르 / 여행에의 초대

여행을 가치 있게 만드는 것은 공포다. 우리의 나라와 언어를 그처럼 멀리 둔 어느 순간에는—그러할 때 프랑스 신문 한 장은 더할 나위 없이 귀중한 것이 된다. 그리고 카페에서 팔꿈치로 낯모르는 사람들을 건드려 보고 싶어지는 저녁의 그 무렵—막연한 공포심이 우리를 사로잡으며, 구습에 안도해 보았으면 하는 어떤 본능적인 욕구가 있다. 이러한 것은 여행의 가장 확실한 수확이다. 이때 우리는 열에 뜨지만, 그 대신 기공(氣孔)이 많아진다. 아주 작은 충격으로도 우리 존재 밑바닥까지 동요를 일으킨다. 빛은 폭포처럼 쏟아져 합류하게 된다. 영원은 그 곳에 있으니, 여행은 쾌락을 위해서 하는 거라고 말할 수 없는 까닭이 여기에 있다. 여행하는 데에 쾌락이란 있을 수 없다. 나는 오히려 일종의 고행을 볼 것이다. 교양의 뜻이 영원을 의미하는 가장 본질적인 우리의 지각의 훈련이라면 여행은 자기의 교양을 높이기 위하여 하는 것이다. 마치 파스칼이 말하는 심기전환이 우리를 신에게서 멀리 해 놓는 것

처럼, 쾌락은 우리를 우리 자신에게서 격리시켜 놓는다. 무엇보다
도 위대하고 엄격한 학문과도 같은 여행은 우리를 우리 자신에게
로 이끌어 간다.　　　　　　　　　　　— 알베르 카뮈 / 비망록

도보여행은 홀로 가야 한다. 자유가 이 여행의 진수(眞髓)이기 때
문이다. 멈추고 싶을 때 멈추고, 가고 싶을 때 가고, 마음 내키는
대로 이 길 저 길로 갈 수 있고, 제 속도를 지켜야지 도보선수를
따라가서도 안 되고, 소녀와 발맞추느라 잔걸음으로 걸어서도 안
되기 때문이다. 그리고 마음의 문을 활짝 열어서 밖으로부터의 인
상을 모두 받아들여야 하고, 시각에 비친 풍물을 사색으로 윤색(潤
色)해야 한다. 바람이 어느 쪽에서도 들어와도 소리를 내는 풍금
(風琴)—당신은 바로 풍금이 되어야 한다.
　　　　　　　　　　　　　　— 로버트 스티븐슨 / 도보여행

## 【중국의 고사】

■ **붕정만리**(鵬程萬里) : 장자는 전설적인 새 중에서 가장 큰 붕
(鵬)을 이렇게 표현하였다. 『어둡고 끝이 보이지 않는 북쪽 바
다에 곤(鯤)이라는 큰 물고기가 있었는데, 얼마나 큰지 몇 천리
나 되는지 모를 정도이다. 이 물고기가 변해서 붕이 되었다. 날
개 길이도 몇 천리인지 모른다. 한번 날면 하늘을 뒤덮은 구름
과 같았고(鵬之背 不知其幾千里也 怒而飛 其翼若垂天之雲), 날
개 짓을 3천 리를 하고 9만 리를 올라가서는 여섯 달을 날고
나서야 비로소 한번 쉬었다.』
　『붕정만리』는 말 그대로 붕이 날아가는 만 리를 가리키는

데, 거대한 붕이 만 리나 나니 그 거리는 상상을 뛰어 넘는다. 원대한 사업이나 계획을 비유할 때, 비행기를 타고 바다 건너 멀리 여행하거나 앞날이 양양한 것을 비유할 때 사용된다. 반면에 작은 새들이 붕이 날아가는 것을 보고 『도대체 저 붕은 어디까지 날아가는 것일까? 우리는 비록 숲 위를 날 정도로 멀리 날지는 못해도 나는 재미가 그만인데.』라고 빈정대며 말하는 것을 상식적인 세계에 만족하고 하찮은 지혜를 자랑하는 소인배에 비교하였다. 즉 소인이 대인의 웅대한 뜻을 모르는 것과 같으며, 우리 속담에도 『참새가 어찌 봉황의 뜻을 알겠는가?』하는 말이 있다.

장자의 사상에서 『붕』에 비유한 말이 종종 나오는데, 대부분 웅장하거나 원대하고 상상을 초월하는 세계 또는 물체를 비유할 때 등장한다. 예를 들어 붕곤(鵬鯤)·붕배(鵬背)·붕비(鵬飛)·붕도(鵬圖)는 각각 상상을 초월한 사물이나 현대적인 의미로 거대한 항공기, 분발해 큰일을 성취하려는 것, 보통 사람은 상상조차 할 수 없는 원대한 사업을 각각 비유할 때 사용된다.

— 《장자》 소요유편(逍遙遊篇)

■ **응접불가**(應接不暇) : 응접에 겨를이 없다. 아름다운 경치를 표현하는 멋진 찬사를 이르는 말이다. 진(晉)나라 사람으로 아버지 왕희지(王羲之)와 더불어 2왕(王)으로 일컬어질 만큼 유명한 서예가요 고관이었던 왕헌지라는 인물이 있다. 그는 한때 북쪽 지방의 산음(山陰)이라는 곳을 여행한 적이 있었는데, 그 경치의 수려함을 이야기한 가운데 이 『응접불가(應接不暇)』라는

242

멋진 말을 남겼다.

『산음의 길은 장관이다. 길을 걸으면 높게 솟은 산과 깊은 개울이 연이어 나타난다. 그것들이 서로 그림자를 비치고 빛나며 스스로 아름다움을 다투어 나타내 그 응접에 겨를이 없을 정도이다. 나무에 단풍이 들고 하늘이 높은 가을과 쓸쓸한 겨울에는 다른 생각조차 모두 잊게 된다.』

얼마나 멋진 풍경이 연이어 나타났으면 『일일이 다 맞이할 겨를이 없다』고까지 말을 하였을까. 오늘날 그저 새로운 사건이 잇닿는 것을 뜻하는 이 말은 원래는 이렇게 아름다운 경치를 표현하는 멋진 찬사였다.　　　　　　　— 왕헌지(王獻之)

■ **천지자만물지역려(天地者萬物之逆旅)** : 세상이란 만물이 잠시 머물렀다 가는 여관과 같다. 이태백의 『춘야연도리원서(春夜宴桃李園序)』에 나오는 글귀다. 『대개 이 세상이란 모든 것이 와서 묵어가는 여관과 같은 것이고, 세월이란 끝없이 뒤를 이어 지나가는 나그네와 같은 것이다(夫天地者 萬物之逆旅 光陰者 百代之過客).』역려(逆旅)의 역(逆)은 맞이한다는 뜻이다. 나그네를 맞이한다는 뜻에서 손님을 재워 보내는 여관을 『역려』라고도 말한다. 하늘과 땅은 공간을 말한다. 공간 속에서 모든 것은 나타났다 사라졌다 하고 있다. 그것은 마치 나그네가 와서 묵어가고 또 와서 묵어가는 것과 마찬가지다.

빛과 그늘, 즉 광음(光陰)이란, 날이 밝았다 밤이 어두웠다 하는 시간의 연속이다. 그것은 한이 없이 되풀이된다. 백 대, 천대, 만 대로 영원히 쉬지 않고 지나가기만 하는 나그네처럼 다시 돌아올 줄을 모르는 것이다. 그래서 이태백은 아름다운 봄 경치가 그의 시흥을 불러일으키는 대로 우주가 빌려준 문장을 마음껏 휘두르기도 하고, 꽃자리에 앉아 달빛을 바라보며 술잔을 기울인다는 것이다. 우주를 여관으로 자연과 호흡을 같이하는 이태백의 탈속된 모습을 이 글귀에서 찾아볼 수 있을 것 같다.　　　　　　　　　　　　　　　 ― 이백 / 춘야연도리원서

## 【에피소드】

■ 진(晉)나라 때 완적(阮籍 : 죽림칠현의 한 사람)은 아무 볼 일도 없이 말을 타고 여행을 한다. 길은 언제나 좁은 길을 택하지 않았다. 그렇게 매일같이 다니다가 길이 끊기면 문득 통곡을 한다. 그리고 되돌아온다.　　　　　　　　　　　 ―《사문유취》

■ 독일의 작가 에리히 케스트너가 여러 친구와 함께 여행을 하였다. 그 중에는 에른스트 펜 츠올트도 있었다. 그 때의 일을 회상하면서 케스트너는 말했다. 밤늦게 차안에서 에른스트는 피곤하여 쿠션에 기대어 잠이 들었다. 우리들은 조용히 에른스트의 숨소리를 들었다. 10분쯤 되었을 때, 에른스트는 갑자기 벌떡 일어나서 조끼 주머니를 뒤졌다. 그리고 약통을 꺼내고는, 『큰일 날 뻔했어. 하마터면 수면제를 먹지 않고 잘 뻔했군!』하면서 부지런히 약을 먹고 다시 잠드는 것이었다.

■ 영국의 대정치가였던 디즈레일리는 자기보다 나이가 13세나 많은 과부를 처로 삼았다. 그녀는 무식할 뿐만 아니라 교양이

부족해서 디즈레일리로 하여금 당황케 하는 일이 한두 번이 아니었다. 한 번은 좌석에서 《걸리버 여행기》 이야기 도중에 부인이 묻기를, 『그 걸리버라는 분을 모시고 재미나는 여행 이야기를 듣고 싶은데, 그분의 주소를 아시는 분은 안 계시나요?』 라고 말하여 디즈레일리를 당황하게 했다.

## 【명작】

■ **걸리버 여행기**(Gulliver's Travels): 영국의 작가 조나단 스위프트 (Jonathan Swift, 1667~1745)의 풍자소설. 총 4권, 1726년 간행. 주인공 걸리버가 항해 중에 난파하여, 소인국·대인국·하늘을 나는 섬나라·말(馬)나라 등으로 표류해 다니면서 기이한 경험을 한다는 줄거리다. 자유분방한 상상력 때문에 지금도 세계 각국에서 애독되고 있다. 특히 오늘날에는 첫 2권인 소인국과 대인국 편이 다소 고쳐져서 아동물(兒童物)로 인기를 끌고 있지만, 원래는 모두가 통렬한 인간 매도(罵倒)의 풍자적 작품으로, 그 점에서는 마지막의 말나라 편이 가장 뛰어나다.

　이 나라에서는 이성을 가지고 나라를 지배하는 존재가 말이며, 인간에 해당하는 야후(Yahoo)라는 동물은 말에게 사육되고 있든, 야생이든 간에 매우 추악·비열·불결하고 뻔뻔스러운 종족으로 그려져 있다. 이 작품은 과거·현재·미래와 동서고금을 통해서 적어도 인간인 이상 그것은 모조리 혐오해야 할 동물이라는 철저한 불만으로 일관되어 있다. 또한 인간증오의 정신과 비범한 착상이 결합하여 이루어진 특이한 작품이다.

【成句】

■ 죽장망혜(竹杖芒鞋) : 대지팡이와 짚신. 가장 간단한 보행이나 여행의 차림.

■ 역마직성(驛馬直星) : 항상 여행하기에 분망한 사람.

■ 천리행시어족하(千里行始於足下) : 천리 여행도 발밑에서부터 시작한다는 뜻으로, 작은 일도 차근차근 해나가면 큰일을 이룸의 비유. /《노자》

■ 평수상봉(萍水相逢) : 개구리밥(부평초)이 흘러가다가 다른 개구리밥을 만난다는 뜻으로, 여행 중에 우연히 만나 사귀게 된 사람의 비유. /《등왕각서》

■ 발섭(跋涉) : 발(跋)은 넓은 광야를 걸어가는 것, 섭(涉)은 물을 건너가는 것, 즉 멀리 여행함을 이름. /《시경》

■ 포범무양(布帆無恙) : 뱃길이 무사함. 배를 타고 무사히 감. 여행이 무사평온하다는 뜻으로 쓰인다. 포범(布帆)은 배의 돛. /《진서》

■ 주유천하(周遊天下) : 천하를 두루 돌아다니며 구경함. 별 소득 없이 떠돌아다님.

■ 가서만금(家書萬金) : 고독한 여행지, 이국(異國)에서의 생활에서, 가족으로부터 온 편지는 정말로 만금(萬金)의 가치에 상당할 정도로 반갑다고 하는 것. 유명한 당나라 시인 두보(杜甫)는 안녹산(安祿山)의 난으로 붙잡혀서 이듬해 탈주했다. 수도 장안(長安)에 구속된 몸이 되었을 때, 전란으로 심하게 황폐해진 장안의 봄을 아파해서 만든 저 유명한 시 가운데 한 구절. 가서

(家書)는 아내 혹은 가족으로부터의 편지. / 두보 『춘망시(春望詩)』

■ 남선북마(南船北馬) : 중국의 남부지방은 강이 많아 배를 이용하고, 북방은 평원이 많아 말로 여행을 한다. 오늘은 남쪽을 배로 여행하고, 내일은 북쪽을 말로 달린다. 늘 여기저기 쉴 새 없이 여행하거나 돌아다님을 이르는 말. /《회남자》제속훈(齊俗訓).

■ 겸정(兼程) : 이틀 길을 하루에 걸음을 이름.

■ 연하고질(煙霞痼疾) : 깊이 산수(山水)의 경치를 사랑하고 집착하여 여행을 즐기는 고질 같은 성벽(性癖). 연하지벽(煙霞之癖).

■ 일로평안(一路平安) : 여행길에 나서는 사람에게 하는 인사. 먼 길이나 여행 중의 평안함. /《홍루몽(紅樓夢)》

■ 강수삼천리(江水三千里) : 양자강(楊子江)은 삼천리의 먼 거리를 흐른다는 말로, 여행 중 멀리 있는 자기 집을 생각하며 그리워하는 뜻에 씀.

■ 역려과객(逆旅過客) : 세상은 마치 여관과도 같고 인생은 이 여관에서 잠시 머무는 나그네와 같다는 뜻.

■ 백대지과객(百代之過客) : 영원히 지나가고 다시 돌아오지 않는 나그네. 곧 세월. 광음(光陰).

# 고향 *hometown* 故鄕

**[어록]**

■ 새들은 날아서 고향으로 가고, 여우는 죽으면서 제가 살던 언덕을 향한다(鳥飛返故鄕兮 狐死必首丘 : 죽을 때 태어난 언덕에 머리를 향하는 여우처럼 근본을 잊지 않음을 비유하거나, 고향을 그리워함을 비유하여 이르는 말).　　　　　— 굴원(屈原)

■ 부귀를 하고 고향에 돌아가지 않으면 비단옷을 입고 밤길을 가는 것과 같다. 누가 알아 줄 사람이 있겠는가(富貴不歸故鄕 如衣錦夜行 誰知之者).　　　　　—《한서》항적전

■ 여우도 죽을 때는 언덕 쪽에 머리 돌리거늘, 고향이야 어이하면 잊을 수 있을손가(狐死歸首丘 故鄕安可忘).　— 조조(曹操)

■ 산다는 것은 이 세상에 몸을 기탁하는 것이고, 죽음이란 고향으로 돌아가는 것이다(生寄也 死歸也 : 이 세상은 몸을 기탁하는 일시의 숙소일 뿐, 죽음은 고향으로 돌아가는 것이다. 우임금이 한 말이다. 우임금이 황하를 건널 때 용이 배 밑에서 배를 뒤집으려 하자 사람들은 모두 두려워했으나, 우임금은 하늘을 우러러보면서 태연하게 이렇게 말했다).　　　—《십팔사략》

■ 버들 한 가지가 귀할 것이 없지마는, 고향의 봄빛 아끼기 때문이라네(一枝何足貴 憐是故園春 : 옛사람들은 이별할 때 버들가지를 선물하는 풍속이 있었다) ― 장구령(張九齡)

■ 고향을 그리는 인지상정은 다 같거니, 어찌 궁핍과 영달에 따라 마음이 다르랴(人情同於懷土兮 豈窮達而異心).― 왕찬(王粲)

■ 한밤중 오솔길 헤쳐 돌아오니, 고향은 오로지 텅 빈 마을이어라(中夜間道歸 故里但空村). ― 두보(杜甫)

■ 새들은 저녁이면 가지 찾아 날아들고, 사람도 늘그막엔 고향 그려 돌아오네(鳥近黃昏皆繞樹 人當歲暮定思鄕).

― 최대제(崔岱齊)

■ 이별 후 세월은 유수같이 흘러갔거니, 그 누가 분별하랴 고향과 타향을(別離歲歲如流水, 誰辨他鄕與故鄕). ― 이기(李頎)

■ 고향으로 돌아가리. 전원에 잡초가 점점 무성하게 자랐으려니 어이 돌아가지 않으리(歸去來兮 田園將蕪 胡不歸 : 뜻대로 되지 않는 벼슬길에 얽매여 있는 것보다는 전원으로 돌아가서 자연을 벗 삼아 살아가는 즐거움은 더할 나위가 없다).

― 귀거래사(歸去來辭)

■ 구름은 무심히 산골짜기를 돌아 나오고, 날기에 지친 새들은 둥지로 돌아올 줄 안다(雲無心以出岫 鳥倦飛而知還 : 젊어서 한때 벼슬길에 있었으나 늘그막에 세상이 싫어지고 고향이 그리워서 돌아오는 것이다). ― 귀거래사

■ 원류(源流)에 대한 동경……영원의 고향에 대한 거리감에 앓는 것, 그리고 그 곳으로 귀향하려는 노력, 그것이 향수다.

― 플라톤

■ 자기의 고향땅에서 인정받은 예언자는 없다. ── 마태복음

■ 행복해지기 위해 필요한 제일의 요소는 사람이 유명한 도시에서 태어나는 일이다. ── 에우리피데스

■ 인간 도처에 청산이 있다 하되, 고국산천 그리움이 그칠 줄이 있을까. ──《플루타르크 영웅전》

■ 너희는 혼자 가는 것이 아니고 남편과 함께 간다. 너희는 그에게 따르게 되어 있다. 그가 멈추는 곳을 고향이라 생각하라.
── 존 밀턴

■ 고향이여, 아름다운 땅이여, 내가 이 세상의 빛을 처음으로 본 그 나라는 나의 눈앞에 떠올라 항상 아름답고 선명히 보여 온다. 내가 그 곳을 떠나온 그 날의 모습 그대로! ── 베토벤

■ 언덕진 내 고향으로 가고 싶다. 누가 아프면 앓고 있다는 것도 사람들이 알고, 죽으면 섭섭히 여기고, 살아 있는 동안에는 사랑도 해주는 그런 사람들이 있는 고장이다. ── 새뮤얼 존슨

■ 귀향이란 근원으로 가까이 돌아가는 일이다. ── 하이데거

■ 고향에서 떠나는 인간이란 미국사회에 있어선 예외가 아니다. 아니, 그것은 미국사회를 푸는 열쇠다. (현대문명은 고향을 떠나는 데서 시작된다고 학자들이 말했다. 화이트는 고향을 등진 이런 현대인을 조직인이라고 했다) ── W. H. 화이트

■ 시골에서는 누구나 착할 수 있다. 그곳에서는 유혹이 없다.
── 오스카 와일드

■ 나를 고향으로 데려가 줘. 나는 남부에서 나고, 남부에서 살고, 남부에서 일했다. 나는 남부에서 죽고 싶으며, 거기에 매장되고 싶다. ── 조지 워싱턴

■ 자기 자신 때문에 너무나 고뇌한 사람들에게 있어서 고향이란 그들을 부정하는 고장이다. — 알베르 카뮈

■ 길을 떠났던 나그네가 먼 여행을 마치고 돌아온다. 그리운 성문이 보이고, 강 양쪽 기슭에서는 아낙네들과 아이들이 고향의 사투리로 이야기를 주고받는다. 아아, 이 또한 흐뭇한 일이 아닌가. — 김성탄

■ 사람이 비록 재주가 있다 하나, 또한 그가 난 곳을 보아야 하니, 외따로 떨어진 적막한 바닷가에서 났다면 산천, 인물, 그리고 집 짓고 사는 것, 사람들이 내왕하는 것, 크게 알려지는 것과 높고 씩씩하며 그윽하고 기괴한 것과 협기를 부리는 일들을 보지 못하게 된다. — 김정희

■ 고향의 산천은 어떠한 이름난 명승지보다도 아름다운 곳이다. — 조지훈

■ 한번 고향을 가졌던 사람에게는 지울 수 없는 흔적이 남아 있어 피를 따라 그것이 되살아 나온다. — 지명관

■ 고향에 대한 집념이란 사람에게 숙명과 같은 것일까? — 백철

■ 이제는 다시 못 갈 고향이건만, 그리고 다시 갈 필요도 없는 고향이건만 역시 고향은 우리 실향민(失鄕民)의 영원한 종교다. — 신일철

■ 향수는 현실에서 멀리 떨어져 있을수록 아름답게 보인다. 먼 데서 쳐다봐야 한층 더 붉게 보이는 단풍과도 같다. — 이어령

【속담 · 격언】

■ 고향 길은 밤에 가도 돌부리에 채이지 않는다. — 한국

■ 고향은 꿈에 가도 반갑다. ― 한국
■ 고향은 떠나면 서럽다. ― 한국
■ 고향이 따로 있나 정들면 고향이지. ― 한국
■ 고향 자랑은 해도 아내 자랑은 하지 말랬다. (고향 자랑에는 욕하는 사람이 없지만, 아내 자랑은 팔불출이다) ― 한국
■ 갈매기도 제 집이 있다. ― 한국
■ 고향을 떠나면 천하다. ― 한국
■ 고기도 저 놀던 물이 좋다. (평소 낯익은 곳이 더 좋다는 뜻으로, 고향이나 고국이 좋다) ― 한국
■ 고향 까마귀만 보아도 반갑다. ― 한국
■ 살아가면 고향. (어디나 마음 붙이고 사노라면 정도 들기 마련이다) ― 한국
■ 진주는 조가비 안에서는 아무런 가치가 없다. ― 인도
■ 새는 저마다 최상의 보금자리를 좋아한다. (정 들면 고향) ― 영국
■ 포도주엔 언제나 그 산지(産地)의 향기가 있다. ― 프랑스
■ 교도소에서 태어난 자는 교도소를 사랑한다. ― 그리스
■ 태어난 고향은 설사 묘지일지라도 즐거운 법이다. ― 아라비아
■ 고향에서의 현자는 광산의 금과 같다. ― 아라비아

【시·문장】
산 첩첩 내 고향 천리언만은
자나 깨나 꿈속에도 돌아가고파

한송정(寒松亭) 가에는 외로이 뜬 달
경포대 앞에는 한 줄기 바람
갈매기는 모래톱에 헤락 모이락
고깃배들 바다 위로 오고 가리니
언제나 강릉길 다서 밟아가
색동옷 입고 앉아 바느질할꼬

— 신사임당


귀양살이 타향에서 고향 생각 끝이 없어
객창 한등 잠 못 이뤄 외로이 앉았더니,
첫닭이 회를 치며 새벽 소식 알릴 무렵
집에서 보낸 편지 내 손으로 뜯어보네.
이 어찌 상쾌치 않을쏘냐.

— 정약용 / 불역쾌재행(不亦快哉行)


고향에 돌아온 날 밤에
내 백골(白骨)이 따라와 한방에 누웠다.
어둔 방은 우주로 통하고
하늘에선가 소리처럼 바람이 불어온다.
어둠 속에서 곱게 풍화작용하는
백골을 들여다보며
눈물짓는 것이 내가 우는 것이냐
백골이 우는 것이냐
아름다운 혼(魂)이 우는 것이냐

지조(志操) 높은 개는
밤을 새워 어둠을 짖는다.
어둠을 짖는 개는
나를 쫓는 것일 게다.
가자 가자
쫓기우는 사람처럼 가자
백골 몰래
아름다운 또 다른 고향에 가자.

— 윤동주 / 또 다른 고향


넓은 벌 동쪽 끝으로
옛 이야기 지즐대는 실개천이 휘돌아 나가고
얼룩빼기 황소가
해설피 금빛 게으른 울음을 우는 곳
그 곳이 차마 꿈엔들 잊힐리야
질화로에 재가 식어지면
뷔인 밭에 밤바람 소리 말을 달리고
엷은 졸음에 겨운 늙으신 아버지가
짚베개를 돋아 고이시는 곳
그 곳이 차마 꿈엔들 잊힐리야.

— 정지용 / 鄕愁


언제든 가리
마지막엔 돌아가리

목화꽃이 고운 내 고향으로
조밥이 맛있는 내 고향으로
아이들 하눌타리 따는 길머리엔
학림사 가는 달구지가 조을며 지나가고
대낮에 여우가 우는 산골
등잔 밑에서
딸에게 편지 쓰는 어머니도 있었다.
둥글레 산에 올라 무릇을 캐고
접중화 싱아 뻐꾹새 장구채 범부채
마주재 기룩이 도라지 체니 곰방대
곰취 참두릅 홋잎나물을 뜯는 소녀들은
말끝마다 꽈 소리를 찾고
개암쌀을 까며 소녀들은
금방망이 은방망이 놓고 간
도깨비 애기를 즐겼다.
목사가 없는 교회당
회당지기 전도사가 강도상을 치며
설교하는 산골이 문득 그리워
아프리카서 온 반마처럼
향수에 잠기는 날이 있다.
언제든 가리
나중엔 고향에 가 살다 죽으리
메밀꽃이 하아얗게 피는 곳
나뭇짐에 함박꽃을 꺾어오던 총각들

서울 구경이 원이더니
차를 타보지 못한 채 마을을 지키겠네
꿈이면 보는 낯익은 동리
우거진 덤불에서
찔레순을 꺾다 나면 꿈이었다.

— 노천명 / 고향


행상 때 드나드는 바쁜 나루에 물새가 울면
외짝 마음은 노상 고향 하늘에 구름을 쫓곤 했다.

— 존 밀턴 / 失樂園


일어나 지금 가리, 이니스프리로 가리
가지 얽고 진흙 발라 조그만 초가 지어
아홉 이랑 콩밭 일구어, 꿀벌 치면서
벌들 잉잉 우는 숲에 나 홀로 살리
거기 평화 깃들어, 고요히 날개 펴고
귀뚜라미 우는 아침 놀 타고 평화는 오리
밤중조차 환하고, 낮엔 보랏빛 어리는 곳
저녁에는 방울새 날개 소리 들리는 거기
일어나 지금 가리, 밤에나 또 낮에나
호수 물 찰랑이는 그윽한 소리 듣노라
맨 길에서도, 회색 포장길에 선 동안에도
가슴에 사무치는 물결 소리 듣노라

— 윌리엄 예이츠 / 이니스프리의 호도

앞강이 간밤 비에 모래밭 되온 것을

난바다 만리 길에 고향을 가는 저 배

다시금 고향춘색(故鄕春色)이 눈에 암암하오라.

— 운초(雲楚) / 고향생각


강이 푸르니 새 더욱 희고

산이 푸르니 꽃 빛이 불타는 듯 하다

올 봄도 보기만 하면서 또 그냥 보내니

어느 날이 나 곧 돌아갈 해인가

江碧鳥逾白 山靑花欲然　강벽조유백 산청화욕연

今春看又過 何日是歸年　금춘간우과 하일시귀년

— 두보 / 절구(絶句)


## 【중국의 고사】

■ **수구초심(首丘初心)** : 여우가 죽을 때에 머리를 자기가 살던 굴 쪽으로 바르게 하고 죽는다는 말로, 고향을 그리워하는 마음을 비유한 것. 강태공은 본명이 강상(姜尙)으로, 그의 선조가 여(呂)나라에 봉하여졌으므로 여상(呂尙)이라 불렸고, 태공망이라고 불렸지만 보통 강태공이라는 이름으로 알려져 있다. 주나라 문왕(文王)의 초빙을 받아 그의 스승이 되었고, 무왕(武王)을 도와 상(商)나라 주왕(紂王)을 멸망시켜 천하를 평정하였으며, 그 공으로 제(齊)나라 제후에 봉해져 그 시조가 되었다.

　강태공이 하루는 위수(渭水)에서 낚시를 하고 있는데, 인재를 찾아 떠돌던 주나라 서백(주나라 문왕이 됨)을 만났다. 서백은 노인의 범상치 않은 모습을 보고 그와 문답을 통해 인물됨을 알아보고 주나라 재상으로 등용하였다고 전해진다. 그를 태공망이라고 불렀는데 이는 주나라 무왕의 아버지인 태공(太公)이 바랐던(望)인물이었기에 그렇게 불렀다고 전해진다.

강태공에 대한 전기는 대부분이 전설적이지만, 전국시대부터 경제적 수완과 병법가(兵法家)로서의 그의 재주가 회자되기도 하였다. 병서(兵書)《육도(六韜)》(6권)는 그의 저서라 하며, 뒷날 그의 고사를 바탕으로 하여 한가하게 낚시하는 사람을 강태공 혹은 태공이라 하는 속어가 생겼다. 훗날 서백과 함께 주왕을 몰아내고 주(周)나라를 세웠다. 그 공로로 영구(營丘)라는 곳에 봉해졌다가 그곳에서 죽었다. 하지만 그를 포함하여 5대손에 이르기까지 다 주나라 천자의 땅에 장사지내졌다. 이를 두고 당시 사람들은 이렇게 말했다.

『음악은 자연적으로 발생하는 것을 즐기며 예란 그 근본을 잊어서는 안 된다. 옛사람이 말하기를, 여우가 죽을 때 머리를 자기가 살던 굴 쪽으로 향하는 것은 인이라고 하였다(古之人有言 曰狐死正丘首仁也).』이 말에서 유래하여 고향을 그리워하는 마음, 또는 근본을 잊지 않는 마음을 일컫는다.

— 《예기》단궁상편(檀弓上篇)

【에피소드】
■ 세계의 철강왕 카네기가 소년시절에 피츠버그에서 전보배달원을 하였다. 배달 지역의 지도와 상점의 이름이 잘 기억이 안 되

어 집에 가서는 밤에도 그것을 암기하였다고 한다. 그 즈음 가끔 전보를 치러 전신국에 들르는 펜실베이니아 철도회사 중역 토머스 스콧이 이 소년에게 호감을 가지고 이름을 물었다. 카네기가 자기는 스코틀랜드에서 이주해 온 스코틀랜드인이라고 하자 스콧은 자기 동향인임을 알고 그를 자기 회사 사원으로 채용하여 여기에서부터 착실히 일을 하여 성공하게 되었다고 한다.

## 【명작】

■ **귀거래사(歸去來辭)** : 중국 동진(東晋)·송(宋)의 시인인 도연명(陶淵明, 365~427)의 대표적 작품. 그가 41세 때(405년), 마지막 관직인 팽택현(彭澤縣)의 지사(知事) 자리를 버리고 고향으로 돌아오는 심경을 읊은 시로서, 세속과의 결별을 진술한 선언문이기도 하다. 이 작품은 4장으로 되어 있고 각 장마다 다른 각운(脚韻)을 밟고 있다. 제1장은 관리생활을 그만두고 전원으로 돌아가는 심경을 정신 해방으로 간주하여 읊었고, 제2장은 그리운 고향집에 도착하여 자녀들의 영접을 받는 기쁨을 그렸으며, 제3장은 세속과의 절연선언(絶緣宣言)을 포함, 전원생활의 즐거움을 담았으며, 제4장은 전원 속에서 자연의 섭리에 따라 목숨이 다할 때까지 살아가겠다는 뜻을 담고 있다.

　작자는 이 작품을 쓰는 동기를 그 서문에서 밝혔는데, 거기에는 누이동생의 죽음을 슬퍼하여 관직을 버리고 고향으로 돌아간다고 했으나, 양(梁)의 소명태자(昭明太子) 소통(蕭統)의 《도연명전(陶淵明傳)》에는, 감독관의 순시를 의관속대(衣冠束帶)

하고 영접하지 않으면 안 되는 것을 알고 오두미(五斗米 : 5말의 쌀, 즉 적은 봉급)를 위해 향리의 소인에게 허리를 굽힐 수 없다는, 『내 어찌 닷 말 쌀 때문에 허리를 꺾고 시골 어린아이를 대할 수 있겠는가(我豈能爲五斗米拜腰向鄕里小兒).』하고 그날로 직인을 끓어 놓고 사직하고 떠나가 버렸다는 것이다. 이 작품은 도연명의 기개를 나타내는 이와 같은 일화와 함께 은둔을 선언한 일생의 한 절정을 장식한 작품이다.

【成句】

- 호사수구(狐死首丘) : 여우가 죽을 때는 머리를 제가 살던 굴이 있는 언덕으로 돌린다는 뜻으로, 곧 죽을 때에도 근본을 잊지 않는다는 말. 또 고향을 그리워함을 일컫는 말. /《초사(楚辭)》
- 구수(丘首) : 근본을 잊지 않음을 비유. 여우는 평생 구릉(丘陵)에 살아 죽을 임시에 머리를 바르게 하여 언덕으로 향하는 것은 그 근본을 잊지 아니하는 까닭이요, 근본에 위반하고 처음을 잊는 것은 인자의 마음이 아님을 비유함. /《후한서》
- 분묘지지(墳墓之地) : 무덤이 있는 땅. 조상의 무덤이 있는 땅. 곧 고향을 이르는 말.
- 고산종승타산호(故山終勝他山好) : 지극한 애향심(愛鄕心).
- 고원화죽(故園花竹) : 옛 고향 동산의 꽃과 대.
- 월조소남지(越鳥巢南枝) : 월나라에서 온 새는 항상 남쪽에 있는 고향을 그리워하여 남쪽 가지에 둥지를 튼다는 뜻으로, 고향을 잊지 못함의 비유. / 古詩.
- 재가빈역호(在家貧亦好) : 객지에 있는 사람이 고향을 그리워한

말로, 자기 집에 있으면 아무리 가난하여도 조금도 고통을 느끼지 않을 것이라는 뜻. / 융욱.

- 가향(家鄉) : 고향.
- 귀거래(歸去來) : 벼슬에서 물러나 고향으로 돌아감. / 도연명 《귀거래사》
- 무면도강동(無面渡江東) : 고향을 떠나 일에 성공을 못하여 고향으로 다시 돌아갈 면목이 없는 신세를 이름. 초나라 항우가 패하여 오강에 이르렀을 때 강동에 돌아가 다시 일어나라고 권하자 그는 『내가 군사를 일으켜 강동을 나올 때에 따르는 자가 8천이더니 이제 나와 함께 돌아갈 자가 한 사람도 없지 않은가. 강동의 부형들이 나를 불쌍히 여겨 임금으로 받든다 한들 내가 무슨 면목으로 이들을 대하겠는가?』하고 한나라 군사와 싸운 후 스스로 목숨을 끊었다.
- 월인안월 초인안초(越人安越 楚人安楚) : 월나라 사람은 월나라가 편하고 초나라 사람은 초나라가 편하다는 뜻으로, 사람은 제각기 자기 고향이 가장 편안함을 이르는 말. 《순자》
- 상재지향(桑梓之鄉) : 옛날 중국에서 5무(五畝)의 집 담 밑에 뽕나무와 가래나무를 심어 자손들의 생계에 조금이나마 보탬이 되도록 하였는데, 자손은 부조(父祖)들이 심은 나무를 보며 조상들의 깊은 마음과 정신을 생각하고 공경과 추모의 뜻을 새겼다고 함. 이에 전(轉)하여 고향이나 향리, 마을의 뜻으로 사용된다. 여러 대의 조상의 무덤이 있는 고향.
- 안토중천(安土重遷) : 고향을 편안히 여겨 다른 곳으로 떠나기를 꺼려한다는 뜻으로, 하던 일에 익숙해지면 다른 일을 하지

않으려는 것을 비유하는 고사성어다. /《한서(漢書)》원제기(元帝紀)

- 병주지정(幷州之情) : 오래 살던 고장을 떠나게 되어 그곳을 고향처럼 그리는 심정. 당나라 때 시인 가도(賈島)가 병주(幷州) 땅에 오랫동안 머물러 있다가 떠남에 못내 그리운 정이 간절하였다는 고사에서 나온 말. / 가도 『도상건(渡桑乾)』

- 오당지사(吾黨之士) : 같은 동아리인 사람. 또 같은 고향마을. 또는 한집안 사람.

- 척호지정(陟岵之情) : 초목이 무성한 산에 오르는 정이라는 뜻으로, 고향에 있는 부모를 그리워하는 마음을 비유하여 이르는 말. /《시경》

- 타향고지(他鄕故知) : 외로운 타향에서 고향 벗을 만난다는 뜻으로, 기쁨이 아주 큼을 이르는 말.

- 고구(故丘) : 고향의 다른 이름

# 가난 *poverty* 家難
(富)

**【어록】**

■ 족함을 모르는 사람은 부유하더라도 가난하고, 족함을 아는 사람은 가난하더라도 부유하다.   — 석가모니

■ 치국(治國)은 항상 부하고, 난국(亂國)은 항상 가난하다.

    —《관자》

■ 가난한 사람은 재물로써 예(禮)를 표하지 않는 것이다.

    —《예기》

■ 지겹다, 가난이여! 살아 계실 때에는 봉양을 못했는데 돌아가서는 예(禮)를 베풀 수가 없구나.   —《예기》

■ 천하에 꺼리는 일이 많으면 백성은 더욱 가난해진다{天下多忌諱 而民彌貧 : 기휘(忌諱), 즉 백성의 행동을 규제하는 금령은 원래는 백성을 선도하기 위한 것이다. 그것이 너무 세세하고 많게 되면 그 결과는 오히려 백성의 가난을 더하게 하는 것이 된다}.   —《노자》 제57장

■ 가난을 걱정하지 않고, 세상이 편안하지 못함을 걱정한다(不患貧而患不安 : 백성이 가난하게 살고 있는 것이 걱정거리다. 그

러나 위정자는 그런 걱정보다는 백성들이 안심하고 걱정 없이 살고 있는지 어떤지를 걱정해야 할 것이다). ─《논어》계씨

▣ 균등하면 가난은 없다(均無貧 : 모두가 물질적으로 평등한 생활을 하고 있으면 가난하다는 생각은 없는 것이다).

─《논어》계씨

▣ 가난해도 즐거워한다(貧而樂 : 비록 가난하다고 해서 걱정할 것도 비관할 것도 없다. 목적을 가지고 살고, 믿음을 가지고 살고, 취미를 가지고 살고, 수양에 힘쓰고 하면 저절로 적극적인 인생의 즐거움이 있는 것이다). ─《논어》학이

▣ 가난하며 원망하지 않기 어렵고, 부자이면서 교만하지 않기 또한 쉬운 일이 아니다(貧而無怨難 富而無驕易). ─《논어》헌문

▣ 가난한 것이지, 병든 것은 아니다(憲貧也 非病也 : 공자의 제자 원헌(原憲)은 아주 빈곤했다. 동문인 자공(子貢)이 그를 방문해서 원헌의 궁핍한 모습을 보고『그대는 병을 앓고 있는가?』하고 물었다. 원헌은『재산이 없는 것을 빈(貧)이라 하고, 학문을 닦고도 그 학문을 이용하지 못한 것을 병(病)이라고 한다고 들었다. 나는 가난할지언정 병은 아니다』라고 대답했다고 한다}. ─《장자》

▣ 가난할 때는 청렴을 보여주고, 풍족할 때는 의로움을 보여준다(貧則見廉 富則見義). ─《묵자》

▣ 백성이 가난해지면 군주가 가난해지고, 백성이 부유해지면 군주도 부유해진다(下貧則上貧 不富則上富). ─《순자》

▣ 일정한 수입이나 재산이 없는 자는 가난하기 때문에 마음이 흔들리기 쉽다. ─《맹자》

■ 한 번 죽고 한 번 사는데 곧 사귀는 정을 알게 되고, 한 번 가난
해지고 한 번 부해지므로 교제하는 참 모습을 알게 되며, 한 번
귀해지고 한 번 천해지므로 사귀는 진정을 곧 알게 된다(一死
一生 則知交情 一貧一富 則知交態 一貴一賤 則知交情 : 생사의
변전, 빈부의 변화, 귀천의 상이를 만나서야 비로소 그 사람의
교정(交情)의 실체를 알 수가 있다. 한(漢)나라 적공(翟公)이 정
위(廷尉)로 있을 때에는 빈객들이 앞을 다투어 찾아왔으나, 벼
슬길에서 물러나니 찾아오는 사람 하나 없었다. 그 때 대문에
다 크게 써서 붙인 것이 이 글귀다).        ──《사기》급정열전

■ 집이 가난하면 훌륭한 아내가 그리워지고, 나라가 어지러우면
좋은 재상이 그리워진다(家貧思良妻 國亂思良相).

──《사기》위세가(魏世家)

■ 빈천(貧賤)하면 벗이 적다.        ── 사마천

■ 이웃이 잘 살면 닭들도 오가지만, 내 집이 못 살면 오던 손도
점차 발길을 끊는다(隣富鷄長往, 莊貧客漸稀).

──《전당시(全唐詩)》

■ 학문 있는 자들의 가난함을 학문 없는 자들의 부귀함과 비겨서
는 안된다(不得以有學之貧賤 比於無學之富貴).  ──《안씨가훈》

■ 가난할 때 친하였던 친구는 잊어서는 안 되고, 지게미와 쌀겨
를 먹으며 고생한 아내는 집에서 내보내지 않는다(貧賤之交不
可忘 糟糠之妻不下堂).        ──《후한서》

■ 군자는 가난을 편안히 여기고, 달인(達人)은 천명을 안다(君子
安貧 達人知命).        ── 왕발(王勃)

■ 천자에게도 가난한 친척 세 집은 있다(朝廷有三門子窮親).

— 《홍루몽(紅樓夢)》

▨ 집안이 가난하여지면 사랑하는 사람도 흩어지고, 몸이 병들면
교유도 파하게 된다. — 《백씨문집》

▨ 가난한 선비의 아내와, 약한 나라의 신하는 각기 그 바른 도에
만족할 뿐이다(寒士之妻 弱國之臣 各安其正而已 : 가난한 선비
의 아내와 약한 나라의 신하는 모두 믿음직스럽지 못한 생활이
지만, 역시 지아비, 주군에 미혹되지 말고 바른 길을 지켜서 따
라야 할 것이다). — 《근사록》

▨ 본래 가난하고 천할 때는 가난하고 천한 그대로, 환란을 당할
때는 환란 그대로 행하면 근심이 없다. — 《중용》

▨ 가난한 자는 책으로 말미암아 부자가 되고, 부자는 책으로 말
미암아 존귀해진다. — 《고문진보》

▨ 사람이 가난하면 지혜가 줄어들고, 복이 다다르면 마음이 밝아
진다. — 《명심보감》

▨ 배부르고 따뜻하면 음욕(淫慾)을 생각하게 되고, 굶주리고 추위
에 떨면 도(道)의 마음이 싹튼다. — 《명심보감》

▨ 인정은 어려운 모두 가운데서 멀어진다. — 《명심보감》

▨ 가난은 반드시 쫓을 수 없으되, 가난을 근심하는 그 생각을 쫓
으면 마음이 항상 안락한 집 속에 살리라. — 《채근담》

▨ 사치하는 자는 부자가 되어도 부족하다. 어찌 검소한 자의 가
난하나마 여유 있음만 하리오. — 《채근담》

▨ 가난한 집안도 깨끗이 청소하고, 가난한 집 여인이라도 깨끗이
머리 빗으면 비록 요염하게 아름답지는 않다 할지라도 기품(氣
品)과 풍도(風度)는 절로 배어나게 된다. 선비가 한때 곤궁함과

적막함을 당할지라도 어찌 문득 스스로를 자포자기하리오!

—《채근담》

■ 가난한 것이 어찌 교우(交友)에만 관계되겠는가? 집안 식구도 업신여기는 것이다. — 안연지

■ 죽어도 이 내 마음 굽히지 않을진대, 가난이 이 내 몸을 어쩐단 말인가(死猶未肯輸心去 貧亦其能奈我何). — 황종희(黃宗羲)

■ 후세에 이름이 남으면 일찍 죽어도 장수하는 셈이고, 가난한 살림에도 즐겁게 살아가면 부자나 마찬가지다(傳名早死皆高壽 肯樂貧家卽富翁). — 원매(袁枚)

■ 사랑은 가난과 부(富) 사이에서 태어난 자식이다. — 플라톤

■ 가난은 다른 무엇보다도 용감한 사나이를 꺾어 놓는다. 사색(思索)의 노년보다도 크로노스여! 또 오한이 엄습하는 열병보다도 가난을 벗어나기 위해서는 깊은 바다에라도 몸을 던져야 한다. 설령 깎아지른 것 같은 낭떠러지에서라도. 가난에 쪼들린 인간의 말은 아무 힘이 없고, 무슨 일이든 이루어지지 않으며, 그의 혀는 묶이어 있다. — 테오그니스

■ 악덕은 사람의 재물 때문에, 미덕은 가난 때문에 가려져서 안 보인다. — 디오게네스

■ 가난은 어떠한 재난보다도 선인의 마음을 시들게 한다. 그것은 늙어서 백발이 되거나 신열로 오한에 떨 때보다 훨씬 심하다. — 디오게네스

■ 가난한 자는 가난한 자에 대해, 시인은 시인에 대해 원한을 품고 있다. — 헤시오도스

■ 가난의 재촉을 받아 기술이 늘어난다. — 테오크리토스

■ 신은 가난한 자를 보호한다.　　　　　— 메난드로스

■ 괴로움 없는 가난은 비참한 부(富)보다 낫다.　— 메난드로스

■ 가난한 자는, 가령 진실을 말한다 해도 믿어 주지 않는다.
　　　　　　　　　　　　　　　　　　　— 메난드로스

■ 가난에 쫓기는 생활은 삶이라 할 수 없다.　　— 메난드로스

■ 노동이 신체를 굳세게 함과 같이 가난은 정신을 굳세게 한다.
　　　　　　　　　　　　　　　　　　— L. A. 세네카

■ 가난하다는 말은 너무 적게 가진 사람을 두고 하는 말이 아니
라 더 많은 것을 바라는 사람을 두고 하는 말이다.
　　　　　　　　　　　　　　　　　　— L. A. 세네카

■ 가난은 가난하다고만 하여 결코 불명예로 여길 것이 아니다.
문제는 그 가난의 원인이다. 가난이 나태나 제멋대로의 고집,
어리석음의 결과가 아닌지를 잘 생각해 보라. 그러했을 때야말
로 진실로 수치(羞恥)로 여겨도 괜찮을 일이다.
　　　　　　　　　　　　　　　　　　— 플루타르코스

■ 네가 죽을 때에 부유해지기 위해서 가난하게 지낸다는 것은 순
전한 광기(狂氣)다.　　　　　　　　　　— 유베날리스

■ 남의 자비로 사는 것보다 가난한 생활을 하는 편이 낫다.
　　　　　　　　　　　　　　　　　　　—《탈무드》

■ 가난이 부랑배처럼 들이닥치고 빈곤이 거지처럼 달려든다.
　　　　　　　　　　　　　　　　　　　　　— 잠언

■ 가난하면 부자의 지배를 받고, 빚지면 빚쟁이의 종이 된다.
　　　　　　　　　　　　　　　　　　　　　— 잠언

■ 가난하면 이웃도 싫어한다.　　　　　　　　— 잠언

■ 가난한 사람을 억누름은 그를 지으신 이를 모욕함이다.

— 잠언

■ 마음이 가난한 사람은 행복하다. 하늘나라가 그들의 것이다.

— 마태복음

■ 가난하기 때문에 아무도 그의 말에 귀를 기울이지 않으니 그의 지혜가 빛을 못 보는구나!　　　　　　　　　　— 전도서

■ 보라! 신이 만드신 이 샘물가에서 얻은 한 모금의 물과, 자비심 있는 사람에게서 얻은 한 조각의 빵과, 그리고 별이 반짝이는 하늘을 천정(天井)으로 삼은 이 잠자리 이외에는 아무것도 가진 것이 없다는 그것의 즐거움을……. 　　— 성 프란체스코

■ 법은 가난한 자를 학대하고, 부자는 법을 지배한다.

— 올리버 골드스미스

■ 가난이 살며시 집안에 들어오면 거짓 우정(友情)은 부랴부랴 창밖으로 달아난다. 　　　　　　　　— 프리드리히 뮐러

■ 베푸는 즐거움을 맛보려면 사람은 가난해야 한다.

— 조지 엘리엇

■ 가난뱅이가 제일이다. 누구도 너의 그 가난을 훔치려 하지는 않을 테니까. 　　　　　　　　　　　— 셰익스피어

■ 가난뱅이에게 아첨하는 인간은 없다. 　　　　— 셰익스피어

■ 나의 예술은 가난한 사람들의 행복을 위해 바쳐져야 한다.

— 베토벤

■ 뇌물을 바치기에는 너무 가난하고, 애걸하기에는 너무나 자존심이 강하였으므로, 그는 재산을 모을 도리가 없었다.

— 토머스 그레이

- 가난은 죄악이 아니다.          — 조지 허버트
- 육체적 노동은 정신적 고통을 해방시킨다. 그러므로 가난한 사람이 행복해진다.          — 라로슈푸코
- 빵이 없는 자에게 정신적 자유가 무슨 소용이 있겠는가? 그것은 야심적인 이론가나 정치가에게만 가치가 있는 것이다.

           — 존 M. 머리
- 가난과 희망은 어머니와 딸이다. 딸과 즐겁게 얘기하고 있으면 어머니 쪽은 잊어버린다.          — 장 파울
- 가난뱅이는 부자처럼 과거를 가질 권리가 없다. — 로맹 롤랑
- 법은 가난한 사람을 학대하고, 부자는 그 법을 지배한다.

           — 올리버 골드스미스
- 전쟁에서는 강자가 약자라는 노예를, 평화 시에는 부자가 가난한 자라는 노예를 만든다.          — 오스카 와일드
- 부자가 되기 위해서는 가난한 집에서 태어나야 한다.

           — 앤드루 카네기
- 거짓말일지라도 부자에게 무슨 이야기를 듣고 나면 믿고 싶어진다. 부자는 다른 나라에 가도 도처에 자기 집이 있지만, 가난뱅이는 자기 집에 있어도 낯이 설다.    — 프리드리히 뤼케르트
- 가난은 죄가 아니라 진리다. 음주가 선행이 아닌 것쯤은 나도 알고 있다. 이것은 한층 더 명백한 진리다. 그러나 빈곤도 동전 한 푼 없는 빈곤은 죄악이다. 가난할 때만 해도 아직 점잔을 빼고 있을 수 있지만, 한 푼 없는 빈털터리가 되는 날엔 스스로 자신을 모욕할 각오가 없이는 도저히 살아갈 수 없다. 그래서 술집이란 것이 필요해지는 것이다.      — 도스토예프스키

■ 가난뱅이란 원래가 변덕스럽기 마련이다. 가난뱅이란 뒤틀린 성미를 가지고 있는 법이다. — 도스토예프스키

■ 가난뱅이란 호주머니 속을 뒤집어 보이듯이 자기 자신에 관한 모든 것을 하나도 숨김없이 남에게 보여주어야만 하게 되어 있기 때문이다. 절대로 자신의 비밀을 가져서는 안 되고, 더욱이 자존심 같은 건 손톱만큼도 가져서는 안 되게 되어 있기 때문이다. — 도스토예프스키

■ 역사상 가장 위대한 사람은 가장 가난한 사람이었다. — 랠프 에머슨

■ 가난은 시(詩) 속에서는 대단히 멋이 있을지 모르지만, 집안에서는 그처럼 나쁠 수가 없다. — 헨리 비처

■ 가난뱅이는 프라이드를 가질 것조차 금지당하고 있다. — 레프 톨스토이

■ 가난의 괴로움을 면하는 길은 두 가지가 있다. 자기의 재산을 늘리는 것과 자기의 욕망을 줄이는 것으로, 전자는 우리의 힘으로 해결되지 않지만, 후자는 언제나 우리의 마음가짐으로써 가능한 것이다. — 레프 톨스토이

■ 가난은 모든 악의 근원이다. — 조지 버나드 쇼

■ 가난이 우리들의 곁에 있어서는 안 된다. 가난은 우리들의 모든 적과 한편이다. 모든 죽음의 짝과 한편이다. — 장 아누이

■ 여러분이 가난하다면 덕에 의해서 이름을 떨치는 편이 좋다. 여러분이 부유하다면 자선에 의해서 이름을 떨치는 편이 좋다. — 조제프 주베르

■ 농민이 가난해서 왕도 가난하다. — 프랑수아 케네

■ 가난은 우리의 내부로부터 솟아나는 위대한 빛이다.

　　　　　　　　　　　　　　　　　— 라이너 마리아 릴케

■ 가난한 자의 아들이여! 가난하다고 스스로 얕보고 비웃지 마라! 가난함으로써 그대가 상속한 재산이 있는 것이다. 튼튼한 수족과 굳센 마음! 무슨 일이고 꺼리지 않고 할 수 있는 힘! 가난하기 때문에 그대에게는 참을성이 있고 적은 것도 고맙게 생각하는 마음이 있다. 가난하기 때문에 슬픔을 가슴에 품고 지그시 견디는 용기! 가난하기 때문에 우정이 두텁고 곤란한 사람을 도울 줄 아는 상냥한 마음씨! 이것들이 그대의 재산이다. 이러한 재산은 임금님도 상속하고 싶어 한다는 것을 알라. 그대가 가난하기 때문에 얻은 고귀한 재산임을 알아라.　— A. 로얼

■ 비열한 부자가 가난한 귀족보다 행세를 한다.

　　　　　　　　　　　　　　　　　— 마뛰랭 레니에

■ 빈 부대가 똑바로 서기 어려운 것처럼, 가난한 사람의 경우, 끊임없이 정직하게 지낸다는 것은 실로 어려운 일이다.

　　　　　　　　　　　　　　　　　— 벤저민 프랭클린

■ 가령 큰 재산이 있다면 반드시 큰 불평등이 있다. 한 사람의 부자가 있기 위해서는 500명의 가난한 자가 있지 않으면 안 된다.

　　　　　　　　　　　　　　　　　— 애덤 스미스

■ 가난하다는 것은 결코 매력적인 것도 교훈적인 것도 아니다. 나의 경우에 있어서 가난은 부자나 상류계급의 우아함을 과대평가하는 것밖에 가르쳐 주지 않았다.　　　— 찰리 채플린

■ 부자는 세계의 구석구석에까지 사촌이나 아주머니를 갖고 있다. 가난한 자가 갖고 있는 친척은 불행뿐이다.　— A. 코체부

- 가난은 인간으로서 수치스러운 일은 아니다. 그러나 지독하게 불편한 것이다.      — 시드니 스미스

- 인간은 가령 노동자로 전락했더라도, 나의 아들에게 산뜻한 옷을 입히고 싶어 하는 어머니의 마음을 잃지 않는다. 가난한 사람은 가난한 나름으로 있는 힘을 다하여 자기들의 불행을 숨기려고 한다.      — 세바스티앵 메르시에

- 가난에 찌들면 성실하게 살기가 어렵다.      — 프랑수아 비용

- 가난이 자존심을 타락시킬 수 없고, 재물이 비열한 마음가짐을 높여 주지는 못한다.      — 보브나르그

- 가난하면 좋은 천성도 부끄러워질 만큼 비굴해진다.
       — 보브나르그

- 가난한 집에 태어날 때 특히 난처한 것은 자존심 강하게 태어나는 일이다.      — 보브나르그

- 지금 가난하면 언제까지나 가난할 것이다. 부(富)는 부자에게밖에 돌아오지 않는다.      — 마르쿠스 마르티알리스

- 가난이 범죄의 어머니라고 하면 정신적 결함은 그 아버지이다.
       — 라브뤼예르

- 가난은 범죄의 어머니다.      — 카시오도루스

- 가난은 인내하는 것보다 그것을 찬양하며 사는 것이 더 편안하다.      — 존 헤이우드

- 가난한 자는 언제나 미래에 보상을 받는다. 당장 보상을 받는 건 부자뿐이다.      — C. V. 게오르규

- 가난은 가난하다는 느낌으로 되어 있다.      — 랠프 에머슨

- 만족은 가난한 자를 풍부하게 하고, 풍부한 자를 가난하게 한

다.          — 벤저민 프랭클린

▨ 나태는 걸음이 어찌나 느린지 가난이 금방 따라붙는다.
         — 벤저민 프랭클린

▨ 가난할지라도 인생을 사랑하라. 구빈원(救貧院)에 살아도 기쁘
고 자극적이며 즐거운 일이 없지는 않을 것이다. 석양(夕陽)은
양로원의 창문에도 부자의 거처에 못지않게 밝게 비추어 준다.
         — 헨리 소로

▨ 교육받은 지식인들 사이에 만연되고 있는 가난에 대한 공포는
우리의 문명이 앓고 있는 최악의 도덕적인 질병이다.
         — 윌리엄 제임스

▨ 사람이 가난한 것은 소유하고 있지 않기 때문이 아니라 속박당
하고 있기 때문입니다. 특히 소유물에 완전히 매달려 있을 때
에 가난한 것입니다. 다른 사람들에게 마음을 열 수 없고 자기
자신을 줄 수 없을 때에 가난한 것입니다. — 요한 바오로 2세

▨ 나는 자유를 잃은 부강한 나라의 국민이기보다 가난하더라도
자유로운 나라의 국민이 되고 싶다. 자유를 사랑하면 가난하지
않을 것이다.          — 우드로 윌슨

▨ 부유한 사람은 더 많이 요구하기 때문에 가난한 상태로 남게
된다. 그는 계속해서 더 많은 것을 원하고, 그래서 정말로 부유
한 사람을 발견하기란 어려운 일이다.     — 오쇼 라즈니쉬

▨ 자유사회가 많은 가난한 사람들을 돕지 못한다면, 그 사회는
부자인 몇 사람도 구제할 수가 없습니다.     — 존 F. 케네디

▨ 이 나라에는 유산으로 물려받은 부(富)가 있고, 또 조상으로부
터 물려받은 가난이 있습니다.          — 존 F. 케네디

■ 가난은 많은 뿌리를 가지고 있습니다. 그러나 큰 뿌리는 무식입니다. (교육에 관해서 국회로 보낸 메시지 중에서)

— 린든 B. 존슨

■ 우리는 가난과 전쟁을 해야 할 뿐만 아니라 낭비와도 싸워야 합니다. — 린든 B. 존슨

■ 우리 정부는 지금 이 자리에서 미국 내의 가난을 없애기 위해 무조건 전쟁을 선포하는 바입니다. (1964년도 연두교서 중에서)

— 린든 B. 존슨

■ 뭐니 뭐니 해도 가난처럼 괴로운 일은 없는 것이다. 그러니 여하간 가난뱅이 노릇 하나만은 피하고 싶은 일이다. — 김억

■ 먹을 만큼 살게 되면 지난날의 가난을 잊는 것이 인지상정(人之常情)인가 보다. 가난은 결코 환영할 만한 게 못 되니, 빨리 잊을수록 좋은 것일지도 모른다. — 김소운

■ 가난한 것이 비극이 아니라, 가난한 것을 이기지 못하는 것이 비극이다. — 윤오영

■ 장마에도 끝이 있듯이 고생길에도 끝이 있다. — 김수환

■ 가난한 사람은 꿈의 부자다. — 이어령

■ 우리가 선택한 맑은 가난은 부(富)보다 훨씬 값지고 고귀한 것이다. — 법정

■ 무소유란 아무것도 갖지 않는다는 것이 아니라, 불필요한 것을 갖지 않는다는 뜻이다. 우리가 선택한 맑은 가난은 부보다 훨씬 값지고 고귀한 것이다. — 법정

■ 가난한 것이 죄가 되지는 않더라도 죄스러움을 자주 느끼게 만든다. — 이외수

## 【속담 · 격언】

- 남산 골 샌님. (가난하면서도 자존심이 강한 선비) ── 한국
- 홍두깨에 꽃이 핀다. (가난하고 궁하던 사람이 좋은 운을 만나다) ── 한국
- 누더기 속에서 영웅 난다. (가난하고 천한 집에서 훌륭한 인물이 난다) ── 한국
- 개똥밭에 이슬 내릴 때가 있다. (아무리 천하고 가난한 사람이라도 행운을 만날 날이 있다) ── 한국
- 눈은 풍년이나 입은 흉년이라. (눈에 보이는 것은 많아도 정작 내가 먹을 것은 없다) ── 한국
- 가난할수록 기와집 짓는다. (가난한 사람이 남에게 잘 보이려고 허영을 부린다) ── 한국
- 노래기 족통도 없다. (노래기 발은 가늘고 아주 작은데, 살림이 빈곤하여 그와 같이 남은 것이 없게 되었다는 말) ── 한국
- 헌 짚신도 짝이 있다. (아무리 못나고 가난한 사람이라도 배필이 있다) ── 한국
- 가난한 집에 자식이 많다. ── 한국
- 배고픈 호랑이가 원님을 알아보나. (가난하고 굶주리면 인사 체면을 돌아볼 겨를이 없다) ── 한국
- 가난한 집 신주(神主) 굶듯 한다. (너무 가난하여 죽은 사람 앞에 차릴 음식도 없다) ── 한국
- 가난한 집 제사 돌아오듯. (돈 없는 사람에게 돈 쓸 일이 자주 생긴다) ── 한국

- 가난할수록 기와집 짓는다. (가난한 사람이 남에게 잘 보이려고 허영을 부린다)　　　　　　　　　　　　　　　　　— 한국

- 산 사람 목구멍에 거미줄 치랴. (아무리 가난하더라도 먹고 살아갈 방도는 있다)　　　　　　　　　　　　　　　　　— 한국

- 가난 구제는 지옥이라. (가난한 사람을 구제하는 일이 결국 자기에게 해가 되고 고생거리다)　　　　　　　　　　　— 한국

- 거지가 밥술이나 먹게 되면 거지 밥 한 술 안 준다. (가난하게 살던 자가 좀 나아지면 도무지 어려운 사람 생각할 줄 모른다)　　　　　　　　　　　　　　　　　　　　　　— 한국

- 가난 구제는 나라도 못한다. (남의 가난한 살림을 구제하여 주기는 끝이 없어서 나라의 힘으로도 못한다)　　　　— 한국

- 청백리(淸白吏) 똥구멍은 송곳 부리 같다. (청렴해서 재물을 모으지 못하고 지극히 가난하다)　　　　　　　　— 한국

- 물에 빠져도 주머니밖에 뜰 것이 없다. (돈주머니가 가벼워 그것밖에 뜰 것이 없다 함이니, 아주 가난하다)　　— 한국

- 가난한 상쥬(喪主) 방갓 대가리 같다. (몰골이 허술하여 우스꽝스럽다)　　　　　　　　　　　　　　　　　　— 한국

- 불고 쓴 듯하다. (매우 가난하여 집안이 휑하니 비었다)
　　　　　　　　　　　　　　　　　　　　　　— 한국

- 남산골딸깍발이. (가난한 선비를 농으로 이르는 말. 옛날 서울 남산 밑에는 가난한 선비들이 많이 살고 있었는데, 맑은 날에도 늘 딸깍딸깍하는 나막신을 신고 다녔기 때문에 나온 말)
　　　　　　　　　　　　　　　　　　　　　　— 한국

- 거지가 논두렁 밑에 있어도 웃음이 있다. (물질적으로는 가난하

더라도 마음의 화평은 얼마든지 있을 수 있다)　　　— 한국

▨ 팔자를 고친다. (가난한 사람이 부유하게 되다)　　　— 한국

▨ 꼴뚜기장수. (거액의 자본을 다 없애고 빈한한 살림을 하는 사람)　　　— 한국

▨ 거지도 손볼 날이 있다. (아무리 가난해도 손님을 맞을 때가 있으니 깨끗한 옷 한 벌쯤은 간직해 두어야 한다)　　　— 한국

▨ 책력 보아 가며 밥 먹는다. (살림이 넉넉하지 못하여 길일만 택해서 밥을 먹는다)　　　— 한국

▨ 사람은 가난하면 할수록 악마를 만난다.　　　— 중국

▨ 돈이 많아도 자녀가 없으면 부자라고 할 수 없고, 돈이 없어도 자녀가 많으면 가난하지 않다.　　　— 중국

▨ 부자는 내년의 일을 생각하고 가난한 사람은 눈앞의 일을 생각한다.　　　— 중국

▨ 가난한 자는 적게 먹되 마음 편하게 먹는다.　　　— 일본

▨ 거지에게는 가난이 없다. (떨어질 데까지 떨어지면 가난이란 말은 통용이 안 된다)　　　— 일본

▨ 부부싸움은 가난이 씨를 뿌린다.　　　— 일본

▨ 가난의 도둑질. (필요하면 어떤 일도 한다)　　　— 일본

▨ 가난은 슬기를 만든다.　　　— 영국

▨ 가난이 문안으로 들어서면, 애정은 창밖으로 달아난다. (When poverty comes in at door, love flies out of window.)　　　— 영국

▨ 가난은 가장된 축복이다.　　　— 영국

▨ 가난보다 뛰어난 교육은 없다.　　　— 영국

▨ 궁핍은 매섭지만 좋은 교사다.　　　— 영국

- 우박은 가난한 농부의 밭에만 떨어진다.　　　　　　　— 영국
- 누구나 가난하면 거지 근성이 나타난다.　　　　　　　— 영국
- 가난은 게으름의 딸이다.　　　　　　　　　　　　　　— 영국
- 가난은 모든 예능과 장사의 어머니다.　　　　　　　　— 영국
- 가난은 친구를 멀어지게 한다.　　　　　　　　　　　— 영국
- 부귀한 때는 벗이 많이 모이지만, 가난해지면 하나도 남지 않는다.　　　　　　　　　　　　　　　　　　　　　　　— 영국
- 신은 가난한 자를 도와준다. 부유한 자는 스스로 도울 수 있기 때문이다.　　　　　　　　　　　　　　　　— 스코틀랜드
- 가난한 사람의 요리에는 독이 없다.　　　　　　　　　— 미국
- 부엌의 호화판은 가난과 이웃이다.　　　　　　　　　— 프랑스
- 가난한 사람에게 자식은 재산이다.　　　　　　　　　— 프랑스
- 교수대는 가난한 자들만의 것이다.　　　　　　　　　— 프랑스
- 돈 없는 사람은 이빨 없는 늑대와 같다.　　　　　　— 프랑스
- 사랑은 가난하면서도 풍부하다. 요구하기도 하고 주기도 한다.　　　　　　　　　　　　　　　　　　　　　　　— 독일
- 가난의 신이 문을 두드리면 사랑은 창문으로 도망친다.　　　　　　　　　　　　　　　　　　　　　　　　　— 독일
- 가난은 사랑의 죽음.　　　　　　　　　　　　　　　　— 독일
- 희망은 가난한 사람의 빵이다.　　　　　　　　　— 이탈리아
- 가난하면 훔치고 궁하면 거짓말을 한다.　　　　　　— 스페인
- 가난과 사랑은 감추기 어렵다.　　　　　　　　　　— 스페인
- 가난에서 부자로 가는 거리는 두 팔 길이고, 부자에서 가난으로 가는 거리는 두 손가락 폭이다.　　　　　　　— 스페인

- 사랑과 가난은 숨기기 힘들다.         — 덴마크
- 자식은 가난한 사람의 보배다.         — 덴마크
- 농민이 가난하면 나라 전체가 가난하다.     — 폴란드
- 가난한 유태인, 야윈 돼지, 술 취한 여자보다 보기 흉한 것은 없다.         — 헝가리
- 부자가 넘어지면 재난이라고 말하고 가난한 자가 넘어지면 술에 취했다고 한다.         — 터키
- 가난은 불붙은 옷.         — 터키
- 가난한 사람은 죽을 때 괴로워하지 않는다.     — 수단
- 가장 나쁜 우박은 언제나 가난한 사람의 밭에 떨어진다.         — 라트비아
- 가난은 악덕일 수는 없지만, 미덕일 수도 없다.    — 이스라엘
- 가난한 사람은 사계절밖에는 고생하지 않는다. 즉 춘(春)·하(夏)·추(秋)·동(冬)이다.         — 이스라엘
- 가난한 사람이 암탉 한 마리를 잡아먹는 때는 그가 병에 걸렸거나, 암탉이 병에 걸렸거나 둘 중 하나다.     — 이스라엘
- 부자는 호주머니 속에 신(神)을 챙기려고 하지만 가난한 사람은 마음속에 신을 챙기려고 한다.         — 유태인
- 가난이 없으면 태양 또한 비추지 않으리라. — 유고슬라비아
- 신은 세 사람을 싫어한다. 거만한 자, 비뚤어진 가난뱅이, 어리석은 노인.         — 아라비아
- 가난이라는 무거운 짐을 지는 것보다 쇠뭉치나 돌덩이를 지는 것이 훨씬 가볍다.         — 아라비아

**【시 · 문장】**

송곳 세울 땅도 없이 끝까지 깨끗하여
도자(道者)의 깨끗한 가난은 진실로 진여(眞如)에 합하네.
아마 선생은 가난의 즐거움을 얻었는가 하나니.
소나무의 바람과 강물의 달을 집으로 삼았도다.
　　　　　　　　— 기화 / 함허화상어록(涵虛和尙語錄)


개꼬리 같은 산조 이삭 세 줄기와
닭 창자같이 비틀어진 고추 한 꿰미
매어진 항아리는 헝겊으로 때웠으며
찌그러진 선반대는 새끼줄로 얽었도다.
구리 수저 벌써부터 이정한테 빼앗기고
무쇠 솥은 옆집 부자 빚돈 대신 가져갔네.
　　　　　　　　— 정약용 / 봉지염찰도적역촌사작(奉旨廉察到積域村舍作)


뒷집에 술쌀을 꾸니 거친 보리 말 못 찬다
즈는 것 마구 찧어 쥐빚어 괴어 내니
여러 날 주렸던 입이니 다나 쓰나 어이리.
　　　　　　　　— 김광욱(金光煜)


누군 팔자 좋아 대광보국 승록대부 삼공육사 고대광실 좋은 집 에
부귀공명 누리면서 금의옥식에 싸여 있고 이 몸 팔자 어이 이리
곤궁하여 말(斗)만한 오막살이에 이 한 몸을 못 담으니 지붕마루

로 별이 뵈고……문 밖에서 가랑비 내리면 방 안에는 굵은 비요, 앞문은 살이 없고 뒷문은 외만 남아 동지섣달 눈바람이 살 쏘듯이 들어오고, 어린 자식 젖 달라고, ……밥 달라니 차마 서러워 못살겠다. — 《흥부전》

가난과의 첫 접촉, 그것은 아주 묘했다. 가난에 대해서 그토록 많이 생각을 해 보았고, 가난을 항상 두려워했으며, 멀지 않아 언제인가는 닥쳐오리라는 걸 예측하고 있었더라도, 막상 닥치고 보니 너무나 철저하고 뚜렷하게 달랐다. 상당히 단순하다는 생각이 들지만, 사실은 놀랄 만큼 복잡했다. 끔찍하리라고 생각했지만, 사실은 추하고 권태로울 따름이었다. 환경의 변화, 복잡해진 야비함, 바닥까지 박박 긁어먹기 따위, 가난의 독특한 비천함을 제일 먼저 깨닫게 된다. — 조지 오웰 / 파리와 런던의 가난한 시절

### 【중국의 고사】

■ **단사표음(簞食瓢飮)** : 도시락밥과 표주박 물, 곧 간소한 음식이란 뜻으로, 굶지 않을 정도의 가난한 식생활을 말하는 것이다. 곧 소박한 생활의 비유. 단(簞)은 대나무로 엮어 만든 도시락을 말한다. 표(瓢)는 바가지다. 이 말은 공자가 안자(顔子 : 안회)를 칭찬하는 가운데 있는 말이다.

『어질도다, 회여. 한 도시락밥과 한 바가지 물로 더러운 골목에 사는 것을 사람들은 그 고생을 견디지 못해 하는데, 회는 그 즐거움을 고치지 않으니 어질도다, 회여.』 겨우 목숨을 이어가기 위한 음식물로 더럽고 구석진 뒷골목 오막집에 산다는 것은

누구나가 그 고생을 견디기가 어려운 것이다. 그러나 안자는 그런 가난에 마음이 흔들리는 일이 없이 그가 깨달은 진리 속에 남이 알지 못하는 즐거움을 그대로 간직하고 있었기 때문에 공자는 이 같은 칭찬을 아끼지 않았던 것이다.

즉 『단사표음』은 인간의 최저생활을 뜻한 말이었다. 공자는 술이편에서 이렇게 자신의 심경을 말하고 있다. 『거친 밥 먹고, 물마시고 팔을 베고 자도, 즐거움이 또한 그 속에 있다. 옳지 못한 부귀나, 명성 같은 것은 내게 있어서 뜬구름과 같다 (飯疏食飲水曲肱而枕之 樂亦在其中矣 不義而富且貴 於我如浮雲).』 공자의 이런 심경이 바로 안자의 심경이었던 것이다.

공자는 노애공(魯哀公)이, 『제자들 중에 누가 제일 학문을 좋아합니까?』하고 물었을 때,『안회란 사람이 학문을 좋아해서 노여움을 옮기지 않고 같은 잘못을 두 번 되풀이하는 일이 없더니, 지금은 죽고 없는지라, 아직 학문을 좋아하는 사람이 있는 것을 듣지 못했습니다.』하고 대답했다. 노여움을 옮기지 않는다는 것은 노여움이 그 사람을 위한 한 방편이었지 절대로 감정에서 나온 것이 아님을 뜻한다. 즉 사물에 의해 마음이 동요되는 일이 없음을 말한다.

두 번 잘못을 되풀이하지 않는다는 것은, 잘못인 줄만 알면 자연 하지 않게 된다는 뜻으로, 모든 행동이 이성(理性)에 따라 절로 움직여지게 되는 것을 말한다. 공자는 또 그를 칭찬하여, 『회는 나를 도와주는 사람이 아니다. 내 말을 좋아하지 않는 것이 없다.』라고 했다.　　　　　　　　　―《논어》옹야편

■ **빈자일등(貧者一燈)** : 물질의 많고 적음보다 정성이 소중함을 일컬음. 석가세존께서 사위국(舍衛國)의 어느 정사(精舍)에 계실 때의 일이다. 사위국에 난타(難陀)라는 한 가난한 여인이 있었는데, 몸을 의지할 곳이 없어 얻어먹으며 다녔다. 그녀는 국왕을 비롯해 많은 사람들이 각각 신분에 맞는 공양을 석가와 그 제자들에게 하고 있는 것을 보자, 스스로 한탄하며 이렇게 말했다. 『나는 전생에 범한 죄 때문에 가난하고 천한 몸으로 태어나, 모처럼 고마우신 스님을 뵙게 되었는데도 아무 공양도 할 수가 없다.』 이렇게 슬퍼한 나머지, 온종일 거리를 돌아다니며 구걸한 끝에 겨우 돈 한 푼을 얻게 되었다.

그녀는 그 돈 한 푼을 가지고 기름집으로 갔다. 기름을 사서 등불을 만들려는 것이었다. 그러나 기름집 주인은, 『아니 겨우 한 푼어치 기름을 사다가 어디에 쓰려는 것인지 모르지만……』하고 기름을 주려고 하지 않았다. 난타는 마음속에 있는 말을 다 이야기했다. 그러자 기름집 주인은 딱한 생각에 돈 한 푼을 받고 몇 배나 되는 기름을 주었다. 난타는 기뻐 어쩔 줄을 모르며 등을 하나 만들어 석가가 계신 정사로 달려갔다. 이를 석가에게 바치고 불을 밝혀 불단 앞에 있는 무수한 등불 속에 놓아두었다.

그런데 이상하게도 난타가 바친 등불만이 새벽까지 홀로 밝게 타고 있었다. 손을 저어 바람을 보내도, 옷을 흔들어 바람을 보내도 꺼지지를 않았다. 뒤에 석가가 난타의 정성을 알고 그녀를 비구니(比丘尼)로 받아들였다는 것이다. 여기에서 『빈자일등(貧者一燈)』이란 말이 생겼고, 『부자의 만 등보다 빈자의

한 등이 낫다』는 말이 생겼다. 그리스도교 성경에도 예수의
똑같은 내용의 말씀이 나온다. 신명은 정신을 받아들이지 물질
을 받아들이지는 않는 것이다.

— 《현우경》 / 빈녀난타품(貧女難陀品)

■ **착벽인광**(鑿壁引光) : 전한(前漢) 때, 재상이 되어 일인지하만인
지상(一人之下萬人之上)의 영화를 누린 광형(匡衡)은 젊었을 때
무척 고생을 하고 성공한 위인의 한 사람이었다. 그는 어렸을
때부터 학문을 좋아하여 틈만 있으면 공부를 하였으나, 말할
수 없이 가난한 농가의 아들로 태어난 탓에 책을 살 돈이 없어
서 품팔이를 해 가면서 푼푼이 모은 돈으로 책을 사서 읽었다.
그러나 품팔이를 하지 않고서는 먹을 수 없는 가난한 살림이었
으니, 낮에 한가히 책을 읽을 수는 없고 밤에 책을 보아야 했는
데, 등불을 켤 기름이 없었다. 그는 생각 끝에 이웃집의 벽에
몰래 구멍을 뚫어 놓았다. 그리고 그 조그만 구멍으로 새어 들
어오는 불빛에 따라 책장을 넘기면서 독서를 계속했던 것이다.

■ 후한의 곽거(郭巨)는 몹시 가난했다. 가족은 연로한 모친과 아
내, 그리고 세 살짜리 아이까지 넷이었다. 곽거의 노모는 자라
나는 아이에게 배고프지 않게 하려고 자신의 몫을 손자에게 주
곤 하였다. 곽거는 그것이 마음이 아팠다. 『차라리 아이를 구
덩이에 묻어 버리고 말자. 자식은 다시 낳을 수 있지만 부모는
다시 얻을 수 없으니까……』하고 뒤뜰에 구덩이를 파기 시작
하는데, 두어 자 가량 팠을 때 땅속에서 덜거덕 하는 소리가 났

다. 이상하다고 생각하며 조심스럽게 파 보았더니 큰 금솥이었다. 그리고 솥에는 이런 글이 새겨져 있었다. 『효자 곽거에게 하늘이 내리는 것이다. 누구도 빼앗을 수 없느니라.』

— 《후한서》

▨ **가도사벽(家徒四壁)** : 중국 전한(前漢)의 문인으로 시를 잘 지은 사마상여는 관직에서 물러나 임공(臨邛)에 있는 왕길의 집에 머무르는 동안 임공의 대부호 탁왕손(卓王孫)이 베푸는 연회에 초대를 받았다. 연회에서 사마상여의 거문고 타는 소리를 듣고 탁왕손의 딸 탁문군이 사마상여를 사모하게 되었다.

사마상여와 탁문군은 서로 사랑하였으나, 사마상여의 집안이 매우 가난하여 탁왕손은 두 사람의 결혼을 반대하였다. 탁문군은 사마상여를 따라 성도에 있는 그의 집으로 한밤중에 몰래 달아났다. 사마상여의 집이 찢어지게 가난해 살림살이가 없고 방안에는 네 벽뿐(家徒四壁)이었으므로 탁문군은 사마상여와 결혼하여 선술집을 차려 생활하였다.

그 뒤 한(漢)나라 무제(武帝)가 사마상여의 『자허부(子虛賦)』를 읽고 감동하여 그에게 벼슬을 내렸는데, 사마상여가 이름을 떨치자 그때부터 탁왕손의 집안에서도 사마상여를 우러러보게 되었다. 『가도사벽』은 집안이 네 벽뿐이라는 뜻으로 집안 형편이 어렵다는 것을 이르는 말이다. — 《사기》 사마상여열전

▨ 춘추전국시대 위무후(魏武侯)가 말을 타고 가다가 길에서 자기 아버지의 선생을 만났다. 무후는 말에서 내려 공손히 인사를

했으나 그 선생은 답례가 없이 거만하다. 무후가 골이 나서 말
했다. 『부귀한 자가 교만한 겁니까, 빈천한 자가 교만을 부리
는 겁니까?』 선생이 말했다. 『가난한 자가 교만한 것이지 부
귀한 자가 어찌 교만을 부린단 말인가. 부귀한 자가 교만하면
나라를 망치지만, 빈천한 자야 자기의 말을 들어주지 않으면
팽개치고 가버리면 그만이다. 어디로 간들 빈천하다는 말이야
못 들겠는가.』 하였다.　　　　　　　　— 사마천 /《사기》

■ **불척척어빈천불급급어부귀(不戚戚於貧賤不汲汲於富貴)** : 가난
하고 천하게 살아도 걱정하지 않고, 부귀를 못해 조바심하는
일도 없는 것. 이 말은 전한의 유향(劉向)이 《열녀전》 가운데
나오는 검루(黔婁)의 아내가 남편이 죽은 뒤 조상 온 증자에게
한 말을 도연명이 다시 인용한 것이다.

　검루는 춘추 말기의 노(魯)나라의 어진 사람이었다. 그가 죽었
다는 말을 듣고 공자의 제자인 증자가 조상을 갔다. 검루의 아
내는 증자를 보고 자기 남편을 이렇게 말했다. 『그 분은 천하
의 맛없는 것을 달게 여기고, 천하의 낮은 자리를 편안한 곳이
라 하여 가난하고 천한 것을 슬퍼하지 아니하고 부와 귀를 기
뻐하지 아니하며, 인(仁)을 구하여 인을 얻고, 의(義)를 구하여
의를 얻었습니다.』 라고 말했다.

　그 뒤 도연명이 자신을 두고 지은 근전 《오류선생전》에서
그는 이렇게 끝을 맺고 있다. 『검루가 말하기를 「빈천에 슬
퍼하지 않고 부귀에 급급하지 않는다(不戚戚於貧賤 不汲汲於
富貴)」고 했다. 이 말을 캐고 볼 때 오류선생은 이런 종류의

사람이었던가. 술잔을 즐겨하고 시를 지으며 자기의 뜻을 즐겼다. 그는 무회씨(無懷氏)의 백성이었던가. 갈천씨(葛天氏)의 백성이었던가?』《열녀전》에는 흔흔(欣欣)으로 되어 있는데, 여기에는 급급(汲汲)으로 되어 있다. 뜻은 같다. 무회씨와 갈천씨는 전설에 나오는 상고(上古)의 제왕들로, 무위자연을 통치의 바탕으로 한 도가(道家)에서 말하는 성왕(聖王)들이다.

— 《오류선생전(五柳先生傳)》

■ **가빈사양처(家貧思良妻)** : 어려운 시기에는 유능하고 어진 인재가 필요하게 됨을 뜻하는 말. 위나라 문후(文侯)가 재상 임명을 위해 이극(李克)에게 자문을 요청하면서 나눈 대화다. 위문후가 이극에게 말했다. 『선생께서 과인에게 말씀하시기를, 「집안이 가난하면 어진 아내를 그리게 되고, 나라가 혼란하면 훌륭한 재상을 그리게 된다(家貧思良妻 國亂思良相).」라고 하셨습니다. 제 동생인 성자(成子)와 적황(翟璜) 중 누가 재상에 적합하다고 생각하십니까?』

이에 이극은 문후에게 다음의 다섯 가지를 진언하였다. 『평소에 지낼 때는 그의 가까운 사람을 살피고, 부귀할 때에는 그와 왕래가 있는 사람을 살피고, 관직에 있을 때에는 그가 천거한 사람을 살피고, 곤궁할 때에는 그가 하지 않는 일을 살피고, 어려울 때에는 그가 취하지 않는 것을 살피십시오.』위나라 재상이 된 사람은 바로 성자(成子)였다. 비록 문후의 동생이었지만, 그는 자신의 소득 중 1할만을 생활에 쓰고, 나머지 9할은 어려운 사람들을 위해 사용하였다. 어진 아내로서의 역할을 하였고, 어진 재상으로서도 적임자였던 것이다. 『가빈사양처』나 『국난사양상(國亂思良相)』이라는 말은 모두 어려운 시기에는 유능하고 어진 인재가 필요하게 된다는 것을 뜻한다.

— 《사기》 위세가

■ 장자가 어느 날, 군데군데 꿰맨 베옷을 입고 띠를 띠고 해진 짚신을 신고 위나라의 혜왕(惠王)을 찾았을 때 혜왕이 물었다. 『선생은 어떻게 그처럼 피폐(疲弊)하십니까?』 그러자 장자가, 『이것은 가난한 것이지 피폐한 것이 아닙니다. 선비로서 도덕을 가지고도 행하지 않는 것은 피폐한 것이지만, 옷이 해지고 신이 뚫어진 것은 가난한 것이지 피폐한 것은 아닙니다. 이것이 이른바 때를 만나지 못했다는 것입니다.』라고 대답했다.

— 《장자》 산목편

## 【우리나라 고사】

■ 연암(燕巖) 박지원(朴趾源)이 『술낚시』로 감투를 얻은 이야기는 유명하다. 연암은 집이 가난하여 좋아하는 술도 제대로 마시지 못했다. 손님이나 와야 아내는 겨우 두 잔의 탁주를 내놓을 뿐이었다. 그래서 연암은 그럴 듯한 풍채의 인물만 보면 가짜 손님으로 끌어다가 술 마시는 미끼로 삼았다.

　하루는 자기 집 앞을 어슬렁거리고 있는데 마침 사인교를 타고 지나는 분이 있었다. 연암은 무작정 길을 가로막으며 가벼운 음성으로 말했다. 『영감, 누추한 집이나마 잠시 들렀다 가십시오. 저의 집이 바로 여기올시다.』 『나는 지금 입직(入直)

하는 길이라 틈이 없소.』『흥! 임금을 모시는 분이라 도도하
군. 담배나 한대 피우고 가라는데, 그렇게 비싸게 굴 것까진 없
잖소.』연암은 도리어 호령조로 말했다. 사인교를 탄 사람은 이
승지였다.

　선비에 대한 예의는 아는 인품이어서 연암의 뒤를 따라 방으
로 들어갔다. 『손님이 오셨으니 술상 내오너라.』탁주 두 잔
과, 안주로는 김치가 나왔다. 연암은 자기 잔의 술을 쭉 들이키
고는 손님 잔의 술까지 마셔버렸다. 이 승지는 물끄러미 연암
을 바라볼 수밖에 없었다. 『영감! 뭐 이상히 여길 것 없소. 오
늘은 영감이 내 술낚시에 걸려들었소. 하하하!』『도대체 당신
은 누구시오. 그리고 술낚시란 무슨 뜻이오?』연암은 그제야
술낚시에 대한 내력을 이야기했다.

　그날 밤 이 승지는 정조에게 이 이야기를 하였다. 이 선비가
누구인지 모르고 하는 이 승지의 얘기를 듣자 정조는, 『그 사
람은 분명히 연암 박지원이다. 자기 재주를 믿고 방약무인이
지나쳐 벼슬을 안 주었는데, 그다지도 궁하다니 참으로 안됐
군.』그리고는 곧 초시(初試)를 시키고 1년 내에 안의(安義) 현
감을 시켰다.

　조선시대의 명상(名相) 황희(黃喜) 정승은 가난하여 늘 헌옷을
입고 지냈다. 밤에 부인이 그 헌옷을 빨아서 있는데, 입궐명령
이 내려 할 수 없이 뜯어 놓은 솜을 입고 입궐했다 한다. 왕은
그 솜이 양피(羊皮)인 줄로 알고 있었는데, 사실 그것이 솜임
을 알고 청빈에 깊이 감탄한 일도 있을 만큼 나라에도 공헌이

많다.

■ 신라 자비왕 때, 경주 낭산(狼山) 동리(東里)에 가난한 선비 백
결(百結)선생이 있었다. 어찌나 가난한지 옷은 백 군데나 꿰맨
것을 걸쳤다 한다. 섣달그믐에 이웃집에서는 떡방아 찧는 소리
가 들려오는데 백결선생 집에는 찬바람뿐, 빈손만 만지고 있는
아내에게 백결선생은 떡방아 찧는 소리를 거문고로 타서 방아
타령을 들려주었다고 한다.              ─ 김부식 / 《삼국사기》

### [에피소드]

■ 어느 가난한 사나이가 랍비를 찾아와 눈물을 머금으며 하소연
했다. 『랍비님! 우리 집은 좁은데 애들이 많고 여편네가 그렇
게 악처일 수가 없습니다. 아마도 이 고을에서 가장 지독한 악
처일 것입니다. 아아, 어찌했으면 좋을는지요?』 유태교에서는
그리스도교와는 달리 이혼이 허용된다. 더 이상 어찌할 수 없
을 때는 랍비의 허가를 얻으면 된다.

『산양 (山羊)은 가지고 있소?』 랍비가 물었다. 『물론입죠.』
가난하고 불운한 유태인은 대답했다. 『유태인으로서 산양을
갖지 않은 사람이 어디 있겠습니까?』 『그렇다면 산양을 집 안
에 들여와 기르도록 하시오.』 사나이는 의아한 낯빛을 하고 집
으로 돌아갔다. 그리고는 다음날 또다시 찾아왔다. 『랍비님!
이젠 더 이상 참을 수가 없습니다. 악처에다 산양입니다. 이젠
틀렸습니다.』

랍비가 물었다. 『닭을 기르고 있소?』 『물론입죠.』 사나이

는 대답했다. 『도대체 닭을 기르고 있지 않는 유태인이 있을 수 있겠습니까요?』 닭은 유태인이 즐기는 식물(食物)이다. 『그렇다면 닭을 전부 집 안에서 기르도록 하시오.』 사나이는 다음 날 또 찾아왔다. 『랍비님! 이젠 정말 이 세상 종말입니다!』 『그렇게 심한가요?』 『아내에다가 산양에다가 닭이 열 마리! 아아!』

『그렇다면,』 하고 랍비가 말했다. 『산양과 닭을 밖에 내다 기르도록 하고 내일 다시 한 번 찾아오시오.』 다음날 가난한 사나이가 찾아왔다. 혈색도 좋고 마치 황금의 산에서 나오기라도 한 듯 두 눈이 충족의 기쁨으로 빛나고 있었다. 『랍비님! 산양과 닭을 내보냈습니다. 랍비님에게 천 번 축복이 내리시옵기를! 우리 집은 이제 그야말로 궁전과 같습니다!』

■ 지극히 가난하고 내성적인 열여덟 살의 소년 시인 체토턴은 1주일에 빵 한 덩어리만으로 근근이 살아야만 했다. 이것을 안 하숙집 안주인이 자기들과 함께 밥을 먹자고 권했으나 이 시인은 거절했다. 그날 밤 일이다. 이 시인은 빵집에 가서 외상으로 빵을 달라고 해보았으나 거절을 당하고 말았다. 『동정 받으며 살아 뭣하리…….』라는 마지막 말을 남겨 놓고 약방에 갔다. 『창고에 들끓는 쥐를 잡아야겠다』는 구실로 독약인 비소를 사들고 돌아왔던 것이다. 이틀 동안 아무 소리가 없어 문을 부수고 들어가 보았더니, 흩어 놓은 원고 틈에 쥐처럼 죽어 있었다.
　　　　　　　　　　　　　　　　　— 헨리 소로 / 월든

■ 어느 날 두 사람의 사나이가 랍비를 찾아와 의논을 했다. 한 사람은 그 고을에서 제일가는 갑부이고 또 한 사람은 가난한 사나이였다. 두 사람은 대합실에서 기다리게 되었는데, 갑부가 조금 일찍 도착했으므로 먼저 랍비의 방에 안내되었다. 그러고 나서 한 시간쯤 지나자 갑부는 방에서 나왔다. 가난한 사나이가 다음 차례여서 랍비 방에 들어가게 되었다. 그러자 5분으로 끝났다. 『랍비님! 갑부가 찾아왔을 때는 당신께서는 한 시간 동안이나 응대해 주셨습니다. 그런데 저는 5분입니다. 그게 공평한 처사일는지요?』 하고 사나이는 항의했다. 랍비는 바로 대답했다. 『자아, 자아, 나의 아들이여. 당신의 경우엔 가난한 것을 금세 알아차렸소. 그런데 그 갑부의 경우에는 마음이 가난한 것을 알아차리기까지 한 시간이나 걸렸단 말이오.』

## 【명작】

■ **플란다스의 개**(A Dog of Flanders) : 저자인 여류작가 위다(Ouida, 1840~1908)는 영국인으로, 본명은 마리아 루이스 드 라 람메이지만 발음하기 어려워 위다라 불렀고, 《플란다스의 개》는 그녀가 33세 때인 1872년에 발표했다. 많은 개와 고양이에 둘러싸여서 살았는데, 만년에는 경제적으로 궁핍했음에도 불구하고 언제나 자존심만은 잃지 않았다고 한다.

　무대는 벨기에의 플란다스, 고아가 된 네로는 다리가 부자유스럽고도 가난한 늙은 할아버지와 함께 살게 된다. 우유배달차를 끌면서 이 두 사람의 생계를 꾸려주는 개 파트라슈는 이 집의 일꾼이요 벗이기도 했다. 그림에 천부적 소질을 가진 네로는 점점 커가면서 화가가 될 꿈을 꾼다. 그에게는 밀가루 파는 집의 딸 아로아라는 친구가 있었지만, 아로아의 부모는 두 사람의 교제를 싫어하여 네로를 기회 있을 때마다 윽박지르곤 하였다.

할아버지의 사망과 더불어 네로는 그나마 의지하여 살고 있던 오두막집에서마저 쫓겨났는가 하면, 유일한 희망으로 출품했던 그림 콩쿠르에서도 낙선한다. 평소에 동경해 오던 루벤스 벽화 앞에서 실의와 굶주림으로 애견 파트라슈와 함께 나란히 앉아서 얼어 죽는다. 그리고 그가 죽은 다음에야 그의 그림에 대한 천재적 소질이 밝혀진다. 네로에 의하여 상징되는 예술에의 격렬한 정열과 충실한 개 파트라슈의 모습이 독자에게 깊은 인상을 남긴다.

【成句】

- 포의지교(布衣之交) : 가난할 때의 교제. 또는 신분이나 빈부(貧富)의 차이를 뛰어넘어서 사귀는 교제. / 《사기》
- 호구(糊口) : 입에 풀칠을 한다는 뜻으로, 겨우 먹고 삶. 가난한 살림을 비유하는 말.
- 부중생어(釜中生魚) : 오래 밥을 하지 못해 솥 안에 고기가 생겨났다, 즉 매우 가난함의 비유.
- 위고포피(韋袴布被) : 가죽바지에다 베옷을 입는다는 말로, 가난한 선비의 모습을 이름. / 《후한서》
- 재가빈역호(在家貧亦好) : 객지에 있는 사람이 고향을 그리워한 말로, 자기 집에 있으면 아무리 가난하여도 조금도 고통을 느

끼지 않을 것이라는 뜻. / 융욱

▨ 남부여대(男負女戴) : 남자는 지고 여자는 이고 감. 곧 가난한 사람의 떠돌이 삶을 이르는 말.

▨ 안빈낙도(安貧樂道) : 구차하고 가난한 속에서도 편안한 마음으로 도(道)를 즐김.

▨ 증중생진(甑中生塵) : 시루에 먼지가 쌓였다는 뜻으로 매우 가난함을 비유하는 말. /《후한서》

▨ 위귀소소(爲鬼所笑) : 가난을 헤어날 길이 없음의 비유. 운명을 모르는 사람을 비웃는 말. /《남사(南史)》

▨ 부미백리(負米百里) : 백 리 밖에 쌀을 지고 가 부모를 공양함. 가난한 살림이면서 부모에게 효성이 극진함을 이름. /《공자가어》

▨ 목석불부(木石不傅) : 나무에도 돌에도 붙을 데가 없다는 뜻으로, 가난하고 외로워 아무 데도 의지할 곳이 없는 처지를 이르는 말.

▨ 조제모염(朝薺暮鹽) : 아침밥은 냉이, 저녁밥은 소금을 반찬으로 하여 먹는다는 말로서, 가난한 생활을 이름. / 한유

▨ 무증제물유증도물(無贈弟物有贈盜物) : 아우에게 줄 것은 없어도 도둑에게 줄 것은 있다는 뜻으로, 먹을 것조차 없는 가난한 집이라도 도둑이 가져갈 물건은 있다는 말.

▨ 백옥(白屋) : 가난한 사람의 초가집. /《한시외전》

▨ 빈이무원(貧而無怨) : 가난하면서도 원망함이 없음.

▨ 미실미가(靡室靡家) : 가난하고 집이 없어 거처할 곳이 없음.

▨ 천한백옥빈(天寒白屋貧) : 춥고 집이 가난함.

- 별무장물(別無長物) : 몸에 없어서는 안될 물건을 제외하고는 다른 물건이 없다는 뜻으로, 몹시 가난한 것을 비유하는 말. / 《세설신어》
- 구목위소(構木爲巢) : 나무를 얽어 둥지를 만듦. 옛날에 나무 위에 둥지 같은 것을 만들어 집을 삼았다는 말
- 봉필생휘(蓬蓽生輝) : 쑥과 콩에 광채가 난다. 가난한 집에 고귀한 손님이 찾아 주어 영광스럽다는 인사말.
- 절식다시(絕食多時) : 굶을 때가 많음.
- 봉호옹유(蓬戶甕牖) : 쑥으로 엮어 만든 문과 깨진 항아리로 만든 창문이란 뜻으로, 가난한 사람이 사는 집을 형용하는 말. / 《회남자》
- 곡굉이침지(曲肱而枕之) : 가난하여 베개가 없이 팔을 굽혀 베개 대신으로 하여 팔베개를 벤다. 지극히 가난해도 자족하며 사는 모양. / 《논어》 술이편.
- 부불삼세 빈불삼세(富不三世 貧不三世) : 부자가 3대까지 잘 살기만 하는 것도 아니요, 가난하다고 하여 3대까지 못 살지도 않는다는 말.
- 가사부무곤호(可使婦無褌乎) : 부인으로서 속옷도 없을 수 있느냐는 뜻으로, 몹시 빈궁함을 이름.
- 불구문(不驅蚊) : 몹시 가난하여 모기장이 없어 제 몸을 모기에 뜯기며 부모를 보호하였다는 효자의 고사.
- 불성모양(不成貌樣) : 살림이 가난하여 말이 아님.
- 옹유승추(甕牖繩樞) : 깨진 항아리의 구멍 있는 데를 벽에 끼워

대서 창(窓)으로 하고 새끼를 가지고 문지도리를 동여맨다는 뜻으로, 가난한 집의 형용. /《예기》

▨ 빈도골(貧到骨) : 가난이 뼈에까지 스며든다는 뜻으로, 찢어지게 가난함을 이르는 말. / 두보『우정오랑(又呈吳郞)』

▨ 벽립지세(壁立之勢) : 바람벽만 있고 다른 세간은 없는 가난한 모양을 말함.

▨ 상루하습(上漏下濕) : 위에서는 비가 새고 아래서는 습기가 오른다는 뜻으로, 가난한 집을 비유하는 말. /《장자》

▨ 적빈여세(赤貧如洗) : 몹시 가난하여 물로 씻은 듯 아무것도 가진 것이 없음.

▨ 손강영설(孫康映雪) : 옛날 손강이란 이가 집이 가난하여 기름을 구하지 못하고 쌓인 눈빛으로 책을 읽었다는 데서 온 말이니, 어려운 가운데 고생하면서 공부한다는 말. /《몽구(蒙求)》

▨ 적시재상(赤屍在床) : 몹시 가난하여 죽은 사람을 장사 지내지 못함.

▨ 작수성례(酌水成禮) : 물만 떠놓고 혼례(婚禮)를 지냄. 가난한 집의 혼례를 가리키는 말.

▨ 악의악식(惡衣惡食) : 궁하여 나쁜 옷과 맛없는 음식을 먹는다는 말.

▨ 숙수지환(菽水之歡) : 콩을 먹고 물 마시는 가난한 생활 속에서 부모에게 효도를 다하여 그 마음을 기쁘게 하는 것. /《예기》

▨ 삼순구식(三旬九食) : 서른 날에 아홉 끼밖에 먹지 못한다 함이니, 몹시 가난함을 이르는 말.

▨ 옥여칠성(屋如七星) : 뚫린 지붕으로 북두칠성이 보인다는 뜻으

로, 집이 매우 가난함을 형용한 말.

■ 조강불포(糟糠不飽) : 지극히 가난하여 술지기미와 쌀겨도 배부르게 먹을 수 없음을 이름. /《한비자》

■ 우도불우빈(憂道不憂貧) : 도덕은 닦지 못한 것을 근심할 일이지, 가난을 근심하지 말라는 말.

■ 일한여차(一寒如此) : 이토록 한결같이 춥다. 곧 가난한 것을 개탄하는 말이다. /《사기》

■ 천리무연(千里無煙) : 천리 간에 밥 짓는 연기가 피어오르지 않는다는 뜻에서, 백성들이 가난함을 비유하는 말.

■ 조다담반(粗茶淡飯) : 질이 낮은 차를 마시고 반찬 없는 밥을 먹는다는 말로, 집이 가난한 것을 이름.

# 질병 *disease* 疾病

【어록】

■ 노인은 젊은이들보다 병은 적지만, 그들의 병은 그들로부터 떠
나지 않는다.       ― 히포크라테스

■ 병은 신체의 장애이더라도, 마음에 두지 않는 한, 의지의 장애
는 아니다.       ― 에픽테토스

■ 넋의 병은 신체의 그것보다도 위험하고 무섭다.
      ― M. T. 키케로

■ 신체가 병들면 정신은 흔히 혼미되어 방황한다. 정신은 거칠게
헛소리를 내고 폭언(暴言)하며 때로는 둔중(純重)한 마비로 눈
은 감기고 머리는 숙여지며 영혼은 영원한 혼수의 심연으로 실
려 간다.       ― 루크레티우스

■ 병든 사람이란 정상적인 사람보다 자기의 넋에 보다 가까이 가
는 사람이다.       ― 마르셀 프루스트

■ 병은 이른바 인간필멸(人間必滅)의 마음의 경험이다. 병은 신체
에 나타난 공포다.       ― 에디 夫人

■ 사람이 태연하게 죽어 가느냐, 혹은 맥없이 죽어 가느냐 하는

것은 죽음의 원인이 된 병에 달려있다.　　 — L. C. 보브나르그
- 병은 우리들로 하여금 우리들의 우정을 잴 수 있게 하며, 병이 야말로 건강의 가치와 쾌락을 알게 하여 위생과 보건에 기여할 수 있는 동기를 만들어 주는 것이다.　　 — 아나톨 프랑스
- 질병은 천 가지도 넘지만 건강은 단 하나뿐이다.　 — 베르네
- 인류에는 세 가지 큰 적이 있다. 즉 그것은 열병과 기근과 전쟁 이다. 이 세 가지 중에서 가장 크고 가장 무서운 것은 열병이다.
　　　　　　　　　　　　　　　　　　 — W. 오슬러
- 강의 범람이 흙을 파서 밭을 갈 듯이 병은 모든 사람의 마음을 파서 갈아 준다. 병을 올바르게 이해하고 그것을 견디는 사람은 보다 깊게, 보다 강하게, 보다 크게 된다.　　 — 카를 힐티
- 병이 났으면 그 병은 육체의 병이지 마음의 병은 아니다. 성한 다리 가 절룩거리면 그것은 어디까지나 다리에 생긴 고장이지 내 마음에 생긴 고장은 아닌 것이다. 이 한계를 분명히 안다면 언제나 그 마음을 온전히 보장할 수 있다.　　 — 카를 힐티
- 자기도 고생했던 병에 누가 동정을 안 하고 배길 것인가.
　　　　　　　　　　　　　　　　　　　 — 볼테르
- 병이나 이웃이나 그것은 어느 것이나 어떤 조직체를 가진 장애 에 의해서만 자기의 실체를 나타내는 것이다　 — R. M. 릴케
- 병원에서는 모두 기꺼이 의사와 간호사에게 감사하면서 죽어 간다. 병원에는 그 시설에 대응된 한결같은 죽음이 있을 뿐이 다.　　　　　　　　　　　　　　　　 — R. M. 릴케
- 병은 정신적 행복의 한 형식이다. 병은 우리들의 욕망, 우리들 의 불안에 확실한 한계를 설정하기 때문이다.— 앙드레 모루아

- 인생은 병이요, 세계는 병원이다. 그리고 죽음이 우리들의 의사
  인 것이다          — 하인리히 하이네

- 야단스러운 양생(養生) 덕분으로 겨우 자기의 건강을 의지하고
  있는 것은, 무엇인가 당해 낼 수 없는 병을 앓고 있는 것 같은
  것이다.          — 라로슈푸코

- 사랑은 치료할 수 없는 병이다.          — 존 드라이든

- 우리는 누구나 어떤 면에선 병들어 있는 것일세. 병의 증세를
  찾지 못했을 때 그것을 건강이라고 부를 따름이지. 건강이란 상
  대적인 말에 불과하거든          — T. S. 엘리엇

- 병은 죽음을 준비해 주고 있는 것이다. 병은 죽음에 대한 수련
  인데, 그 수련의 첫 단계는 자기 자신에 대한 마음 약한 연민의
  감정이다. 사람이란 송두리째 죽어 버리게 마련이라는 확신을
  기피하려는 인간의 그 엄청난 노력을 병은 도와준다.

           — 알베르 카뮈

- 병은 고황(膏肓)에 든다(膏 : 심장 밑에 있는 지방. 肓 : 횡격막
  위의 엷은 막. 병이 중해지면 고칠 방법이 없다).    — 좌씨전

- 치(癡)에서 애착이 나니 내 병은 그곳에서 있었노라. 모든 중생
  이 번(煩)는지라 나도 앓노라. 만일 모든 중생이 앓지 아니하면
  내 병도 없어지리라. 보살은 중생을 위하여 번뇌의 생에 입하나
  니 마치 자식이 병들면 부모도 병들고 자식의 병이 나으면 부
  모의 병도 나음과 같으니라.          — 이광수

- 병이라는 것은 한 아름다운 꿈이외다. 아편과 같고 공상과 같
  은 한 즐거운 환각이외다. 그런 즐거움을 맛보지 못한 사람은
  불행하고 가련한 사람이랄 수도 있습니다.      — 김동인

▨ 병은 따로 생각하는 것이 아니라 생명의 한 부분으로서 생명과 같이 사는 것이다. 생명이 강하면 병은 약하고 생명이 약하면 병은 강한 것, 이것이 싸움이다.        — 김진섭

▨ 진단(診斷)에 의하면 감기는 실로 일장의 희극이 아님은 물론이요, 반대로 그것은 모든 만회할 수 없는 비극의 서막(序幕)을 의미한다.        — 김진섭

▨ 병을 두 가지로 본다면 하나는 육체적인 것이고 다른 하나는 정신적인 것이다. 옛날엔 병이라면 육체적인 고통을 말하는 것이고 지금처럼 정신적인 병은 드물었던 것이다.      — 김진섭

▨ 병이란 대수롭지 않은 데에서 옮거나 걸리는 수가 많은데, 우리가 안타깝게 생각하는 것은 걸린 편보다도 걸리게 하는 편이 더 나쁜건만 다들 예사로 넘기는 일이 많은 사실이다.

                         — 윤석중

▨ 우리는 건강을 유지하는 데 있어서 체내에 균이 잠복해 있는 것은 별로 두려워할 것이 없다. 이 잠복 균은 필요악으로서 균에 대한 저항력을 증대시키고 있기 때문이다. 잠복 균은 무서운 균이기는 하나 길들인 강아지 같아서 해롭기는커녕 참으로 고마운 악역이 아닐 수 없다. 다만 우려할 것은 『악역의 반란』이다. 그저 필요악의 정도만큼만 작용해 주어야 할 병균이 본분을 망각하고 모반하여 체력에 대항하고 그것을 능가해서 건강을 위협할 정도로 창궐하는 상태야말로 심히 우려할 일이다.

                         — 신일철

▨ 병상은 좁지만 그 위에 누워서 생각하는 세계는 넓고 크다.

                         — 이어령

【속담 · 격언】

▪ 무병(無病)이 장자(長者). (병을 앓으면 비용이 많이 드니 앓지 않고 사는 것이 곧 부자로 사는 것이다) — 한국

▪ 병이 양식이다. (병들어 누워 있으면 오래 먹지 않아도 배고픈 줄 모르며, 먹지 않으므로 양식이 그만큼 남는다는 뜻) — 한국

▪ 병 자랑은 하여라. (남 몰래 병들어 몸을 상하게 하지 말고 병이 들면 다른 사람에게 이야기하면 좋은 치료법도 들을 수 있는 것이니 속히 치료를 받도록 하라는 뜻) — 한국

▪ 긴 병에 효자 없다. (시일이 너무 길어지면 정성이 소홀해질 수도 있다는 말) — 한국

▪ 병 주고 약 준다. (무슨 일을 방해하여 망쳐놓고서 도와준다는 뜻) — 한국

▪ 병든 놈 두고 약 지으러 가니 약국도 두건을 썼더라 한다. (일이 가장 급하고 긴요한 때면 찾는 것이 어긋나기 쉽다는 뜻) — 한국

▪ 약국집 맷돌인가. (어디에나 되는 대로 쓰이는 것을 이름) — 한국

▪ 병원에 지불하기보다 푸줏간에 지불하라. (Better pay the butcher's than the hospital.) — 영국

▪ 입을 조심하라. 병은 그 곳으로 들어가는 법이다. (Look to the mouth', disease enters there.) — 영국

▪ 병에 걸려야 처음으로 건강의 즐거움을 안다. — 영국

■ 병은 불쾌의 세금이다. (Disease is the tax on ill pleasure.)

— 영국

■ 사랑은 병을 마음으로 느끼지만 건강은 마음으로 느끼지 못한다. (Sickness is felt but health not at all.)　　　　— 영국

■ 병은 모든 사람의 주인이다. (사람의 자유는 병에 지배당한다는 뜻. Sickness is every man's master.)　　　　— 영국

■ 병은 말을 타고 오지만 갈 때는 걸어간다. (Sickness comes on horseback and departs on foot.)　　　　— 영국

■ 한 번도 병에 걸려 보지 않았던 사람이 먼저 죽는다. (늘 건강해서 병을 앓은 경험이 없는 사람은 한번 병에 걸리면 쉽게 죽는 법이다. He dies first who has never been ill.)　　　　— 영국

■ 병이 없는 사랑은 행복하다. 빚이 없는 사람은 유복하다.

— 스페인

【시 · 문장】

피눈물 나는 눈먼 여인은 별로 말이 없고
제 병 애기도 안 한다

— M. 자코브 / 눈먼 女人

병들어 노래진 가을이여.

— G. 아폴리네르 / 병든 가을

나무도 병이 드니 정자(亭子)라도 쉴 이 없다
호화(豪華)히 섰을 제는 올 이 갈 이 다 쉬더니

잎 지고 가지 꺾은 후는 새도 아니 앉는다.

— 정철 / 송강가사

늙거든 병들지 마나 병들거든 늙지 마나
늙거니 병들거니 함께 어이 뵈아는다
이 몸이 늙고 병드니 그를 슬허하노라.

— 무명씨

병이란 진실로 좋지 못한 것이오. 낙엽 지는 가을철 병이란 더구
나 좋지 못한 것이오. 하물며 명절 때랴? 하물며 늙으신 편모가 계
신 터라?　　　　　　　　　　— 설의식 / 병창월(病窓月)

십 년이나 되는 긴 세월을 나는 모든 것을 내 혼자 병들어 본다.
병도 나에게는 한 개의 향락일 수 있기 때문이었다.

— 이육사 / 청란몽(靑蘭夢)

사람은 병(病)을 조기에 알아서 양의에게 일찍 치료를 받으면 병
을 고치고 몸을 살릴 수가 있다. 사람이 싫어하는 것은 질병이 많
다는 것이며, 의사가 꺼리는 것은 치료법이 빈약하다는 것이다. 따
라서 병에는 여섯 가지의 불치(不治)가 있다. 그 여섯 가지 중 교만
해서 도리를 무시하는 것이 불치의 제1이다. 몸을 가볍게 여기고,
재물을 중히 여기는 것이 불치의 제2이다. 의식이 타당하지 못한
것이 불치의 제3이다. 음양이 오장에서 합병하고 기운이 불안정한
것이 불치의 제4이다. 형용까지 쇠약하여 약을 받아들이지 않는

것이 불치의 제5이다. 무당, 박수의 말을 믿고 의사를 믿지 않는
것이 불치의 제6이 된다. 이 중에 하나라도 있으면 매우 치료하기
어려운 것이다.　　　　　— 《사기》 편작창공열전(扁鵲倉公列傳)

『풍토에 따라 해수병이 있고, 풍토에 따라 각기병이 있다. 우리나
라로 보면 평안도·황해도는 해수병이 많고, 충청도·전라도는
각기병이 많은데, 사람들은 귀신이 있다 하여 빌고 있으니 진실로
그러한가?』하였다. 내가 말하기를, 『이는 귀신이 아니라 곧 땅이
행하는 병이다.』하였다. 그는 말하기를, 『땅은 물(物)을 성장케
하는 책임을 맡았는데, 어찌하여 독기를 준단 말인가?』하므로 나
는 말하기를, 『대개 풍기(風氣)는 무심한 것이나 이상한 수토(水
土)를 만나면 저절로 장독(瘴毒)이 되는데, 사람이 만약 마음이 제
몸을 지키지 못하고 부딪치면 자연 병이 되고, 범하면 혹 죽는 수
도 있는 것이지 땅이 어찌 사람을 해할 마음이 있겠느냐.』하였다.
그는 말하기를, 『사람들이 학질 병을 보고는 염제(炎帝)의 아들이
들어서 그리한다 하는데 이것은 귀신인가?』하였다. 나는 말하기
를, 『그것은 귀신이 아니다. 한열(寒熱)이 고르지 못하여 오장(五
藏)이 감상(感傷)되면 이 병이 생긴다.』
　　　　　　　　　　　　— 남효온 / 추강집(秋江集)

어린애 병은 누에의 잠자는 것 같으니 잠자는 족족 발육의 한 단
계를 오르는도다. 젊은이 병은 청결법(淸潔法) 시행과 같으니 북더
기 담은 몸은 이 때문에 청신한 맛이 나며 건왕(健旺)한 기운이 돌
아 활력이 일단(一段) 충실하며, 의사(意思)가 일층 발랄하게 되는

도다. 병이 달려드는 모양은 방상씨(方相氏)같이 흉악하지마는 다녀간 자취는 그다지 괴악하고 버릴 것만 아니니 병이란 말을 듣고 놀라기만 할 것도 아니요, 겁부터 생길 것 아니요, 애만 쓸 것 아니도다. 묵은 북더기를 쓸어내고 새 활기 얻으려 하는 생리상 개혁 운동인 병은 무서워하는 밖에 진시 다녀갔으면 할 이유조차 없다 할 수 없도다.　　　　　　　　　　─ 최남선 / 病友 생각

## 【중국의 고사】

■ **병입고황(病入膏肓)** : 병이 이미 고황(膏肓)에까지 미쳤다는 말이다. 고(膏)는 가슴 밑의 작은 비게, 황(肓)은 가슴 위의 얇은 막으로서 병이 그 속에 들어가면 낫기 어렵다는 부분이다. 결국 병이 깊어 치유할 수 없는 상태를 비유하여 이르는 말이다. 그런데 나중에는 넓은 의미에서 나쁜 사상이나 습관 또는 작품(作風)이 몸에 배어 도저히 고칠 수 없는 것을 비유하는 말로도 쓰이고 있다.

춘추시대 때 진경공(晉景公)이 하루는 자다가 꿈을 꾸었는데, 머리를 풀어헤친 귀신이 달려들었다. 『네가 내 자손을 모두 죽였으니, 나도 너를 죽여 버리겠다.』 경공은 소스라치게 놀라 허둥지둥 도망을 쳤으나 귀신은 계속 쫓아왔다. 이 방 저 방으로 쫓겨 다니던 경공은 마침내 귀신에게 붙들리고 말았다. 귀신은 경공에게 달려들어 목을 조르기 시작했다. 비명을 지르고 식은 땀을 흘리며 잠자리에서 일어난 경공은 곰곰이 생각해 보았다. 10여 년 전 도안고(屠岸賈)라는 자의 무고(誣告)로 몰살당한 조씨 일족의 일이 머리에 떠올랐다. 경공은 무당을 불러 해몽을

해보라고 했다.

『폐하께서는 올봄 햇보리로 지은 밥을 드시지 못할 것이옵니다.』『내가 죽는다는 말인가?』『황공하옵니다.』낙심한 경공은 그만 병이 나고 말았다. 그래서 사방에 수소문하여 명의를 찾았는데, 진(秦)나라의 고완(高緩)이란 의원이 용하다는 것을 알게 되었다. 그래서 급히 사람을 파견해서 명의를 초빙해 오게 하였다. 한편 병상에 누워 있는 진경공은 또 꿈을 꾸었다. 이번에는 귀신이 아닌 두 아이를 만났는데, 그 중 한 아이가 말했다.

『고완은 유능한 의원이야. 이제 우리는 어디로 달아나야 하지?』그러자 다른 한 아이가 대답했다. 『걱정할 것 없어. 명치 끝 아래 숨어 있자. 그러면 고완인들 우릴 어쩌지 못할 거야.』경공이 꿈에서 깨어나 곰곰 생각해 보니 그 두 아이가 자기 몸속의 병마일 거라고 생각했다. 명의 고완이 도착해서 경공을 진찰했다. 경공은 의원에게 꿈 이야기를 했다. 진맥을 마친 고완은 놀랍다는 듯이 말했다.

『병이 이미 고황에 들었습니다. 약으로는 치료할 수 없겠습니다.』마침내 경공은 체념하고 말았다. 후하게 사례를 하고 고완을 돌려보낸 다음 경공은 혼자서 가만히 생각했다. 『내 운명이 그렇다면 어쩔 도리가 없는 일이 아니겠는가. 의연하게 죽음을 맞이하리라.』마음을 다잡고 나니 마음은 한결 가벼워졌다. 죽음에 대해서 초연해지니 병도 차츰 낫는 것 같았다. 그리하여 마침내 햇보리를 거둘 무렵이 되었는데 전과 다름없이 건강했다. 햇보리를 수확했을 때 경공은 그것으로 밥을 짓게 하고는 그 무당을 잡아들여 물고를 내도록 명령했다.

308

『네 이놈, 공연한 헛소리로 짐을 우롱하다니! 햇보리 밥을 먹지 못한다고? 이놈을 당장 끌어내다 물고를 내거라!』 경공은 무당이 죽으며 지르는 단말마의 비명소리를 들으며 수저를 들었다. 바로 그 순간 경공은 갑자기 배를 잡고 뒹굴기 시작하더니 그대로 쓰러져 죽고 말았다. 결국 햇보리 밥은 먹어 보지도 못한 것이다.　　　　　—《춘추좌씨전(春秋左氏傳)》

■ **배중사영(杯中蛇影)** : 『노루가 제 방귀에 놀란다』는 속담이 있다. 말뚝에 제 옷자락이 박혀 『이놈아 놓아라, 이놈아 놓아라!』하며 밤을 새웠다는 옛이야기도 있다. 마음이 약한 사람이 엉뚱한 것을 보고 귀신이나 괴물인 줄로 잘못 아는 것을 가리켜 『배중사영(杯中蛇影)』이라고 한다. 『잔속에 비친 뱀의 그림자』란 뜻이다. 벽에 걸린 활이 뱀의 그림자처럼 잔 속에 비치는 바람에 그 술을 마시고 병이 들었다는 이야기에서 나온 말이다.

후한 말기의 학자 응소(應邵)가 지은 《풍속통》에 이런 웃지 못 할 얘기가 있다. 『세상에는 이상한 것을 보고 놀라 스스로 병이 되는 사람이 많다. ……우리 할아버지 응빈(應彬)이 급현(汲縣)의 원이 되었을 때의 일이다. 하짓날 문안을 온 주부(主簿 : 수석 사무관) 두선(杜宣)에게 술을 대접했다. 마침 북쪽 벽에 빨간 칠을 한 활이 하나 걸려 있었는데, 그것이 잔에 든 술에 흡사 뱀처럼 비쳤다. 두선은 오싹 놀랐으나 상관의 앞이라서 그냥 아무 말도 못하고 억지로 마셨다. 그런데 그날로 가슴과 배가 몹시 아프기 시작, 음식을 먹지 못하고 설사만 계속했다. 그 후로도 아무리 해도 낫지 않았다. 그 뒤 할아버지께서 볼 일도 있고 해서 두선의 집으로 문병을 가서 병이 나게 된 까닭을 물었더니, 두선은 사실대로 이야기했다.

집으로 돌아온 할아버지는 두선에게서 들은 이야기를 놓고 여러 모로 생각한 끝에 벽에 걸린 활을 돌아보더니, 『저것이 틀림없다』하고, 사람을 보내 두선을 가마에 태워 곱게 데려오게 했다. 그리고는 자리를 전과 똑같은 위치에 차리고 술을 따라 전과 같이 뱀의 그림자가 비치게 한 다음 그에게 말하기를, 『보게, 이건 벽에 걸린 활의 그림자가 술에 비친 걸세. 괴물이 무슨 괴물이란 말인가.』하고 일러주었다. 그러자 두선은 갑자기 새 정신이 들며 모든 아픈 증세가 다 없어졌다.』

이 응빈의 옛이야기에서 공연한 헛것을 보고 놀라 속을 썩이는 것을 가리켜 후세 사람들이 『배중사영』이라고 한다. 의심을 품으면 아무것도 아닌 것에도 신경을 쓴다는 것으로 이 말이 쓰이게 되었다. 『배중(杯中)의 사영(蛇影)일 뿐』하면 별로 걱정할 것이 못된다는 말이 된다. 『의심이 암귀를 낳는다(疑心生暗鬼)』라는 말과 일맥상통되는 말이다. 굳이 요새말로 하면 노이로제라고 할 수 있을 것이다. 응빈은 차분하고 눈이 밝은 사람이었던 모양이다. 또 현 관청에 나타난다는 도깨비를 여우라고 간파한 이야기도 있다. 후에 좌복야(左僕射)까지 올랐으나, 우연히 뜻하지 않은 일에 연좌되어 불행하게 세상을 떠났다.

— 《풍속통(風俗通)》

310

## 【우리나라 고사】

■ 금상 10년 봄에 팔도에 전염병이 대단하였다. 민간에 와언(訛言)이 돌아다니되, 역신(疫神)이 내려오니 오곡을 섞은 밥을 먹어야 예방이 된다고 서울 안에 퍼졌다. 잡곡을 쌓아둔 사람이 많은 이득을 보았다. 또 쇠고기를 먹고 소의 피를 문에 뿌리면 예방이 된다 하매, 곳곳마다 소를 수없이 죽였다. 전년에 흉년이 들고 이 봄에 전염병을 만나니, 죽는 사람이 수가 없었다. 영남에서는 돌 가운데서 불이 나서 돌이 다 소열(燒裂)되었다.

— 이이 / 《율곡집》

■ 어떤 사람이, 산림(山林)에 다니다가 독사에게 정강이를 물리고서도 동백나무에 걸려서 상처가 난 것이라고만 여기고서 삼십 리를 갔어도 오히려 의심하지 않았고 독기(毒氣)도 또한 발생하지 않는데, 홀연히 뱀 잡는 사람을 만났는데 그 사람이, 『너는 독사한테 물렸다』고 가르쳐 일러주니, 이 말을 듣자마자 독기(毒氣)가 발작하여 바로 죽었다. 그러므로 병은 미리 걱정하는 데서 생기고, 요사(夭死)하는 것은 보호를 잘못한 데에 있는 것이다. 깊은 골짜기와 빈 들판에 사는 승냥이와 이리 등 들짐승들은 추워도 따뜻하게 하지 못하고 더워도 서늘하게 하지 못하며, 그 먹는 것은 비리고 누린 것과 나무뿌리와 곁순 등일 뿐이다. 그런데도 병 앓지 않고 일찍 죽지 않는 것은 그 조리(調理)와 보호에 걱정하는 마음이 없기 때문이다. 마구간과 우리 안의 가축은 때맞추어 먹이고 방법대로 길러도 사는 것이 수십

년에 지나지 못하는 것은 미리 예방하고 조심하고 보호하기 때문이다. 사람이 병으로 요사(夭死)하는 까닭도 또한 이 와 같다.

― 김시습 / 《매월당집》

**【에피소드】**

■ 1932년 11월 8일, 외관상 아주 이상한 환경 속에서 스탈린의 부인 나드예즈다는 갑자기 세상을 떠났다. 그녀는 분명히 정상적인 건강 상태였고, 그 며칠 전만 해도 오페라 구경을 와 있는 것이 목격되 었었다. 그녀의 죽음에 관한 소식은 상세한 설명 없이 발표되었고, 시체는 이상하게도 화장되지 않고 『새 처녀 사원』의 묘지에 매장되었다.

그녀는 스탈린을 위해 마련되는 모든 음식에 독이 들었나 해서 시식을 해 왔는데, 그러다가 독살되었으리라는 말이 재빨리 퍼졌다. 그러나 사실인즉 그녀는 며칠 동안 장이 몹시 아픈 것을 그대로 놔둔 모양이었다. 그녀는 자기의 생각으로는 대단치도 않은 병을 가지고 남편을 괴롭히고 싶지 않았다. 아마도 그녀는 남편이 겁났던 모양이었다. 볼셰비키의 억센 정신력을 앙양시키기 위해 그녀는 자기의 고통을 숨기려 했던 것이다. 그녀의 병은 맹장염이었고, 그녀가 그런 고통을 시인했을 때는 이미 늦어 그녀는 복막염으로 세상을 떠난 것이다.

**【成語】**

■ 친환(親患) : 부모의 병.
■ 내환(內患) : 아내의 병.

- 아환(兒患) : 자녀의 병.
- 가환(家患) : 집안의 걱정이나 병.
- 소환(所患) : 자기에게 병이 있는 것.
- 환후(患候)·병후(病候)·신후(愼候) : 상대방의 병을 높이어 일 컫는 말.
- 미령(靡寧) : 높은 어른이 앓는 것.
- 고황지질(膏肓之疾) : 난치의 병.
- 고질(蠱疾) : 심지고감(心志蠱感)한 질환. 곧 정신병. 정신이 어 지러운 병. /《좌씨전》
- 채신지우(採薪之憂) : 병이 들어 나무를 할 수 없다는 뜻. 자기 의 병을 겸사하여 일컫는 말. /《맹자》
- 적로성질(積勞成疾) : 오랜 수고 끝에는 병을 앓는다는 말.
- 종신지질(終身之疾) : 평생 고칠 수 없는 병.
- 간질(艱疾) : 고치기 어려운 병. /《서언고사》
- 사백사병(四百四病) : 육신상의 일체의 병 /《지론(智論)》

# 인명 · 책명 색인

## ABC

12표법(十二表法, lex duodecim tabularum, BC 451~BC 450) 로마 최고(最古)의 성문법. 12동판법(銅板法)이라고도 한다. 법에 관한 지식과 공유지 사용을 독점하였던 귀족이 평민의 반항에 타협한 결과 제정되었으며 시장(市場)에 공시되었다

A. M. 슐레징거(Arthur Meier Schlesinger Jr., 1917~ ) 미국의 역사학자. 저서 《제국의 대통령직》에서 닉슨 행정부의 막강한 권위를 묘사하면서 제왕적 대통령(imperial president)이란 말을 처음으로 사용하였다. 1946년에는 퓰리처상 수상작 《잭슨 시대》를 출판해 찬사를 받았다.

A. V. 비니(Alfred Victor de Vigny, 1797~1863) 프랑스의 시인 · 극작가. 시집 《운명》 가운데 《늑대의 죽음》, 《목자의 집》 등이 걸작이다. 낭만파 시인 중 유일한 철학시인이다. 견인주의(堅忍主義)와 상징적 수법으로 후세에 영향을 미쳤다.

A. 단테(Alighieri Dante, 1265~1321) 13세기 이탈리아의 시인. 예언자 · 신앙인으로서, 이탈리아뿐 아니라 전 인류에게 영원불멸의 거작 《신곡》을 남겼다. 중세의 정신을 종합하여 문예부흥의 선구자가 되어 인류문화가 지향할 목표를 제시하였다. 주요 작품으로 《신생》, 《농경시》, 《향연》 등이 있다.

A. 셰니에(Andre Marie de Chenier, 1762~1794) 18세기 프랑스의 서정시인. 로베스피에르의 공포정치에 반대 32세에 처형되었다. 낭만파, 고답파 시인들이 선구자라 여겼다. 대표작으로 《헤르메스 신》, 《목가》, 《풍자시집》 등이 있다.

A. 슐레겔(August Wilhelm von Schlegel, 1767~1845) 독일의 평론가 · 번역가 · 동양어학자. 독일 전기(前期) 낭만파운동의 중심인물. 낭만주의의 세계관 및 예술론의 기초를 닦았다. 본 대학교 미술사 · 문학사 교수를

지냈다. 셰익스피어의 명 번역자로서 업적을 남겼다.

**A. 카울리**(Abraham Cowley, 1618~1667) 영국의 시인·수필가. 시는 '형이상 시인' 중에서는 비교적 온건하여 상식적이고 과장이 없는 시풍을 지니고 있다. 연애시집 《애인》, 구약성서에서 취재한 장편 서사시 《다비드의 노래》 등이 유명하다. 또 고대 그리스의 시풍을 모방해 불규칙한 시행으로 쓴 핀다로스풍의 오드(訟詩)는 존 드라이든 등에게 계승되어 영국 시 사상 하나의 전통을 만들었다.

**A. 코체부**(August Friedrich Ferdinand von Kotzebue, 1761~1819) 독일의 극작가. 예술작품으로 알려지기보다는 정치적으로 많은 문제를 일으킨 인물로서 반(反) 나폴레옹 잡지를 발간하기도 하였다. 빈, 바이마르의 극장 전속작가와 페테르부르크의 극장 지배인, 궁정고문을 지냈고 러시아 문화 사절로서 활동했다.

**A. 플렉스너**(A. Flexner) 교육행정가. 뉴저지 주에 의학대학을 설립하고자 하는 뱀버거에게 수학의 중요성을 인식시켜서 '프린스턴고등연구소'를 설립하게 했다. 초대 연구소장에 취임한 그는 나치 하에서 위기에 처한 알베르트 아인슈타인을 첫 교수로 초빙함으로써 연구소를 세계 최고의 연구기관으로 부각시켰다.

**A. 플라텐**(August Platen, 1796~1835) 독일의 시인. 엄격한 고전문학이나 낭만파, 동양의 운격(韻格)까지도 훌륭하게 소화하였고 유미주의적 경향을 가지고 있었다. 시작품에는 리케르트와의 교유(交友) 및 괴테의 《동서시집》의 영향을 받은 《시집 가젤》, 남유럽의 자연과 예술미를 엄격한 시형 속에 담은 《베네치아의 소네트》, 이 밖에 어두운 절망과 죽음에의 동경 속에서 싹튼 만년의 송가(Ode)와 찬가(Hymne) 등이 있다.

**A. 훔볼트**(Alexander Freiherr von Humboldt, 1769~1859) 독일의 지리학자·자연과학자. 지질학을 공부한 후 광산 감독으로 일하였다. 그 후 빈 대학에서 자연지리학을 가르쳤다. 저서로 《우주》 등이 있다.

**B. H. 클라이스트**(Bernd Heinrich Wilhelm von Kleist, 1777~1811) 독일의 극작가·소설가. 고전주의로도 낭만주의로도 분류할 수 없는 독자적 문학과 비극적 생애로 독일 시인의 최고의 위치를 점하였다. 독일 희극의 최고 걸작 《깨진 항아리》를 만들었고 그 외에도 많은 수작을 발표했다.

C. R. 애틀리(Clement Richard Attlee, 1883~1967) 영국의 정치가. 사회주의자로서 노동당 당수, 국새상서(國璽尙書), 부총리 등을 지내고 노동당 단독 내각의 총리가 되었다. 인도의 독립을 인정하는 등 식민지 축소에 힘쓰고 국민의료보험제도의 창설 등 사회보장제도의 확립에 노력하였다.

C. 베르나르(Claude Bernard, 1813~1878) 프랑스의 생리학자. 실험의학과 일반생리학의 창시자. 저서인 《실험의학서설》은 실험생물학의 방법론에 관한 것으로 사상계에까지도 큰 영향을 끼쳤다.

C. V. 게오르규(Constantin-Virgil Gheorghiu, 1916~1992) 루마니아의 망명작가·신부. 대표작 《25시》에서 나치스와 볼셰비키 학정과 현대악을 고발, 전 세계에 반향을 일으켰다. 그 밖에 《제2의 찬스》, 《단독 여행자》 등과 한국에 대한 애정으로 《한국찬가》를 출간하였다.

D. H. 로렌스(David Herbert Richards Lawrence, 1885~1930) 영국의 소설가·시인·문학평론가. 작품으로 《하얀 공작》, 《침입자》, 《아들과 연인》, 《채털리 부인의 연인》이 있다.

E. M. 포스터(Edward Morgan Forster, 1879~1970) 영국의 소설가. 1907년 첫 장편소설 《천사들도 발 딛기 두려워하는 곳》을 발표한 이후, 《전망 좋은 방》(1909), 등으로 호평을 받았다. 버지니아 울프 등과 20세기 초 영국문단을 대표하는 작가로 자리매김하였다. 1927년 대표작 《인도로 가는 길》을 발표하여 커다란 성공을 거두었지만 이 작품을 마지막으로 포스터는 소설가로서보다는 지식인으로 더 많은 활동을 하게 되었다.

E. H. 카(Edward Hallett Carr, 1892~1982) 영국의 역사학자. 제2차 세계대전 중에 정보성 외교부장을 지냈고, 《타임스》 논설위원을 역임하기도 했다. 주요 저서 《새로운 사회》에서 소비에트 형과는 다른, 자유와 평등을 기조로 하는 사회주의의 실현을 시사하는 한편, 아시아의 민주주의 운동에 대한 이해를 촉구했다. 이 밖에도 《역사란 무엇인가?》 등 많은 저작이 있다.

F. 보덴슈테트(Friedrich Martin von Bodenstedt, 1819~1892) 독일의 저술가.

F. 스콧 피츠제럴드(Francis Scott Key Fitzgerald, 1896~1940) 미국의 소설가. 술의 밀조로 거부(巨富)가 된 주인공의 비극적인 생애를 그린 《위대한 개츠비》로 유명하다. 그 밖에 할리우드를 다룬 《최후의 대군》, 전후

1920년 새로운 세대의 선언이라 할 만한 《낙원의 이쪽》이 있다.

F. 헤벨(Christian Friedrich Hebbel, 1813~1863) 독일의 극작가. 19세기 독일 사실주의의 완성자이며 근대극의 선구자로서 높이 평가받았다. 범 비극주의 이념의 소유자로서, 주요 저서로는 《기게스와 그의 반지》가 있다.

G. E. 레싱(Gotthold Ephraim Lessing, 1729~1781) 독일의 극작가 · 비평가. 진정한 의미에서 독일 계몽주의의 가장 위대한 완성자인 동시에 독일 시민문학의 기초를 개척했으며, 프랑스 고전주의 문학의 영향을 배척하고 독일정신에 근거한 문학을 명석한 이론과 창작의 실천이라는 두 가지 면에서 확립한 당대 제일의 지도자라고 하여야 할 것이다.

G. K. 체스터턴(Gilbert Keith Chesterton, 1874~1936) 영국의 언론인 · 소설가. 보어전쟁에서의 국책비평 후기 빅토리아 왕조의 데카당스 진상규명 등에서 보여 준 그의 통렬한 역설은 가히 '역설의 거장'다운 면모가 있다. 주요 저서에는 《브라운 신부의 천진함》 등이 있다.

G. 라이프니츠(Gottfried Wilhelm von Leibniz, 1646~1716) 독일의 철학자 · 수학자 · 자연과학자 · 법학자 · 신학자 · 언어학자 · 역사가. 수학에서는 미적분법의 창시로, 미분기호, 적분기호의 창안 등 해석학 발달에 많은 공헌을 하였다. 역학(力學)에서는 '활력'의 개념을 도입하였으며, 위상(位相) 해석의 창시도 두드러진 업적의 하나이다.

G. 보카치오(Giovanni Boccaccio, 1313~1375) 이탈리아의 소설가로 단편소설집 《데카메론》을 지어 근대소설의 선구자로 칭송된다. 이 작품은 민중들 사이에 큰 인기를 모았으며, 오래도록 산문의 본이 되었다. 학식과 웅변이 뛰어났으며 작품에 《피아메타》, 《피에졸레의 요정》 등이 있다.

G. 카툴루스(Gaius Valerius Catullus, BC 84~BC 54) 고대 로마 공화정 말기의 서정시인. 사랑과 실연의 감정을 노래한 시로서, 훗날의 연애 엘레게이아(elegeia, 애도가) 시인들의 선구가 되었고, 서사시 《펠레우스와 테티스의 결혼》을 비롯하여 알렉산드리아 파 수법에 의한 몇 편의 시를 남겼다.

G. 파리니(Giuseppe Parini, 1729~1799) 이탈리아의 시인으로 푸니 학회에서 《일 카페》지의 간행을 맡았고 성직자와 《밀라노신문》의 편집자 등을 거쳐 밀라노 시청의 요직에 있었다. 대표작으로 귀족사회를 통렬히

비판한 《귀족에 관한 대화》와 4부작 시 《하루》가 있다.

G. 하우프트만(Gerhart Hauptmann, 1862~1946) 독일의 극작가 · 소설가. 자연주의 문학의 선구자. 주요 저서로 《아트리덴 4부극》이 있다. 자연주의에서 출발하였으며, 그 완성자인 동시에 그 초극자(超克者)이기도 하다. 그는 독일문학에 공통된 관념적인 묘사를 지양하고 하층민에서 영웅에 이르기까지 살아 있는 인간과 생의 고뇌 그 자체를 사실적이면서도 구상적(具象的)으로 부각시킨 점에서 독일로서는 독자적인 작가였다. 1912년 노벨문학상을 수상하였다.

H. B. 스토(Harriet Beecher Stowe, 1811~1896) 미국의 사실주의 작가. 노예제도에 반대하는 소설 《톰아저씨의 오두막》으로 유명하다. 이 소설은 도망노예법이 발효되었을 때에 중서부, 뉴잉글랜드와 남부에서의 노예제도 논쟁을 분석하고 있다. 책은 남북전쟁을 이끈 남부와 북부 사이의 의견대립을 심화시켰다. 스토는 남부에서 미움을 받았다.

H. G. 웰스(Herbert George Wells, 1866~1946) 영국의 소설가 · 문명비평가. 과학소설로 유명하다. 쥘 베른과 함께 '과학소설의 아버지'로 불린다. 집안이 가난하여 독학으로 대학을 졸업하였다. 《타임머신》, 《투명인간》 등 공상과학소설 100여 편을 썼다.

H. S. 월폴(Hugh Seymour Walpole, 1884~1941) 영국의 소설가 · 평론가. 처녀작 《목마》, 학교생활을 주제로 한 《페린씨와 트레일씨》에 이어 《불굴의 용기》를 발표해 큰 성공을 거두었다. 만년에는 역사소설의 새 경지를 개척 18세기부터 현대에 이르는 역사의 흐름을 배경으로 해 대장편 4부작 《헤리가(家)의 연대기》를 쓰기도 했다.

H. 그로티우스(Hugo Grotius, 1583~1645) 네덜란드의 법학자. 근대 자연법의 원리에 입각한 국제법의 기초를 확립하여 '국제법의 아버지'라 불린다. 저서 《전쟁과 평화의 법》에서는 전쟁의 권리 · 원인 · 방법에 대하여 논술하였는데, 국제법 전반을 체계적으로 서술한 최초의 저작이다.

H. 미라보(Honoré Gabriel Riqueti, Comte de Mirabeau, 1749~1791) 프랑스의 정치가 · 사상가. 방탕한 젊은 시절을 보냈으나, 계몽주의 사상에 감화되어 학자 · 문필가로서 명성을 떨쳤다. 박식하고 능란한 웅변으로 삼부회의 지도적 인물로 활약, 영국식 입헌정치를 목표로 자유주의 귀족과

부르주아지를 대표하였다. 저서로《전제 군주론》,《프로이센 왕국》
등이 있다.

**H. 엘리스**(Henry Havelock Ellis, 1859~1939) 영국의 수필가 · 의사. 인간의 성
행위를 연구했다. 그의 저서는 성 문제의 공개적 논의를 촉진시켰으며,
그는 여권 변호자, 성교육 옹호자로 알려지게 되었다. 문학과 예술에 관
해 쓴 후기 수필들은《견해와 논평》에 실렸다.

**J. G. 헤르더**(Johann Gottfried von Herder, 1744~1803) 독일의 철학자 · 문학
자. 직관주의적 · 신비주의적인 신앙을 앞세우는 입장에서 칸트의 계몽
주의적 이성주의 철학에 반대하였다. 주요 저서로《인류역사철학고》,
《언어의 기원에 대한 논고》가 있다.

**J. G. 피히테**(Johann Gottlieb Fichte, 1762~1814) 독일의 철학자, 독일 관념론
의 대표자. 실천적 · 주관적 관념론을 펼쳤으며, 그의 사상은 셸링과 헤
겔로 계승되었다. 나폴레옹 전쟁시 프로이센이 위기에 처하자《독일국
민에게 고함》이란 강연을 하였다.

**J. N. 그리그**(Johan Nordahl Brun Grieg, 1902~1943) 노르웨이의 시인 · 극작
가. 시대적 절망 · 회의 · 신앙 등의 서정성으로부터 사회문제로 옮겨갔
다. 제2차 세계대전 중 종군기자로 전사하였다. 시집《희망봉을 돌아
서》, 희곡《패배》등이 대표작이다.

**J. P. 브리소**(Jacques Pierre Brissot, 1754~1793) 프랑스의 정치가. 혁명이 일어
나자 헌법제정의회의 무정견을 날카롭게 비판했고, 루이 16세 퇴위진정
서의 기초자가 되었으며 지롱드파에 가담해 혁명전쟁의 적극론자로 로
베스피에르에 대항했다.

**J. P. 야콥센**(Jens Peter Jacobsen, 1847~1885) 덴마크의 소설가. 중편소설《모
겐스》를 발표하며 덴마크 문학에 새 기원을 열어 G. M. C. 브란데스를
중심으로 한 신문학운동의 기수가 되었다. 그 밖에《마리 그루베 부
인》,《닐스 뤼네》등의 작품을 남겼다.

**J. 밀레**(Jean François Miele, 1814~1875) 프랑스의 화가. 농민생활에서 취재한
독특한 시적(詩的) 정감과 우수에 찬 분위기가 감도는 작풍을 확립, 바
르비종파의 대표적 화가가 되었다. 다른 화가들과 달리 풍경보다 농민
생활을 더 많이 그렸다. 주요 작품으로《씨 뿌리는 사람》,《이삭줍

기》, 《만종》 등이 있다. 1868년 레종 도뇌르 훈장을 받았다.

J. 베르나르(Jean-Jacques Bernard, 1888~1972) 프랑스의 극작가로 제 1 · 2차 세계대전 사이, 부르바르 극계에서 활약했다. 지적, 심리주의적이었으며, 「침묵의 연극」의 주장과 실천으로 유명하다. 작품은 《마르틴》, 《여행에의 권유》, 《타인의 봄》 등이다. T. 베르나르의 아들이다.

J. 오펜하이머(Joseph Süss-Oppenheimer, 1698~1738) 독일의 유대인 재정가. 뷔르템베르크 공 K. 알렉산더의 신임을 얻어 추밀고문관, 국고장관이 되어, 정치적 지위를 이용하여 악행을 일삼았다. L. 포이히트방거의 소설 《유대인 쥐스》는 그를 모델로 한 것이다.

J. 이타르(Jean Marc Gaspard Itard, 1775~1838) 프랑스의 교육자 · 의학자. 농아교육의 선구자로 1799년 남프랑스 아베롱 지구의 콘 숲에서 발견된 야생아(野生兒)에 대한 교육과 훈련에 헌신한 지능장애자 교육의 창시자로 유명하다.

L. A. 생쥐스트(Louis Antoine Léon de Saint-Just, 1767~1794) 프랑스혁명 말기에 활약한 로베스피에르 파(派)의 정치가. 혁명이 일어나자 국민군에 가담해 혁명가로 성장했다. 정치 및 군행정에 관해 비상한 수완을 보였고 국민공회 의장으로 '팡토즈법'을 추진했으나 테르미도르의 쿠데타 때 단두대에서 죽었다.

L. A. 세네카(Lucius Annaeus Seneca, BC 55?~AD 39) 고대 로마의 수사가. 1세기 중엽 로마의 지도적 지성인이었고, 네로 황제 재위 초기 로마의 실질적 통치자였다. 아들들에게 웅변술을 훈련시키기 위하여 지은 《논쟁 문제집》과 《설득법》은 후세에 널리 애용되는 교과서가 되었다. 내란 발발 이후의 역사도 저술하였으나 전해지지 않는다.

L. N. M. 카르노(Lazare Nicolas Marguerite Carnot, 1753~1823) 프랑스의 정치가 · 군사기술 전문가. 공안위원회의 군사담당관으로 선임되어 국민공회에 보고서를 제출, 총원징집법(總員徵集法)이 가결되게 하였다. 나폴레옹에 의하여 육군장관, 내무장관을 지냈다.

L. 코슈트(Lajos Kossúth, 1802~1894) 헝가리의 정치가로 조국해방과 사회개혁을 위하여 노력하였다. 대 오스트리아 독립전쟁을 지도하였으나 패하고 망명하였다. 미국 · 영국에서 민족해방운동에 헌신하였고, 이탈리아

에서 헝가리 군을 조직하여 싸웠다.

**M. A. 카루스**(Marcus Aurelius Carus, ?~283) 로마제국의 황제(재위 282~283). 선대 황제들과 마찬가지로 자신의 황제 호칭의 일부로 마르쿠스 아우렐리우스라는 이름을 사용했다. 사산 왕조와 싸우려 했으나 갑자기 의문의 죽음을 당했는데 벼락에 맞았다는 설도 있다.

**M. E. 에셴바흐**(Marie von Ebner-Eschenbach, 1830~1916) 오스트리아의 작가로 처음에는 서정시·희곡을 썼으나 소설 《시계 파는 처녀 로티》로 명성을 떨친 후, 19세기 독일 최대의 여류작가가 되었다. 그 밖의 대표작에는 소설 《지방청의 촉탁의》, 《마을과 성(性)이야기》 등이 있다.

**M. T. 키케로**(Marcus Tullius Cicero, BC 106~BC 43) 고대 로마의 문인·철학자·변론가·정치가. 카이사르와 반목하여 정계에서 쫓겨나 문필에 종사했다. 수사학의 대가이자 고전 라틴 산문의 창조자이다. 오늘날 그는 가장 위대한 로마의 웅변가이자 수사학의 혁신자로 알려져 있다.

**M. 사디**(Musharrif Sa'di, 1209?~1291) 페르시아의 시인. 신비주의 탈박승으로서 30년간 방랑여행을 하였으며 메카 순례를 14회 하였다. 대표작으로 《과수원》, 《굴리스탄》이 있다.

**M. 카토**(Marcus Porcius Cato, BC 234~BC 149) 고대 로마의 정치가·장군·문인. 재무, 법무관을 거쳐 콘술이 되어 에스파냐를 통치하였고, 켄소르 등으로 정계에서 활약하였다. 고대 로마적인 실질강건성(實質剛健性)의 회복을 역설하고 주전론을 주창하기도 하였다. 라틴 산문학의 시조인 로마 최고의 역사서 《기원론》을 남겼다.

**N. B. 타킹턴**(Newton Booth Tarkington, 1869~1946) 미국의 소설가·극작가. 《인디애나의 신사》로 데뷔하였다. 《멋진 앰버슨 집안사람들》과 《앨리스 애덤스》로 두 번의 퓰리처상을 수상했다. 40여 편의 소설과 25편의 희곡을 남겼다.

**N. 고골리**(Nikolai Vasil'evich Gogol', 1809~1852) 우크라이나 태생 러시아의 소설가·극작가. 저서로는 《죽은 혼》, 《검찰관》, 희곡 《연극의 종연(終演)》, 중편 《로마》, 상트페테르부르크를 소재로 한 최고의 걸작 《외투》가 있다.

**N. 프라이**(Northrop Frye, 1912~1991) 캐나다 출신의 문학비평, 이론가이며

문학연구의 과학적 접근을 주장하였다. 20세기에 가장 영향력 있는 지
식인으로 평가된다. 저술로는 《교육된 상상력》, 《비평의 길》 등이 있
다.

N. 하르트만(Nicolai Hartmann, 1882~1950) 독일의 철학자. 처음에는 신칸트
학파 내의 마르부르크 학파로 출발하였으나, 후에 그 관념론적·주관주
의적인 입장을 버렸다. 자신이 신존재론(新存在論)이라 부르는 객관주
의적·실재론적 입장으로 전환하였다.

P. C. 스키피오(Publius Cornelius Scipio, BC 236~BC 184) 고대 로마의 장군·
정치가. 제2차 포에니전쟁 때 이탈리아에 참전한 후 스페인의 카르타고
군(軍)을 격파했다. 아프리카의 자마에서 한니발을 무찌르고 제2차 포에
니 전쟁을 종결시켰다. 그는 스스로 스토아의 가르침을 신봉하고, 그리
스 문화의 수입·보급에 진력, 군인·정치가로서도 탁월한 재능을 보였
다.

P. 레벤(Phoebus Aaron Theodor Levene, 1869~1940) 러시아 태생의 미국 화학
자. 핵산연구의 선구자. 러시아의 반(反)유대주의에 쫓겨 미국 뉴욕으로
이주해 록펠러 의학연구소에서 일했다. 1909년 리보핵산(RNA) 분자로
부터 5탄당인 D-리보오스를 분리해냈다. 연구를 처음 시작할 때는 핵산
의 중요성을 알지 못했지만, 나중에 DNA와 RNA가 생명을 유지하는 데
매우 중요한 원소임을 밝혔다.

P. 제랄디(Paul Géraldy, 1885~1960) 프랑스의 시인·극작가. 상징주의풍의
연애시집 《너와 나》로 시인으로 주목받았으나 《은혼식》의 희곡을
쓰고 극작에 전념하였다. 연애 심리의 변화를 훌륭히 분석하여 극화하
였다. 불바르 연극의 전형적 작가 중 한 사람으로 평가받는다.

P. 클로델(Paul-Louis Claudel, 1868~1955) 현대 프랑스의 대표적인 시인·극
작가·외교관. 독자적인 시법(詩法)을 확립하여 호흡의 리듬에 입각한
시행(詩行)을 발표하였으며, 우주적인 넓이를 무대로 한 전인적인 극을
전개하였다. 대표작으로 희곡 《황금의 머리》, 《비단 구두》 등이 있다.

R. 타고르(Rabindranath Tagore, 1861~1941) 인도 시인. 벵골 문예부흥의 중심
이었던 집안 분위기 탓에 일찍부터 시를 썼고 16세에는 첫 시집 《들
꽃》을 냈다. 초기 작품은 유미적(唯美的)이었으나 갈수록 현실적이고

종교적인 색채가 강해졌다. 교육 및 독립운동에도 힘을 쏟았으며, 시집 《기탄잘리》로 1913년 노벨 문학상을 받았다.

**S. T. 콜리지**(Samuel Taylor Coleridge, 1772~1834) 영국의 시인·평론가. 19세기 초 영국의 낭만파 시인 W. 워즈워스, S. T. 콜리지, R. 사우디 세 사람이 다 같이 호반에 살았기 때문에 '호반시인(Lake Poets)'이라 불리었다. 콜리지가 시적 창작력이 급속히 감퇴되어 그 괴로움을 노래한 《실의의 노래》는 최후의 수작(秀作)이 되었다. 대표적 평론 《문학평전》은 강연·담화·수첩 등의 형식으로 셰익스피어론을 비롯한 많은 평론으로 평론사상의 거장의 위치를 확립했다.

**S. 샹포르**(Sebastien-Roch Nicolas Chamfort, 1740~1794) 프랑스의 극작가·모럴리스트. 뛰어난 기지로 유명하다. 그의 금언들은 프랑스 혁명시절 유행하는 속담이 되었다. 뛰어난 말재주로 파리 사교계의 후원을 받았다. 희극 《인디언 소녀》, 《스미르나의 상인》, 비극 《뮈스타파와 제앙지르》로 확고한 명성을 얻었다. 《몰리에르 예찬》으로 아카데미 프랑세즈에 들어갈 수 있었다. 그러나 그 뒤 《아카데미론》에서는 아카데미 프랑세즈 회원들을 공격했다.

**T. S. 엘리엇**(Thomas Stearns Eliot, 1888~1965) 미국태생 영국 시인·극작가. 유명한 시 《황무지》와 희곡 《성당의 살인》, 《칵테일파티》 등을 통해 모더니즘 운동을 주도했다. 성공적인 뮤지컬 《캣츠》는 1981년 영국에서 막을 올린 이래 지금까지도 세계 각국에서 상연되고 있다.

**T. 고티에**(Théophile Gautier, 1811~1872) 프랑스의 시인·소설가·비평가·저널리스트. 프랑스 문학의 감수성이 초기 낭만주의시대에서 19세기 말 탐미주의와 자연주의로 바뀌던 시절 강력한 영향력을 발휘했다. 작품으로는 《낭만주의의 역사》, 《당대의 초상화들》, 《괴짜들》이 있다.

**T. 루스벨트**(Theodore Roosevelt, 1858~1919) 미국 제26대 대통령. 재임 시 내정에서는 혁신주의를 내걸고 트러스트 규제, 철도통제, 노동자 보호입법, 자원보존 등에 공헌했고, 외교에서는 먼로주의의 확대해석에 의해 강력한 외교를 추진했다. 러일전쟁 종결에 기여한 업적으로 1906년 노벨평화상을 받았다.

**T. 타소**(Torquato Tasso, 1544~1595) 이탈리아의 시인. 르네상스 문학 최후의

시인으로 그의 최대의 걸작 《해방된 예루살렘》은 후기 르네상스 정신
을 완전히 종합한 것으로 유럽 문단에 큰 영향을 주었다.

T. 풀러(Thomas Fuller, 1608~1661) 잉글랜드 학자·설교가. 그의 작품 《신
성국가·세속국가 The Holy State, the Profane State》(1642)는 잉글랜드의
문학사가에게 중요한 인물들의 특성을 요약해 싣고 있다.

U. S. 그랜트(Ulysses Simpson Grant, 1822~1885) 미국의 제18대 대통령. 웨스
트포인트 사관학교를 졸업(1843)한 후, 미국·멕시코 전쟁에 참가
(1845~48)했다.

V. M. 가르신(Vsevolod Mikhailovich Garshin, 1855~1888) 러시아의 소설가. 소
년시절부터 시작된 광증의 발작이 재발되어 정신병원에 수용되었다. 명
작 《붉은꽃》은 병원에 입원 중 자기의 체험에 그의 독자적인 '악의 꽃'
을 테마로 엮은 것이고, 그 밖에 《꿈이야기》 등의 작품이 있다. 33세의
젊은 나이로 요절하였다.

V. 몬티(Vincenzo Monti, 1754~1828) 이탈리아 신고전주의의 대표적 시인·
극작가. 저서로는 《우주의 아름다움》, 《바스비유에게 바치다》 등이
있다.

W. 에셴바흐(Wolfram von Essenbach) 독일의 궁정작가. 저서로는 유럽 중세
궁정문학의 최고 작품 《파르치발》이 있다. 그의 최대 걸작은 프랑스의
크레티앵 드 트루아의 《페르스발, 또는 성배(聖杯) 이야기》를 바탕으
로 한 《파르치발》이며, 16권 24,840행의 대서사시다. 그 밖에 약간의
서정시를 남겼다

## 가

가도(賈島, 779~843) 중국 중당(中唐) 때의 시인. 서정적인 시는 매우 세련
되어 세세한 부분까지 잘 묘사되어 있다. 한 자 한 구도 소홀히 하지 않
고 고음(苦吟)하여 쌓아올리는 시풍이었으므로, 유명한 '퇴고(推敲)'의
어원이 된 일화는 그의 창작태도에서 생기게 되었다.

가브리엘레 단눈치오(Gabriele D'Annunzio, 1863~1938) 이탈리아의 시인·
소설가·극작가로 데카당스 문학의 대표자. 참전 후에는 애국시를 써서
남구적(南歐的) 정열의 시인으로서의 면모를 보였고, 장편소설 《장미의

로망스》 3부작을 비롯하여 《사도》 등의 희곡과 시집을 썼다.

가브리엘 마르셀(Gabriel-Honoré Marcel, 1889~1973) 프랑스의 철학자·극작가. 파리대학, 몽펠리에대학에서 강의 했다. 키르케고르와 야스퍼스 계열에 속하는 그리스도교적 실존주의자다. 저서로는 《형이상학적 일기》, 《존재와 소유》, 《존재의 비밀》, 희곡 《갈증》 등이 있다.

가스통 바슐라르(Gaston Bachelard, 1884~1962) 아카데미 프랑세즈에서 저명한 위치에 오른 프랑스의 철학자·문학비평가. 구조주의(構造主義)의 선구자이며 시론(詩論)·이미지론으로도 유명하다. 중요 연구 분야인 과학철학에서 바슐라르는 인식론적 장애와 인식론적 단절의 개념을 도입했다. 그는 20세기 후반에 미셸 푸코 등 많은 프랑스 철학자들에 영향을 미쳤다.

간보(干寶, ?~?) 역사찬집에 종사했던 중국 동진(東晉)의 학자·문인. 저서 가운데 《수신기(搜神記)》는 괴이전설(怪異傳說)을 집대성한 것으로 육조(六朝) 소설의 뛰어난 작품일 뿐만 아니라 단편적이지만 당송시대 전기물(傳奇物)의 선구가 되었다.

갈릴레오 갈릴레이(Galileo Galilei, 1564~1642) 이탈리아의 천문학자·물리학자·수학자. 진자(振子)의 등시성 및 관성법칙 발견, 코페르니쿠스의 지동설에 대한 지지 등의 업적을 남겼다. 지동설을 확립하려고 쓴 저서 《프톨레마이오스와 코페르니쿠스의 2대 세계체계에 관한 대화》는 교황청에 의해 금서로 지정되었으며 이단행위로 재판을 받았다.

강신재(康信哉, 1924~2001) 소설가. 1950년대와 1960년대에서 나타나는 애정 풍속도를 세련되게 묘사하고, 감각적이고 신선한 문체는 대중소설의 위상을 한 단계 올려놓았다는 평가를 받았다. 주요 작품으로 《젊은 느티나무》, 《명성황후》 등 80여 편이 있다.

강원룡(姜元龍, 1917~2006) 한국의 민주화운동과 평화운동, 종교화합 등에 앞장선 개신교 목사. 저서로는 《빈들에서—나의 삶, 한국현대사의 소용돌이》, 《강원용과의 만남, 그리고 여성운동》, 《역사의 언덕에서》 등이 있다. 국민훈장모란장, 국민훈장동백장을 받았다.

강태공(姜太公, ?~?) 본명 강상(姜尙). 그의 선조가 여(呂)나라에 봉하여졌으므로 여상(呂尙)이라 불렸다. 주나라 문왕(文王)의 초빙을 받아 그의 스승이 되었고, 무왕(武王)을 도와 상(商)나라 주왕(紂王)을 멸망시켜 천하를 평정하였으며, 그 공으로 제(齊)나라 제후에 봉해져 그 시조가 되었다. 전국시대부터 경제적 수완과 병법가(兵法家)로서의 그의 재주가 회자되기도 하였다. 병서(兵書)《육도(六韜)》(6권)는 그의 저서라 하며, 뒷날 그의 고사를 바탕으로 하여 한가하게 낚시하는 사람을 강태공 혹은 태공이라 하는 속어가 생겼다.

《개원천보유사(開元天寶遺事)》 중국 성당(盛唐)의 영화를 전하는 유문(遺聞)을 모은 책.

게오르크 리히텐베르크(Georg Christoph Lichtenberg, 1742~1799) 독일의 물리학자·계몽주의사상가. '리히텐베르크도형'을 발견하였고, 1778년부터《괴팅겐포켓연감》을 발행, 여기에 많은 자연과학 및 철학논문을 수록·발표하였다. 대학시절부터 써왔던《잠언집》은 후에 니체 등에게 많은 영향을 미쳤으며, 심리적 인간관찰의 집대성으로 오늘날에도 높이 평가된다.

게오르크 지멜(Georg Simmel, 1858~1918) 독일의 사회학자·신(新) 칸트주의 철학자. 저서《돈의 철학》에서 경제학이라는 특수한 주제에 자신의 일반원리를 적용하고 사회적 활동을 전문화했으며, 개인적·사회적 관계를 비인간화하는 데 미치는 화폐경제의 영향을 강조했다.

게오르크 헤겔(Georg Wilhelm Friedrich Hegel, 1770~1831) 칸트 철학을 계승한 독일 관념론의 대성자. 모든 사물의 전개(展開)를 정(正)·반(反)·합(合)의 3단계로 나누는 변증법(辨證法)은 그의 논리학과 철학의 핵심이다. 주요 저서로《정신현상학》, 《법철학 강요》, 《역사철학 강의》 등이 있다.

겔리우스(Aulus Gellius, 123?~165?) 고대 로마의 수필가. 《아티카 야화》는 법률·언어·문법·역사·전기·문헌비판 등의 문제를 다룬 것이다. 없어진 그리스·로마 원전에서 인용한 것이 많아, 많은 작가들이 전거(典據)로 삼았다.

경상자(庚桑子, ?~?) 중국 도가(道家)의 사상가. 《장자》 잡편 중 경상초편(庚桑楚篇)에 그의 행적이 나타나 있다. 공자학파의 본거지인 노(魯)나라 외루(畏壘)의 산속에 살면서 노자에게 배운 무위자연(無爲自然)의 길을 오로지 실천하였다고 한다.

《경행록(景行錄)》송나라 때의 저작으로 「착한 행실을 기록한 책」이라고 하는데, 저자는 전해지지 않아 자세한 내용은 알려져 있지 않다.

《계녀서(戒女書)》우암(尤庵) 송시열(宋時烈)이 혼인하는 딸에게 지어준 교훈서를 필사한 책. 이 책에는 딸을 출가시키는 부모가 딸에게 아녀자가 지켜야 할 여러 가지 덕목을 훈계하는 내용이 실려 있다. 대체로 부모를 섬기는 법, 형제간의 우애하는 법, 제사를 받드는 법, 손님을 접대하는 법, 하인을 다루는 법, 각종 예의범절 등이 수록되어 있다.

계용묵(桂鎔默, 1904~1961) 소설가. 세련된 언어로 인간의 미묘한 심리를 다룬 소설을 발표했다. 1935년에 대표작《백치 아다다》를 발표하여 주목을 끌었다. 이어《청춘도》,《신기루》, 그리고 광복 후에는《별을 헨다》,《물매미》등을 발표하였다. 수필집으로《상아탑》이 있다.

《고금사화(古今詞話)》중국 청(淸)나라의 심웅(沈雄)이 시화(詩話) 및 그 기법(技法) 등을 수록한 책.

고든 올포트(Gordon Willard Allport, 1897~1967) 미국의 사회심리학자. 1930년부터 1942년까지 하버드대학교 교수로 재직했다. '인격심리학의 권위자이며, 독일 심리학의 영향을 받아 이론적·조직적인 경향이 있다. 평화를 위한 사회과학자의 성명을 발표하는 등 사회심리학의 실제적 응용면에서도 활약했다.

《고문진보(古文眞寶)》 : 중국의 시문선집(詩文選集). 주(周)나라 때부터 송(宋)나라 때에 이르는 고시(古詩)·고문(古文)의 주옥편(珠玉篇)을 모아 엮은 책이다. 전집(前集) 10권, 후집(後集) 10권으로 되어 있으며, 편자인 황견(黃堅)과 편찬 경위 등에 대하여서는 분명하지 않으나, 송나라 말기에서 원(元)나라 초기에 걸친 시기의 편저임은 확실하다. 전집에는 권학문(勸學文) 등 10체(體) 217편의 시, 후집에는 사(辭)·부(賦) 등 17체 67편의 문장을 수록하였다.

고은(高銀, 1933~ ) 현실 참여의식과 역사의식을 시를 통하여 형상화한 현대시인. 자유실천문인협의회, 민주회복국민회의, 민족문학작가회의 등에 참여하며 민주화운동과 노동운동에 앞장서 왔다. 대표작으로《피안감성》등이 있다. 한국문학작가상(1974), 만해문학상(1988), 중앙문화대상(1991), 금관문화훈장(2002)을 수상했다.

고응척(高應陟, 1531~1605) 조선 중기의 학자·시인. 도학을 연구하고,《대학》의 여러 편으로 교훈시를 만드는 등 사상적 체계를 시(詩)·부(賦)·가(歌)·곡(曲) 등으로 표현하였다. 사성, 경주부윤 등을 지냈다. 저서에 《대학개정장》,《두곡집》 등이 있다.

고창률((高昌律, 1935~2002) 승려·화가. '걸레스님 중광(重光)', '미치광이 중'을 자처하며 파격으로 일관하며 살았다. 선화(禪畵)의 영역에서 파격적인 필치로 독보적인 세계를 구축하여 명성을 얻었으며 말년에는 달마도 그리기에 열중하였다. 2000년 '괜히 왔다 간다'는 주제로, 마지막 전시회가 된 달마그림 전시회를 열었다.

고트프리 벤(Gottfried Benn, 1886~1956) 독일의 시인·수필가. 작품활동으로 바쁜 가운데 68세까지 내과의사로서 일했다. 시집으로《시체 공시소》와《육체》 등이 있다. 자서전《이중인생》은 그의 냉소주의가 점차 사라져가고 있음을 잘 보여준다.

고트홀드 레싱(Gotthold Ephraim Lessing, 1729~1781) 독일의 극작가·비평가. 생애는 부단한 사상투쟁의 연속이었다. 독일의 계몽사상가 중에는 그 유례를 찾아볼 수 없는 확고부동한 신념과 명석한 지성의 소유자였다. 독일 근대 시민정신의 기수로 평가된다. 저서로《라오콘》,《미나 폰 바른헬름》 등이 있다.

공자(孔子, BC 551~BC 479) 중국 고대의 사상가, 유교의 시조. 최고의 덕을 인이라고 보았다. 인(仁)에 대한 공자의 가장 대표적인 정의는 '극기복례(克己復禮)' 곧,「자기 자신을 이기고 예에 따르는 삶이 곧 인(仁)」이라는 것이다. 그 수양을 위해 부모와 연장자를 공손하게 모시는 효제(孝悌)의 실천을 가르치고, 이를 인(仁)의 출발점으로 삼았다.

《공자가어(孔子家語)》 공자의 언행 및 공자와 문인(門人)과의 논의(論議)를 수록한 책.

공지영(孔枝泳, 1963~ ) 소설가. 1990년대에 가장 왕성하게 작품활동을 한 대표적인 소설가 가운데 한 사람이다. 주로 학생운동을 하던 사람들의 정신적 공황에 대한 이야기나 가부장적 남성에 의해 억압받는 여성에 대한 이야기의 소설을 썼다.《동트는 새벽》,《무소의 뿔처럼 혼자서

가라》, 《도가니》 등의 작품이 있으며 21세기문학상 등을 수상했다.

《공총자(孔叢子)》 중국 전한(前漢)의 공부(공자의 9대손)가 편찬한 책. 현행본은 3권본·7권본 등이 있다. 공자 이하 자사(子思)·자고(子高)·자순(子順) 등 일족의 언행을 모아 가언(嘉言)·논서(論書)·기의(記義)·형론(刑論)·기문(記問)…… 등 21편으로 엮었다.

《관윤자(關尹子)》 중국의 사상문헌(思想文獻). 주(周)나라 관령(關令) 윤희(尹喜)의 저작이라고 하나, 당(唐) 말 오대(五代)의 두광정(杜光庭)의 위작(僞作)으로 본다. 신선방술(神仙方術)이나 불교 교리를 혼합한 것을 내용으로 하고, 문장은 불전(佛典)을 모방하였다.

《관자(管子)》 춘추시대 제(齊)나라의 사상가·정치가인 관중(管仲, ?~BC 645)이 지은 것으로 되어 있으나, 그 내용으로 보아 후대의 사람들이 썼고, 전국시대에서 한대(漢代)에 걸쳐서 성립된 것으로 여겨진다. 정치의 요체는 백성을 부유하게 하는 일이 으뜸이라고 하였다.

괴테(Johann Wolfgang von Goethe, 1749~1832) 독일의 시인·극작가·정치가·과학자. 독일 고전주의의 대표자로서 세계적인 문학가이며 자연연구가이다. 바이마르 공국(公國)의 재상으로도 활약하였다. 주요 저서로는 《빌헬름 마이스터의 편력시대》, 《파우스트》 등이 있다.

구르몽(Ramy de Gourmont, 1858~1915) 프랑스의 문예평론가·시인·소설가. 상징주의 이론을 전개했다. 문예지 《메르퀴르 드 프랑스》에 평론을 발표했다. 저서는 《가면집》, 《철학적 산보》 등이며, 《프랑스어의 미학》이 높이 평가된다.

구상(具常, 1919~2004) 시인·언론인. 기독교적 존재론을 기반으로 미의식을 추구, 전통사상과 선불교적 명상 및 노장사상까지 포괄하는 광범위한 정신세계를 수용해 인간존재와 우주의 의미를 탐구하는 구도적(求導的) 경향이 짙다. 주요 작품으로 6·25 전쟁을 제재로 한 시집 《초토의 시》를 펴내 서울특별시문화상을 받았다.

구스타프 슈바프(Gustav Benjamin Schwab, 1792~1850) 독일의 시인·작가·목사로서 낭만파의 계통을 이었다. 민요풍의 가곡 《기사(騎士)와 보덴호(湖)》, 《뇌우(雷雨)》 등을 써서 잊혀진 향토문화를 깨우쳐 주었다.

구양수(歐陽脩, 1007~1072) 중국 송나라의 정치가·문인. 한림원학사(翰林

院學士) 등의 관직을 거쳐 태자소사(太子少師)가 되었다. 송나라 초기의 미문조(美文調) 시문인 서곤체(西崑體)를 개혁하고, 당나라의 한유를 모범으로 하는 시문을 지었다. 당송팔대가(唐宋八大家)의 한 사람이었으며, 후배들에게 많은 영향을 주었다. 주요 저서에는 《구양문충공집》 등이 있다.

구준(寇準, 961~1023) 북송 초의 정치가·시인. 시인으로서는 당시의 고관들 사이에서 유행하던 서곤체(西崑體)와 약간 다른 시풍(詩風)을 가졌으며, 자연의 애수(哀愁)를 읊은 시가 많았다. 시집으로 《구충민공시집(寇忠愍公詩集)》이 있다.

《국어(國語)》 중국 춘추시대 8국의 역사를 나라별로 적은 책. 주(周)나라 좌구명(左丘明)이 《좌씨전(左氏傳)》을 쓰기 위하여 각국의 역사를 모아 찬술한 것이다.

굴원(屈原, BC 343?~BC 278?) 중국 전국시대의 정치가이자 비극시인. 학식이 뛰어나 초나라 회왕(懷王)의 좌도(左徒:左相)의 중책을 맡아 내정·외교에서 활약하기도 했다. 작품은 한부(漢賦)에 영향을 주었고, 문학사에서뿐만 아니라 오늘날에도 높이 평가된다. 주요 작품에는 〈이소(離騷)〉, 〈어부사(漁父辭)〉 등이 있다.

권발(權撥, 1478~1548) 조선 중기의 문신·학자. 조광조의 개혁정치에 참여했으며, 윤원형 세력에 반대하다 희생되었다. 연산군(1496) 2년에 진사에, 중종 2년(1507)에 증광문과에 급제했다. 이후 병조판서·한성부판윤·예조판서 등을 두루 거쳤다. 선조 24(1591)년 영의정에 추증되었다. 저서에 《충재선생문집》이 있다.

귀곡자(鬼谷子, ?~?) 중국 전국시대 초(楚)나라의 정치가로 제자백가 중 종횡가(縱橫家)로 불린다. 소진과 장의의 스승으로, 귀곡에서 은거했기 때문에 귀곡자 또는 귀곡선생이라 불렸다.

구스타브 쿠르베(Gustave Courbet, 1819~1877) 프랑스의 화가. 견고한 마티에르와 스케일이 큰 명쾌한 구성의 사실적 작풍으로 19세기 후반의 젊은 화가들에게 큰 영향을 끼쳤다. '현실을 있는 그대로 직시하고 묘사할 것을 주장했다.

귄터 아이히(Günther Eich, 1907~1972) 근대의 불안을 그린 특이한 작품(作

風)으로 주목받은 독일의 서정시인. 방송극작가로서 활약하였다. 주요 저서로 《변두리의 농가》, 《비(雨)의 사자(使者)》 등이 있다.

그라시안이모랄레스(Baltasar Gracián y Morales, 1601~1658) 17세기 에스파냐의 작가. 타라고나의 예수회 부속학교장을 역임하였다. 저서로 《비평가》가 유명하다. 프랑스 모럴리스트들의 선구가 되었다.

그레엄 그린(Henry Graham Greene, 1904~1991) 영국의 소설가. 형이상학적 스릴러의 작가로, 주요 저서에는 《권력과 영광》, 《공포의 성》, 《제3의 사나이》 등이 있다.

근사록(近思錄) 중국 송(宋)나라 때 신유학의 생활 및 학문 지침서. 1175년 주희(朱熹)와 여조겸(呂祖謙)이 주돈이(周敦頤)·정호(程顥)·정이(程頤)·장재(張載) 등 네 학자의 글에서 학문의 중심문제들과 일상생활에 요긴한 부분들을 뽑아 편집하였다. 제목의 '근사'는 논어의 「널리 배우고 뜻을 돈독히 하며, 절실하게 묻고 가까이 생각하면(切問而近思) 인(仁)은 그 가운데 있다」는 구절에서 따온 것이다.

기대승(奇大升, 1527~1572) 조선 중기의 성리학자. 《주자대전》을 발췌하여 《주자문록(朱子文錄)》을 편찬하는 등 주자학에 정진하였다. 이황과 12년 동안 서한을 주고받으면서 8년 동안 사단칠정(四端七情)을 주제로 논란을 편 편지로 유명하다.

기욤 드 로리(Guillaume de Lorris, 1210?~1240?) 13세기 프랑스 중세 시인. 《장미설화》 전편 4,058행의 작자.

기욤 아폴리네르(Guillaume Apollinaire, 1880~1918) 프랑스의 시인·소설가. 작품은 《썩어가는 요술사》, 《동물시집》 등이다. 20세기 새로운 예술 창조자의 한 사람이다. 평론 《입체파 화가》, 《신정신》은 모더니즘 예술 발족에 큰 영향을 끼쳤다.

기화(己和, 1376~1433) 조선 전기의 승려로 여러 산을 편력하며 학인(學人)들을 지도하고 수도했다. 이름은 수이(守伊). 법호 득통(得通). 당호 함허(涵虛). 세종 2년 오대산에 가서 여러 성인들을 공양하고 월정사(月精寺)에 있을 때 세종이 청하여 대자어찰(大慈御刹)에 머물렀다. 4년 후 이를 사퇴하고 길상(吉祥)·공덕(功德)·운악(雲嶽) 등 여러 산을 편력했다. 저서에 《함허화상어록(涵虛和尙語錄)》 등이 있다.

길버트 스튜어트(Gilbert Stuart, 1755~1828) 미국의 화가. 초상에서 낭만적
인 성격묘사에 독자성을 발휘하였으며, 그가 그린 3점의 워싱턴 대통령
상은 그 뒤 수없이 그려진 대통령 상의 원형이 되었다.

길재(吉再, 1353~1419) 호는 야은 · 금오산인. 고려 말, 조선 초의 성리학자.
1387년 성균학정(成均學正)이 되었다가, 1388년에 순유박사(諄諭博士)를
거쳐 성균박사(成均博士)를 지냈다. 조선이 건국된 뒤 1400년(정종 2)에
이방원이 태상박사(太常博士)에 임명하였으나 두 임금을 섬기지 않겠다
며 거절하였다.

김경탁(金敬琢, 1906~1970) 동양철학자 · 교육자. 일본과 중국의 대학에서
철학교육을 수학하였다. 이후 고려대학 철학과 교수로 취임했다. 중국
철학을 '생성철학(生成哲學)'으로 파악하여 중국철학의 방법론적 체계화
를 이루었다.

김광욱(金光煜, 1580~1656) 조선 후기의 문신. 동지사로 청나라에 다녀왔
고, 지중추부사 겸 판의금부사를 거쳐 우참찬에 올랐다. 문예와 글씨에
뛰어났으며, 《장릉지장(長陵誌狀)》을 찬하였다. 저서로는 《죽소집》
이 있다. 시호는 문정(文貞)이다.

김교신(金教臣, 1901~1945) 종교인 · 교육가. 양정고보(養正高普) · 개성 송
도고보(松都高普) · 경기중학 등에서 민족주의 교육과 국적 있는 역사교
육을 통해 학생들에게 독립정신을 고취하였다. 《성서조선(聖書朝鮮)》
을 창간하여 교리전파에 심혈을 기울였으며 제자들에게 많은 영향을 끼
쳤다.

김근형(金根瀅, 1890~1911) 일제강점기 때 활동한 독립운동가. 평안남도 평
양 출생이다. 독립운동에 뜻을 품고 양기탁(梁起鐸) · 신채호(申采浩) ·
안창호(安昌浩) 등이 조직한 신민회에 가담하여 민족운동을 전개했다.
1911년 '105인 사건'으로 일본경찰에 체포되어 혹독한 고문으로 사망했
다. 1995년 건국훈장 애국장이 추서되었다.

김관석(金觀錫, 1922~2002) 목회자. 에큐메니칼 운동과 대한민국 민주화운
동에 참여했다. 1968년에 한국기독교교회협의회 총무로 선출되면서 기
독교 계열의 대표적인 반체제 인사가 되었다. 삼선개헌 반대운동과 민
주회복국민선언 등 1970년대 민주화운동의 중심에 있었다. 국민훈장모

란장을 받았다.

김난도(1963~ ) 서울대학교의 생활과학대학 소비자학과 교수. 미국 서던캘
리포니아 대학교에서 공공관리론에 관한 연구로 박사학위를 받았다.
2006년에는 강의에 대한 열의와 지도력을 인정받아 서울대학교 교육상
을 수상하였다. 저서 《아프니까 청춘이다》는 37주 연속 베스트셀러 1
위에 오르면서 독자들이 선정하는 2011 최고의 책으로 선정되었다.

김남조(金南祚, 1927~ ) 사랑의 시학을 노래한 시인. 저서에 시집 《정념의
기》, 《겨울바다》, 《설일(雪日)》 등이 있고, 수필집 《잠시 그리고 영원
히》, 《그래도 못 다한 말》 등이 있다. 이 밖에 콩트집 《아름다운 사람
들》과 다수의 시선집이 있다. 사랑과 인생을 섬세한 언어로 형상화해
'사랑의 시인'으로 불리는 계관시인이다.

김내성(金來成, 1909~1957) 소설가. 호는 아인(雅人). 1939년 《조선일보》
에 장편소설 《마인(魔人)》을 연재하면서 추리소설 작가로서의 독보적
인 위치를 굳혔다. 작품으로 《실낙원의 별》, 《애인》 등이 있다. 사후
내성문학상이 제정되었다.

김대중(金大中, 1924~2009) 제15대 대통령을 지낸 한국의 정치가. 아태평화
재단을 설립하여 이사장으로 활동했다. '아시아에서 가장 영향력 있는
지도자 50인' 중 공동 1위에 선정되었으며, 2000년 6월 평양을 방문하여
'6·15 남북공동선언'을 이끌어냈다. 또한 50여 년간 지속되어 온 한반
도 냉전 과정에서 상호불신과 적대관계를 청산하고 평화에의 새 장을
여는 데 기여한 공로로 2000년 노벨평화상을 받았다.

김동인(金東仁, 1900~1951) 간결하고 현대적 문체로 문장혁신에 공헌한 소
설가. 최초의 문학동인지 《창조》를 발간했다. 사실주의적 수법을 사용
했고, 예술지상주의를 표방하고 순수문학운동을 벌였다. 주요 작품은
《배따라기》, 《감자》, 《광염 소나타》, 《발가락이 닮았다》 등이 있다.

김동환(金東煥, 1901~?납북) 호는 파인(巴人). 한국 최초의 서사시 《국경의
밤》의 시인. 향토적, 애국적 감정의 민요적 색채가 짙은 서정시를 발표
하여 이광수·주요한 등과 함께 문명을 떨쳤다. 월간지 《삼천리문학》
을 발간하였다. 저서에 《승천하는 청춘》, 《삼인시가집》, 《해당화》와
소설·평론·수필 다수가 있다.

김말봉(金末峰, 1901~1961) 소설가. 중외일보 기자로서 창작활동을 시작했다. 1933년 중앙일보에 처녀작 단편소설 《망명녀》를 발표하면서부터 대중소설 작가의 지위를 얻었다. 한국예술원위원, 한국문학가협회 대표위원을 역임했고, 작품으로는 《화려한 지옥》, 《푸른 날개》, 《생명》, 《화관의 계절》 등이 있다.

김성식(金成植, 1908~1986) 사학자. 전사편찬위원, 고려대학, 경희대학 명예교수 등을 지내며 한국사학 발전에 공헌하였다. 저서 《대학사》, 《독일학생운동사》, 《루터 연구》, 수필집 《역사와 현실》 등이 있다.

김성탄(金聖嘆, ?~1661) 중국 명말・청초의 문예비평가. 독자적인 견식으로 문예비평을 했으며, 문학으로 간주되지 않았던 희곡과 소설을 정통 문학과 구별하지 않고 다루었다. 주요 저서로는 《장자》, 《초사(楚辭)》, 《사기》, 《수호지》 등에 대해 각각 비평을 한 《성탄재자서(聖嘆才子書)》 등이 있다.

김소운(金素雲, 1907~1981) 시인・수필가. 20세부터 일본 시단에서 활약하여 《조선민요집》, 《조선시집》 등 많은 작품을 일본에 소개하는 데 큰 공헌을 했다. 《물 한 그릇의 행복》 등 10여 권의 수필집을 발표하였고 1980년 대한민국 문화훈장 은관을 받았다. 1951년 장편수필 《목근통신(木槿通信)》이 일본 《중앙공론(中央公論)》에 번역 소개되어 한일 양국 문단에 큰 반향을 불러일으켰다.

김소월(金素月, 1902~1934) 한국의 대표적 서정시인. 기념비적 작품인 《진달래꽃》은 한국의 전통적인 한을 노래한 시라고 평가받으며, 짙은 향토성을 전통적인 서정으로 노래하여 오늘날까지 많은 사랑을 받고 있다. 《금잔디》, 《엄마야 누나야》, 《산유화》 등 많은 명시를 남겼다.

김시습(金時習, 1435~1493) 생육신의 한 사람인 조선 전기의 학자이다. 유・불(儒佛) 정신을 아울러 포섭한 사상과 탁월한 문장으로 일세를 풍미하였다. 금오산실에서 한국 최초의 한문소설 《금오신화》를 지었고, 《탕유관서록》, 《탕유관동록》 등을 정리했으며, 《산거백영》을 썼다.

김억(金億, 1896~?) 시인. 최초의 번역시집 《오뇌의 무도》를 낸 시인이며 1923년에 간행된 시집 《해파리의 노래》는 근대 최초의 개인 시집으로서 그 특징이 있다. 에스페란토의 선구적 연구가로서 《에스페란토 단기

강좌》를 발표하여 한국어로 된 최초의 에스페란토 입문서를 남겼다.

김오남(金午男, 1906~?) 일제시대의 시조작가. 시인 김상용(金尙鎔)의 여동생으로 인생의 무상함, 숙명 등을 주제로 하여 전통적 경향을 보이는 작품을 썼고, 1930년대 시조부흥운동에 여류문학가로는 유일하게 참여하였다.

김옥균(金玉均, 1851~1894) 조선 후기의 정치가. 갑신정변을 주도하였다. 갑신정변에 투영된 김옥균의 사상에는 문벌폐지, 인민평등 등 근대사상을 기초로 하여 낡은 왕정사 그 자체에 어떤 궁극적 해답을 주려는 혁명적 의도가 들어 있었다.

김옥길(金玉吉, 1921~1990) 교육자. 이화여자대학교 총장을 세 번 연임하였고 문교부장관으로 재직하며 학원자율화와 교복자율화를 추진하였다. 교육계·기독교계 등에서도 폭넓은 사회활동을 하였다. 국민훈장 무궁화장이 추서되었다.

김용옥(金容沃, 1948~ ) 호는 도올(檮杌). 철학사상가. 동서양 철학과 종교사상까지 다양한 학문적 탐구와 저작활동을 벌이고 있다. 그의 철학은 동양과 서양철학을 아우르는 기철학을 중심으로 한다. 아직 그 전모에 대해서는 형성 중이라고 여겨지지만 동양사상이 그 뿌리인 기철학을 통해 서양철학의 여러 문제를 해소하고 사상적·보편적 비전을 제시하는 의미를 가지리라고 추측된다. 저서로는《東洋學 어떻게 할 것인가》외에 수많은 작품이 있다.

김유기(金裕器, ?~?) 조선 후기의 가인(歌人). 숙종 때 명창으로 이름을 떨쳤고, 당대를 대표하는 최고의 명창으로 시조를 잘하여 시조 10수가 전한다.

김유정(金裕貞, 1908~1937) 소설가. 1935년 소설《소낙비》가 《조선일보》신춘문예에, 《노다지》가 《중외일보》에 각각 당선됨으로써 문단에 데뷔하였다.《봄봄》,《금 따는 콩밭》,《동백꽃》,《따라지》등의 소설을 내놓았고 29세로 요절할 때까지 30편에 가까운 작품을 발표했다.

김인후(金麟厚, 1510~1560) 조선 중기의 문신. 1540년 문과에 합격하고 1543년 홍문관 박사, 세자시강원 설서를 역임하여 당시 세자였던 인종을 가르쳤다. 을사사화가 일어나자 고향으로 돌아가 성리학 연구와 후학 양성에만 정진하였다. 문집으로 《하서전집》, 《주역관상편》, 《서명사천도》, 《백련초해》 등이 있다.

김재원(金載元, 1909~1990) 고고학자. 서울대학교 강사, 진단학회 간사장·평의원 등을 겸하고, 1955년 대한민국학술원 회원이 되었다. 1964년 독일 고고학 연구회 통신회원이 되고, 1968년 한국고고학회장으로 선출되었다.

김정국(金正國, 1485~1541) 조선 중기의 학자·문신. 중종 때 기묘사화로 삭탈관직되었다가 복관되어 전라감사가 되고 뒤에 병조참의·공조참의·형조참판 등을 지냈다. 김굉필의 문인으로, 시문이 당대에 뛰어났고 의서에도 조예가 깊었다. 저서로는 《사재집》, 《성리대전절요》, 《촌가구급방》 등이 있다.

김정희(金正喜, 1786~1856) 조선 후기의 서화가·문신·문인·금석학자. 순조 19년(1819) 문과에 급제하여 성균관대사성, 이조참판 등을 역임하였다. 학문에서는 실사구시(實事求是)를 주장하였고, 서예에서는 독특한 추사체를 대성시켰으며, 특히 예서·행서에 새 경지를 이룩하였다.

김종서(金宗瑞, 1383~1453) 조선 전기의 문신. 1433년 야인들의 침입을 격퇴하고 6진을 설치하여 두만강을 경계로 국경선을 확정하였다. 수양대군에 의하여 1453년 두 아들과 함께 집에서 격살되고 대역모반죄라는 누명까지 쓰고 효시됨으로써 계유정난의 첫 번째 희생자가 되었다.

김천택(金天澤, ?~?) 조선 후기의 시조작가·가객. 호는 남파(南坡). 《해동가요》에 57수를 남겼고, 1728년에는 시가집 《청구영언》을 편찬하여 국문학사상 귀중한 자료가 되고 있다. 사대부들이 즐겼던 시조가 중인 가객들에게까지 확산되는 데 선구적 역할을 했다.

김형석(金亨錫, 1920~ ) 수필가·철학자. 수필집 《고독이라는 병》은 베스트셀러가 되었다. 그의 수필은 현대인의 삶의 지표를 제시하기 위해 기독교적 실존주의를 배경으로 현대의 인간조건을 추구하여 부드럽고 시적인 문장으로 엮어 독자들에게 감명을 주고 있다. 수필집으로는 《영원과 사랑의 대화》, 《오늘을 사는 지혜》 등이 있다.

나

나도향(羅稻香, 1902~1926) 한국의 소설가. 초기에는《젊은이의 시절》,
　　《환희》등의 애상적인 작품들을 발표하였고 이후《물레방아》,《뽕》,
　　《벙어리 삼룡이》를 발표하면서 객관적인 사실주의적 경향을 보여주
　　었다. 작가로서 완숙의 경지에 접어들려 할 때 요절하였다.

나세르(Jamal 'Abd an-Nāser, 1918~1970) 이집트의 군인・정치가. 반둥회의
　　(아시아・아프리카회의)에 출석하여 적극적인 중립주의・비동맹주의
　　외교정책을 추진했고 수에즈운하의 국유화를 선언, 수에즈전쟁이 일어
　　났으나 국제여론의 지지로 이를 해결해 아시아・아프리카의 지도자가
　　되었다.

나츠메 소세키(夏目漱石, 1867~1916) 일본의 소설가・영문학자. 작풍은 당
　　시 전성기에 있던 자연주의에 대하여 고답적, 관상적(觀賞的)이었으며,
　　주요 저서로는《호토토기스(두견)》,《나는 고양이로소이다》등이 있
　　다.

나폴레옹 1세(Napoléon I, 1769~1821) 프랑스의 군인・제1통령・황제. 프랑
　　스혁명의 사회적 격동기 후 제1제정을 건설했다. 법전을 편찬하는 등 개
　　혁정치를 실시했으며, 유럽 여러 나라를 침략 세력을 팽창했다. 그러나
　　러시아 원정 실패로 엘바 섬에, 워털루 전투 패배로 세인트헬레나 섬에
　　유배되었다.

나폴레옹 2세(Napoleon II, 1811~1832) 나폴레옹 1세의 유일한 아들. 1814년
　　나폴레옹 1세가 폐위되자 어머니 마리 루이즈와 함께 외가인 오스트리
　　아에 머물렀다. 1815년 3월 왕위를 되찾은 아버지 나폴레옹 1세가 6월에
　　다시 폐위되어 유배 길에 오르자 뒤를 이을 황제로 임명되었다. 하지만
　　연합군의 파리 점령으로 왕위는 루이 18세에게 넘어갔고 나폴레옹 2세
　　는 프랑스에 돌아오지도 못한 채 폐위되었다.

《남사(南史)》중국 당(唐)의 이연수(李延壽)가 편찬한 사서(史書). 기전체
　　로 송(宋)・남제(南齊)・양(梁)・진(陳) 등 남북조시대(南北朝時代) 남조
　　(南朝) 네 왕조의 역사를 기술한 중국 25사(二十五史) 가운데 하나이다.

남이(南怡, 1441~1468) 조선 전기의 무신(武臣). 약관의 나이로 무과(武科)에

장원, 세조의 지극한 총애를 받았다. 1467년(세조 13) 이시애(李施愛)가 북관에서 난을 일으키자 우대장(右大將)으로 이를 토벌, 적개공신(敵愾功臣) 1등에 오르고, 의산군(宜山君)에 봉해졌으며, 28세의 나이로 병조판서에 올랐다.

남효온(南孝溫, 1454~1492) 조선 전기의 문신. 생육신 중에 한 사람이다. 사육신(死六臣)의 절의를 추모하고, 그들의 충절이 세상에 전해지지 않음을 염려하여 《육신전(六臣傳)》을 저술하는 등 당시의 금기사항에 조금도 거리낌이 없었다. 저서에 《추강집(秋江集)》 등이 있다.

《냉재야화(冷齋夜話)》 중국 남송(南宋)의 승려 석혜홍(釋惠洪)이 지은 설화.

너대니얼 호손(Nathaniel Hawthorne, 1804~1864) 미국의 소설가. 대표작 《주홍글씨(The Scarlet Letter)》는 청교도의 엄격함에 대한 교묘한 묘사, 죄인의 심리 추구, 긴밀한 세부구성, 정교한 상징주의로 19세기의 대표적 미국소설이 되었다. 그 밖에 《일곱 박공의 집(The House of the seven Gables)》 등을 발표하였다.

노드롭 프라이(Northrop Frye, 1912~1991) 캐나다 출신의 문학비평가. 문학연구의 과학적 접근을 주장하였다. 20세기 가장 영향력있는 지식인으로 평가된다. 대표적인 저술로는 《교육된 상상력》, 《비평의 길》 등이 있다.

노먼 빈센트 필(Norman Vincent Peale, 1898~1993) 미국 작가. 교회의 목회자로 42년간 사역했다. 그는 세계적인 베스트셀러가 된 저서 《적극적 사고방식의 능력》, 《예수 그리스도의 적극적인 능력》을 포함 46권의 저서를 저술했다. 간단명료한, 낙관적인, 역동적인 설교를 통해 많은 사람을 그리스도께로 인도한다.

노발리스(Novalis, 1772~1801) 독일의 시인·소설가. 낭만파 시인들과 교류하며, 문학 활동을 벌였다. 저서로 《밤의 찬가》 등이 있다.

노수신(盧守愼, 1515~1590) 조선 중기의 문신·학자. 을사사화 때 이조좌랑에서 파직되어 귀양살이를 하였다. 선조 즉위 후에는 우의정, 좌의정을 거쳐 영의정에 올랐다. 문집에 《소재집(蘇齋集)》이 있다.

노스트라다무스(Nostradamus, 1503~1566) 르네상스기(期) 프랑스의 의사·

철학자·점성가. 프랑스 각지를 방랑하면서 페스트나 풍토병 치료에 종사하는 한편 신(新)플라톤주의 사상·은비사상(隱祕思想)에 접했다. 그의 저서는 그 신비성 때문에 로마 가톨릭교회에 의해 금서가 되었다. 그 중에서도 4행시 《예언집》(Les Propheties)은 수개국어로 썼으며, 자신의 죽음뿐만 아니라 후원자인 앙리 2세의 죽음, 프랑스혁명, 나폴레옹의 등장까지 예언하였다.

노신(魯迅, 1881~1936) 중국의 문학가·사상가. 대표작 《아큐정전(阿Q正傳)》은 세계적인 작품이며 후에 그의 주장에 따른 형태로 문학계의 통일전선이 형성되었다. 그의 문학과 사상에는 모든 허위를 거부하는 정신과 언어의 공전(空轉)이 없는, 어디까지나 현실에 기초한 강인한 사고가 뚜렷이 부각되어 있다. 그 밖의 저서로는 《광인일기》, 《고향》 등이 있다.

노어 웹스터(Noah Webster, 1758~1843) 미국의 사서 및 교과서 편찬가. 《표준철자 교과서》를 발행해 미국의 표준 영어교과서로 널리 쓰여 영어교육의 권위자가 되었다. 수록 낱말이 7만 규모인 《미국 영어사전(American Dictionary of the English Language)》을 발간하여 미국의 사서 계에 큰 영향을 끼쳤다.

노자(老子, ?~?) BC 6세기경에 활동한 중국 제자백가 가운데 한 사람으로 도가(道家)의 창시자. 노자는 유가에서는 철학자로, 일부 평민들 사이에서는 성인 또는 신으로 숭배되었다. 도교 경전인 《도덕경(道德經)》의 저자로 알려져 있다. 현대 학자들은 《도덕경》이 한 사람의 손에 의해 저술되었다고는 생각지 않으나, 도교가 불교의 발전에 큰 영향을 미쳤다는 사실은 통설로 받아들이고 있다.

노포(魯褒, ?~?) 3세기 전후의 중국 서진(西晉)시대의 문신이자 학자로, 화폐권력과 화폐숭배를 비판한 《전신론(錢神論)》을 썼다.

《논어(論語)》 사서(四書)의 하나로 유가(儒家)의 성전(聖典)이라고도 할 수 있다. 중국 최초의 어록이기도 하다. 고대 중국의 사상가 공자의 가르침을 전하는 가장 확실한 옛 문헌이다. 공자와 그 제자와의 문답을 주로 하고, 공자의 발언과 행적, 그리고 고제(高弟)의 발언 등 인생의 교훈이 되는 말들이 간결하고도 함축성 있게 기재되었다.

《논형(論衡)》 중국 후한의 사상가 왕충(王充)의 저서. 전국시대의 제자(諸子)의 설 외에 당시의 정치 · 풍속 · 속설 등 다방면의 문제를 다뤄 실증적이고 합리적 비판을 가했다. 비판적 정신이 풍부하여 전통사상, 특히 한나라 때 유학 속에 잠재한 허망성을 지적하고 속유(俗儒)의 신비주의 사상, 즉 미신적 사상을 배격하고 있다.

니코스 카잔차키스(Níkos Kazantzakís, 1883~1957) 그리스의 시인 · 소설가 · 극작가. 여러 나라를 편력하면서 역사상 위인을 주제로 한 비극을 많이 썼다. 그리스 난민의 고통을 묘사한 《다시 십자가에 못 박히는 그리스도》로 세계적인 명성을 얻었다. 대표작으로 《그리스인 조르바》, 《오디세이아》 등이 있다.

니콜라 부알로(Nicolau Boileau-Despréaux, 1636~1711) 프랑스의 시인 · 비평가. 문학 비평사상 극히 중요한 《시법》은 몰리에르, 라신 등의 작품에서 고전주의문학이론을 추출 집대성했다. 그의 비평의 근원은 이성과 양식이다.

니콜라우스 레나우(Nikolaus Lenau, 1802~1850) 헝가리 출생 오스트리아 시인. 작가 개인의 절망감뿐 아니라 당대의 염세주의를 반영하는 감상적인 서정시로 유명하다. '세계고(世界苦)의 시인'이라 불렸다. 작품으로 《시집》, 《시전집》 등이 있다.

니콜라우스 코페르니쿠스(Nicolaus Copernicus, 1473~1543) 폴란드의 천문학자. 지동설을 주창하였다. 저서에 《천체의 회전에 관하여》가 있다. 그러나 그가 생각한 태양계의 모습은 현재 우리가 생각하는 태양계의 그것과는 차이가 있다.

다

다니엘 오코넬(Daniel O'Connell, 1775~1847) 아일랜드 해방운동 지도자. 영국 하원의원으로서 가톨릭 해방령을 성립시키는 등 아일랜드의 독립을 위하여 노력하였다.

다니엘 웹스터(Daniel Webster, 1782~1852) 미국의 웅변가 · 정치가. 연방대법원에서 저명한 변호사로 활약했고, 미국 하원의원 · 상원의원 및 국무장관을 지냈다. 열렬한 국민주의자이자 잭슨 대통령의 농업주의시대에 기업의 이익을 옹호한 인물로 가장 잘 알려져 있다.

다니카와 슌타로(谷川俊太郎, 1931~ ) : 일본 현대시를 대표하는 시인. 철학자 아버지의 영향으로, 철학·음악·문학 등 예술 분야에 관심을 가져온 그는 중학교 시절 시를 쓰기 시작해 21세에 첫 시집 《20억 광년의 고독》을 출간했다. 시인, 작사가뿐만 아니라 그림책 작가로도 유명해서 《무엇이든 대답해주는 상자》는 베스트셀러가 되기도 했다.

다리우스 1세(Darius I, BC 549~BC 486) 아케메네스 왕조 페르시아제국의 왕. 뛰어난 행정조직과 대규모 건축사업으로 유명하다. 몇 차례에 걸쳐 그리스 정복을 꾀했으나 폭풍으로 함대가 파괴되었으며, BC 490년에는 마라톤에서 아테네에 패했다.

다자이 오사무(太宰治, 1909~1948) 일본의 소설가. 좌익운동의 영향을 받은 작품을 많이 썼다. 주요 저서로는 《사양(斜陽)》, 《만년(晩年)》, 《인간실격》 등이 있다.

《당서(唐書)》 당나라의 정사(正史)로서 25사(史)의 하나. 당고조(唐高祖)의 건국(618)에서 애제(哀帝)의 망국(907)까지 290년 동안의 당나라 역사의 기록이다. 처음에는 단지 《당서》로 씌어졌지만, 송나라 때 내용을 고쳐 《신당서(新唐書)》로 편찬하였다. 그래서 《구당서》와 《신당서》로 나누어졌다.

《대대례(大戴禮)》 중국 전한의 대덕(戴德)이 공자의 72제자의 예설(禮說)을 모아 엮은 책. 《예기》 214편을 85편으로 정리한 것이다. 39편만이 전해진다.

《대학(大學)》 공자와 그의 제자 증자(曾子)가 지은 것으로 여겨지는 간략한 유교 경전. 4서 중 중요한 경서. 본래 《예기》의 제42편이었던 것을 송(宋)의 사마광이 처음으로 따로 떼어서 《대학광의(大學廣義)》를 만들었다. 그 후 주자가 《대학장구》를 만들어 경(經) 1장, 전(傳) 10장으로 구별하여 주석을 가하고 이를 존숭하면서부터 널리 세상에 퍼졌다.

더글러스 맥아더(Douglas MacArthur, 1880~1964) 미국의 군인. 제2차 세계대전 중 연합군 사령관으로 1945년 8월 일본을 항복시키고 일본점령군 최고사령관이 되었다. 6·25전쟁 때는 UN군 최고사령관으로 부임하여 인천상륙작전을 지휘하였다. 「노병(老兵)은 죽지 않고 사라질 뿐이다」

라는 유명한 말을 남겼다.

더글러스 제럴드(Douglas William Gerrold, 1803~1857) 영국의 극작가·언론인·유머작가. 극적인 구성보다 대화의 위트에 주력한 희곡을 썼으며, 진보적 자유주의자로서 풍자적인 비평을 썼다. 작품으로 《베개 밑 설교》가 있다.

데메트리우스 키도네스(Dēmētrios Kydōnēs, 1324?~1398?) 비잔티움제국의 신학자로 오랫동안 이탈리아의 밀라노에서 살면서 저작에도 힘썼다. 신학·수사학의 저서가 있다.

데모스테네스(Demosthenes, BC 384~BC 322) 고대 그리스의 웅변가·정치가. 반(反)마케도니아운동의 선두에 서서 의회연설로 조국의 분기(奮起)를 촉구하였다. 전해지는 61편의 연설 중 《필리포스 탄핵 제1~제3》 3편을 비롯 정치연설이 유명하다.

데모크리토스(Dēmokritos, BC 460?~BC 370?) 고대 그리스의 자연철학자. 원자론을 확립했다. 그는 특별한 자연현상(천둥·번개·지진 등)을 초인적 힘의 탓으로 설명하고자 하는 욕망 때문에 많은 사람이 신의 존재를 믿는다고 생각했다. 이론보다 실천에 바탕을 둔 그의 윤리체계는 궁극적 선(유쾌함)이라는 개념을 제시했다.

데이비드 흄(David Hume, 1711~1776) 영국의 철학자. 그의 인식론(認識論)은, 존 로크에서 비롯된 '내재적 인식비판'의 입장과 뉴턴 자연학의 실험·관찰의 방법을 응용했다. 인간본성 및 그 근본법칙과 그것에 의존하는 여러 학문의 근거를 해명하는 일이었다. 홉스의 계약설을 비판하고 공리주의를 지향한다.

데일 카네기(Dale Carnegie, 1888~1955) 컨설턴트. 《어떻게 친구를 만들고 상대를 설득할 것인가》, 《어떻게 고민을 극복하고 새 삶을 찾을 것인가》 등과 같은 인간관계론과 처세론에 관한 저서를 다수 집필했다.

데팡 부인(Marie de Deffand, 1697~1780) 프랑스의 여류 문필가, 프랑스 사교계의 총아. 귀족 가문에서 태어나 파리의 수녀원에서 교육받았다. 데팡 부인이 후기에 쓴 산문은 독특한 문체와 수사법을 보여주고 있으며, 궁정과 가정에서 일어난 사건들을 기록한 연대기는 흥미로울 뿐 아니라 매우 귀중한 자료이다.

도로데아 딕스(Dorothea Lynde Dix, 1802~1887) 미국 사회개혁가. 일생을 정신질환자의 복지를 위해 헌신한 사회개혁자·인도주의자.

도리스 레싱(Doris May Lessing, 1919~ ) 영국 소설가. 시·희곡·소설을 포함한 많은 작품으로, 1950년대의 '앵그리 영맨(angry youngman)'을 대표하는 한 사람으로 활약하였다. 페미니즘 소설의 고전 《황금 노트북》으로 2007년 노벨문학상을 받았다.

도로시 파커(Dorothy Parker, 1893~1967) 미국의 단편 소설가·시인. 위트에 찬 시와 소설로 이름을 떨쳤다. 1926년에 첫 시집 《충분한 밧줄(Enough Rope)》은 베스트셀러가 되었다. 그 밖의 시집으로 《선셋 건(Sunset Gun)》 등이 있다. 1929년에 단편소설 《빅 블론드(Big Blonde)》로 오헨리 상을 받았다.

도스토예프스키(Fyodor Mikhailovich Dostoevskii, 1821~1881) 톨스토이와 함께 19세기 러시아 문학을 대표하는 세계적인 문호. '넋의 리얼리즘'이라 불리는 독자적인 방법으로 인간의 내면을 추구하여 근대소설의 새로운 가능성을 열어놓았다. 작품으로 《죄와 벌》, 《백치》, 《악령(惡靈)》 등 수많은 대작이 있다.

도연명(陶淵明, 365~427) 이름은 잠(潛). 중국 동진(東晉)·송대(宋代)의 시인. 기교를 부리지 않고 평담(平淡)한 시풍이었기 때문에 당시의 사람들로부터는 경시를 받았지만, 당대 이후는 육조(六朝) 최고의 시인으로서 그 이름이 높았다. 그의 시풍은 당대(唐代)의 맹호연, 왕유 등 많은 시인들에게 영향을 주었다. 주요 작품으로 《오류선생전》, 《도화원기》, 《귀거래사》 등이 있다.

도종환(1954~ ) 시인. 1984년 동인지 《분단시대》를 통해 작품활동을 시작했으며, 제8회 신동엽창작기금을 수상하였다. 시집에 《고두미 마을에서》, 《접시꽃 당신》, 《지금 비록 너희 곁을 떠나지만》, 산문집에 《지금은 묻어둔 그리움》 등이 있다.

《동몽선습(童蒙先習)》 조선 명종 때 학자 박세무(朴世茂)가 저술하였다. 《천자문》을 익히고 난 후의 학동들이 배우는 초급교재로, 먼저 오륜(五倫)을 설명하였다. 이어 중국의 삼황오제(三皇五帝)에서부터 명나라까지의 역대 사실(史實)과 우리나라의 단군에서부터 조선시대까지의 역사를 약술하였다.

《동문선(東文選)》 1478년(성종 9)에 성종의 명을 받아 서거정(徐居正), 노사신(盧思愼), 강희맹(姜希孟), 양성지(梁誠之) 등 23인의 찬집관이 참여하여 편찬한 우리나라 역대 시문선집이다.

두목(杜牧, 803~853) 이상은(李商隱)과 더불어 이두(李杜)로 불리는 중국 만당전기(晩唐前期)의 시인. 산문에도 뛰어났지만 시에 한층 뛰어났으며, 근체시(近體詩), 특히 칠언절구를 잘했다. 주요 작품으로 《아방궁의 부》, 《강남춘(江南春)》 등이 있다.

두보(杜甫, 712~770) 이백과 함께 '이두(李杜)'로 병칭되는 중국 최대의 시인이며, 시성이라 불렸던 성당시대의 시인. 널리 인간의 심리, 자연의 사실 가운데 그 때까지 발견하지 못했던 새로운 감동을 찾아내어 시를 지었다. 주요 작품으로 〈춘망(春望)〉, 〈월야(月夜)〉, 〈애강두(哀江頭)〉 등 많은 유명한 시가 있다.

드니 디드로(Denis Diderot, 1713~1784) 프랑스의 백과전서파를 대표하는 계몽주의 철학자이자 작가이다. 주요 작품으로는 《경솔한 보석들》, 《수녀》 등의 소설, 《달랑베르의 꿈》 등의 철학서적, 《사생아》 등의 희곡이 있다.

드와이트 아이젠하워(Dwight David Eisenhower, 1890~1969) 미국의 제34대 대통령. 아이크(Ike)라는 애칭으로 불렸다. 대통령 재임 중 국무장관 덜레스와 부통령 닉슨을 중용하여 수완을 발휘하였다.

디오게네스(Diogenēs, ?~BC 320?) 고대 그리스의 철학자. 견유학파(犬儒學派 : 금욕적 자족을 강조하고 향락을 거부하는 그리스 철학파)의 전형적 인물. 안티스테네스의 여러 저작에 영향을 받았다. 디오게네스는 일관된 사고체계보다는 인격적 본보기를 보임으로써 견유학파의 철학을 전파했다. 그의 추종자들은 도덕의 파수꾼으로 자처했다.

디오게네스 라에르티오스(Diogenēs Lāertios, ?~?) 3세기 전반 경 고대 그리스 전기작가. 그의 삶에 관해서 알려진 것은 매우 적다. 다만 그가 저술한 철학자 전기인 《고대 그리스 철학자의 생활과 의견 및 저작 목록》만이 현재까지 전해지는데, 고대 그리스 철학자들의 삶에 관한 많은 정보를 알려주는 귀중한 자료이다.

디오니시오스(Dionysios, BC 170?~BC 90?) 그리스의 문법학자. 문법 《테크네 그람마티케》로 유명하다. 《테크네 그람마티케》는 그리스문법의 요체로, 소리·음절·말의 3부로 되어 있다. 르네상스기까지 교과서로 전하여졌다.

디오니시우스(Dionysius, ?~268) 그리스의 역사가이자 변론술 교수. BC 30년 경의 문학비평과 이론의 지도자였다. 대표작으로는 《모방론》, 《투키디데스론》이 있으며 역사가로서 《로마사》(20권)를 저술하였다.

디오판토스(Diophantos, 246?~330?) 알렉산드리아에서 활약한 그리스의 수학자. 대수학의 아버지라고 불리며, 저서로 《산수론(算數論)》이 있다. 그의 《산수론》은 아라비아어로 번역되어 그곳 학자에게 영향을 끼쳤으며, 뒤에 라틴어로 번역되어 중세 말 유럽으로 전파되어 대수학 발달에 공헌했다.

## 라

라로슈푸코(François de La Rochefoucauld, 1613~1680) 프랑스의 모럴리스트. 대귀족의 장남으로 16세에 이탈리아 전쟁에 참가한 후부터 사랑과 야심에 찬 모험의 시대를 보낸다. 프롱드의 난에서 반란군을 지휘하다가 실명(失明)했다. 그 후 정치적 야망을 버리고 귀부인들과 더불어 사블레 부인의 살롱에 출입하였고, 명상과 저작의 생활을 보내 예리한 인간 관찰의 글인 《맥심》을 남겼다.

라브뤼예르(Jean de La Bruyère, 1645~1696) 17세기 프랑스의 모럴리스트. 《사람은 가지가지》의 정치적 풍자는 18세기의 문학을 예고했다. 당시 사회 모든 계층의 모든 형태를 그린 수상록 《캐릭터》를 쓰고 귀족이나 승려의 생태를 비판하였다. 책에서 시사문제를 언급해 아카데미 프랑세즈 회원이 되는 데 어려움을 겪었지만, 1693년에 결국 회원으로 선출되었다.

라이너 마리아 릴케(Rainer Maria Rilke, 1875~1926) 오스트리아 시인·작가로 20세기 최고의 독일어권 시인 중 한 사람. 1902년 파리로 건너가 조각가 로댕의 비서가 되어 로댕의 이념인 사물을 깊이 관찰하고 규명하는 능력을 길렀다. 그의 작품들은 인간성을 상실한 이 시대의 가장 순수한 영혼의 부르짖음으로서 높이 평가되고 있다. 《젊은 시인에게 보내는 편지》는 독일은 물론 미국에서도 사랑을 받았다.

라이오넬 트릴링(Lionel Trilling, 1905~1975) 미국의 영문학자 · 소설가 · 평론가. 컬럼비아대학교 영문과 최초 유대인 교수. 평전 《매튜 아널드》는 심리학 · 정치학 등의 이론을 도입한 역작이다.

라인홀드 니버(Reinhold Niebuhr, 1892~1971) 프로테스탄트 신학자로, 미국의 변증법 신학의 대표자. 1929~33년의 세계적 대공황의 시기에 '위기의 신학'이라고 일컬어지는 신학의 입장을 세웠는데, 그 후 유럽에 있어서 이 파의 신학자들이 조직신학을 설교한 것과는 달리, 그는 인간 · 윤리 · 역사 등 현실문제에 대해 얘기했다.

라인홀트 슈나이더(Reinhold Schneider, 1903~1958) 독일의 시인 · 소설가 · 수필가. 그리스도교적 휴머니즘의 입장에서 반 나치스적 태도로 나치스의 탄압을 견디어낸 작가 중의 한 사람이다. 주요 작품으로 《라스 카자스와 카를 5세》가 있다.

라게르크비스트((Par Fabian Lagerkvist, 1891~1974) 스웨덴의 작가. 제1차 대전 후의 전위적 작가로서 근대인의 불안과 고뇌와 정열적인 휴머니즘을 지향했다. 1940년 스웨덴 아카데미 회원, 1951년 노벨문학상 수상. 《무녀(巫女)》 등의 작품이 있다.

라파엘(Raphael) 그리스도교에서 말하는 대천사(大天使)들 중 한 천사. 구약성서 「토비트서」에 나오는 일곱 천사의 하나로, 헤브라이어로 '하느님이 낫게 하였다」라는 뜻이다. 7세기경부터 베네치아교회에서는 수호성인(守護聖人)으로 받들었으며, 라파엘을 소재로 한 미술작품도 16세기 이후부터 다양해졌다.

라 퐁텐(Jean de la Fontaine, 1621~1695) 프랑스의 대표적인 우화작가. 판차탄트라와 같은 고대 인도문학, 이솝, 호라티우스 등에서 영감을 받아서 발표한 시문으로 된 우화집으로 유명하다. 그의 우화는 이솝 우화에 비해 내용 면에서 인간 세태에 대한 풍자의 강도가 세다. 루이 14세의 여섯 살 난 손자에게 헌정된 《우화 선집(Fables Choisies)》에는 124개의 우화가 실려 있는데, 동물에 비교하여 사람의 참다운 모습을 생각게 해주는 뛰어난 작품이다.

랑클로(Ninon de Lenclos, 1620~1705) 프랑스의 유명한 사교계 여성. 에피쿠
로스 철학에 대해 꾸준한 관심을 가졌다. 그녀가 개업한 살롱에는 당대
의 가장 이름난 문인・정치가 등이 출입했다.

랜달 재럴(Randall Jarrell, 1914~1965) 미국의 시인・소설가・비평가. 유년기
가 시의 주된 주제이며,《잃어버린 세계》에서 자신의 어린 시절에 대
해 폭넓게 서술했다. 밴더빌트 대학에서 강의를 시작했다. 1942년 공군
에 입대했고 전쟁 때의 경험을 쓴《작은 친구》,《상실》등에 훌륭한
시가 많이 실려 있다.

랠프 에머슨(Ralph Waldo Emerson, 1803~1882) 미국의 사상가・시인. 정신
을 물질보다도 중시하고 직관에 의하여 진리를 알고, 자아의 소리와 진
리를 깨달으며, 논리적인 모순을 관대히 보는 신비적 이상주의였다. 주
요 저서에는《자연론》,《대표적 위인론》등이 있다.

러더퍼드 헤이스(Rutherford Birchard Hayes, 1822~1893) 미국의 정치가. 제19
대 대통령. 재임 중 그때까지 군정(軍政)을 펴고 있던 남부 여러 주에서
연방군을 철수시킴으로써 재건(再建)을 완결 지었으며, 관리임용제도를
개혁하였다.

레몽 아롱(Raymond Aron, 1905~1983) 프랑스의 정치사회학자로, 전후 장 폴
사르트르 등과 함께 잡지《현대》를 창간하고,《콩바》,《피가로》등
잡지의 논설기자로 활약하였다. 주요 저서에《지식인들의 아편》등이
있다.

레베카 웨스트(Rebecca West, 1892~1983) 영국 소설가・비평가. 정치와 문
학의 비평분야에서도 재기 넘치는 활약을 보였다. 처녀작《병사의 귀
환》과 다음 작품《재판관》에서는 프로이트의 영향이 보인다. 그 밖에
《생각하는 갈대》,《샘물이 넘친다》등의 작품이 있다.

레오나르도 다빈치(Leonardo da Vinci, 1452~1519) 르네상스 시대의 이탈리
아를 대표하는 천재적 미술가・과학자・기술자・사상가. 15세기 르네
상스 미술은 그에 의해 완벽한 완성에 이르렀다고 평가받는다. 조각・
건축・토목・수학・과학・음악에 이르기까지 다양한 방면에 재능을 보
였다.《최후의 만찬》,《모나리자》등 대작을 그렸다.

레오폴트 폰 랑케(Leopold von Ranke, 1795~1886) 독일의 역사가. 역사학의

독자적인 연구시야를 개척했다는 점에서 '근대 역사학의 아버지'라 불린다. 주요 저서로 《라틴 및 게르만 제(諸)민족의 역사 1494~1514》등이 있다.

레옹 강베타(Léon Gambetta, 1838~1882) 프랑스의 정치가·변호사. 나폴레옹 3세의 전제(專制)에 반대한 것으로 유명하다. 공화주의연합을 지도하고 신문 《프랑스 공화국》을 창간하였다.

레옹 블룸(Lèon Blum, 1872~1950) 프랑스의 정치가·문예평론가. 제1차 세계대전 후 사회당을 지도하여 1936년 인민전선 내각의 수상이 되었다. 제2차 세계대전 후에는 임시정부 수반을 지냈다.

레이먼드 크노(Raymond Queneau, 1903~1976) 초현실주의에서부터 출발한 프랑스 시인·소설가. 언어유희와 블랙유머 등이 담긴 실험적 작품을 썼다. 주요 저서에 《참나무와 개》등이 있으며 그 밖에 《푸른 꽃》등의 소설작품에 의하여 '앙티로망'의 선구자의 한 사람으로 일컬어지고 있다.

레프 톨스토이(Lev Nikolaevich Tolstoi, 1828~1910) 러시아의 문명비평가·사상가. 도스토예프스키와 함께 19세기 러시아 문학을 대표하는 세계적 문호다. 처녀작 《유년시대》를 익명으로 발표하여 네크라소프로부터 격찬을 받았다. 《전쟁과 평화》, 《부활(Voskresenie)》등 불후의 작품들이 있다.

렉스 워너(Rex Ernest Warner, 1905~1986) 영국의 소설가·시인·고전어학자. 저서는 카프카의 알레고리를 모방한 《기러기 사냥》, 좌우사상으로 고민하는 자유주의적 대학교수를 그린 《교수》등이 있다.

로맹 롤랑(Romain Rolland, 1866~1944) 프랑스의 소설가·극작가·평론가. 대하소설의 선구가 된 《장 크리스토프》로 1915년 노벨문학상을 수상했다. 평화운동에 진력하고, 국제주의 입장에서 애국주의를 비판했다. 그 밖에 《매혹된 영혼》등이 있다.

로버트 로이(Robert Harry Lowie, 1883~1957) 오스트리아 빈 출생의 미국 문화인류학자. 미개민족의 사회와 종교에 대한 관심이 깊었다. 주요 저서로 《미개사회》, 《독일을 이해하기 위하여》등이 있다.

로버트 린드(Robert Wilson Lynd, 1879~1949) 영국의 수필가 겸 저널리스트.

《뉴스 크로니클》지의 문예부장으로 있었고 《뉴 스테이츠먼》에 에
세이를 기고하며 문예비평 분야에서 폭넓게 활약하였다. 주요 저서에
《아일랜드 산책》, 《신구의 거장들》등이 있다.

로버트 버턴(Robert Burton, 1577~1640) 영국 목사·문필가·고전학자. 수필
집 《우울의 해부》는 세상에 대한 인간의 불만과 이것을 누그러뜨리는
방법에 관한 내용으로 그의 풍부한 기지와 유머가 그를 유명하게 만들
었다.

로버트 번스(Robert Burns, 1759~1796) 영국 시인. 18세기 잉글랜드 고전 취
미의 영향에서 벗어나 스코틀랜드 서민의 소박하고 순수한 감정을 표현
한 점에 특징이 있다. 《새앙쥐에게》와 《두 마리 개》등 동물을 통하여
인도주의적 사상을 표현한 작품이 있다.

로버트 브라우닝(Robert Browning, 1812~1889) 영국 빅토리아 시대의 대표
적인 시인. 탁월한 극적 독백과 심리묘사로 유명하다. 가장 유명한 작품
은 로마의 살인재판에 대해 쓴 시집 《반지와 책》이 있다.

로버트 브라운(Robert Brown, 1550?~1633?) 영국의 종교가. 프로테스탄트의
일파인 회중파 교회(Congregational Church)의 창시자. 영국 국교회의 주교
제도와 성직 서임식을 부정하여 문제가 되자 스코틀랜드로 망명하였다.

로버트 브리지스(Robert Seymour Bridges, 1844~1930) 영국 시인·수필가.
《단시집(短詩集)》으로 시인으로서의 명성을 얻었다. 순직한 감정과
운율(韻律)이 아름다운 시를 많이 썼다. 그 밖에 장시(長詩) 《미(美)의 유
언》이 있다.

로버트 사우디(Robert Southey, 1774~1843) 영국의 시인·전기작가. 프랑스
혁명에 열광하여 서사시 《잔 다르크》를 썼고 후에 계관시인이 되었다.
대표작으로 《살라바》, 《매도크》등의 서사시와 《넬슨 전(傳)》, 《웨슬
리 전(傳)》등이 있다.

로버트 셔우드(Robert Emmet Sherwood, 1896~1955) 미국의 극작가. 작품에
서 인간의 정치적·사회적 문제를 다루었다. 그가 쓴 연설문은 유명 인
사들을 위한 대작(代作)을 좋은 관행으로 만드는 데 크게 기여했다. 제2
차 세계대전 뒤 내놓은 작품으로, 아카데미상에 빛나는 영화 《우리 생
애 최고의 해》등 많은 작품이 있다.

작품은 《헤스페리데스》에 수록되어 있다. 벤 존슨의 시풍을 계승하여
격조를 갖춘 목가적 서정시를 발표하였다.

로베르 사바티에(Robert Sabatier, 1923~ ) 프랑스의 시인·소설가·수필가.
아카데미프랑세즈 시 대상을 받았다. 폴 발레리와 초현실주의자들로부
터 영향을 받아, 음악적이며 상징적이다. 작품으로 《태양의 축제》등이
있다.

로베르트 무질(Robert Musil, 1880~1942) 오스트리아 소설가. 처녀작 《사관
후보생 퇴를레스의 망설임》으로 호평을 받은 후, 클라이스트 상을 받
은 희곡 《열광자들》등을 발표하였다. 날카로운 풍자로 현실과 비현실
의 이중성적 세계를 구축했다.

로베르트 분젠(Robert Wilhelm von Bunsen, 1811~1899) 독일의 화학자. 유기
화학 방면에는 카코딜화합물을 연구하였으며 무기화학 방면에서는 희
토류와 백금족을 연구하였다. 그 밖에 지구화학, 공업화학 등 다양한 화
학분야를 연구하였다.

로베르트 슈만(Robert Alexander Schumann, 1810~1856) 독일의 작곡가. 낭만
주의와 슈베르트의 영향을 받았고 피아노독주곡과 가곡 작곡에 특히 뛰
어났으며, 작품으로는 《피아노협주곡》, 《사육제》등이 있다.

로제 마르탱뒤가르(Roger Martin du Gard, 1881~1958) 프랑스의 소설가·극
작가. 잡지 《NRF》의 동인으로 새로운 소설을 대표하는 신인의 하나로
평가되었다. 대하소설 《티보가의 사람들》 중 《1914년 여름》으로 노벨
문학상을 받았다.

로페 데 베가(Lope Felix de Vega Carpio, 1562~1635) 에스파냐의 극작가·시
인이며 소설가. 새로운 극작법에 의한 작품들로 에스파냐 황금세기의
국민연극을 만들어냈고 서정시인으로서도 탁월하였다. 1,800편에 달하
는 희곡과 수많은 극작품을 썼다. 대표작에 연애희극 《상대는 모른 채
사랑한다》, 사극 《펜테오베프나》등이 있다.

루도비코 아리오스토(Ludovico Ariosto, 1474~1533) 르네상스기를 대표하는
이탈리아의 시인. 시작(詩作)과 외교활동에서 기반을 굳히고, 한평생 에
스테 후작 집안에서 일하면서 《광란의 오를란도》를 남겼다.

루돌프 발렌티노(Rudolph Valentino, 1895~1926) 이탈리아 출생의 미국 영화

배우로 렉스 잉그럼 감독의 《묵시록의 4기사》에 출연하며 스타가 되
었다. 라틴계통의 미남배우로 여성에게 많은 인기를 얻었다.

루돌프 불트만(Rudolf Bultmann, 1884~1976) 독일의 프로테스탄트 신학자로
신약성서의 양식사적(樣式史的) 연구를 개척하였다. 변증법적 신학운동
의 추진가였다. 주요 저서로는 《예수》, 《신약성서의 신학》 등이 있다.

루돌프 오이켄(Rudolf Christoph Eucken, 1846~1926) 베르그송, 딜타이 등과
함께 '생의 철학'의 대표자로 꼽혀 많은 저작으로 이상주의적인 생의 철
학을 옹호 발전시켰으며, 그 서술에서 풍기는 따뜻함과 박력으로 1908
년 노벨문학상을 수상하였다. 저서로는 《대사상가의 인생관》, 《삶의
의미와 가치》 등이 있다.

루돌프 폰 예링(Rudolf von Jhering, 1818~1892) 독일의 법학자. 법의 사회적
실용성을 중시한 목적법학(目的法學)을 설파하였다. 초기에는 역사법학
파에 속하는 로마법 학자로서, 《로마법의 정신》을 남겼다.

루스 베네딕트(Ruth Fulton Benedict, 1887~1948) 미국의 문화인류학자로서,
그의 학문적 입장은 인간의 사상, 행동의 의미를 심리적으로 파악하려
고 한 문화양식론을 띤다. 저서로 《문화의 유형》, 《민족―과학과 정치
성》, 《국화와 칼》 등이 있다.

루이 14세(Louis XIV, 1638~1715) 프랑스 부르봉 왕조의 왕. 절대왕정의 대
표적인 전제군주. 중앙집권을 강화하고, 재상제를 폐지하고, 영토를 확
장하였으며, 문화의 황금시대를 이루었다. 베르사유 궁전을 지어 유럽
문화의 중심이 되게 하였다. 그러나 신교도를 박해하였고, 화려한 궁정
생활로 프랑스의 재정결핍을 초래하였다.

루이 18세(Louis XVIII, 1755~1824) 프랑스의 왕. 나폴레옹이 엘바 섬으로 추
방되자 왕위에 올라 입법권과 사법권의 독립, 신성불가침적 세습왕권과
함께 법 앞의 평등, 기본적 인권 등을 규정한 헌법을 제정하였다.

루이 세바스티앵 메르시에(Louis Sébastien Mercier, 1740~1814) 프랑스의 극
작가·저널리스트·소설가. 《재판관》, 《탈주자》 등 희곡을 썼다. 소
설 《야만인》, 《철학적 몽상》이 있다. 낭만파운동의 선구자 중 하나로,
고전주의를 격렬히 공격하였다.

루이스 맥니스(Frederick Louis MacNeice, 1907~1963) 영국 시인. 스스럼없는

가벼운 구어체의 시풍은 유머가 풍부한 현대적인 이미지나 관념을 구사하는 점이 특징이다. 저서에는 위스턴 오든과 합작한 이색적 기행 시문집《아이슬란드에서 온 편지》와 역시 오든의 영향이 역력한 시극《그림 속에서》등이 있다.

루이스 멈포드(Lewis Mumford, 1895~1990) 뉴욕 태생의 문명 평론가·건축가. 기계가 인간을 지배한다는 기능주의적 디자인 사상을 비판하고 인간성을 회복하는 데 힘썼다. 이들 사상은 그의 저서《기술과 문명》,《도시의 문화》,《예술과 기술》에 반영되었으며, 이들을 통해서 건축·도시·문명에 대하여 비판을 행하였다.

루이스 브랜다이스(Louis Dembitz Brandeis, 1856~1941) 미국의 법률가. 변호사가 되어 노동법에 관심을 갖고 최저임금법의 합헌성을 주장하고, 철도회사의 독점사업과 맞서 싸워 명성을 얻었다. 유대인으로서는 최초의 연방최고재판소 판사가 되었다.

루이스 월리스(Lewis Wallace, 1827~1905) 미국의 소설가·정치가·군인. 멕시코 전쟁과 남북전쟁에서 공훈을 세우고, 뉴멕시코 지사와 터키 공사를 역임했다.

루이자 메이 올컷(Louisa May Alcott, 1832~1888) 미국의 여류소설가. 초절론자(超絶論者)이자 아동교육론자인 부친에게서 철저한 정신교육을 받았다. 천부의 문학적 재능을 살려 남북전쟁 당시의 후방인 뉴잉글랜드의 가정을 묘사한《작은 아씨들》과 그 밖에 30여 편의 소녀소설을 썼다.

루이제 린저(Luise Rinser, 1911~2002) 독일의 여류 소설가. 전후 독일의 가장 뛰어난 산문작가로 평가받고 있으며, 시몬 드 보봐르와 더불어 현대 여성계의 양대 산맥으로 일컬어진다. 1979년 로즈비타 기념메달을 수상했으며 주요 작품으로《생의 한가운데》,《다니엘라》등이 있다.

루이지 안토넬리(Luigi Antonelli, 1882~1942) 이탈리아의 극작가. 제1차 세계대전 후에 L. 키아렐리 등과 함께 그로테스크 연극의 중진이었다. 대표작은《바람 속의 장미》등이 있다.

루이지 피란델로(Luigi Pirandello, 1867~1936) 이탈리아의 극작가·소설가. 염세적인 작풍의 시인으로 출발하여 7편의 장편소설과 246편의 단편소설을 발표하였다.《작자를 찾는 6명의 등장인물》등 연극사에 길이 남을 극작을 써서 1934년 노벨문학상을 받았다.

루이 파스퇴르(Louis Pasteur, 1822~1895) 프랑스의 화학자 · 미생물학자. 화학조성 · 결정구조 · 광학활성의 관계를 연구하여 입체화학의 기초를 구축하였다. 발효와 부패에 관한 연구를 시작한 후 젖산발효는 젖산균과 관련해서 일어나며 알코올발효는 효모균의 생활에 관련해서 일어난다는 것을 발견하였다.

루크레티우스(Titus Lucretius Carus, BC 94?~BC 55?) 로마의 시인 · 유물론 철학자. 철학 시 《사물의 본성에 대하여》는 에피쿠로스의 자연학을 가장 완벽하게 보존하는 작품으로 에피쿠로스의 윤리학설과 논리설에 대해서도 언급하고 있다. 고대 원자론의 원칙에 의해 자연현상 · 사회제도 · 관습을 자연적 합리적으로 설명하고, 영혼과 신에 대한 편견을 비판하였다.

루트비히 뵈르네(Ludwig Börne, 1786~1837) 자유주의적 혁명사상을 가지고 있던 청년독일파의 대표적 평론가. 경찰 서기를 지냈다. 자유주의적 혁명사상을 가지고 뛰어난 평론활동가로 알려졌다. 주요 저서에 《파리 소식》 등이 있다.

르네 데카르트(Rene Descartes, 1596~1650) 프랑스의 철학자 · 수학자 · 물리학자. 근대철학의 아버지로 불리는 데카르트의 형이상학적 사색은 방법적 회의(懷疑)에서 출발한다. 「나는 생각한다, 고로 나는 존재한다(cogito, ergo sum)」라는 근본원리가 《방법서설》에서 확립되어, 이 확실성에서 세계에 관한 모든 인식이 유도된다.

르네 샤르(René Char, 1907~1988) 프랑스의 시인. 응축된 간결한 시구의 경질적인 작품으로 앙리 미쇼, 웨인 프레메르와 함께 프랑스 현대시의 대표자이다. 작품은 《아르틴》, 《임자 없는 망치》, 《잠이 든 신의 글》, 《부서진 시》 등이 있다.

리처드 버튼(Richard Burton, 1925~1984) 영국 출신의 영화배우로 아카데미상 후보에 7번이나 지명된 영국 영화사에서 손꼽히는 인물. 엘리자베스 테일러와의 2번의 결혼으로 유명하다.

리처드 셰리든(Richard Brinsley Sheridan, 1751~1816) 영국의 극작가 · 정치가. 처녀작 《연적(戀敵)》은 자신의 경험에서 소재를 찾은 희곡으로 교묘한 줄거리와 경쾌하고 절묘한 대화로 대성공을 거두었다. 걸작 《스캔들 학교》는 풍속 희극의 전통을 잘 계승해 18세기 영국 연극의 뛰어난 작품으로 지목되고 있다.

리처드 스틸(Sir Richard Steele, 1672~1729) 영국의 수필가·극작가·언론인·정치가. 정기간행물 《태틀러》, 《스펙테이터》의 주요 필자로, 조지프 애디슨과 더불어 잘 알려져 있다.

리처드 엘먼(Richard David Ellmann, 1918~1987) 미국의 문학비평가·학자. 제임스 조이스, 예이츠 및 현대 영국과 아일랜드 작가들의 생애와 작품에 대해 연구했다. 저서로는 《예이츠》, 《제임스 조이스》 등이 있다.

리플리 월드 오브 엔터테인먼트(Repley's World of Entertainment) 《믿거나 말거나(Believe It or Not!)》 전 세계의 신기한 물건이나 기묘한 이야기를 모아 놓은 박물관.

리하르트 바그너(Wilhelm Richard Wagner, 1813~1883) 독일의 작곡가. 오페라 외에도 거대한 규모의 악극을 여러 편 남겼는데 모든 대본을 손수 썼고 많은 음악론과 예술론을 집필했다. 주요 작품으로는 《탄호이저》, 《로엔그린》, 《트리스탄과 이졸데》, 그리고 4부작 《니벨룽겐의 반지》 등이 있다.

리히텐베르크(Georg Christoph Lichtenberg, 1742~1799) 독일의 물리학자·계몽주의사상가. '리히텐베르크 도형'을 발견하였고, 1778년부터 《괴팅겐 포켓연감》을 발행, 여기에 많은 자연과학 및 철학논문을 수록·발표하였다.

린든 B. 존슨(Lyndon Baines Johnson, 1908~1973) 미국의 제36대 대통령. 35대 케네디 대통령의 피살로 대통령 직에 올랐다. 많은 진보적 정책을 실현하였다. 1964년 압도적인 지지를 받아 재선된 그는 사회적·경제적 개혁을 통해 복지정책을 적극적으로 추진했다.

마

마거릿 미첼(Margaret Mitchell, 1900~1949) 미국의 소설가. 소설 《바람과 함께 사라지다》로 퓰리처상(賞)을 받았으며, 발간 후 즉시 영화화되어 작품상을 비롯하여 8개 부문의 오스카상을 받았다.

《마누법전(Code of Manu)》 BC 200～AD 200년경에 만들어졌다는 인도 고대의 백과전서적인 종교성전(宗敎聖典)으로 힌두인이 지켜야 할 법(法 : 다르마)을 규정하고 있다.

마더 테레사(Mother Teresa of Calcutta, 1910~1997) 유고슬라비아의 알바니아계 가정에서 태어나 1928년 로레토 수녀원에 들어갔다. 인도 콜카타에서 평생을 가난하고 병든 사람을 위해 봉사했다. '사랑의 선교수사회'를 설립했으며 1979년 노벨 평화상을 받았다. 1981년 한국을 방문. 1995년 워싱턴에 입양센터(아동을 위한 테레사의 집)를 세워 사생아 · 미혼모 문제 등을 입양운동을 통해 해결하고자 했다.

마르그리트 드 나바르(Marguerite de Navarre, 1492~1549) 16세기 전반 프랑스의 작가 · 시인. 국왕 프랑수아 1세의 누이다. 저서로는 《죄 있는 영혼의 거울》과 단편집 《엡타메롱(7일 이야기)》이 있다.

마르셀 파뇰(Marcel Paul Pagnol, 1895~1974) 프랑스 극작가 · 영화제작자 · 영화감독. 무대희곡의 대가로 유명했으며, 1946년 영화제작자로서는 최초로 프랑스 아카데미 회원으로 선출되었다. 극작가로서 《토파즈》로 성공하였고 이후 《마리우스》를 포함한 풍자희곡 3부작을 내놓았다.

마르셀 프루스트(Marcel Proust, 1871~1922) 프랑스의 소설가. 작품 《잃어버린 시간을 찾아서》를 통하여 인간의 의식 깊이를 추구하여 의식의 흐름의 기법을 창시하였다.

마르쿠스 루카누스(Marcus Annaeus Lucanus, 39~65) 고대 로마의 시인. 네로 황제에게 문학활동을 금지당해 피소의 네로 암살음모에 가담, 발각되어 자살 명령을 받았다. 서사시 《내란기》는 폼페이우스와 카이사르의 싸움을 테마로 공화제의 말로를 비관주의로 묘사하였다.

마르쿠스 마르티알리스(Marcus Valerius Martialis, 40?~104?) 에스파냐 출신의 고대 로마 시인. 당대 문인 유베날리스, 퀸틸리아누스, 플리니우스 등과 교우를 맺었다. 남아 있는 14권의 작품은 거의가 경구(警句)로서 모든 인간의 통속성에 대하여 통렬한 풍자를 하였다.

마르쿠스 바로(Marcus Terentius Varro, BC 116~BC 27) 고대 로마의 백과전서가(百科全書家). 카이사르 때 로마 최초의 공공도서관장으로 임명되었다. 저서는 시를 삽입한 도덕적 수필집 150권을 비롯하여, 라틴어 · 문학사·수사학(修辭學)·역사·지리·법률 등 모든 분야의 연구를 합쳐서 500권에 이른다. 그러나 현존하는 것은 《라틴어론》 일부와 《농업론》 뿐이다.

마르쿠스 아우렐리우스(Marcus Aurelius Antoninus, 121~180) 로마제국 제16대 황제(재위 161~180)로 5현제(賢帝)의 마지막 황제이며 후기 스토아파의 철학자로 《명상록》을 남겼다. 당시 경제적·군사적으로 어려운 시기였고 페스트의 유행으로 제국이 피폐하여 그가 죽은 후 로마제국은 쇠퇴하였다.

마르쿠스 안토니우스(Marcus Antonius, BC 82?~BC 30) 고대 로마의 정치가. 율리우스 카이사르(시저) 휘하의 로마 장군으로, 제2차 삼두정치(三頭政治) 때의 세 실력자 중 한 사람. 동방원정에 전념하여 여러 주를 장악하고 군사·경제적으로 막강한 세력을 쌓았다. 이집트 여왕 클레오파트라를 아내로 삼고 옥타비아누스와의 악티움 해전에서 패하여 자살하였다.

마르키드 사드(Donatien Alphonse François de Sade, 1740~1814) 프랑스의 소설가. 사회, 창조자에 대한 반항자로서 높이 평가된다. 사디즘이란 말은 그의 이름에서 유래되었다. 작품은 《쥐스틴, 또는 미덕의 불행》, 《알린과 발쿠르》 등이 있다.

마르틴 루터(Martin Luther, 1483~1546) 독일의 종교개혁자이자 신학자. 면죄부 판매에 '95개조 논제'를 발표하여 교황에 맞섰으며, 프로테스탄트 개혁을 촉진시켰다. 신약성서를 독일어로 번역하여 독일어 통일에 공헌하였으며, 새로운 교회 형성에 힘써 '루터파 교회'를 성립하였다.

마르틴 부버(Martin Buber, 1878~1965) 유대계 독일 사상가. 시오니즘문화운동에 종사하며 예루살렘의 헤브라이대학에서 사회철학 교수 역임. 헤브라이어 성서를 독일어로 번역하였다. 그는 유대적 신비주의의 유산을 이어받아 유대적 인간관을 현대에 살리려고 하였다. 주요 저서에 《인간의 문제》, 《유토피아에의 길》, 《사회와 국가》 등이 있다.

마르틴 하이데거(Martin Heidegger, 1889~1976) 독일의 실존철학자. 20세기 실존주의의 대표자로 꼽히는 독창적인 사상가이며 기술사회 비판가이다. 당대의 대표적인 존재론자였으며 유럽 대륙 문화계의 신세대에게 커다란 영향을 끼쳤다. 주요 저서로 《존재와 시간》 등이 있다.

마리 레슈친스카(Maria Karolina Zofia Felicja Leszczyńska, 1703~1768) 프랑스
루이 15세의 왕비. 폴란드의 공주로, 결혼한 지 처음 9년 동안은 부부간
의 금실이 매우 좋았다. 그러나 너무나 헌신적이고 얌전한 아내에게 점
차 싫증을 느낀 루이 15세는 아내에 대한 애정이 식어 정부를 여러 명
두었다.

마리 로랑생(Marie Laurencin, 1883~1956) 프랑스의 화가·판화제작자. 사교
계의 거물 코코 샤넬의 초상화를 그렸는데 샤넬은 이 초상화를 입수하
지 못했다. 현재 초상화는 파리의 올랑줄리 미술관에서 전시중이다.

마리 발라(Marie Esprit Léon Walras, 1834~1910) 프랑스의 경제학자. 저서
《순수경제학요론》에서 '한계효용이론'을 제창하여 근대경제학의 시
조가 되었다. 또한 경제수량의 상호의존관계를 수학적으로 포착한 '일
반균형이론'을 확립함으로써 근대경제학 발전에 큰 공적을 남겼다.

마리 블랑(Marie Jean Gustave Blanc, 1844~1890) 프랑스의 파리 외방전교회
소속 신부로서 한국에서 활동한 선교사. 제7대 조선교구장으로 신부양
성을 위해 힘썼다. 성서보급을 위하여 출판사도 설립하였다.

마리 앙투아네트(Josèphe-Jeanne-Marie-Antoinette, 1755~1793) 프랑스 루이 16
세의 왕비. 오스트리아 여왕 마리아 테레지아의 막내딸. 아름다운 외모
로 작은 요정이라 불렸다. 프랑스혁명이 시작되자 파리의 왕궁으로 연
행되어 시민의 감시 아래 생활을 하다가 국고를 낭비한 죄와 반혁명을
시도하였다는 죄명으로 처형되었다.

마리 퀴리(Marie Curie, 1867~1934) 프랑스의 물리학자·화학자. 남편과 함
께 방사능 연구를 하여 최초의 방사성 원소 폴로늄과 라듐을 발견하였
으며, 이 발견은 방사성 물질에 대한 학계의 관심을 불러일으켜 새 방사
성원소를 탐구하는 계기를 만들었다. 1903년 노벨물리학상, 1911년 노
벨화학상을 수상.

마이클 스미스(Michael Smith, 1932~2000) 영국 출신의 캐나다 생화학자.
DNA(디옥시리보핵산) 속에 있는 유전자 정보 일부를 변형시키고, 유전
자를 조작해 어떤 형태의 단백질이라도 만들어 낼 수 있는 발판을 마련
하였다. 1993년 노벨화학상 수상.

마이클 샌델(Michael J. Sandel, 1953~ ) 영국 옥스퍼드대 발리올 칼리지에서

박사학위 수료. 27세 최연소 하버드대 교수가 된 샌델은 29세이던 1982
년 자유주의 이론의 대가 존 롤스를 비판한《자유주의와 정의의 한계》
를 발표하면서 세계적 명성을 얻었다. 특히 그가 하버드대에서 지난 20
년간 해온 「정의」 강의는 1만 명이 넘는 학생들이 수강한 기록을 세우
기도 했다. 저서《정의란 무엇인가(Justice : What's the Right Thing to Do
?)》는 국내에 정의 열풍을 일으키며 큰 인기를 얻었다.

마이클 해링턴(Michael Harrington) 미국의 진보적 지식인.

마크 트웨인(Mark Twain, 1835~1910)《톰 소여의 모험》을 쓴 미국 소설가.
사회 풍자가로서 남북전쟁 후에 사회 상황을 풍자한《도금시대》와 에
드워드 6세 시대를 배경으로 한《왕자와 거지》등을 썼다. 또 미국의 제
국주의적 침략을 비판하고 반제국주의, 반전활동에 열성적으로 참여했
다.

마키아벨리(Niccolò Machiavelli, 1469~1527) 16세기 르네상스기 이탈리아의
역사학자・정치이론가. 대표작인《군주론》에서 마키아벨리즘이란 용
어가 생겼고, 근대 정치사상의 기원이 되었다. 군주의 자세를 논하는 형
태로 정치는 도덕으로부터 구별된 고유의 영역임을 주장하였다.

마튀랭 레니에(Mathurin Régnier, 1573~1613) 프랑스의 풍자시인. 새로운 고
전주의 시대 말레르브의 규 정신에 반대, 자유로운 시상과 영감을 중시
했다.《풍자시집》이 유명하다. 고대 풍자시의 양식을 재현, 부알로데프
레오의 선구가 되었다.

마틴 루터 킹(Martin Luther King Jr., 1929~1968) 미국의 침례교회 목사이자
흑인해방운동가. 1968년 암살당하기까지 비폭력주의에 입각한 '공민권
운동'의 지도자로 활약했다. '몽고메리 버스 보이콧 투쟁'을 이끌었으며,
남부 그리스도교도 지도회의(SCLC)를 결성했다. 1964년 노벨평화상을
받았다.

《마하바라타(Mahābhārata)》인도 고대의 산스크리트 대서사시. '바라타
족(族)의 전쟁을 읊은 대사시(大史詩)'란 뜻으로 오랜 세월 구전되어 오는
사이에 정리・수정・증보를 거쳐 4세기경 지금의 형태를 갖추게 된 것
으로 여겨진다. 18편 10만 송(頌)의 시구와 부록《하리바니사(Harivanis
a)》로 구성되었다.

마하비라(Mahāvīra, BC 448?~BC 376?) 자이나교 창시자. 크샤트리아계급 출신으로 출가하여 12년의 고행 끝에 깨달음을 얻었다. 자신의 가르침이 과거의 24성인, 특히 마지막 7성인의 가르침을 이어받은 것이라고 주장했다. 이들 성인을 모두 지나라고 부른 데서 자이나교의 명칭이 유래하였다.

마하트마 간디(Mohandas Karamchand Gandhi, 1869~1948) 인도의 민족운동 지도자이자 인도 건국의 아버지이다. 남아프리카에서의 인종차별에 대한 투쟁으로 유명해졌다. 제1차 세계대전 이후 영국에 대해 반영·비협력운동 등의 비폭력저항을 전개하였다.

막스 베버(Max Weber, 1864~1920) 독일의 법률가·정치가·정치학자·경제학자·사회학자로, 사회학이론에 심대한 영향을 끼친 인물. 당대 정치학에 상당한 영향력을 행사했으며, 베르사유 조약의 독일제국 측 협상자로, 바이마르 헌법의 초안을 닦는 위원회의 일원으로 활동하였다. 주요 논문에 「사회과학적 및 사회정책적 인식의 객관성」, 「프로테스탄티즘의 윤리와 자본주의의 정신」이 있다.

막심 고리키(Maksim Gorky, 1868~1936) 러시아의 작가.《유년시대》,《사람들 속에서》,《나의 대학》에 나타나 있다. 처녀작《마카르 추드라》로 인정을 받았고 이어《첼카슈》로 주목을 끌었으며, 제정러시아의 밑바닥에서 허덕이는 사람들의 생활을 묘사하여 프롤레타리아 문학의 선구가 되었다.

만그 티무르(忙哥帖木兒, Mengu-Timur, ?~1280) 킵차크한국의 칸(Khan, 재위 1266년~1280년). 1266년 베르케(Berke) 칸 사망 후 뒤를 이어 칸이 되었다. 몽골제국 쿠빌라이와 하이두의 항쟁 사이에서 하이두 편에 섰다.

매슈 아널드(Matthew Arnold, 1822~1888) 영국의 시인·비평가·교육자. 장학관을 역임하며 영국 교육제도의 개혁에 힘써 근대적인 국민교육 증진에 크게 이바지했다. 내성적인 명상시인으로도 높이 평가받았으며, 10년간 옥스퍼드대학 교수를 지냈다.

매화(?~?) 조선시대의 여류시조시인·평양기생. 「매화 옛 등걸에 ……춘설(春雪)이 난분분(亂紛紛)하니 필똥말똥하여하라」라는 널리 알려진 시조의 지은이라고 한다. 문인화의 필치가 느껴지는 작품이다.

맬컴 엑스(Malcolm X, 1925년~1965) 미국의 흑인권리신장운동가. 개종 전 이름은 맬컴 리틀(Malcolm Little). 엘 하지 말릭 엘 샤바즈(El-Hajj Malik El-Shabazz)로도 알려져 있으며, 미국의 흑인 무슬림 지도자이며, 흑인 이슬람 종교단체인 네이션 오브 이슬람(Nation of Islam)의 대변인이다.

맹사성(孟思誠, 1360~1438) 고려 말 조선 초의 재상. 세종 때 이조판서로 예문관 대제학을 겸하였고 우의정에 올랐다. 《태종실록》을 감수, 좌의정이 되어 《팔도지리지》를 찬진(撰進)하였다. 조선 전기의 문화 창달에 크게 기여하였다.

맹자(孟子, BC 372?~BC 289?) 중국 전국시대의 유교 사상가. 전국시대에 배출된 제자백가(諸子百家)의 한 사람이다. 공자의 유교사상을 공자의 손자인 자사(子思)의 문하생에게서 배웠다. 도덕정치인 왕도(王道)를 주장하였으나 이는 현실과 동떨어진 이상주의라고 생각되어 제후들에게 채택되지 않았다. 그래서 고향에 은거하여 제자교육에 전념하였다.

《맹자(孟子)》 중국 전국시대의 사상가 맹가(孟軻)의 저술. 민주주의와 자본주의의 현대사회에서는 그 전체적인 사회·정치이론을 받아들일 수 없게 되었지만, 크게는 '성선설'로부터 구체적으로 '호연지기론(浩然之氣論)'에 이르는 견해들은 시대를 뛰어넘어 인간생활의 한 지침이 되고 있다. 빈틈없는 구성과 논리, 박력있는 논변으로 인해 《장자》, 《좌씨전》과 더불어 중국 진(秦) 이전의 3대 문장으로 꼽힌다.

메난드로스(Menandros, BC 342~BC 292) 고대 그리스의 신희극(新喜劇) 작가. 작품은 평범한 아테네 시민의 일상을 제재로 한 연애 중심의 인정 희비극이며, 로마 희극의 표본이 되어 후세의 희곡문학에 큰 영향을 주었다. 완전하게 남아있는 작품으로 《까다로운 성격자》가 있다.

《명심보감(明心寶鑑)》 고려 충렬왕 때의 문신 추적(秋適)이 금언(金言), 명구(名句)를 모아 놓은 책. 이 책은 하늘의 밝은 섭리를 설명하고, 자신을 반성하여 인간 본연의 양심을 보존함으로써 숭고한 인격을 닦을 수 있다는 것을 제시해 주고 있다.

모르겐슈테른(Oskar Morgenstern, 1902~1977) 독일 출신의 미국 경제학자. 폰 노이만과 함께 발표한 《게임이론과 경제행동》이 사회과학의 각 분야, 수학이나 공학(工學)에 널리 영향을 끼쳤고 20세기의 위대한 업적의 하나로 꼽히고 있다.

모리스 르블랑(Maurice Leblanc, 1864~1941) 프랑스의 추리소설가. 뤼팽을
주인공으로 하는 일련의 소설로 세계적으로 유명해졌다. 대표작으로
《괴도신사 뤼팽》, 《뤼팽 대 셜록홈즈》 등이 있다. 레지옹 도뇌르 훈
장을 받았다.

모리스 메테를링크(Maurice Maeterlinck, 1862~1949) 벨기에의 시인 · 극작
가 · 수필가. 희극 《말렌 왕녀》를 비롯하여 몇 편의 상징극, 특히 《펠
레아스와 멜리상드》로 유명해졌다. 이어서 《파랑새》 등 신비주의적
경향의 작품들과 독자적인 자연관찰의 저서들을 남겼고 노벨문학상을
받았다.

모리스 바레스(1862~1923) 19세기 말 프랑스의 작가. 작품으로는 《자아예
찬》, 《뿌리 뽑힌 사람들》, 《콜레트 보도슈》 등이 있다. 전통주의적인
국가주의자, 애국주의적 정치가로 이름이 높았다.

모스코스(Moschos, ?~?) BC 150년경에 활동한 그리스의 목가시인 · 문법학
자. 《에우로파》, 《달아나는 에로스》 등의 작품이 있다. 교묘한 기교와
화려한 표현으로 헬레니즘 시대의 시가 지닌 특색을 잘 표현하였다.

모윤숙(毛允淑, 1910~1990) 한국현대시인협회장, 펜클럽 한국본부 회장, 문
학진흥재단 이사장 등을 지낸 시인. 대한민국예술원상, 국민훈장모란장
등을 수상하였다. 저서로는 《모윤숙 전집》, 《논개》, 《렌의 애가》 등
이 있다.

모파상(Guy de Maupassant, 1850~1893) 19세기 후반 프랑스의 소설가. 장편
《여자의 일생》은 프랑스 사실주의 문학이 낳은 걸작으로 평가된다.
그 밖에 《비계덩이》, 《피에르와 장》 등이 있다. 무감동적인 문체로, 이
상성격 소유자, 염세주의적 인물이 많이 등장한다.

몰리에르(Jean Baptiste Poquelin Molière, 1622~1673) 17세기 프랑스의 극작
가 · 배우. 《타르튀프》, 《돈 후안》 과 최고작 《인간 혐오자》 등 성격
희극으로 유명하다. 이는 프랑스, 이탈리아의 희극에 뿌리 내리고 있다.
인간을 모럴리스트적으로 고찰한 함축성 있는 희극을 이루었다.

몽고메리(Lucy Maud Montgomery, 1874~1942) 캐나다의 여류 아동문학가. 처
녀작 《빨간 머리 앤》으로 인기를 얻었다. 전 작품 22점 중 앤을 주인공

으로 한 작품은 10점에 이르나, 소녀다움을 생생하게 묘사한 매력있는 인물 앤을 창조한 첫 작품 이후에는 감상이 지나쳐 높은 평가를 받지 못하였다.

몽탈랑베르(Comte de Montalembert, 1810~1870) 프랑스의 정치가·가톨릭 사가. 자유론자로서, 교회를 국가의 감독으로부터 해방시키려는 교회자유화에 노력하였다. 람네·라코르데르 등과 《미래》지를 창간하였다. 프랑스 국민의회 및 입법원 의원을 지냈으며 가톨릭원리를 옹호하였다.

몽테뉴(Michel Montaigne, 1533~1592) 프랑스의 사상가·문필가. 16세기 후반 프랑스의 광신적인 종교 시민전쟁의 와중에서 종교에 대한 관용을 지지했고, 인간중심의 도덕을 제창했다. 그러한 견해가 자신에게 무엇을 의미하는지를 밝히기 위해 에세(essai)라는 문학형식을 만들어냈다. 그의 《수상록(Essais)》은 인간정신에 대한 회의주의적 성찰과 라틴 고전에 대한 해박한 교양을 반영하고 있다.

몽테를랑(Henry de Montherlant, 1896~1972) 프랑스의 소설가·극작가. 소설 《아침의 교대》(1920), 《독신자》, 《젊은 처녀들》, 극작 《산티아고의 성 기사단장》 등이 있다.

몽테스키외(Baron de La Brède et de Montesquieu, 1689~1755) 프랑스의 사상가로 보르도 고등법원의 평정관(評定官)과 원장을 지냈고 아카데미 회원이 되었다. 10여 년이 걸린 대저(大著) 《법의 정신》을 저술하였으며, 사법·입법·행정의 3권분립 이론으로 왕정복고와 미국의 독립 등에 영향을 주었다.

무문혜개(無門慧開, 1183~1260) 중국 남송(南宋)의 임제종(臨濟宗) 승려. 속성 허(許). 자 자원(子元). 천룡사(天龍寺)의 광화상(曠和尙)에게 배우고, 1246년 칙령(勅令)에 따라 항주(杭州)에 호국인왕사(護國仁王寺)를 세웠다. 저서 《무문관(無門關)》이 유명하다.

무함마드(Muhammad, 마호메트, 570~632) 610년 경 알라의 계시를 받고 이슬람교를 창시했다. 박해를 피해 622년 메카에서 메디나로 갔는데 이를 '헤지라'라고 한다. 메디나에서 신도들을 모아 630년 메카 함락에 성공한 무함마드는 이슬람공동체 '움마(Ummah)'를 세우고, 이를 확장했으며, 이후 이슬람교는 아라비아 전역에 퍼졌다. 무슬림들은 무함마드를 보통

'예언자 무함마드' 혹은 '라술 알라(Rasul Allah : 신의 사도)'라고 부른다.

문덕수(文德守, 1928~ ) 시인. 1955년 《현대문학》에 시 〈침묵〉, 〈화석〉 등이 추천되어 등단했다. 시집으로 《황홀》, 《선·공간》, 《새벽바다》 등이 있으며 그 밖에도 많은 시집과 평론집이 있다. 현대문학상, 현대시인상, 문학예술상 등을 수상하였다.

《문선(文選)》 중국 양나라의 소통(蕭統 : 昭明太子)이 진(秦)·한(漢)나라 이후 제(齊)·양(梁)나라의 대표적인 시문을 모아 엮은 책.

문일평(文一平, 1888~1939) 사학자·언론인. 《조선일보》 편집고문으로 활약하였으며, 국사연구에도 노력을 기울여 많은 논문을 집필하였다. 저서에 《조선사화》, 《호암전집》, 《한국의 문화》 등이 있다. 1995년 건국훈장독립장이 추서되었다.

《문중자(文中子)》 중국의 유서(儒書). 수(隋)나라 왕통(王通)이 찬(撰)하였다 하나 분명하지 않다. 이 책은 《논어》를 모방하여 대화의 형식으로 되어 있는데, 불교가 널리 성하였던 당시에 《논어》의 참뜻을 밝혔다는 점에서 높이 평가된다.

미구엘 아스투리아스(Miguel Angel Asturias, 1899~1974) 과테말라의 시인·소설가로서 대표작 《과테말라의 전설집》을 발표하여 절찬을 받은 이후, '토착문화파'로서의 창작활동을 하였다. 프랑스 주재 대사를 역임. 1967년 노벨문학상 수상.

미구엘 우나무노(Miguel de Unamuno, 1864~1936) 에스파냐의 철학자·시인·소설가. 살라망카 대학 총장을 지냈고 '1898년대의 작가'의 지도적 중심인물로서 문학·사상 양면에서 다채로운 활동을 하였다. 주요 저서에 《돈키호테와 산초의 생애》 등이 있으며 실존적인 생의 문제를 다루었다.

미셸 투르니에(Michel Tournier, 1924~ ) 현대 프랑스 문단에서 가장 뛰어난 작가 중 한 사람. 처녀작 《방드르디 혹은 태평양의 끝》으로 아카데미 프랑세즈 소설 대상을, 두 번째 작품 《마왕》으로 공쿠르상을 수상하였으며, 매년 노벨문학상의 유력한 후보로 거론되는 작가이다. 그의 작품세계는 동화적이고 악마주의적이며, 삶의 근본적 문제들을 이야기 형식으로 다루고 있다는 점에서 매우 철학적이다.

미시마 유키오(三島由紀夫, 1925~1970) 일본의 소설가. 전후세대의 니힐리
즘이나 이상심리를 다룬 작품을 많이 썼다. 장편소설 《가면(假面)의 고
백》으로 문단에서 확고하게 지위를 굳혔다. 전후세대의 니힐리즘이나
이상심리를 다룬 작품을 많이 썼는데, 그 본질은 오히려 탐미적이었다.
그의 방법론이 거의 완전하게 표현된 것은 《금각사(金閣寺)》에서였다.
미요시 다쓰지(三好達治, 1900~1964) 일본의 시인.
미켈란젤로(Michelangelo Buonarroti, 1475~1564) 이탈리아의 조각가·건축
가. 르네상스 회화, 조각, 건축에서 뛰어난 업적을 남겼다. 산 피에트로
대성당의 《피에타》,《다비드》, 시스티나 대성당의 천장화 등이 대표
작이다.
미키 기요시(三木淸, 1897~1945) 일본의 철학자. 프랑스·독일에 유학한
후, 호세이(法政)대학 교수가 되었다. 《유물사관과 현대의 의식》 등을
통하여 마르크스주의의 인간학적 기초를 탐구하였다. 1930년에 공산당
의 동조자라는 이유로 검거되었다. 후일에는 마르크스주의를 멀리하고
'니시다 철학'에 접근하였다.
미하엘 네안더(Michael Neander, 1525~1595) 독일의 교육자로 이루펠트의
신학교 교사를 지냈으며 인문주의 및 종교개혁의 이상을 실제 교육면에
서 구체화하였다. 교육의 주목적을 경건심의 양성에 두었으며, 많은 교
과서를 편찬하였다.
미하일 레르몬토프(Mikhail Yur'evich Lermontov, 1814~1841) 러시아의 대표
적 낭만주의 시인·소설가. 소설 《우리 시대의 영웅》은 뒤 세대 러시
아 작가들에게 심오한 영향을 끼쳤다. 그 밖의 저서로 《도망자》, 《현
대의 영웅》 등이 있다. 전제정치를 반대해 온 그는 세 차례나 캅카스로
유배되었고, 27세의 짧은 생애를 마쳤다.
미하일 바쿠닌(Mikhail Aleksandrovich Bakunin, 1814~1876) 러시아의 혁명
가·급진적 무정부주의자. 사회민주동맹을 설립, 제1인터내셔널에서는
마르크스와 대립하였다. 그의 급진적 무정부주의는 에스파냐·이탈리
아·러시아의 혁명운동에 큰 영향을 주었다.
미하일 바흐쩐(Mikhail Bakhtin, 1895~1975) 러시아의 철학자·문학평론가.
미하일 아르치바셰프(Mikhail Petrovich Artsybashev, 1878~1927) 러시아 근대

주의의 소설가. 톨스토이, 도스토예프스키의 영향을 받은 단편소설로
문단에 데뷔. 대표작 《사닌(Sanin)》은 혁명의 패배에 환멸을 느낀 인텔
리겐치아가 암담한 반동기에 처하여 도덕적으로 퇴폐하고 성(性)의 방
종으로 흐르던 시대풍조를 반영한 장편소설이다. 그 밖의 작품으로 《봉
기(蜂起)》,《말도둑》은 자유주의적인 색채가 짙었다.

민태원(閔泰瑗, 1894~1935) 소설가·언론인. 초기 신소설기와 현대소설기
에 걸쳐 작품활동을 하였다. 《동아일보》사회부장,《조선일보》편집국
장을 역임하였고,《레미제라블》을 《애사(哀史)》라는 제목으로 번안
하여 《매일신보》에 연재하였다. 작품으로는 《부평초》,《소녀》등이
있다.

바

《바가바드기타(Bhagavadgītā)》힌두교에서 3대경전의 하나로 여기는 중
요 경전. 약칭하여 《기타》라고도 한다. '지고자(至高者 : 신)의 노래'라
는 뜻이다. 고대 인도의 대서사시 《마하바라타》가운데 제6권 〈비스마
파르바〉의 제23~40장에 있는 철학적·종교적인 700구(句)의 시를 말
한다. 저작자는 《마하바라타》의 편찬자인 비아사로 보는데, 성립연대
는 BC 2, 3, 5세기설 등 확실치가 않다.

바르트리하리(Bhartṛhari, 450~500) 인도의 산스크리트 서정시인으로 《슈링
가라 샤타카(戀愛百頌)》등의 세 가지 샤타카(百頌詩集)의 작자로 알려
졌다.

바바하리다스(Baba Hari Das, 1923~ ) 요가의 지혜를 전달하는 데 최선을
다하고 있다. 저서로는 《성자가 된 청소부》가 있다.

바브라 스트라이샌드(Barbra Streisand, 1942~ ) 미국의 팝송가수·영화배우.
뮤지컬 《퍼니 걸》과 출연 영화로는 《헬로 달리》,《추억》,《스타탄
생》등이 있다. 영화 《퍼니걸》로 아카데미 여우주연상을 받았다.

바스코 발보아(Vasco Nunez de Balboa, 1475~1519) 남태평양을 최초로 발견
한 스페인의 탐험가이며 정복자. 남아메리카에 최초의 유럽이주민 정착
촌을 건설하여 지도자가 되었다.

바오로 6세(Paulus Ⅵ, 1897~1978) 로마의 교황(1963~1978)으로 다른 그리

스도교회(프로테스탄트 등), 무신앙자와의 화해·접촉에 주력하였다. 평
화와 국제간의 문제에 큰 관심을 가졌다.

바츨라프 니진스키(Vatslav Nizhinskii, 1890~1950) 폴란드계 소련의 무용가
겸 안무가. 러시아 발레단 발레뤼스의 제1남성무용수로 활약했고《목신
의 오후》,《봄의 제전》등을 창작하였다.

박두진(朴斗鎭, 1916~1998) 청록파 시인으로 활동한 이후, 자연과 신의 영
원한 참신성을 노래한 30여 권의 시집과 평론·수필·시평 등을 통해
문학사에 큰 발자취를 남겼다. 주요작품으로《거미의 성좌》 등이 있다.

박목월(朴木月, 1916~1978) 한국시인협회 회장, 시 전문지《심상(心像)》의
발행인 등으로 활동한 시인. 한국시단에서 김소월과 김영랑을 잇는 시인
으로, 향토적 서정을 민요가락에 담담하고 소박하게 담아냈다. 본명은 영
종(泳鍾). 주요 작품으로《경상도 가랑잎》,《사력질(砂礫質)》,《무순(無
順)》등이 있다.

박세당(朴世堂, 1629~1703) 조선 후기의 학자. 당시의 정국을 주도하던 노
론계의 반대 입장에서 주자학을 비판하고 독자적 견해를 주장하였다.
학풍과 사상 연구에서 벗어난 실사구시적(實事求是的) 학문 태도를 강
조하였으며,《사변록》을 저술하였다.

박수근(朴壽根, 1914~1965) 화가. 회백색을 주로 하여 단조로우나 한국적
주제를 서민적 감각으로 다룬 점이 특색이다. 대표작으로《소녀》,
《산》,《강변》등이 있다.

박영희(朴英熙, 1901~?) 시인·소설가·평론가. 카프에서 활약하다 탈퇴하
며 「얻은 것은 이데올로기요, 잃은 것은 예술이다」 라는 유명한 말을
남겼다. 주요 저서로《회월시초(懷月詩抄)》,《문학의 이론과 실제》 등
이 있다.

박은식(朴殷植, 1859~1925) 한말의 민족사학자·독립운동가.《황성신문》
의 주필로 활동했으며 독립협회에도 가입하였다. 대동교(大同敎)를 창
건하고 신한청년당을 조직하는 등 활발한 항일활동을 하였다. 1962년
건국훈장대통령장이 추서되었다.

박이문(朴履文, 1675~1745) 조선 후기의 문신으로, 1721년(경종 1)에 증광문
과 병과(丙科) 2위로 급제하여 벼슬에 올랐다. 관직은 사간원 정언(正言),

사헌부 장령(掌令) 등을 역임하였다. 사헌부 장령으로 재임하던 중 성학(聖學)을 돈독히 하고, 탕평책(蕩平策)을 시행할 것을 건의하여 왕의 가납을 받았다.

박인로(朴仁老, 1561~1642) 가사문학 발전에 크게 이바지한 조선 중기 무신·시인. 무과에 급제하여 수문장(守門將)·선전관을 지냈다. 주요 작품으로 《노계집(蘆溪集)》, 《태평사(太平詞)》 등이 있다.

박인환(朴寅煥, 1926~1956) 《세월이 가면》, 《목마(木馬)와 숙녀》 등의 시를 쓴 시인. 《아메리카 영화시론(試論)》을 비롯한 많은 영화평을 쓰기도 했다.

박제가(朴齊家, 1750~1805) 조선 후기의 실학자. 박지원의 문하에서 실학을 연구했다. 1778년 사은사(謝恩使) 채제공(蔡濟恭)의 수행원으로 청나라에 가서 이조원(李調元)·반정균(潘庭筠) 등에게 새 학문을 배웠으며 귀국하여 《북학의(北學議)》를 저술하여 청나라 문물을 수용할 것을 강조한 북학파를 형성했다. 정조의 특명으로 규장각 검서관(檢書官)이 되어 많은 서적을 편찬했다.

박종홍(朴鍾鴻, 1903~1976) 한국의 철학자·교육자. 서울대학교 교수, 성균관대학교 유학대학장, 한양대학교 문리과대학장 등을 역임하였고 학술원종신회원, 철학회회장, 한국사상연구회 회장, 대통령 교육문화담당 특별보좌관을 지냈다.

박종화(朴鍾和, 1901~1981) 민족과 역사를 떠난 문학은 존재할 수 없다고 역설하며 스스로 민족을 주제로 하는 역사소설을 쓴 시인·소설가. 주요 작품으로 《흑방비곡(黑房祕曲)》, 《금삼의 피》 등이 있으며 문화훈장 대통령장 등을 수상하였다.

박지원(朴趾源, 1737~1805) 호는 연암. 조선후기 실학자·소설가. 《열하일기》, 《연암집》, 《허생전》 등을 쓴 이용후생(利用厚生)의 실학을 강조하였으며, 자유 기발한 문체를 구사하여 여러 편의 한문소설을 발표하였다.

박팽년(朴彭年, 1417~1456) 조선 전기의 문신. 사육신의 한 사람. 집현전 학사로 여러 가지 편찬사업에 종사했고 단종 복위를 도모하다 김질(金礩)의 밀고로 체포되어 고문으로 옥중에서 죽었다. 문장과 글씨에 뛰어났

으며, 글씨에 〈취금헌천자문(醉琴軒千字文)〉이 있다. 그의 묘는 서울
노량진 사육신묘역에 안장되어 있다.

박화성(朴花城, 1904~1988) 국제펜클럽 한국본부 중앙위원, 한국소설가협
회 상임위원 등 다양한 활동을 한 여류작가. 주요 작품으로 《백화(白
花)》, 《사랑》, 《고개를 넘으면》 등이 있다.

《반야심경(般若心經)》 대반야바라밀다경(大般若波羅蜜多心經)의 요점을
간략하게 설명한 짧은 경전으로, 당나라 삼장법사 현장(玄奘)이 번역했
으며 260자로 되어 있다. 반야바라밀다심경(般若波羅蜜多心經)이라고도
한다.

발자크(Honoré de Balzac, 1799~1850) 프랑스의 소설가. 사실주의의 선구자
로서 나폴레옹 숭배자였다. 작중인물의 재등장 수법으로 정통적인 고전
소설 양식을 확립하는 데 이바지했으며 18세기 가장 위대한 소설가 중
의 한 사람으로 꼽힌다. 종합적 제목 《인간희극》 가운데 대표작은 《외
제니 그랑데》, 《절대의 탐구》, 《고리오 영감》, 《골짜기의 백합》,
《농민》 등이다.

방순원(方順元, 1914~2004) 법조인 · 교육자. 서울지법 부장판사를 거쳐 서
울대학교, 숭실대학교 법과대학 교수를 지냈으며 대법원 판사를 역임하
였다. '3대 청빈법관'으로 꼽혔으며 법조인의 사표로서 한국법률문화상,
국민훈장무궁화장을 받았다.

백거이(白居易, 772~846) 중국 중당기(中唐期)의 시인. 작품 구성은 논리의
필연에 따르며, 주제는 보편적이어서 '유려평이(流麗平易)'한 문학의 폭
을 넓혀 당(唐) 일대(一代)를 통하여 두드러진 개성을 형성했다. 주요 저
서로는 《장한가(長恨歌)》, 《비파행(琵琶行)》 등이 있다.

백낙준(白樂濬, 1895~1985) 한국의 교육가 · 정치가로 영국 왕립역사학회
원과 연희전문교수, 연희대학총장을 지냈고, 문교부장관, 서울시교육회
장, 대한교육연합회장, 통일원고문, 국정자문위원 등을 역임하였다. 저
서에 《한국의 현실과 이상》, 《한국개신교사》 (英文), 에세이집 《시냇
가에 심은 나무》 등이 있다.

《백씨문집(白氏文集)》 중국 당대(唐代) 중기 백거이의 시문집. 본래 75권
이었으며, 시 3, 문(文) 1의 비율로 3,840편 이상을 수록하였다. 현재는

끝의 일부분이 없으며, 시가(詩歌) 2,900편이 남아 있다. 문집 중의 ⌐신악부(新樂府) 50수」를 비롯한 작품들은 지금도 중국에서 높이 평가되고 있으며, 유럽에서도 ⌐장한가(長恨歌)」, ⌐비파행(琵琶行)」 등 여러 시편이 번역되어 있다.

백철(白鐵, 1908~1985) 문학평론가. 국제펜클럽대회의 한국대표. 대한민국 예술원상·국민훈장모란장을 수상하였다.

밴 브룩스(Van Wyck Brooks, 1886~1963) 미국 평론가·전기작가.《청교도들의 포도주》,《아메리카, 성년기에 이르다》로 유명해졌다. 청교도의 전통적 결함, 특히 그 이중성을 지적하여 왕성해지려는 새로운 문학의 태동에 공헌했다. 작품과 그 작품을 낳게 한 환경과의 관계를 다루면서 뉴잉글랜드를 중심으로 하는 19세기 미국의 문인생활을 여실히 재현해 호평을 받았다.

버락 오바마(Barack Hussein Obama, 1961~ ) 제44대 미국 대통령. 인권변호사 출신으로 일리노이주 상원의원(3선)을 거쳐 연방 상원의원을 지냈으며, 2008년 민주당 대통령 후보로 출마하여 공화당의 존 매케인 후보에 압승, 미국 최초의 흑인(정확하게는 혼혈 흑인) 대통령이 되었다. 취임 후 핵무기 감축, 중동평화회담 재개 등에 힘써 2009년 노벨 평화상을 수상하였다. 2012년 재선에 성공했다.

버지니아 울프(Adeline Virginia Woolf, 1882~1941) 영국의 소설가·비평가. 저서《제이콥의 방》에서는 주인공이 주변 사람들에게 주는 인상과 주변 사람들이 주인공에게 주는 인상을 대조시켜 그린 새로운 소설형식을 시도하였다. 이와 같은 수법을 보다 더 완숙시킨 작품이《댈러웨이 부인》이었다.

버트런드 러셀(Bertrand Arthur William Russell, 1872~1970) 영국의 철학자·수학자·사회평론가. 수리철학, 기호논리학을 집대성하여 분석철학의 기초를 쌓았다. 평화주의자로 1950년에 노벨문학상을 수상하였으며 저서에《정신의 분석》,《의미와 진리의 탐구》따위가 있다.

범순인(范純仁, 1027~1101) 중국 송(宋)나라 때의 명신(名臣). ⌐지우책인명(至愚責人明)」 즉 ⌐어리석은 사람일지라도 남을 나무라는 데는 총명하다」는 뜻으로, 자신의 허물은 덮어두고 남의 탓만 하는 것을 비유하는 말로 유명하다.

《법구경》(法句經, Dharmapāda) 서기 원년 전후의 인물인 인도의 법구(산스크리트어 Dharmatrata, 法救)가 편찬한 불교의 경전으로 석가모니 사후 삼백 년 후에 여러 경로를 거쳐 기록된 부처의 말씀을 묶어 만들었다고 한다. 인생에 지침이 될 만큼 좋은 시구(詩句)들을 모아 엮은 경전. 불교의 수행자가 지녀야 할 덕목에 대한 경구로 이루어져 있다. 주요 내용은 폭력, 애욕 등을 멀리하고 삼보에 귀의하여 선한 행위로 덕을 쌓고 깨달음을 얻으라는 것이다.

법언(法言) 전한 말 양웅(揚雄, BC 53~AD 18)의 대표작으로 《논어》의 체재를 모방한 문답체의 수상론집. 13권. 고성(古聖)과 경서에 어긋나는 법가(法家)나 음양가(陰陽家) 등 제자(諸子)의 사조(思潮)를 바로잡고 법(先王이나 古聖이 정한 典則)에 의해 대도(大道)를 밝히려고 하였다.

법정(法頂, 1932~2010. 3. 11.) 한국의 승려이자 수필작가. 속명은 박재철. 전라남도 해남(海南)에서 태어났다. 1956년 전남대학교 상과대학 3년을 수료한 뒤, 같은 해 통영 미래사(彌來寺)에서 당대의 고승인 효봉(曉峰)을 은사로 출가하였다. 순수 시민운 단체인 「맑고 향기롭게」를 만들어 이끌었다. 이후 강원도 산골에서 밭을 일구면서 무소유의 삶을 살았다. 폐암이 발병하여 길상사에서 78세(법랍 54세)를 일기로 입적하였다. 대표 수필집으로는 《무소유》, 《오두막 편지》, 《새들이 떠나간 숲은 적막하다》, 《버리고 떠나기》, 《물소리 바람소리》 등이 있다. 그 밖에 《깨달음의 거울(禪家龜鑑》 등의 역서를 출간하였다. 법정은 죽기 전 이렇게 말했다. 「절대로 다비식 같은 것을 하지 말라. 이 몸뚱이 하나를 처리하기 위해 소중한 나무들을 베지 말라. 내가 죽으면 강원도 오두막 앞에 내가 늘 좌선하던 커다란 너럭바위가 있으니 남아 있는 땔감 가져다가 그 위에 얹어 놓고 화장해 달라. 수의는 절대 만들지 말고, 내가 입던 옷을 입혀서 태워 달라. 그리고 타고 남은 재는 봄마다 나에게 아름다운 꽃 공양을 바치던 오두막 뜰의 철쭉나무 아래 뿌려 달라. 그것이 내가 꽃에게 보답하는 길이다. 어떤 거창한 의식도 하지 말고, 세상에 떠들썩하게 알리지 말라. 그동안 풀어놓은 말빚을 다음 생으로 가져가지 않겠다. 내 이름으로 출판한 모든 출판물을 더 이상 출간하지 말아주기를 간곡히 부탁한다. 사리도 찾지 말고, 탑도 세우지 말라.」

베니토 무솔리니(Benito Amilcare Andrea Mussolini, 1883~1945) 이탈리아의 정치가로, 파시스트당 당수 · 총리. 히틀러와 함께 파시즘적 독재자의 대표적 인물. 1939년 독일과 군사동맹을 체결, 나치스 독일, 일본과 함께 국제파시즘 진영을 구성하였다.

《베다(Veda)》 인도에서 가장 오래된 신화적 제식문학(祭式文學)의 집대성이자 우주의 원리와 종교적 신앙을 설명하는 철학 및 종교 문헌. 베다란 산스크리트어로 '지식' 또는 '종교적 지식'을 의미한다. 현존하는 성전 중 가장 오래된 것으로 믿겨지는데, 대부분의 인도학자들은 베다는 문자로 기록되기 이전인 기원전 2세기부터 구전되어 왔다는 데 동의하고, 힌두 전통에 따르면 베다는 인간의 작품이 아니라고 한다.

베르길리우스(Publius Vergilius Maro, BC 70~BC 19) 고대 로마의 시인. 영어 이름은 버질(Virgil). 애국심과 풍부한 교양, 시인으로서의 완벽한 기교 등으로 '시성(詩聖)'으로 불렸다. 7년에 걸쳐 완성한 《농경시(農耕詩)》, 미완성 작품인 장편 서사시 《아이네이스》 등의 대작을 남겼다.

베토벤(Ludwig van Beethoven, 1770~1827) 독일의 작곡가로 고전주의와 낭만주의 과도기의 주요인물이다. 하이든 · 모차르트의 고전주의 전통에 입각했고, 이전의 어떤 작곡가들보다도 생생하게 삶의 철학을 대사 없는 음악으로만 표현해 음악의 위력을 드러냈다. 교향곡 9번에서는 지금까지 한 번도 시도된 적이 없었던 성악과 기악을 한데 결합시켰다. 그의 개인적 삶은 병든 귀에 대한 영웅적인 투쟁으로 점철되었고, 중요작품들 중 일부는 그가 완전히 소리를 들을 수 없게 된 마지막 10년간 작곡된 것이었다.

벤저민 디즈레일리(Benjamin Disraeli, 1804~1881) 영국의 정치가. 《비비언 그레이》 등 정치소설을 남겼다. 재무장관을 지내고 총리가 되어 제국주의적 대외진출을 추진하였고 공중위생과 노동조건의 개선에 힘썼다. 빅토리아 시대의 번영기를 지도하여 전형적인 2대 정당제에 의한 의회정치를 실현하였다.

벤저민 프랭클린(Benjamin Franklin, 1706~1790) 미국의 정치가 · 과학자. 피뢰침의 발명과 번개의 방전(放電)현상 증명 등 과학 분야를 비롯하여 고등교육기관 설립 등의 문화사업에도 공헌하였다. 미국독립선언기초위원·헌법제정위원 등을 지냈으며 문학적으로 높이 평가되는 《자서전》을 남겼다.

벤 존슨(Ben Jonson, 1572~1637) 영국의 극작가·시인·평론가. 고전의 깊은 학식과 매력 있는 인격으로 문단의 중심적인 존재로 각광받았으며, 기질희극의 전통을 확립시킨 업적을 지니고 있다. 최초의 기질희극 《십인십색》으로 기질희극의 유행을 주도하였다. 《연금술사》 등의 작품을 남겼다.

《벽암록(碧巖錄)》 중국 송(宋)나라 때의 불서(佛書). 불교 선종(禪宗)의 공안집(公案集).

보덴슈테트(Friedrich Martin von Bodenstedt, 1819~1892) 독일의 작가·번역가·비평가. 그의 시는 당시 독자들로부터 크게 사랑을 받았다. 동양문체로 쓴 시집 《미르차 샤피의 노래》는 나오자마자 큰 반향을 일으켰다. 뮌헨대학교의 슬라브어 교수가 되었다. 이 시기에 푸슈킨, 투르게네프, 레르몬토프를 비롯한 러시아 작가의 작품들을 많이 번역했다.

보들레르(Charles Pierre Baudelaire, 1821~1867) 19세기 후반 프랑스의 시인. 랭보 등 상징파 시인들에게 영향을 끼쳤다. 낭만파·고답파에서 벗어나 인간심리의 심층을 탐구, 고도의 비평정신을 추상적 관능과 음악성 넘치는 시에 결부했다. 대표작으로 《악의 꽃》이 있다.

보브나르그(Luc de Clapiers de Vauvenargues, 1715~1747) 18세기 전반 프랑스의 모럴리스트. 고전주의와 낭만주의를 두루 지니고 시정과 감수성이 넘쳤다. 《성찰과 잠언》은 격조 높은 문체로 인간의 정열과 진가를 분석, 루소적 낭만파의 선구가 되었다.

보우(普雨, 1509~1565) 조선의 승려. 조선 중기 선·교(禪敎) 양종을 부활시키고 나라의 공인(公認) 정찰(淨刹)을 지정하게 하며, 과거에 승과(僧科)를 두게 하는 등 많은 활약을 하였다. 억불정책(抑佛政策)에 맞서 불교를 부흥시켜 전성기를 누리게 하였으나 그가 죽자 종전으로 되돌아갔다. 저서에 《허응당집(虛應堂集)》, 《선게잡저(禪偈雜著)》 《불사문답(佛事問答)》 등이 있다.

보이티우스(Anicius Manlius Severinus Boethius, 480?~524) 고대 로마 최후의

저술가·철학자. 그의 저서는 철학·신학을 위시해서 수학이나 음악에
까지 미치고 있으며, 대표작은 옥중에서 집필한 《철학의 위안》이다.
이것은 저자와 철학과의 우의적 대화를 산문과 운문이 섞인 메니포스풍
형식으로 쓴 것으로 그리스 철학, 특히 플라톤의 영향이 강하다. 더욱이
그는 아리스토텔레스의 논리를 그리스도교의 여러 문제에 응용해서 다
음에 오는 스콜라철학의 선구자가 되었다.

《보적경》(寶積經, Maharatnakuta) 불교의 여러 경들을 모아 편집한 혼합
경전. 보통 원제대로 《대보적경(大寶積經)》이라고 하는데, 명칭은 법보
(法寶)의 누적이라는 뜻에서 연유한다. 단독경(單獨經)이 아니라 120권
으로 편집되어 있다.

볼테르(Voltaire, 1694~1778) 18세기 프랑스의 작가, 대표적 계몽사상가. 비
극작품으로 17세기 고전주의의 계승자로 인정되고, 오늘날 《자디그》,
《캉디드》 등의 철학소설, 역사 작품이 높이 평가된다. 백과전서 운동
을 지원하였다.

볼프강 보르헤르트(Wolfgang Borchert, 1921~1947) 독일의 시인·극작가.
전쟁과 투옥의 반복된 생활로 26세의 나이에 요절하였다. 그런 그의 경
험은 그의 작품에서 잘 드러나 대표작 희곡 《문 밖에서》는 전쟁이 준
깊은 상처를 안고 사는 의미를 물으면서 폐허를 헤매지만, 대답은 없고
문이란 문은 그의 눈앞에서 모두 닫힌다. 밀도 짙은 단문(短文)으로 '잃
어버린 세대'의 전형을 그린 이 작품은 비상한 반향을 불러일으켰다. 시
집으로는 《가로등과 밤과 별》, 단편집 《민들레》 등이 있다.

볼프강 모차르트(Wolfgang Amadeus Mozart, 1756~1791) 오스트리아의 음
악가. 아버지 레오폴트(Leopold Mozart, 1719~1787)는 바이올리니스트였
으며, 누나와 동생에게 어려서부터 음악교육을 시켰는데, 특히 볼프강
은 비상한 음악적 재능을 나타내어 주위를 놀라게 했다.

부현(傅玄, 217~278) 낭중(郎中)에 임명되어 《위서(魏書)》 편찬에 참가하였
던 중국 서진 때의 문신·학자. 홍농태수·부마도위·사마교위 등의 관
직을 지냈다. 주요 저서에는 유학사상의 필요성을 강조하는 내용의 《부
자(傅子)》가 있다.

불워 리턴(Edward George Earle Bulwer Lytton, 1803~1873) 영국의 정치가·소

설가. 문필생활을 하면서 정계에 진출하여 1858년 식민지 담당 대신으로 활약했다. 많은 통속소설을 썼는데, 그 가운데서 장편역사소설 《폼페이 최후의 날》이 유명하다.

브루노 슐츠(Bruno Shulz, 1892~1942) 폴란드의 유대계 소설가. 교사직에 종사하다 나치 비밀경찰에 사살당했다. 《육계색(肉桂色)의 가게》를 비롯하여 일생에 남긴 2개의 단편집은 폴란드에 실험적인 전위, 비현실주의 문학을 확립한 걸작이다.

브룩 테일러(Brook Taylor, 1685~1731) 영국의 수학자. 저서 《증분법(增分法)》에 미분학의 유명한 '테일러의 정리'를 밝혔으며, 이것은 후에 콜린 매클로린이 무한급수의 고찰로 재 정식화하여 그 저서에 기술함으로써, 흔히 '매클로린의 정리'로도 불린다. 테일러의 저서는 간결하고 애매모호해서 두 논문이 즉시 영향을 끼치지는 못했으나 뒤에 가치를 드러냈다.

브와디스와프 레이몬트(Władysław Stanisław Reymont, 1867~1925) 폴란드의 소설가. 농민생활을 연대기적으로 기록한 소설 《농민》으로 노벨문학상을 받았다. 그 밖에 《만남》, 《밤피르》, 《1794년》 등이 있다.

블라디미르 나보코프(Vladimir Nabokov, 1899~1977) 러시아 출신의 미국 소설가·시인·평론가·곤충학자. 나비 수집가로도 유명하다. 미국으로 이주한 뒤로는 뛰어난 영어로 작품을 발표하였는데, 10대 소녀에 대한 중년남자의 성적(性的) 집착을 묘사한 《롤리타》는 큰 반향을 일으켰다.

블라디미르 레닌(Vladimir Il'ich Lenin, 1870~1924) 러시아의 혁명가·정치가. 러시아 11월혁명(볼셰비키혁명, 구력 10월)의 중심인물로서 러시아파 마르크스주의를 발전시킨 혁명이론가이자 사상가. 무장봉기로 과도정부를 전복하고 이른바 프롤레타리아 독재를 표방하는 혁명정권을 수립한 다음 코민테른을 결성하였다.

블라드미르 프리체(Vladimir Maksimovich Friche, 1870~1929) 러시아의 문예학자·평론가. 예술을 사회기구의 법칙에 의하여 해명하려고 하는 예술사회학을 주장하였다. 주요 저서로 《유럽문학 발달사》, 《예술사회학》 등이 있다.

블레싱턴 백작부인(Countess of Blessington, 1789~?) 아일랜드의 작가. 런던

사교계를 거부한 아일랜드 블레싱턴 백작의 부인. 저서로는 《그레이스 캐시디 또는 영국·아일랜드 합병 철회론자》가 성공하고, 이어서 훗날 그녀를 기억하게 만든 《바이런 경과의 대화》가 있다.

비베카난다(Vivekananda, 1863~1902) 근대 인도의 종교 및 사회개혁 지도자. 세계종교회의에 힌두이즘 대표 자격으로 참가했고 미국과 영국에 힌두 철학을 소개했다. 그의 연설과 저작은 인도의 민족전통에 대한 긍지를 고취하고 많은 민족운동 지도자나 참가자에게 사상적 무기를 제공했다.

비온(Biōn, ?~?) BC 100년경에 활동한 그리스의 전원시인. 이탈리아인 제자 가 쓴 《비온을 위한 애가》는 그가 시칠리아에서 살았음을 시사한다. 모스코스와 더불어 테오크리토스에 버금가는 대표적인 목가시인이다.

비토리오 알피에리(Vittorio Alfieri, 1749~1803) 이탈리아의 비극작가로, 작 품에는 희곡 《사울》, 《미르라》 등이 있다. 자유를 위한 싸움, 자유로운 인간의 찬미, 이러한 인간이 최후의 승리를 거둔다는 것이 작품의 지배 적인 모티브이다.

비트겐슈타인(Ludwig Josef Johan Wittgenstein, 1889~1951) 오스트리아 태생 의 영국 철학자. 논리 실증주의와 분석철학의 형성에 기여하였다. 저서 에 《논리철학 논고(論考)》, 《철학탐구》 등이 있다.

빅터 영(Victor Young, 1900년~1956년) 미국의 작곡가. 극장 오케스트라의 지휘, 편곡을 하는 한편, 작곡에도 힘을 기울여 1928년에 작곡한 《스위 트 스우》가 큰 인기를 얻었다. 《80일간의 세계일주》를 마지막으로 캘 리포니아에서 사망하였다. 1956년에는 아카데미 음악상을 수상했다.

빅토르 위고(Victor-Marie Hugo, 1802~1885) 프랑스의 낭만파 시인·소설 가·극작가. 시집 《징벌》, 소설 《레미제라블》 등 수많은 걸작이 있다. 보불전쟁으로 나폴레옹 3세의 몰락과 함께 위고는 공화주의 옹호자로 서 민중의 환호 속에 파리로 돌아와 국민적 시인으로 추앙받았다. 프랑 스 왕실로부터 레지용 도뇌르 기사훈장을 수여받았다.

빈센트 반 고흐(Vincent van Gogh, 1853~1890) 네덜란드의 화가. 일본의 우 키요에(浮世繪) 판화에 접함으로써 그때까지의 렘브란트와 밀레 풍(風) 의 어두운 화풍에서 밝은 화풍으로 바뀌었으며, 정열적인 작품활동을 하였다. 자화상이 급격히 많아진 것도 이 무렵부터였다. 작품에 《빈센트의 방》,《별이 빛나는 밤》,《밤의 카페》 등이 있다.

빌 게이츠(Bill Gates, 1955~ ) 미국의 기업가. 폴 앨런과 함께 최초의 소형 컴퓨터용 프로그램 언어인 베이직(BASIC)을 개발하였으며 마이크로소 프트사를 설립하였다. 퍼스널 컴퓨터의 운영체제 프로그램인 '윈도즈 (Windows)'시리즈를 출시하여 획기적인 판매실적을 올렸다. 세계 컴퓨터 시장의 주도권을 장악하면서 엄청난 부를 쌓아 《포브스 Forbes》 지에서 선정하는 세계 억만장자 순위에서 13년 연속 1위를 차지하였고, 2008년 자선활동에 전념하기 위하여 33년간 이끌던 마이크로소프트사의 경영 에서 손을 떼고 공식 은퇴하였다

빌헬름 딜타이(Wilhelm Dilthey, 1833~1911) 독일의 철학자로 생(生)의 철학 의 창시자. 베를린대학 교수. 자연과학에 대해 정신과학의 영역을 기술 적·분석적·심리적 방법으로 확고하게 만들었다. 칸트의 비판정신의 영향을 받아, 헤겔의 이성주의·주지주의에 반대하여 역사적 이성의 비 판을 제창했다.

빌헬름 뮐러(Wilhelm Müller, 1794~1827) 독일의 시인. 민중적 심정이 담긴 낭만적인 시를 많이 썼다. 작품으로 《그리스인의 노래》,《아름다운 물 방앗간 아가씨》 등이 있고,《겨울여행》은 슈베르트의 작곡으로 유명 하다. 동양학자·비교언어학자인 프리드리히 뮐러의 아버지다.

빌헬름 부슈(Wilhelm Busch, 1832~1908) 독일의 시인·풍자화가. 염세적이 었으며, 교회나 시민사회의 속물성(俗物性)을 강하게 풍자·비판하였다. 그림이야기 《막스와 모리츠》 등으로 특히 청소년 사이에 인기가 있었 다. 그 밖의 작품으로는 《신앙심 깊은 헬레네》 와 시집 《마음의 비판》 등이 있다.

빌헬름 빈델반트(Wilhelm Windelband, 1848~1915) 독일의 철학자·철학사 가. 신(新) 칸트학파의 하나인 서남(西南)독일학파(바덴학파)의 창시자. 철학사의 입장에서는 각 개인의 사상의 기록을 중심으로 하던 종전 방 법과는 달리, 철학적 문제와 개념의 역사적 전개를 중시하는 방법을 사 용했다. 주요 저서로 《서양근세 철학사》,《철학사 교본》 등이 있다.

빌헬름 셰퍼(Wilhelm Schäfer, 1868~1952) 독일의 작가. 자연주의에서 출발 한 향토작가로서, 1911, 1928, 1942년 잇달아 《일화집》을 간행하여 문

학적 업적을 세웠다. 그 밖에 저서로 《독일 혼(魂)의 13책》이 있다.

사

《사기(史記)》 중국 전한(前漢)의 사마천(司馬遷)이 저술한 상고시대인 황제(黃帝) 시대부터 한나라 무제 태초 연간(BC 104~101)까지의 중국과 그 주변 민족의 역사를 포괄하여 저술한 중국 최초의 역사서. 《사기》는 인간과 하늘의 상호관계에서 전개되는 인간의 역사를 냉엄하게 통찰하여 초자연적인 힘 또는 신에서 해방된 인간 중심의 역사를 발견하였다고 보기도 한다. 따라서 《사기》는 열전에 가장 많은 비중을 할애하였고, 신비하고 괴이한 전설과 신화에 속하는 자료는 모두 배제하고 주로 유가 경전을 기준으로 합리적으로 믿을 수 있다고 판단된 자료만 취록하였다는 것이다. 또 열전의 첫 머리에 이념과 원칙에 순사한 백이(伯夷)·숙제(叔齊)의 열전을, 마지막에 이(利)를 좇는 상인의 열전 화식열전(貨殖列傳)을 두어, 위대한 성현뿐 아니라 시정잡배가 도덕적 당위의 실천과 이욕적 본능 사이에서 방황하고 고뇌하는 생생한 모습을 제시함으로써 사기는 '살아 숨쉬는 인간에 의해서 역사가 창조된다는 점을 극명하게 보여준다는 것이다

사마광(司馬光, 1019~1086) 중국 북송(北宋)의 정치가·사학자. 사마온공(司馬溫公)이라고도 한다. 신종이 왕안석을 발탁하여 신법을 단행하게 하자 이에 반대해 사퇴했다. 《자치통감》을 완성했고 철종이 즉위한 뒤 재상이 되자 왕안석의 신법을 구법으로 대체, 구법당의 수령으로 수완을 크게 발휘했다.

사마천(司馬遷, BC145?~BC 86?) 전한시대의 역사가이며 《사기(史記)》의 저자이다. 무제의 태사령이 되어 사기를 집필하였고, 기원전 91년 《사기》를 완성하였다. 중국 최고의 역사가로 칭송된다. 천문역법과 도서를 관장하는 태사령(太史令)인 부친 사마담(司馬談)은 아들 사마천에게 어린 시절부터 고전 문헌을 구해 읽도록 가르쳤다. 사마천이 20세가 되던 해 낭중(郎中 : 황제의 시종)이 되어 무제를 수행하여 강남·산동·하남(河南) 등의 지방을 여행하였다. 아버지 사마담이 죽으면서 자신이 시작한 《사기》의 완성을 부탁하였고, 그 유지를 받들어 BC 108년 태

사령이 되면서 황실 도서에서 자료 수집을 시작하였다. 사마천은 흉노의 포위 속에서 부득이하게 투항하지 않을 수 없었던 이릉(李陵) 장군을 변호하다 황제인 무제의 노여움을 사서, BC 99년 48세 되던 해 남자로서 치욕스러운 궁형(宮刑)을 받았다. 사마천은 자신이 옥에 갇히고 궁형에 처한 경위와 그에 더욱 분발하여 사기를 저술하는데 혼신의 힘을 쏟은 심경을 고백하였다.

사무엘 울만(Samuel Ullman, 1840~1924) 유태계 미국 시인. 1920년 80세 생일을 기념하는 시집 《80년 세월의 정상에서》가 출간되었다. 이 책의 권두서를 장식한 시가 「청춘(Youth)」이었다.

《사물기원(事物紀原)》중국 송나라의 고승(高丞)이 편찬한 유서(類書). 천지·산천·조수(鳥獸)·초목·음양·예악·제도를 55부로 나누어 사물의 유래를 상세히 설명하였다.

사샤 기트리(Sacha Guitry, 1885~1957) 프랑스의 배우·극작가·영화작가. 뤼시앵 기트리의 아들. 주로 제1·2차 세계대전 중간기에 활약하였다. 환상과 정열과 기지로 가득 찬 작품은 대중에게 많은 사랑을 받았다. 작품은 《베르그 오프 좀의 탈취》, 《어느 사기꾼의 소설》 등이다. 성공한 자신의 작품을 영화화하고, 로댕, 르누아르 등의 기록영화를 시도했다.

《사소절(士小節)》조선 후기의 실학자이며 문신인 이덕무(李德懋, 1741~1793)가 후진(後進) 선비들을 위하여 만든 수양서.

사포(Sapphō, BC 612?~?) 고대 그리스 최대의 여류시인. 소녀들을 모아 음악·시를 가르쳤으며, 문학을 애호하는 여성 그룹을 중심으로 활약한 것 같다. 다작 시인으로, 서정시·만가(挽歌)·연가·축혼가 모두가 솔직·간명·정확한 표현으로 개인적 내용을 노래하고 있다.

살루스티우스(Gaius Sallustius, BC 86~BC 35?) 고대 로마의 역사가·정치가. 호민관으로 선출, 키케로의 정적이 되었다. 카이사르 군대를 지휘, 아프리카, 누미디아 총독으로 있었다. 주요 저서는 《역사》, 《카틸리나의 음모》 등이다. 스토아철학 영향이 강한 문제의식 및 역사관이 엿보인다.

《삼국사기(三國史記)》고려시대 김부식(金富軾) 등이 기전체(紀傳體)로 편찬한 삼국의 역사서. 주로 유교적 덕치주의, 군신의 행동, 사대적인 예절 등 유교적 명분과 춘추대의를 견지한 것이지만, 반면에 한국 역사의 독자성을 고려한 현실주의적 입장을 띠고 있다는 특징을 가지고 있다. 《삼국지(三國志)》진(晉)나라의 학자 진수(陳壽 : 233~297)가 편찬한 것으로, 《사기》, 《한서》, 《후한서》와 함께 중국 전사사(前四史)로 불린다. 위서(魏書) 30권, 촉서(蜀書) 15권, 오서(吳書) 20권, 합계 65권으로 되어 있으나 표(表)나 지(志)는 포함되지 않았다. 찬술한 내용은 매우 근엄하고 간결하여 정사 중의 명저라 일컬어진다.

새뮤얼 골드윈(Samuel Goldwyn, 1882~1974) 폴란드 출생의 미국 영화제작자·연출가. 골드윈사(社)를 설립하였고 이것이 후에 MGM(Metro Goldwin Mayer's Inc.) 영화사가 되었다. 미국의 대표적인 연출자 가운데 하나이며, 주요 작품으로 《공작부인》, 《폭풍의 언덕》 등이 있다.

새뮤얼 다니엘(Samuel Daniel, 1562~1619) 영국의 시인으로 서정시·교훈시·역사시 등을 지었다. 주요 작품에는 《클레오파트라의 비극》, 《랭커스터가(家)와 요크가(家)의 내전》이 있다.

새뮤얼 버틀러(Samuel Butler, 1835~1902) 영국 소설가. 미술 연구를 하는 한편 익명으로 풍자소설 《에레혼》을 썼으며, 《만인의 길》은 그의 저작 중에서 가장 소설다운 이야기이지만, 일종의 정신적 자서전이며 자기만족적인 빅토리아 시대의 종교도덕에 대한 통렬한 비판을 던진 반역의 글이다.

새뮤얼 베이커(Samuel White Baker, 1882~1893) 영국의 탐험가.

새뮤얼 베케트(Samuel Barclay Beckett, 1906~1989) 20세기 중반 아일랜드 출생의 프랑스 소설가·극작가. 희곡 《고도를 기다리며》로 유명하고, 앙티테아트르(anti-théâtre : 전통적 극작법을 외면하고 참된 연극 고유의 수법으로 인간존재에 접근하는 연극)의 선구자였다. 3부작 《몰로이》, 《말론은 죽다》 등은 누보로망의 선구적 작품이다. 노벨문학상을 수상했다.

새뮤얼 스마일스(Samuel Smiles, 1812~1904) 스코틀랜드 작가·개혁운동가. 대표작품 《자조론(自助論)》은 위인의 실생활에서 교훈을 인용 「하늘은 스스로 돕는 자를 돕는다」는 어구로 시작해 자기에 대한 진실한 성실이 만인에게 통한다는 신념을 많은 사실에 의거하여 설명했다. 이 책은 각국어로 번역되어 세계에 큰 영향을 끼쳤다.

새뮤얼 존슨(Samuel Johnson, 1709~1784) 영국의 시인·비평가. 대저(大著) 《영어사전》을 완성하였으며,《영국 시인전》10권을 집필하였다. 작품에 교훈시 《욕망의 공허함》, 소설 《라셀라스》 따위가 있다.

새뮤얼 콜리지(Samuel Taylor Coleridge, 1772~1834) 영국의 서정시인·비평가·철학자. 윌리엄 워즈워스와 함께 쓴 《서정민요집(Lyrical Ballads)》은 영국 낭만주의 운동의 시발이 되었고, 그의 《문학평전(Biographia Literaria)》은 영국 낭만주의 시대에 나온 일반 문학비평 중 가장 중요한 작품이다.

새뮤얼 클라크(Samuel Clarke, 1675~1729) 영국의 철학자·신학자·도덕사상가. 이신론(理神論)과 유물론(唯物論)의 경향에 반대하면서도, 새로운 사상의 영향 아래 새로운 신학·윤리 체계를 수립하려 했다. 신학에서는 뉴턴과 유사점이 있었으며, 하느님의 존재와 영혼불멸 등의 문제를 합리적으로 밝히려 했다. 주요 저서로 《신의 존재 및 속성의 논증》 등이 있다.

샘 래번슨(Sam Levenson, 1911~1980) 미국의 유머리스트·작가·선생·TV 호스트·저널리스트.

생텍쥐페리(Antoine Marie Roger de Saint-Exupéry, 1900~1944) 프랑스의 소설가. 《어린 왕자》로 유명하다. 진정한 의미의 삶을 개개 인간 존재가 아니라, 사람과 사람의 정신적 유대에서 찾으려 했다. 작품으로는 《남방 우편기》, 《야간비행》(페미나 문학상 수상), 《인간의 대지》 등이 있다.

샤를 드골(Charles André Marie Joseph De Gaulle, 1890~1970) 프랑스의 군인·정치가. 알제리 민족자결정책, 알제리 독립 가결로 알제리전쟁을 평화적으로 해결하여 프랑스 경제의 가장 큰 장애를 제거했다. 드골 체제를 일단 완성시킨 후 '위대한 프랑스'를 중심으로 유럽 민족주의를 부흥하기 위하여 주체적인 활동을 전개했다.

샤를 디들로(Charles Louis Didelot, 1767~1837) 스웨덴 태생의 프랑스 무용가·안무가·무용교사. 상트페테르부르크 발레단 안무가를 지냈고 런던, 파리에서 활약한 뒤 황실 발레학교 교장이 되어 러시아 발레의 기초를 닦았다. 여성용 색 타이즈를 착용하도록 하였고 비약적 스텝을 고안했다.

샤를루이 필리프(Charles Louis Philippe, 1874~1909) 프랑스의 소설가. 시청 공무원으로서 《랑클로》라는 문예잡지의 동인이 되어 활약하였다. 부드럽고 선량하지만 무식한 젊은 창녀를 사랑한 경험으로 쓴 소설 《뷔뷔 드 몽파르나스》가 유명하다. 그 밖에 《페르드리 영감》, 《어머니와 아들》, 《젊은 날의 편지》 등의 작품이 있다.

샤를 모리스 도네(Maurice Charles Donnay, 1859~1945) 프랑스의 극작가. 아리스토파네스의 희곡을 각색 번안한 《리지스트라타》와 세기말의 연애심리를 묘사한 《연인들》이 대표작이다. 아카데미 프랑세즈 회원이 되었다.

샤를 생트뵈브(Charles Augustin Sainte-Beuve, 1804~1869) 19세기 프랑스의 문예비평가·시인·소설가. 프랑스 근대비평의 아버지라고 불린다. 인상주의, 과학적 비평을 융합한 새로운 형의 비평에 전념했다. 저서로 《문학적 초상화》, 《월요한담(月曜閑談)》 등이 있다.

샤를 페기(Charles Péguy, 1873~1914) 프랑스의 시인·사상가. 희곡 《잔 다르크》에서는 잔 다르크를 민중과 사회주의의 영웅으로 묘사하였다. 또 《샤르트르 성모에게 보스 지방을 바치는 시》는 그리스도교 시의 걸작이다. 실증주의를 비판하였으며, 휴머니즘의 전통을 옹호하였다.

샤토브리앙(François Auguste René de Châteaubriand, 1768~1848) 19세기 프랑스 낭만파 문학의 선구자. 작품 《그리스도교의 정수》는 그리스도교를 고양하는 범신론적 경향이 강했다. 대혁명 후 황폐한 민심에 큰 영향을 끼쳤고, 낭만주의 문학의 방향을 결정짓게 하였다.

샬럿 브론테(Charlotte Brontë, 1816~1855) 영국 여류 소설가. 소녀시절부터 공상력과 분방한 상상력을 지녔고, 글을 쓰는 습관을 붙여 뛰어난 표현 기법을 터득하고 있었다. 저서로 《제인 에어》, 《셜리》, 《빌레트》 등이 있다.

서경보(徐京保, 1914~1996) 승려. 1953년 해인대학(지금의 경남대학교) 교수를 거쳐 1962년 동국대학교 교수로 부임하여 1969년에는 동교 불교대학장에 취임하였다. 126개의 박사학위, 1,042권의 저서, 757개의 통일기원비 건립, 50여만 점의 선필(禪筆), 최대 석굴법당 건립 등 5개 분야에서 기네스북에 오르기도 하였다.

서경덕(徐敬德, 1489~1546) 조선 중기의 유학자·주기론(主氣論)의 선구자. 황진이, 박연폭포와 함께 개성을 대표한 송도삼절(松都三絶)로 지칭되기도 하며, 황진이의 유혹을 물리친 일화가 유명하다. '이(理)'보다는 '기(氣)'를 중시하는 주기철학의 입장에 서 있다. 문집으로는 《화담집(花潭集)》이 있다.

서머셋 몸(William Somerset Maugham, 1874~1965) 영국의 소설가·극작가. 제1차 세계대전 직전에 완성한 장편소설 《인간의 굴레》는 작자가 고독한 청소년 시절을 거쳐 인생관을 확립하기까지 정신적 발전의 자취를 더듬은 자서전적 걸작이다.

서정주(徐廷柱, 1915~2000) 1942년을 시작으로 친일작품들을 발표했으며, 시 《화사》, 《자화상》, 《귀촉도》 등을 통해 불교사상과 자기성찰 등을 표현하였다. 대한민국 문학상, 대한민국 예술원상 등을 수상하였다.

석가(釋迦, Ākyamuni, BC 563?~BC 483?) 석가모니(釋迦牟尼)·석가문(釋迦文) 등으로도 음사하며, 능인적묵(能仁寂默)으로 번역된다. 보통 석존(釋尊)·부처님이라고도 존칭한다. 본래의 성은 고타마(Gautama : 瞿曇), 이름은 싯다르타(Siddhārtha, 悉達多)인데, 후에 깨달음을 얻어 붓다(Buddha, 佛陀)라 불리게 되었다. 또한 사찰이나 신도 사이에서는 진리의 체현자(體現者)라는 의미의 여래(如來, Tathāgata), 존칭으로서의 세존(世尊, Bhagavat)·석존(釋尊) 등으로도 불린다.

선우휘(鮮于煇, 1922~1986) 한국의 언론인·소설가. 수많은 시사 논평을 발표하였고 1957년 《문학예술》지에 《불꽃》으로 당선하여 작가로서 인정받았다. 저서로서 《화재》, 《현실과 지식인》 등이 유명하다.

《설원(說苑)》 전한(前漢) 말에 유향(劉向)이 편집하였다. 〈군도(君道)〉, 〈신술(臣術)〉 등 20편으로 구성되었다. 같은 저자의 《신서(新序)》와 그 체재가 비슷하며, 내용도 중복된 것이 있다. 고대의 제후나 선현들의 행적이나 일화·우화 등을 수록한 것이며, 위정자를 설득하기 위한 훈계독본으로 이용하였다.

성 베네딕투스(St. Benedictus von Nursia, 480?~550?) 가톨릭의 베네딕토 수도회의 창설자. 동굴에서 은둔생활을 할 때 많은 제자들이 몰려들었다고 한다. 성서에 나오는 예언자들에 비견되는 많은 기적들을 행하였다고 전한다.

성삼문(成三問, 1418~1456) 조선 전기의 문신・학자. 세종 때《예기대문언두(禮記大文諺讀)》를 편찬하고 한글창제를 위해 음운연구를 해 정확을 기한 끝에 훈민정음을 반포케 했다. 세조가 단종을 몰아내고 왕위에 오르자, 단종의 복위를 협의했으나 김질의 밀고로 체포되어 친국을 받고 처형되었다.

성철(性徹, 1912~1993) 속명 이영주(李英柱). 오로지 구도에만 몰입하는 승려로 파계사(把溪寺)에서 행한 장좌불와(長坐不臥) 8년은 유명한 일화이다. 조계종 종정을 지내며 돈오돈수(頓悟頓修)를 주장하여 뜨거운 논쟁을 불러일으켰다.

세르반테스(Miguel de Cervantes, 1547~1616) 에스파냐의 소설가・극작가・시인. 레판토 해전에 참가하여 부상을 입었고, 알제리에서 노예생활을 하기도 하며 가난한 생활을 보냈다. 당시 에스파냐의 기사 이야기를 패러디한 소설《돈키호테》는 유명하며 성격묘사에 뛰어났다.

세바스티안 브란트(Sebastian Brant, 1458~1521) 독일의 시인・법학자. 바젤 대학 교수. 중세의 전통에 대한 경향을 가지고 있었다. 운문작품《바보의 배》는 우인문학(愚人文學)의 원조로 후세에 커다란 영향을 미쳤다.

《세설신어(世說新語)》 중국 남조(南朝) 송(宋)나라의 유의경(劉義慶, 403~444)이 편집한 후한 말부터 동진(東晉)까지의 명사들의 일화집. 덕행・언행부터 혹닉(惑溺)・구극(仇隙)까지의 36문(門)으로 나눈 3권본으로, 지인소설(志人小說)의 대표작이다.

셰익스피어(William Shakespeare, 1564~1616) 영국이 낳은 세계 최고의 시인・극작가. 그는 평생을 연극인으로서 보냈다. 주요 작품으로《로미오와 줄리엣》,《베니스의 상인》,《햄릿》,《맥베스》등이 있다.

소광(疏廣, ?~?) 중국 한(漢)나라 때 학자. 춘추(春秋)에 정통하여 선제(宣帝) 때 박사(博士)에 등용되었고, 뒤이어 태부(太傅)가 됨. 벼슬로 이름을 얻는 것을 후회하여 벼슬을 그만둔 것을 많은 사람들이 칭찬하였음.

소순(蘇洵, 1009~1066) 중국 북송(北宋)시대의 문학자. 날카로운 논법과 정열적인 필치에 의한 평론이 구양수(歐陽修)의 인정을 받아 유명해졌다. 정치・역사・경서 등에 관한 평론도 많이 썼으며, 아들 소식(蘇軾)・소철(蘇轍)과 함께 삼소(三蘇)라 불렸다. 주요 저서에는 《시법(諡法)》, 《가우집(嘉祐集)》 등이 있다.

소스타인 베블런(Thorstein Bunde Veblen, 1857~1929) 미국의 사회학자・사회평론가. 산업의 정신과 기업의 정신을 구별하였으며, 상층계급의 과시적 소비를 지적하였다. 주요 저서로 《유한계급론》이 있다.

소식(蘇軾, 1036~1101) 호는 동파(東坡). 중국 북송 제일의 시인. 「독서가 만 권에 달하여도 율(律)은 읽지 않는다」고 해 초유의 필화사건을 일으켰다. 시(詩)・사(詞)・부(賦)・산문(散文) 등 모두에 능해 당송팔대가의 한 사람으로 손꼽혔다. 당시(唐詩)가 서정적인 데 대하여 그의 시는 철학적 요소가 짙고 새로운 시경(詩境)을 개척하였다. 대표작 《적벽부(赤壁賦)》는 불후의 명작으로 불리고 있다.

소크라테스(Socrates, BC 469~BC 399) 고대 그리스의 철학자. 그 때까지의 그리스 철학자들은 우주의 원리를 묻곤 했다. 소크라테스에서 비로소 자신과 자기 근거에 대한 물음이 철학의 주제가 되었다. 이런 의미에서 소크라테스는 내면(영혼의 차원) 철학의 시조라 할 수 있다.

소통(蕭統, 501~531) 중국 남조 양(梁)나라의 문학평론가. 양의 무제 소연(蕭衍)의 장남으로 황태자가 되었으나, 즉위하기 전에 죽었다. 저서로 제(齊)・양나라의 대표적인 시문을 모아 엮은 《문선(文選)》이 있는데, 이는 당 이후로도 문학학습의 교과서로 자리 잡았다.

소포클레스(Sophocles, BC 496~BC 406) 고대 그리스 3대 비극시인의 한 사람으로 정치가로서도 탁월한 식견을 지니고 국가에 공헌하였다. 123편의 작품을 씀으로써 비극 경연대회에 18회나 우승하였고, 대표작은 《아이아스》, 《안티고네》 등이 있다.

손문(孫文, 1866~1925) 중국혁명의 선도자・정치가. 공화제를 창시하였다. 그의 정치는 삼민주의(三民主義)로 대표된다. 대한민국임시정부를 지원한 공으로 건국훈장 대한민국장이 추서되었다.

손사막(孫思邈, 581~682) 중국 초당(初唐)의 명의・신선가(神仙家). 당나라 시대의 대표적 의서인 《천금요방(千金要方)》과 《천금익방(千金翼方)》이 그의 저작으로 전하여지고 있으며, 의가의 윤리를 논설하고 있는 점이 특히 주목된다.

손우성(孫宇聲, 1904.~?) 《해외문학》 창간 동인이며 주로 프랑스 문학을 연구 · 소개했다. 우리나라 최초로 프랑스 문학을 강의했다. 1981년 대한민국 학술원 원로회원이 되었다. 평론 《하늘과 땅의 비중》은 김동리의 《사반의 십자가》에 대한 본격적 비평으로 유명하다.

《손자(孫子)》 춘추시대 오나라 합려(闔閭)를 섬기던 명장 손무(孫武, BC 6세기경)의 저서. 《오자(吳子)》와 병칭(倂稱)되는 병법칠서(兵法七書) 중에서 가장 뛰어난 병서로 이 둘을 합쳐 흔히 '손오병법(孫吳兵法)'이라 부른다.

손턴 와일더(Thornton Niven Wilder, 1897~1975) 미국 소설가 · 극작가. 격조 있는 문체와 신선한 형식, 인간 존재의 의미를 찾는 명상적인 작풍, 인간의 가능성을 믿고 인생을 긍정하는 태도에 의해 미국 문학계의 특이한 지위를 차지했다. 《우리 마을》, 《위기일발》은 모두 퓰리처상을 수상한 희곡이다. 저서로는 뮤지컬 《헬로, 달리》의 원작이 된 인생을 구가하는 희극 《중매인》 등이 있다.

솔로몬(Solomon, ?~BC 912?) 이스라엘 왕국 제3대 왕. 「지혜의 왕」으로 알려졌다. 군사력으로 통치했고, 군사 · 행정 · 상업 문제를 다루기 위해 이스라엘 식민지들을 건설했다. 그가 벌인 대규모 토목사업 가운데 가장 뛰어난 것은 수도 예루살렘에 세운 유명한 성전이다. 그는 현인과 시인으로서도 명성을 얻었다. 전통적으로 「아가」의 저자로 간주되며, 「잠언」에는 그가 쓴 것으로 간주되는 격언과 교훈이 있다.

솔론(Solon, BC 640?~BC 560?) 아테네의 정치가 · 시인. 집정관 겸 조정자로 선정되어 정권을 위임받은 후, '솔론의 개혁'이라 일컫는 여러 개혁을 단행하였다. 에레게이아 기타의 시형(詩形)으로 쓴 서정시가 단편적으로 전해진다.

송건호(宋建鎬, 1927~2001) 한국 언론사에 뚜렷한 자취를 남긴 언론인으로서 《한겨레신문》을 창간하여 편집권의 독립과 남북한 문제에 대한 냉전적인 보도의 틀을 벗어나게 하는 데 이바지하였다.

《송사(宋史)》 중국 원(元)나라 때의 사서(史書). 북송(北宋) 이래 각 황제마다 편찬한 국사나 실록(實錄) · 일력(日曆) 등을 기초로 하였다.

송지영(宋志英, 1916~1989) 언론인 · 번역문학가. 일제 강점기에 《동아일보》기자로 언론계에 입문, 중국 난징에서 대한민국 임시정부와 연계해 활동하다가 1944년 체포되었다. 징역 2년형을 선고받고 일본 나가사키 형무소에서 복역 중 일본이 태평양 전쟁에 패하면서 풀려났다.

쇼펜하우어(Arthur Schopenhauer, 1788~1860) 독일의 철학자로서 흔히 '염세주의 철학자'로 불린다. 그의 철학은 칸트의 인식론에서 출발하여 피히테, 셸링, 헤겔 등의 관념론적 철학에 정면으로 반대하는 의지의 형이상학을 주창했다. 저서로는 4년간의 노작인 《의지와 표상(表象)으로서의 세계》가 있다.

《수신기(搜神記)》 중국 동진(東晋)의 역사가 간보(干寶)가 편찬한 소설집. 지괴(志怪 : 육조시대의 귀신괴이·신선오행에 관한 설화)의 보고(寶庫)로 여겨지는 가장 대표적인 설화집이다.

《수타니파타(Sutta-nipāta)》 팔리어(語)로 기록된 남방 상좌부(上座部)의 경장(經藏)에 수록되어 있는 경전.

《수호전(水滸傳)》 시내암(施耐庵)의 작품으로, 양산(梁山) 호숫가의 영웅고사를 기초로 했다. 봉건사회 농민반란을 소재로 했는데, 지배계급의 부패와 억압받는 백성들의 모습을 폭로하여 반란을 일으킬 수밖에 없었던 민중의 실태를 보여준다.

《순오지(旬五志)》 조선 인조 때의 학자이며 시평가(詩評家)인 현묵자(玄默子) 홍만종(洪萬宗)의 문학평론집. 한국의 역사, 유·불·선에 관한 일화, 훈민정음 창제에 대한 견해, 속자(俗字)에 대한 기술 등 실로 다양한 내용이 들어 있다.

순자(荀子, BC 298?~BC 238?) 본명은 순황(荀況), 순경(荀卿). 중국 전국시대 말기의 사상가로 맹자의 성선설(性善說)을 비판하여 성악설(性惡說)을 주장했으며, 예(禮)를 강조하여 유학 사상의 발달에 큰 영향을 끼쳤다.

쉬페르비엘(Jules Supervielle, 1884~1960) 프랑스의 시인·소설가·극작가. 작품은 《슬픈 유머》, 《밤에 바친다》, 《비극적인 육체》 등이 있다. 광대한 우주적 공간감각이 특징이다.

슈테판 게오르게(Stefan George, 1868~1933) 현대 독일시의 원천을 만든 독일의 서정시인. 상징주의의 영향을 많이 받았다. 초기에는 반자연주의적이고 예술지상주의적인 작품을 썼으나 만년에는 예언자적 경향을 나타냈다. 시집 《삶의 융단》, 《동맹의 별》 등을 썼다.

슈테판 츠바이크(Stefan Zweig, 1881~1942) 오스트리아의 유대계 작가로서, 앙드레 모루아와 함께 20세기의 3대 전기작가로 일컬어진다. 주요 저작에는 《로맹 롤랑》 등의 전기작품이 있으며 수필 · 소설 · 희곡에서도 다수의 작품을 남겼다.

스웨덴보르그(Emmanuel Swedenborg, 1688~1772) 스웨덴의 신비주의 사상가. 저서로는 《천국과 지옥》 등이 있다.

스퀴데리(Madeleine de Scudéry, 1607~1701) 17세기 프랑스의 작가. 작품으로는 《이브라힘》(1641), 《아르타멘, 또는 키루스 대왕》, 《클렐리》 등이 있다.

스타니슬라프 노이만(Stanislav Kostka Neumann, 1875~1947) 체코의 시인. 젊은 시절부터 정치에 관심을 가졌고, 한때 무정부주의적 경향을 가졌다. 자연을 노래한 서정시집 《숲과 물과 언덕의 책》, 근대문명이나 기술에 대한 낙천적인 사상을 노래한 《새로운 노래》 등이 대표작이다.

스타티우스(Publius Papinius Statius, 45?~96) 고대 로마의 시인으로 도미티아누스 황제의 사랑을 받으며 서사시 《테바이스》와 《숲》 등의 작품을 발표하였다. 뛰어난 기교가 넘치는 시로 후세에 큰 영향을 주었다.

스탕달(Stendhal, 1783~1842) 프랑스의 소설가. 발자크와 함께 19세기 프랑스 양대 거장으로 평가된다. 《라신과 셰익스피어》로 낭만주의운동 대변자가 되었다. 대표작으로 《적과 흑》, 《파르므의 승원》 등이 있다.

스테판 말라르메(Stéphane Mallarmé, 1842~1898) 19세기 프랑스의 상징파 시인. 그의 '화요회'에서 20세기 초 활약한 지드, 발레리 등이 배출되었다. 장시 《목신의 오후》, 《던져진 주사위》 등이 있다. 프랑스 근대시의 최고봉으로 인정받는다.

스토바이오스(Johannes Stobaeus, 5세기경) 그리스의 철학자.

스티브 잡스(Steve Jobs, 1955~2011. 10. 5.) 미국의 기업가이며 애플 사(社)의 창업자. 매킨토시 컴퓨터를 선보이고 성공을 거두었지만, 회사 내부 사정으로 애플을 떠나고 넥스트 사(社)를 세웠다. 그러나 애플이 넥스트스텝을 인수하면서 경영 컨설턴트로 복귀했다. 애플 CEO로 활동하며 아이폰, 아이패드를 출시, IT 업계에 새로운 바람을 불러일으켰다.

스티븐 코비((Stephen Covey, 1932~2012) 미국인으로 하버드대학에서 MBA. 브리검영 대학에서 조직행동학과 경영관리학 교수, 부총장 등을 역임하였다. 국제경영학회로부터 맥필리(McFeely) 상을 받았으며, 타임지로부터 '미국에서 가장 영향력 있는 25명' 가운데 한 사람으로 선정되기도 하였다. 저서로 《성공하는 사람들의 7가지 습관》 (The 7 Habits of Highly Effective People, 1989)등이 있다.

스티븐 크레인(Stephen Crane, 1871~1900) 미국의 시인·소설가. 에밀 졸라의 자연주의를 도입한 미국 사실주의문학의 선구자로, 그의 성공비결은 조롱과 연민, 환상과 현실, 절망과 희망 사이의 긴장을 잘 유지한 데 있다. 서로 갈등하는 2가지 명제 사이의 대조를 극적으로 제시한 탁월한 소설가였다. 대표작으로 《붉은 무공훈장》, 《매기(Maggie)》 등이 있다.

스피노자(Baruch de Spinoza, 1632~1677) 네덜란드의 철학자. 데카르트 철학에서 결정적 영향을 받았다. 「모든 것이 신이다.」 라고 하는 범신론(汎神論)의 사상을 역설하면서도 유물론자·무신론자였다. 그의 신이란 그리스도교적인 인격의 신이 아니고, 신은 즉 자연이었기 때문이다.

《시경(詩經)》 춘추시대의 민요를 중심으로 모은 중국에서 가장 오래 된 시집. 풍(風)·아(雅)·송(頌) 셋으로 크게 분류되고 다시 아(雅)가 대아·소아로 나뉘어 전해진다. 풍(國風이라고도 함)은 여러 나라의 민요로, 주로 남녀 간의 정과 이별을 다룬 내용이 많다. 아(雅)는 공식 연회에서 쓰는 의식가(儀式歌)이며, 송은 종묘의 제사에서 쓰는 악시(樂詩)이다.

시그프리드 서순(Siegfried Lorraine Sassoon, 1886~1967) 유대계 영국 시인. 제1차 세계대전에 참전하여 두 차례에 걸쳐 부상을 당하고 그 체험을 바탕으로 전쟁의 비참함과 무의미함을 서정시로 읊어 반전 시인으로 이름을 떨쳤다. 대표작으로 《역습》, 《여우사냥꾼의 추억》 등이 있다.

시드니 스미스(Sydeny Smith, 1771~1845) 당대 영국 최고의 설교가, 의회 개혁의 옹호자. 재기와 일에 대한 실제적인 추진력, 저술을 통해 가톨릭교도 해방문제에 대한 여론을 바꾸는 데 큰 몫을 했다.

시라이시 고이치(白石浩一) 일본 작가. 소화여자대학교 교수로서 심리학에 관한 저서를 집필하고 있다. 저서로는 《철학개론》, 《교육심리학》, 《사랑의 심리학》, 《이론심리학》, 《즐거운 심리학》 등이 있다.

시릴 터너(Cyril Tourneur, 1575~1626) 영국의 극작가·시인. 당시 가장 인기
　가 있었던 《복수자의 비극》과 《무신론자의 비극》의 작자로 추정된
　다. 이 작품들은 삶에 대한 혐오와 공포에 대해 묘사하였고, 해골이나
　변장 등에 새로운 의미와 깊이를 부여하였다.

시메옹 베르뇌(Siméon François Berneux, 1814~1866) 프랑스 외방전교회 소속
　의 선교사로 한국에서 활약한 신부. 한국 선교사에 대한 자료를 수집·
　번역하도록 도왔다. 충북 제천시 배론에 한국 최초의 신학교를 설립하
　였다.

시모니데스(Simōnidēs of Ceos, BC 556?~BC 468?) 고대 그리스의 서정시인.
　페르시아 전쟁 때의 전사자의 묘비명으로 유명하며, 찬가·만가 등 광
　범위한 영역에 걸쳐 시작(詩作)을 하였으나 약간의 단편과 비문만이 전
　해진다. 그의 시는 우아한 어휘와 간결한 시구 속에 작자의 견식과 진실
　된 정이 샘처럼 솟아나는 뛰어난 것이었다.

시몬 드 보봐르(Simone de Beauvoir, 1908~1986) 프랑스의 실존주의 여류소
　설가·사상가. 사르트르와의 계약결혼으로 유명하다. 작품으로는 《초
　대받은 여자》, 공쿠르상 수상작 《타인의 피》, 《레 망다랭》, 《처녀시
　대》 등이 있다. 여성론 《제2의 성》은 큰 반향을 일으켰다.

시몬 베유(Simone Adolphine Weil, 1909~1943) 프랑스의 사상가. 미국으로 망
　명하였으나 레지스탕스 운동에 참가하려고 귀국을 시도하던 중 런던에
　서 객사하였다. 억압당한 사람들에 대한 사랑과 실천이 그녀의 목표였
　다. 주요 저서로 《억압과 자유》, 《뿌리를 갖는 일》 등이 있다.

시어도어 드라이저(Theodore Dreiser, 1871~1945) 미국 소설가. 미국의 자연
　주의적 사실주의의 정점을 이루는 작가로 간주되고, 그의 작품은 19~
　20세기에 걸친 자본주의 상승기에 있어서 미국의 적나라한 모습을 보여
　준다. 대표작 《아메리카의 비극》은 미국사회의 나쁜 여파에서 오는 인
　간의 비극을 묘사하여 성공한 아메리카 사실주의의 기념비적 작품이다.

시어도어 파커(Theodore Parker, 1810~1860) 미국의 유니테리언파의 목사·
　신학자·사회개량운동가. 하버드대학교 신학과를 졸업하고 목사가 되
　었다. 20개 국어를 구사하고, 성서에 관한 독일어 문헌을 번역하였으며,
　이른바 '고등비평'에 관심을 보였다. 금주, 여성교육, 노예제 폐지 등 사

회문제 개선에 힘써 정치에도 영향을 끼쳤다.

《신자(愼子)》 기원전 4세기 무렵, 중국 전국시대(戰國時代) 제(齊)나라 선왕(宣王) 때 직하(稷下)의 학사(學士)를 지낸 신도(愼到, BC 395~BC 315)가 지은 책. 책의 중심사상은 도가(道家) 사상이다. 우언(寓言)「영계기의 삼락(榮啓期三樂)」과「노자의 문병(老子問疾)」에서 묵가와 도가의 전형적인 사상을 엿볼 수 있다.

심훈(沈熏, 1901~1936) 농촌계몽소설《상록수》를 쓴 소설가·영화인.《상록수》는 브나로드운동(vnarod movement, 19세기 후반 러시아 젊은 지식인층에 의해 전개된 농촌운동)을 남녀 주인공의 숭고한 애정을 통해 묘사한 작품으로서, 1935년 이 작품이《동아일보》발간 15주년 기념 현상모집에 당선되자 이때 받은 상금으로 상록학원을 설립했다.

《십팔사략(十八史略)》 중국 남송(南宋)의 증선지(曾先之)가 편찬한 중국의 역사서. 사실의 취사선택이 부정확하였기 때문에 중국에서는 평판이 좋지 않았고, 사료적 가치가 없는 통속본이지만, 중국왕조의 흥망을 알 수 있고, 많은 인물의 약전(略傳)·고사·금언 등이 포함되어 있다.

## 아

아나카르시스(BC 6세기) 그리스의 철학자. 솔론이 정치가로서 법을 만들고 있을 때 그는 빙긋이 웃으며, 법은 거미줄과 같은 것이라고 말했다. 바꾸어 말하면, 약한 사람은 잡히지만 강한 범인은 그것을 찢어버린다는 것이다. 그 뒤에 솔론은 아나카르시스가 회의하는 곳에 참석했다가 이렇게 말했다.「그리스에서 정치는 현명한 사람들이 논하지만, 결정은 무식한 사람들이 하는군요. 참으로 놀랐습니다.」

아나톨 프랑스(Anatole France, 1844~1924) 프랑스의 소설가·평론가. 작품 사상으로 지적회의주의(知的懷疑主義)를 지니며 자신까지를 포함한 인간 전체를 경멸하고, 사물을 보는 특이한 눈, 신랄한 풍자, 아름다운 문체를 사용했다. 주요 작품으로는《실베스트르 보나르의 죄》등이 있다. 1892년에 아카데미 회원이 되었으며, 1921년 노벨문학상을 수상했다.

아널드 토인비(Arnold Joseph Toynbee, 1889~1975) 영국의 역사가. 필생의 역작《역사의 연구》에서 독자적인 문명사관을 제시했다. 유기체적인 문

명의 주기적인 생멸이 역사이며, 또 문명의 추진력이 고차문명의 저차
문명에 대한 '도전'과 '대응'의 상호작용에 있다고 주장했다. 19세기 이
후의 전통 사학에 맞서 새로운 역사학을 개척했다고 평가받는다.

아델베르트 폰 샤미소(Adelbert von Chamisso, 1781~1838) 프랑스 귀족 출신
의 독일 시인·식물학자. 베를린 낭만주의자들 중에서 가장 재능이 뛰
어난 서정시인으로 《파우스트》 같은 동화 《페터 슐레밀의 놀라운 이
야기》로 잘 알려져 있다. 독일 시에 정치적 서정주의 요소를 도입하는
데 기여하여 많은 비평가들이 그를 정치적 시인의 선구자라고 평했다.

아돌푸스 그릴리(Adolphus Washington Greely, 1844~1935) 미국의 군인으로
서 북극 탐험가.

아돌프 히틀러(Adolf Hitler, 1889~1945) 독일의 정치가. 1920년 독일 국가사
회주의당 나치당의 당수를 지냈고, 게르만 민족주의와 반유태주의를 기
치로 1933년 독일 수상이 되었다. 이듬해 독일 국가원수로서 총통으로
불리었다. 제2차 세계대전을 일으켰지만 패색이 짙어지자 자살하였다.

아들라이 스티븐슨(Adlai Ewing Stevenson, 1900~1965) 미국 외교관·정치
가. 웅변과 기지가 뛰어난 자유주의 입장을 고수한 정치가로서, 정치·
외교에 대한 건설적인 비판자로서 큰 영향력을 행세한 정치인이었다.
주요 저서로 《위대한 소명》, 《내가 생각하는 것》 등이 있다.

아르망 리슐리외(Armand Richelieu 1585~1642) 프랑스의 정치가. 루이 13세
의 모후이며 섭정인 마리 드 메디시스에게 발탁되어 왕실고문관이 되
었으나 루이 13세와 긴밀한 관계를 맺자 마리와 대립하였다. 그를 제거
하려던 마리는 왕에 의해 숙청되었고, 이후 재상의 지위를 인정받아 책
임관료제를 수립하였다. 주요 저서로 《교리문답》이 있다.

아르키다모스(Archidamos, BC 400년경) 스파르타의 왕.

아르키메데스(Archimedes, BC 287?~BC 212) 고대 그리스 최대의 수학자·
물리학자. '아르키메데스의 원리', 「구에 외접하는 원기둥의 부피는 그
구 부피의 1.5배이다」라는 정리를 발견하였다. 지렛대의 반비례법칙을
발견하여 기술적으로 응용하였으며, 그 외의 업적으로 그리스 수학을
더욱 진전시켰다.

아르킬로코스(Archilochos, BC 8~7세기경) 그리스의 서정시인. 불우한 환경

속에서 귀족계급의 인습을 매도하기를 즐겼다. 풍자에 적합한 이암버스 율(iambus律)의 완성자로서 후세에 큰 영향을 끼쳤다. 고대에는 호메로스와도 비견되던 천부적 시인이었다.

아르투르 루빈스타인(Artur Rubinstein, 1887~1982) 폴란드 출생의 미국 피아니스트. 풍부한 음량과 변화가 많은 음색을 갖춘 20세기 대표적 피아니스트로서, 드뷔시, 라벨, 프랑크, 로보스 등의 작품에 뛰어난 해석을 보였다.

아르투어 슈니츨러(Arthur Schnitzler, 1862~1931) 오스트리아의 소설가이자 극작가. '젊은 빈'파의 대표적 작가로 빈에서 영위되는 세기말적인 애욕의 세계를 정신분석의 수법을 써가면서 묘사해 나갔다. 작품으로 희곡 《초록 앵무새》, 장편소설 《테레제, 어떤 여자의 일생》 등이 있다.

아리스토텔레스(Aristoteles, BC 384~BC 322) 플라톤과 함께 그리스 최고의 사상가로 꼽히는 인물로 서양지성사의 방향과 내용에 매우 큰 영향을 끼쳤다. 플라톤이 초감각적인 이데아의 세계를 존중한 것에 대해 그는 인간에게 가까운, 감각되는 자연물을 존중하고 이를 지배하는 원인들의 인식을 구하는 현실주의 입장을 취하였다.

아리스토파네스(Aristophanes, BC 450?~BC 386?) 고대 그리스의 희극시인. 시사문제나 소피스트를 풍자하는 데에 뛰어났으며, 작품으로 《연회의 사람들》, 《구름》, 《여자의 평화》 등이 있다.

아베 프레보(Abbé Prévost, 1697~1763) 프랑스의 소설가. 귀족 집안에서 태어나 예수회의 교육을 받았다. 큰 뜻을 품고 군에 입대 영국으로 건너갔으나, 사랑과 연애로 시간을 보냈다. 귀국하여 1731년 《한 귀부인의 수기》 20권을 썼다. 그 중 특히 유명한 《마농 레스코》는 제7권에 나온다.

아베 피에르(l'abbe Pierre, 1912~2007) 프랑스의 신부. 1949년 엠마우스 공동체를 시작하여 세계적인 빈민구호 공동체운동으로 확산되었다. 제2차 세계대전 직후 신부로서 국회의원이 되어 활동함 평생을 빈민구호에 헌신 '빈민의 아버지'로 불린다. 레종 도뇌르 훈장을 받았다. 저서로는 《당신의 사랑은 어디에?》, 《이웃의 가난은 나의 수치》 등이 있다.

아서 웰링턴(Arthur Wellesley Wellington, 1769~1852) 영국의 군인이·정치가. 포르투갈 원정군 사령관이 되어 나폴레옹 군을 이베리아반도에서

몰아내었고 워털루전투에서 대전하였다. 보수당 총리가 되어 카톨릭교
도 해방령을 성립시켰다.

아서 피구(Arthur Cecil Pigou, 1877~1959) 영국의 경제학자. 신고전파경제학
의 대가로서, 주요 저서 《후생경제학》을 통해 후생경제학의 기초를 닦
았다. 임금과 물가가 내리면 사람들이 가지고 있는 화폐적 자산의 실질
가치는 올라가 소비를 증가시키는 원인이 될 수 있다고 한 '피구효과'를
《실업의 이론》에서 저술하였다.

아우구스트 베벨(August Ferdinand Bebel, 1840~1913) 독일의 사회주의 사상
가로 사회민주당의 지도자. 부인운동에도 관심을 가져 1879년에는 주저
《부인론》을 출간해 부인해방운동에 커다란 영향을 주었다.

아우구스티누스(Aurelius Augustinus, 354~430) 초대 그리스도교 교회가 낳
은 위대한 철학자이자 사상가. 고대문화 최후의 위인이었다. 중세의 새
로운 문화를 탄생하게 한 선구자였다. 주요 저서 《고백록》에서 관심을
가졌던 것은 신과 영혼이었다.

아우에르바하(Auerbach) 독일의 작가. 저서로 《미메시스》가 있다.

아이버 리처즈(Ivor Armstrong Richards, 1893~1979) 영국의 문예평론가. 대
학에서 영어를 가르치면서 '의미론'의 과학적 연구를 하였으며, 심리학
이 문학비평상 기본적 조건임을 입증하여 근대문예비평의 기초를 세웠
다. 저서에 《문예비평의 원리》, 《실천적 비평》,등이 있다.

아이스킬로스(Aeschylos, BC 525?~BC 456) 고대 그리스의 대 비극시인으로
모두 90편의 비극을 썼으며, 온 그리스에 명성을 떨쳤다. 현재는 《오레
스테이아》, 《페르시아인》 등 7개의 비극이 남아있으며 작품을 통해서
인간과 신의 정의가 일치한다는 것을 노래하였다.

아이작 뉴턴(Isaac Newton, 1643~1727) 영국의 물리학자·천문학자·수학
자·근대이론과학의 선구자. 학자들과 대중들로부터 인류 역사상 가장
영향력 있는 사람 가운데 한 명으로 꼽힌다. 수학에서 미적분법 창시,
물리학에서 뉴턴역학의 체계 확립, 이에 표시된 수학적 방법 등은 자연
과학의 모범이 되었고, 사상 면에서도 역학적 자연관은 후세에 커다란
영향을 끼쳤다. 주요 저서로는 《광학》, 《자연철학의 수학적 원리(프린
키피아)》 등이 있다.

아이작 월턴(Izaak Walton, 1593~1683) 영국 수필가・전기작가. 크롬웰 정권 아래서 왕당파였으며 주요 저서 《조어대전(釣魚大全)》은 영국 수필문 학의 대표작 중의 하나로 꼽히고 있다.

아쿠타가와 류노스케(芥川龍之介, 1892~1927) 일본의 소설가. 합리주의와 예술지상주의를 바탕으로 쓴 작품이 많다. 복잡한 가정사정과 병약한 체질은 그의 생애에 어두운 그림자를 드리워 일찍부터 페시미스틱(비관 주의적)하고 회의적인 인생관을 간직하고 있었다. 대표작으로는 《나생 문(羅生門)》, 《어떤 바보의 일생》, 《톱니바퀴》 등이 있다. 매년 2회(1 월・7월) 그를 기념하여 수여하는 아쿠타가와상이 있다.

아포크리파(Apocrypha, 外經) 성경의 편집 선정 과정에서 제외된 문서들. 《에스델》, 《지혜서》, 《집회서》, 《바룩서》, 《예레미야의 편지》 등 총 14권이다.

《아히칼(Ahikar)》 그리스의 유대인 속담집.

안데르센(Hans Christian Andersen, 1805~1875) 덴마크의 동화작가. 《즉흥시 인》으로 독일에서 호평을 받아 전 유럽에 명성을 떨치기 시작하여 《인 어공주》, 《미운 오리새끼》 등 아동문학의 최고봉으로 꼽히는 수많은 걸작 동화를 남겼다.

안병욱(安秉煜, 1920~) 한국의 철학자・교육자・수필가. 숭실대학교 교수, 흥사단 이사장, 안중근의사기념사업회 이사 등을 지냈고 인간교육을 위 한 강연과 에세이, 철학사상, 전기 등의 저서와 논문을 발표했다.

안수길(安壽吉, 1911~1977) 소설가. 아호는 남석(南石). 주로 만주와 함경도 를 무대로 민족의 수난과 항일 투쟁사를 사실적으로 묘사하여 민족문학 의 큰 수확으로 평가받은 거작 《북간도(北間島)》를 썼다.

《안씨가훈》 중국 남북조(南北朝) 시대 말기의 귀족 안지추(顔之推, 531~ 591)가 자손을 위하여 저술한 교훈서. 가족도덕・대인관계를 비롯하여 구체적인 경제생활・풍속・학문・종교, 나아가서는 문자・음운(音韻) 등 다양한 내용을 구체적인 체험과 풍부한 사례를 바탕으로 하여 논하 였다.

안연지(顔延之, 384~456) 중국 육조시대 송나라의 문인. 유불(儒佛)에 통달 해 '삼세인과(三世因果)'의 설을 주장했고, 자제에게 처세의 길을 가르치

는 데 세심하고 성실했다. 중서시랑(中書侍郎), 영가태수(永嘉太守) 등을
역임했다. 주요 저서로는 《정고(庭誥)》, 《안광록집(顔光祿集)》 등이 있
다.

안중근(安重根, 1879~1910) 한말의 독립운동가 의사(義士). 삼흥학교(三興
學校)를 세우는 등 인재양성에 힘썼으며, 만주 하얼빈에서 침략의 원흉
이토히로부미(伊藤博文)를 사살하고 사형되었다. 사후 건국훈장 대한민
국장이 추서되었다. 옥중에서 《동양평화론》을 집필하였으며, 서예에
도 뛰어나 옥중에서 휘호한 많은 유묵(遺墨)이 보물로 지정되었다.

안창호(安昌浩, 1878~1938) 한말의 독립운동가 · 사상가. 독립협회, 신민회
(新民會), 흥사단(興士團) 등에서 활발하게 독립운동활동을 하였다. 1962
년 건국훈장 대한민국장이 추서되었다.

안철수(安哲秀 , Cheol Soo Ahn 1962~ ) 서울대학교 의과대학 졸업. 의학박
사, 의대교수. 국내 최대 컴퓨터 안티바이러스(백신) 프로그램 연구소 설
립자이자, 카이스트 교수로 강단에 섰으며, 서울대 융합과학기술대학원
원장. 현실적 이해관계를 따지지 않고 끊임없이 도전하는 모습을 통해
'국민 멘토'라는 별명을 얻으며 대중적인 인기를 얻었다.

안토니 반다이크(Anthony Van Dyck, 1599~1641) 루벤스에 버금가는 플랑드
르 파(派)의 대가로, 우미 · 고아한 화풍으로 많은 걸작을 남겼다. 성당과
수도회를 위한 성화를 그렸다. 1632년 찰스 1세의 초청을 받고 영국 궁
정의 수석화가가 되어 국왕 일가를 비롯한 궁정인들의 초상을 그렸다.

안토니오 마차도(Antonio Machado, 1875~1939) 에스파냐의 시인으로 '98년
대' 작가 중의 한 사람이다. 교사로 재직하며 시작에 종사하였고, 장엄하
고 명상적인 시풍으로 《카스티야의 들》, 《새로운 노래》 등의 작품을
남겼다.

안톤 체호프(Anton Pavlovich Chekhov, 1860~1904) 러시아의 소설가 · 극작
가. 《지루한 이야기》, 《사할린 섬》 외 수많은 작품을 써 사회에 큰 반
향을 불러일으켰다. 객관주의 문학론을 주장하였고 시대의 변화와 요구
에 대한 올바른 목소리를 전달하기 위해 저술활동을 벌였다. 《대초원》,
《갈매기》, 《벚꽃 동산》 등 많은 희곡과 소설을 남겼다.

안티스테네스(Antisthenēs, BC 445?~BC 365?) 그리스의 철학자, 키니코스학

파의 창시자. 소크라테스의 제자가 되어 그의 실질강건(實質剛健)한 실천면을 찬미・계승한 금욕주의자였다. 세상의 욕심을 떠난 덕(德)만이 최상의 것이며, 쾌락은 기만적인 것이라고 보았다.

안지추(顏之推, 531~591) 중국 육조시대(六朝時代) 말기의 문학가. 온건중정(穩健中正)한 사상의 소유자였으며, 학식은 풍부한 체험의 뒷받침과 더불어 당대 최고였다. 《안씨가훈(顏氏家訓)》을 지어 가족과 가정도덕을 중요시했다.

안티폰(Antiphon, BC 480~411) 고대 아테네 웅변가. 로마의 정치가 지금까지 알려진 웅변가 가운데 웅변을 직업으로 삼은 최초의 아테네인. 그는 '로고그라포스', 즉 법정에서 피고인을 위해 법정 연설문을 대신 써주는 작가였다. 안티폰의 글 가운데 15편이 지금까지 남아 있는데, 그 중 〈헤로데스의 살인에 관하여〉, 〈코레우테스에 관하여〉, 〈의붓어머니를 고발함〉은 실제로 법정에서 행한 연설이었다.

안회(顏回, BC 521~BC 490) 춘추시대 노(魯)나라의 현인. 자는 연(淵). 공자가 가장 신임한 제자. 은군자적인 성격으로 「자기를 누르고 예(禮)로 돌아가는 것이 곧 인(仁)이다」, 「예가 아니면 보지도 말고, 듣지도 말고, 말하지도 말고, 행동하지도 말아야 한다」는 공자의 가르침을 지켰다.

알랭(Alain, 1868~1951) 프랑스의 철학자・평론가. 1906년에 《데페슈 드 루앙》지에 《노르망디 인의 어록》을 3,098회나 연재했다. 행복・그리스도교・문학・미학・교육・정치 등에 관한 짧은 에세이를 발표해 유명해졌다. 또한 결정론을 경멸하고 '판단의 자유'를 중시했다.

알랭푸르니에(Alain-Fournier, 1886~1914) 프랑스의 소설가・시인. 《파리저 널》지 문예란을 담당하였다. 《NRF》지에 소설 《몬대장》을 발표 유명해졌다. 그 밖에 《기적》, 리비에르와의 《서신 왕래》, 《가족에의 편지》등이 있다.

알레산드로 만초니(Alessandro Francesco Tommasso Antonio Manzoni, 1785~1873) 이탈리아의 시인・소설가・극작가로 이탈리아 낭만주의 최고의 작가. 가톨릭으로 개종하여, 《성가》등의 기독교적 낙원의 이상에 자유・평등・박애정신을 결부한 작품을 발표하였다. 역사소설 《약혼자》는 이탈리아 근대소설의 선구가 되었다.

알렉산더 잭슨(Alexander Young Jackson, 1882~1974) 캐나다의 화가. 풍부하고 강렬한 색채를 사용한 작업으로 풍경화 발전에 크게 이바지했다. 1차 세계대전에 참전한 경험을 작품에 담기도 했다. 대표적인 미술작품으로 《단풍나무 꼭대기》, 《황무지》, 《이른 봄, 세인트로렌스 강변의 언덕》 등이 있으며, 회고록 《한 화가의 조국》을 남겼다.

알렉산더 코헨(Alexander Henry Cohen, 1920~2000) 미국의 연극 제작자・연출가. 《Angel Street》를 무대에 올려 1,295회의 장기 공연을 하면서 성공했다. 나인어클럭시어터를 조직하였으며 《햄릿》으로 큰 성공을 거뒀다. 연극 외에 텔레비전 쇼・코미디프로그램을 제작 총지휘하였고 《Beyond the Fringe '65》 등을 직접 연출하였다.

알렉산더 포프(Alexander Pope, 1688~1744) 영국의 시인・비평가. 대표작은 풍자시 《우인열전》이며, 철학 시 《인간론》은 표현의 묘에서 뛰어난 역작이다. 그 밖에 《비평론》, 《머리카락을 훔친 자》, 《윈저의 숲》, 호메로스의 번역시 《일리아드》, 《오디세이》 등이 있다.

알렉산더 해밀턴(Alexander Hamilton, 1755~1804) 미국의 정치가. 미국 독립전쟁 당시 조지 워싱턴의 부관으로 활약하였다. 독립 후 아나폴리스회의, 헌법제정회의에서 뉴욕 대표로 참가하였다. 연방헌법비준 성립을 위해 〈연방주의자〉를 발표하였다. 조지 워싱턴 대통령 정부에서 재무장관으로 상공업의 발달을 중시한 재무정책을 취하였다.

알렉산드르 그리보예도프(Aleksandr Sergeevich Griboedov, 1795 ~1829) 러시아의 시인・극작가. 대표작으로 희극 《지혜의 슬픔》이 있는데, 이 작품 하나로써 그는 감상주의와 낭만주의에서 탈피한 사실주의 연극의 창시자가 되었다.

알렉산드르 푸슈킨(Aleksandr Sergeyevich Pushkin, 1799~1837) 러시아에서 가장 위대한 시인이며, 근대 러시아 문학의 창시자. 바이런의 영향을 강하게 받아 《카프카스의 포로》, 《집시》 등 낭만주의적 색채가 농후한 서사시, 서정시를 썼으며, 《인색한 기사》 등 시작품을, 그리고 단편집 《벨킨 이야기》, 《스페이드 여왕》, 소설 《대위의 딸》 등의 걸작을 썼다.

알렉상드르 뒤마(Alexandre Dumas, 1802~1870) 19세기 프랑스의 극작가・소설가로 소설 《삼총사》, 《몽테크리스토 백작》으로 세계적으로 유명

하다. 대(大) 뒤마라고도 한다. 《앙리 3세와 그 궁정》으로 새로운 로망
파 극의 선구자 구실을 하였다.

알렉시스 토크빌(Alexis Tocqueville, 1805~ 1859) 프랑스의 정치학자·역사
가·정치가. 베르사유 재판소 배석판사를 지냈고, 교도소 조사를 위하
여 미국 방문 후 《미국의 민주주의》를 저술했다. 영국에서 자유주의
자와 교유하며 J. S.밀에게 큰 영향을 주었으며 외무장관을 역임하였다.

알베르 카뮈(Albert Camus, 1913~1960) 프랑스의 소설가·극작가. 1942년
《이방인》을 발표하여 문단의 총아로 떠올랐다. 《시지프의 신화》,
《칼리굴라》 등의 소설을 통해 부조리한 인간과 사상에 대해 이야기했
으며, 《페스트》를 발표해 더욱 큰 명성을 얻었다.

알베르토 모라비아(Alberto Moravia, 1907~1990) 이탈리아의 소설가. 《무관
심한 사람들》로 문단에 데뷔하여 《가장무도회》, 《유행병》 등의 작품
을 썼다. 리얼리스트와 네오 모럴리스트의 태도로 혁신적인 기법에 의
존하지 않고 뛰어난 작품을 내놓았다.

알베르트 슈바이처(Albert Schweitzer, 1875~1965) 독일의 신학자·철학자·
음악가·의사. 아프리카 가봉에 병원을 세워 원주민의 치료에 헌신했으
며, 핵실험 금지를 주창하는 등 인류의 평화에 공헌하였다. 1952년 노벨
평화상을 받았다. 저서에 《문화와 윤리》, 《라이마루스에서 브레데까
지》 등이 있다.

알베르트 아인슈타인(Albert Einstein, 1879~1955) 독일 태생의 이론물리학
자. 〈광양자설〉, 〈브라운운동 이론〉, 1905년 〈특수상대성이론〉을 연
구하여 발표하였으며, 1916년 〈일반상대성이론〉을 발표하였다. 미국
의 원자폭탄 연구인 맨해튼계획의 시초를 이루었으며, 〈통일장이론〉
을 더욱 발전시켰다.

알카이오스(Alkaios, BC 620?~BC 580?) 그리스의 서정시인. 현존하는 그의
시는 모두가 레스보스 섬 방언으로 엮여져 있으며, 격정적인 전술, 전투,
정치적 분쟁과 이에 얽힌 개인적 분노의 노래들이다. 후대에의 영향은
로마의 시인 호라티우스를 통하여 특히 크게 나타나고 있다.

알키다마스(Alcidamas, BC 6세기경) 그리스의 소피스트.

알퐁스 도데(Alphonse Daudet, 1840~1897) 19세기 후반 프랑스의 소설가. 소

설 《별》, 《방앗간 소식》, 《사포》 등이 있다. 희곡 《아를의 여인》은 비제가 작곡해 유명해졌다. 자연주의 일파에 속했으나, 인상주의적인 매력 있는 작품을 세웠다.

알퐁스 드 라마르틴(Alphonse de Lamartine, 1790~1869) 프랑스 낭만파의 대표적인 시인·정치가. 《명상시집》으로 잊혀졌던 서정시를 부활시켰다. 아카데미 프랑세즈 회원이었다. 임시정부의 외무장관을 지냈다. 작품으로 《천사의 타락》, 《왕정복고사》 등이 있다.

알프레드 뮈세(Louis-Charles-Alfred de Musset, 1810~1857) 19세기 전반 프랑스 낭만파 시인·극작가·소설가. '프랑스의 바이런'이라고도 한다. 작품은 《세기아의 고백》, 《비애》, 《추억》 등이 있다. 4편으로 된 일련의 《밤》의 시는 프랑스 낭만파 시의 걸작으로 인정된다. 아카데미 프랑세즈 회원이었다.

알프레드 스테방스(Alfred Stevens, 1823~1906) 벨기에의 화가. 1844년에 파리로 가서 평생을 지냈다. 제2제정시대의 화려한 파리 사람들을 사실적으로 그렸는데, 인상파의 영향을 받아 취향있고 품위있는 견실성이 특색이었다. 《살로메》, 《오필리아》 등 문학적인 주제의 작품 외에 《아틀리에》, 《사라 베르나르의 초상》 등 풍속적 내용의 작품도 있다.

알프레드 허버트(Alfred Francis Xavier Herbert, 1901~1984) 오스트레일리아의 소설가·단편작가. 오스트레일리아 노던 주의 생활과 그곳 원주민이 백인들에게 당한 비인간적인 대우를 해학적으로 그린 장편소설 《캐프리코니아(Capricornia)》로 유명하다.

알프레트 베르너(Alfred Werner, 1866~1919) 스위스의 화학자. 질소화합물의 분자구조를 연구하고 원자가에 대한 배위설을 설명하였으며, 착염의 입체구조를 밝혔다. 1913년 노벨화학상을 받았다.

알프레트 아들러(Alfred Adler, 1870~1937) 오스트리아의 정신의학자. '개인심리학'을 수립하였으며, 인간의 행동과 발달을 결정하는 것은 인간존재에 보편적인 열등감·무력감과 이를 보상 또는 극복하려는 권력에의 의지, 즉 열등감에 대한 보상욕구라고 생각하였다. 저서로는 《개인심리학의 이론과 실제》, 《의미있는 삶》, 《인간 본성의 이해》 등이 있다.

암브로시우스(Ambrosius, 340~397) 초대 가톨릭교회의 교부이자 교회학자.

니케아 정통파의 입장에 서서 교회의 권위와 자유를 수호하는 데 노력하여 신앙·전례(典禮) 활동의 실천 등에 큰 공을 남겼다.

앙드레 드 셰니에(André de Chénier, 1762~1794) 프랑스의 서정시인. 로베스피에르의 공포정치에 반대, 32세에 처형되었다. 낭만파, 고답파 시인들이 선구자라 여겼다. 대표작은 《헤르메스신》, 《목가》, 《풍자시집》 등이다.

앙드레 말로(André-Georges Malraux, 1901~1976) 20세기 중반 프랑스의 소설가·정치가. 저서로는 《인간의 조건》, 전 세계 예술의 역사 및 철학서인 《침묵의 소리》, 르포르타주 소설의 걸작 《희망》 등이 있다. 전체주의가 대두하자 앙드레 지드 등과 반파시즘 운동에 참가하였다. 드골 정권하에서 정보·문화장관을 역임했다.

앙드레 모루아(André Maurois, 1885~1967) 프랑스의 소설가·전기작가·평론가. 소설 《브랑블 대령의 침묵》으로 문단에 등장하였으며, 그 후 소설은 《풍토(風土)》 등의 가작(佳作)을 내놓았으나 오히려 1923년에 발표한 《셸리의 일생》을 비롯한 소설류의 전기 《바이런》, 《마르셀 프루스트를 찾아서》, 《상드 전》, 《위고 전》, 《발자크》 등이 있다.

앙드레 브르통(André Breton, 1896~1966) 프랑스의 시인. 초현실주의의 주창자. 1924년 《초현실주의 선언》을 발표, 꿈·잠·무의식을 인간정신의 자유로운 발로로 보는 시의 혁신운동을 궤도에 올렸다. 《문학》 등 기관지 발간, 작품 《나자(Nadja)》 등이 있다.

앙드레 쉬아레스(André Suarès, 1868~1948) 프랑스의 평론가·수필가. 시적 직관과 열정에 기본을 둔 독특한 비평으로 유명하다. 저서는 《3인론(파스칼·입센·도스토예프스키)》, 《대유럽인 괴테》 등이 있다.

앙드레 지드(André Paul Guillaume Gid, 1869~1951) 프랑스의 작가·인도주의자·모럴리스트. 19세부터 창작을 시작하여 처녀작 《앙드레 왈테르의 수기》를 발표하였다. 《사전꾼들》의 발표를 통해 현대소설에 자극을 줬다. 주요 저서로는 《좁은 문》, 《지상의 양식》, 《배덕자》 등이 있으며 1947년 노벨 문학상을 수상했다.

앙리 게도(Henri Gaidoz, 1842~1932) 프랑스의 언어학자·켈트언어학 개척자.

앙리 라코르데르(Jean Baptiste Henri Lacordaire, 1802~1861) 프랑스의 도미니
크수도회 수도가이자 설교가. 「근대사회에서 교회가 새로운 영성(靈性)
을 확립하고 민주주의 이념의 정당성을 인정하자」는 사상운동을 전개
하였다. 노트르담 대성당의 신부로서 명설교가로도 알려졌으며 젊은 세
대의 큰 호응을 받았다.

앙리 미쇼(Henri Michaux, 1899~1984) 20세기 중반 프랑스의 시인 · 화가. 신
비주의와 광기(狂氣)의 교차점에 서는 독자적 시경(詩境)을 개척, 현대
프랑스의 대표적 시인 중 한 사람으로 지목된다. 저서로는 《내면의 공
간》, 《비참한 기적》 등이 있다.

앙리 베르그송(Henri Bergson, 1859~1941) 프랑스의 철학자. 콜레주 드 프랑
스의 교수를 지냈다. 그는 프랑스 유심론(唯心論)의 전통을 계승하면서
도, 다윈의 진화론의 영향을 받아 생명의 창조적 진화를 주장하였다. 이
와 같은 그의 학설은 철학 · 문학 · 예술 영역에 큰 영향을 주었다. 1928
년에 노벨문학상을 수상했다.

앙리 장송(Henri Jeanson, 1900~1970) 프랑스 작가. 작품으로 《망향》 등이
있다.

앙투안 아르노(Antoine Arnauld, 1612~1694) 프랑스의 신학자 · 철학자로서
얀선주의의 유력한 지도자이다. 라이프니츠의 사상에 영향을 미쳤다.
《포르 루아얄의 논리학》은 논리학의 고전으로 높이 평가된다.

애거사 크리스티(Agatha Mary Clarissa Christie, 1890~1976) 플롯의 느낌을 들
어 꾸밈없이 작품을 쓴 영국 여류추리작가. 저서 《스타일즈 장(莊) 살인
사건》에 등장하는 탐정 프와로는 사색형으로서, 사건 관계자의 언동에
서 진상을 포착하는 데 특색이 있다. 그 밖에 주요 저서로 《아크로이드
살인사건》, 《오리엔트특급 살인사건》, 《ABC 살인사건》 등이 있다.

애덤 스미스(Adam Smith, ?~1790) 영국의 정치경제학자 · 도덕철학자로 고
전경제학의 창시자이다. 근대경제학, 마르크스 경제학의 출발점이 된
《국부론》을 저술하였다. 처음으로 경제학을 이론 · 역사 · 정책에 도
입하여 체계적 과학으로 이룩하였다. 경제행위는 '보이지 않는 손'에 의
해 종국적으로는 공공복지에 기여하게 된다고 생각하였으며 예정조화
설을 주장했다.

애프라 벤(Aphra Behn, 1640~1689) 영국 최초 여류소설가·극작가. 사리남을 무대로 노예문제를 다룬 소설 《오루노코》는 프랑스의 중세 기사도 이야기의 영향을 받아 자유사상을 담은 사실적 수법에 뛰어난 근대소설의 선구적 작품이라고 할 수 있다.

앤드루 잭슨(Andrew Jackson, 1767~1845) 미국 군인·정치가. 영·미전쟁 때는 민병대를 인솔하여 영국군과 싸워 격파함으로써 일약 전쟁영웅 칭송을 받았다. 정치적으로 확립한 새로운 민주주의의 개념은 '잭슨민주주의'라는 이름으로 미국의 지배적인 이데올로기가 되어 20세기 초반까지 그 영향력을 미쳤다.

앤드루 존슨(Andrew Johnson, 1808~1875) 미국의 제17대 대통령. 링컨 대통령이 암살당하자 뒤를 이어 제17대 대통령이 되었다. 전후 남부 재건과정에서의 호의적 정책으로 북부 공화당 급진파와 대립, 대통령으로서는 최초로 탄핵 소추되었으나 무죄로 탄핵을 면했다. 러시아로부터 알래스카를 매수했다.

앤드루 카네기(Andrew Carnegie, 1835~1919) 미국의 산업자본가로 US스틸사의 모태인 카네기 철강회사를 설립하였다. 이후 교육과 문화사업에 헌신하였다. 이름 앞에 강철왕이라는 수식어가 따라다닌다.

앤서니 콜린스(John Anthony Collins, 1676~1729) 영국의 이신론자(理神論者)·자유사상가. 만년에 존 로크와 친교를 맺어 그로부터 강한 영향을 받았다. '자유로운 사고' 즉 자유로운 이성의 탐구에 의해서 승인된 것만이 진리라고 하였다. 기적이나 예언, 영혼불멸 등을 초이성적(超理性的)인 것이라 하여 부정하였다. 대표 저서에 《자유사고론》, 《인간의 자유와 필연에 관하여》 등이 있다.

앨런 긴즈버그(Allen Ginsberg, 1926~1997) 미국의 시인. '비트제너레이션'의 지도자. 그의 시는 산만한 구성 가운데 예언적인 암시를 주면서 비트족(族)의 문화적·사회적인 비순응주의를 주장한 것이었고, 때때로 외설적인 표현을 즐겨 다루었다. 대표작 《울부짖음》은 현대 미국사회에 대한 격렬한 탄핵이며, 동시에 통절한 애가(哀歌)라고 할 만한 장편시이다.

앨런 루이스(Alun Lewis, 1915~1944) 영국의 시인. 시집 《침입자의 새벽》은 직절적(直截的)이며 정열적인 시풍을 보여준다. 그 밖에 단편집 《최

후의 심문》이 있으며, 사후에 유고시집(遺稿詩集)과 서간집이 간행되
었다.

앨런 밀른(Alan Alexander Milne, 1882~1956) 영국의 작가. 극·동화·추리소
설 세 분야에 걸쳐 발자취를 남겼다. 제1차 세계대전 후에는 풍자적이고
해학적인 작품을 썼다. 또한 극작가로서 널리 알려졌다. 주요 저서로는
《도버 가도(街道)》, 《아기곰 푸》 등이 있다.

엘렌 케이(Ellen Karolina Sofia Key, 1849~1926) 스웨덴의 여성 사상가로 문학
사, 여성문제, 교육문제에 걸쳐 휴머니즘의 입장에서 저작활동을 했다.
사회적 자유주의와 개인의 해방, 억압되어 온 여성과 아동의 해방을 주
장하였다. 《여성운동》 등 다수의 저서가 있다.

앨빈 토플러(Alvin Toffler, 1928~ ) 미국의 미래학자. 미래사회는 정보화사
회가 될 것이라고 주장하고, 제1의 물결인 농업혁명은 수천 년에 걸쳐
진행되었지만, 제2의 물결인 산업혁명은 300년밖에 걸리지 않았으며,
제3의 물결인 정보화혁명은 20~30년 내에 이루어질 것이라고 주장하였
다. 대표작 《제3의 물결》에서 처음으로 재택근무·전자정보화 가정 등
의 새로운 용어가 사용되었다. 이외에도 《미래의 충격》, 《권력 이동》
등이 있다.

앨저넌 스윈번(Algernon Charles Swinburne, 1837~1909) 영국 시인·평론가.
대표작으로 영국 속물주의에의 반항을 표시한 이교적이고 관능적인
《시와 발라드》 등이 있다. 이 밖에 비극 작품, 셰익스피어, 빅토르 위
고, 벤 존슨 등에 대한 비평, 그리고 시론과 소설론 등도 있다.

앨프레드 가드너(Alfred George Gardiner, 1865~1946) 영국의 저널리스트·
수필가. 1902~1919년 런던의 《데일리뉴스》지의 주필을 역임하였다.
'Alfa of the Plough(북두칠성 중의 주성)'이라는 필명으로 유머가 풍부한
수필을 썼다. 저서로 《Pillars of Society》 《People Importance》 등이 있다.

앨프레드 테니슨(Alfred Tennyson, 1809~1892) 영국의 시인. 17년간을 생각
하고 그리던 죽은 친구 핼럼에게 바치는 걸작 애가(哀歌) 《인 메모리
엄》은, 어두운 슬픔에서 신에 의한 환희의 빛에 이르는 시인의 '넋의
길'을 더듬은 대표작일 뿐만 아니라 빅토리아 시대의 대표시다. 윌리엄
워즈워스의 후임으로 계관시인(桂冠詩人)이 되었다.

앨프레드 화이트헤드(Alfred North Whitehead, 1861~1947) 영국의 철학자·
수학자. 처음에 수학적 논리학(기호논리학) 연구에 종사하였고, 버트랜
드 러셀과의 공저 《수학원리》를 저술하여 수학의 논리적 기초를 확립
하려 하였다.

앰브로즈 비어스(Ambrose Gwinnett Bierce, 1842~1914) 날카로운 비판으로
유명하며 대서양 연안의 저널리즘에서 활약하였던 미국의 저널리스
트·소설가. 단편소설의 구성에 있어 날카로운 필치로 최고라는 평가를
받는다. 《삶의 한가운데서》, 《악마의 사전》 외 다수의 저서를 남겼다.

야지나발키아(Yājñavalkya) 우파니샤드의 대표적인 사상가로서, 아트만
(Atman : 我)을 인식주관으로서, 불가설·불가괴(不可壞)한 것으로 주장
했다.

야코프 그림(Jacob Grimm, 1785~1863) 그림 형제의 형. 동생은 빌헬름 그
림. 대학에서는 법률을 배웠고, 괴팅겐대학의 교수가 되었으며, 하노버
왕의 헌법 위반을 규탄하여 이른바 「괴팅겐 7교수사건」으로 공국 밖
으로 추방당했다. 1841년 베를린아카데미 회원으로 추천되었다. 《그림
동화》, 《독일전설》, 《독일어사전》 등 공동저작이 많다. 특히 《독일어
사전》은 1854년에 제1권을 낸 이후 여러 학자가 계승하여 1861년에 완
성하였다.

야코프 부르크하르트(Jacob Burckhardt, 1818~1897) 스위스의 역사가. 바젤
대학 사학·미술사 교수였다. 대표작 《이탈리아 르네상스의 문화》는
르네상스사 연구에 결정적인 명저로서, 이후 '르네상스'란 말은 역사상
일반용어로 쓰이게 되었다.

양성지(梁誠之, 1415~1482) 조선 전기의 문신이자 학자. 《동국지도》 등을
찬진하였고 홍문관 설치를 건의하였다. 《예종실록》 등의 편찬에 참여
하고 공조판서·대사헌 등을 거쳐 홍문관대제학이 되어 《동국여지승
람》 편찬에 참여하였다. 주요 저서에 《눌재집》, 《유선서》, 《시정
기》, 《삼강사략》 등이 있다.

양주(楊朱, BC 440?~BC 360?) 중국 전국시대의 학자. 자기 혼자만이 쾌락하
면 좋다는 위아설(爲我說), 즉 이기적인 쾌락설을 주장했다. 지나침을 거
부하고 자연주의를 옹호하였다. 이것은 노자사상(老子思想)의 일단을

발전시킨 주장이었다.

양주동(梁柱東, 1903~1977) 국문학・영문학자. 1923년에 동인지 《금성(金星)》으로 등단하여, 이후에 향가해독에 몰입하면서, 고시가(古詩歌) 해석에 힘을 쏟았다. 한국인으로는 처음으로 향가 25수 전편에 대한 해독집인 《조선고가연구》를 펴냈다. 대한민국학술원 종신회원.

어니스트 헤밍웨이(Ernest Miller Hemingway, 1899~1961) 미국의 소설가. 《노인과 바다》로 1953년 퓰리처상, 1954년 노벨문학상 수상. 그 밖에 《무기여 잘있거라》, 《누구를 위하여 종은 울리나》가 있다. 문명의 세계를 속임수로 보고, 인간의 비극적인 모습을 간결한 문체로 묘사한 20세기 대표작가.

어윈 쇼(Irwin Shaw, 1913~1984) 미국 극작가 겸 소설가. 전쟁에서의 경험을 토대로 한 최초의 소설 《젊은 사자들》을 썼다. 이 작품은 인간 긍정의 정신에서 3명의 병사를 중심으로 전쟁 전의 시민생활과 전쟁생활을 그린 작품으로 제2차 세계대전이 낳은 대표적 전쟁소설로 인정받았다.

에녹 베넷(Enoch Arnold Bennett, 1867~1931) 영국의 소설가. 프랑스의 자연주의 영향 아래 사실적 작품을 발표하였다. 작품으로 《늙은 아내 이야기》가 있다.

에드거 앨런 포(Edgar Allan Poe, 1809~1849) 미국의 시인・소설가・비평가. 미국 낭만주의 문학을 대표하는 인물이다. 그는 괴기소설과 시로 유명하며, 미국에서 단편소설 개척자이자, 고딕소설・추리소설・범죄소설의 선구자다. 40세에 사망한 포의 사망 원인은 그의 최후의 미스터리다. 정확한 묘지 위치조차도 논쟁거리다. 단편 《황금 풍뎅이》, 《어셔가의 몰락》, 《모르그가의 살인사건》, 《검은 고양이》 등이 있다.

에드나 밀레이(Edna St. Vincent Millay, 1892~1950) 미국 시인・극작가. 처녀시집 《재생 其他》를 발표했고, 《한밤중의 대화》 등 많은 시집을 발표했다. 《두 번째의 4월》 등이 있으며, 《하프 제작자(The Harp-weaver)》로 퓰리처상을 수상했다.

에드먼드 고스(Edmund William Gosse, 1849~1928) 영국의 비평가・문학사가. 아버지에 대한 격렬한 애증을 겪으면서 문학에 관심을 갖게 되었다는 내력이 그의 저서 《아버지와 아들》에 자세히 드러나 있다. 저서로는 문학사 《18세기 영문학》이 있다. 17~18세기 영문학뿐만 아니라, 스칸디나비아 문학과 프랑스 문학에 관해서도 선구자적 저서를 남겼다.

에드먼드 버크(Edmund Burke, 1729~1797) 영국의 정치가·정치사상가. 조지 3세의 독재 경향과 아메리카 식민지에 대한 과세에 반대했고, 당시 벵골 총독 헤이스팅스를 탄핵했다. 웅변가로서 정의와 자유를 고취했으며, 영국 보수주의의 대표적 이론가로 명성을 떨쳤다.

에드먼드 스펜서(Edmund Spenser, 1552?~1599) 영국의 시인. 미완성 대작 장편 서사시 《페어리 퀸》으로 유명하다. 희곡의 셰익스피어와 함께 가장 위대한 시인으로 꼽힌다. 약동하는 이미지의 아름다움은 예로부터 많은 시인을 사로잡았으며, '스펜서 시체(詩體)'라는 형식의 아름다운 음악성은 절찬을 받았다.

에드먼드 카트라이트(Edmund Cartwright, 1743~1823) 영국의 동력방직기 발명가. 1789년 물레방아나 증기기관을 이용한 역직기를 발명함으로써 실을 만드는 속도와 천을 짜는 속도를 연결시켰다. 그는 직접 공장을 세워 직물을 생산하였으며, 산업혁명에 끼친 영향이 크다.

에드바르 그리그(Edvard Hagerup Grieg, 1843~1907) 노르웨이의 작곡가·피아니스트. 작품 속에 민족음악의 선율과 리듬을 많이 도입하고 민족적 색채가 짙은 작품을 다수 만들어 오늘날 노르웨이 음악의 대표적 존재가 되었다. 헨리크 입센의 작품을 바탕으로 한 부대음악(附帶音樂) 《페르귄트》와 《피아노협주곡》으로 명성을 떨쳤다.

에드워드 기번(Edward Gibbon, 1737~1794) 영국의 역사가. 《로마제국쇠망사》는 2세기부터 1453년 콘스탄티노플의 멸망까지 1300년의 로마 역사를 다룬 작품으로, 로마사 중 가장 조직적이고 계몽적이다. 그의 《자서전》 또한 문학적 가치가 높다.

에드워드 달버그(Edward Dahlberg, 1900~1977) 미국 소설가. 소년시절의 생활을 소재로 한 일종의 프롤레타리아트 소설 《밑바닥의 개》, 《프라싱에서 칼바리까지》 등으로 알려졌으나, 《내 육신의 몸이기에》 라는 자서전으로 주목을 끌었다.

에드워드 영(Edward Young, 1683~1765) 영국 시인. 대표작 《밤의 상념》은 무운시(無韻詩)로 구성된 교훈시이며, 인생의 유전(流轉)·죽음·영혼불멸 등에 관한 명상을 노래하여 묘반파(墓畔派) 유행의 계기가 되었다.

에드워드 포스터(Edward Morgan Forster, 1879~1970) 영국의 소설가. 대작 《인도로 가는 길》이 유명하다. 20세기 영국을 대표하는 작가의 한 사람. 그 밖의 작품으로 《가장 길었던 여로》, 《전망 좋은 방》, 《하워즈 엔드》 등이 있다.

에드워드 피츠제럴드(Edward Fitzgerald, 1809~1883) 영국의 시인·번역가. 11세기 페르시아 시를 영역한 《오마르 하이얌의 루바이야트》는 인생의 비관적 운명론과 감각성을 강조한 것으로 시인들의 공감을 얻었다.

에드워드 허버트(Edward Herbert, 1583~1648) 영국의 군인·정치가·외교관·철학자. 영국 이신론(理神論)의 개조로 불린다.

에드윈 로빈슨(Edwin Arlington Robinson, 1869~1935) 미국의 시인. 아더왕 전설에서 소재를 딴 3부작 《멀린》, 《랜슬롯》, 《트리스트럼》으로 퓰리처상을 받았다. 그 뒤 《시집》과 《두 번 죽은 사나이》로 또 다시 퓰리처상을 받았다. 실의와 소외의 와중에서 인간의 영위(營爲)를 노래한 그의 작풍은 높이 평가된다.

에드윈 허블(Edwin Powell Hubble, 1889~1953) 미국의 천문학자. 1929년 은하들의 스펙트럼선에 나타나는 적색이동(赤色移動)을 시선속도(視線速度)라고 해석하고, 후퇴속도(後退速度)가 은하의 거리에 비례한다는 '허블의 법칙'을 발견하여 우주팽창설에 대한 기초를 세웠다.

에디 리켄바커(Eddie Rickenbacker) 제1차 세계대전 미 공군조종사.

에라스무스(Desiderius Erasmus, 1466?~1536) 네덜란드의 인문학자. 중세 독일에서 함께 존경받은 14명의 거룩한 수호성인 가운데 한 사람이다. 로마 황제 디오클레티아누스가 그리스도 교도를 박해할 때 순교했다고 전해진다. 그는 교회의 타락을 준열하게 비판했다. 제자들 가운데에서 많은 종교개혁자가 나왔다. 저서로는 《격언집》, 《우신예찬》 등이 있다.

에른스트 아른트(Ernst Moritz Arndt, 1769~1860) 19세기 독일의 산문작가·시인·저술가. 나폴레옹 시대에 독일인들의 민족적 자각을 표현했다. 「라인은 독일의 강이지, 국경이 아니다」라는 말로 유명하다.

에른스트 톨러(Ernst Toller, 1893~1939) 독일의 표현주의 극작가. 사회주의자로서 바이에른 혁명운동을 지도하였으나 투옥되었고 미국 망명 후 궁핍한 생활 속에 자살했다.《변전》,《대중과 인간》등의 혁명극을 옥중에서 만들었고, 이후 시집《제비의 노래》등을 만들었다.

에리히 레마르크(Erich Maria Remarque, 1898~1970) 독일의 소설가. 제1차 세계대전의 전장에서의 체험을 소재로 한《서부전선 이상 없다》를 발표 세계적 인기작가가 되었다. 그의 작품에서는 인간세상에서의 갈등과 고뇌가 담겨 있다.

에리히 케스트너(Erich Kästner, 1899~1974) 독일의 소설가. 처음에 4권의 시집을 출판하여 이름이 알려지게 되었다. 소년소설《에밀과 탐정들》,《점박이 소녀와 안톤》등이 있다. 그는 또한 제1차 세계대전 후의 사회의 허위성을 찌른 풍자소설《파비안》을 발표함으로써, 반(反)나치 작가라는 낙인이 찍혀 집필금지와 분서(焚書) 처분을 받기도 하였다.

에리히 프롬(Erich Fromm, 1900~1980) 미국 신프로이트학파의 정신분석학자이자 사회심리학자. 프랑크푸르트학파에 프로이트 이론을 도입 사회경제적 조건과 이데올로기 사이에 사회적 성격이라는 개념을 설정하고 이 3자의 역학에 의해 사회나 문화 변동을 분석하는 방법론을 제기하였다. 저서에《자유로부터의 도피》,《선(禪)과 정신분석》등이 있다.

에릭 호퍼(Eric Hoffer, 1902~1983) 집단 동일시에 관한 심리적 연구서《대중운동의 실상》을 쓴 저자. 인간의 마음을 움직이는 집단활동의 힘을 비전문가적 시각으로 바라본 책으로, 오늘날 테러리스트, 자살 폭탄자들의 과격 대중운동에 적절하게 적용되고 있다.

에마뉘엘 무니에(Emmanuel Mounier, 1905~1950) 프랑스의 철학자. 인격주의의 제창자. 잡지《에스프리》를 창간, 정신의 가치와 개개인의 인격을 지키고, 물질문명과 교회의 우경(右傾)을 공격하였다. 제2차 세계대전 중에는 레지스탕스 운동에 참가하여 투옥되었다.

에마누엘 스베덴보리(Emanuel Swedenborg, 1688~1772) 스웨덴의 자연과학자·철학자·신학자. 심령체험을 겪은 후 과학적 방법의 한계를 깨닫고, 시령자(視靈者)·신비적 신학자로서 활약하였다. 저서《천국의 놀라운 세계와 지옥에 대하여》가 유명해졌는데, 이는《묵시록》의 새로운 해석으로서 그의 신지학(神智學)의 진수를 전개한 것이었다.

에밀 기메(Emile Etienne Guimet, 1836~1918) 프랑스의 실업가·수집가. 1878

년 리옹에 기메 미술관을 설립하여 1884년 국가에 헌납하고 1888년 파리로 옮겨졌으며, 1928년 국립종교미술관으로 개조되었다.

에밀리 디킨슨(Emily Elizabeth Dickinson, 1830~1886) 미국의 여류 시인으로 엄격한 청교도의 집안에 태어나 평생을 독신으로 살면서 시 쓰기에 열중하였다. 자연과 사랑 외에도 청교도주의를 배경으로 한 죽음과 영원 등의 주제를 많이 다루었다. 특히 1885년에 사랑에 실패한 후로 삶, 죽음, 사랑, 신, 시간, 영원 등에 관하여 많은 시를 썼다.

에밀리 브론테(Emily Jane Brontë, 1818~1848) 영국 여류소설가·시인. 《내 영혼은 비겁하지 않노라》 등의 시편(詩篇)에 의해 시인으로서 특이한 지위를 차지하고 있다. 유일한 소설 《폭풍의 언덕》 은 오늘날에는 셰익스피어의 《리어왕》, 허먼 멜빌의 《백경(白鯨)》에 필적하는 명작이라고까지 평가되고 있다.

에밀 리트레(Maximilien Paul Emile Littré, 1801~1881) 프랑스의 의사·철학자·언어학자. 콩트의 제자로 실증주의사상 보급에 힘썼다. 특히 그 이론적 측면을 발전시켜, 당시 제3공화정의 공인철학으로 만들려 노력했다. 저서는 《오귀스트 콩트와 실증철학》, 《철학적 관점에서 본 과학》 등이 있다.

에밀 브루너(Emil Brunner, 1889~1966) 스위스의 프로테스탄트 신학자이자 변증법적 신학 창시자의 한 사람. 1924년부터 1953년까지 취리히대학교 조직신학·실천신학 교수를 역임하였다. 주요 저서로 《복음적 신학의 종교철학》, 《중보자(보조자)》 등이 있다.

에밀 졸라(Émile François Zola, 1840~ 1902) 프랑스의 소설가·비평가. 처녀작 《테레즈 라캥》 으로 자연주의 작가로 인정받았으며, 이때부터 클로드 베르나르의 실험의학을 문학에 적용하여 〈루공 마카르 총서〉 (전 20권)가 탄생했다. 이 속에는 《나나》, 《목로주점》, 《대지》 등의 걸작이 들어 있다. 1898년 논문 '나는 탄핵한다'로 드레퓌스 사건을 공격하여 금고형을 받았다. 1902년 방에 피워둔 난로 가스에 중독되어 사망했는데, 타살 의혹도 있다.

에바 페론(María Eva Duarte de Perón, 1919~1952) 아르헨티나의 대통령 후안 페론의 두 번째 부인. 애칭인 에비타(Evita)로 불린다. 그녀에 대해서는 긍정과 부정의 의견이 양존하며, 죽은 지 50여 년이 지난 현재까지도 추모 열기는 계속되고 있다. 후안 페론의 독재를 위한 방패막이었다는 비판도 있다. 그녀의 이야기는 여러 차례 영화화되었으며, 뮤지컬 《에비타》로 제작되기도 했다.

에우리피데스(Euripides, BC 484?~BC 406?) 고대 그리스 3대 비극시인의 한 사람으로, 사티로스극 《키클로프스》를 비롯한 19편의 작품이 전해진다. 아이러니를 내포한 합리적인 해석과 새로운 극적 수법으로 그리스 비극에 큰 변모를 가져왔다. 주로 인간의 정념(情念)의 가공할 작용을 주제로 하였고, 특히 여성심리 묘사에 뛰어났다.

에이머스 올컷(Amos Bronson Alcott, 1799~1888) 미국의 교육가·사상가로 보스턴에 유아학교를 설립, 교육을 통한 육체·정신·도덕·미의식의 조화를 기도하였다. 하버드에 프루트랜즈(Fruitlands)라는 이상주의적 공동체를 건설하였고, 콩코드 철학학교에서 고등교육에 진력하였다.

에이브러햄 링컨(Abraham Lincoln, 1809~1865) 남북전쟁에서 승리해 연방(聯邦)을 보존하고 노예를 해방시킨 미국의 제16대 대통령(재위 1861년~1865년). 모든 미국 대통령 선호도 설문조사에서 1위를 차지하며 민주주의를 대변한 웅변가로서 끊임없는 존경을 받았다.

에즈라 파운드(Ezra Loomis Pound, 1885~1972) 미국의 시인. 이미지즘과 그밖의 신문학 운동의 중심이 되어 엘리엇, 조이스를 소개하였다. 《피산 캔토스》(1948)로 보링겐상을 받았다. 이백의 영역 《The Ta Hio》 등 다방면의 우수한 번역을 남겼다.

에피쿠로스(Epikouros, BC 342?~BC 271) 고대 그리스의 철학자. 35세경 아테네에서 '에피쿠로스 학원'을 열었다. 기초를 이루는 원자론(原子論)에 의하면 참된 실재는 원자(아토마)와 공허(케논)의 두 개이다. 원자 상호간에 충돌이 일어나서 이 세계가 생성된다고 했다.

에픽테토스(Epiktētos, 50?~138?) 이탈리아 로마제정시대의 스토아 철학자. 로마 노예 신분이면서 스토아 철학을 배웠다. 그는 스토아인으로서 철학자라기보다는 철인(哲人)이었다. 있는 그대로의 '자연'을 인식하고 우리의 의지를 그것에 일치시키기 위한 '수련(修練)'이 철학이라고 했다.

엔드레 아디(Endre Ady, 1877~1919) 헝가리 시인. 진보적 서구파의 문예지

《뉴고트》를 주재하여 사회주의 사상과 데카당스가 교차하는 급진파의 시인·평론가로 활약하였다. 작품으로 《신시집》, 《피와 금》 등의 시집과 단편소설·수필집 등이 있다.

엘라 윌콕스(Ella Wheeler Wilcox, 1850~1919) 미국의 시인·작가·저널리스트. 어려서부터 대중문학을 탐독하여 14세의 어린 나이에 첫 작품을 발표하였다. 첫 시집 《물방울》 등 많은 시집과 소설을 썼다.

엘런 글래스고(Ellen Anderson Gholson Glasgow, 1873~1945) 미국의 소설가. 역사소설로 《민중의 목소리》, 전원소설로 《불모지》, 도시소설로 《로맨틱한 희극배우》, 그리고 《우리의 생애에》로 퓰리처상을 수상했다.

엘리 위젤(Elie Wiesel, 1929~ ) 미국 유대계 작가 겸 인권운동가. 아우슈비츠 강제수용소 등의 참상을 그린 자전적 첫 작품 《그날 밤》을 발표해 1백만 부 이상이 팔리고 영화로 제작되어 세계의 이목을 끌었다. 그 밖에 《다섯 개의 성서 초상》과 《제5의 아들》로 1984년 프랑스 문학대상을 받았다. 인권운동으로 1986년 노벨평화상을 수상했다.

엘리아스 카네티(Elias Canetti, 1905~1994) 에스파니아계 유대인으로 오스트리아의 빈 대학 졸업 후 1988년 나치스의 박해를 피해 런던에 정착, 독일어로 작품을 썼다. 제2차 세계대전 후 재평가되어 흔히 카프카나 조이스와 비견된다. 주요 작품으로 장편소설 《현혹(眩惑)》, 《허공의 코미디》 등이 있다. 1981년 노벨문학상을 수상하였다.

엘리자베스 브라우닝(Elizabeth Barrett Browning, 1806~1861) 영국의 대표 여류시인. 《포르투갈인으로부터의 소네트》는 역시(譯詩)를 가장하여 남편인 로버트 브라우닝에 대한 애정을 솔직하게 노래한 작품이다. 장편 서사시 《오로라 리》는 사회문제·여성문제를 《캐서귀디의 창》은 이탈리아의 독립에 대한 동정을 노래한 시이다

엘리자베스 스티븐스(Elizabeth Wallace Stevens, 1806~1861) 영국의 시인. 로버트 윌리스 스티븐스의 아내로서, 작품으로 시집 《포르투갈인이 보낸 소네트》 등이 있다.

엘베시우스(Claude-Adrien Helvetius, 1715~1771) 프랑스 계몽기의 철학자. 존 로크의 인식론과 콩디야크의 감각론을 발전시켜 공리주의의 윤리학을 설명하였다. 선과 악의 기준은 타인의 평가에 있으며, 선이라는 것은 공

공이익에 부합되는 행위라고 하였다. 즉 개인의 이기주의와 사회복지의 일치를 지향했다.

《여씨춘추(呂氏春秋)》진나라의 정치가 여불위(呂不韋)가 빈객(賓客) 3,000명을 모아서 편찬하였다. 도가(道家) 사상이 중요한 부분을 차지하나, 유가(儒家)·병가(兵家)·농가(農家)·형명가(刑名家) 등의 설도 볼 수 있다. 또한 춘추전국시대의 시사(時事)에 관한 것도 수록되어 있어 그 시대를 알 수 있는 중요한 사론서이다.

《열녀전(列女傳)》유향(劉向)이 지은 8편 15권으로, 나중에 송(宋)나라 방회(方回)가 7권으로 간추린 것. 부인의 유형을 모의(母儀)·현명(賢明)·인지(仁智)·정신(貞愼)·절의(節義)·변통(辯通)·폐얼(嬖孼)의 7항목으로 나누어, 항목마다 15명가량을 수록하였다. 유명한 현모·양처·열녀·투부(妬婦)의 이야기는 모두 다 나와 있다.

《열자(列子)》중국의 철학서. 8권 8편. 열어구(列禦寇 : 列子)가 서술한 것을 문인, 후생들이 보완하여 천서(天瑞)·황제(黃帝)·주목왕(周穆王)·중니(仲尼)·탕문(湯問)·역명(力命)·양주(楊朱)·설부(說符)의 8편으로 나누어 기술하였다. 전한(前漢) 말에 유향(劉向)이 교정하여 8권으로 만들고, 동진(東晉)의 장담(張湛)이 주(注)를 달았다. 「우공이산(愚公移山)」 「조삼모사(朝三暮四)」 「기우(杞憂)」 등의 고사로 유명하다.

《염철론(鹽鐵論)》중국 전한(前漢)의 선제(宣帝) 때에 환관(桓寬)이 편찬한 책. 무제(武帝) 때부터 비롯된 소금·철·술 등의 전매(專賣) 및 균수(均輸)·평준(平準) 등 일련의 재정정책을 무제가 죽은 뒤에도 존속시킬 것인지의 여부를 전국에서 추천을 받고 참석한 자들 간에 논의한 내용을 수록한 것이다.

《예기(禮記)》중국 고대 유가(儒家)의 경전. 곡례(曲禮)·단궁(檀弓)·왕제(王制)·월령(月令)·예운(禮運)·예기(禮器)·교특성(郊特性)·명당위(明堂位)·학기(學記)·악기(樂記)·제법(祭法)·제의(祭儀)·관의(冠儀)·혼의(婚儀)·향음주의(鄕飮酒儀)·사의(射儀) 등의 편(篇)이 있고, 예의 이론 및 실제를 논하는 내용이다. 4서의 하나인 《대학(大學)》과 《중용(中庸)》도 이 가운데 한 편이다.

예수 그리스도(Jesus Christ, BC 4?~AD 30) 그리스도교의 창시자인 예수를 하느님의 메시아로 인정한다는 의미를 담고 있으며, 그 자체가 예수를 지칭하는 말로도 쓰인다. 예수라는 이름은 헤브라이어로 '하느님(야훼)은 구원해 주신다'라는 뜻이며, 그리스도는 '기름부음을 받은 자', 즉 '구세주'를 의미한다. 「예수 그리스도는 어떤 사람인가?」라는 물음은, 예수 탄생 이래 오늘날까지 끊임없이 제기되는 물음이다. 그리스도교도에게는 그리스도는 '살아 계신 하느님의 아들'이다. 《마태복음》 제16장 16절을 보면, 예수는 제자들에게 「너희는 나를 누구라고 생각하느냐?」하고 물었다. 「선생님은 살아 계신 하느님의 아들 그리스도이십니다」라고 시몬 베드로가 대답하자, 예수는 「너에게 그것을 알려주신 분은 사람이 아니라 하늘에 계신 내 아버지시니 너는 복이 있다」라고 말했다고 적혀 있다.

오귀스트 로댕(Auguste Rodin, 1840~1917) 프랑스의 조각가. 근대조각의 시조로 일컬어진다. 그가 추구한 웅대한 예술성과 기량은 조각에 생명과 감정을 불어넣어 예술의 자율성을 부여했다. 장식미술관을 위한 대작의 모티프를 단테의 《신곡》 지옥편에서 얻은 영감에 두고 거작 《지옥문》의 제작에 착수하였다. 한편 이러한 사상 속에서 그의 명성의 중핵을 이루는 갖가지 작품, 즉 《생각하는 사람》, 《아담과 이브》, 《발자크 상(像)》 등을 통해 다채롭고 정력적인 활동을 하였다.

오귀스트 콩트(Auguste François Xavier Comte, 1798~1857) 프랑스의 철학자·사회학창시자. 여러 사회적·역사적 문제에 관하여 온갖 추상적 사변을 배제하고 과학적·수학적 방법에 의하여 설명하려고 하였다. 3단계 법칙에서는 인간의 지식 발전단계 중 최후의 실증적 단계가 참다운 과학적 지식의 단계라고 주장하였다.

오비디우스(Publius Ovidius Nasō, BC 43~AD 17) 고대 로마의 시인. 작품에는 《사랑의 기술》, 《여류의 편지》 등이 있으며, 특히 유명한 《변신이야기》는 서사시 형식으로써 신화를 집대성하였다. 그의 작품은 세련된 감각과 풍부한 수사(修辭)로 르네상스 시대에 널리 읽혔고, 후대에도 많은 영향을 끼쳤다.

오상순(吳相淳, 1894~1963) 호는 공초(空超). 작품에서 운명을 수용하려는 순응주의와 동양적 허무의 사상을 다룬 시인. 주요 작품으로 《아시아의 마지막 밤 풍경》,《방랑의 마음》등이 있다.

오소백(吳蘇白, 1921~2008) 40년대 말 기자생활을 시작해 50년대와 60년 초까지 8개 일간신문의 사회부장을 9차례 역임했다. 불안했던 해방정국 과 반민특위, 그리고 정부수립에서 6·25에 이르기까지 격동 반세기 현 장을 온몸으로 누비며 광산촌과 농어촌 등 불우한 사람들을 기사화한 그는 사회부 기자의 전범(典範)으로 불려왔고, 기자정신을 몸소 실천했 던 '현장'이었으며, '역사'라 평가받았다.

오쇼 라즈니쉬(Osho Rajneesh, 1931~1990) 인도의 신비가, 구루 및 철학자. 한때는 브하그완 슈리 라즈니쉬라 불렀다. 철학교수로서 인도를 돌아다 니며 대중을 상대로 강연했다. 그는 사회주의와 간디 및 기성 종교에 반 대하고 성에 대한 개방적 태도를 지지하여 논란을 일으켰다.

오스카 와일드(Oscar Wilde, 1854~1900) 아일랜드 시인·소설가·극작 가·평론가. '예술을 위한 예술'을 표어로 하는 탐미주의를 주창했고 그 지도자가 되었다. 주요 저서에는 장편소설《도리언 그레이의 초상》등 이 있다.

오스틴 돕슨(Austin Dobson, 1840~1921) 영국의 시인·문학사가·전기작가. 1885년부터 문학사, 특히 18세기 영국문학을 연구하여,《골드스미스 傳》,《리처드슨傳》을 비롯한 시인·문학가의 전기·평론집 등을 많 이 썼다.

오언 영(Owen D. Young, 1874~1962) 미국의 법률가·실업가로서, 독일의 배상문제에 관한 '영 플랜(Young Plan)'을 내놓았다. 보스턴에서 변호사 를 개업하여 법률 실무에 종사하는 한편, 제너럴일렉트릭 사(社)의 이사 장 및 뉴욕연방준비은행의 중역, 국제상업회의소 회장 등을 지냈다.

《오월춘추(吳越春秋)》중국 후한의 조엽(趙曄)이 춘추시대의 오(吳)와 월 (越) 두 나라 사이에 있었던 분쟁의 전말을 기록한 역사서. 6권본과 10권 본이 있다.

《오잡조(五雜組)》중국 명대(明代)의 수필집. 사조제(謝肇淛) 저. 전체를 천(天)·지(地)·인(人)·물(物)·사(事)의 5부로 나누고, 자연현상·인사 (人事)현상 등의 넓은 범위에 걸쳐서 저자의 견문과 의견을 항목별로 정 리한 것이다. 명대의 정치·경제·사회·문화에 관한 귀중한 자료가 되고 있다.

오카 마코토(大岡信, 1931~ ) 일본의 시인 · 비평가.

오토 딕스(Otto Dix, 1891~1969) 독일의 화가 · 판화가. 드레스덴 분리파 창립자의 한 사람으로 일하고 1923년 다다이즘으로 전향했다. 제2차 세계대전 이후 주로 종교적 주제로 표현주의 경향의 작품을 제작하였다.

오토 바이닝거(Otto Weininger, 1880~1903) 오스트리아의 사상가. 유일한 저서《성(性)과 성격》은 반(反)유대주의 선전가들의 지침서로 쓰였다. 과학과 철학이 혼합된 연구결과를 출판해 모든 생물은 남성적 요소와 여성적 요소를 다양한 비율로 겸비하고 있다고 주장했다. 23세에 권총 자살했다.

오토 비스마르크(Otto Eduard Leopold von Bismarck, 1815~1898) 독일의 정치가. 프로이센 총리로 '철혈정책'으로 독일을 통일했다. 보호관세정책으로 독일의 자본주의 발전을 도왔으나 전제적 제도를 그대로 남겨놓았다. 통일 후 유럽의 평화유지에 진력하였다.

오 헨리(O. Henry, 1862~1910) 미국 소설가. 순수한 단편작가로, 따뜻한 유머와 깊은 페이소스를 작품에 풍겼다. 특히 독자의 의표를 찌르는 줄거리의 결말은 기교적으로 뛰어나다. 유명한 마지막 잎새》를 비롯하여 10년 남짓한 활동기간 동안 300편 가까운 단편소설을 썼다.

오화섭(吳華燮, 1916~1979) 영문학자. 한국 셰익스피어협회 이사가 되어 셰익스피어 연극의 한국 소개에 힘썼다. 연세대학교 문과대학장을 역임, 번역문학상을 수상했고, 저서로는《현대 미국 극》, 수필집《이 조그마한 정열을》이 있다.

옥타비오 파스(Octavio Paz, 1914~1998) 멕시코의 시인이자 비평가. 외교관으로 세계 각지를 다니며 시작(詩作)에 열중하였고 파리에서 쉬르리얼리즘운동에 참여하기도 하였다. 대표적 시집으로《동사면(東斜面)》《활과 리라(el acro y la lira)》등이 있으며 1990년 노벨문학상을 수상하였다.

올더스 헉슬리(Aldous Leonard Huxley, 1894~1963) 영국의 소설가 · 비평가. 대표작《연애대위법》은 갖가지 형의 1920년대 지식인들을 풍자적으로 묘사한 작품이다. 이 소설로 20세기를 대표하는 작가 중 한 사람이 되었다. 그 밖에 《어릿광대의 춤》, 《멋진 신세계》 등이 있다.

올리버 골드스미스(Oliver Goldsmith, 1728~1774) 아일랜드 출생의 영국 시인·소설가·극작가. 선량한 시골 목사 집안의 파란을 유머와 경쾌한 풍자를 곁들여 묘사한 소설 《웨이크필드의 목사》, 《세계의 시민》이 있고, 시로는 《나그네》와 《한촌행(寒村行)》이 대표작이다.

올리버 크롬웰(Oliver Cromwell, 1599~1658) 영국의 정치가·군인. 청교도혁명에서 왕당파를 물리치고 공화국을 세우는 데 공을 세웠다. 1653년'통치장전(統治章典)'을 발표하고 호국경(護國卿)에 올라 전권을 행사했다.

올리버 홈스(Oliver Wendell Holmes, 1809~1894) 미국의 소설가·의학자. 생리학교수를 지냈으며 의학적 지식을 반영한 수필집 《아침식탁의 독재자》로 널리 알려졌다.

왕건(王建, 재위 918~943) 고려 제1대 왕. 궁예의 휘하에서 견훤의 군사를 격파하였고, 정벌한 지방의 구휼에도 힘써 백성의 신망을 얻었다. 고려를 세운 후 수도를 송악으로 옮기고, 불교를 호국신앙으로 삼았으며, 신라와 후백제를 합병하여 후삼국을 통일하였다. 왕들이 치국의 귀감으로 삼도록 《훈요십조(訓要十條)》를 유훈으로 남겼다.

왕양명(王陽明, 1472~1529) 중국 명나라 중기의 유학자. 양명학파의 시초로 각처에 학교를 설치하여 후진교육에 진력하였다. 이에 《양명문록(陽明文錄)》이 간행되었고 양명서원이 건립되었다. 양명학파로서 명대 사상계에 큰 영향을 끼치게 될 기초가 확립되었다. 제자와의 토론을 모은 《전습록(傳習錄)》이 있다.

왕유(王維, 699?~759) 중국 당(唐)의 시인이자 화가로서 자연을 소재로 한 서정시에 뛰어나 '시불(詩佛)'이라고 불리며, 수묵(水墨) 산수화에도 뛰어나 남종문인화의 창시자로 평가를 받는다.

왕찬(王粲, 177~217) 중국 후한(後漢) 말기 위(魏)의 시인. 조조가 위(魏)의 왕이 되자 시중(侍中)으로서 제도개혁에 진력하고, 조씨 일족을 중심으로 하는 문학집단 안에서 문인으로서도 활약했다. 건안칠자(建安七子)의 한 사람이자 그 대표적 시인으로 가장 표현력이 풍부하고 유려하면서도 애수에 찬 시를 남겼다.

왕충(王充, 27~100?) 중국 후한(後漢)의 사상가. 낙양(洛陽)에 유학하여 저명한 역사가 반고(班固)의 부친 반표(班彪)에게 사사하였다. 철저한 반속정신(反俗精神)의 소유자로 언론의 자유를 내세우는 위진적(魏晉的) 사조를 만들어 내었다. 주요 저서로 《논형(論衡)》이 있다.

요하네스 케플러(Johannes Kepler, 1571~1630) 독일의 천문학자. 《신 천문학》에서 행성의 운동에 관한 제1법칙인 '타원궤도의 법칙'과 제2법칙인 '면적속도 일정의 법칙'을 발표하여 코페르니쿠스의 지동설을 수정·발전시켰다. 그 뒤 《우주의 조화》에 행성운동의 제3법칙을 발표하였다.

요한네스 크리소스토무스(John Chrysostom, 349?~407) 또는 요한 크리소스톰은 초기 기독교의 교부이자 제37대 콘스탄티노폴리스 대주교였다. 뛰어난 설교자였던 그는 초대 교회(고대 교회)의 중요한 신학자 가운데 한 사람이었고 끊임없이 기독교 교리에 대해 설전을 펼쳤다.

요한 글라임(Johann Wilhelm Ludwig Gleim, 1719~1803) 독일의 시인. 아나크레온파의 대표이다. 인생의 쾌락을 노래하는 작품을 많이 썼다. 운문으로 된 《우화집》과 《어느 척탄병(擲彈兵)의 프로이센 군가》 등이 유명하다.

요한 코메니우스(Johann Amos Comenius, 1592~1670) 모라비아(Moravia : 지금의 체코)의 교육자. 영국, 스웨덴, 폴란드 등에서 평화를 위한 교육의 구상에 의거한 학교개혁을 실천하는 한편 유럽의 평화실현구상을 발표하였다. 청소년교육과 민중계몽의 방법을 범지(汎知 : pansophia)로써 체계화하여 그 후의 교육에도 큰 영향을 끼쳤다.

요한 하만(Johann Georg Hamann, 1730~1788) 독일의 철학자·시인. 주로 편지와 단편적인 문장으로 예언적인 견해를 썼다. 지적(知的) 편중의 계몽주의를 극복하고, 전체적인 인격을 추구하려고 노력하였다. '슈투름 운트 드랑(질풍노도)'의 문학운동의 선구로 간주된다.

요한 헤르바르트(Johann Friedrich Herbart, 1776~1841) 독일의 철학자이자 교육사상가. 윤리학과 심리학에 기초를 둔 교육학을 조직하여 교육의 궁극적 목적을 도덕적인 성격의 형성이라고 주장하며 세계 각국의 교육계에 큰 영향을 주었다.

요한 스트린드베리(Johan August Strindberg, 1849~1912) 스웨덴의 극작가이자 소설가로, 심리학과 자연주의를 결합시킨 새로운 종류의 서구 극을 만들어냈으며, 이것은 후에 표현주의 극으로 발전했다. 대표작으로는 《아버지》, 《줄리앙》, 《유령 소나타》 등이 있다.

우나무노(Miguel de Unamuno, 1864~1936) 에스파냐의 철학가·시인·소설가. 살라망카대학에서 교수와 총장을 지냈고 '1898년대의 작가'의 지도적 중심인물로서 문학·사상 양면에서 다채로운 활동을 하였다. 주요 저서에 《돈키호테와 산초의 생애》 등이 있으며 실존적인 생의 문제를 다루었다.

우드로 윌슨(Thomas Woodrow Wilson, 1856~1924) 미국의 28대 대통령. 제1차 세계대전 중 비밀외교의 폐지와 민족자결주의를 제창, '14개조 평화원칙'을 발표하였고 국제연맹 창설에 공헌하여 노벨평화상을 받았다.

우마르 하이얌(Umar Khayyām, 1040?~1123) 페르시아의 수학자·천문학자·시인. 셀주크 왕조 마리크샤 왕의 천문대를 운영하였고, 2차방정식의 기하학적·대수학적 해법을 연구하였다. 《자라르 연대기》로 불린 새로운 역법(曆法)을 고안하였고, 《루바이야트》라는 근대 페르시아어로 된 4행시를 썼다.

우치무라 간조(內村鑑三, 1861~1930) 일본 메이지·다이쇼시대 그리스도교의 대표적인 지도자·종교가. 무교회(無敎會)주의 그리스도교 사상가를 배출하여 현대 일본문화에 큰 영향을 끼쳤다. 김교신·함석헌을 통하여 한국에도 영향력을 미쳤다.

《우파니샤드(Upanisad)》 고대 인도의 철학서. 바라문교(波羅門敎, Brāhmanism)의 성전 베다에 소속하며, 시기 및 철학적으로 그 마지막 부분을 형성하고 있기 때문에 베단타(Vedānta : 베다의 말미·극치)라고도 한다. 현재 200여 종이 전해지는데, 그 중 중요한 것 10여 종은 고(古) 우파니샤드로 불리며, BC 600~AD 300년경, 늦어도 기원 전후에 성립된 것이다. 그 후 10수세기에 이르기까지 만들어진 것을 신우파니샤드라고 하며, 모두 산스크리트로 썼다.

운초(雲楚, 미상) 성천(成川)의 명기(名妓)로서 가무·시문(詩文)에 뛰어났던 조신시대 기생 시인. 문집 《부용집》에 수록된 시 30여 수는 규수문학의 정수로 꼽힌다.

울피아누스(Domitius Ulpianus, 170?~228) 로마의 법학자·정치가. 명료하고 수려한 필체로 법에 관한 많은 글을 썼다. 그는 파피니아누스와 마찬가지로 마르쿠스 안티스티우스 라베오와 같은 창의적인 법사상가는 아니었으나, 당시의 이론을 정리하고 해석하는 데 탁월한 능력을 발휘했다.

워런 버핏(Warren Buffett, 1930~ ) 미국의 주식투자가. 증권 세일즈맨인 아버지 밑에서 자라 콜롬비아대학 경영대학원 경제학 석사. 주식투자를 시작하여 한때 미국 최고의 갑부의 위치까지 올라섰던 전설적인 투자의 귀재로 미국에서 5위 안에 드는 갑부로 알려져 있다. '오마하의 현인(Oracle of Omaha)'이라고도 불린다. 친구인 빌 게이츠 재단에 재산의 85%인 370억 달러를 기부하겠다고 밝혔다.

워싱턴 어빙(Washington Irving, 1783~1859) 미국의 수필가 · 소설가.《뉴욕사(史)》를 출간하여 풍자와 유머러스한 필치로 유명해졌다. 영국 풍물사적(風物史跡)을 우아한 문체로 수필 식으로 엮은《스케치 북》이 대표작이며, 이 작품으로 미국작가로는 처음 국제적인 명성을 얻었다. 단편집 · 전기 · 여행기 등이 많고 전아(典雅)한 문장과 로맨틱한 소재를 고집했다.《원각경(圓覺經)》대승(大乘) · 원돈(圓頓)의 교리를 설한 것으로, 주로 관행(觀行)에 대한 설명인데, 문수(文洙) · 보현(普賢) · 미륵보살 등 12보살이 불타와 일문일답하는 형식을 취하였다.《유마경(維摩經)》,《능엄경(楞嚴經)》과 함께 선(禪)의 3경(經)이다.

월리스 스티븐스(Wallace Stevens, 1879~1955) 미국 시인. 풍부한 이미지와 난해한 은유(隱喩)를 특색으로 작품을 쓰며《필요한 천사》같은 뛰어난 시평론도 남겼다.《시집》으로 퓰리처상을 수상했다.

월터 랜더(Walter Savage Landor, 1775~1864) 영국의 시인 · 산문작가. 주요 작품으로는 서사시《게비르》,《시모니데어》가 유명하며,《상상적 대화편》,《페리클레스와 아스파시아》,《펜타메론》은 당당한 산문의 대화편이다.《로즈 에일머》와 같은 주옥같은 단편이 있다.

월터 롤리(Walter Raleigh, 1552?~1618) 영국의 군인 · 탐험가 · 시인 · 작가. 위그노 전쟁에 참가하고 아일랜드 반란을 진압한 공으로 기사작위를 서임 받았다. 북아메리카를 탐험, 플로리다 북부를 '버지니아로 명명하고 식민을 행했으나 실패했다.

월터 리프먼(Walter Lippmann, 1889~1974) 미국의 평론가 · 칼럼니스트.

1921년 《뉴욕 월드》 지의 논설기자로서 명성을 떨쳤고 《뉴욕 헤럴드 트리뷴》 지에서 칼럼 '오늘과 내일' 난을 담당하여 미국 정계뿐만 아니라 세계적으로 영향을 미치는 평론을 발표했다. 1947년에는 유명한 《냉전》을 발표하여, 그 후 국제정치의 유행어로 만들었다.

월터 배젓(Walter Bagehot, 1826~1877) 영국의 정치가이며 문필가. 특히 저서 《영국 헌정》은 당시 영국 헌정에 대한 권위 있는 해설서로서 명성이 높았다. 다른 저서 《물리학과 정치학》이 있다.

월터 스콧(Walter Scott, 1771~1832) 19세기 초 영국의 역사소설가·시인·역사가. 《최후의 음유시인의 노래》, 《마미온》, 《호수의 여인》의 3대 서사시로 유명하다. 역사소설 《웨이벌리》, 《가이 매너링》, 《부적》 등은 유럽에서 애독되었다. '웨이벌리의 작자'라는 익명을 사용하였다.

월터 페이터(Walter Horatio Pater, 1839~1894) 영국의 비평가·수필가·인문주의자. 19세기 말 데카당스적 문예사조의 선구자이다. 레오나르도다 빈치, 보티첼리 등 르네상스기 화가 중심의 평론집 《르네상스 사(史)의 연구》를 발표했다. 그가 주창한 '예술을 위한 예술' 옹호론은 심미주의로 알려진 운동의 원칙이 되었다.

월트 휘트먼(Walt Whitman, 1819~1892) 미국의 시인. 시집 《풀잎》은 형식과 내용면에서 매우 혁신적이었으며, 이 작품으로 종래 전통적 시형을 벗어나 미국의 적나라한 모습을 찬미했다. 3판에 이르러는 '예언자 시인'으로의 변모를 드러냈다. 산문집 《자선일기 기타》가 유명하다.

웬들 개리슨(Wendell Phillips Garrison, 1840~1907) 미국의 신문잡지 편집인. W. L. 개리슨의 아들. 문예평론지 《네이션》의 문예란을 집필하였다. 동생인 F. J. 개리슨과 함께 아버지의 전기 《윌리엄 로이드 개리슨 1805~79》을 집필하였다.

《위서(魏書)》 중국 남북조시대 북제(北齊)의 위수(魏收)가 편찬한 사서(史書). 기전체(紀傳體)로 북위(北魏)의 역사를 서술한 중국 이십오사(二十五史) 가운데 하나다.

위스턴 오든(Wystan Hugh Auden, 1907~1973) 미국의 시인. 기법적으로 고대 영시풍의 단음절 낱말을 많이 써서 조롱이 섞인 경시와 모멸을 덧붙인 독특한 스타일을 만들어 냈다. 주요 저서로는 《시집》, 《연설자들》

등이 있다.

윈스턴 처칠(Winston Leonard Spencer Churchill, 1874~1965) 영국의 정치가. 자유당 내각의 통상장관 · 식민장관 · 해군장관 등을 역임하였다. 제2차 세계대전 중에 노동당과의 연립내각을 이끌고 루스벨트, 스탈린과 더불어 전쟁의 최고정책을 지도했다. 이후 반소 진영의 선두에 섰으며 1946년 '철의 장막'이라는 신조어를 만들어내기도 했다. 그는 역사 · 전기 등의 산문에도 뛰어나 많은 저서를 남겼으며, 《제2차 세계대전》(6권)으로 노벨문학상을 수상하였다. 또한 화가로서도 재질을 발휘했다.

윌 듀란트(William James Durant, 1885~1981) 미국의 철학가 · 역사가. 컬럼비아 대학교 철학과 박사. 전 세계인을 철학의 길로 이끈 영원한 베스트셀러 《철학 이야기》의 저자이자 저명한 역사가. 그 밖의 저서로 《역사 속의 영웅들》이 있다.

윌리엄 2세(William II, 1056~1100) 영국 노르만왕조의 왕(재위 1087~1100). 노르망디의 귀족 반란을 진압하고 스코틀랜드에 침입하여 왕을 굴복시켰으나 무단정치와 반로마 교회적 태도 등으로 인심을 잃었다.

윌리엄 E. 두보이즈(William Edward Du Bois, 1868~1963) 미국의 역사가. 흑인문제를 사회학적인 방법으로 분석하고 인종주의에 맞서 대항한 흑인 지도자이기도 하다. 1903년에 쓴 책 《흑인의 영혼》은 출간된 지 100년이 지난 지금까지 계속 출판되고 있으며 《톰 아저씨의 오두막》 이후 흑인들에게 가장 많은 영향력을 준 책으로 꼽힌다.

윌리엄 S. 클라크(William Smith Clark, 1826~1886) 미국의 과학자 · 교육자. 매사추세츠 주립 농과 대학 학장을 역임했으며, 학생들에게 깊은 종교적 감화를 주었으며, '소년들아 포부를 가져라(Boys be Ambitious!)'라는 그의 말은 유명하다.

윌리엄 고드윈(William Godwin, 1756~1836) 영국의 정치평론가 · 소설가. 프랑스혁명 직후 사유재산의 부정(否定)과 생산물의 평등분배에 입각한 사회정의 실현을 주장하여 《정치적 정의나 그것이 일반 미덕과 행복에 미치는 영향에 관한 고찰》을 써서 무정부주의의 선구자이자 급진주의의 대표가 되었다.

윌리엄 글래드스턴(William Ewart Gladstone, 1809~1898) 영국의 정치가. 자

유당 당수를 지냈고, 수상 직을 4차례 역임하였다. 윈스턴 처칠과 함께 가장 위대한 영국의 수상으로 추앙받고 있다. 백작 작위를 수여하려고 할 때 이를 사양하여 대평민(The Great commoner)으로서 일생을 마쳤다.

**윌리엄 길버트**(William Schwenck Gilbert, 1836~1911) 영국의 극작가. 1907년 경(Sir) 칭호를 받았으며, 불의의 사고로 익사하였다. 작풍은 영국사람 특유의 풍자와 유머가 넘치며, 대표작으로는 《군함 피나포어》, 《펜잔스의 해적》 등이 있다.

**윌리엄 깁슨**(William Ford Gibson, 1948~ ) 미국계 캐나다 소설가. 과학소설의 장르인 사이버펑크의 「검은 예언자(느와르 프로펫, noir prophet)」라고 불린다. 1982년 그의 데뷔작인 뉴로맨서(Neuromancer)에서 「사이버스페이스(cyberspace)」라는 용어와 개념이 유명해졌다. 그는 아직 잘 알려지지 않은 90년대 이전에, 현재 전 세계적으로 퍼져 있는 네트워크 공간을 잘 묘사했으며 뉴로맨서에서 쓰인 많은 용어들이 90년대에 들어 인터넷 등에서 널리 쓰이게 되었다.

**윌리엄 매킨리**(William McKinley, 1843~1901) 미국 제25대 대통령. 금본위제도 유지와 보호관세로 산업자본에 유리한 정책을 전개하였다. 미국·스페인 전쟁을 일으키고 극동에 대해서 문호개방정책을 취하였다.

**윌리엄 밴더빌트**(William Henry Vanderbilt, 1821~1885) 미국의 철도사업가·자선사업가. 뉴욕 시 5번가에 한 구획 전체에 건물을 짓고 수집한 그림과 조각품을 전시했는데, 개인 수집품으로는 세계에서 가장 훌륭하다는 평을 들었다. 메트로폴리탄 미술관, YMCA, 교회, 병원 등에 상당액의 유산을 기증했다.

**윌리엄 부스**(William Booth, 1829~1912) 영국의 종교가. 구세군의 창립자. 1865년 동부 런던의 빈민굴에서 전도한 것이 구세군의 시작이 되었다. 저서에 《암흑의 영국에서》가 있다.

**윌리엄 브라이언**(William Jennings Bryan, 1860~1925) 미국의 정치가. 안으로는 금권정치를, 밖으로는 제국주의를 반대하여 평화유지에 힘쓴 진보파 정치가로 알려져 있다.

**윌리엄 브라이언트**(William Cullen Bryant, 1794~1878) 미국의 시인·저널리스트. 미국문학의 확립기를 산 시인이다. '미국시의 아버지'로 불리는

《새너토프시스》, 《물새에게》 등의 자연을 노래한 시로 문학가로서 인정받았다. 《뉴욕 리뷰》 지(誌)를 편집하였으며, 《뉴욕 이브닝 포스트》 지의 편집에 관계하였다.

윌리엄 블랙스톤(William Blackstone, 1723~1780) 영국의 법학자. 왕좌(王座) 재판소・민소 재판소의 재판관. 산업혁명 이전까지의 영국법 전반을 체계화하고 해설한 《영법석의(英法釋義)》를 써서, 영국법학의 학문성을 높이고, 독립전쟁 전후의 미국법 발달에 큰 영향을 주었다.

윌리엄 블레이크(William Blake, 1757~1827) 영국 시인・화가. 신비로운 체험을 시로 표현했다. 작품으로 《결백의 노래》, 《셀의 서(書)》, 《밀턴》 등이 있다. 화가로서 단테 등의 시와 구약성서 〈욥기〉 등을 위한 삽화를 남김으로써 천재성도 보이며 활약하기도 했다.

윌리엄 사로얀(William Saroyan, 1908~1981) 미국의 작가. 1940년 《너의 인생의 한때》가 퓰리처상으로 결정되었으나, 수상을 거부했다. 《내 이름은 아람》, 《인간희극》, 《록 워그럼》 등이 유명하다. 가족, 이웃 등을 모델로 인간성의 선함과 삶의 가치를 다루고 있다.

윌리엄 새커리(William Makepeace Thackeray, 1811~1863) 19세기 영국 문학을 대표하는 소설가. 적절히 억제된 교양 있는 문체, 날카로운 역사 감각 등이 최근 재평가되고 있다. 주요 저서로는 대작 《허영의 시장》, 《헨리 에즈먼드》 등이 있다.

윌리엄 스토리(William Wetmore Story, 1819~1895) 미국의 조각가. 문필가와 연극배우 등 사회 저명인사들로 이뤄진 모임의 중심인물로도 알려져 있으며, 그의 조각품 중에는 《클레오파트라》가 유명하다. 미국과 영국에서 폭넓은 인기를 얻었다.

윌리엄 섬너(William Graham Sumner, 1840~1910) 미국의 사회학자. 1875년 세계 최초로 사회학강좌를 개설하였다. 그의 사회학은 인류학적 경향을 띠어, 집단에 공유되고 사회질서 유지의 힘이 되는 습속이라는 개념을 제창하였다. 저서에 《습속론》이 있다.

윌리엄 알렉산더 스털링(1576?~1640) 스코틀랜드의 시인.

윌리엄 예이츠(William Butler Yeats, 1865~1939) 아일랜드 시인・극작가. 환상적이며 시적인 《캐서린 백작부인》을 비롯하여 몇 편의 뛰어난 극작품을 발표했으며, 1923년에는 노벨문학상을 수상하였다. 독자적 신화로 써 자연(자아)의 세계와 자연 부정(예술)의 세계의 상극을 극복하려 노력 했다.

윌리엄 오슬러(William Osler, 1849~1919) 영국의 의학자. 주요 저서로《의 학의 원리와 실제》,《근대의학의 개혁》이 있으며, 그의 이름을 표제 에 단 맥길문고《Bibliotheca Osleriana》는 의학사상 귀중한 문헌이다.

윌리엄 워즈워스(William Wordsworth, 1770~1850) 영국의 낭만주의 시인. 1843년 친구인 로버트 사우디의 뒤를 이어 1850년까지 계관시인을 지냈 다. 테일러 콜리지와 공저한《서정 민요집》은 영국 낭만주의 운동의 시발점이 되었다.

윌리엄 윌리엄스(William Carlos Williams, 1883~1963) 과장된 상징주의를 배 제하고 평명한 관찰을 기본으로 한 '객관주의'의 시를 표방해 작품을 쓴 미국 시인. 작품《미국인의 기질》에서 역사적 인물에 대한 논평을 통해 미국인의 특성과 문화를 분석했다. 단편 《장 베크》,《냉혹한 얼굴》과 시집《브뢰헬의 그림, 기타》로 1963년 시 부문 퓰리처상을 받았다.

윌리엄 잉(William Motter Inge, 1913~1973) 미국의 극작가. 미국 중서부의 시골 서민 감정을 잘 파악하였으며 심리묘사에 뛰어났다.《돌아오라, 어린 세바여》,《피크닉》,《버스 정류장》,《계단 위의 어둠》등을 발 표해 브로드웨이 관객층의 공감을 불러일으켰다.

윌리엄 제임스(William James, 1842~1910) 미국의 심리학자·철학자. '의식 의 흐름(Stream of Consciousness)'이라는 용어를 처음 사용하였으며, 빌헬 름 분트와 함께 근대 심리학의 창시자로 일컬어진다.

윌리엄 채닝(William Ellery Channing, 1780~1842) 미국 유니테리언파 목사. 칼뱅주의에 반대하고 인간성에 있어서 신의 내재를 주장했다. 노예제도 와 전쟁에 반대하였으며 문학적 독립선언인《미국 국민문학론》을 썼 다.

윌리엄 콜린스(William Collins, 1721~1759) 영국 시인. 18세기 후반 고전주 의 시단(詩壇)에 낭만적인 시풍을 도입한 선구자. 주요 작품으로는《석 양부(夕陽賦)》를 비롯하여《1746년 연두부(年頭賦)》,《간소부(簡素 賦)》등이 있다.

윌리엄 콩그리브(William Congreve, 1670~1729) 영국의 극작가. 화려한 희극적 대화술 및 상류사회에 대한 풍자적 묘사, 동시대인들의 가식적인 행위에 대한 반어적인 탐구 등을 통해 영국 풍속희극의 토대를 형성했다. 작품으로 《늙은 독신자》, 《거짓말쟁이》, 《세상만사》 등이 있다.

윌리엄 쿠퍼(William Cowper, 1731~1800) 영국 시인. 낭만파 시인들에게 많은 영향을 끼쳤다. 전원(田園) 찬미에 새로운 경지를 개척하여 대작 《과제》을 발표했고, 그 밖에 《올니의 찬미가》, 《존 길핀》 등이 있으며 온화한 인품이 풍기는 서간문으로도 유명하다.

윌리엄 템플(William Temple, 1881~1944) 영국의 종교철학가. 저서 《자연, 인간 및 신》에서 최고 가치이자 궁극적 실재인 신을 제시하였다. 플라톤의 영향을 받은 그의 사상은 만년에 스콜라주의로 기울어졌다.

윌리엄 페티(William Petty, 1623~1687) 영국의 경제학자로 정치산술을 창시하였으며 노동가치설을 제창하여 고전학파의 선구가 되었다.

윌리엄 펜(William Penn, 1644~1718) 영국의 신대륙 개척자. 찰스 2세에게 북아메리카의 델라웨어 강 서안의 땅에 대한 지배권을 출원하여 허가를 받자 그 땅을 펜실베이니아라 명명하고, 퀘이커 교도를 중심으로 하는 자유로운 신앙의 신천지로 만들었다.

윌리엄 포크너(William Cuthbert Faulkner, 1897~1962) 미국의 작가. 인간에 대한 신뢰와 휴머니즘의 역설적 표현을 통해 인간의 보편적인 모습을 규명하려는 그의 의지의 발현(發現)으로 남부사회의 변천해온 모습을 연대기적으로 묘사하였다. 주요 저서로는 《우화(寓話)》, 《자동차 도둑》 등이 있다. 1949년 노벨문학상을 수상. 또한 퓰리처상을 2회 수상했다.

윌리엄 피트(William Pitt the Elder, 1708~1778) 영국의 정치가. 대(大)피트. 휘그당원으로 1768년 사실상의 수상직을 겸하여 국정을 지도하였다. 7년전쟁에서 독일의 프리드리히 빌헬름 1세를 지원하여 북아메리카 식민지에 대한 프랑스의 위협을 제거하였다. 북아메리카 식민지에 대한 과세에 반대하였으나 식민지의 독립은 지지하지 않았다.

윌리엄 필립스(William D. Philips, 1948~ ) 미국의 물리학자. 스티븐 추, 코앙타누지와 함께 독자적인 연구로 레이저 빛을 이용, 원자를 마이크로

켈빈 온도까지 냉각시켜 얼어 있는 원자를 계속 떠 있게 해 이들을 각기 다른 원자의 포위망 안에 가둘 수 있는 방법을 개발하였다.

윌리엄 하비(William Harvey, 1578~1657) 영국의 의학자·생리학자. 케임브리지와 이탈리아의 파드아 대학에서 수학하였다. 그는 저서 《동물에 있어서 심장 및 혈액의 운동에 관한 해부학적 연구》에서 혈액이 순환하는 것을 많은 실험으로 확인, 그 동력은 심장의 박동이라는 것을 증명하였다. 이 증명은 데카르트의 사상에도 영향을 주었다.

윌리엄 해즐릿(William Hazlitt, 1778~1830) 영국의 비평가·수필가. 인간애가 넘치는 수필작품으로 특히 대중의 사랑을 받았다. 문학적인 기교와 허세를 부리지 않은 진솔한 문체에 작가의 지성을 담은 그의 작품들은 독자들에게 읽는 것만으로도 순수한 독서의 즐거움을 맛볼 수 있게 한다. 《셰익스피어 극의 성격》, 《영국 시인론》 등의 평론이 유명하다.

윌리엄 화이트(William Foote Whyte, 1914~2000) 미국의 사회학자. 인포멀한 제1차 집단에 항상 관심을 가지고, 소년 갱에 관한 소집단, 레스토랑의 종업원 상호간의 관계, 종업원과 고객의 인간관계, 제너럴 모터스의 노사관계(勞使關係) 등의 연구를 차례차례로 행하고 있다.

유길준(俞吉濬, 1856~1914) 한말의 개화운동가이며 최초의 국비유학생으로 미국에서 공부하였다. 귀국 후 7년간 감금되어 《서유견문》을 집필하였다. 아관파천(俄館播遷)으로 친일정권이 붕괴되자 일본으로 12년간 망명하였다. 순종황제의 특사로 귀국한 뒤, 국민교육과 계몽사업에 헌신하였다.

유달영(柳達永, 1911~2004) 한국의 농촌운동가·교육자. 국토통일원(현 통일부) 고문, 원예학회 회장 등으로 활동하였다. 농촌계몽운동을 벌였으며 일생 동안 농학연구를 비롯하여 식량자급, 무궁화 심기 등 실천적 활동을 하였다.

유리왕(琉璃王, ?~18) 고구려 제2대 왕. 부여로부터 아버지 동명성왕을 찾아 고구려에 입국, 태자로 책립되고 동명성왕에 이어 즉위하였다. 계비인 치희(雉姬)를 그리는 《황조가(黃鳥歌)》를 지었으며, 3년 도읍을 홀본(忽本 : 졸본)에서 국내성(國內城)으로 옮겼다.

유베날리스(Decimus Junius Juvenalis, 50?~130?) 고대 로마의 시인. 작품으로

는 《풍자시집》이 남아 있으며 당시의 부패한 사회상에 대하여 격렬한 분노를 보이고 있다.

유세신(庚世信, ?~?) 조선 영조 때의 가객(歌客).

유안(劉安, BC 179?~BC 122) 중국 전한(前漢) 때 학자. 문학애호가로서, 사상적으로 노장을 주축으로 여러 파의 사상을 통합하려 했고, 도가사상에 의거한 통일된 이론으로 당시 유교 중심의 이론과 대항하려 했다. 주요 저서에는 빈객들과 함께 저술한 《회남자(淮南子)》가 있다.

《유양잡조(酉陽雜俎)》단성식(段成式, ?~863)이 지은 중국 당나라 때의 수필집. 이상한 사건, 황당무계한 이야기를 비롯하여 도서 · 의식(衣食) · 풍습 · 동식물 · 의학 · 종교 · 인사(人事) 등 온갖 사항에 관한 것을 탁월한 문장으로 흥미있게 기술하였다. 당나라 때의 사회를 연구하는 데 귀중한 사료가 된다.

유주현(柳周鉉, 1921~1982) 역사를 사실주의적으로 분석한 역사소설을 많이 남긴 소설가. 《조선총독부》, 《대원군》 등의 작품으로 종래의 흥미 위주의 역사물에서 벗어나 인간과 역사관에 깊이를 더한 작품으로 주목을 받았다.

유진오(兪鎭午, 1906~1987) 법학자 · 문인 · 정치가. 1948년 정부 수립을 위한 제헌헌법을 기초하고, 초대 법제처장을 역임하는 등의 활동을 하였다. 1967년 정계로 들어가 제7대 국회의원에 당선되어 활동하였다. 저서에는 《헌법해의(憲法解義)》, 《창랑정기(滄浪亭記)》 등이 있다.

유진 오닐(Eugene Gladstone O'Nell, 1888~1953) 미국의 극작가. 대표작 《지평선 너머》가 처음으로 브로드웨이에서 상영되었다. 이 작품으로 퓰리처상을 받았고 극작가로서의 지위를 확고히 하였다. 그 이후로도 《애너크리스티》 등으로 퓰리처상을 받았으며, 1936년 노벨문학상을 수상함으로써 미국문학을 세계적 수준으로 끌어올리는 데 크게 공헌하였다.

유치환(柳致環, 1908~1967) 시인 · 교육자. 교육과 시작(詩作)을 병행, 중 · 고교 교장으로 재직하면서 통산 14권에 이르는 시집과 수상록을 간행하였다. 대표작으로는 허무와 낭만의 절규를 노래한 《깃발》을 비롯해 《수(首)》, 《절도(絶島)》 등이 있다.

유클리드(Euclid, BC 330?~BC 275?) 고대 그리스의 수학자. 그리스 기하학,

즉 '유클리드기하학'의 대성자이다. 그의 저서 《기하학원본》은 기하학에 있어서의 경전적(經典的) 지위를 확보함으로써 유클리드 하면 기하학과 동의어로 통용되는 정도에 이르고 있다.

유향(劉向, BC 79?~BC 8?) 전한시대 학자. 한나라 고조의 배다른 동생인 유교의 4세손. 성제 때 외척의 횡포를 견제하고 천자의 감계가 되도록 하기 위해 상고로부터 진, 한에 이르는 부서재이(符瑞災異)의 기록을 집성하여 《홍범오행전론》을 저술하였다. 《한서》에 그의 전기가 수록되어 있다.

육구몽(陸龜蒙, ?~881) 중국 만당(晚唐)의 시인·농학자(農學者). 송강(松江)의 보리에 은거하며 농경을 장려하고 개간과 농업의 개량사업에 힘쓰는 한편 시서(詩書)를 즐기며 유유자적한 생활을 보냈다. 친구인 피일휴(皮日休)와 서로 주고받은 화답시가 유명하다. 농서(農書)인 《뇌사경(未耜經)》, 시문집 《당보리선생문집(唐甫里先生文集)》 등의 저서가 있다.

《육도삼략(六韜三略)》 중국의 병서(兵書). 《육도》와 《삼략》을 아울러 이르는 말이며 중국 고대 병학(兵學)의 최고봉인 「무경칠서(武經七書)」 중의 2서(書)이다. 《육도》의 도(韜)는 화살을 넣는 주머니, 싸는 것, 수장(收藏)하는 것을 말하며, 변하여 깊이 감추고 나타내지 않는 뜻에서 병법의 비결을 의미한다. 문도(文韜)·무도(武韜)·용도(龍韜)·호도(虎韜)·표도(豹韜)·견도(犬韜) 등 6권 60편으로 이루어지며 주(周)의 태공망(太公望)의 저서라고 전하나 후세의 가탁(假託)이 분명하다. 《삼략》의 략(略)은 기략(機略)을 뜻하며 상략(上略)·중략·하략의 3편으로 이루어졌다. 무경칠서 중 가장 간결한 병서로 사상적으로는 노자의 영향이 강하나 유가(儒家)·법가(法家)의 설도 다분히 섞여 있다. 이것도 태공망의 저서라는 설과, 한(漢)의 지장(智將) 장량(張良)이 황석공(黃石公)에게서 전수했다는 설도 있으나 실은 후한에서 수(隋)나라 무렵에 성립된 것으로 추정하고 있다.

육상산(陸象山, 1139~1192) 중국 남송의 유학자. 주자와 대립하여 중국 전체를 양분하는 학문적 세력을 형성하였다. 주자는 객관적 유심론을 주장한 반면, 상산은 주관적 유심론을 주장하였다. 상산의 학문은 양자호 등에 의해 계승되었다. 주요 저서에 《상산선생 전집》(36권)이 있다.

육유(陸游, 1125~1210) 철저한 항전주의자로 일관했던 중국 남송의 대표적 시인. 자는 무관(務觀). 약 50년간에 1만 수에 달하는 시를 남겨 중국 시사상 최다작의 시인으로 꼽힌다. 강렬한 서정을 부흥시킨 점이 최대의 특색이라 할 수 있다. 주요 저서에는 《검남시고(劍南詩稿)》 등이 있다.

윤동주(尹東柱, 1917~1945) 일제 강점기에 짧게 살다간 젊은 시인으로, 어둡고 가난한 생활 속에서 인간의 삶과 고뇌를 사색하고, 일제의 강압에 고통받는 조국의 현실을 가슴 아프게 생각한 고민하는 철인이었다. 그의 이러한 사상은 《서시》, 《자화상》, 《또 다른 고향》, 《별 헤는 밤》 등의 작품에 잘 나타나 있다. 특히 《하늘과 바람과 별과 시》는 그의 대표 시로서, 어두운 시대에 깊은 우수 속에서도 티 없이 순수한 인생을 살아가려는 그의 내면세계를 표현하고 있다.

윤상(尹祥, 1373~1455) 조선 전기 학자. 정몽주(鄭夢周)의 문인으로, 1448년(세종 30년) 예문관제학으로 성균관박사가 되어, 성균관에 들어간 세손에게 강의하였으며, 문종 초에 치사(致仕)하였다. 성리학 · 역학에 밝았으며, 후진양성에 힘써 조선 전기의 가장 훌륭한 사범이었다. 문집에 《별동집》이 있다.

윤선도(尹善道, 1587~1671) 조선 중기의 문신 · 시인. 호는 고산(孤山) · 해옹(海翁). 치열한 당쟁으로 일생을 거의 유배지에서 보냈다. 경사에 해박하고 의약 · 복서 · 음양 · 지리에도 통하였으며, 특히 시조에 뛰어나 정철의 가사와 더불어 조선시가에서 쌍벽을 이룬다. 저서에 《고산유고(孤山遺稿)》가 있다.

윤오영(尹五榮, 1907~1976) 동양의 고전수필을 바탕으로 한국적 수필문학을 개척한 수필가 · 교육자. 저서에 《수필문학강론》 등의 이론서와 수필집 《고독의 반추》 등이 있다.

율리우스 카이사르(Gaius Julius Caesar, BC 100~BC 44) 로마 공화정 말기의 정치가 · 장군. 영어이름은 줄리어스 시저. 폼페이우스, 크라수스와 함께 3두동맹을 맺고 갈리아 전쟁을 수행하였다. 1인 지배자가 되어 각종 사회정책, 역서(曆書)의 개정 등의 개혁사업을 추진하였으나 훗날 브루투스에게 암살당했다.

이간(李侃, 1640~1699) 조선 후기의 종친. 선조의 13번째 왕자 인흥군 영의 아들. 도정을 거처 낭원군에 봉해졌다. 형인 낭선군(朗善君)과 함께 전서 (篆書)와 예서(隷書)에 능해 영변의 〈보현사풍담대사비(普賢寺楓潭大師 碑)〉 등을 남겼다.

이건호(李建浩, 1876~1950) 조선 말·일제강점기의 시인. 면우 곽종석의 문 인이었으며, 매천 황현의 제자들과 함께·「매월음사」라는 시 모임을 조직하여 활동하였다.

이고리 스트라빈스키(Igor Fëdorovich Stravinsky, 1882~1971) 러시아 출신의 미국 작곡가. 발레곡《불새》,《페트루슈카》로 성공을 거두고 그의 대 표작《봄의 제전》으로 당시의 전위파 기수로 주목 받았다. 제1차 세계 대전 후에는 신고전주의 작풍으로 전환, 종교음악에도 관심을 보였다.

이곡(李穀, 1298~1351) 고려시대의 학자. 문장에 뛰어났다. 가전체(家傳體) 작품《죽부인전(竹夫人傳)》과 100여 편의 시가《동문선(東文選)》에 전하며, 저서로《가정집(稼亭集)》이 전한다.

이광수(李光洙, 1892~1950) 호는 춘원(春園). 한국 최초의 근대 장편소설 《무정(無情)》을 쓴 소설가. 소설문학의 새로운 역사를 개척하였다. 주 요 작품으로《무정》,《흙》등을 비롯하여《이차돈(異次頓)의 사(死)》, 《사랑》,《원효대사》,《유정》등 장·단편 외에 수많은 논문과 시편 들이 있다.

이규보(李奎報, 1168~1241) 고려시대의 문신·문인. 명문장가로, 그가 지은 시풍(詩風)은 당대를 풍미했다. 몽골군의 침입을 진정표(陳情表)로써 격 퇴하기도 하였다. 저서에《동국이상국집》,《국선생전》등이 있으며, 작품으로《동명왕편(東明王篇)》등이 있다.

이기영(李箕永, 1895~1984) 한국의 소설가. 1925년 조선프롤레타리아예술 가동맹에 가담한 이후 경향문학의 대표적 작가로서 독보적 위치를 차 지하였고, 카프의 조직과 창작 양면에서 맹활약하였다.《농부 정도룡》, 《민촌》등의 소설을 통해 농민문학의 새로운 형식을 창출하였다.

이덕무(李德懋, 1741~1793) 조선 후기의 실학자. 정조(正祖)가 규장각을 설 치하여 검서관(檢書官)을 등용할 때 박제가·유득공·서이수 등과 함께 뽑혀 여러 서적의 편찬 교감에 참여했다. 명(明)과 청(淸)나라의 학문을 깊이 수용하여 실질적으로는 북학을 따른 것으로 보인다. 후진(後進) 선비들을 위하여 만든 수양서(修養書)《사소절(士小節)》을 지었다.

이만갑(1921~ ) 사회학자. 서구의 실증주의적인 사회조사방법을 전파하여 한국사회학의 경험적 연구방법론의 기틀을 다지는 데 많은 역할을 했으며, 농촌사회학·가족사회학·지역사회개발론·근대화이론 등의 분야에 많은 연구업적을 남겼다. 국민훈장동백장·모란장, 학술원상 등을 받았으며, 저서로《한국농촌의 사회구조》,《사회조사방법》등이 있다.

이무영(李無影, 1908~1960)《제1과 제1장》,《흙의 노예》등 농촌소설을 쓴 소설가.《농부전초(農夫傳抄)》로 제4회 서울특별시문화상을 수상했다.

이반 곤차로프(Ivan Aleksandrovich Goncharov, 1812~1891) 러시아 작가. 저서로는《평범한 이야기》,《오블로모프》,《단애》등이 있다.

이반 골(Yvan Goll, 1891~1950) 독일의 작가. 표현주의적이고 초현실주의적, 신화적인 시적 이미지를 추구하였다. 문체나 언어가 다양한 것이 특징이다. 대표작으로《로트링겐의 민요》,《토르소》,《새로운 오르페우스》등이 있다.

이반 투르게네프(Ivan Sergeevich Turgenev, 1818~1883) 러시아의 소설가. 저서로는 1830~1840년대의 '잉여인간(剩餘人間)'을 형상화한 장편《루딘(Rudin)》을 발표하여 장편작가로서의 지반을 굳혔다. 그 밖에《귀족의 보금자리》,《사냥꾼의 수기》,《그 전날 밤》,《아버지와 아들》,《처녀지》등이 있다.

이백(李白, 701~762) 중국 당나라 시인. 중국 최고의 시인으로 추앙되며 시선(詩仙)으로 불린다. 자 태백(太白), 호 청련거사(靑蓮居士). 두보(杜甫)와 함께 '이두(李杜)'로 병칭되는 중국 최대의 시인이다. 1,100여 편의 작품이 현존한다.

이병기(李秉岐, 1891~1968) 호는 가람(嘉藍). 시조시인. 수많은 고전을 발굴하고 주해하는 데 공을 세운 국문학자.《의유당일기(意幽堂日記)》,《근조내간집(近朝內簡集)》등을 역주(譯註) 간행했고, 백철(白鐵)과 공저로《국문학 전사(全史)》를 발간, 국문학사를 체계적으로 정리 분석했다.

이병주(李炳注, 1921~1992) 스토리의 다양한 전개를 통해 역사의식의 핵심에 접근한 소설가. 장편《산하(山河)》,《그해 5월》,《지리산》등 현대사의 이면을 파헤친 소설들에서 두드러진 성과를 거두었다.

이븐 시나(Ibn Sīnā, 980~1037) 페르시아의 철학자·의사. 18세에 모든 학문에 통달하였으며, 20대에 아리스토텔레스의 《형이상학(形而上學)》을 40회나 정독하였다. 토마스 아퀴나스에게도 영향을 끼쳤다. 그는 아리스토텔레스에 플라톤을 가미한 철학으로 이슬람 신앙을 해석하였다.

이상(李箱, 1910~1937) 난해한 작품들을 많이 발표한 시인·소설가. 본명은 김해경(金海卿), 보성고보(普成高普)를 거쳐 경성고공(京城高工) 건축과를 나온 후 총독부의 건축기수가 되었다. 1931년 처녀작으로 시 《이상한 가역반응(可逆反應)》을 《조선과 건축》지에 발표하고, 이듬해 시 《건축무한육면각체(建築無限六面角體)》를 이상(李箱)이라는 이름으로 발표했다. 《날개》를 발표하여 큰 화제를 일으켰고, 같은 해 《동해(童骸)》, 《봉별기(逢別記)》 등을 발표하였다.

이상백(李相佰, 1904~1966) 사학자·사회학자·체육인. 서울대학교 교수, 한국사회학회장을 역임했고, 한국 사회학의 개척자로 활약, 조선왕조사 연구에 업적을 남겼다. 대한올림픽위원회위원장, 국제올림픽위원회(IOC) 위원이었다.

이상은(李商隱, 812~858) 유미주의적(唯美主義的) 경향이 있는 중국 당(唐)나라 말기의 시인. 전고(典故)를 자주 인용, 풍려(豊麗)한 자구를 구사하여 당대 수사주의문학(修辭主義文學)의 극치를 보였다. 주요 저서로는 《이의산시집(李義山詩集)》, 《번남문집(樊南文集)》 등이 있다.

이상재(李商在, 1850~1927) 한말의 정치가·사회운동가. 서재필과 독립협회를 조직, 부회장으로 만민공동회를 개최했다. 개혁당 사건으로 복역했고, 헤이그 만국평화회의 밀사파견을 준비했다. 소년연합척후대 초대 총재, 조선일보사 사장 등을 지냈다.

이솝(Aesop, ?~?) 고대 그리스의 우화작가로, 《이솝이야기》의 작자로 알려졌다. 이솝은 아이소포스(Aisopos)의 영어식 표기인데, 헤로도토스에 따르면 BC 6세기에 사모스 사람 이아도몬의 노예였으며, 델포이에서 살해되었다고 한다. 안짱다리에다 불룩 나온 배, 검고 추한 용모를 가졌다는 유명한 아이소포스 상(像)은 아득한 후세의 창작에 지나지 않는다.

이수광(李睟光, 1563~1628) 조선 중기의 명신. 임진왜란 때 함경도지방에서 큰 공을 세웠다. 주청사로 연경에 내왕, 《천주실의(天主實義)》등을 들여와 한국 최초로 서학을 도입했다. 《지봉유설》로 서양과 천주교 지식을 소개했다. 이조판서 등을 지냈고, 영의정에 추증됐다.

이숭인(李崇仁, 1347~1392) 고려 말기의 학자. 삼은(三隱)의 한 사람이다. 밀직제학(密直提學)으로 정몽주와 함께 실록을 편수했다. 친명·친원 양쪽의 모함을 받아 여러 옥사를 겪었다. 조선 개국 때 정도전의 원한을 사 살해되었다. 문장에 뛰어났다. 《도은집(陶隱集)》이 있다.

이양하(李敭河, 1904~1963) 주지주의(主知主義) 문학이론을 소개한 수필가·영문학자. 수필집 《나무》를 간행했고 권중휘(權重輝)와 공저로 《포켓 영한사전》을 펴냈다. 주요 저서로 《이양하 수필집》 등이 있다.

이어령(李御寧, 1934~ ) 평론가·소설가, 수필가. 평론을 통해 한국문학의 불모지적 상황에서 새로운 터전을 닦아야 할 것을 주장하였다. 이데올로기와 독재체제의 맞서 문학이 저항적 기능을 수행해야 한다는 것을 역설하기도 하였다. 저서로는 수필집 《흙 속에 저 바람 속에》, 《지성의 오솔길》, 《오늘을 사는 세대》, 《차 한 잔의 사상》 등이 있다.

이연수(李延壽, ?~?) 중국 당(唐)의 역사가로서 남북조시대 각 국가의 사서(史書)들을 정선(精選)하여 《남사(南史)》와 《북사》를 편찬하였다.

이오시프 스탈린(Iosif Vissarionovich Stalin, 1879~1953) 소련의 정치가. 레닌의 후계자로서 소련공산당 서기장·수상·대원수를 지냈고 1929년부터 1953년까지 소비에트 사회주의공화국 연방을 통치한 독재자이다. 테헤란·얄타·포츠담 등의 거두회담에 참석, 연합국과의 공동전선을 굳혀 독일을 굴복시키는 데 일익을 담당했다.

이오시프 이바노비치(Iosif Ivanovich, 1845?~1902) 루마니아의 작곡가·군악대장. 팡파르와 행진곡, 왈츠 등을 많이 작곡했다. 또 수많은 통속민요와 군악대용 작품을 많이 썼으나, 그의 피아노 소품과 성악작품도 굉장히 세련되다. 왈츠곡 《도나우 강의 잔물결》, 《카르멘 실바》의 작곡자로서 유명하다.

이외수(李外秀, 1946~ ) 춘천교육대학 중퇴(뒤에 명예졸업). 1972년 강원일보 신춘문예에 단편소설 《견습 어린이들》로 데뷔했으며, 1973년 중편소설 《훈장》이 세대지에서 신인문학상을 받았다. 작가 초기시절 지붕

위에 올라가 술을 마시거나 도를 닦고 다닌다 하여 기인이라 불렀다. 소
설 《벽오금학도》, 《장외인간》. 시집 《그대 이름 내 가슴에 숨 쉴 때
까지》. 에세이 《내 잠 속에 비 내리는데》 등 많은 작품이 있다.

이원수(李元壽, 1911~1981) 홍난파에 의해 작곡된 동요 《고향의 봄》을 작
사한 아동문학가. 장편동화와 아동소설 장르를 개척했고 아동문학 이론
을 확립하는 데도 크게 기여했다. 작품으로 《이원수 아동문학독본》,
《어린이 문학독본》 등이 있다.

이육사(李陸史, 1904~1944) 시인. 일제 강점기에 끝까지 민족의 양심을 지
키며 죽음으로써 일제에 항거했다. 《청포도》, 《교목(喬木)》 등의 작품
들을 통해 목가적이면서도 웅혼한 필치로 민족의 의지를 노래했다.

이은상(李殷相, 1903~1982) 시조시인. 호는 노산(鷺山). 가곡으로 작곡되어
널리 불리고 있는 《가고파》, 《성불사의 밤》, 《옛동산에 올라》 등의
시조를 썼다. 예술원 공로상, 5 · 16민족상 학예부문 본상 등을 수상하였
다.

이이(李珥, 1536~1584) 조선 중기의 학자 · 정치가. 어머니는 사임당 신씨이
다. 호조 · 이조 · 형조 · 병조 판서 등을 지냈다. 선조에게 '시무육조(時
務六條)'를 바치고, '십만양병설' 등 개혁안을 주장했다. 동인 · 서인 간의
갈등 해소에 노력했다. 저서로는 《성학집요》, 《격몽요결》, 《기자실
기》 등이 있다.

이인로(李仁老, 1152~1220) 시와 술을 즐기며 당대 석학들과 어울린 고려
시대 학자. 시문(詩文)뿐만 아니라 글씨에도 능해 초서(草書) · 예서(隸
書)가 특출하였다. 저서에 《은대집(銀臺集)》, 《후집(後集)》 등이 있다.

이정구(李廷龜, 1564~1635) 조선 중기의 문신. 명나라 요청으로 《경서》를
강의했다. 정묘호란 때 왕을 호종, 강화에 피난하여 화의에 반대했다. 우
의정, 좌의정을 지냈다. 한문학의 대가로서 글씨에 뛰어났고 조선 중기
4대문장가로 일컬어진다.

이정보(李鼎輔, 1693~1766) 조선 후기 영조 때의 문신. 탕평책을 반대했다.
이조판서 때 김원행 등 선비를 기용 세인을 놀라게 했다. 양관대제학 ·
성균관지사 · 예조판서 등을 거쳐 중추부판사가 되었다. 글씨와 한시에
능했다. 시조의 대가로 78수의 작품을 남겼다.

이제현(李齊賢, 1287~1367) 고려시대의 문신·학자. 원나라와의 관계에서
부당한 처사를 해결하는 등 활약하였다. 당대의 명문장가로 정주학의
기초를 확립했다. 조맹부 서체를 도입 유행시켰다. 저서로는《효행록》,
《익재집(益齋集)》,《역옹패설(櫟翁稗說)》,《익재난고(益齋亂藁)》등
이 있다.

이조년(李兆年, 1269~1343) 고려시대의 문신. 충렬왕 20년(1294)에 문과에
급제하였으며, 1306년 비서승 때 왕유소(王惟紹) 등이 충렬왕 부자를 이
간한 사건에 연루되어 귀양을 갔다. 충혜왕 때(1340) 정당문학에 승진,
예문관대제학이 되어 성산군(星山君)에 봉하여졌다. 시문에 뛰어났으며,
시조 1수가 전한다.

이주홍(李周洪, 1906~1987) 소설가·아동문학가. 해학·기지·풍자로 엮어
지는 사실적 묘사와 치밀한 구성으로《완구상》,《늙은 체조교사》등
소설·시·희곡·동화·동시 등에서 많은 작품을 발표하였다.

이주홍(李周洪, 1906~1987) 소설가·아동문학가. 해학·기지·풍자로 엮어
지는 사실적 묘사와 치밀한 구성으로《완구상》,《늙은 체조교사》등
소설·시·희곡·동화·동시 등에서 많은 작품을 발표하였다.

이준(李儁, 1859~1907) 한말의 항일애국지사. 독립협회에 참여하고, 개혁당,
대한보안회, 공진회, 헌정연구회 등을 조직했다. 보광, 오성학교를 세웠
다. 1907년 헤이그 만국평화회의에 이상설·이위종 등과 합류했으나,
일본 측의 방해로 참석 못하고 순국했다.

이중섭(李仲燮, 1916~1956) 서양화가. 작풍(作風)은 포비슴(야수파)의 영향
을 받았으며 향토적이며 개성적인 것으로서 한국 서구근대화의 화풍을
도입하는 데 공헌했다. 담뱃갑 은박지에 송곳으로 긁어서 그린 선화(線
畵)는 표현의 새로운 영역의 탐구로 평가된다. 작품으로《소》(뉴욕현
대미술관 소장),《흰 소》(홍익대학교 소장) 등이 있다.

이지함(李之菡, 1517~1578) 조선 중기의 학자·문신·기인(奇人). 일반적으
로《토정비결》의 저자로 알려져 있지만, 근거는 없다. 역학·의학·수
학·천문·지리에 해박하였으며 농업과 상업의 상호보충관계를 강조하
고 광산개발론과 해외 통상론을 주장했다. 진보적이고 사상적 개방성을
보였다.

이청담(李淸潭, 1902년~1971) 승려. 1927년 일본으로 건너가 송운사의 아키모토에게서 불도를 닦아 득도하였다. 이듬해 귀국하여 개운사 불교전문강원의 대교과를 졸업하였다. 대한불교조계종종회 의장, 해인사 주지, 도선사 주지, 조계종 총무원장 등을 지내면서 대한민국 불교정화에 크게 이바지하였다.

이태극(李泰極, 1913~2003) 시조시인. 조종현과 더불어 시조전문지 《시조문학》을 창간하여 작품발표와 신인 배출의 토대를 마련함으로써 한국 시조계를 중흥시켰다. 대표작으로 《서해상의 낙조》가 있다.

이태영(李兌榮, 1914~1998) 한국 최초의 여성 변호사. 한국가정법률상담소를 세우고 여성에 대한 불평등과 인습에 맞서 싸운 여성운동가이기도 하다. '가족법 개정운동'으로 1989년 이혼여성의 재산분할청구권을 인정하고, 모계·부계 혈족을 모두 8촌까지 인정하도록 하는 결실을 얻었다.

이하(李賀, 790~816) 중국 중당(中唐)의 시인. 특출한 재능과 초자연적 제재(題材)를 애용하는 데 대해 '귀재(鬼才)'로 불린다. 주요 작품에는 좌절된 인생에 대한 절망감을 굴절된 표현으로 노래한 《장진주(將進酒)》를 비롯, 《안문태수행》, 《소소소의 노래》 등이 있다.

이하윤(異河潤, 1906~1974) 시인. 서울대학교 명예교수. 저서로 시집 《물레방아》, 《실향(失香)의 화원(花園)》 등과 역사집이 있다.

이항(李恒, 1499~1576) 조선 중기의 문신·학자. 활쏘기와 말 타기에 뛰어났다. 사서 중 《대학》을 중시했고, 이기론(理氣論)에 대해서는 이와 기가 항상 일물(一物)이 됨을 강조했다. 문집 《일재집(一齋集)》이 있다.

이항녕(李恒寧, 1915~ ) 법학자. 국민훈장무궁화장을 수상했으며, 저서로는 《법철학개론》, 《민법학개론》 등의 법률관계 저술과, 소설 《교육가족》 등, 그리고 수필집 《낙엽의 자화상》 등이 있다.

이헌구(李軒求, 1905~1983) 서구문학을 한국에 소개하는 데 힘쓴 문학평론가. 중앙문화협회 창립동인의 한 사람이었으며, 문필가협회 창립의 주역을 맡았다. 주요 저서로 《모색의 도정》, 《문화와 자유》 등이 있다.

이황(李滉, 1501~1570) 조선 중기의 학자·문신. 이기호발설이 사상의 핵심이다. 영남학파를 이루었고, 이이(李珥)의 제자들로 이루어진 기호학파와 대립, 동서 당쟁과도 관련되었다. 일본 유학계에 큰 영향을 끼쳤다.

도산서원을 설립 후진양성과 학문연구에 힘썼다. 저서로《퇴계전서》
가 있고 작품으로는 시조에《도산십이곡(陶山十二曲)》이 있다.

이효석(李孝石, 1907~1942) 한국 단편문학의 전형적인 수작(秀作)이라고 할
수 있는《메밀꽃 필 무렵》을 쓴 소설가. 장편《화분(花粉)》등을 계속
발표하여 성(性) 본능과 개방을 추구한 새로운 작품경향으로 주목을 끌
기도 하였다. 대표적인 단편소설작가이다.

이희승(李熙昇, 1896~1989) 국어학자. 조선어학회 간사 및 한글학회 이사에
취임, 조선어학회사건으로 복역하였다. 서울대학교, 성균관대학교에 재
직, 동아일보사 사장(1963)을 지냈다. 저서로《국어대사전》, 문학작품
으로《박꽃》,《벙어리 냉가슴》,《소경의 잠꼬대》등이 있다.

인평대군(麟坪大君, 1622~1658) 조선 제16대 인조임금의 셋째 아들. 1650년
이후 4차례에 걸쳐 사은사로 청나라에 다녀왔다. 제자백가에 정통했으
며, 병자호란의 국치를 읊은 시가 전해진다. 또 서예와 그림에도 뛰어났
다. 저서에《송계집》,《산행록》등이 있다.

임마누엘 칸트(Immanuel Kant, 1724~1804) 독일의 철학자. 서유럽 근세철학
의 전통을 집대성하고, 전통적 형이상학을 비판하며 비판철학을 탄생시
켰다. 저서에《순수이성비판》,《실천이성비판》,《판단력비판》등이
있다.

임어당(林語堂, 1895~1976) 중국의 소설가·문명비평가. 음운학(音韻學)을
연구하고 노신 등의 어사사(語絲社)에 가담하여 평론을 썼다. 자유주의
자로서 세계정부를 제창하였다. 소품문지(小品文誌)《인간세(人間世)》
등을 창간, 소품문을 유행시켰으며, 평론집을 발표해 영국에 중국문화
를 소개하기도 했다.

잉거솔(Robert Green Ingersoll, 1833~1899) 미국의 정치가·웅변가. '위대한
불가지론자(不可知論者)'로 유명하다. 성서를 맹렬히 비판하고 인본주의
철학과 과학적 합리주의 사상을 전파시켰다.

자

자사(子思, BC 483?~BC 402?) 중국 고대 노(魯)나라의 학자. 공자의 손자이
며, 4서의 하나인《중용(中庸)》의 저자로 전한다. 고향 노나라에 살면

서 증자(曾子)의 학을 배워 유학 전승에 힘썼다. 일상생활에서 과불급(過不及)이 없는 중용을 지향했다.

자와할랄 네루(Pandit Jawaharlal Nehru, 1889~1964) 인도의 정치가. 간디의 영향을 받아 반영(反英) 독립투쟁에 사회주의적 요소를 결합시키는 것이 목표였다. 총리 겸 외무장관을 지내며 비동맹주의를 고수하였다.

자크 리비에르(Jacques Rivière, 1886~1925) 프랑스의 평론가. 《NRF(신프랑스 평론)》 편집장을 지냈다. 투철한 감정과 명석한 문체가 특색인 젊고 성실한 비평가로서 알려졌다. 작품은 《에튀드》, 《신의 발자취를 좇아서》, 《랭보》, 《모럴리즘과 문학》, 《왕복 편지》 등이 있다.

자크 샤르돈느(Jacques Chardonne, 1884~1968) 프랑스의 소설가. 처녀작 《축혼가》는 연애·결혼·남편·아내를 주제로, 연애소설에 대한 부부소설의 형식을 만들어내었다. 그 밖에 《에바》, 《클레르》, 《시메리크》 등이 있다.

자크 오디베르티(Jacques Audiberti, 1899~1965) 프랑스의 시인·소설가·극작가. 초현실주의 운동에 자극을 받아 창작활동에 종사했다. 남국풍의 충만한 상상력과 짜임새 있고 분방한 스타일, 풍부한 표현 등은 때로 빅토르 위고와 비교되기도 한다. 주요 저서에는 《성채(城砦)》 등이 있다.

자크 프레베르(Jacques Prévert, 1900~1977) 초현실주의 작가 그룹에서 활약한 프랑스 시인. 사회에 대한 희망과 감상적인 사랑의 발라드를 주로 썼다. 당대 최고의 시나리오 작가로 활동했다. 오랜 전통의 구전시를 초현실주의 풍의 '노래시'라는 형식으로 만들어 인기를 얻었다. 대표작으로 《파롤》, 《스펙터클》 등이 있다. 샹송 〈낙엽〉의 작사자이기도 하다.

잔 다르크(Jeanne d'Arc, 1412~1431) 영국의 백년전쟁 후기에 프랑스를 위기에서 구한 영웅적인 소녀. 1429년의 「프랑스를 구하라!」는 신의 음성을 듣고 고향을 떠나 샤를 황태자(뒷날의 샤를 7세)를 도왔다.

장경세(張經世, 1547~1615) 조선 중기 학자. 이황의 《도산십이곡(陶山十二曲)》을 본떠 임금에게 충성하고 나라를 사랑하는 마음을 읊은 《강호연군가(江湖戀君歌)》 12곡을 지었다. 남원의 덕계서원에 배향되었다. 문집에 《사촌집(沙村集)》이 있다.

장 그르니에(Jean Grenier, 1898~1971) 프랑스의 소설가·철학자. 파리대학

교 교수. 소설가 알베르 카뮈도 제자로서 많은 영향을 받았다. 작품으로
《사력의 물가》, 《존재의 불행》 등이 있다.

장덕조(張德祚, 1914~2003) 여성작가로는 드물게 역사소설을 썼으며, 소설
은 일단 재미있어야 한다고 생각하고 수사적인 문장을 많이 사용했다.
6 · 25전쟁 종군기자로 활동하며 휴전협정을 취재한 공로로 문화훈장
보관장을 받았다. 1989년 《고려왕조 5백년》 14권을 출간했다.

장 랭보(Jean Nicolas Arthur Rimbaud, 1854~1891) 프랑스의 시인. 조숙한 천
재로 15세부터 20세 사이에 작품을 썼다. 이장바르의 영향을 받았다. 작
품은 《보는 사람의 편지》, 《명정선》, 《일뤼미나시옹》, 《지옥의 계
절》 등이 있다. 폴 베를렌과 연인 사이였다.

장 메레(Jean Mairet, 1604~1686) 프랑스의 고전주의 극작가. 코르네유의 선
배이자 경쟁자이다. 동시대 극작가들은 그의 작품에 나오는 인물과 장
면, 대사들을 자유롭게 차용했다.

장 바티스트 라신(Jean Baptiste Racine, 1639~1699) 프랑스의 극시작가, 프랑
스 고전주의 비극의 대가. 《베레니스》, 《이피제니》 등 삼일치의 법칙
을 지킨 정념비극의 걸작으로 성공을 거두었다. 아카데미 회원이었다.
그 밖에 《페드르》 등의 작품이 있다.

장사숙(張思叔) 중국 송(宋)나라의 대유학자. 그는 항상 14가지 좌우명을 마
음에 두고 실천할 수 있도록 힘썼다. 그 중에 「일을 할 때는 반드시 처
음에 잘 도모하고(作事必謀始), 말을 할 때는 반드시 행함을 고려한다(出
言必顧行)」 등의 말은 모든 사람이 귀감으로 삼을 만하다.

장 아누이(Jean-Marie-Lucien-Pierre Anouilh, 1910~1987) 프랑스의 극작가. 작
품으로는 특히 한국에서도 자주 상연되어 온 《앙티곤》을 비롯하여,
《투우사들의 왈츠》, 《종달새》, 《베케트》 등의 걸작이 있다.

장 앙리 파브르(Jean Henri Fabre, 1823~1915) 프랑스의 곤충학자 · 박물학
자. 1855년 노래기벌의 연구를 발표하였고, 얼마 후에 르키앙 박물관장
이 되었다. 1878년 마지막 거처인 세리냥의 아르마스로 이사하여 《곤충
기》를 출판하였다.

장 앙투안 드 바이프(Jean-Antoine de Baïf, 1532~1589) 16세기 프랑스 시인.
플레이아드 시파의 박식한 시인으로서 유명하다. 시집 《멜린》, 《기분

전환》 등이 있다. 샤를 9세를 설득하여, 1570년 '시와 음악 아카데미'를
설립, 프랑스 시 개혁에 공헌하였다.

장이욱(張利郁, 1895~1983) 교육자. 서울대학교 사범대학장과 총장을 지냈
으며 《새벽》지 대표. 주미대사, 흥사단 이사장, 실지회복 이북동지회
이사장 등을 지냈다. 도산사상의 전파와 사회교육에 힘썼다.

장자(莊子, BC 369~BC 289?) 중국 고대의 사상가로서 제자백가(諸子百家)
중 도가(道家)의 대표자. 도(道)를 천지만물의 근본원리라고 보았다. 이
는 도는 어떤 대상을 욕구하거나 사유하지 않으며(無爲), 스스로 자기
존재를 성립시키며 절로 움직인다(自然)고 보는 일종의 범신론(汎神論)
이다.

《장자(莊子)》 중국 전국시대의 사상가 장자(莊子 : 莊周)의 저서. 노자의
학문을 깊이 연구하였으며 그의 사상의 밑바탕에 동일한 흐름을 엿볼
수 있다. 《장자》의 문학적인 발상은 우언우화(寓言寓話)로 엮어졌는데,
종횡무진한 상상과 표현으로 우주본체 · 근원 · 물화현상(物化現象)을
설명하였고, 현실세계의 약삭빠른 지자(知者)를 경멸하기도 하였다.

장 자크 루소(Jean-Jacques Rousseau, 1712~1778) 18세기 프랑스의 사상가 ·
소설가. 작품은 《신 엘로이즈》, 《에밀》, 《고백록》 등이다. 프랑스 혁
명에서 그의 자유민권 사상은 혁명지도자들의 사상적 지주가 되었다.
19세기 프랑스 낭만주의 문학의 선구적 역할을 하였다.

장적(張籍, 766?~830?) 중국 당나라의 문학가. 전쟁의 비정함과 전란 속에
겪는 백성들의 고난을 사실적으로 잘 그렸다. 주요 작품으로 《축성
사》, 《야로가》 등은 봉건통치계급들이 농민에게 가져다 준 고통을 폭
로하고 고난에 허덕이는 농민들에게 동정을 나타내고 있다.

장지연(張志淵, 1864~1921) 대한제국과 일제강점기 초기의 언론인으로
1905년 을사조약이 체결되자 황성신문에 '시일야 방성대곡(是日也放聲
大哭)'이라는 사설을 발표하여 일본의 흉계를 통박하고 그 사실을 널리
알렸다. 하지만 1914년부터 1918년까지 조선총독부의 기관지 구실을 한
매일신보에 고정 필진으로 참여해 친일 경향의 시와 산문을 발표하여
일본 제국주의의 지배에 순응하여 협력했다는 비판을 받고 있다.

장 칼뱅(Jean Calvin, 1509~1564) 장로교를 창시한 프랑스의 개신교 신학자

이자 종교개혁자. 1533년 에라스무스와 루터를 인용한 이단적 강연의 초고를 썼다는 혐의를 받고 은신해 지내면서 교회를 초기 사도시대의 순수한 모습으로 복귀시킬 것을 다짐하고 로마가톨릭교회와 결별했다. 저서에 복음주의의 고전이 된《그리스도교 강요(綱要)》,《로마서 주해》등이 있다.

장 콕토(Jean Cocteau, 1889~1963) 프랑스의 시인·소설가·극작가. 다방면에 이른 활동을 겸하며 문단과 예술계에 물의를 일으키기도 하였다. 작품으로 소설《사기꾼 토마》,《무서운 아이들》, 희곡《무서운 어른들》, 시나리오《비련》,《마녀와 야수》,《오르페》등이 있다.

장 파울(Jean Paul, 1763~1825) 본명은 리히터(Johann Paul Friedrich Richter). 독일의 소설가. 독일 문학사상에서 레싱(Gotthold Ephraim Lessing)이나 괴테와 비견되기도 한다. 그의 문학론의 총결산이라고 할 수 있는《미학입문》은 독일 낭만주의 해명에서도 귀중한 문헌이다.

장 폴랑(Jean Paulhan, 1884~1968) 프랑스의 비평가. 다다이즘운동에 관계했으며, 비평에서는 '언어' 문제에 주목했고 낭만주의 이후의 문학에 대한 위기적 상황을 분석하면서 사고와 언어 사이의 조화의 길을 제시한 낭만주의 이후의 문학에 대한 위기적 상황을 분석하면서 사고와 언어 사이의 조화의 길을 제시했다. 주요 저서로《타르브의 꽃》등이 있다.

장 폴 사르트르(Jean Paul Sartre, 1905~1980) 프랑스의 작가·사상가. 시몬 드 보봐르와 계약결혼 평생 반려했다. 철학논문 《존재와 무》는 무신론적 실존주의의 입장에서 전개한 존재론으로, 제2차 세계대전 전후 시대사조를 대표한다. 노벨문학상 수상을 거부하여 큰 반향을 일으켰다.

장 프레보(Jean Prévost, 1901~1944) 프랑스의 소설가. 포퓰리즘에 공감을 나타낸《부캉캉 형제》, 평론《몽테뉴의 생애》,《스탕달에 있어서의 창조》등 뛰어난 작품을 썼고, 1943년 전작품에 대하여 아카데미 문학대상을 받았다. 독일과의 레지스탕스 전투에서 영웅적인 죽음을 당했다.

장현광(張顯光, 1554~1637) 조선 중기 학자. 유학의 입장에서 온 세상의 만물이 생겨나는 근원을 이르는 태극을 내세우되 일체유(一體儒)와 그 근원을 대답을 기다리는 것과 조화의 논리로 융화 종합하는 철학적 근거를 명시했다. 영남의 많은 남인 학자들을 길러냈다. 주요 저서로《여헌

442

집》, 《역학도설(易學圖說)》 등이 있다.

잭 캔필드(Jack Canfield, 1944~ ) 매사추세츠대학교 대학원 교육석사. 작가 카운슬러. 저서로 《영혼을 위한 닭고기수프》 등이 있으며, 마크 빅터 한센(Mark Victor Hansen)과 함께 여러 권의 시리즈로 펴낸 《마음을 열어 주는 101가지 이야기》는 미국에서만 2천 6백만 부, 세계적으로는 150 개국, 38개국 언어로 출간되어 4천만 독자들의 사랑을 받는 전 세계적 인 베스트셀러이다.

잭 케루악(Jack Kerouac) 소위 「비트 제너레이션의 화신」 혹은 「비트들의 왕」이라는 칭호를 받은 미국의 소설가. 「비트 제너레이션」은 일반적 으로 제1차 세계대전 후에 환멸을 느낀 미국의 지식계급 및 예술파 청 년들에게 주어진 명칭이다. 헤밍웨이의 《해는 또다시 떠오른다》의 서 문에 「당신들은 모두 잃어버린 세대의 사람들입니다」라는 거트루드 스타인이 한 말을 인용한 말이다. 저서로 《마을과 도시》 등이 있다.

《전국책(戰國策)》 중국 전한(前漢) 시대의 유향(劉向)이 동주(東周) 후기 인 전국시대(戰國時代) 전략가들의 책략을 편집한 책. 왕 중심 이야기가 아니라, 책사(策士)·모사(謀士)·세객(說客)들이 온갖 꾀를 다 부린 이 야기가 중심으로 언론(言論)과 사술(詐術)이다.

전혜린(田惠麟, 1934~1965) 성균관대학교 교수·수필가·번역문학가. F. 사강 원작 《어떤 미소》를 비롯하여 E. 슈나벨의 《한 소녀의 걸어온 길》, 이미륵(李彌勒)의 《압록강은 흐른다》, E. 케스트너의 《파비안》 등을 번역 소개하였다.

정도전(鄭道傳, 1342~1398) 고려 말 조선 초의 문신·학자. 이성계를 도와 조선을 건국하였으며 나라의 기틀을 다지는 역할을 했다. 하지만 제1차 왕자의 난 때 이방원(李芳遠)에게 참수되었다. 저서로 《삼봉집》, 《경제 문감》 등이 있다.

정몽주(鄭夢周, 1337~1392) 고려 말 문신·학자. 의창(義倉)을 세워 빈민을 구제하고 유학을 보급했으며, 성리학에 밝았다. 《주자가례》를 따라 개 성에 5부 학당과 지방에 향교를 세워 교육진흥을 꾀했다. 시문에 뛰어나 시조 《단심가》 외 많은 한시가 전해지며 서화에도 뛰어났다. 이성계 일 파를 제거하려 했으나 방원(芳遠 : 태종)에 의해 선죽교에서 격살당했다.

정약전(丁若銓, 1758~1816) 조선 후기 문신으로 이익(李瀷)의 학문에 접하
였다. 진주목사 재원(載遠)의 아들로 약용(若鏞)의 둘째형이다. 남인계
(南人系) 학자들과 교유하고 역수학, 천주교 등 서학(西學)에 관심을 가
졌다. 천주교에 입교한 후 신유사옥 때 흑산도로 유배되었고, 유배지에
서 생을 마쳤다. 대표저서로 《자산어보(玆山魚譜)》가 있다.

정여창(鄭汝昌, 1450~1504) 조선 전기 문신 겸 학자. 성리학의 대가로서 경
사에 통달하고 실천을 위한 독서를 주로 하였다. 《용학주소》, 《주객문
답설》, 《진수잡저》 등의 저서가 있었으나 무오사화 때 부인이 태워
없앴다. 문집에 《일두유집(一蠹遺集)》이 있다.

정약용(丁若鏞, 1762~1836) 조선 후기 학자·문신. 사실적이며 애국적인 많
은 작품을 남겼고, 한국의 역사·지리 등에도 특별한 관심을 보여 주체
적 사관을 제시했으며, 합리주의적 과학정신은 서학(西學)을 통해 서양
의 과학지식을 도입하기에 이르렀다. 주요 저서로 《목민심서》, 《경세
유표》 등이 있다.

정인보(鄭寅普, 1893~1950) 한학자·역사학자. 양명학 연구의 대가였으며
한민족이 주체가 되는 역사체계 수립에 노력한 역사학자였다. 저서 《조
선사연구》, 《양명학연론》이 있다. 국학대학의 초대학장을 지냈다.

정지상(鄭知常, ?~1135) 고려시대 문신. 수도를 서경으로 옮길 것과 금(金)
나라를 정벌하고 고려의 왕도 황제로 칭할 것을 주장하였다. 시에 뛰어
나 고려 12시인의 한 사람으로 꼽혔다. 저서로는 《정사간집(鄭司諫
集)》이 있다.

정지용(鄭芝溶, 1902~1950) 시인. 섬세하고 독특한 언어를 구사하여 대상을
선명히 묘사하여 한국 현대시의 신경지를 열었던 시인. 이상(李箱)의 시
를 세상에 알리고, 조지훈, 박목월 등과 같은 청록파 시인들을 등장시키
기도 하였다. 작품으로 《향수(鄕愁)》 등이 있다.

정철(鄭澈, 1536~1593) 《관동별곡(關東別曲)》 등을 지은 조선 중기 문신·
시인. 당대 가사문학의 대가로서 시조의 윤선도와 함께 한국 시가사상
쌍벽으로 일컬어진다. 문집으로 《송강집》, 《송강가사》, 《송강별추록
유사(松江別追錄遺詞)》, 작품으로 시조 70여 수가 전한다.

정호(程顥, 1032~1085) 중국 북송(北宋) 중기의 유학자. '이기일원론(理氣一

元論)', '성즉이설(性則理說)'을 주창하였다. 그의 사상은 동생 정이를 거쳐 주자(朱子)에게 큰 영향을 주어 송나라 새 유학의 기초가 되었고, 정주학(程朱學)의 중핵을 이루었다. 저서에 《정성서(定性書)》, 《식인편(識仁篇)》, 시에 《추일우성(秋日偶成)》 등이 있다.

제노(Flavius Zeno, ?~491) 로마제국의 황제(474~491년 재위). 처남 바실리스쿠스의 반란으로 피신했다가 황제의 자리를 되찾기도 했다. 동고트족 반란을 진압하고 동방교회들의 갈등을 해결하려 노력했다.

제논(Zēnōn ho Kyprios, BC 335?~BC 263?) 고대 그리스의 철학자. 그의 철학은 절욕(節慾)과 견인(堅忍)을 가르치는 것이었으며 '자연과 일치된 삶'이 그 목표였다. 아리스토텔레스가 변증법의 발명자라고 부른 인물로서 특히 역설로 유명하다. 그의 역설은 논리학과 수학의 엄밀성을 발전시키는 데 이바지했으며 연속과 무한이라는 개념이 정확하게 발전하고서야 비로소 해결될 수 있었다.

제라드 홉킨스(Gerard Manley Hopkins, 1844~1889) 19세기 영국의 시인으로 《홉킨스 시집》이 있다. 독창적으로 '도약률'이라는 운율법을 이용, 두운(頭韻)을 많이 써서 이미지와 암유(暗喩)의 복잡한 구성을 시도, 의미의 강력한 집중을 나타냈다. 특히 《도이칠란트호의 난파》가 유명하다.

제레미 벤담(Jeremy Bentham, 1748~1832) 영국의 철학자·법학자. 인생의 목적은 '최대 다수의 최대 행복'의 실현에 있으며, 쾌락을 조장하고 고통을 방지하는 능력이야말로 모든 도덕과 입법의 기초원리라고 하는 공리주의(功利主義)를 주장하였다.

제레미 테일러(Jeremy Taylor, 1613~1667) 1636년 찰스 1세의 궁정 전속 목사가 되어 설교가로 이름을 날렸다. 청교도 혁명 때 투옥되었다가 석방되자 웨일스에 머물며 《성생론(聖生論)》과 《성사론(聖死論)》을 썼다. 이 책들은 실감나는 비유와 생동감 넘치는 문체로 큰 호평을 받았다.

제롬 D. 샐린저(Jerome David Salinger, 1919~2010) 미국 소설가. 《호밀밭의 파수꾼》은 미국 문단의 걸작으로 평가받는 작품이다. 그 밖에 저서로 《9개의 단편》, 《프래니와 주이》, 《목수들이여, 대들보를 높이 올려라》 등이 있다.

제르멘 드 스탈(Germaine de Staël, 1766~1817) 보통 스탈 부인으로 불린다.

주 프랑스 스웨덴 대사인 스탈 남작과 결혼. 프랑스의 비평가이자 소설 가로서 실증적 비평의 선구가 되었다. 비평사에서 주목할 만한 의의를 지닌 《독일론》을 저술하였으며, 프랑스 낭만주의의 발전에 기여했다.

제인 맨스필드(Jayne Mansfield, 1933~1967) 미국의 영화배우 · 연극배우. 브 로드웨이와 할리우드에서 활동하였으며, 1950~1960년대의 미국 브로드 웨이와 할리우드의 육체파 여배우로 마릴린 먼로나 소피아 로렌과 비교 되며, 1967년 교통사고로 사망했다.

제인 오스틴(Jane Austen, 1775~1817) 영국의 소설가. 섬세한 시선과 재치 있 는 문체로 영국 중상류층 여성들의 삶을 다룬 것이 특징이다. 담담한 필 치로 인생의 기미(機微)를 포착하고 은근한 유머를 담은 그녀의 작품은 특히 20세기에 들어서면서 높이 평가되었다. 《오만과 편견》, 《지성과 감성》 등은 여러 차례 영화화되는 등 지금도 인기를 끌고 있다.

제임스 가필드(James Abram Garfield, 1831~1881) 미국 제20대 대통령. 남북 전쟁 때 북군장교로 의용군을 이끌었다. 하원의원 당시 공화당 내에서 지위를 쌓아 대통령후보에 지목되어 당선되었다.

제임스 기번스(James Gibbons, 1834~1921) 미국 볼티모어 교구의 제9대 대 주교이자 추기경. 43세에 볼티모어 교구장이 되었고 1886년에는 레오 13세에 의해 추기경으로 임명받았다. 유럽 이주민들의 유입으로 인해 발생한 문제들과 미국의 비밀결사 문제, 교회 내 문제 등을 현명하게 풀 어나갔다.

제임스 더버(James Grover Thurber, 1894~1961) 미국의 유머작가 · 만화가. 「유머란 어떠한 정서의 혼란을 성찰하여 부드럽게 이야기한 것」이라 고 말했으며, 특히 여권문화와 기계문명 속에 놓여진 개인의 우수와 공 포와 고독을 뒤집어 놓은 점에서 많은 도회지식인의 공감을 얻었다. 우 화 《현대 이솝이야기》 등이 있다.

제임스 듀젠베리(James Stemble Duesenberry, 1918~ ) 미국의 경제학자. 저서 《소득 · 저축 · 소비자 행동의 이론》에서 소비가 단지 개인의 소득액 뿐만 아니라 사회에서의 소득계층상의 순위에도 의존한다고 하는 상대 소득가설을 수립하였다. 이 저서에서 '전시효과'라고 하는 경제학용어가 처음 사용되었다. 그 밖의 저서로 《경기순환과 경제성장》이 있다.

제임스 딘(James Byron Dean, 1931~1955) 미국의 영화배우.《에덴의 동쪽》, 《이유없는 반항》,《자이언트》등에 연이어 출연하며 큰 인기를 얻었다. 교통사고로 24세의 짧은 영화인생을 마감하였다.

제임스 레스턴(James Barrett Reston, 1909~1995) 미국의 저널리스트. 1960년 전후까지 수많은 특종기사를 취재하여《뉴욕타임스》의 상징적인 존재가 되었고 국제적인 기자로 인정받았다. 1969~1974년 뉴욕타임스의 부사장으로 있으면서 많은 유명기자를 길러냈다.

제임스 로웰(James Russell Lowell, 1819~1891) 미국 시인·비평가·외교관. 전통파 평론가로서 문단에 큰 영향을 끼쳤다. 만년에는 에스파냐와 영국 공사를 역임하였다. 저서로《나의 장서》,《서재의 창》외에 시집《버드나무 아래》등이 있다.

제임스 매디슨(James Madison, 1751~1836) 미국의 제4대 대통령. 헌법제정회의에서 헌법초안 기초를 맡아 '미국헌법의 아버지'로 불린다. 토머스 제퍼슨 행정부의 국무장관을 지낸 후 대통령이 되어 제퍼슨의 중립정책을 계승하였다.

제임스 맥도널드(James Ramsay MacDonald, 1824~1905) 영국의 동화작가·시인. 애버딘 대학을 졸업한 뒤 목사가 되었고, 작가로 데뷔하여 작품을 썼다. 독자적인 공상 이야기《북풍의 등에 업혀》로 유명하다. 그 밖에 《빛나는 공주》,《공주님과 커디 소년》등이 있다.

제임스 먼로(James Monroe, 1758~1831) 미국의 제5대 대통령. 제퍼슨의 명으로 나폴레옹에게서 루이지애나를 사들였다. 그 후 매디슨 밑에서도 활약하다가 1817년 대통령에 취임했다. 외교 기본정책으로 '먼로주의'를 선포하여 유럽 제국의 신대륙에 대한 간섭을 저지했다.

제임스 베벨(James Bebel, 1938~2010) 마틴 루터 킹 목사와 함께 1960년대 미국 흑인 인권운동을 이끌었던 목사.

제임스 베넷(James Gordon Bennett, 1795~1872)《뉴욕 헤럴드》를 창간한 미국의 신문인. 스코틀랜드에서 출생. 1819년 미국으로 건너갔다. 처음에는 학교선생·교정·번역 등에 종사했다. 1835년 500달러의 자본으로 《뉴욕 헤럴드》를 창간하여 새로운 아이디어에 의거한 편집과 풍부한 뉴스의 전달, 과감한 통신수단의 이용 등으로 대신문으로 발전하였다.

제임스 왓슨(James Dewey Watson, 1928~ ) 미국의 분자생물학자. 프랜시스 크릭과 공동연구로 DNA의 구조에 관하여 2중나선모델을 발표하였다. 1962년 크릭, 모리스 윌킨스와 함께 DNA의 분자구조해명과 유전정보 전달에 관한 연구업적으로 노벨생리·의학상을 수상하였다.

제임스 볼드윈(James Mark Baldwin, 1861~1934) 미국의 사회심리학자. 프린스턴대학교 심리학·철학 교수로 재직하면서 심리학연구소를 세웠다. 아동심리의 연구에서 출발, 인격의 형성을 밝혀 미국 사회심리학의 기초를 다졌다.

제임스 뷰캐넌(James Buchanan, 1791~1868) 미국의 제15대 대통령. 연방하원의원, 러시아 대사, 연방상원의원, 포크 행정부의 국무장관을 지냈고 적극외교 추진에 중요한 역할을 했다.

제임스 조이스(James Augustine Joyce, 1882~1941) 아일랜드의 소설가·시인으로 20세기 문학에 커다란 변혁을 초래한 작가. 37년간 국외로 망명생활을 하며 아일랜드와 고향 더블린에 대한 작품을 썼다. 대표작으로 《더블린의 사람들》, 《율리시스》, 《젊은 예술가의 초상》 등이 있다.

제임스 진스(James Hopwood Jeans, 1877~1946) 영국의 물리학자·천문학자. 「기체운동론」을 발표하며 이 이론에서 레일리-진스의 법칙을 발견하였으며, 「방사와 양자론」은 양자론의 발전에 기여하였다.

제임스 캐벌(James Branch Cabell, 1879~1958) 미국의 소설가. 대표작 《매뉴얼 일대기》는 중세 프랑스의 가공의 나라인 포아텀의 역사를 이 나라의 창시자 톰 매뉴얼과 그의 후손들을 중심으로 묘사한 10여 권에 달하는 로맨스의 연작이다.

제임스 쿠퍼(James Fenimore Cooper, 1789~1851) 미국 소설가. 변경(邊境)을 배경으로 백인과 인디언의 관계를 다채롭게 묘사한 《가죽 스타킹 이야기》가 대표작이다. 사회소설에서는 격렬한 움직임과 서스펜스가 풍부한 로맨스를 다루어 '미국의 스콧'이라고도 불린다.

제임스 쿡(James Cook, 1728~1779) 영국의 탐험가·항해가. 캡틴 쿡으로도 불린다. 뉴질랜드와 오스트레일리아 탐험에 이어 1772년 남극권에 들어갔다. 1776년에는 북태평양 탐험을 떠나 베링 해협을 지나 북빙양에 도달했다. 그의 탐험으로 태평양의 많은 섬들의 위치와 명칭이 결정되고 현재와 거의 같은 태평양지도가 만들어졌다.

제임스 클라크(James Freeman Clarke, 1810~1888) 미국의 유니테리언파 목사·신학자·저술가. 다재다능한 개혁가로서 노예제도를 반대했고, 공무원제도의 개선을 주장했다.

제임스 터버(James G. Thurber, 1894~1961) 현대사회에서 느끼는 좌절감과 불안을 통찰력을 가지고 유머 있게 다루어 온 작가이자 카투니스트(cartoonist). 마크 트웨인 이후 미국에서 가장 위대한 유머리스트로 인정받고 있다. 저서로는《월터 미티의 비밀생활》등이 있다.

제임스 풀브라이트(James William Fulbright, 1905~1995) 미국의 정치가. 아칸소대학교 총장을 지내고 하원의원, 상원의원으로서 미국의 대외정책에 막강한 영향력을 행사하였다. 미국정부의 잉여농산물을 외국에 공매한 돈을 그 국가와 미국의 교육교환계획에 충당할 수 있도록 제안한 풀브라이트 법(法)에 의거 '풀브라이트 장학금'을 확립했다.

제프리 초서(Geoffrey Chaucer, 1343~1400) 중세 영국 최대의 시인. 근대 영시의 창시자로, '영시의 아버지'라 불린다.《트로일루스와 크리세이드》,《선녀 전설》을 거쳐, 중세 이야기 문학의 집대성이라고도 할 대작《캔터베리 이야기》로 중세 유럽 문학의 기념비를 창조하였다.

조광조(趙光祖, 1482~1519) 조선 중종 때 사림의 지지를 바탕으로 도학정치의 실현을 위해 활동했다. 천거를 통해 인재를 등용하는 현량과(賢良科)를 주장하여 사림(士林) 28명을 선발했으며 중종을 왕위에 오르게 한 공신들의 공을 삭제하는 위훈삭제 등 개혁정치를 서둘러 단행하였다. 사흘 후 기묘사화가 일어나 능주로 귀양갔으며 한 달 만에 사사되었다.

조나단 스위프트(Jonathan Swift, 1667~1745) 영국 풍자작가·성직자·정치평론. 윌리엄 템플(William Temple)의 비서로서의 생활은 후년의 풍자작가 스위프트의 성격 형성에 크게 영향을 미쳤다. 저서로는《걸리버 여행기(Gulliver's Travels)》를 비롯하여, 정치·종교계를 풍자한《통 이야기(A Tale of Tub)》,《책의 전쟁(The Battle of the Books)》등이 있다.

조나단 에드워드(Jonathan Edwards, 1703~1758) 12세에 예일대학에 입학한 천재. 그는 1720년 예일대학을 최우등으로 졸업했다. 철저한 칼빈주의자인 그는 원죄, 예정론, 거듭남의 필요성을 강조했다. 그의 가장 유명한

설교인 「진노하신 하나님의 손에 놓인 죄인들」은 회개하지 않은 죄인
들이 지옥에서 맞이하게 될 운명을 생생하게 그려냈다.

조동필(趙東弼, 1845~ ?) 조선 후기의 문신. 성균관대사성을 지내고 1894년
이조참의·이조참판을 역임하였다. 1899년 장례원경(掌禮院卿)으로 고
종과 소견(召見)하는 자리에서 제례상의 문제와 각 왕릉의 보존 및 비각
을 보수하고 석비를 제작하는 문제 등을 논의하고 왕명에 의하여 이를
거행하는 등 왕실의 의례를 주로 맡았다.

조로아스터(Zoroaster, BC 630?~BC 553?) 자라투스트라의 영어명. 역사상의
인물이라는 것은 분명하지만 어느 시대 사람인지는 확실치 않다. BC 7
세기 말에서 BC 6세기 초에 살았으며 20세 경에 종교생활을 시작해 30
세 경에 아후라 마즈다신의 계시를 받고 조로아스터교(拜火敎)를 창시
하였다고 한다.

조르다노 브루노(Giordano Bruno, 1548~1600) 르네상스 시대 이탈리아의 철
학자. 도미니코 교단의 사제가 되었으나 가톨릭 교리에 회의를 품게 되
었다. 1592년 베네치아에서 이단신문(異端訊問)에 회부되어 1600년 로마
에서 화형(火刑)을 당했다. 자연에 대한 동경으로 가득 찬 그의 철학은
범신론적인 특징이 강하다.

조르주 당통(Georges Jacques Danton, 1759~1794) 프랑스의 혁명가이자 정치
가. 파리코뮌의 검찰관 차석 보좌관과 법무장관을 지냈다. 국민공회에
서는 산악당에 속하였고 자코뱅당의 우익을 형성하였으며 혁명적 독재
와 공포정치의 완화를 요구하여 로베스피에르에 의하여 처형되었다.

조르주 뷔퐁(Georges Louis Leclerc de Buffon, 1707~1788) 프랑스의 철학자·
박물학자. 파리왕립식물원 원장이 되어 모은 동식물에 관한 자료를 기
초로 1749년부터 《박물지》를 출판하였다.

조르주 브라크(Georges Braque, 1882~1963) 프랑스의 화가. 피카소와 함께
큐비즘(입체파)을 창시하고 발전시킨 작가다. 20세기 미술에 결정적인
역할을 했고 일관되게 큐비즘의 가능성을 탐구하였다.

조르주 상드(George Sand, 1804~1876) 19세기 프랑스의 여류소설가. 남장차
림, 시인 뮈세, 음악가 쇼팽과의 모성적 연애사건으로 유명하다. 저서는
《앵디아나》, 《콩쉬엘로》, 《마의 늪》, 《사랑의 요정》 등이 있다. 선

구적 여성해방운동 투사로도 재평가된다.

조반니 그라시(Giovanni Battista Grassi, 1854~1925) 이탈리아의 동물학자. 1896년에 렙토세팔루스(Leptocephalus)가 뱀장어의 유체(幼體)임을 발견하여 유럽산 뱀장어의 산란장과 그 생활사를 밝히는 데 있어서 중요한 실마리가 되었다. 1899년에 열대지방에서 말라리아병원충이 모기 체내에서 어떻게 번식하는지 밝혔다.

조반니 카사노바(Giovanni Giacomo Casanova, 1725~1798) 에스파냐계 이탈리아의 문학가·모험가·엽색가. 재치와 폭넓은 교양으로 외교관·재무관·스파이 등 여러 직업을 가졌고 여러 계층의 사람들과 두루 사귀었다. 그의 《회상록》은 18세기 유럽의 사회·풍속을 아는 데 귀중한 기록이다.

조병옥(趙炳玉, 1894~1960) 일제 강점기 때 활동한 독립운동가·정치가. 한인회·흥사단 등의 단체에 참여하여 독립운동을 했다. 광복을 맞이해 한국민주당을 창당하고, 미 군정청 경무부장에 취임, 치안유지와 공산당 색출에 진력했다.

조봉암(曺奉岩, 1898~1959) 독립운동가·정치가. 노농총연맹조선총동맹을 조직해 문화부책으로 활약하다가 상하이 코민테른 원동부(遠東部) 조선 대표에 임명되고, ML당을 조직해 활동했다. 제헌의원·초대농림부장관이 되고 대통령선거에 출마하기도 했다.

조셉 라스키(Harold Joseph Laski, 1893~1950) 영국의 정치학자·교육자. 1930년대 '영국 민주주의의 위기'를 해명하는 과정에서 마르크스주의로 전향했다. 미국 하버드대학교 시절 펴낸 《현대 국가에서의 권위》와 《주권의 기초》는 주권국가의 전능성을 배격하고 정치적 다원주의를 주장한 것이었으나 1925년의 《정치학 개론》에서는 국가를 '사회의 기초적 제도'로 규정함으로써 종래의 입장을 반전시켰다.

조셉 스테펀스(Joseph Lincoln Steffens, 1866~1936) 미국의 언론인·강연가·정치철학자. 뉴욕에서 신문기자로 재직하면서 그는 정치인들이 사업가들로부터 뇌물을 받고 사업활동상의 특혜를 제공하는 부패상을 많이 발견했다. 뒤에 《매클루어스 매거진》의 편집국장이 된 후 부패상들을 모아 《도시의 수치》라는 책을 냈다.

조셉 콘래드(Joseph Conrad, 1857~1924) 영국 소설가. 해양문학의 대표적 작가. 그의 작품은 제2차 세계대전 후 실존주의적 인간관으로 주목을 끌었다. 대표작《나르시소스 호의 흑인》과 1900년에 발표한 문제작《로드 짐》에 이어《청춘》,《태풍》등의 단편도 박력 있는 해양소설이다.

조슈아 레이놀즈(Joshua Reynolds, 1723~1792) 영국의 초상화가. 고전 작가들을 연구해 영국 미술계에 새로운 초상화 스타일과 기법을 확립했다. 아름다운 색채와 명암의 교묘한 대비에 뛰어나고, 장중하며 우아했다.

조안 로빈슨(Joan Violet Robinson, 1903~1983) 영국의 경제학자·교수. 1979년 여자로서는 처음으로 킹스 칼리지의 명예회원이 되었다. 저서《불완전 경쟁의 경제학》을 통해 분배와 배분의 문제를 분석하고 착취의 개념을 자세히 다루었다.

조연현(趙演鉉, 1920~1981) 문학평론가. 순수문학을 옹호하였다. 예술문화윤리위원회 위원장, 문학평론가협회장, 펜클럽 한국본부 부위원장 등을 역임하였다. 저서로《한국현대문학사》,《한국현대작가론》등이 있다.

조제프 드 메스트르(Joseph Marie de Maistre, 1753~1821) 프랑스의 소설가·철학자·정치가. 프랑스 전통주의를 대표하는 사상가였다. 프랑스혁명에 반대, 절대왕정과 교황의 지상권을 주장했다. 작품으로《교황론》,《상트페테르부르크 야화》등이 있다.

조제프 주베르(Joseph Joubert, 1754~1824) 프랑스의 작가, 비평가. 1789년 프랑스혁명 후 수년간 치안재판소의 판사였다.

조제프 쥐글라르(Joséph Clément Juglar, 1819~1905) 프랑스의 경제학자. 원래 의사였으나 경제학, 특히 경기변동의 통계적 연구에 종사하여 근대 경기변동이론의 발전에 공헌하였다. 쥐글라르 파동으로 알려진 경기순환의 규칙성을 서술하였다.

조지 6세(George VI, 1895~1952) 영국의 왕(재위 1936~1952). 형 에드워드 8세가 심프슨 부인과의 결혼문제로 왕위에서 물러나자 뒤를 이어 즉위하였다. 국제친선에 힘을 기울였고, 제2차 세계대전 중에는 런던을 떠나지 않고 시민과 위험을 함께 했다.

조지 기싱(George Robert Gissing, 1857~1903) 영국의 소설가·수필가. 중류 이하 빈민계층의 생활을 사실적으로 그려 유명하다.《신 삼류문인의 거리》, 《유랑의 몸》에서 지식인 등이 그의 교양 때문에 자기가 속해 있는 빈민층에 안주하지 못하는 비극을 다루었다.

조지 네이선(George Jean Nathan, 1882~1958) 미국의 연극평론가·문예비평가·잡지편집자. 문예잡지 《스마트 세트》의 편집을 맡았으며 잡지 《뉴요커》 등의 극평을 맡았다. 신인작가들의 작품을 게재하여 발굴하였고, 해외의 새로운 희곡을 소개하여 미국 연극 발전에 영향을 주었다.

조지 마셜(George Catlett Marshall, 1880~1959) 제2차 세계대전 중 미국 육군 참모총장을 거쳐 국무장관, 국방장관을 지냈다. 1947년 그가 제안한 유럽부흥계획은 '마셜 플랜'으로 알려져 있다. 1953년 노벨평화상 수상.

조지 맥도널드(George Macdonald, 1824~1905) 영국 동화작가·시인. 독자적인 공상 이야기 《북풍의 등에 업혀》로 유명하다. 그 밖에 《공주님과 난쟁이》, 《공주님과 커디 소년》 등이 있다.

조지 메러디스(George Meredith, 1828~1909) 영국의 소설가·시인. 위트가 있는 대화와 경구조의 언어를 잘 구사한 소설로 유명하다. 인물의 심리를 탐구하고, 시대에 앞서서 여성을 남성과 동등하게 보는 매우 주체적인 인생관을 가졌다. 대표작으로 《리처드 페버럴의 시련》, 《에고이스트》 외에 많은 작품을 써 만년에는 영국문단의 지도적 존재가 되었다.

조지 무어(George Edward Moore, 1873~1958) 영국의 철학자, 케임브리지대학 교수. 관념론에 반대해서 신실재론의 입장을 취했다. 관념론은 존재를 지각된 것으로 보는데, 이는 지각된 대상과 대상의 지각을 혼동하는 것으로, 실제로는 대상이 있고 이것이 지각되는 것이라고 설명하고 있다.

조지 바이런(George Gordon Byron, 1788~1824) 영국 낭만파 시인. 반속적(反俗的)인 천재시인으로 런던 사교계의 총아로 등장했다. 주요작품으로 《카인》, 《사르다나팔루스》, 《코린트의 포위》 등이 있다. 날카로운 풍자, 근대적인 내적 고뇌, 다채로운 서간 등은 전 유럽을 풍미했다.

조지 밴크로프트(George Bancroft, 1800~1891) 미국의 사학가·정치가. 《미국사》 저술을 통해 미국 역사학의 아버지로 불렸다. 해군장관이 되어 아나폴리스 해군사관학교를 설립하였고, 영국주재 공사 및 독일주재 공사를 역임하였다.

조지 버나드 쇼(George Bernard Shaw, 1856~1950) 아일랜드의 극작가·소설

가·비평가. 가난하여 초등학교만 나와 급사로 일하면서 음악과 그림을
배우고 소설도 썼다. 마르크스의 《자본론》에 감동받아 페이비언협회
를 설립하는 등 사회주의자로서 활약하였다. 연극·미술·음악 등의 비
평도 하고, 풍자와 기지에 찬 신랄한 작품을 썼다. 걸작 《인간과 초인》
을 써 세계적인 극작가가 되었다. 1925년에 노벨 문학상을 수상했다.

조지 산타야나(George Santayana, 1863~1952) 에스파냐 출생의 미국 철학
자·시인·평론가. 처녀작 《미의 의식》에서는 비판적 실재론을 설명
해 T. S. 엘리엇 등에게 영향을 주었다. 이 밖에도 《존재의 영역》, 평론
으로 루크레티우스, 단테, 괴테를 논한 《3인의 시인 철학자》 등이 있다.

조지 새빌(George Savile, 1633~1695) 영국의 정치가·저술가. 명예혁명 당시
요직에서 활약하여 제임스 2세의 퇴위와 윌리엄 3세의 즉위를 실현시켰
다. 라로슈푸코를 상기시킬 만한 《국가의 금언》 등이 있다.

조지 아담스키(George Adamski, 1891~1965) 미확인비행물체연구가(ufology).
폴란드 태생의 미국 시민으로, 1946년 10월 9일 유성우(流星雨) 기간에
아담스키와 그의 친구들은 팔로마 가든의 야영지에 있는 동안 시거 모
양의 비행접시 모선을 목격했다고 주장했다.

조지 어거스트 무어(George Augustus Moore, 1852~1933) 영국 소설가·시인.
에밀 졸라의 영향을 받아 상징시에서 자연주의 소설로 전향하여 《광대
의 아내》, 《에스터 워터스》 등을 썼다. 또 《케리스강》에서는 종교에
대한 관심을 나타냈다.

조지 에드워드 무어(George Edward Moore, 1873~1958) 영국의 실재론 철학
자·교수. 윤리문제와 철학에 대한 체계적 접근방식으로 뛰어난 현대사
상가가 되었다. 버트런드 러셀, 비트겐슈타인 등과 케임브리지 학파를
대표한다.

조지 엘리엇(George Eliot, 1819~1880) 영국의 소설가. 주요 저서에는 대작
《미들마치》, 《다니엘 데론다》 등이 있다. 멋진 심리묘사와 도덕·예
술에 대한 뛰어난 지적(知的) 관심에 의해 20세기 작가의 선구적 역할을
수행한 것으로 평가된다.

조지 오웰(George Orwell, 1903~1950) 인도에서 태어난 영국의 작가·비평
가·정치평론가. 러시아혁명과 스탈린의 배신에 바탕을 둔 정치우화

《동물농장》으로 일약 명성을 얻게 되었으며, 지병인 결핵으로 입원 중 걸작 《1984년》을 완성했다. 계급의식과 성실·선예(先銳)의 대립을 풍자하고 이것을 극복하는 길을 제시하는 등 공헌을 했다는 데 의의가 있다.

조지 워싱턴(George Washington, 1732~1799) 미국 초대 대통령. 건국의 아버지로 불린다. 대통령 취임 후에는 연방정부의 기초 확립에 노력하였고, 프랑스혁명에 따른 영불(英佛)전쟁 때는 중립을 지켰다. 3선을 끝내 사양하고 은퇴하였다.

조지프 애디슨(Joseph Addison, 1672~1719) 영국의 수필가·시인·정치가. 《가디언》지의 발간인인 리처드 스틸과 함께 공동 창작한 작품 《드 카바리》에서 시골신사의 성격묘사는 영국 근대소설 발전에 커다란 영향을 끼쳤다. 1697년 존 드라이든의 번역 작품인 베르길리우스의 《농경시》에 서문을 써서 명성을 얻기도 했다.

조지 이스트먼(George Eastman, 1854~1932) 미국의 사진 기술자. 사진 건판을 발명하고 1880년 로체스터에 공장을 건설, 1884년 롤 필름 제작에 성공하였다. 1888년 코닥카메라를 고안하고, '이스트먼 코닥 회사'를 설립하였다. 1928년에는 천연색 필름을 발명하였다.

조지 크래브(George Crabbe, 1754~1832) 영국 시인. 목회활동을 하면서 여가에 시를 썼다. 비참한 농민생활을 그린 《마을》로 인정을 받았다. 그의 작품은 충실하고 자상한 생활기록이며, '운문으로 쓴 소설'이라고 불린다. 그 밖에 작품으로 《교구의 기록》, 《도시》 등이 있다.

조지프 키플링(Joseph Rudyard Kipling, 1865~1936) 영국의 소설가·시인. 유명한 단편소설 《정글북》은 문체가 뛰어나고 재미있기는 하지만 균형 잡히고 일관성 있는 장편소설은 잘 쓰지 못한다는 평을 듣기도 했다. 1907년 노벨문학상 수상.

조지 허버트(George Herbert, 1593~1633) 영국의 목사, 형이상학파 시인. 종교시집 《성당》은 구어적 표현, 비근한 이미지, 유연한 시형이 특색이다.

조지훈(趙芝薰, 1920~1968) 청록파 시인. 자유당 정권 말기에 민권수호국민총연맹, 공명선거추진위원회 등에 적극 참여하여 시집 《역사 앞에서》

와 유명한 《지조론(志操論)》을 썼다. 주요 작품으로 《승무》 등이 있다.

조향록(趙香祿, 1920~2010) 기독교 목회자. 함경남도 북청군 출신으로 일제 강점기 말기인 1943년에 조선신학교를 졸업하고 장로교 목회자가 되었다. 서울 종로 초동교회 담임목사로 재직. 한국신학대학 학장, 한국기독교장로회 총회장 역임, 국제사면위원회 한국지부 이사장을 지냈다.

존 F. 케네디(John Fitzgerald Kennedy, 1917~1963) 미국 제35대 대통령. 소련과 부분적인 핵실험금지조약을 체결하였고, 중남미 여러 나라와 '진보를 위한 동맹'을 결성하였으며 평화봉사단을 창설하기도 하였다. 재임 중 쿠바 사태, 베를린 봉쇄 등 여러 가지 어려운 위기를 맞았으며, 댈러스에서 자동차로 가두행진을 벌이던 중 암살당했다.

존 건서(John Gunther, 1901~1970) 미국의 저널리스트 · 작가. 세계정치에 관한 일련의 '내막기사(內幕記事)'로 유명하다. 저서로는 《유럽의 내막》, 《아시아의 내막》, 《라틴 아메리카의 내막》, 《아메리카의 내막》, 《아프리카의 내막》, 《소비에트의 내막》 등이 있다.

존 게이(John Gay, 1685~1732) 영국 시인 · 극작가. 보수당 계열의 문인들과 교류하며 유머 넘치는 장시 《트리비아》 등을 썼다. 오페라 대표작으로 《거지 오페라》가 있다. 이 작품에는 자유당 내각에 대한 신랄한 풍자와 정통파 이탈리아 오페라에 대한 조소가 담겨 당시 큰 인기를 모았다.

존 골즈워디(John Galsworthy, 1867~1933) 영국의 소설가 · 극작가. 사회의 부정으로 학대받고 희생되는 사람에 대한 의분으로 인도주의적 작품을 발표했고, 자유주의 인도주의적 입장에서 사회 모순을 지적하면서도 그것을 고쳐 나가는 인간의 미래에 대한 가능성을 제시했다. 저서로 《말장(末章)》, 《포사이트 가의 기록》이 있다. 1932년 노벨문학상 수상.

존 그레이(John Gray, 1798~1850) 영국의 사회사상가로 오언주의자의 협동사회창설 시도에 적극적으로 협력하였다. 그 사상적 입장에 서서 저술한 《인간행복론》과 《화폐의 본질》 등이 있다.

존 뉴먼(John Henry Newman, 1801~1890) 영국의 가톨릭 신학자 · 추기경. 1833년 J. 키블의 설교에 영향을 받아 가톨릭에 가까운 고교회파(高敎會派)에 속하며 '옥스퍼드운동'을 전개했다. 재속(在俗) 성직자들로 구성된 오라토리오회를 창립하는 등 버밍엄과 런던에서 활약했다.

존 듀이(John Dewey, 1859~1952) 미국의 철학자・교육학자. 실용주의(프래 그머티즘)의 대표적인 철학자로 사상계에 정통적 지위를 차지하였으며, 탐구보다 행동을 제일로 하는 실천적 연구에 중점을 두고, 정신철학을 대표한 것으로서 주목된다. 대표적 저서로는 《논리학-탐구의 이론》, 《경험으로서의 예술》 등이 있다.

존 드라이든(John Dryden, 1631~1700) 영국 시인・극작가・비평가. 왕정복 고기의 대표적인 문인으로 다방면에 걸쳐서 많은 저술을 남겼다. 《압살 롬과 아히도벨》은 구약성서에 나오는 인물을 빗대 왕에게 적대하는 사 람들을 사정없이 공격하였으며, 뚜렷한 인물묘사가 풍자를 더욱 통렬히 표현하였다. 같은 형태의 풍자시로 《훈장》, 《플렉크노 2세》가 있다.

존 러스킨(John Ruskin, 1819~1900) 영국의 비평가・사회사상가. 예술미의 순수감상을 주장하고 「예술의 기초는 민족 및 개인의 성실성과 도의에 있다」고 하는 자신의 미술원리를 구축해 나갔다.

존 레이(John Ray, 1627~1705) 영국의 박물학자. 1682년 식물 신분류법》을 출판, 1693년에는 《사지(四肢) 동물일람》을 발표하여 식물 및 동물분류 학의 기초를 이루었다. 최초로 쌍떡잎식물과 외떡잎식물을 구별하였다. 종(種)의 개념을 명확히 하여 영국 박물학의 아버지로 불린다.

존 로널드 로얼(John Ronald Reuel Tolkien, 1892~1973) 영국의 영문학자・소 설가. 《반지 원정대》, 《두 개의 탑》, 《왕의 귀환》 등, 《반지의 제왕》 3부작은 판타지 소설의 고전으로 불린다. 20세기 영문학사에 큰 발자취 를 남겼고, 현대 판타지 소설이라는 새 장르를 발전시킨 작가로 꼽힌다.

존 로널드 톨킨(John Ronald Reuel Tolkien, 1892~1973) 영국의 소설가. 《반지 원정대》, 《두 개의 탑》, 《왕의 귀환》 등 《반지의 제왕》 3부작은 판타 지 소설의 고전으로 불린다. 20세기 영문학사에 큰 발자취를 남겼고, 현 대 판타지 소설이라는 새 장르를 발전시킨 작가로 꼽힌다.

존 로크(John Locke, 1632~1704) 영국의 철학자・정치사상가로서 계몽철학 및 경험론철학의 원조로 일컬어진다. 자연과학에 관심을 가졌고 반 스 콜라적이며 《인간오성론(人間悟性論)》 등의 유명한 저서를 남겼다. 교 육에도 많은 관심을 보여 소질을 본성에 따라 발전시켜야 한다고 주장 하였다.

존 루이스(John Llewellyn Lewis, 1880~1969) 미국의 노동운동 지도자로 산업별 노동조합회의(CIO)를 조직하고 초대의장이 되었다. 쟁의(爭議)에서나 법정에서나 투사로서 활약한 미국노동계의 중심인물이었다.

존 릴리(John Lyly, 1554~1606) 영국의 소설가·극작가. 영국 최초의 소설이라고 할 수 있는 《유퓨즈·지혜의 해부》, 《유퓨즈와 영국》으로 된 2권의 산문 로망의 화려한 문체는 유퓨이즘(euphuism, 뚜렷하게 형식적이며 정교한 산문 문체로서 16~17세기에 영국에서 유행한 화려하게 과장하여 사용한 문체)이란 말을 남겼을 정도로 널리 알려졌다.

존 머리(John Middleton Murry, 1889~1957) 영국의 언론인·평론가. 문학작품에 대해 낭만적이면서도 전기적인 비평방법을 취해 당시 주도하고 있던 비평경향에 정면으로 도전했다. 1935년에 출간된 자서전《두 세계 사이에서》는 자신의 생애를 놀라울 정도로 자세히 묘사하고 있다.

존 메이스필드(John Edward Masefield, 1878~1967) 영국 시인. 시집 《해수(海水)의 노래》, 대표작인 서사시 《여우 레이나드》를 발표했다. 알기 쉬운 운문(韻文)으로 해양과 이국의 정서, 사회적 관심이 넘치는 그의 시는 한동안 많은 대중 독자들을 매료했다.

존 밀턴(John Milton, 1608~1674) 《실낙원(失樂園)》의 저자로서 셰익스피어에 버금가는 대시인으로 평가되는 영국 시인. 최초로 영어로 쓴 걸작시 《그리스도 강탄의 아침에》는 종교적 주제에 있어서나 기교적 원숙에 있어서 성년에 도달하였고 또 그의 장래의 방향을 선언한 작품이었다.

존 번연(John Bunyan, 1628~1688) 영국 설교가·우화작가. 윌리엄 기퍼드(영국의 비평가)가 죽은 후로는 비국교파(非國敎派)의 설교자로서 명성을 얻기도 했다. 자서전 《넘치는 은총》은 그 동안에 겪은 그의 영혼의 고뇌와 정신적·육체적 고통을 기록한 것이라고 한다. 특히 《천로역정》은 영국 근대소설 발전에 크게 기여했다.

존 베링톤 웨인(John Barrington Wain, 1925~ ) 영국의 시인·소설가. 주요 저서로, 대학을 나와 지방도시에 내려왔으나 중산층의 폐쇄성에 적응하지 못하고 어느 사회에도 소속되지 못하고 무모하게 직업을 전전하는 찰스를 주인공으로 엮은 피카레스크 소설인 《급히 내려오다》 등이 있다.

존 볼(John Ball, 1338~1381) 영국의 사상가. 성직자로 활동하였으나, 성속귀족(聖俗貴族)을 비판하고, 평등주의·공산주의·계급타파를 주장하여 파문되었다. 여러 번의 투옥에도 꺾이지 않고 방랑설교를 계속하였다.

존 셀던(John Selden, 1584~1654) 영국의 법학자·정치가·역사가. 자유주의 입장에서 국민의 권리확대에 힘써 버밍공의 탄핵, 권리청원의 기초에 참가하였다. 또한《해양폐쇄론》을 써서, 바다를 영유 가능한 대상으로 파악하였다. 주요 저서에《명예의 칭호》,《Table Talk》등이 있다.

존 셔먼(John Sherman, 182~ 1900) 미국의 정치인·재정가. 변호사가 되어 상원의원을 거쳐 국무장관이 되었다. 세율을 개정하였으며, 1890년에 실시한 반트러스트법 및 셔먼법은 특히 유명하다.

존 스타인벡(John Ernst Steinbeck, 1902~1968) 로스트 제너레이션을 이은 30년대의 사회주의 리얼리즘을 대표하는 미국 소설가. 작풍은 사회의식이 강렬한 작품과 온화한 휴머니즘이 넘치는 작품으로 대별된다. 주요 저서로《분노의 포도》,《에덴의 동쪽》등이 있으며 노벨 문학상, 퓰리처상을 수상했다.

존 스튜어트 밀(John Stuart Mill, 1806~1873) 영국의 경제학자·철학자·사회과학자·사상가. 초기에는 공리주의(功利主義)에 공명하였으나 후에 사상적으로 전환하여 종래의 공리주의적 자유론을 대신하여 인간정신의 자유를 해설한《자유론》을 저술하였다.

존 애덤스(John Adams, 1735~1826) 미국의 제2대 대통령. 인지조례 제정에 따른 반영(反英)운동의 지도자로서 대륙회의의 대표로 활약하였다. 국무장관이 되어 '먼로 선언'의 기초를 맡았다. 1824년 다시 제6대 대통령이 되었으나 국내개발계획 등이 성공하지 못하였고 그 뒤 하원의원으로 활약하였다.

존 워너메이커(John Wanamaker, 1838~1922) 미국 워너메이커 백화점 설립자. 14세 때부터 고용살이를 한 끝에 1861년 남성의류점 오크 홀(Oak Hall)을 필라델피아에서 시작 번창하여 1869년 상호를 존 워너메이커(John Wanamaker & Co.)로 개칭, 마침내 필라델피아에서 가장 큰 백화점이 되었다. 신문광고를 이용하는 상술 및 정찰판매제를 개척하였다.

존 웹스터(John Webster, 1580?~1625?) 영국 극작가. 2대 비극으로 꼽히는《백마》는《맥베스》처럼 요염한 정열을 간직한 창녀 비토리오의 죄로 번득이는 아름다움을 그린 것이고,《몰피 공작부인》은《리어 왕》 같은 공작부인의 비운을 그린 복수극이다.

**존 케인스**(John Maynard Keynes, 1883~1946) 영국의 경제학자. 저서《고용 · 이자 및 화폐의 일반이론》에서 완전고용을 실현 · 유지하기 위해서는 자유방임주의가 아닌 정부의 보완책(공공지출)이 필요하다고 주장하였 다. 이 이론에 입각한 사상의 개혁을 케인스 혁명이라고 한다.

**존 키츠**(John Keats, 1795~1821) 영국의 낭만주의 서정시인. 짧은 생애 동안 뛰어난 감각적 매력, 고전적 전설을 통한 철학적 표현을 담은 시를 썼다. 가장 잘 알려진 시로는《엔디미온》,《잔인한 미녀》,《나이팅게일에 게》,《히페리온》등이 있다. 25세의 나이로 로마에서 폐결핵으로 요양 중 사망했다.

**존 틴들**(John Tyndall, 1820~1893) 영국의 물리학자. 미립자에 의한 빛의 산 란 연구로 '틴들현상'을 발견했으며, 음파의 투과에 미치는 대기밀도의 영향 등 음향에 관한 연구가 있다. 열현상에 대해서는 분자운동론적 해 석을 하였다.

**존 페인**(John Howard Payne, 1791~1852) 미국의 극작가 · 배우. 유럽 낭만주 의파 극작가들의 기법과 주제를 따랐다. 주요작품으로는 그의 유명한 노래〈즐거운 나의 집(Home, Sweet Home)〉이 삽입되어 있는《밀라노 의 소녀 클라리》, 어빙과 함께 쓴《찰스 2세》등이 있다. 저작권법의 효력이 약했던 그 당시 페인은 성공작을 쓰고도 거의 돈을 벌지 못했다.

**존 포드**(John Ford, 1586~1639?) 17세기 영국의 극작가. 작품은《연인의 우 수》,《사랑의 희생》,《상심》,《가엾도다, 그녀는 창녀》등이다. 엘리 자베스 시대 최후의 위대한 비극작가라 할 수 있다.

**존 플레처**(John Fletcher, 1579~1625) 영국의 극작가. 보몬트와의 합작 희비 극으로 만년의 셰익스피어의 라이벌이 되고, 인기를 독차지하였다.《처 녀의 비극》이 특히 뛰어났다. 셰익스피어가 미완성으로 남긴《헨리 8 세》의 보완자로 알려진다.

**존 핌**(John Pym, 1584?~1643) 영국 청교도혁명 초기의 정치가. 하원의원이 되어 버킹검 공 탄핵, 권리청원 등에 활약하였다. 단기의회에서 국왕의 실정을 공격하고, 장기의회에서는 스트래포드 백작에 대한 탄핵, 대권

460

재판소(大權裁判所)와 자의적 과세 폐지 등 개혁을 실현시켰다.

존 해링턴(John Harington, 1561~1612) 영국의 작가. 이탈리아 시인 아리오스토의 《광란의 오를란도》를 번역했다. 잉글랜드 엘리자베스시대의 법률가·번역가·작가·재사로, 해링턴 경으로 불린다. 수세식 화장실을 발명한 사람으로 유명하다.

존 헤이(John Milton Hay, 1838~1905) 미국의 외교관·언론인. 매킨리, 루스벨트 대통령 때 국무장관을 지냈다. 1899년 중국에 대한 문호개방정책의 제창 등 미국의 해외팽창정책에 크게 공헌하였다. 《뉴욕 트리뷴》지(紙) 부편집장을 지냈다.

존 헤이우드(John Heywood, 1497?~1580?) 영국 헨리 8세의 궁정시인·극작가, 도덕극의 애호가. 극중 인물에 다양한 인간성을 부여 개성화함으로써 영국 드라마가 엘리자베스 여왕시대 희극으로 개화하는 데 기여했다. 작품으로 《고약한 날씨》, 《사랑의 유희》 등이 있다.

존 휘티어(John Greenleaf Whittier, 1807~1892) 미국의 시인. 남북전쟁 전부터 노예해방론자로서 활발한 논리를 전개했다. 《뉴잉글랜드의 전설》, 《바바라 프리치》, 《신을 찬미하라》, 유명한 장시 《눈에 갇혀서》가 있다.

《좌씨전(左氏傳)》 공자의 《춘추(春秋)》를 노(魯)나라 좌구명(左丘明)이 해석한 책. 《춘추좌씨전(春秋左氏傳)》, 《좌전(左傳)》이라고도 한다. BC 722~BC 481년의 역사를 다룬 것으로 《국어(國語)》와 자매편이다. 《춘추》와는 성질이 다른 별개의 저서로서, 《공양전(公羊傳)》, 《곡량전(穀梁傳)》과 함께 3전(三傳)의 하나이다. 문장의 교묘함과 인물묘사의 정확이라는 점 등에서 문학작품으로도 뛰어나 고전문의 모범이 된다.

주세페 가리발디(Giuseppe Garibaldi, 1807~1882) 이탈리아 통일운동에 헌신한 군인·공화주의자. 공화주의에서 사르데냐왕국에 의한 이탈리아통일주의로 전향, 해방전쟁 때 알프스 의용군을 지휘했고 남이탈리아왕국을 점령하는 등 이탈리아 통일에 기여했다.

주세페 마치니(Giuseppe Mazzini, 1805~1872) 이탈리아의 정치지도자. 불굴의 공화주의자로 이탈리아의 통일공화국을 추구하였다. 낭만주의문학을 연구하여 이탈리아의 도덕적 혁신의 필요성을 강조하였다. 청년이탈리아당 및 청년유럽당을 결성하고 밀라노 독립운동에도 참가하였으며 빈곤한 망명생활을 하며 여러 차례 군사행동을 일으켰으나 전부 실패하였다.

주세페 베르디(Giuseppe Verdi, 1813~1901) 이탈리아의 작곡가. 그의 오페라는 19세기 전반까지 이탈리아 오페라의 전통 위에서 극과 음악의 통일적 표현에 유의하면서도 독창의 가창성을 존중하고 중창의 충실화와 관현악을 연극에 참여시키는 문제 등에서 한 걸음 앞서 있었다. 《리골레토》, 《일 트로바토레》, 《라 트라비아타》, 《아이다》 등의 작품으로 유명하다.

주시경(周時經, 1876~1914) 개화기의 국어학자로, 우리말과 한글의 전문적 이론연구와 후진양성으로 한글의 대중화와 근대화에 개척자 역할을 했다. 우리말 문법을 최초로 정립하였다. 저술인 《국문문법》, 《국어문전음학》 등은 우리말과 한글을 이론적으로 체계화하였고, 국어에서의 독특한 음운학적 본질을 찾아내는 업적을 남겼다. 그의 개척자적 노력으로 오늘날의 국어학이 넓게 발전할 수 있는 터전이 마련되었다.

《주역(周易)》 유교의 경전 중 3경의 하나인 《역경》, 단순히 《역(易)》이라고도 한다. 이 책은 점복(占卜)을 위한 원전과도 같은 것이며, 어떻게 하면 흉운을 물리치고 길운을 잡느냐 하는 처세상의 지혜이며, 나아가서는 우주론적 철학이기도 하다. 주역이란 글자 그대로 주(周)나라의 역(易)이란 말이다.

주의식(朱義植, ?~?) 조선 후기 시조작가. 숙종 때 무과(武科)에 급제하여 칠원현감을 지냈다. 노래를 짓고 부르는 데 뛰어난 재주가 있었다. 김천택(金天澤)은 《청구영언》에서 「그는 시조에만 능할 뿐 아니라, 몸가짐이 공손하고 마음씨가 고요하여 군자의 풍도가 있었다.」고 하였다. 시조는 《청구영언》, 《해동가요》 등의 가곡집에 14수가 전하며, 자연 · 탈속 · 계행(戒行) 및 회고와 절개를 주제로 다루었다.

주자(朱子, 1130~1200) 중국 송대의 유학자. 주자학을 집대성하였다. 그는 우주가 형이상학적인 '이(理)'와 형이하학적인 '기(氣)'로 구성되어 있다고 보았다. 인간에게는 선한 '이'가 본성으로 나타난다고 하였다. 그러나 불순한 '기' 때문에 악하게 되며 '격물'(格物)'로 이 불순함을 제거할 수 있다고 하였다.

《중용(中庸)》 공자의 손자인 자사(子思)의 저작. 오늘날 전해지는 것은 오경(五經)의 하나인 《예기(禮記)》에 있는 중용편이 송(宋)나라 때 단행본이 된 것으로, 《대학》, 《논어》, 《맹자》와 함께 사서(四書)로 불리며, 송학(宋學)의 중요한 교재가 되었다. 여기서 '中'이란 어느 한쪽으로 치우치지 않는다는 것, '庸'이란 평상(平常)을 뜻한다.

쥘 르나르(Jules Renard, 1864~1910) 19세기 후반 프랑스의 소설가·극작가. 저서로는 《홍당무》(1894), 《포도밭의 포도 재배자》, 《박물지》 등이 있다. 시트리의 촌장, 아카데미 공쿠르 회원.

쥘리 레스피나스(Julie Lespinasse, 1732~1776) 프랑스의 서간문학가. 백과전서파인 달랑베르의 연인이 되어 문학상 영향을 받았다. 애인 기베르 백작에게 써 보낸 《서간집》은 여류 서간문학의 일대 걸작으로 꼽힌다.

쥘 미슐레(Jules Michelet, 1798~1874) 프랑스의 역사가로 국립고문서보존소 역사부장, 파리대학 교수. 역사에서 지리적 환경의 영향을 중시하고 민중의 입장에서 반동적 세력에 저항하였다.

증자(曾子, BC 506~BC 436) 중국 춘추시대(春秋時代)의 유학자. 공자의 도(道)를 계승하였으며, 그의 가르침은 공자의 손자 자사(子思)를 거쳐 맹자(孟子)에게 전해져 유교사상 중요한 위치를 차지한다.

지그몬드 모리츠(Zsigmond Móricz 1879~1942) 헝가리 문단에서 사실주의 작가의 제1인자가 된 소설가. 단편 《7크로이차르》로 인정을 받은 후, 농촌을 중심으로 변화한 사회 속에 살아가는 인간의 생활을 추구한 많은 작품을 발표하였다.

지그문트 프로이트(Sigmund Freud, 1856~1939) 오스트리아의 신경과 의사, 정신분석의 창시자. 히스테리 환자를 관찰하고 최면술을 행하며, 인간의 마음에는 무의식이 존재한다고 하였다. 꿈·착각·해학과 같은 심층심리학을 연구하였다. 저서로는 《히스테리 연구》, 《꿈의 해석》, 《정신분석 입문》 등이 있다.

지그 지글러(Zig Ziglar, Hilary Hinton Zigla, 1926~2012) 미국의 작가. 자기 계발과 성공학의 대가로 알려져 있다. 그의 책은 전 세계적으로 수천만 부이상이 팔렸으며, 그의 칼럼 <지그 지글러의 용기를 주는 한마디 말>은 많은 호평을 받았다. 《시도하지 않으면 아무것도 할 수 없다》 등의 저서가 있다.

지눌(知訥, 1158~1210) 고려의 승려로 불자의 수행법으로 돈오점수(頓悟漸修)와 정혜쌍수(定慧雙修)를 주장하였다. 선(禪)으로써 체(體)를 삼고 교(敎)로써 용(用)을 삼아 선·교의 합일점을 추구했다. 저서에 《진심직설(眞心直說)》, 《목우자수심결(牧牛子修心訣)》 등 다수가 있다.

《진서(晉書)》 당 태종의 지시로 방현령(房玄齡) 등이 찬한 진(晉)왕조의 정사(正史). 처음으로 재기(載記)라는 양식이 정사에 나타난 것이며, 오호십육국에 관한 기록으로서 진나라 시대를 이해하는 데 도움이 된다. 주로 장영서(臧榮緒)의 《진서(晉書)》에 의존하였고, 많은 사관(史官)이 집필하였다.

진계유(陳繼儒, 1558~1639) 중국 명나라 말기의 문인. 생애를 마칠 때까지 풍류와 자유로운 문필생활로 일생을 보냈다. 《금병매》를 지은 왕세정(王世貞)으로부터 존경을 받았다. 주요 저서로는 《보안당비급》, 《미공전집(眉公全集)》 등이 있다.

진종황제(眞宗皇帝, 968~1022) 중국 북송 제3대의 황제. 도교를 신봉하는 한편 재정을 충실히 하고 산업과 학문을 장려하였다. 산해관(山海關) 조약(1044)으로 송은 만리장성 이남의 연운(燕雲) 16주를 영구히 포기하는 데 동의했다. 또한 유교의 영향력을 강화시켜 1011년 모든 지방 도시들에 공자의 사원을 세우라는 명을 내렸다.

《집회서》(集會書, Ecclesiasticus) 구약성서의 지혜 문학서. 《잠언》, 《전도서》, 《솔로몬의 지혜》와 함께 지혜 문학서에 속한다. 주로 실제 생활에 경험이 많고 구약성서에 밝은 저자가 일상생활의 여러 가지 문제를 취급하여 설명하고 있다. 「지혜의 시작은 하느님을 두려워하는 것이다」라는 등 지혜에 관하여 많은 것을 쓰고 있다. 가톨릭에서는 이 책을 '제2정경(正經)'으로 채택하고 있다.

차

차동엽(1958~ ) 가톨릭 신부. 세례명은 노르베르토. 서울대학교 기계공학과

77학번으로 1981년에 졸업. 해군학사장교 72기 출신이며, 현재는 인천 가톨릭대학교 교수로 봉직하고 있다. 저서로 《무지개 원리》, 《김수환 추기경의 친전》, 《내 가슴을 다시 뛰게 할 잊혀진 질문》 등이 있다.

**찰리 채플린**(Charles Spencer Chaplin, 1889~1977) 영국의 희극배우·영화감독·제작자. 1914년 첫 영화를 발표한 이래 《황금광 시대》, 《모던 타임스》, 《위대한 독재자》 등 무성영화와 유성영화를 넘나들며 위대한 작품을 만들었다. 콧수염과 모닝코트 등의 이미지로 세계적인 인기를 얻었으며, 1975년 엘리자베스 여왕으로부터 공로를 인정받아 작위를 받았다.

**찰스 E. 휴스**(Charles Evans Hughes, 1862~1948) 미국 연방최고재판소 장관을 지내면서 뉴딜정책의 급진화를 억제한 미국의 법률가이자 정치가.

**찰스 다윈**(Charles Robert Darwin, 1809~1882) 영국의 생물학자·철학자. 1859년에 진화론에 관한 자료를 정리한 《종(種)의 기원(起原)》에서 생물의 진화론을 내세워 코페르니쿠스의 지동설만큼이나 세상을 놀라게 했다. 당시 지배적이었던 창조설, 즉 지구상의 모든 생물체는 신의 뜻에 의해 창조되고 지배된다는 신중심주의 학설을 뒤집고 새로운 시대를 열어, 인류의 자연 및 정신문명에 커다란 발전을 가져왔다.

**찰스 디킨스**(Charles John Huffam Dickens, 1812~1870) 영국 소설가. 대표작으로 《황폐한 집》, 《위대한 유산》 등이 있다. 그의 소설은 지나치게 독자에 영합하는 감상적이고 저속하다는 일부의 비난도 있지만, 각양각색의 인물들로 가득찬 수많은 작품에 온갖 상태가 다 묘사되어 있고, 그의 사후 1세기를 통해 각국어로 번역되어 셰익스피어 못지않은 명성을 누렸다.

**찰스 램**(Charles Lamb, 1775~1834) 영국의 수필가. 자신의 신변 관찰을 멋진 유머와 페이소스를 섞어가며 훌륭하게 문장화한 《엘리아의 수필》은 걸작으로 평가받고 있다. 이 밖에도 《찰스 램 서간집》 등이 있다.

**찰스 리드**(Charles Reade, 1814~1884) 영국 소설가·극작가. 생애의 태반은 대륙여행과 저술로 보냈다. 그의 모든 작품은 철저한 사실주의이며, 능란한 화술에도 불구하고 암시성이 결여된 것이 하나의 흠이다.

**찰스 섬너**(Charles Sumner, 1811~1874) 미국의 정치가, 노예제 반대운동 지

도자. 텍사스병합과 멕시코전쟁이 노예제의 확대를 뜻한다 하여 반대했다. 남부세력을 신랄하게 비판한 탓으로 노예제 옹호론자들의 미움을 받았고 공화당의 급진파 지도자였다.

찰스 슈와브(Charles Michael Shwab, 1862~1939) 미국의 초기 철강업자. 카네기 철강회사와 'US 스틸'의 사장직을 역임하고 이후 베들레헴철강회사를 설립해 전국적인 규모의 철강회사로 키웠다. 1897년 35세의 슈와브는 사장이 되어 연봉 100만 달러가 넘는 보수를 받았다.

찰스 엘리엇(Charles William Eliot, 1834~1926) 하버드대학교를 졸업하고 1858년 하버드대학교의 수학 및 화학 조교수가 되었다. 1869년 10월에 총장으로 취임했고, 1909년에 퇴직하기까지 하버드대학교를 세계적으로 유명한 대학으로 만들었다. 저작으로는 《교육 개혁》과 《대학행정》 등이 있다.

찰스 킹즐리(Charles Kingsley, 1819~1875) 목사, 성당 참사회원 등을 역임했던 소설가·종교가. 어린이를 위해 《물의 아이들》을 발표해 근대 공상 이야기의 선구자가 되기도 했다. 그 밖에 대표작으로 《앨턴 로크》 등이 있다.

《채근담(菜根譚)》 중국 명말(明末)의 환초도인(還初道人) 홍자성(洪自誠)의 어록. 사상적으로는 유교가 중심이며, 불교와 도교도 가미되었다. 이 책은 요컨대 동양적 인간학을 말한 것이며, 저자가 청렴한 생활을 하면서 인격수련을 게을리 하지 않았으며, 인생의 온갖 고생을 맛본 체험에서 우러난 주옥같은 지언(至言)이다.

천경자(千鏡子, 1924~ ) 서양화가. 채색화를 왜색풍이라 하여 무조건 경시하던 해방 이후 60년대까지의 그 길고 험난했던 시기를 극복하고 마침내 채색화 붐이 일고 있는 오늘을 예비했던 그 확신에 찬 작가정신으로 말미암아 그녀의 존재는 더욱 확고하다.

천상병(千祥炳, 1930~1993) 시인·평론가. '문단의 마지막 순수시인' 또는 '문단의 마지막 기인(奇人)'으로 불렸으며 우주의 근원, 죽음과 피안, 인생의 비통한 현실 등을 간결하게 압축한 시를 썼다. 주요 작품으로 《새》, 《귀천(歸天)》 등이 있다.

체사레 베카리아(Cesare Bonesana Marchese di Beccaria, 1738~1794) 이탈리아

의 형법학자. 저서 《범죄와 형벌》을 발표하여 일약 형법학자로서 유명
해졌다. 형벌은 어디까지나 범죄의 경중과 균형을 이루어야 하고, 그 균
형은 법률로써 정해야 한다는 죄형법정주의의 사상과 고문·사형의 폐
지론 등을 낳게 했다.

최유청(崔惟淸, 1095~1174) 고려시대의 문신. 예종 때 과거에 급제하였으나
학문을 이루지 못하였다 하여 벼슬길에 나가지 않았다. 뒤에 직한림원
(直翰林院)이 되었으나 인종 초에 이자겸의 간계로 평장사(平章事) 한교
여(韓皦如)가 유배될 때 매서(妹婿)인 정극영과 함께 파직되었다.

최인훈(崔仁勳, 1936~ ) 소설가·희곡작가. 주요 작품 가운데 《광장》은 남
북한의 이데올로기를 동시에 비판한 최초의 소설이자 전후문학 시대를
마감하고 1960년대 문학의 지평을 연 첫 번째 작품으로 평가되며, 문학
적 성취 면에서도 뛰어난 소설로 꼽힌다.

최재희(崔載喜, 1914~1984) 한국의 철학자. 1947년 고려대학교 교수, 1952
년 서울대학교 교수 등을 역임했다. 인식론에 있어 비판철학의 경험적
실재론의 입장을 지지했다. 사회사상에서는 발전적 자연주의에 입각하
였다. 또 신본주의(神本主義)가 아닌 인본주의라는 의미에서 휴머니즘
을 고수하였다.

최정희(崔貞熙, 1912~1990) 소설가. 1960년 발표한 대표작 《인간사(人間
史)》는 일제 말기에서 8·15광복, 남북분단, 6·25전쟁을 거쳐 4·19혁
명에 이르기까지의 사회적 역사적 변천사를 그린 작품이다. 서울시문화
상, 여류문학상 등을 수상.

최치원(崔致遠, 857~?) 신라시대 학자. 879년 황소(黃巢)의 난 때 고변(高騈)
의 종사관으로서 《토황소격문(討黃巢檄文)》을 초하여 문장가로서 이
름을 떨쳤다. 저서로는 《계원필경(桂苑筆耕)》, 《중산복궤집(中山覆簣
集)》 등이 있다.

최현배(崔鉉培, 1894~1970) 한글학자. 호는 외솔. 조선어학회 창립, '한글맞
춤법통일안 제정에 참여, 조선어학회사건으로 복역하였다. 광복 후 교
과서 행정의 기틀을 잡았다. 연세대학교 부총장 등을 역임하였다. 저서
로는 《우리말본》, 《한글갈》, 《글자의 혁명》 등이 있다

츠빙글리(Ulrich Zwingli, 1484~1531) 스위스의 종교개혁가. 취리히 대성당

의 설교자로 일하며 체계적인 성경강해로 명성을 날렸다. 루터의 영향으로 취리히의 종교개혁에 나섰다. 가톨릭을 고수하는 주(州)들과의 전투에 종군목사로 참전했다가 카펠 전투에서 전사했다.

친첸도르프(Nicolaus Ludwig Zinzendorf, 1700~1760) 독일의 종교가. 루터파의 경건주의자. 삼십년전쟁에서 생긴 모라비아파 망명자들과 함께 1722년 신앙적 공동체의 마을 헤른후트(「주의 가호가 함께」라는 뜻)를 창설하고 27년 이를 형제단으로 발전시켰다. 교회의 기초는 신조가 아닌 경건에 있다는 것을 강조했다.

## 카

카를 그로스(Karl Groos, 1861~1946) 독일의 철학자·미학자. 튀빙겐 대학 등에서 미학과 교육학을 강의하였다. 감정이입 미학의 입장에서 '내적 모방'이라는 개념으로 미적 향수체험(享受體驗)을 고찰하였다. 생물학적 진화론의 입장에서 예술의 발생론적 연구를 시도하여, 예술의 기원을 유희성에서 찾았다.

카를로 골도니(Carlo Goldoni, 1707~1793) 18세기 이탈리아의 희극작가. 극의 개혁을 단행, 배우의 즉흥적 대사와 가면에 의지하는 연출법으로 바꾸었다. 작품으로 《커피점》, 《연인들》, 《새 집》 등이 있다. 이탈리아 연극을 유럽에 전파했다.

카를 마르크스(Karl Heinrich Marx, 1818~1883) 독일의 경제학자·정치학자. 헤겔의 영향을 받아 무신론적 급진 자유주의자가 되었다. 엥겔스와 경제학연구를 하며 집필한 저서 《독일 이데올로기》에서 유물사관을 정립하였으며, 《공산당선언》을 발표하여 각국의 혁명에 불을 지폈다. 《경제학비판》, 《자본론》 등의 저서를 남겼다.

카를 베르네르(Karl Adolph Verner, 1846~1896) 덴마크의 언어학자. 논문 《제1음운 추이의 예외》(베르네르의 법칙)로 유명하다. '그림의 법칙'의 예외 중 하나가 인도유럽어의 오래된 악센트의 영향에 따른다는 점을 밝혔다.

카를 부세(Karl Busse, 1872~1918) 독일의 시인·소설가·평론가. 1892년 《시집》을 발표한 이래 신낭만파 시인의 한 사람으로 주목을 받았다.

주요 저서에 《신시집》, 소설 《청춘의 폭풍》 등이 있다.

카를 야스퍼스(Karl Theodor Jaspers, 1883~1969) 독일의 철학자. 그의 최대의 저서인 《철학》을 펴내 '실존철학'을 체계적으로 전개하였다. 서구사회가 제기하는 기계문명, 대중사회적 사회, 정치상황, 특히 제1차 세계대전 후의 가치전환적인 사상적 위기에 대한 깊은 성찰이 기조를 이루었다.

카를 융(Carl Gustav Jung, 1875~1961) 스위스의 정신과 의사. 정신분석의 유효성을 인식하고 연상실험을 창시하여, 프로이트가 말하는 억압된 것을 입증하고, '콤플렉스'라고 이름 붙였다. 분석심리학의 기초를 세우고 성격을 '내향형'과 '외향형'으로 나눴다.

카를 프란초스(Karl Emil Franzos, 1848~1904) 오스트리아의 소설가 · 신문 편집자.

카를 하르트만(Karl Robert Eduard von Hartmann, 1842~1906) 독일의 철학자. 《무의식의 철학》으로 명성을 얻었다. 이것은 쇼펜하우어의 비관주의적 의지철학을 자연과학의 진화론으로 매개하면서 헤겔의 변증법적 발전사상으로 결합시켰다.

카를 훔볼트(Karl Wilhelm von Humboldt, 1767~1835) 독일의 언어철학자. 언어연구에 주력하여 내적 언어의 형성을 존중하였으며, 언어를 유기적으로 취급하고, 언어철학의 기초를 쌓아 종합적이고 인간적인 언어학을 추진하였다. 주요 저서에 《양수에 대하여》 등이 있다.

카를 힐티(Carl Hilty, 1833~1909) 스위스의 사상가 · 법률가. 국제법의 대가로서 헤이그 국제사법재판소의 스위스 위원을 지낸 그의 사상적 기조는 그리스도교 신앙을 기반으로 하는 이상주의적 사회개량주의라 할 수 있다. 저서로는 《행복론》 등이 있다.

카시오도루스(Flavius Magnus Aurelius Cassiodorus, 490?~585?) 로마인으로서의 마지막 정치가이자 역사가. 콘술(집정관), 친위대장관을 지냈고, 수도원을 세우고 저술에 전념하여 중세 수도원 연구생활의 기틀을 이루었고 《연대기》 등의 저서를 남겼다.

칼로스 베이커(Carlos Heard Baker, 1909~1987) 미국의 교사 · 소설가 · 비평가. 《헤밍웨이》는 헤밍웨이에 대한 권위 있는 연구서로 인정받았다.

이 책에는 헤밍웨이라는 한 예술가와 그가 살아간 시대를 묘사했고, 그
의 소설을 도덕적 · 미학적 관점에서 비평했다.

칼릴 지브란(Kahlil Gibran, 1883~1931) 철학자 · 화가 · 소설가 · 시인으로
유럽과 미국에서 활동한 레바논의 대표작가. 영어 산문시집 《예언자》,
아랍어로 쓴 소설 《부러진 날개》 등의 작품으로 유명하며 저작들에 직
접 삽화를 싣기도 하였다. 예술활동에만 전념하면서 인류의 평화와 화
합, 레바논의 종교적 단합을 호소했다.

칼 메닝거(Karl Augustus Menninger, 1893~1990) 미국의 정신분석의. 1925년
토피 가에서 아버지, 동생과 함께 메닝거 집단진료소를 세웠으며, 1926
년 정신지체아동을 위해 사우트하드학교를 개설하였다. 1941년 메닝거
재단을 만들고, 1945년 메닝거정신과학교를 세웠다.

칼 샌드버그(Carl Sandburg, 1878~1967) 미국의 시인. 시카고라는 근대도시
를 대담 솔직하게 다루었으며 부두 노동자나 트럭 운전사들이 쓰는 속
어나 비어(卑語)까지도 시에 도입해 전통적인 시어(詩語)에 집착하는 사
람들에게 충격을 주었다. 저서에는 《옥수수 껍질을 벗기는 사람》 등이
있으며, 1951년 퓰리처상을 수상했다. 링컨 연구자로도 유명하다.

칼 샤피로(Karl Shapiro, 1913~2000) 유대계 미국 시인. 제2차 세계대전에 종
군하면서 전쟁시를 써서 호평을 받았다. 이때 발표된 시집 《사람 · 장
소 · 물건》은 신선한 서정미로 주목을 끌었으며, 퓰리처상을 받았다.
그 후 《유대인의 시》 등으로 반체제적인 유대계 시인으로 활약했다.

칼 크라우스(Karl Kraus, 1874~1936) 오스트리아의 풍자가 · 극작가 · 시
인 · 소설가. 20세기 가장 유명한 독일어 풍자가로 인정받았다. 그가 독
일문화와 독일 정치에 대하여 쓴 신문평론은 당대 최고의 풍자문장으로
꼽히고 있다.

캐들린 레인 영국의 여류 시인. 케임브리지 대학에서 자연 과학의 학위를
취득한 이색적인 경력의 소유자이다. 시작품 속에 동물학적인 이미지를
불어넣기도 하면서 자연의 내부 깊숙이 있는 신비적인 존재에 시선을
집중시키고 있다.

케네스 블랜차드(Kenneth H. Blanchard, 1939~ ) 리더십과 팀 매니지먼트 분
야에서 세계적인 컨설턴트이자 저술가. 자신이 공부했던 코넬대학에서

12년간 리더십을 가르친 후 자신의 회사를 차려 컨설팅과 교육, 강연과 저술활동을 계속하고 있다. 《칭찬은 고래도 춤추게 한다》, 《하이파이브》 등의 그의 대표작들은 전 세계 25개국 언어로 번역되었고 1,200만 부 이상이 판매되었다.

코넌 도일(Arthur Conan Doyle, 1859~1930) 영국 추리작가. 에드거 알란 포와 에밀 가보리오를 동경하여 새로운 인물의 창조에 착상, 마침내 '셜록 홈스'를 탄생시켰다. 장편은 《바스커빌가(家)의 개》 외 3편, 단편 55편이 있다. 명탐정 홈스는 전 세계 독자들과 친해졌고, 추리소설 보급에 한몫을 했다.

《코란(Koran)》 이슬람교의 경전(經典)으로, 이슬람의 예언자 무함마드가 610년 아라비아 반도 메카 근교의 히라(Hira) 산 동굴에서 천사 가브리엘을 통해 처음으로 유일신 알라의 계시를 받은 뒤부터 632년 죽을 때까지 받은 계시를 집대성한 것이다.

코르넬리우스 네포스(Cornelius Nepos, BC 99?~BC 24?) 고대 로마의 전기작가 · 웅변가. 그리스와 로마의 정치가 · 문인들을 비교한 《위인전》 중 《해외명장전》이 현존한다. 사실보다 도덕적인 의도가 너무 강하여 역사가로서의 평점은 낮다.

콩도르세(Marquis de Condorcet, 1743~1794) 프랑스의 철학자 · 수학자 · 정치가. 16세 때부터 적분 · 해석 등의 수학적 업적을 쌓았으며, 26세에 과학 아카데미 회원이 되었다. 《인간정신 진보의 역사적 개관 초고(草稿)》를 저술함으로써 역사적 발전에 관해서 낙관주의를 표명하였고, 인류의 무한한 진보를 믿었다.

퀸투스 엔니우스(Quintus Ennius, BC 239~BC 169) 고대 로마 초기의 시인으로 '라틴 문학의 아버지'라 불린다. 그리스 문학을 기초로 삼아 로마 문학을 향상시키려 애썼다. 특히 호메로스에 심취, 그의 시 양식을 도입했고 로마사를 읊은 대서사시 《연대기》에 있어서는 자기 스스로가 제2의 호메로스라고 칭하면서 로마의 위대함을 찬미하고 그 사명을 설파했기 때문에 '로마 문학의 아버지'라고 불린다.

퀸틸리아누스(Marcus Fabius Quintilianus, 35?~95?) 고대 로마 제정 초기의 웅변가 · 수사학자. 제1대 수사학 교수의 책임자로 활약하였고 웅변 · 수사

학의 교과서인 동시에 인간육성에 관한 글인 《변사가(辯辭家)의 육성》
을 저술하였다.

크레비용(Claude Prosper Jolyot de Crébillon, 1707~1777) 프랑스 소설가. 비극
작가 P. J. 크레비용의 아들로서, 대표작은 《소파》로 소파 속에 숨은 영
혼이, 소파에서 일어나는 여러 가지 사랑이야기를 한다는 설정인데, 내
용은 육체적인 묘사보다는 주고받는 전아한 심리에 역점을 두었다. 18
세기 프랑스의 퇴폐적인 풍속을 아름다운 이야기로 바꿔 놓아 널리 애
독되었다.

크리소스토무스(Johannes Chrisostomus, 349~407) 가톨릭 성인 · 설교가. 안티
오키아에서 성서의 가르침을 설교하였고, 후에 콘스탄티노플(이스탄불)
의 총주교가 되었다. 교회 내의 도덕적 개혁에 주력하였다. 그의 이름은
'황금의 입'을 의미하는데, 그가 얼마나 웅변적인 설교가였는지를 나타내
는 이름이다.

크리스토퍼 몰리(Christopher Darlington Morley, 1890~1957) 미국 저널리스
트 · 소설가. 《이브닝 포스트》지와 《새터데이 리뷰》지에 박식과 기
지가 넘치는 명문을 자주 기고하며 뉴욕의 문단에서 활약하였다. 평론
집 · 시집 · 소설이 다수 있으며, 특히 소설 《키티 포일(Kitty Foyle)》은
베스트셀러가 되었다.

크리스토퍼 콜럼버스(Christopher Columbus, 1451?~1506) 이탈리아의 탐험
가. 에스파냐 여왕 이사벨의 후원을 받아 인도를 찾아 항해를 떠나 쿠바,
아이티, 트리니다드 등을 발견했다. 그의 서인도항로 발견으로 아메리
카대륙은 유럽인들의 활동무대가 되었고, 에스파냐가 주축이 된 신대륙
식민지 경영도 시작되었다.

크리스토퍼 프라이(Christopher Fry, 1907~ ) 영국의 극작가. 희극 《불사조는
또다시》(1946)는 2차 세계대전 후 시극 유행의 계기를 만들었다. 영국
시극에 희극적 요소를 부활시키고, 전후 영국 연극의 주류 자리를 지켰
다. 《벤허》, 《바라바》 등 각본도 집필하였다.

크리스티나 로세티(Christina Georgina Rossetti, 1830~1894) 영국의 시인 · 작
가. 환상적인 시와 동시(童詩) · 종교시 · 설교문 · 논설에 뛰어난 재주를
보였다. 1891년 치명적인 암이 발병하기 전까지는 테니슨 다음가는 계

관시인으로 유력한 후보였다.

크리스티나 여왕(Drottning Kristina, 1626~1689) 1632년에서 1654년까지 재
위한 스웨덴의 여왕.

크리시포스(Chrysippos, BC 279?~BC 206?) 그리스의 철학자. 아테네에서 제
논의 제자 클레안테스에게 배웠다. 스토아 철학을 처음으로 체계화한
학자로서 「크리시포스가 없었더라면 스토아의 존재는 없었을 것이다」
라는 평을 들었다. 다작가(多作家)로서, 논리학을 중심으로 자연·윤리
학 등 700여 편의 저작이 있으나, 그 대부분은 고전을 인용한 것이다.

크세노파네스(Xenophanēs, BC 565?~BC 470?) 그리스의 시인·철학자. 각지
를 방랑하면서 시를 지었다. 그리스의 전통적인 다신교와 인간적인 신
(神)들에 관해 노래한 시인 호메로스와 헤시오도스를 공격하였다. 그는
신은 인간처럼 생긴 것이 아니라 전지전능하며 유일하다고 주장했다.

크세노폰(Xenophōn, BC 430?~BC 355?) 그리스 역사가. 아테네의 훌륭한 가
문에서 태어나 일찍이 소크라테스 문하생이 되었다. BC 401년 페르시아
왕의 동생 키로스가 일으킨 전쟁에 참전해 겪은 일을 산문형식으로 쓴
수기가 《아나바시스(Anabasis)》다. 이후 스파르타 왕의 호의를 얻어 스
킬루스에 살며 저술에 전념했다. 《소크라테스의 추억》 등 그의 작품은
아티카 산문의 모범으로 여겨진다.

클라우디우스(Matthias Claudius, 1740~1815) 독일의 서정시인. 건전한 그리
스도교적 정서, 자연스러운 유머 등이 그의 시의 특징이다. 시 《자장
가》 와 《죽음과 소녀》 는 슈베르트의 작곡으로 유명하다.

클라우디우스(Matthias Claudius, 1740~1815) 독일의 서정시인. 건전한 그리
스도교적 정서, 자연스러운 유머 등이 시의 특징이다. 시 《자장가》 와
《죽음과 소녀》 는 슈베르트의 작곡으로 유명하다.

클라우제비츠(Carl von Clausewitz, 1780~1831) 프로이센의 군인. 프랑스 혁
명에의 간섭전쟁(干涉戰爭) 때는 프로이센군의 사관으로서 활약하였다.
사후에 간행된 저서 《전쟁론》 은 이 시대의 전쟁경험에 기초를 둔 고
전적인 전쟁철학으로 불후(不朽)의 가치를 지니고 있다. 「전쟁은 정치
적 수단과는 다른 수단으로 계속되는 정치에 불과하다」고 한 유명한
말은 군사지도부에 대한 정치지도부의 우월성을 설파한 것이며, 레닌

등에게도 깊은 영향을 주었다.

클라이브 루이스(Clive Staples Lewis, 1898~1963) 영국의 소설가 · 영국성공
회 평신도. 케임브리지 대학에서 철학과 르네상스 문학을 가르쳤다.
《반지의 제왕》의 저자인 톨킨과 우정을 유지했다. 개신교, 성공회, 로
마 가톨릭 등 기독교 교파를 초월한 기독교의 교리를 설명한 기독교 변
증과 소설, 특히 《나니아 연대기(The Chronicles of Narnia)》로 유명하다.

클레망소(Georges Clemenceau, 1841~1929) 프랑스의 정치가 · 언론인 · 의사.
상원의원과 총리 겸 내무장관을 지냈으며 육군장관이 되어 제1차 세계
대전에서 프랑스를 승리로 이끌었다. 파리강화회의에 프랑스 전권대표
로 참석하였고 베르사유조약을 강행하였다.

클라이스트(Edwald Georg von Kleist, 1700~1748) 독일의 물리학자. 전기현상
에 대해 연구하여 축전에 성공하였는데, 이것이 라이덴병의 원형으로 J.
A. 놀레에 의해 라이덴병이라 명명되고, 얼마 뒤 W. 윗슨에 의해 개량되
어 전기현상 연구에 많은 도움을 주었다.

클라크 위슬러(Clark Wissler, 1870~1947) 미국의 인류학자. 특정한 문화요
소가 있는 지역적 범위 내에는 특징적인 형태를 지닌다는 '문화영역' 개
념을 발전시켰다. 《아메리칸 인디언》 등의 저서가 있다.

클레멘트 애틀리(Clement Richard Attlee, 1883~1967) 영국의 정치가. 사회주
의자로서 노동당 당수, 국새상서(國璽尚書), 부총리 등을 지내고 노동당
단독 내각의 총리가 되었다. 인도의 독립을 인정하는 등 식민지 축소에
힘쓰고 국민의료보험제도의 창설 등 사회보장제도의 확립에 노력했다.

클로드 베르나르(Claude Bernard, 1813~1878) 프랑스의 생리학자. 실험의학
과 일반생리학의 창시자이다. 저서인 《실험의학서설》은 실험생물학의
방법론에 관한 것으로 사상계에까지도 큰 영향을 끼쳤다.

클로드 생시몽(Claude Henri de Rouvroy, comte de Saint-Simon, 1760~1826) 프
랑스의 사상가 · 경제학자. 계몽주의사상의 영향을 받으며 자랐다. 그는
인류역사의 발전적 전개를 주장, 봉건영주와 산업자의 계급투쟁으로 이
어진 프랑스의 역사를 개선하여 양쪽이 협력 지배하는 계획생산의 새
사회제도를 건설해야 한다고 주장하였다. 그의 사상은 마르크스와 엥겔
스의 사회주의 이념과 존 스튜어트 밀의 사상에 영향을 주었다.

키르케고르(Søren Aabye Kierkegaard, 1813~1855) 덴마크의 철학자. 그는 대중의 비자주성과 위선적 신앙을 엄하게 비판하였다. 다른 한편에서는 절망의 구렁텅이에서 단독자(單獨者)로서의 신(神)을 탐구하는 종교적 실존의 존재방식을 《죽음에 이르는 병》 등의 저작을 통해 추구하였다.

킹즐리(Sidney Kingsley, 1906~ ) 미국의 극작가. 주로 사회 비판과 고발에 대한 작품을 만들었다. 작품으로는 퓰리처상을 수상한 《백의의 사람들》 외에 《데드 엔드》, 《1,000만의 유령》 등 다수가 있고 1943년에 만든 《애국자들》은 역작으로 평가 받는다.

킬론(Kylon BC 560년경) 그리스 현인(賢人). 그리스 7현인(Seven Wise Men of Greece) 가운데 한 사람.

## 타

타키투스(Publius Cornelius Tacitus, 55?~117?) 로마 제정시대의 역사가. 호민관·재무관·법무관을 거쳐 콘술(집정관)을 지냈고 아시아주의 총독을 맡았다. 제정(帝政)을 비판한 사서(史書)를 저술하였고 주요 저서에 《역사》, 《게르마니아》 등이 있다.

타킹턴(Newton Booth Tarkington, 1869~1946) 미국의 소설가·극작가. 《인디애나의 신사》로 데뷔하였다. 《멋진 앰버슨 집안 사람들》과 《앨리스 애덤스》로 두 차례의 퓰리처상을 수상했다. 40여 편의 소설과 25편의 희곡을 남겼다.

탁광무(卓光茂, 1330?~1410?) 고려 말기 문신. 공민왕 때 우사의대부(右司議大夫)로서 간관을 능멸한 신돈의 심복인 홍영통을 탄핵하다가 파직되었다. 후에 예의판서 등을 역임하였으며, 이제현·정몽주·이숭인 등과 교유하였다.

탈레스(Thales, BC 624?~BC 546?) 그리스 최초의 철학자. 7현인(七賢人)의 제1인자이며, 밀레토스 학파의 시조. 만물의 근원을 추구한 철학의 창시자이며, 그 근원은 '물'이라고 하였다. 물을 생명을 위하여 불가결한 것으로 보았다. 변화하는 만물에 일관하는 본질적인 것을 문제 삼은 데 그의 공적이 있다.

《탈무드(Talmud)》 유대인 율법학자들이 사회의 모든 사상(事象)에 대하여 구전 · 해설한 것을 집대성한 책. 유대교의 율법, 전통적 습관 · 축제 · 민간전승 · 해설 등을 총망라한 유대인의 정신적 · 문화적인 유산으로, 유대교에서는 《토라(Torah)》 라고 하는 '모세의 5경' 다음으로 중요시된다.

《태평광기(太平廣記)》 송나라 태종의 칙명으로 977년에 편집된 책으로, 정통역사에 실리지 않은 기록 및 소설류를 모은 것으로, 당시의 학자 이방(李昉)을 필두로 12명의 학자 · 문인이 편집했다. 475종의 고서에서 추린 이야기를 신선 · 여선(女仙) · 도술 · 방사(方士) 등 92개의 항목으로 수록하였다.

테네시 윌리엄스(Tennessee Williams, 1911~1983) 현대 미국의 대표적인 극작가. 할리우드에서 시나리오 작가로 일하면서 쓴 《유리 동물원》 이 시카고에서 상연되어 큰 성공을 거두었다. 《욕망이라는 이름의 전차》 로 퓰리처상을 받아 전후 미국 연극계를 대표하는 극작가가 되었다.

테드 터너(Ted Turner, 1938~ ) 세계 최대 뉴스왕국 CNN(Cable News Network)을 설립한 언론재벌이며 자선사업가.

테르툴리아누스(Quintus Septimius Florens Tertullianus, 160~220) 초기 그리스도교의 주요 신학자 · 논쟁가 · 도덕주의자. 그리스도교 신자들의 순교에 감동하여 개종하였다. 신학에 관한 많은 책을 썼으며, 「불합리하기 때문에 나는 믿는다」 라는 유명한 말을 남겼다.

테오그니스(Theognis, ?~?) BC 6세기 경에 활약한 고대 그리스의 엘레게이아 시인. 오랜 전통적인 귀족의 교양과 근본 원칙을 중심으로 민중에 대한 증오와 귀족의 긍지를 노래하였다.

테오크리토스(Theokritos, ?~?) BC 3세기 전반의 그리스의 대표적인 목가시인. 주로 서사시의 운율을 사용한 여러 가지 내용의 시가 남아 있으며 시칠리아 전원에서의 목자를 노래한 시가 대표작으로 꼽힌다.

테오프라스토스(Theophrastos, BC 327?~BC 288?) 그리스의 철학자 · 과학자. 플라톤과 아리스토텔레스에게서 배웠으며, 아리스토텔레스가 개설한 리케이온 학원의 후계자가 되었다. 식물학의 창시자이기도 하다. 《식물지에 대하여》 와 철학적인 《식물의 본원에 대하여》 등의 저작이 있다.

테렌티우스(Publius Terentius Afer, BC 195?~BC 159) 고대 로마의 희극작가.

「현인에게는 한 마디면 족하다」「나는 인간이다. 인간에 관한 일이라면, 무엇이든 남의 일로는 여기지 않는다」 등 인구에 회자되는 수많은 명구를 남겼다. 《자학자》, 《포르미오》 등의 작품을 상연했다.

토마스 만(Thomas Mann, 1875~1955) 독일의 소설가·평론가. 저서 《마의 산》은 사랑의 휴머니즘으로 향해 간 정신적 변화과정을 묘사한 작품이다. 이는 독일의 소설예술을 세계적 수준으로 높인 임무를 다하였다. 《바이마르 공화국의 양심》으로 1929년 노벨문학상을 받았다.

토마스 아 켐피스(Thomas a Kempis, 1379~1471) 네덜란드 신학자. 《그리스도를 본받아》는 논란이 있지만, 아마도 그의 저서로 보인다. 단순한 언어와 문체로 유명한 이 책은 물질적 생활보다는 영적 생활을 강조하고, 그리스도를 중심에 두고 살 때 보상이 주어진다고 주장했으며, 성찬은 신앙을 증진시키는 수단이라고 지지했다. 신비주의보다는 금욕주의를, 극단적인 엄격성보다는 온건함을 강조했다.

토마스 아퀴나스(Thomas Aquinas, 1225?~1274) 이탈리아의 신학자. 중세 유럽의 스콜라철학을 대표하는 그는 경험적 방법과 신학적 사변을 양립시켰다. 신 중심의 입장을 유지하면서도, 인간의 상대적 자율을 확립하기도 했다. 주요 저서에 《신학대전》, 《진리에 대하여》, 《신의 능력에 대하여》 등이 있다.

토마스 트란스트뢰메르(Tomas Tranströmer, 1931~ ) 스웨덴의 시인·작가·심리학자·번역가. 스톡홀름대학에서 심리학 전공하였다. 비행청소년들을 대상으로 한 록스투나센터(Roxtuna center)에서 심리상담사로 일하면서 시작(詩作)을 병행하여 《미완의 천국》에 이어 《반향과 흔적》을 출간하였다. 2011년 노벨문학상을 수상했다.

토머스 그레셤(Sir Thomas Gresham, 1518~1579) 영국의 금융업자·무역가로서 '악화는 양화를 구축(驅逐)한다'는 '그레셤의 법칙'의 제창자로서 알려져 있다. 런던의 상인 집안에서 태어나 케임브리지대학교를 졸업한 후 에드워드 6세, 엘리자베스 1세의 밑에서 재정고문으로 근무하였다. 화폐의 개주(改鑄)에 노력하였고, 왕립 증권거래소를 창설하였다.

토머스 그레이(Thomas Gray, 1716~1771) 명성도 재산도 얻지 못한 채 땅에 묻히는 서민들에 대한 동정을 애절한 음조로 노래한 걸작 《시골 묘지에서 읊은 만가》로 시대를 앞선 낭만적 경향을 나타낸 18세기 중엽의 대표 시인이었다.

토머스 데커(Thomas Dekker, 1572?~1632?) 영국의 극작가·산문논평가. 가장 유명한 작품으로는 《구두장이의 휴일》, 《정직한 매춘부 제2부》가 있다.

토머스 리드(Thomas Reid, 1710~1796) 영국의 철학자·윤리학자, 상식학파(常識學派)의 창시자. 글래스고대학 교수로 있으면서 존 로크와 조지 버클리의 영향을 받아 인식비판에서 출발, 특히 데이비드 흄의 인식론을 연구했다. 그의 상식철학은 흄 철학의 범위 내에 있으면서도 종교를 변호하려고 한 점에 의의가 있다.

토머스 매콜리(Thomas Babington Macaulay, 1800~1859) 19세기 영국의 역사가·정치가. 인도총독 고문으로 만인의 법 앞에서의 평등, 영어교육, 인도 형법전 작성 등 인도 통치상 중요한 제언을 했다. 저서는 《영국사》, 《밀턴론》 등이다.

토머스 맬서스(Thomas Robert Malthus, 1766~1834) 영국의 경제학자. 저서 《인구론》에서 인구는 기하급수적으로 증가하나 식량은 산술급수적으로 증가하므로 인구와 식량 사이의 불균형이 필연적으로 발생할 수밖에 없으며, 여기에서 기근·빈곤·악덕이 발생한다고 하였다. 이러한 불균형과 인구증가를 억제하는 방법으로 도덕적 억제를 들고 있다.

토마스 머튼(Thomas Merton, 1915~1968) 20세기 미국 로마가톨릭교회의 작가. 1949년에 성직자로 서품되었다. 저서로 《칠층산(The Seven Storey Mountain)》, 《요나의 표징》, 《장자(莊子)의 도》 등이 있다.

토머스 모어(Thomas More, 1477~1535) 이상적 국가상을 그린 명저 《유토피아》를 쓴 영국의 정치가·인문주의자. 르네상스 문화운동의 영향을 받았고, 에라스무스와 친교를 맺었다. 외교 교섭에도 수완을 발휘했다. 해학취미의 소유자로 명문가·논쟁가였다.

토머스 무어(Thomas Moore, 1779~1852) 아일랜드 시인으로, 이국적 정서가 넘치는 페르시아의 설화 시 《랄라루크》로 유명해졌다. 정치적 풍자시와 애국적인 시집을 남겼고, 《잉글랜드의 파지 가(家) 사람들》 등 영국인에 대한 유머러스한 풍자시로도 유명하다.

토머스 브라운(Sir Thomas Browne, 1605~1682) 17세기 영국의 의사・저술가. 《의사의 종교》는 종교와 과학의 대립에 있어 신앙인으로서 신념을 서술한 종교적 수상록이다. 통칭 《미신론》으로 알려진 《전염성 유견(謬見)》과 《호장론(壺葬論)》 등이 있다.

토머스 에디슨(Thomas Alva Edison, 1847년~1931) 미국의 발명가이자 사업가. 세계에서 가장 많은 발명을 남긴 사람으로 1,093개의 미국 특허가 에디슨의 이름으로 등록되어 있다. 토머스 에디슨은 후에 GE(General Electronic)를 건립한다.

토머스 울프(Thomas Clayton Wolfe, 1900~1938) 시정이 넘쳐흐르는 독특한 문체의 미국 소설가. 주요 저서 가운데 장편 《천사여 고향을 보라》, 《때와 흐름에 관하여》, 《거미줄과 바위》, 《그대 다시는 고향에 가지 못하리》는 그의 4대 걸작으로 꼽힌다.

토머스 제퍼슨(Thomas Jefferson, 1743~1826) 미국의 제3대 대통령. 1776년에 독립선언서를 기초하고, 초대 국무장관을 지냈다. 대통령 재임 때 루이지애나를 매수하였으며, '미국 민주주의의 아버지'로 불린다.

토머스 칼라일(Thomas Carlyle, 1795~1881) 영국의 사상가・역사가. 물질주의와 공리주의에 반대하여 인간정신을 중시하는 이상주의를 제창하였다. 저서에 《의상(衣裳) 철학》, 《프랑스 혁명사》, 《과거와 현재》, 《영웅숭배론》 등이 있다.

토머스 캠벨(Thomas Campbell, 1777~1844) 스코틀랜드의 시인. 전쟁을 제재로 한 서정시를 주로 발표하였으며, 작품으로 《호헨린덴 마을》, 《영국의 수병(水兵)들이여》, 《발트 해의 싸움》 등이 있다.

토머스 페인(Thomas Paine, 1737~1809) 18세기 미국의 작가. 국제적 혁명이론가로 미국 독립전쟁과 프랑스혁명 때 활약하였다. 《상식》으로 독립이 가져오는 이익을 펼쳐 영향을 끼쳤다. 독립전쟁 때 《위기》를 간행, 민중의 사기를 고무하였다.

토머스 하디(Thomas Hardy, 1840~1928) 19세기 영국의 소설가・시인. 대표작은 《귀향》, 《테스》, 《미천한 사람 주드》 등 소설과 《패자들》 등의 시집도 있다. 19세기 말 영국 사회의 인습, 편협한 종교인의 태도를 용감히 공격하고, 남녀의 사랑을 성적 면에서 대담히 폭로하였다.

토머스 헉슬리(Thomas Henry Huxley, 1825~1895) 영국의 생물학자로 「불가
지론(agnosticism)」이라는 말을 만들어냈다. 바다 동물에 흥미를 느껴,
1854년 《대양산의 히드로 충류》라는 논문을 발표하였다. 그 무렵 찰스
다윈의 학설에 영향을 받은 그는 다윈의 학설을 널리 알리고, 정치제도
의 개선, 과학교육의 발전 등 여러 방면에 크게 활약하였다. 저서에 《자
연계에 있어서의 인간의 위치》 등이 있다.

토머스 홉스(Thomas Hobbes, 1588~1679) 영국의 철학자. 서양 정치철학의
토대를 확립한 책 《리바이어던》의 저자로 유명하다. 자연을 만인의 만
인에 대한 투쟁 상태로 보고, 그로부터 자연권 확보를 위하여 사회계약
에 의해서 리바이어던(이것은 《리바이어던》에 나오는 국가의 이름이
기도 하다)과 같은 강력한 국가권력이 발생되었다고 주장하였다.

토머스 휴스(Thomas Hughes, 1822~1896) 영국의 사상가・소설가. 옥스퍼드
대학교를 졸업하였으며, 1848년 변호사가 되고, 후에 영국자유당 소속
하원의원이 되었다. 그리스도교 사회주의운동에 종사했고, 노동자학교
설립에 진력하였다. 《톰 브라운의 학창생활》은 일종의 교훈소설로, 학
교소설의 고전이다.

토머스 흄(Thomas Ernest Hulme, 1883~1917) 20세기 초 영국의 시인・비평
가・철학자. 런던에서 '시인 클럽'을 설립하고, 이미지즘 시 운동을 주도
하였다. 유고집 《성찰》이 있다. 그의 종교적 세계관, 고전주의적 예술
관은 T. S. 엘리엇 등 시인・문학자들에게 큰 영향을 주었다.

토스카니니(Arturo Toscanini, 1867~1957) 9세 때 파르마음악원에 입학하여
첼로와 작곡을 공부했다. 연주자의 해석을 가능한 한 배제하고 악보에
떠오르는 작곡자의 의도를 재현하여 악보의 지시를 잘 이해한 지휘기술
과 이에 필요한 악단의 통제를 해내는 역량 면에서는 20세기 전반을 대
표하는 지휘자로서 높이 평가된다.

톰 모리스(Tom Morris, 1952~ ) 미국의 철학자. 저서 《천재 A반을 위한 철
학》은, 이미 낡았다고 치부해 버렸던 고대의 지혜를, 그것도 비즈니스
에 부합시켜 새로운 의미를 창출해 냈다. 그 밖에 《아리스토텔레스가
제너럴모터스를 경영한다면》, 《해리포터 철학교실》 등의 경제・경영
서를 냈다.

투키디데스(Thukydides, BC 460?~BC 400?) 그리스의 역사가. 군의 장군이었으나 추방당해 20년간 망명생활을 했다. 그동안 《펠로폰네소스 전쟁사》를 저술하였다. 이 책은 엄밀한 사료비판, 인간심리에 대한 깊은 통찰로 역사서의 고전으로 평가받는다. 교훈적 역사가의 시조로 꼽힌다.

티투스 리비우스(Titus Livius, BC 59~AD 17) 고대 로마의 역사가. 《로마 건국사》는 대제국 로마를 건설한 로마인의 도덕과 힘을 찬양한 편년체의 역사서이다. 그의 명문은 고대의 크세노폰과 필적하며 〈로마사 연구의 성서〉로 알려져 있다.

## 파

파블로 피카소(Pablo Ruiz y Picasso, 1881~1973) 에스파냐의 입체파 화가. 프랑스 미술에 영향을 받아 파리로 이주하였으며, 르누아르, 툴루즈, 뭉크, 고갱, 고흐 등 거장들의 영향을 받았다. 초기 청색시대를 거쳐 입체주의 미술양식을 창조하였고, 20세기 최고의 거장이 되었다. 《게르니카》, 《아비뇽의 처녀들》 등의 작품이 유명하다.

파스칼(Blaise Pascal, 1623~1662) 프랑스의 수학자·물리학자·철학자·종교사상가. '파스칼의 정리'가 포함된 〈원뿔곡선 시론〉 '파스칼의 원리'가 들어있는 〈유체의 평형〉 등 많은 수학·물리학에 대한 글을 발표하고 연구를 하였다. 또한 활발한 철학적·종교적 활동을 하였으며, 유고집 《팡세》가 있다.

파에드루스(Gaius Julius Phaedrus, BC 15~AD 50) 고대 로마의 우화시인. 마케도니아 출신. 《이솝 이야기》에 바탕을 둔 많은 동물에 관한 우화를 집대성하여 후세에 남긴 공적이 크다. 특히 그 시체(詩體)와 이야기가 모두 단순 평이하며 격조가 높고, 대단한 인기를 모아 나중에는 산문으로 번역되었다. 이솝의 그리스 원전과 그의 시까지도 잃어버린 중세에 이 산문 번역이 전해져 우화는 명맥을 잇게 되었다.

파울루 코엘류(Paulo Coelho, 1947~ ) 브라질의 소설가로 신비주의 작가이며 극작가, 연극연출가, 저널리스트, 대중가요 작사가로도 활동하였다. 대표작은 세계 20여 개 국어로 번역된 《연금술사》를 비롯하여 《피에트라 강가에 앉아 나는 울었노라》 등이 있다.

파울 첼란(Paul Celan, 1920~1970) 독일의 시인. 시집 《양귀비와 기억》에 수록된 '죽음의 푸가'는 현대시의 고전으로 평가된다. 1960년에 퓨히너 상을 수상하였다.

파울 에른스트(Paul Karl Friedrich Ernst, 1866~1933) 독일의 소설가 · 평론가. 자연주의적 현실묘사에 역점을 두었으며 민족적 색채가 짙은 신고전주 의 확립에 힘썼다. 주요 저서로 《모르겐브로츠탈의 보석》, 《라우텐탈 의 행복》 등의 장편소설을 비롯하여, 희곡으로는 《카노사》, 《프로이 센 정신》 등이 있다.

파울 틸리히(Paul Johannes Tillich, 1886~1965) 독일의 신학자. 종교적 사회주 의의 이론적 지도자로서 히틀러에 의해 추방되어 1933년 미국으로 망명 했다. 그의 신학은 존재론적이었다. 또한 신학과 철학을 문답관계로 보 는 것이 특징이었다. 저서에 《조직신학》 등이 있다.

파울 플레밍(Paul Fleming, 1609~1640) 독일 바로크기 최고의 시인. 여행 중 의 체험, 실연과 사랑의 감정을 시로 썼다. 현세와, 내세의 영원성의 신 앙이라는 이원성이 바로크 문학적인 특색을 나타낸다. 주요 작품으로 《독일 시집》, 《종교 · 세속 시집》 등이 있다.

파울 하이제(Paul Johann Ludwig von Heyse, 1830~1914) 독일의 소설가. 정확 하고 유려한 언어의 구사로 독일의 근대소설에서 새로운 전기를 마련하 였다. 주요 저서로 《아라비아타》, 《가르다호 단편집》이 있다. 1910년 노벨문학상을 받았다.

《파이드로스(**Phaidros**)》 철학서로서, 플라톤의 중기 대화편. 소크라테스와 파이드로스가 주인공이며, 부제는 '미(美)에 관하여' 또는 '사랑에 관하 여'이다. 첫째 주제는 특히 《고르기아스》(소피스트들에 대한 비판을 담 은 플라톤의 대화편)와 깊은 관계를 가진 변론술의 로고스적 음미이며, 또 하나의 주제는 《향연(饗宴)》이나 《이온》과 밀접한 관계에 있는 신 적(神的) 광기로서의 사랑의 문제이다. 이들 주제와 떼어놓을 수 없는 철학자의 정의(定義), 방법의 문제, 로고스(言語)의 문제, 영혼의 윤회와 불사(不死)의 설명 등도 있다.

팔만대장경(八萬大藏經) 대장경은 경(經) · 율(律) · 논(論)의 삼장(三藏)을 말하며, 불교경전의 총서를 가리킨다. 이 대장경은 고려 고종 24~35년

(1237~1248)에 걸쳐 간행되었다. 고려시대에 간행되었다고 해서 고려대장경이라고도 하고, 판수가 8만여 개에 달하고 8만 4천 번뇌에 해당하는 8만 4천 법문을 실었다고 하여 8만대장경이라고도 부른다. 이것을 만들게 된 동기는 현종 때 의천이 만든 초조대장경이 몽고의 침략으로 불타 없어지자 다시 대장경을 만들었으며, 그래서 재조대장경이라고도 한다. 몽고군의 침입을 불교의 힘으로 막아보고자 하는 뜻으로 국가적인 차원에서 대장도감(大藏都監)이라는 임시기구를 설치하여 새긴 것이다.

패트릭 헨리(Patrick Henry, 1736~1799) 미국 독립혁명의 지도자. 1763년 '목사사건'의 소송에 성공하여 명성을 떨쳤다. 1775년 비합법 민중대회에서 '자유가 아니면 죽음을 달라'는 연설을 하고 영국 본국과의 개전(開戰)을 주장하였다.

패티 스미스(Patricia Lee Smith, 1946~ ) 미국의 여가수·작가. 1975년 데뷔 앨범 《말(Horse)》을 발매하면서 널리 알려졌다. 그 전엔 비트 시인들과 뉴욕에서 어울렸다. 아르튀르 랭보 등 19세기 초현실주의 프랑스 시의 영향을 많이 받았다. 펑크에 시적인 가사를 통해 문학성을 도입했다는 평가를 받았다. 2007년에 로큰롤 명예의 전당에 올랐다.

퍼시 셸리(Percy Bysshe Shelley, 1792~1822) 19세기 영국의 낭만파를 대표하는 시인으로, 이상주의적 인류애를 표현하는 시를 썼다. 작품에 극시 《사슬에서 풀린 프로메테우스》, 서정시 《종달새에게》, 《구름》 등이 있다.

펄 벅(Pearl Buck, 1892~1973) 미국 소설가. 장편 처녀작 《동풍·서풍》을 비롯해 빈농으로부터 입신하여 대지주가 되는 왕룽(王龍)을 중심으로 그 처와 아들들 일가의 역사를 그린 장편 《대지(大地)》는 대표작품이다. 또 미국의 여류작가로는 처음으로 노벨문학상이 《대지》 3부작에 수여되었다.

페데리코 로르카(Federico García Lorca, 1898~1936) 에스파냐의 시인·극작가. 시집 《노래의 책》, 《집시 가집》으로 유명하다. 대학생 극단 '바라카'를 조직, 고전극 부활에 힘썼다. 극작으로 《피의 혼례》, 《베르나르다 알바의 집》 등이 있다.

페렌츠 몰나르(Ferenc Molnár, 1878~1952) 헝가리의 극작가·소설가. 세련

된 기지와 해학이 넘치는 콩트와 단편소설을 많이 발표하였고 희곡 분
야에서 경묘한 풍자, 뛰어난 줄거리의 구성 등으로 세계적 명성을 떨쳤
다. 대표적인 희곡으로 《릴리옴》, 《이리》 등이 있다.

페리클레스(Perikles, BC 495?~BC 429) 고대 아테네의 정치가 · 군인. 평의
회 · 민중재판소 · 민회에 실권을 가지도록 하는 법안을 제출해 민주정
치의 기초를 마련했다. 외교상으로는 강국과는 평화를 유지했고 델로스
동맹의 지배를 강화했다. 페리클레스의 시대는 아테네의 최성기였다.

페스탈로치(Johann Heinrich Pestalozzi, 1746~1827) 스위스의 교육자로서 학
교를 세워 독자적인 교육방법을 실천하였다. 저서로는 《은자의 황혼》,
《린하르트와 게르트루트》, 《백조의 노래》 등이 있으며 교육이상으로
서 전인적(全人的) · 조화적 인간도야를 주장하였다.

페트로니우스(Gaius Petronius Arbiter, 20~66) 고대 로마의 문인. 집정관을
지내며 황제 네로의 총애를 받아 '우아(優雅)의 심판관'이라 불리었다.
작품으로는 문학사상 악한(惡漢)소설의 원형으로 꼽히는 《사티리콘》
과 약간의 서정시가 남아있다.

펠리시테 라므네(Hugues-Félicité-Robert de Lamennais, 1782~1854) 프랑스의
사상가 · 종교철학자. 사상적으로나 문체로 뛰어난 저서 《종교 무관심
론》(4권)의 간행으로 큰 명성을 얻었다. 《입헌민주당》지 창간 후 국민
의회 의원으로서 의회에 진출. 그의 종교적 사상은 근대정치적 가톨릭
사상에 자극을 주었다.

펠리페 칼데론(Felipe de Jesus Calderón Hinojosa, 1962~ ) 멕시코의 정치가.
2006년 7월 대통령선거에 집권여당 PAN(National Action Party : 국민행동
당) 후보로 출마하여 당선, 12월에 임기 6년의 대통령으로 취임하였다.
그러나 선거 결과에 불복한 야당의 저항정부 구성과 전국적인 소요사태
로 취임과 동시에 위기에 봉착했다.

포이에르바하(Ludwig Andreas Feuerbach, 1804~1872) 독일의 철학자 · 도덕
가. 자신의 가장 중요한 저서 《그리스도교의 본질》에서는 인간의 고유
한 사유 대상은 어디까지나 인간이라고 주장하고 종교를 무한자에 대한
의식으로 축소했다.

폴 게티(Paul Getty, 1982~1976) 미국 대공황 이후 미국 최고의 부자. 지금은

사라진 석유회사를 설립하였고 석유사업으로 돈을 벌어 50년대에는 세계에서 가장 돈 많은 사람 중 한 명이었다. 지독한 구두쇠로 알려졌고, 자기 재산에 광적으로 집착하는 사람이었다고 한다. 1976년 사망하며 남긴 기부금은 게티 미술관의 설립과 운영의 기초가 되었다.

폴 고갱(Paul Gauguin, 1848~1903) 프랑스 후기인상파 화가. 문명세계에 대한 혐오감으로 남태평양 타히티 섬으로 떠났고 원주민의 건강한 인간성과 열대의 밝고 강렬한 색채가 그의 예술을 완성시켰다. 그의 상징성과 내면성, 그리고 비(非)자연주의적 경향은 20세기 회화가 출현하는 데 근원적 역할을 했다.

폴 니장(Paul Nizan, 1905~1940) 프랑스의 소설가. 급우였던 장 폴 사르트르, 시몬 드 보봐르 등에게 사상·견식·인격을 통해 영향을 주었다. 기행수필 《아뎅 아라비아》, 소설 《음모》 등이 있다.

폴리비오스(Polybios, BC 204~BC 125?) 헬레니즘 시대의 그리스 역사가. 제1 포에니 전쟁에서 BC 144년까지의 로마역사를 《역사》 40권으로 저술하여, 로마의 세계 지배는 그 국제(國制)의 우수성에 있다고 결론지었다. 그의 정체순환사관(政體循環史觀)과 혼합정체론(混合政體論)은 특히 유명하다.

폴 모랑(Paul Morand, 1888~1976) 프랑스의 시인·소설가. 코즈모폴리턴 문학 창조자 중 하나이다. 《밤이 열리다》, 《밤이 닫히다》를 발표, 제1차 세계대전 후 혼란과 퇴폐를 그린 신감각파적인 서정적 필치가 유명하다.

폴 발레리(Ambroise Paul ToussaintJules Valéry, 1871~1945) 20세기 전반 프랑스의 시인·비평가·사상가. 말라르메의 전통을 확립하고 재건, 상징시의 정점을 이뤘다. 20세기 최고의 산문가로 꼽힌다. 저서로는 《매혹》, 《구시장》, 《잡기장》, 《영혼과 무용》, 《외팔리노스》 등이 있다.

폴 베를렌(Paul-Marie Verlaine, 1844~1896) 19세기 프랑스 상징파의 시인. 랭보의 연인이었다. 근대의 우수(憂愁)와 권태, 경건한 기도 따위를 정감이 풍부하게 노래하였다. 저서로 《좋은 노래》, 《말없는 연가》, 《예지》 등이 있다.

폴 부르제(Paul Charles Joseph Bourget, 1852~1935) 프랑스의 소설가. 그의 명

저《현대심리 논총》으로 인해 스탕달이 재평가되었다. 작품으로는 《제자》, 《역마을》, 《이혼》 등이 있다. 정밀 견고한 구성미, 정확한 심리분석 수완을 보인다.

폴 엘뤼아르(Paul Éluard, 1895~1952) 다다이즘 운동에 끼어들고, 이윽고 초현실주의의 대표적 시인으로 활약한 프랑스 시인. 「시인은 영감을 받는 자가 아니라 영감을 주는 자」라고 한결같이 생각했다. 유명한 시 《자유》가 수록된《시와 진실》, 《독일군의 주둔지에서》는 프랑스 저항시의 백미다.

폴 쿠퍼(Paul Cooper, 1926~1996) 미국의 작곡가 · 음악평론가. 음악이론서를 저술하고《로스앤젤레스 미러》, 《앤아버 뉴스》의 음악평론가로 활동했으며, 《계간 음악》에 기고하기도 했다. 스톡홀름 왕립음악원과 코펜하겐의 왕립음악원에서 객원교수로 활동했다.

폼페이우스(Gnaeus Pompeius Magnus, BC 106~BC 48) 고대 로마 공화정 말기의 장군 · 정치가. 해적토벌, 미토리다테스 전쟁 등 오랜 세월에 걸쳐 로마를 괴롭힌 싸움에 종지부를 찍었지만, 카이사르와 대립해 패했다.

퐁트넬(Bernard Le Bovier de Fontenelle, 1657~1757) 계몽사상가이자 프랑스 문학가. 시 · 오페라 · 비극 등 문학작품에 관여했다가 나중에 과학사상의 보급자 · 선전자로서 성공을 거두었다. 몽테스키외와 절친한 사이였으며 볼테르에게 영향을 끼쳤다. 퐁트넬의 가장 독창적인 공헌은 그의 책《우화의 기원에 관하여》에 나타난 역사학 방법에 대한 연구였다.

푸블릴리우스 시루스(Publius Sirus, BC 1세기경) 고대 로마의 무언극 작가.

풀크 그레빌(Fulke Greville, 1554~1628) 영국의 시인 · 극작가 · 정치가. 그리스도교적 인문주의의 내부 모순에 대한 그의 근대적인 의식은 인간의 딜레마의 정치적 함축을 다룬 세네카적인 운문비극(韻文悲劇)《무스타파》와《알라함》에 잘 나타나 있다. 이 밖에 종교적 · 철학적 내용의 교훈시를 포함한 소네트집《카엘리카》가 있으나《시드니경의 일생》이 가장 유명하다.

프란체스코(Francesco d'Assisi, 1182~1226) 신의 음유시인, 가톨릭 성인. 프란체스코회 창립자. 아시시의 부유한 상인집안에서 태어났다. 20세에 회심(回心)하여 모든 재산을 버리고 평생을 청빈하게 살며 이웃사랑에 헌신했다. 1224년에 성흔(聖痕 : 그리스도가 십자가에 못 박혔을 때 옆구리와 양손·양발에 생긴 5개의 상처)을 받은 것으로 유명하다. 자애로운 인품과 그가 행한 기적은 모든 시대를 통해 사람들로부터 존경을 받았는데, 시에나의 성녀 카타리나와 함께 이탈리아의 수호성인이 되었다. 《태양의 찬가》를 비롯하여 뛰어난 시도 남겼다.

프란체스코 페트라르카(Francesco Petrarca, 1304~1374) 이탈리아의 시인·인문주의자. 교황청에 있으며 연애시를 쓰기 시작하는 한편 장서를 탐독하여 교양을 쌓았고, 이후 계관시인(桂冠詩人)이 되었다. 성 아우구스티누스와의 대화형식인 라틴어 작품 《나의 비밀》을 집필하였고, 이탈리아어로 된 서정시 《칸초니에레》로 소네트의 극치를 보여주었다.

프란츠 그릴파르처(Franz Grillparzer, 1791~1872) 19세기 오스트리아의 극작가. 이반(離反)·분열의 고통이 인생과 작품에 결정적 영향을 주었다. 대표작은 《사포》, 《금빛 양모피》 등이다. 문학평론과 미학 논문도 썼고, 날카로운 경구를 남겼다.

프란츠 리스트(Franz Liszt, 1811~1886) 헝가리 태생 피아니스트·작곡가. 어려서부터 뛰어난 음악적 재능을 나타냈으며, '피아노의 왕'이라 불리었다. 뛰어난 기교로 유럽에 명성을 떨쳤고, 지금도 역사상 가장 위대한 피아니스트로 추앙받고 있다. 낭만시대 음악에 큰 공헌을 했다. 주요 작품으로 《파우스트 교향곡》, 《단테 교향곡》 등이 있다.

프란츠 브렌타노(Franz Brentano, 1838~1917) 독일의 철학자·심리학자. 아리스토텔레스─토마스 아퀴나스적인 실재론 철학을 배경으로 학적(學的) 철학의 기초 구축을 꾀하였다. 철학의 기초학으로서, 경험적 방법에 의해 정신현상을 기술하는 기술적(記述的) 심리학의 이념을 전개했다.

프란츠 요제프 하이든(Franz Joseph Haydn, 1732~1809) 빈고전파를 대표하는 오스트리아의 작곡가. 교향곡의 아버지로 불린다. 100곡 이상의 교향곡, 70곡에 가까운 현악4중주곡 등으로 고전파 기악곡의 전형을 만들었으며, 특히 제1악장에서 소나타형식의 완성으로도 유명하다. 대표작으로 《천지창조》, 《사계(四季)》 등이 있다.

프란츠 카프카(Franz Kafka, 1883~1924) 체코의 유대계 소설가. 인간 운명의 부조리, 인간 존재의 불안을 통찰하여, 현대 인간의 실존적 체험을 극한에 이르기까지 표현하여 실존주의 문학의 선구자로 높이 평가받는다. 주요작품으로《성(城)》,《변신(變身)》 등이 있다.

프랑수아 라블레(François Rabelais, 1483~1553) 프랑스의 작가·의사·인문주의 학자. 프랑스 르네상스의 최대 걸작인《가르강튀아와 팡타그뤼엘 이야기》를 썼다. 몽테뉴와 함께 16세기 프랑스 르네상스 문학의 대표적 작가이다. 영국의 셰익스피어, 에스파냐의 세르반테스에 비견된다.

프랑수아 모리아크(François Mauriac, 1885~1970) 프랑스의 소설가. 심리소설의 전통을 이었지만, 복잡성, 혼돈의 세계를 혼돈(混沌) 그대로 라신적 수법으로 받아들였다. 작품의 무게가 문체에 있다. 작품은《파리새 여자》,《어린 양》, 평론《소설론》 등이다. 1952년 노벨문학상을 받았다.

프랑수아 비용(1431~?) 15세기 프랑스 중세 말기의 시인으로, 방랑과 투옥을 되풀이하는 생애를 보냈다. 저서로는《작은 유산》,《유언시집》 등이 있다. 리얼리스트였고, 서정시에도 비현실적인 것은 없으며 야유, 조소를 표현했다.《지난날의 당신의 발라드》 등은 뛰어난 작품이다.

프랑수아 사강(Françoise Sagan, 1935~2004) 20세기 중엽 프랑스의 여류소설가·극작가. 현대 프랑스에서 가장 많은 독자를 가진 작가로 활약 중이다. 작품으로《슬픔이여 안녕》,《어떤 미소》,《브람스를 좋아하시나요》,《잃어버린 프로필》,《흐트러진 침대》 등이 있다.

프랑수아 케네(François Quesnay 1694~1774) 중농주의를 창시한 프랑스의 경제학자. 농업자본의 재생산 문제를 도표로 표시한《경제표》를 작성하였다. 중농주의의 체계를 확립하는 한편, 국내시장의 확장을 위하여 자유방임정책의 채용과 세제개혁을 주장하였다.

프랑수아 코페(François Coppée, 1842~1908) 프랑스의 시인. 고답파(高踏派) 시풍의 처녀시집《성유물함(聖遺物函)》을 발표하였고, 여배우 사라 베르나르가 연기한 단막시극《행인(行人)》으로써 문단에서의 지위를 구축했다. 서민의 생활과 감정을 소박하게 묘사한 시와 극을 잇달아 발표하여, 다소 고풍스러우면서도 감상적인 스타일로 인기를 끌었다.

프랑수아 페늘롱(François de Salignac de La Mothe Fénelon, 1651~1715) 프랑스의 종교가·소설가. 그의 대표작인 소설《텔레마크의 모험》은 왕세손의 교육을 위해 쓴 것인데, 고전주의 문학의 걸작인 동시에 거기에 전개

되는 루이 14세의 전제(專制)에 대한 비평과 유토피아적인 이상사회의
기술 등은 계몽사상 형성에 적지 않은 역할을 하였다.

프랑시스 잠(Francis Jammes, 1868~1938) 상징파의 후기를 장식한 신고전파
프랑스 시인. 상징주의 말기의 퇴폐와 회삽(晦澁)한 상징파 속에서 이에
맞선 독자적인 경지를 열었다. 주요 저서로 《그리스도교의 농목시(農牧
詩)》, 《새벽종으로부터 저녁 종까지》 등이 있다.

프랜시스 베이컨(Francis Bacon, 1561~1626) 르네상스 후의 근대철학, 특히
영국 고전경험론의 창시자이다. 인간의 정신능력 구분에 따라서 학문을
역사·시학·철학으로 구분했다. 다시 철학을 신학과 자연철학으로 나
누었는데, 그의 최대의 관심과 공헌은 자연철학 분야에 있었고 과학방
법론·귀납법 등의 논리 제창에 있었다.

프랜시스 카르코(Francis Carco, 1886~1958) 프랑스 작가·시인. 악한·매춘
부·도둑·실직자 등을 즐겨 소재로 다루었고, 속어를 많이 쓰는 회화
체로써 뒷골목 분위기와 하층사람들을 교묘하게 묘사했다. 주요 작품
가운데 《쫓기는 사나이》로 아카데미 소설 대상을 받기도 했다.

프랜시스 톰프슨(Francis Thompson, 1859~1907) 영국의 시인. 1893년 《시
집》을 출간하였다. 신으로부터의 도주와 신의 추구를 노래한 「하늘의
사냥개」는 이 중 백미다. 「셸리론」은 가장 유명한 평론이다.

프랜시스 허치슨(Francis Hutcheson, 1694~1747?) 18세기 영국의 도덕감각학
파. 인간의 심성에는 이기적 경향과는 독립된 이타적경향이 있다고 하
였다. 또한 미적 감각과 마찬가지로 정사(正邪)를 판단하는 자연스럽고
보편적인 도덕감각이 있다고 설파했다. 공리주의자에게 커다란 영향을
주었다.

프랭크 그레이엄(Frank Dunstone Graham, 1890~1949) 교역조건은 생산비에
의해 결정된다는 생산비설을 주장한 미국경제학자. 주로 국제무역이론
을 연구하여 J. S. 밀과 A. 마셜 등이 확립한 고전적 상호수요설에 대하
여 비판적 태도를 취하였으며, 국제가치론의 재구성에 노력하였다.

프랭클린 루스벨트(Franklin Delano Roosevelt, 1882~1945) 미국의 제32대 대
통령. 강력한 내각을 조직하고 경제공황을 극복하기 위하여 뉴딜정책을
추진하였다. 제2차 세계대전 중에는 연합국회의에서 지도적 역할을 다

하여 전쟁종결에 많은 노력을 기울였다.

프레더릭 로버트슨(Frederick William Robertson, 1816~1853) 성공회의 프로
테스탄트 목사로, 설교는 신학적이라고 할 수는 없었으나, 인간윤리에
관한 넓은 관심을 나타냈다. 영적 자유에 이르는 길을 가르쳤다. 그가
죽은 뒤에 출판된《설교집》은 뛰어난 설교문학으로 평가받고 있다.

프레데리크 쇼팽(Frédéric François Chopin, 1810~1849) 폴란드의 작곡가·피
아니스트. 자유롭고 시대를 앞서가는 독자적인 양식의 작품을 많이 남
겼으며 특히, 약 200곡에 이르는 피아노곡으로 유명하다. 페달의 사용과
약박(弱拍)을 약간 인접한 강박(强拍)에 접근시키는 연주법으로 후세의
피아노 연주법에도 큰 영향을 끼쳤다.

프로타고라스(Protagoras, BC 485?~BC 414?) 고대 그리스의 대표적 소피스
트. '인간은 만물의 척도'라는 말로 유명하다. 인간은 사물을 제각각 인
식하여 사물을 절대적이 아닌 상대적으로 본다는 뜻이다. 인간이 가지
게 되는 지식은 인간의 인식에 기초하는데, 이 인식은 또한 인간의 감각
에 기반을 두고 있어서, 인간의 감각기관에 의해서 인식되는 것이 각각
다르므로 지식 또한 사람마다 다르다는 상대주의적 진리론을 주장한 것
이다. 그는 우주의 이법(理法)에 관해서 과학이 주장하는 것에 회의를
품었고, 신의 존재에 대해서도 불가지론(不可知論)의 태도를 취하였다.

프로페르티우스(Sextus Propertius, BC 48?~BC 16?) 고대로마의 서정시인으
로 아우구스투스의 총신 G. 마에케나스의 문인그룹의 한 사람이었다.
대표작《서정시집》은 금언적(金言的) 명구로 연애의 갖가지 상(相)을
노래하여 후세의 시인 괴테와 바이런 등에 큰 영향을 끼쳤다.

프리드리히 2세(Friedrich II, 1712~1786) 프리드리히 대왕. 프로이센의 국왕.
강력한 대외정책을 추진하여 오스트리아의 제위 상속을 둘러싼 분쟁에
편승 슐레지엔 전쟁을 일으켰다. 오스트리아, 러시아와 관계가 악화되
자 영국·프랑스 간 식민지전쟁에서 영국과 동맹을 맺음으로써 7년전
쟁이 시작되었다. 국민의 행복증진을 우선한 계몽전제군주로 평가된다.

프리드리히 니체(Friedrich Wilhelm Nietzsche, 1844~1900) 독일의 시인·철
학자. 쇼펜하우어의 의지철학을 계승하는 '생의 철학'의 기수(旗手)이며,
키르케고르와 함께 실존주의의 선구자로 지칭된다. 저서로는《반시대

적 고찰》, 《차라투스트라는 이렇게 말했다》 등이 있다.

프리드리히 로가우(Friedrich Freiherr von Logau, 1604~1655) 독일의 풍자시
인. 직설적이고 꾸밈없는 문체로 잘 알려졌다. 신랄하기는 하지만 별로
교훈적이지 않은 그의 글은 당대에는 보기 드물게 직선적이고 꾸밈이
없었다. 격언시집 《시로 쓴 100가지 독일잠언》 계속 개정 증보되어 출
판되었다.

프리드리히 뤼케르트(Friedrich Rückert, 1788~1866) 독일의 시인. 고전파·
로망파·동양 시가 절충된 시를 많이 썼다. 어린이들을 위한 시·동화
작가로서도 유명하다. 시집으로 《사랑의 봄》, 《브라만의 지혜》 등이
있다. 그의 많은 시가 슈베르트, 슈만 등에 의해 작곡되었다.

프리드리히 마이네케(Friedrich Meinecke, 1862~1954) 독일의 역사가. 베를린
자유대학 초대 총장. 딜타이, 트뢸치와 함께 정신사(精神史) 또는 이념
사(理念史)의 방법을 확립함으로써 역사학회에 많은 영향을 끼쳤다. 저
서로는 《세계시민주의와 국민국가》, 《역사주의의 성립》 등이 있다.

프리드리히 뮐러(Friedrich Max Müller, 1823~1900) 독일의 동양학자·비교
언어학자. 시인 빌헬름 뮐러의 아들이다. 인도학의 넓은 분야에서 과학
적·비판적 학문 연구의 기초를 쌓았다. 비교언어학과 비교신화학을 확
립하였다. 51권으로 이루어진 《동양의 경전》을 편찬했으며, 《인도 6
파 철학》 등이 있다.

프리드리히 셸링(Friedrich Wilhelm Joseph von Schelling, 1775~1854) 독일의
철학자. 칸트, 피히테를 계승하여 헤겔로 이어지는 독일 관념론의 대표
자의 한 사람이다. 헤겔의 사상을 '소극 철학'으로 보고, '적극 철학'을
설파하여 '이성'과 '체계'를 깨뜨리는 실존철학의 길을 열었다. 주요 저
서로 《선험적(先驗的) 관념론의 체계》, 《인간적 자유의 본질에 관한
철학적 고찰》 등이 있다.

프리드리히 슈나크(Friedrich Schnack, 1888~1977) 독일의 작가. 소박한 자연
감정과 근대적인 박물학적(博物學的) 지식을 융합시킨 시·소설·수필
등을 발표하였다. 《나비의 생활》이 대표작으로 꼽힌다.

프리드리히 슐라이어마허(Friedrich Ernst Daniel Schleiermacher, 1768~1834)
독일의 프로테스탄트 신학자·철학자. '근대신학의 아버지'로 불린다.

베를린 설교를 통하여 민족주의를 고취하여 애국설교가라는 명성을 얻었다. 루터파와 개혁파의 통합운동에 힘썼다.

프리드리히 실러(Johann Christoph Friedrich von Schiller, 1759~1805) 독일의 시인 · 극작가. 작품 《군도(群盜)》를 극장에서 상연함으로써 큰 호응을 얻었고, 이는 독일적인 개성 해방의 문학운동인 '질풍노도운동(Sturm und Drang)'의 대표작으로 손꼽힌다. 독일의 국민시인으로서 괴테와 더불어 독일 고전주의문학의 2대 거성으로 추앙받는다.

프리드리히 엥겔스(Friedrich Engels, 1820~1895) 독일의 사회주의자. 마르크스와 공동 집필한 《독일 이데올로기》에서 유물사관(唯物史觀)을 제시하여 마르크스주의의 철학적 기초를 확립하였다. 마르크스의 이론적 · 실천적 활동을 경제적으로 지원하였으며 마르크스주의 보급에 노력하였다.

프리드리히 헵벨(Friedrich Hebbel) 독일의 사실주의 대표적 작가. 저서로 《마리아 막달레나》가 있다.

프리드쇼프 난센(Fridtjof Nansen, 1861~1930) 노르웨이의 북극탐험가 · 동물학자 · 정치가. 프람 호(號)로 북극탐험에 나서 북위 86° 14' 지점에 도달했다. 국제연맹의 노르웨이 대표였고 제1차 세계대전 후 인도주의적 입장에서 포로의 본국송환 · 난민구제에 힘썼다.

프리츠 운루(Fritz von Unruh, 1885~1970) 독일 표현주의문학의 대표적 작가. 제1차 세계대전을 겪은 뒤 평화주의자이면서 철저한 반전주의자가 되었다. 초기작들은 빌헬름시대 군인정신의 찬양을 다루었다. 대표작으로는 《한 종족》, 《광장》 등이 있다.

프세볼로트 가르신(Vsevolod Mikhailovich Garshin, 1855~1888) 러시아의 소설가. 소년시절부터 시작된 광증의 발작이 재발되어 하르코프의 정신병원에 수용되었다. 명작 《붉은 꽃》은 병원에 입원 중 자기의 체험에 그의 독자적인 '악의 꽃'을 테마로 엮은 것이고, 그 밖에 《꿈이야기》, 《병졸 이바노프의 회상》 등의 작품이 있다. 33세의 나이로 요절하였다.

프타호테프(Ptahhotep, BC 2400년경) 고대 이집트 제5왕조 후반의 3왕 중 장제신관장(葬祭神官長). 고대 이집트 귀족의 묘 사카라의 계단형 피라미드 서쪽에 있는 마스타바의 묘주. 그의 묘 벽화는 제5왕조에 있어서 부조예술의 최전성기의 대표작이다.

플라우투스(Titus Maccius Plautus, BC 254?~BC 184) 고대 로마의 희극작가로 운율의 극적 효과를 탐구하고 사랑의 고백이나 욕설, 임기응변의 대답 등에 라틴어 표현력의 새 분야를 개척하였다. 대표작은 《포로》, 《밧 줄》 등이 있다.

플라톤(Plato, BC 428~BC 348) 고대 그리스의 철학자, 형이상학의 수립자. 소크라테스만이 진정한 철학자라고 생각하였다. 영원불변의 개념인 이데아(idea)를 통해 존재의 근원을 밝히고자 했다. 특히 그의 모든 사 상의 발전에는 윤리적 동기가 바탕을 이루고 있다. 그의 작품은 1편 을 제외하고 모두가 논제를 둘러싼 철학 논의이므로 《대화편》이라 불린다.

플로베르(Gustave Flaubert, 1821~1880) 프랑스 작가. 꿈 많은 로마네스크한 자기 자신의 모습을 우스꽝스런 존재로 관조하는 작품을 많이 썼다. 신 비평파의 비평가들은 문학을 결연히 언어의 문제로 환원시킨 최초의 작 가로서 플로베르를 누보로망의 원류로 평했다. 주요작품에는 《세 가지 이야기》 등이 있다.

플루타르코스(Plutarchos, 46?~120?) 고대 로마의 그리스인 철학자·저술가. 플라톤 철학을 신봉하고 박학다식한 것으로 유명하다. 저작활동은 매우 광범위하여 전기·윤리·철학·신학·종교·자연과학·문학·수사학 에 걸쳐 그 저술이 무려 250종에 달했던 것으로 추정된다.

플리니우스 2세(Gaius Plinius Caecilius Secundus, 61?~113?) 고대 로마의 문 인·정치가. 집정관과 비티니아의 총독을 지냈고 트라야누스 황제에 대 한 송덕연설과 법정변론으로 이름을 떨쳤으며 《서한집》(11권)이 전해 진다.

피네로(Arthur Wing Pinero, 1855~1934) 영국의 극작가. 작품 《탕아》로 입 센풍의 사회문제극을 비롯하여, 《탱커리 씨의 후처》로 성공, 런던 극 단에 새 바람을 일으켰다. 사실적 수법, 교묘한 구성, 판단력으로 영국 근대극에 선구적 역할을 했다.

피델 카스트로(Fidel Castro (Ruz), 1926~ ) 쿠바의 정치가·혁명가. 1959년 총리에 취임하고 1976년 국가평의회 의장직에 올랐다. 공산주의 이념

아래 49년간 쿠바를 통치하였다. 2008년 2월에 국가평의회 의장직을 사임하고 권력을 라울 카스트로에게 넘겼다.

피란델로(Luigi Pirandello, 1867~1936) 이탈리아의 극작가·소설가. 염세적인 작풍의 시인으로 출발하여 7편의 장편소설과 246편의 단편소설을 발표하였다. 《작자를 찾는 6명의 등장인물》 등 연극사에 길이 남을 극작을 써서 1934년 노벨문학상을 받았다.

피셔 에임스(Fisher Ames, 1758~1808) 미국의 정치가·연설가·작가. 죽기 4년 전 하버드 대학교의 총장으로 선출되었으나 건강상태의 악화로 그만두었다.

피에르 드 마리보(Pierre de Marivaux, 1688~1763) 프랑스의 극작가·소설가. 우아 세련 고답적인 문체는 '마리보다지'라 불린다. 아카데미 프랑세즈 회원으로 뽑혔으나, 19세기에 와서야 비평가 생트 뵈브에 의해 비로소 재인식되었다. 이성의 시대와 낭만주의 시대를 잇는 중요한 작가로 인정받고 있다. 소설 《마리안의 생애》 등은 프랑스 근대 사실소설의 선구적 작품이다. 대표작은 희극 《사랑의 기습》 등이 있다.

피에르 드 보마르셰(Pierre Augustin Caron de Beaumarchais, 1732 ~1799) 18세기 프랑스의 극작가. 작품은 《비망록》, 《세비야의 이발사》 등이고, 걸작 《피가로의 결혼》 이 있다. 루이 16세의 밀사였고, 미국 독립전쟁에 개입하였다. 프랑스 작가의 저작권 보호를 위해 활약했다.

피에르 라쇼세(Pierre Claude Nivelle de La Chaussée, 1692~1754) 18세기 프랑스의 극작가로 희비극의 창시자로 일컬어진다. 희극적 요소에 감상적 정감을 혼입, 해피엔드로 끝나는 형식을 확립했다. 대표작은 《멜라니드》 이다.

피에르 보나르(Pierre Bonnard, 1867~1947) 프랑스의 화가. 고갱의 영향을 받은 반 인상파인 나비 파(派)를 결성하였다. 대상의 설명에서 벗어나 현란한 명색이 교향(交響)하는 독자적인 색채의 세계를 확립, 「색채의 마술사」 로 불렸다. 작품으로는 《빛을 등진 누드》 등 유화 이외에 구아슈(gouache)·수채화·석판화에서도 많은 가작을 남겼다.

피에르 샤롱(Pierre Charron, 1541~1603) 프랑스의 가톨릭 신학자·철학자·설교자·신학자로 명성을 떨쳤다. 남프랑스에서 유명하였다. 몽테뉴와 친교를 맺어 그의 사상적 영향을 받았다.

피에르 아벨라르(Pierre Abélard, 1079~1142) 중세 프랑스 철학을 대표하는 철학자·신학자로, 중세 철학사의 보편적 논쟁에서 빠질 수 없는 인물이다. 논리학 저서들을 통해서 독자적인 언어철학을 명석하게 설명했다. 스콜라 철학의 아버지로 불린다.

피에르 코르네유(Pierre Corneille, 1606~1684) 프랑스의 극작가. 《미망인》, 《루아얄 광장》 등의 풍속희극으로 주목을 받았으며, 《거짓말쟁이》를 발표하여 몰리에르 이전에 문학적 희극을 확립했다는 평가를 받았다.

피에로 코르토나(Pietro da Cortona, 1596~1669) 이탈리아의 화가·건축가. 화려한 색채와 빛의 효과를 이용하여 바로크양식의 천장에 맞는 아름다운 인물·장식을 그려 회화와 건축을 통일적으로 구상했다.

피에르 드 롱사르(Pierre de Ronsard, 1524~1585) 프랑스의 대표 시인. 플레야드파의 대표자였다. 알렉산드란 시구를 확립, 고전극시의 길을 열었다. 《엘렌의 소네트》는 롱사르 시의 최고봉이다. 중세 서정시와 근대의 상징시를 잇는 계승자였고, 시형식의 개혁을 실천하였다.

피에르 샤롱(Pierre Charron, 1541~1603) 프랑스의 가톨릭 신학자·철학자. 몽테뉴와 친교를 맺어 그의 사상적 영향을 받았다. 주요 저서인 《지혜에 대하여》에서는 특히 인간의 지혜가 자신의 힘의 본성(本性)과 한계를 아는 데 있다고 하여 회의적 입장을 굳혔다. 그러나 이것은 몽테뉴의 《수상록》을 모방한 것이라고 할 수 있다.

피에르 에마뉘엘(Pierre Emmanuel, 1916~1988) 프랑스 여류시인·평론가. 신화(神話)와 성서의 세계를 통한 인간의 근원적 문제에 대한 깊은 통찰력으로 현대 프랑스 시단에서 독자적인 지위를 차지한 철학시인으로 주목된다. 현대의 인간이 직면하는 온갖 문제를 전체적·통일적으로 파악하려고 하는 야심적·예언자적 시인이기도 하다.

피에르 프루동(Pierre-Joseph Proudhon, 1809~1865) 프랑스의 무정부주의 사상가이자 사회주의자. 《재산이란 무엇인가?》에서 자본가의 사적 소유를 부정하며 힘 대신 정의를 가치의 척도로 삼아야 한다고 주장하였다. 그의 사상은 제1인터내셔널 조직, 파리코뮌에 큰 영향을 끼쳤다.

피에트로 메타스타시오(Pietro Metastasio, 1698~1782) 이탈리아의 극시인. 그리스의 고전극을 본받아 이탈리아 연극을 부흥시키고자《버림받은 디도네》등 많은 음악극을 썼다. 빈의 궁정시인을 지냈으며, 이탈리아 오페라 탄생의 서막을 열어놓는 공헌을 하였다.

피에트로 카발리니(Pietro Cavallini, 1250?~1330?) 이탈리아의 화가·모자이크 공예가. 회화에 처음으로 고딕조각 수법을 응용하였다. 비잔틴주의의 극복을 시도했고 조소적(彫塑的)인 요소를 색조에 담은 새로운 회화식 표현영역을 개척했다. 주요 작품 산타 체칠리아 성당의 벽화《최후의 심판》,《수태고지》등이 있다.

피천득(皮千得, 1910~2007) 시인·수필가·영문학자. 시보다는 수필을 통해 진수를 드러냈다. 주요작품으로 수필《은전 한 닢》,《인연》등이 있으며, 시집으로는《서정소곡》등이 있다.

피타고라스(Pythagoras, BC 582?~BC 497?) 그리스의 종교가·철학자·수학자. 그는 만물의 근원을 '수(數)'로 보았으며, 수학에 기여한 공적이 매우 커 플라톤, 유클리드를 거쳐 근대에까지 영향을 미쳤다. 오늘날「피타고라스 정리」의 증명법은 유클리드에 유래한 것이며, 그의 증명법은 알려져 있지 않다.

피터 드러커(Peter Ferdinand Drucker, 1909~2005) 미국의 경영학자. 현대를 대량생산원리에 입각한 고도산업사회로 보고, 그 속에서 기업의 본질과, 이를 바탕으로 한 경영관리의 방법을 전개하였다. 주요 저서에《경제인의 종말》,《산업인의 미래》,《새로운 사회》,《경영의 실제》,《단절의 시대》등이 있다.

핀다로스(Pindaros, BC 518?~BC 438?) 그리스의 서정시인으로 왕후와 귀족들을 위한 찬미의 시를 지었다. 이후 민주주의의 물결로 왕후와 귀족이 몰락하자 상실되었던 세계의 고귀한 혼의 부활을 절규하는 불후의 명시를 많이 남겼다.

필레몬(Philemon, BC 368?~BC 264?) 그리스 시인. 아테네 신희극에 속하는 작품들을 쓴 시인. 메난드로스와 같은 시대에 활동한 선배이자 경쟁자였다. 극작가로서 교묘하게 꾸며진 줄거리와 생생한 묘사, 극적인 놀라움 및 진부한 교훈으로 유명했다.

**필론**(Philōn ho Alexandreios, BC 15?~AD 45?) 유대인 필론이라고도 한다. 헬레니즘시대 대표적인 유대철학자이며 최초의 신학자이다. 그리스철학과 유대인의 유일신 신앙의 융합을 꾀했다. 고대 그리스도교신학, 철학사상의 형성과 뒷날의 신플라톤주의까지 큰 영향을 미쳤다.

**필립 랜돌프**(Asa Philip Randolph, 1889~1979) 미국의 노동운동・공민권운동 지도자. 흑인차별에 대해 항의하고 정부에 압력을 가했다. 1941년 군수산업체와 연방정부에서의 인종차별 철폐 행정명령, 1948년 군대 내에서의 인종차별을 금지하는 대통령령을 공포하도록 하는 데 큰 역할을 했다.

**필립 매신저**(Philip Massinger, 1583~1640) 영국의 극작가. 성(性)과 폭력의 자극을 희구하는 젊은 세대의 기호에 영합하고, 교묘한 줄거리 전개와 무대기교로 한때는 극단의 인기를 독차지하였다. 합작・단독작을 합하여 약 60편에 이르는 많은 작품을 썼다. 주요 작품으로는 《새 차용금 상환법》, 《밀라노의 공작》 등이 있다.

**필립 시드니**(Philip Sidney, 1554~1586) 영국 엘리자베스 시대의 궁정신하・정치가・시인・평론가로서 당대의 이상적인 신사로 여겨졌다. 《아스트로펠과 스텔라》는 셰익스피어의 소네트 다음가는 최고의 소네트 연작으로 평가받았다. 《시의 변호》에서 르네상스 시대의 비평개념을 영국에 소개했다.

**필립 체스터필드**(Philip Chesterfield, 1694~1773) 영국의 정치가・외교관. 예절, 사교술, 세속적인 성공비법 등에 관한 안내서인 《아들에게 주는 편지(Letter to His Son)》의 저자로 유명하다. 자신의 임종을 지켜주기도 했던 평생의 친구인 외교관 솔로몬 데이롤스에게 보낸 글을 비롯해서 유머와 매력이 넘치는 글의 본보기가 되는 많은 서한집을 남겼다.

### 하

**하드리아누스**(Publius Aelius Hadrianus, 76~138) 로마제국 황제. 오현제(五賢帝 : 네르바, 트라야누스, 하드리아누스, 안토니누스 피우스, 마르쿠스 아우렐리우스)의 한 사람. 제국 제반 제도의 기초를 닦았으며 로마법의 학문연구를 촉진시키고 문예·회화·산술을 애호하였다.

하위지(河緯地, 1412~1456) 조선 전기의 문신으로 사육신의 한 사람. 집현전 직전(直殿)에 등용되어 수양대군을 보좌하여 《진설(陣說)》의 교정과 《역대병요(歷代兵要)》의 편찬에 참여하였다. 침착 과묵한 청백리로 에스파냐 등과 단종 복위를 꾀하다가 실패 거열형(車裂刑)에 처해졌다.

하이데거(Martin Heidegger, 1889~1976) 독일 실존주의 철학의 대표자. 나치스 지배 기간 동안 협력하였다. 프라이부르크 대학에서 신학, 철학을 수학. 마르부르크, 프라이부르크 대학의 교수를 역임. E. 훗살 교수의 현상학으로부터 출발하여 기초적 존재론을 이룩하였으며, 키르케고르의 영향을 받았다.

하인리히 만(Heinrich Mann, 1871~1950) 독일의 소설가. 작가 토마스 만의 형. 이탈리아와 프랑스의 문학과 사상에 많은 영향을 받았다. 사회와 문명에 대한 비판적 안목으로 자유 독일정신의 지주로 간주되었다. 대표작으로 장편 《소도시(小都市)》가 있다.

하인리히 뵐(Heinrich Theodor Böll, 1917~1985) 독일의 소설가. 제2차 세계대전의 혼란한 사회와 인간을 그린 작품이 많다. 주요 저서로는 《열차는 정시에 도착하였다》, 《그리고 아무 말도 하지 않았다》, 《아홉시 반의 당구》, 《어떤 어릿광대의 견해》 등이 있으며, 그 밖에 많은 단편과 라디오 드라마·평론이 있다. 1971년에는 성취지향사회에 대한 저항을 담은 《여인과 군상》을 발표하고 이듬해 노벨문학상을 수상했다.

하인리히 주조(Heinrich Suso, 1295?~1366) 별명은 조이제. 하느님에 대한 순수적 사랑과 하느님의 관조가 인간 완성에 중요하다고 하였다. 주조의 걸작 《영원한 지혜》는 토마스 아 켐피스의 《그리스도를 본받아》가 나올 때까지 가장 인기 있는 신앙 서적이었다.

하인리히 트라이치케(Heinrich von Treitschke, 1834~1896) 독일의 역사가·정치평론가. 하이델베르크대학교, 베를린대학교 등의 교수를 지냈고 소독일주의를 주장하였다. 국민자유당에 속하여 군국주의·애국주의를 제창하고 강경외교를 주장하였다. 주요 저서로 《19세기 독일역사》 등이 있다.

하인리히 하이네(Heinrich Heine, 1797~1856) 독일의 시인. 낭만주의와 고전

주의 전통을 잇는 서정시인인 동시에 반(反)전통적·혁명적 저널리스트
였다. 독일 시인 중에서 누구보다도 많은 작품이 작곡되어 오늘날에도
널리 애창되고 있다. 주요 저서로《로만체로》가 있다.

한갑수(韓甲洙, 1913~2004) 국어학자·한글학자. 한글의 발전과 보급을 위
해 일했으며 한글의 바른 용법을 알렸다. 한글학회 회장, 한글재단 초대
이사장을 지냈다. 세계교육재단 평화문화상을 받았다. 저서로는《바른
말 고운말 사전》,《국어대사전》등이 있다.

한니발(Hannibal, BC 247~BC 183) 카르타고의 정치가·장군. 제2차 포에니
전쟁(한니발전쟁)을 일으켜 육로로 피레네산맥과 알프스를 넘어서 이탈
리아로 침입, 각지에서 로마군을 격파했다. 그러나 대(大)스키피오가 카
르타고를 공격하자 고국에 소환되어 자마 전투에서 대패했다.

《한비자(韓非子)》중국 전국시대 말 한(韓)나라의 공자(公子)로 법치주의
를 주창한 한비(韓非)와 그 일파의 논저(論著).

《한서(漢書)》중국 후한(後漢)의 역사가 반고(班固)가 저술한 기전체(紀傳
體)의 역사서. 사마천의《사기》와 더불어 중국 사학사상(史學史上) 대
표적인 저작이다. 한무제에서 끊긴 《사기》의 뒤를 이은 정사(正史)로
여겨지므로 '두 번째의 정사'라 하기도 한다.

한스 벤더(Hans Bender, 1919~ ) 독일의 소설가. 전후 젊은 세대의 의식을
대표하는 작가 중 한 사람이다. 주요 작품으로 전쟁과 포로생활을 테마
로 한 장편소설《갈망의 음식》, 단편집《늑대와 비둘기》등이 있다.
시집으로는《외국인이여 떠날지어다》가 있다.

한스 홀투젠(Hans Egon Holthusen, 1913~ ) 독일의 시인·비평가. 유미주의
적 경향이 강하다. 반(反)나치스운동에 참가하였다. 주요시집으로《이
시대에》, 에세이로는《만년의 릴케》등의 작품을 남겼다.

한스 카로사(Hans Carossa, 1878~1956) 독일의 시인·소설가. 뮌헨 대학에서
《아름다운 미혹의 해》,《의사 기온》등을 썼다. 의사시험에 합격하고
아버지의 대리가 되어 의업에 종사하였다. 소년시절부터 괴테를 스승으
로 숭앙하였다.

《한시외전(漢詩外傳)》전한(前漢)의 경학자(經學者) 한영(韓嬰)이 지은
《시경》의 해설서. 정확한 저술 시기는 알 수 없지만 경제(景帝) 또는

무제(武帝) 때로 추정된다.《시경》을 해설하면서 잡다한 고사와 고어
(古語)·설화를 인용하여 앞에 쓰고, 그 뒤에《시경》의 시구들을 기술
하는 형태로 되어 있다.

한용운(韓龍雲, 1879~1944) 독립운동가·승려·시인. 일제시대 때 시집
《님의 침묵》을 출판하여 저항문학에 앞장섰고, 불교를 통한 청년운동
을 강화하였다. 종래의 무능한 불교를 개혁하고 불교의 현실참여를 주
장하였다. 주요 저서로《조선불교유신론》 등이 있다.

한유(韓愈, 768~824) 송대(宋代) 중국 당나라의 문학가·사상가. 조선과 일
본에 광범위한 영향을 미친 후대 성리학(性理學)의 원조이다. 산문의 문
체개혁(文體改革)과 시에 있어 지적인 흥미를 정련(精練)된 표현으로 나
타낼 것을 시도하는 등 문학상의 공적을 세웠다.

할란 엘리슨(Harlan Ellison, 1934~ ) 미국의 SF 작가.

함석헌(咸錫憲, 1901~1989) 사상가·민권운동가·문필가. 1958년 발표한
〈생각하는 백성이라야 산다〉는 글은 자유당 시절의 대표적 필화사건
이다. 1970년 월간지《씨알의 소리》를 창간, 여기에 발표한 많은 글과
강연 등을 통해 민중계몽운동을 폈다. 1985년 노벨 평화상 후보로 지
명·추천받았다. 주요 저서로《뜻으로 본 한국역사》,《역사와 민족》
등 다수가 있다.

해럴드 래스키(Harold Joseph Laski, 1893~1950) 영국의 정치학자. 런던대학
교수를 지냈고, 노동당 집행위원장이 되어 의회주의를 통한 평화혁명을
주장하였다. 저서로《근대국가에서의 자유》 등이 있다.

해럴드 존스(Harold Spencer Jones, 1890~ 1962) 영국의 천문학자. 31년에 소
행성(小行星)이 지구로 접근할 때 그 지심시차(地心視差)를 측정, 지구
와 태양 사이의 거리(1AU)를 결정했다.

해리 에머슨 포스딕(Harry Emerson Posdic, 1878~1969) 미국 침례교 목사.
유니온 신학교에서 설교학을 가르쳤으며, 유명한 리버사이드 교회의 목
사가 되어 그곳에서 은퇴하였다. 저서로는《기도의 의미》가 있다.

해리 트루먼(Harry Shippe Truman, 1884~1972) 미국 제33대 대통령. 각종 위
원회 위원과 국방계획조사 특별위원회 위원장을 지내고 부통령을 거쳐
대통령이 되었다. 반소·반공을 내세운 트루먼독트린으로 2차 세계대전

후의 국제정치의 방향을 결정하였고 6·25전쟁으로 인한 한국 파병에 이르기까지 내정 ·외교를 지도하였다.

허균(許筠, 1569~1618) 조선중기 문신·소설가. 소설《홍길동전》은 사회 모순을 비판한 조선시대 대표적 걸작이다. 작품으로《한년참기(旱年讖記)》,《한정록(閑情錄)》 등이 있다.

허먼 멜빌(Herman Melville, 1819~1891) 미국 소설가·시인. 대표작 《백경(Moby Dick)》은 에이햅 선장이라는 강렬한 성격의 인물이, 머리가 흰 거대한 고래에 도전하는 내용의 소설로, 모선인 범선이 아닌 노 젓는 작은 보트로 고래를 쫓는 용감한 포경선 선원들의 생활을 생생하게 그리면서, 다른 한편에서는 에이햅의 복수전이 이교적(異敎的) 분위기를 낳고, 악·숙명·자유의지 등의 문제에 대한 철학적 고찰이 전개되는 작품이다.

허버트 리드(Herbert Read, 1893~1968) 영국의 시인·예술비평가. 예술을 과학이나 철학과 같이 유익한 지식의 자주적 형식이라고 논했다. 주요 저서로는《벌거벗은 용사》,《예술의 의미》 등이 있다.

허버트 스펜서(Herbert Spencer, 1820~1903) 영국의 철학자. 저서 《종합철학체계》로 유명한데, 36년간에 걸쳐 쓴 대작이다. 성운(星雲)의 생성에서부터 인간사회의 도덕원리 전개에 이르기까지 모든 것을 진화(evolution)의 원리에 따라 조직적으로 서술하였다. 또 철학과 과학과 종교를 융합하려고 하였다.

허버트 오스틴(Hebert Austin) 1905년 영국에서 오스틴 모터 컴퍼니(Austin Motor Company)를 설립했다. 자동차업계 최초로 생산·판매를 비롯하여 정비소·렌터카·쇼룸까지 통합한 서비스를 제공하였다. 제1차 세계대전이 일어난 뒤에는 군용 트럭과 항공기 엔진 등을 생산하였다. 그 공로로 허버트 오스틴은 여왕으로부터 기사작위를 받았다.

허버트 조지 웰스(Herbert George Wells, 1866~1946) 영국의 소설가·문명비평가. 쥘 베른과 함께 '과학소설의 아버지'로 불린다.《타임머신》,《투명 인간》 등 공상과학소설 100여 편을 썼다. 그 밖의 저서로《세계문화사대계》,《생명의 과학》 등이 있다.

허버트 후버(Herbert Clark Hoover, 1874~1964) 미국의 제31대 대통령. 대통

령 당선 후 심각한 경제 불황을 타개할 대책 수립, 군비축소를 추진하는 한편, 라틴아메리카 여러 나라와의 우호관계 유지 및 선린외교의 기초를 구축하였다. 제2차 세계대전 후 대통령 트루먼의 요청으로 세계의 식량문제를 개선하는 한편, 행정부문 재편성위원회(후버위원회)의 위원장으로 활약하였다.

헤라클레이토스(Herakleitos, BC 540?~BC 480?) 그리스의 철학자로 「만물은 유전한다」고 말했다. 불이 조화로운 우주의 기본적인 물질적 원리라고 주장한 우주론으로 유명하다. 생애에 대해서는 알려진 것이 거의 없으며, 그의 견해는 후대 작가들이 인용한 짤막한 단편들 속에만 남아 있다.

헤로도토스(Herodotos, BC 484?~BC 425?) 그리스 역사가. 키케로가 '역사의 아버지'라고 불렀다. 페르시아 전쟁사를 다룬 《역사》를 썼다. 《역사》에는 일화와 삽화가 많이 담겨 있으며 서사시와 비극의 영향을 받은 것으로 여겨진다. 그리스인 최초로 과거의 사실을 시가가 아닌 실증적 학문의 대상으로 삼았다.

헤르만 헤세(Hermann Hesse, 1877~1962) 독일의 소설가·시인. 단편집·시집·우화집·여행기·평론·수상(隨想)·서한집 등 다수의 간행물을 썼다. 주요 작품으로 《수레바퀴 밑에서》, 《데미안》, 《싯다르타》 등이 있다. 《유리알 유희》로 1946년 노벨문학상을 수상하였다.

헤르베르트 마르쿠제(Herbert Marcuse, 1898~1979) 독일 출생의 미국 철학자. 프랑크푸르트대학 '사회연구소'에서 에리히 프롬 등과 함께 활동했다. 고도산업사회에 있어 인간의 사상과 행동이 체제 안에 완전히 내재화하여 변혁력을 상실하였음을 예리하게 지적한 《일차원적 인간》이 유명하다. 그의 이론은 신좌익운동의 정신적 지주가 되었다.

헤시오도스(Hēsiodos, ?~?) BC 8세기 말경의 사람으로 추측되며, 고대 그리스의 서사시인으로 '이오니아파'의 호메로스와 대조적으로 종교적·교훈적·실용적인 특징의 '보이오티아파' 서사시를 대표한다. 농경기술과 노동의 신성함을 서술한 《노동과 나날》은 설화성(說話性)과 목가적 서술이 뛰어나다.

헨리 3세(Henry III, 1207~1272) 잉글랜드의 왕(재위 1216~1272). 프랑스인을

궁정에 중용하고, 로마교황에 대한 신종(臣從)의 자세를 취하여 영국 귀
족의 반감을 샀다. 프랑스 영지회복 파병 등을 위한 다액의 증세, 헌납
금으로 귀족·평민 양쪽의 불만을 가중시켰다.

헨드릭 빌렘 반 룬(Hendrik Willem van Loon, 1882~1944) 네덜란드계 미
국인으로서 아동도서작가·역사가·기자. 아이들을 위한 역사책인
《인간의 역사(The Story of Mankind》는 1922년 제1회 튜베리상 수상
작이기도 하다. 나중에 그 책은 그가 직접 업데이트하기도 하고, 그
후 그의 아들, 나중엔 다른 역사가들이 업데이트를 계속 해오고 있다.
그는 역사의 결정적인 사건들과 역사적 인물들의 완벽한 묘사를 포
함해서 역사에 있어서의 예술의 역할에 역점을 두고 강조하는 작가
로 알려져 있다.

헨리 F. 아미엘(Henri-Frédéric Amiel, 1821~1881) 스위스의 프랑스계 문학자
이자 철학자로 제네바 대학교에서 철학교수를 지냈다. 죽은 후, 1만
7,000쪽에 달하는 자신의 일기가 《아미엘의 일기》로 출판되어 유명해
졌다.

헨리 L. 멩컨(Henry Louis Mencken, 1880~1956) 미국의 논쟁가·언론인. 미
국인들의 생활에 관한 신랄한 비판으로 유명하며, 1920년대 미국의 소
설에 강한 영향을 미쳤다. 자서전적 3부작인 《행복한 시절》, 《신문사
시절》, 《이방인 시절》 등은 언론생활에서 겪은 경험을 집중적으로 다
루고 있다.

헨리 데이비스(William Henry Davis, 1871~1940) : 영국의 시인. 웨일스 켄트
주(州) 뉴포트 출생. 신대륙까지 발길을 옮긴 방랑생활 뒤 시작(詩作)을
시작하여 자연을 노래하는 소박한 시풍으로 인정받았다. 시 이외에 《한
방랑자의 자서전》이 있다.

헨리 레니에(Henri de Régnier, 1864~1936) 프랑스의 시인·소설가. 고답파,
상징파의 영향을 받고 신고전주의적인 작풍을 세워 아나톨 프랑스와
프랑스 문단의 쌍벽을 이루었다. 시집으로 《물의도시》, 소설로 《타오
르는 청춘》, 《심야의 결혼》 등이 있다.

헨리 롱펠로(Henry Wadsworth Longfellow, 1807~1882) 미국 시인. 유럽의 시
적 전통, 특히 유럽대륙 여러 나라의 민요를 솜씨 있게 번안함으로써 미

국 대중에게 전달한 공적은 크다. 초서의 《캔터베리 이야기》를 모방하여 1863년에 출판한 《웨이사이드 주막 이야기》는 이야기꾼으로서의 재능을 보여준다.

헨리 루이스 멩켄(Henry Louis Mencken, 1880~1956) 미국 문예비평가.《아메리칸 머큐리》지를 창간했으며 미국문화 전반에 대해 준엄하게 비판하는 한편 미국문학의 독립을 주장해 신흥문학 육성에 커다란 구실을 했다. 대표적인 저서로는 평론 《편견집(偏見集)》,《아메리카어(語)》등이 있다.

헨리 밀러(Henry Valentine Miller, 1891~1980) 미국의 소설가.《북회귀선(Tropic of Cancer)》은 파리생활의 경험을 토대로 한 것인데, 소설이라기보다는 일종의 초현실파적인 파리생활의 스케치이지만, 시정(市井)의 풍경과 그의 반(反)문명적 사상이 신선한 문체로 생생하게 묘사되어 훌륭한 작품을 이루어냈다.

헨리 반다이크(Henry van Dyke, 1852~1933) 미국의 작가·성직자. 저서로는《The Other Wise Man》이 있다.

헨리 본(Henry Vaughan, 1622~1695) 영국 '형이상학파 시인'의 한 사람. 옥스퍼드 대학 출신의 의사로서 내란 때에는 왕당파의 군의관으로 출정하기도 했다. 문필활동은 라틴어 시문의 번역으로부터 시작했으며, 종교시집《불꽃 튀는 부싯돌》은 대표적 작품이다. 그의 시는 당대에는 인정을 받지 못하였으나 100년이 지난 뒤 재평가 받았다.

헨리 비처(Henry Ward Beecher, 1813~1887) 자유주의적인 미국 회중교회 목사. 탁월하고 호소력 있는 언변과 사회문제에 대한 여론환기로 유명한 당대의 영향력 있는 개신교 설교가. 저서로《진화와 종교》,《예수그리스도의 생애》,《예일대학교 설교강좌》등이 있다.

헨리 소로(Henry David Thoreau, 1817~1862) 미국 사상가·문학자. 자연에 대해서 뿐만 아니라 사회문제에 대해서도 항상 민감한 반응을 보였다. 멕시코 전쟁에 반대하여 인두세(人頭稅) 납부를 거부한 죄로 투옥당했으나, 그때 경험을 기초로 쓴《시민의 반항》은 후에 간디의 운동 등에 큰 영향을 주었다.

헨리 아펜젤러(Henry Gerhard Appenzeller, 1858~1902) 미국 감리교 목사로

한국에 와서 활약한 선교사. 한국선교회를 창설하고 배재학당(培材學堂)을 설립하였다. 암기위주인 한국의 교육방식을 이해중심적인 교육방식으로 고치는 데 공헌하였다.

헨리 애덤스(Henry Brooks Adams, 1838~1918) 미국의 역사가·작가·사상가. 저서에 《제퍼슨과 매디슨 통치하의 미국사》, 《헨리 애덤스의 교육》 등이 있다.

헨리 엘리스(Henry Havelock Ellis, 1859~1939) 영국의 의학자, 문명비평가. 본업인 의학지식과 청소년 시절의 미개사회에 대한 식견이 가미되어 화제작이 된 저서 《성심리(性心理)의 연구》로 유명하다.

헨리 제임스(Henry James, 1843~1916) 미국의 소설가. 심리적 사실주의의 선구자로 꼽힌다. 작품으로 《어떤 부인의 초상》, 《비둘기의 날개》, 《나사의 회전》 등이 있다.

헨리 조지(Henry George, 1839~1897) 미국의 경제학자로 단일토지세를 주장한 《진보와 빈곤》을 저술하였다. 19세기 말 영국 사회주의 운동에 커다란 영향을 끼쳐 '조지주의 운동'으로 확산되었다.

헨리크 입센(Henrik Ibsen, 1828~1906) 노르웨이의 극작가. 근대 사실주의 희극의 창시자. 힘차고 응집된 사상과 작품으로 근대극을 확립하였고, 근대 사상과 여성해방 운동에 깊은 영향을 끼쳤다. 《인형의집》으로 온 세계의 화재를 불러 모으며 근대극의 1인자가 되었다. 《유령》, 《민중의 적》 등의 작품으로 새로운 경지를 개척하며 사람들을 열광시켰다.

헨리 잭슨(Henry M. Jackson, 1912~ ) 미국 정치가. 하원의원, 상원의원, 상원 원자력위원회 위원을 역임했다. C. A. 린드버그와 공동으로 버나드 M. 브랜치상을 받았고, 알래스카 대학교에서 명예법학박사 학위를 받았다.

헨리 케인(Sir Thomas Henry Hall Caine, 1853~1931) 영국의 작가. 감상, 도덕적인 열정, 교묘하게 암시된 지방색, 개성이 강한 등장인물이 결합된 대중소설로 유명하다. 단테 가브리엘 로제티의 비서로 있었다. 1885년 첫 장편소설 《죄악의 그림자》를 발표한 뒤 《맨 섬의 재판관》을 비롯해 많은 작품을 썼다. 미국에서 연합군 쪽 선전자로 활약한 공로를 인정빋

아 1918년 기사작위를 받았다.

헨리 포드(Henry Ford, 1863~1947) 미국의 자동차회사 '포드'의 창립자. 조립 라인 방식에 의한 양산체제인 포드시스템을 확립하였으며 합리적 경영 방식을 도입해 포드를 미국 최대의 자동차 제조업체로 키워냈다.

헨리 필딩(Henry Fielding, 1707년~1754) 영국의 소설가. 소설 《조셉 앤드루스의 모험》의 서문에서 소설을 '산문에 의한 희극적 서사시'라 정의하여 처음으로 종래의 문학형식에서 소설의 위치 선정에 대한 견해를 발표하였다. 새뮤얼 리처드슨과 더불어 18세기 최고의 소설가이자 영국소설의 전통에 하나의 흐름을 창시한 위대한 작가였다.

헨리 허드슨(Henry Hudson, 1550?~1611) 영국의 탐험 항해가. 1609년 네덜란드 동인도회사의 청탁으로 항로개척에 나섰다. 아메리카 대륙에 이르러 허드슨 강을 발견하고 뉴암스테르담(뉴욕) 식민지의 기초를 구축했다. 이듬해에는 캐나다 북방을 탐험하여 영국의 북캐나다 지배의 기초를 닦았다.

헬렌 켈러(Helen Adams Keller, 1880~1968) 맹인으로 귀머거리였던 미국의 교육자·저술가·사회사업가. 그녀의 교육과 훈련은 장애인 교육에 있어서 특출한 성취로 받아들여졌다. 저서로 《나의 삶》, 《헬렌 켈러의 비망록》 등이 있다. 헬렌 켈러의 어린 시절은 윌리엄 깁슨의 희곡 《기적을 일으킨 사람》에 묘사되어 있는데, 이 희곡은 1960년 퓰리처상을 받았다.

현상윤(玄相允, 1893~1950) 사학가·교육가·철학자로 3·1운동의 계획과 추진에 참가하여 옥고를 치른 후 중앙고등보통학교 교장과 조선민립대학기성회 중앙집행위원을 지냈다. 광복 후 보성전문학교 교장에 취임하여 고려대학으로 승격되자 초대 총장을 지냈다.

《현우경(賢愚經)》 위나라의 혜각·담학·위덕 등이 서역의 우전국에 가서 삼장법사로부터 들은 설법을 중국에 돌아와 번역하여 엮은 것이다. 성현과 범부의 예를 들어 착한 일을 하고 불교와 인연을 맺을 것을 강조하는 내용이다. 쉽고 흥미로운 설화로 불교를 대중화시키는 데 도움이 되었다.

혜가(慧可, 487~593) 중국 남북조(南北朝)시대의 승려로 달마의 제자가 되었을 때, 눈 속에서 왼팔을 절단하면서까지 구도(求道)의 성심을 보이고 인정을 받았다는 전설로 유명하다.

혜민(惠敏) 조계종 승려. 작가. 저서 《멈추면 비로소 보이는 것들》은 출간 7개월 만에 100만부를 돌파, 인문·교양 단행본 중 최단기간 100만부 돌파 기록을 세웠다. 2012년 가장 영향력 있는 종교인에 오르기도 했다. 현재 뉴욕 불광사 총무 및 미국 매사추세츠 주 Hampshire College에서 종교학 교수로 재직 중. 하버드대학에서 비교종교학 석사과정을 밟던 중 출가를 결심, 2000년 봄 해인사에서 사미계를 받으며 조계종 승려가 되었다.

호라티우스(Quintus Horatius, BC 65~BC 8) 고대 로마의 시인으로 공화제(共和制)를 옹호하는 브루투스 진영에 가담하였다가 패한 뒤 하급관리를 지내며 시를 썼고 이후 옥타비아누스의 정책에 뜻을 같이하였다. 작품은 《서정시집》 4권과 《서간시》 2권 등이 남아 있다.

호러스 그릴리(Horace Greeley, 1811~1872) 미국의 언론인. 미국 언론사상 최고의 논설기자로 평가받고 있다. 《뉴요커》의 편집주간으로 활동했으며, 《뉴욕 트리뷴》을 창간했다. 공상적 사회주의자였으나, 급진적인 개혁을 배제하는 온건파로서 노예제도 폐지를 주장하여 링컨의 대통령 출마를 지지하였다.

호레이쇼 넬슨(Horatio Nelson, 1758~1805) 영국의 제독. 미국 독립전쟁, 프랑스 혁명전쟁에 종군했고 코르시카 섬 점령, 세인트 빈센트 해전에서도 수훈을 세웠다. 나폴레옹 대두와 더불어 프랑스함대와 대결하는 중심인물이었고 트라팔가르 해협에서 프랑스·에스파냐 연합함대를 격멸시켰다.

호르바트(Öden von Horváth, 1901~1938) 독일의 희곡작가. 파시즘을 반대하고, 소시민들의 중류의식을 비판하는 작품을 주로 썼는데 그 제재로 교양은어를 사용하였다. 주요 작품으로는 《이탈리아의 밤》, 《비너발트의 이야기》, 《카시미르와 카롤리네》 등이 있다.

호르헤 보르헤스(Jorge Luis Borges, 1899~1986) 아르헨티나의 소설가·시인·평론가. 환상적 사실주의에 기반을 둔 단편들로 현대 포스트모더니즘 문학에 큰 영향을 끼쳤다. 주요 작품으로는 《불한당들의 세계사》,

《픽션들》 등의 시집이 있다.

호메로스(Homeros, BC 800?~BC 750) 유럽 문학 최고 최대의 서사시 《일리아스》와 《오디세이아》의 작자. 두 서사시는 고대 그리스의 국민적 서사시로 그 후의 문학, 교육, 사고에 큰 영향을 끼쳤다.

호세 오르테가이가세트(José Ortega y Gasset, 1883~1955) 에스파냐의 철학자. 근본사상은 니체, 빌헬름 딜타이 등의 계통을 잇는 '생(生)의 철학'에 근원을 두었다. 활발한 저작활동으로 《돈키호테 론》 등을 발표하였다.

호아킴 데 포사다(Joachim de Posada) 세계적인 대중연설가이자 자기계발 전문가. 《마시멜로 이야기》를 통해 전 세계 수많은 기업과 독자들의 삶을 아주 특별하게 바꾸고 있다. 그의 사람들의 '내일'을 꿈과 용기의 시간으로 변화시킨 그는 당대 최고의 동기부여가이자 탁월한 이야기꾼으로서 그 명성을 드높이고 있다.

호적(胡適, 1891~1962) 중국의 사상가·교육가. 베이징대학 교수를 지내며 프래그머티즘 교육이론 보급에 힘썼다. 베이징대학교 학장, 주미대사 등을 역임하며 국부의 정치·외교·문교정책 시행에 중요 역할을 하였다. 주요 저서로 《중국 철학사 대강(大綱)》, 구어 시집 《상시집(嘗試集)》, 《백화(白話)문학사》, 《후스 문존(文存)》, 자서전 《사십자술(四十自述)》 등이 있다.

홍승면(洪承勉, 1927~1983) 언론인. 아시아재단 후원으로 미국 스탠포드대학에서 신문학을 공부하였다. 국제신문인협회 한국위원회 사무국장. 《프라하의 가을》, 《백미백상》 등의 저서가 있고, 1988년 1월에는 친지와 동료들이 추모문집 《잃어버린 혁명과 화이부동(和而不同)》을 간행했다.

홍종인(洪鍾仁, 1903~1998) 언론인. 1920년 평양고등보통학교 재학중 3·1 운동에 가담해 퇴학당했다. 8·15 해방 후 《조선일보》 복간과 함께 사회부장, 1946년 정경부장, 같은 해 편집국장이 되었다. 저서로 《인간의 자유와 존엄》이 있고 금관문화훈장을 받았다.

황윤석(黃胤錫, 1729~1791) 18세기 조선시대의 언어학자로 호는 이재(頤齋)·서명산인(西溟散人)·운포주인(雲浦主人)·월송외사(越松外史). 문

집 《이재유고》의 제25권 및 《화음방언자의해》와 제26권에 있는 《자
모변》은 국어연구에 귀중한 자료가 되고 있다.

황정견(黃庭堅, 1045~1105) 고전주의적인 작풍을 지닌 중국 송나라의 시
인·화가. 호는 산곡(山谷). 지방관리를 역임하다 중앙관직에 취임, 교서
랑(校書郞)이 되어 국사편찬에 종사했다. 학식에 의한 전고(典故)와 수
련을 거듭한 조사(措辭)를 특색으로 한다.

황진이(黃眞伊, ?~?) 조선시대의 시인·명기(名妓). 시(詩)·서(書)·음률(音
律)에 뛰어났으며, 출중한 용모로 더욱 유명하였다. '동짓달 기나긴 밤을
한허리를 둘에 내어'는 그의 가장 대표적 시조이다. 대표작으로 《만월
대 회고시》, 《박연폭포시》 등이 있다.

《회남자(淮南子)》 중국 전한(前漢)의 회남왕(淮南王) 유안(劉安)이 그의
빈객들과 함께 지었다. 형이상학·우주론·국가정치·행위규범에 대
한 내용을 다루었다. 대체로 초기 도가의 고전인 노자와 장자에서 다
루어진 내용들이지만 이 책의 우주생성론에서 도(道)는 태허(太虛)에
서 나오고 태허는 우주를 낳으며, 이것은 다시 양의(兩儀)를 낳는다고
했다.

《효경(孝經)》 유교 경전(經典)의 하나. 공자가 제자인 증자에게 전한 효도
에 관한 논설 내용을 훗날 제자들이 편저(編著)한 것으로, 연대는 미상
이다. 천자·제후·대부·사(士)·서인(庶人)의 효를 나누어 논술하고
효가 덕(德)의 근본임을 밝혔다.

《후한서(後漢書)》 중국 남북조시대 남조(南朝) 송(宋)의 범엽(范曄)이 편
찬한 기전체(紀傳體) 사서(史書)로 광무제(光武帝)에서 헌제(獻帝)에 이
르는 후한의 13대 196년 역사를 기록하고 있다.

휘호 그로티우스(Hugo Grotius, 1583~1645) 또는 휘호 더 흐로트. 네덜란드
의 법학자. 근대 자연법의 원리에 입각한 국제법의 기초를 확립하여 '국
제법의 아버지'라 불린다. 저서 《전쟁과 평화의 법》에서는 전쟁의 권
리·원인·방법에 대하여 논술하였는데, 국제법 전반을 체계적으로 서
술한 최초의 저작이다.

휴버트 험프리(Hubert Horatio Humphrey, 1911~1978) 미국의 정치가. 미
니애폴리스 시장, 민주당 상원의원, 원내총무를 역임하고 대통령 린

든 B. 존슨의 러닝메이트로 부통령에 당선되었다. '흑인민권향상의 투사'라는 말을 듣기도 했으며 존슨 대통령의 베트남전쟁 정책을 지지하였다.

히에로니무스(Eusebius Hieronymus, 345?~419?) 가톨릭 성인. 암브로시우스·그레고리우스·아우구스티누스와 함께 라틴 4대 교부로 일컬어진다. 당시의 교부(Church Father)들 중에서 히브리어 원본의 성경을 연구한 성서학자로 유명하다. 가장 큰 업적은 그리스어 역본인 70인역 성서를 토대로 《시편》 등의 라틴어 역본을 개정한 일이다. 신약성서는 그리스어로 씌어졌으나 구약성서는 본래 히브리어와 아람어로 씌어졌다고 한다.

《히토파데샤》(Hitopadeśa) 산스크리트로 된 인도의 설화집(說話集). '유익한 교훈'이라는 뜻으로, 9세기에 나라야나가 지은 것이라고 전한다. 벵골에 전해진 유명한 설화집 《팡차탄트라》의 이본(異本)으로서, 원본인 5편의 이야기를 4편으로 개작하고 새로이 17가지의 설화를 추가하였다. 내용은 실천 도덕 등에 중점을 둔 우화 형식을 빌려 격언적인 시구(詩句)를 사용하였다.

히포낙스(Hipponax, ?~?) BC 6세기 중엽에 출생한 고대 그리스의 시인으로 통렬한 풍자시를 지었다. 국어와 외래어를 자유자재로 구사하면서 생생하고 간결한 시체(詩體)를 썼다.

히포크라테스(Hippokratēs, BC 460?~BC 377?) 고대 그리스 페리클레스시대 의사. 의학사의 가장 중요한 인물 중 한 사람. 의학의 아버지라고 부르며, 히포크라스학파를 만들었다. 이 학파는 고대 그리스의 의학을 혁명적으로 바꾸었으며, 마술과 철학에서 의학을 분리해내어 의사라는 직업을 만들었다. 인체의 생리나 병리를 체액론에 근거하여 사고했고 '병을 낫게 하는 것은 자연이다'는 설을 치료원칙의 기초로 삼았다. 그의 학설을 모은 《히포크라테스 전집》은 히포크라테스의 언설(言說)만을 편집한 것이 아니라, 히포크라테스의 가르침을 받은 제자들과 몇 대에 걸쳐 의학도들에 의해 내용이 곁들여졌다.

히폴리토스(Hippolytos, BC 5세기경) 그리스 신화의 영웅. 아테네의 왕 테세우스와 아마존의 여왕 히폴리테 사이에서 태어난 아들.

히폴리트 텐(Hippolyte Adolphe Taine, 1828~1893) 프랑스의 평론가·철학
자·역사가. 오귀스트 콩트의 실증주의적 방법을 써서 과학적으로 문학
을 연구하였다. 인종·환경·시대 3요소를 확립하고,《영국문학사》(4
권)를 썼다. 프로이센·프랑스 전쟁, 파리코뮌 후 내셔널리스트의 경향
이 강해지기도 했다.

**김동구**(金東求, 호 운계雲溪)

경복고등학교 졸업

경희대학교 사학과 졸업

성균관대학교 경영대학원 경영학과 제1회 수료

경희대학교 경영대학원 경영학과 제1회 졸업

〈편저서〉

《논어집주(論語集註)》, 《맹자집주》,

《대학장구집주(大學章句集註)》,

《중용장구집주》, 《명심보감》

# 명언 삶·죽음편 (2)

초판 인쇄일 / 2013년 12월 15일

초판 발행일 / 2013년 12월 20일

엮은이 / 김동구

펴낸이 / 김동구

펴낸데 / 明文堂

창립 1923. 10. 1

서울특별시 종로구 안국동 17-8

☎ (영업) 733-3039, 734-4798

(편집) 733-4748  FAX. 734-9209

H.P. : www.myungmundang.net

e-mail : mmdbook1@hanmail.net

등록 1977. 11. 19. 제 1-148호

☆

값 **13,500**원

☆

ISBN  979-11-951643-2-5    04800

ISBN  979-11-951643-0-1(세트)